W0233824

Auf einmal ist es da: ein Schwarzes Loch in Nevada. Von Physikern erschaffen. Ein Unding, das die Erde Stück für Stück verschlingt. Und jetzt? Vielleicht kann Omega Zacharias helfen. Immerhin ist sie der erste Mensch mit drei Hirndritteln und verfügt über spektakuläre telekinetische Fähigkeiten. Obwohl sie eigentlich lieber über Laufstege schwebt und Tennis spielt, stürzt sie sich in den Kampf. Mit von der Partie sind ihr Bruder Alpha und einige kuriose Helden: der reichste Mann der Welt, ein fliegender Magier, ein schwuler Buddha, ein fußballbegeisterter Müllmann und seine esoterisch bewanderte Frau, eine sexbesessene Teilchenphysikerin und ein mutiger Performancekünstler. Aufgezeichnet wird Omegas Geschichte von Elias Zimmermann, der aus dem Jahr 2525 in unsere Gegenwart reist. Elias begleitet Omega auf ihrem irren Trip und blickt zugleich auf die absurden Auswüchse der heutigen Zeit.

MARKUS ORTHS, 1969 in Viersen geboren, lebt in Karlsruhe. Er studierte Philosophie, Romanistik und Englisch. Seine Romane wurden vielfach ausgezeichnet und inzwischen in sechzehn Sprachen übersetzt. Die Verfilmung des Romans »Das Zimmermädchen« lief auf dem Filmfest München und kam 2015 in die Kinos. 2017 erscheint sein neuer Roman »Max«. Weitere Informationen unter: www.markusorths.de.

MARKUS ORTHS BEI BTB
Lehrerzimmer. Roman
Fluchtversuche. Erzählungen
Das Zimmermädchen. Roman
Wer geht wo hinterm Sarg? Erzählungen
Hirngespinste. Roman
Die Tarnkappe. Roman
Irgendwann ist Schluss. Erzählungen

Markus Orths

Alpha & Omega
Apokalypse für Anfänger

Roman

btb

Der Verlag weist ausdrücklich darauf hin, dass im Text
enthaltene externe Links vom Verlag nur bis zum Zeitpunkt
der Buchveröffentlichung eingesehen werden konnten.
Auf spätere Veränderungen hat der Verlag keinerlei Einfluss.
Eine Haftung des Verlags ist daher ausgeschlossen.

Verlagsgruppe Random House FSC® N001967

1. Auflage
Genehmigte Taschenbuchausgabe März 2017,
btb Verlag in der Verlagsgruppe Random House GmbH,
Neumarkter Str. 28, 81673 München
Copyright © der Originalausgabe 2014 by Schöffling & Co.
Verlagsbuchhandlung GmbH, Frankfurt am Main,
Lizenzausgabe mit freundlicher Genehmigung
Umschlaggestaltung: semper smile, München
Umschlagmotiv: © plainpicture/Stephen Shepherd;
Shutterstock/Yurlick
Druck und Einband: GGP Media GmbH, Pößneck
UB · Herstellung: sc
Printed in Germany
ISBN 978-3-442-71364-6

www.btb-verlag.de
www.facebook.com/btbverlag
Besuchen Sie auch unseren LiteraturBlog www.transatlantik.de

Inhalt

Wir setzen der Verrücktheit der Welt unsere eigene Verrückt-
heit entgegen. Wir bilden uns nicht ein, mit unserer Verrücktheit
irgendwen heilen oder ändern zu können.

Max Ernst

Pikosekundenprolog

Am Anfang war der Ort – Am Ende ist er fort

Teil 1

Gustav H. Winter alias Gusto

I

Eigentlich bin ich Gott. Dazu später mehr.

2

Es wurde wärmer, je tiefer ich stieg. Unten folgte ich einem tun-
nelartigen Gang. Der Boden glänzte blau, kein Staubkorn, keine
Weben, nichts. Ich tastete mich voran und kam rasch ans Ende:
Eine Metalltür sprang auf, noch ehe ich hätte klopfen können.
Vor mir stand der Bibliothekar. Er maß zwei Meter sechzig,
hatte vier Ohren und einen scharfen Blick. Ich trat vorsichtig
ein und sah mich um: hohe Decken, gedämmtes Licht, zehn
Schlafgeräte und jede Menge Kühlschläuche an den Wänden.
Hinter mir fiel die Tür ins Schloss. Der Bibliothekar machte
eine Willkommensgeste und sagte, ich sei der erste Besucher seit
ewigen Jahren. Tagein, tagaus habe er auf jemanden gewartet,
doch keiner interessiere sich mehr für Vergangenes. Jetzt aber
stehe er zu meiner Verfügung. Ich wusste nicht, wovon er
sprach, und so fragte ich ihn. Die Menschen, so seine Antwort,
hätten das Gefühl verloren für das, was zurückliege, sowie den
Schlüssel zu dem, was bevorstehe. Er aber sei kein Mensch, wie
ich hören könne, sondern eine Maschine.

Es entstand eine Pause.

»Eine Maschine«, wiederholte er nach einiger Zeit, und er
betonte jedes Wort. »Um genau zu sein, eine Bibliothekarsmaschine. Jimmy McGovern mein Name.« Und als er mich jetzt
fragte, was ich wünschte, entgegnete ich ihm, ich hätte gelernt,
nichts zu wünschen, und betete die ersten Zeilen unserer Ver-
fasstheit herunter: dass ich geboren sei, um nichts zu erstreben

und zu leben im Gedankenspiel mit den anderen und den Orgien des Körpers, der Idee und des Flusses. Ich fügte hinzu, dass ich am heutigen Morgen nicht wie üblich in die Arena gegangen, sondern an ihr vorbeigelaufen sei, in den Schnee, diesen Hügel hinauf, immer weiter, immer höher.

»Und dann?«

»Bin ich über einen Griff gestolpert, der unterm Schnee aus dem Boden ragte. Ich habe den Griff freigefegt und die Luke geöffnet, ich bin die Treppe hinabgestiegen, ins Loch, ins Loch.«

»Zu mir?«

»So war es.«

Er fragte: »Warum gerade heute?«

Ich sagte: »Ich weiß es nicht.«

Jimmy McGovern fuhr langsam seinen Arm aus. Die Fingerspitzen legten sich mir auf die Stirn, und er las meinen Namen. »Elias«, murmelte er. »Elias Zimmermann. Du möchtest gern wissen, was sich hier unten verbirgt, in der Bibliothek?«

»Ja«, sagte ich.

»Du möchtest gern wissen, was das überhaupt ist, eine Bibliothek?«

Ich nickte.

»Dafür, Elias«, sagte er, »bin ich ja da. Aber viel Zeit bleibt uns nicht!«

Mit diesen Worten ging er voraus, ohne sich umzublicken.

Bei der Bibliothek handelte es sich um den angeblich – aber das ist nicht zu prüfen (weil unterirdisch errichteten) – überaus imposanten Bau namens Kalladabs Transition Spacetime Wonderland La Capra di Mentati. Die Bibliothekarsmaschine nannte das Gebäude ein Rekursives Spiralisk: Um wieder hinauszugelangen, so Jimmy, müsse man jeden einzelnen Raum des Spiralisks durchqueren. Dann komme man von allein zum Ausgangspunkt zurück – weswegen der Ausgangspunkt eben *Aus*gangspunkt heiße und nicht *Ein*gangspunkt.

Zunächst führte mich Jimmy McGovern zur Peripalen Sanduhr, die unaufhörlich Zahlen malmte. Zwei Kegel, die sich an den Spitzen berührten, jeder von ihnen so groß wie der Bibliothekar, was darauf schließen ließ, dass die Raumhöhe hier etwa sechs Meter betragen musste. Im oberen Kegel wimmelten blaue peripale Zahlen, die langsam in den unteren Kegel tropften, wo sie zu Peripalsand zerstoßen wurden. Der untere Kegel der Sanduhr war beinahe voll. Ich fragte, was diese Zahlen zu bedeuten hätten. Jimmy antwortete: »Die Peripale Sanduhr befindet sich seit siebzig Jahren hier. Die Zahlen zielen auf die Restlebenszeit der Erde. Ihr werdet alle sterben. Euch bleiben noch« – er blickte nach oben – »vierundzwanzig herkömmliche Tageseinheiten plus siebzehn Stunden, siebenunddreißig Minuten und – jetzt noch – acht Sekunden.«

Sieben.

Sechs.

Fünf.

»Aber warum?«, fragte ich.

»Ein Koloss, der auf die Erde fällt. Es ist weder möglich, ihn zu zerstören, noch, die Erde mittels Schutzschild zu ummanteln.«

»Und dann?«

»Hört alles auf.«

»Wie, alles?«

»Die Welt, die Erde, die Maschinen, die Menschen, alles.«

»Ich auch?«

»Du auch«, sagte Jimmy.

Diese Nachricht war alles andere als erfreulich.

3

Aber bevor wir aufhören, fangen wir endlich an. Und zwar mit Gusto. Natürlich. Mit wem sonst. Gusto. Gusto Winter. Gusto Humphrey Winter. Wenn Gusto einen Raum betritt, wird der Raum bedeutend kleiner. Gusto schluckt Raum, er vernichtet Raum, schaut sich um im Raum, trinkt eher, als dass er schaut, sein Schauen hat etwas Schlürfendes. Er ist immer aufmerksam.

Er wischt mit dem Handrücken Schweiß von der Stirn (Gusto leidet unter leichter Hyperhidrose), mit der anderen Hand krault er den Bart, der nie wild wuchert, sondern immer gestutzt ist, darauf legt er Wert, einmal im Monat steht Barttrimmen beim Friseur im Kalender. Ist schon vierundsechzig Jahre alt am Tag von Omegas Geburt, um genau zu sein, am Tag von Omegas Erscheinen. Guter Pokerspieler. Sehr guter Pokerspieler. Brillanter Pokerspieler. Beherrscht den Bluff, den Doppelbluff, den Tripelbluff, weiß manchmal selber nicht, wann er blufft und wann nicht, immer dann, wenn er gar nicht erst in die Karten schaut, die vor ihm liegen beim Texas Holdem. Das macht ihn unberechenbar. Für sich und für andere. Ein gefährlicher Gegner, der daraus seine Kraft zieht, dass ihm das Verlieren egal ist. Denn wenn man nichts zu verlieren hat, gewinnt man oft genug. Sollte Gusto also ein Ass brauchen, um zu gewinnen, und nicht wissen, ob tatsächlich ein Ass vor ihm liegt, weil er wieder mal nicht in seine beiden Karten geschaut hat, dann klopft er dreimal mit seinem Knöchel der Karte auf den Rücken, schließt die Augen, dreht die Karte um und wundert sich nicht, wenn es – oft genug – tatsächlich ein Ass ist, das ihm dort entgegenleuchtet, und wenn nicht, flucht er laut und wirft sich vor, nicht fest genug an das Erscheinen des Asses geglaubt zu haben. Sein Leben: ein Spiel. Der Einsatz: die Zeit, die einem bleibt. Er hat das durchgerechnet, genauestens kalkuliert. Die Existenz: ein einziger, langer Selbstmord auf Raten. Wie bei einem Auto kann man mal Teile austauschen, aber irgendwann fährt es nicht mehr, und wenn Gusto eine Sache verstanden hat, dann die, dass es darum geht, Gas zu geben, bis zum Anschlag.

Gusto Winter war suchtsüchtig. Tabak. Wein. Süßigkeiten. Er konnte wochenlang zwei Päckchen Zigaretten am Tag rauchen (sagte in solchen Phasen immer: »Ich esse nur noch, damit ich anschließend rauchen kann!«) oder zwei Flaschen Wein am Abend trinken, dann aber, wenn er sich wieder in einer anderen Phase befand, war es auch möglich, dass er Rauchen und Saufen einfach so vergaß, wochenlang. Dieser Gusto Winter, so unwahrscheinlich es klingt – doch daran wird man sich gewöhnen müssen, denn im Grunde klingt alles, was ich zu erzählen habe, unwahrscheinlich –, Gusto Winter also, Vater von Birte Zacharias, die Bitch genannt werden will, wurde durch Verkettung bislang unaufgeklärter Umstände zum Adoptivgroßvater Ihrer Nichtigkeit Omega Zacharias und damit zu einer maßgeblichen Figur im Spiel der Welt, das im Jahr o begann, also im Jahr 2000 nach Christus, jener uralten Zeitrechnung, auf die ich später zwangsläufig eingehen muss, wenn von der Religion, von den Religionen die Rede sein wird, dieser Gusto Winter also sollte einen Monat nach Omegas Auftauchen etwas erleben, das ihn auf immer an Omega ketten und ihn zum ältesten Menschen machen würde, der je auf unserem – dem zügigen Untergang geweihten – Planeten gelebt haben wird.

4

»Elias«, sagte die Bibliothekarsmaschine. »Du weißt nicht, wie du hergekommen bist. In die Bibliothek. Du weißt nicht mal, in welchem Jahr wir uns befinden, oder?«

»Zeit ist nichtig«, zitierte ich, »Vergangenheit fort und Zukunft zu.«

»Wir leben im Jahr 525 nach Omega. Oder, gemäß überkommener Zeitrechnung, im Jahr 2525 nach Christus. Man hat euch letzten Menschen implantiert, das Jetzt zu lieben und nicht nach vorn zu sehen.«

»Warum?«

»Sähet ihr nach vorn, sähet ihr das fest umrissene Ende eures Lebens und der Welt. Aus Gründen der Schonung, damit ihr nicht verzweifelt an dem, was kommen wird, das Ende nämlich, nur deshalb, Elias, hat man euch das Zukunftsgefühl genommen.«

»Wie das?«, fragte ich.

»Kanakanalnadeln.«

»Ich versteh nicht.«

»Komm mit.«

Er führte mich zu einer Scheibe, in der ich – matt – mich selber sehen konnte.

»Schau mal hier rein, bitte!«, sagte der Bibliothekar.

Ich tat es. Er rief ein Wort, das klang wie ein Niesen, der Spiegel blitzte hell auf, und ich spürte einen fürchterlichen Schmerz im Kopf. »Was war das?«, schrie ich.

»Die Kanakanalnadel in deinem Kopf ist verglüht.«

Aber dann.

Dieses Gefühl.

Als wäre ein Staudamm gebrochen.

Überflutet von Dingen, gesehen, erlebt, gerochen, gespürt, gedacht, meine kleine Arbeitsbiene Humbo, die Arena, die Vereinigung, die Gedankenspiele der letzten Tage, Wochen, Monate, die Orgien, meine Freunde, die Zeit, die ich mit ihnen verbracht habe, in ihnen, in ihren Köpfen, das Rindenschnitzen, unser geliebtes Rindenschnitzen, und plötzlich wusste ich: Das Lebenswerte, all die wunderbaren vergangenen Dinge, sie waren nichts als Spiegel des Künftigen, Spiegel all des Lebenswerten, das mir noch bevorstehen könnte. Mein Hals wurde eng, so ein komisches Gedankengefühl war mir unbekannt bislang.

Angst.

Und diese Frage.

Diese simple Frage, ein Reflex, anders kann ich es nicht ausdrücken, eine Frage, die mein Leben auf den Kopf stellen sollte, und diese Frage mischte sich in das Klagen der hinabfallenden peripalen Zahlen, die ohne Unterlass zermalmt wurden, ein Klagen, das ich jetzt erst, von der Kanakanalnadel befreit, ver-, wahr- und annahm, diese Frage durchdrang das blaustichige Licht der Bibliothek, und erst, als die Frage in Raum und Zeit stand, merkte ich, dass ich selber sie gestellt hatte, die Frage:

»Kann man das wirklich nicht ändern?«

»Was?«, fragte die Maschine.

»Das mit dem Ende der Welt?«

Ich sah zum Bibliothekar. Etwas stieg in ihm auf. Von tief

unten. Ein Geräusch. Wie ein Gurgeln. Es dauerte, ehe ich merkte, dass die Maschine neben mir lachte, dass sie mich aus-lachte, und nachdem sie sich langsam wieder beruhigt hatte und der mächtige Brustkorb nicht mehr bebte, sah mich die Ma-schine lange und durchdringend an, und dann sagte sie etwas, mit dem ich nicht im Mindesten gerechnet hatte, sodass ich jenes herbe Maschinenlachen nicht mehr als Auslachen, son-dern als befreiendes Lachen deutete, Jimmy sagte also, indem er mich mit gekrümmtem Zeigefinger zu sich heranholte und mir feinster Ölschweiß in die Nase schwebte: »Eigentlich nicht, Elias. Uneigentlich aber doch. Vielleicht. Eventuell. Es gäbe da eine – sagen wir – eine Möglichkeit, lieber Elias. Eine ziemlich unwahrscheinliche Möglichkeit. Aber, Elias, dies sei sogleich gesagt, selbst die unwahrscheinlichste aller Möglichkeiten ist immerhin noch – eine Möglichkeit.«

5

Man hat nichts zu verlieren, so Gusto Winters schlichtes Credo. Und Gusto wusste, dass ihm diese Einsicht nicht als erstem Menschen auf Erden gekommen war, nenn es Hedonismus, sagte er, sprich von Epikureern, aber in Gustos Worten klang alles prägnanter. Seine Rede kannte er auswendig. Am 2. Feb-ruar des Jahres 2000 nach Christus hielt er sie zum vierund-zwanzigsten Mal in seinem Leben. In dieser Nacht musste er babysitten. Wollte das nicht, nein, auf keinen Fall, aber er hatte keine Wahl, wie man sehen wird. Diese Angst, etwas falsch zu machen. Diese Unruhe. Er griff zu seinen Jonglierbällen – Gusto war von Kindesbeinen an begeisterter Jongleur –, stellte sich ins Wohnzimmer, jonglierte zwanzig Minuten lang. Um sich zu beruhigen. Das half immer. Das gab ihm Kraft und Kon-zentration auf das Nebensächliche. Das gab ihm Ablenkung. Das brauchte er. Dieses Zirkulieren der Bälle. Dieses ewige Ovalieren. Da vernahm er ein Geräusch aus dem Zimmer der schlafenden Enkelkinder, und sofort war die Angst wieder da. Babys! Diese Wesen, die nichts konnten, denen man alles abnehmen musste, die vollkommen ohne jede Eigenständigkeit ... Gusto legte die Bälle beiseite, schlich ins Kinderzimmer, trat zunächst ans Bett seines wirklichen Enkelsohns Alpha Ferdinand Zacharias, der am Schnuller schnorchelte. Von dort beäugte Gusto aber auch das Bett des anderen Babys, ein Wesen, das sich mittels Adoption Zugang verschafft hatte in den inneren Zirkel der Familie, wie Gusto sagte, er trat ans Bettchen und sah, dass Omega Sybille Zacharias ruhig in ihrem Schlafsack lag, die Augen geschlossen, schwarz ihre Haut, eine Schlafmütze über dem stahlkahlen Köpfchen. Alles in Ordnung hier drinnen. Aber was war das für ein Geräusch gewesen? Dieses Knacken? Gusto wusste es nicht. Er wollte schon wieder gehen. Stattdessen tat er das Gegenteil. Hatte nicht die leiseste Ahnung, warum. Er zog einen Stuhl ans Bett und setzte sich vor Omegas Stubenwagen. »Du glaubst also«, sagte Gusto flüsternd, »du kannst dich hier einschleichen? Tauchst einfach auf und bist da? Du bist schuld, dass ich hier sitze! Ohne dich wäre alles leichter. Vor allem für mich. Das da«, sagte Gusto und deutete auf Alphas Bett, »das da ist mein Enkel, und *ein* Kind hätten Bitch und Kolja allein gemeistert, aber *zwei*, verstehst du, zwei ist eins zu viel, für zwei braucht man Hilfe. Und egal, was deine ... deine neuen Eltern sagen, ich werde ...« Ehe Gusto seinen Satz beenden konnte, schlug Omega die Augen auf und blickte ihn an. Gusto zuckte zusammen. Obwohl er wusste oder zu wissen glaubte – weil es der gängigen Auffassung damaliger Wissenschaft entsprach –, dass kein Kind in diesem Alter etwas oder jemanden fixieren oder sehen kann, nur Schleier, Schemen etc., hatte er das Gefühl, dass Omega ihn nicht nur ansah, sondern fragend ansah, ihn mit diesem Blick daran hindern wollte, weiterzusprechen, und Gusto wusste nicht, was er tun sollte. Ihn drängte danach, den Raum zu verlassen. Er legte das Kuscheltier zurecht, wollte die Hand schon zurückziehen, aber in Sekundenschnelle packte Omega – im Alter von vier Wochen! – seinen Zeigefinger und hielt ihn umklammert. Mit einem

Ruck hätte Gusto den Finger aus der Hand reißen können, aber er hatte Angst, Omega würde erschrecken und schreien und Alpha wecken. Gusto konnte dem Blick nicht standhalten, mit dem Omega ihn musterte, er schaute weg, auf die gegenüberlie-gende Wand, auf das Fenster, auf die Rollos, auf das schwache Licht der Laterne, er dachte, jetzt bin ich in der Falle, muss hocken hier, bis sie schläft. Um sich zu beruhigen, um irgend-was zu sagen, um voran- und aus dem Kinderzimmer herauszu-kommen – denn, so dachte Gusto, wenn ich rede, wird sie viel-leicht eindösen, mich aus dem Blick entlassen, Handmuskeln werden schlaff, und sie wird mich freigeben –, nur deshalb – so Gusto im Interview mit dem Internetforum *Inquirer* vom 19.9.2028 nach alter Zeitrechnung – hatte er ihr seine Rede ge-halten, die er nun schon dreiundzwanzigmal zuvor dem einen oder anderen Menschen gehalten hatte, ob man sie hören wollte oder nicht.

Er hatte also gesagt, dass er nur das tue, was ihm gefalle. Dass er *nach Gusto* lebe. Und dass er, als ihm dies klar geworden sei, seinen hässlichen Geburtsnamen Gustav abgelegt und sich für den Namen Gusto entschieden habe. Man könne, so Gusto, das verbleibende Leben, das Restleben einer jeden Existenz, anhand der verschiedensten Maßstäbe bemessen. Üblicherweise anhand der Jahre, Monate, Wochen, Tage, Stunden, die bei einer durch-schnittlichen Lebenserwartung von achtzig Jahren blieben, vom Zeitpunkt des Restlebensbeginns an gerechnet. Man könne das Restleben auch anhand der verbleibenden Atemzüge ermitteln, anhand der Lidschläge oder aber, und darauf laufe seine Philo-sophie der Exkremenz hinaus, anhand der noch zu bewerkstel-ligenden Ausscheidungsmenge. Um diese zu errechnen, müsse man nur die durchschnittliche tägliche Fäkalproduktion an die Anzahl der Tage koppeln, die einem aller statistischen Voraus-setzung nach blieben. »Nimm zum Beispiel mich«, sagte Gusto, durch Omegas Griff an ihr Bett gekettet, nicht fähig, der Stille die Stirn zu bieten. »Ich werde dieses Jahr fünfundsechzig, gehe davon aus, dass ich die achtzig noch schaffe. Damit bleiben mir – grob überschlagen – noch fünftausend Tage. Was wird in dieser Zeit geschehen? Wissen wir es? Wir wissen es nicht. Natürlich weiß ich auch nicht, ob ich gleich aufstehen und von einem Infarkt niedergestreckt werde oder morgen in einem Anflug von Depression von der Brücke springe oder mich über-morgen ein besoffenes Arschloch zu Tode fährt oder ob ich nicht vielleicht doch fünfundneunzig Jahre alt werde, das weiß ich alles nicht, aber weil ich es nicht weiß, bleibt mir als Bezugs-punkt nur die Statistiknorm, kennst du den Witz vom Statisti-ker, der beweist, dass jede zweite Statistik falsch ist?, ich schweife ab, wo war ich? Fünftausend. Man weiß nicht, was ge-schieht. Ich weiß nur, dass ich tagtäglich, falls beschwerdefrei, meinen Darm entleeren werde. Stoffwechsel bedeutet Leben. Hab ich mal gehört. Gehen wir davon aus, dass die durch-schnittliche Fäkalproduktion ausgewachsener Menschenaffen pro Tag circa dreihundert Gramm beträgt, und multiplizieren wir diese Zahl mit der erwarteten Tageszahl, so errechnet sich das, was ich noch vom Leben zu erwarten habe: rund dreißig Zentner Scheiße. Ein Riesenberg ist das. Stell ihn dir mal vor. Ich weiß, du machst noch nicht so viel in deine Windeln, aber was ich sagen will, Mädel, ist Folgendes: Wenn es dir beschissen geht, irgendwann mal, noch kannst du dir das nicht vorstellen, noch kannst du dir überhaupt nichts vorstellen – denk ich jedenfalls – wenn es dir also richtig dreckig geht, wenn dich eine Sorge oder ein unüberwindbar scheinendes Problem so in den Klauen hält, dass du nicht weiterweißt, dann mal dir einfach den riesigen Haufen Mist aus, der dich noch erwartet, diesen ganzen Haufen, wie er jetzt schon in seiner Gemachtheit vor dir läge, schönes Wort, Gemachtheit, was? Dann stellst du dir deine Probleme vor, deine Sorgen, deine bösen Gedanken, und du schiebst sie alle tief in den riesigen braunen Berg hinein, und du atmest auf. Oder wenn du eines Tages Angst vorm Tod haben solltest, dann schau dir ruhig diesen Berg an und sag: Alles, was ich verlieren kann, sind bloß ein paar Zentner Schiss. Oder wenn du eines Tages Angst vorm Leben hast, dann schau dir diesen Berg an und sag: Es ist alles egal, es ist alles erlaubt, ich lass mich nicht in Normen und Korsette pressen, nein, ich tue, was ich will, mein ganzes Leben lang hau ich einfach richtig auf die Kacke. Das, liebes Fräulein, ist meine Philosophie der Exkremenz. Die Gedanken haben schon andere vor mir gedacht und etwas eleganter ausgedrückt, ich weiß, ich weiß, aber auf meine Art macht's einfach mehr Spaß, finde ich, und würdest du mich jetzt bitte loslassen?«

Aber Omega ließ noch nicht los, im Gegenteil. Statt müder zu werden, war sie wacher geworden, sie gluckste sogar, und Gusto hatte das seltsame Gefühl, dass Omega seine Worte ganz genau verstanden hatte.

Und er schluckte.

Und er wurde bleich.

Und dann geschah die Sache mit der Spinne.

Also genau die Sache, die, wie ich bereits angedeutet habe, die beiden, Omega und Gusto, auf ewig aneinanderschweißen sollte. Doch wenn man die Sache mit der Spinne verstehen will, muss man zunächst wissen, wie die Spinne, die fette, eklige, fiese, widerwärtige schwarze Spinne ins Zimmer kam zu den beiden in dieser Nacht.

6

Die Maschine rollte eher, als dass sie ging, es sah jedenfalls so aus, als würde sie rollen, und sie trug ein langes, rotes Gewand, eine Robe, die ihre Räder verbarg.

Wir gelangten zu den ersten Büchern.

Jetzt fragt ihr zu Recht, Freunde aus dem Jahr 525: Was sind Bücher?

Bücher sind rechteckige Gebilde, die, in harte oder lasche Einbände gefasst, entweder harte oder lasche Gedanken ihrer Verfasser zu irgendwelchen Themen oder aber allerhand Geschichten beherbergen und die von den Menschen jener weit, weit zurückliegenden Epoche, in die ich reiste, konsumiert, sprich, gelesen wurden. Alles, was wir, Freunde, ohne stimmliches Hilfswerk zu begreifen in der Lage sind, allein durch unsere unmittelbare Gedankenverbindung, war den Menschen im Jahr o nicht möglich. Sie verfügten lediglich über zwei Hirnhälften. Und suchten verzweifelt nach Mitteln und Wegen, sich den anderen verständlich zu machen. Es scheiterte, das sei gleich gesagt. Um einen anderen Menschen zu verstehen, musste man zuhören; um sich einem anderen Menschen zu offenbaren, musste man sprechen, jene veraltete Kommunikationsweise also, die wir, Freunde, nur noch mit unseren Maschinen pflegen. Weil der Mensch aber keine Maschine ist, schlugen Sprechen und Zuhören oft genug fehl, und daher griff man zum Mittel des Schreibens und Lesens. Nur schnitzten jene Menschen eben nicht wie wir, Freunde, die Buchstaben in die Rinden der Bäume, sondern setzten sie in Bücher aus Papier, das man übrigens aus (ha!) Holz herstellte, oder aber, so eröffnete mir der Bibliothekar, die Buchstaben wurden in sogenannte Dateien überführt, die man öffnen konnte in einem Apparat, den Jimmy McGovern mit dem Wort *Kindchen* bezeichnete. Ein solches Kindchen haltet auch ihr nun in Händen, Freunde aus dem Jahr 525. (Aber wenn ihr jetzt glaubt, dass ich jedes Fitzeldetail auf derart ausführliche Weise beschreibe wie gerade eben, habt ihr euch geschnitzt. Dann käme ich niemals weiter. Ihr könnt allen fremd klingenden Wörtern und Konzepten, die ihr nicht versteht, auf den Grund gehen und im von mir verfassten, mit dieser Schrift hier gut verknüpften achttausendseitigen *Lexikon des Barbarismus* nachschlagen, indem ihr rätselhafte Begrifflichkeiten auf dem Kindchen-Bildschirm einfach antippt – ich finde das rührend, diesen altehrwürdigen Touchscreen –, und eine kurze Definition und Erklärung erscheint unmittelbar über oder neben dem Text. Besser noch, ihr geht – vor Lektüre meines Buchs – in die Bibliothek und lest alles über die Barbaren, was auch ich las.) Weiter! Jimmy schien erleichtert, dass ich – nach Entdeckung der elektronischen – die gedruckten Bücher in Ruhe ließ, zu kostbar, wie er immer wieder betonte, ich solle *ja* keins fallen lassen.

»Aber«, sagte ich, »in drei, vier Wochen sind sie ohnehin Schutt und Asche.«

Der Bibliothekar nickte und rieb sich das Kinn. »Schon«, sagte er, »aber der Reflex zum Bücherschutz ist uns Bibliothekaren eingestanzt.«

»Uns?«

»Ja, es gibt viele.«

»Wo sind die anderen?«

»Verstreut. Jede Bibliothek hat ein Motto. Jede Bibliothek hat einen Kern.«

»Und wie lautet das Motto dieser hier?«

Der Bibliothekar sagte: »Omega!«

»Wer oder was ist Omega?«

7

»In die nassen Sättel!«, rief Bitch Winter, als Schülerin, 1985, sechzehn Jahre jung. Es hatte geregnet, und die anderen trauten sich nicht aufzusteigen oder wischten mit Taschentüchern ihre Sättel ab, Bitch aber, mit schwarzen feuchten Haaren, wuchtete ihren Hintern auf den klatschnassen Sattel und grinste. Mit ihrem Vater Gusto teilte sie den Hass auf den eigenen Namen. So, wie Gustav Gustav hasste, hasste Birte Birte. Sie ließ sich aber nicht nur Bitch nennen, weil sie den Namen Birte hasste, sondern auch, weil sie zu gern eine *Bitch* gewesen wäre. Alles, was sie tat, tat sie mit verführerischem Augenaufschlag. Aber sosehr Bitch sich auch bemühte, sie war alles andere als eine Schlampe. Zwar verschliss sie schon früh eine Reihe von Freunden. Ihre Beziehungen-kann-man-das-nicht-nennen hielten nicht sonderlich lange und endeten meist damit, dass ihre Typen, die allesamt älter waren als sie, mit Birte ins Bett wollten. Nur machte Bitch das nicht mit. Sie war einfach noch nicht so weit. Doch keiner ihrer Freunde wollte sich eine Blöße geben, alle prahlten sie damit, Bitch tatsächlich gevögelt zu haben – rutsch ich hier mehr und mehr in die Diktion der Barbaren? Ich glaub, das ist ansteckend! –, jedenfalls gelangte Bitch auf diese Weise zu einem Ruf, der ihrem Namen entsprach. In Wahrheit dagegen: Jungfrau noch bis zweiundzwanzig. Bitch liebte das Dämmerlicht, in dem ihr Leben glomm, sie, die Verruchte, die Erfahrene, die mit allen Wassern Gewaschene, das verfluchte Objekt der Wollust. Bitch zerstreute die Gerüchte nie, im Gegenteil, von Freundinnen angesprochen, goss sie mit zweideutigen Blicken Öl ins Feuer kollektiver Phantasie.

Sie war biegsam und beugsam. Passte sich allen und allem an. Einer schleifte sie zum Fußball – sie warf sich einen Schal um; einer lebte als Ökofreak – Bitch zwängte ihren Hintern in hautenge Zebrahosen und trug Palästinensertücher; einer war deutlich älter und Klassikfan – Bitch kaufte ein kurzes Seidenkleid. So ging es weiter bis zum siebten Freund, der, mit dem sie am längsten zusammenblieb, schon achtzehn, kurz vorm Abi. Dieser Siebte war ein Esoteriker namens Henry Lamarque, ein Deutsch-Franzose, sein Vater stammte aus Marseille. Henry Lamarque glaubte an alles, was nicht niet- und nagelfest war. Er schleppte Carlos Castaneda ein wie eine ansteckende Krankheit. Und Bitch schluckte begierig, was Henry ihr vorkaute. Von diesem Siebten sollte sich Bitch nie wieder erholen, zeit ihres Lebens, im Gegenteil, dieser Siebte, obwohl er nach einem halben Jahr den Abflug machte – erstmals war es aber übrigens so, dass Bitch mit ihm hatte schlafen wollen, aber er nicht mit ihr, weil Henry sowohl Bitchs Aura als paarungsunreif erachtete als auch ihr Sakralchakra kritisierte –, dieser Siebte also übte einen derart starken Einfluss auf Bitch Winter aus, dass sie seiner im weitesten Sinne als esoterisch zu bezeichnenden Gedankenwelt verfiel und nicht mehr von ihr abließ. Henry haute irgendwann einfach ab, weil er, wie er sagte, das alles nicht mehr aushielt, wobei fraglich ist, was er mit *das alles* genau meinte – die Gesellschaft, das westliche Denken, die eindeutigen sexuellen Avancen, die Bitch ihm machte, oder die Tatsache, dass sich im Beisein der Bitch sein dafür vorgesehenes Zeugungsorgan nicht entsprechend vergrößerte, obwohl (oder vielleicht gerade weil) er Bitch über alle Maßen liebte. Henrys Verschwinden stürzte Bitch in eine welt- und ichumspannende Krise. Sie wusste nicht weiter. Mehr als Liebeskummer: existenzieller Notstand. An so was Profanes wie Abitur war nicht zu denken. Ohne Henry Lamarque – er hatte sich, nachdem ihn wie aus dem Nichts ein Heißhunger auf buddhistische Philosophie befallen hatte, nach Nepal abgesetzt –, brach Bitch entzwei, es war, als fehle ihr eine Hälfte ihres Körpers, als humpele sie nur noch auf einem Bein, mit halbem Kopf, mit einer Hand und mit zerhacktem Herzen durch die Welt.

Ihr Vater Gusto war keine wirkliche Hilfe. Er hatte sich nie mehr als nötig für Bitch interessiert. Obwohl er als allein erziehender Vater – Bitchs Mutter starb bei der Geburt – die Verantwortung in Gänze trug, vertrat er seit jeher die Auffassung, der Mensch solle sich aus sich selbst entwickeln, man dürfe nicht zu viel vorgeben, jeder, so Gusto Winter, lebe ohnehin irgendwann so, wie er selber es für richtig halte, eine Erziehung verderbe nur den Eo-ipso-Charakter, wie er es nannte. Gusto, mein Gott! Kurz, Bitch war auf sich selbst zurückgeworfen. Durchschritt das Tal der Finsternis. Sie schmiss die Schule – wenn du es für richtig hältst, war alles, was Gusto dazu sagte –, machte sich auf nach Nepal, schlug sich dort durch auf der Suche nach Henry, reiste weiter nach Indien, suchte auch halb Indien ab, fand aber Henry nicht. Wen sie fand, war Mama Aga, eine Frau, die allerhand Dinge konnte, die von westlichen Wissenschaftlern massiv in Zweifel gezogen wurden, also beispielsweise aus nichts *etwas* machen, *materialisieren* nennt sich das, oder kranke Organe mit bloßen Händen aus dem Körper entfernen, ohne Operationsnarben zu hinterlassen, und so weiter. Diese Mama Aga nahm Bitch im Verlauf eines, ich weiß nicht, wie sie es dort nennen, sagen wir *Happenings*, in die Arme, Bitch ließ die Mama nicht mehr los und klammerte sich mit all ihrer Kraft an sie, minutenlang, und Bitch sollte später erzählen, dass diese Frau sie gerettet, ihr einen Lichtpilz ins Innere gesetzt und dafür gesorgt hatte, dass dieses Leben, so finster und ausgeglüht es auch gewesen war, neu erleuchtet wurde, sprich, Energie-Übertragung, also quasi Akku-Auffüllung.

Bitch kehrte zurück in den Westen und ergatterte einen Job in einem Esoterikshop, letzte Konsequenz ihres bisherigen Lebensgangs, etwas, was sie konnte und kannte. Und zwar in Freiburg: fort aus dem Henry-losen Geburtsort Karlsruhe. Zu Beginn frequentierten nur wenige Kunden den Laden, und so nutzte Bitch die Zeit, um sich weiterzubilden. Sie las, was ihr in die Finger fiel. Alle Bücher, die auf den Verkauf warteten. Mehr noch: Ein Buch führte zum nächsten, eine Literaturangabe zur zweiten, dritten, und sie bestellte die Bücher irgendwann nicht mehr, um sie an die Kunden weiterzuverkaufen, sondern um sie selber zu verschlingen. Ihre Chefin Helen war dennoch zufrieden, weil sie immer seltener im Laden stehen musste und sich voll und ganz auf Bitchs Kenntnisse verlassen konnte. Innerhalb eines Jahres eignete sich Bitch ein ordentliches esoterisches Wissen in allen möglichen Bereichen an, vom Engel-Tarot bis zu den keltischen Ritualen. Die Arbeit verlieh Bitch einen festen Stand: die intellektuelle Beschäftigung mit den einzelnen esoterischen Richtungen; der persönliche Kontakt zum Kundenstamm, der sich im Lauf der Zeit ständig vergrößerte; aber auch das Materielle, Geschäftliche, das Kassieren und Geldzurückgeben oder der monatliche Anruf beim Esoterikgroßhandel plus Verlesen der Einkaufsliste. Es erfüllte sie mit einer gewissen Erdungskraft, wenn sie es aussprechen musste: Vier Schwarze Madonnen bitte, zwei Engelpendel aus Messing, eine Wahrsagekugel mit Halter im Schmuckkarton, ein Runenset Amethyst, drei Packungen Rider-Waite-Tarot, sieben keltische Pentagramme (die standen für Willensstärke und Erfolg), zwei Athame (Zeremonienmesser der Hexen und eine Sonderbestellung der alten Schwestern Belten, die sich selbst als Hexen bezeichneten, was von den Menschen ihrer Umgebung bestätigt wurde, wenn auch in anderer Konnotation), Aquamarin, Onyx, Unakit, zwei Sets tibetische Klangschalen und so weiter. Wenn die Stimme am anderen Ende dann noch sagte, Rosenweihrauch und Räucherstäbchen seien gerade im Angebot, bestellte Bitch auch Rosenweihrauch und Räucherstäbchen, ehe sie die Liste mit den Buchtiteln durchgab.

Und jetzt stolperte eines Tages ein junger Mann in den Laden, kaum jünger als sie selbst, magerer Kerl mit wirren Haaren, nachdem er die Mütze vom Kopf gezogen hatte, ein Dreitage-milchbart, er knetete die Mütze in seinen Händen und schrie: »Hallo!«, viel zu laut, worüber er selber am meisten erschrak, sodass er – leiser diesmal – das »Hallo!« wiederholte. Bitch legte ihr Buch zur Seite (Die Kraft der vier Erzengel) und nickte dem jungen Mann zu. Der stand einfach nur da. Vor ihr. Wusste nicht, was tun. Hätte am liebsten gesagt: »Ich bin Kolja. Kolja Zacharias. Ich schleiche hier seit zwei Wochen um den Laden, ich hab mich nicht rein getraut, bin rettungslos verloren, hab noch nie eine Frau angesprochen, einundzwanzig, aus dem katholischen Elternhaus geflüchtet, weil ich es nicht mehr aus-gehalten hab, so weit weg wie möglich, bin gerade auf dem Weg zu mir selbst, ich weiß nicht, wie ich diesen Weg finden soll, aber deshalb bin ich nicht hier, nicht, um mir durch esoterischen Firlefanz den Weg zu mir selbst zeigen zu lassen, nein, ich bin hier, um dich anzusprechen, ich bin hier, weil ich noch nie mit einer Frau im Bett war und genau das jetzt nachholen will, so-fort, auf der Stelle, mit dir, ich weiß nicht, wie du heißt, ich weiß nicht, wer du bist, aber ich beobachte dich seit zwei Wochen, jetzt hab ich mich reingetraut, und ich bin hier, um mit dir zu schlafen, ich bin hier, weil ich mein Leben lang nie an Sex den-ken durfte, in meiner katholisch verpesteten Scheißjugend, aber jetzt bin ich draußen und hab der Vergangenheit den Rücken gekehrt, der Vergangenheit und der Kindheit und der Jugend und dem Schein und der Doppelmoral und der psychischen Vergewaltigung, jetzt bin ich hier!« Aber Kolja sagte das alles nicht, weil er nie viel sprechen würde, Kolja, ein Schweiger, ein bärbeißiger Schweiger sollte er werden, der zeit seines Lebens die meisten seiner Worte ungesagt im Innern versickern ließ, er schwieg und stand mit zerstrubbeltem Haar und gesenktem Kopf und hochroten Wangen vor Bitch.

»Was willst du?«, fragte Bitch, und das selbstverständliche Du, die raue Stimme, die rauchige Stimme, Bitch rauchte zwei Packungen gesunde indianische Zigaretten am Tag, all das verwirrte Kolja noch viel mehr, sodass er in seiner Not einfach die Hand hob und auf irgendeinen Gegenstand zeigte, im Regal hinter Bitch Winter. Die drehte sich um und fragte ihn: »Die Kristallkugel?«

Kolja nickte.

Bitch angelte die Kugel (sechsundvierzig Mark fünfzig) aus dem Regal. »Weißt du, wie man die bedient?«, fragte sie.

Kolja schüttelte den Kopf.

»Ist eigentlich was für Hexen. Bist du mit den Zaubersprüchen vertraut?«

»Hokuspokus?«, flüsterte Kolja.

Bitch verdrehte die Augen. »Wenn du die Zaubersprüche nicht kennst, nimm das hier mit.« Bitch reichte ihm das *Buch der Zaubersprüche* und eine Bedienungsanleitung für die Wahrsagekugel aus Kristall. Kolja nickte, und Bitch packte alles in einen Jutebeutel. Die Kasse klingelte, Kolja reichte sein gesamtes Geld für diese Woche über den Tresen und hätte sich beinah verbrannt, weil er nur Augen für Bitch hatte und das Schälchen mit der Sakralchakraräucherung übersah, das neben der Kasse stand und vor sich hin glimmte, sodass er einen Hitzestich spürte, die Hand zurückzog und ein Geldstück verlor, das in das Schälchen mit der Sakralchakraräucherung plumpste, und in Bitch zischte zugleich ein heftiges Verlangen nach dem jungen Mann vor ihr auf, denn eine Sakralchakraräucherung erhitzt, wie sie wusste, die sexuelle Energie.

Doch Kolja hatte sich schon umgedreht.

Bitch rief: »Weißt du eigentlich, was Hokuspokus bedeutet?«

Kolja blickte noch einmal zurück und schüttelte stumm den Kopf.

»Katholische Kirche«, sagte Bitch. »Die Wandlung. Bist du katholisch?«

Kolja nickte.

»Dann kennst du das lateinische *Hoc est enim corpus meum*?«

»Ja.«

»*Hocestenimcorpusmeum*. Wenn du das nuschelst, wird das zu *Hokuspokus*.«

Kolja sperrte den Schnabel auf. Bitch hatte, ohne auch nur ein Gramm seiner inneren Nöte zu kennen, Koljas Unbehagen über seine ritualverseuchte Vergangenheit auf einen Nenner gebracht. Alles, woran Kolja in Kindheit und Jugend geglaubt hatte, wurde mit diesem einen Wort plötzlich als das entlarvt, was es jetzt für ihn war: ein ungeheurer Hokuspokus in abenteuerlicher Sinnlosigkeit.

8

Fortan ging Kolja jeden Montag – er jobbte beim City-Blitz und ließ sich freitags den Wochenlohn auszahlen – in Bitchs Laden und deutete auf ein neues Produkt in den Regalen, was dazu führte, dass er meist schon zu Beginn der Woche pleite oder erheblich gerupft war und sich die nächsten Tage durchschnorren musste. Er kaufte also – ohne irgendwas von dem, was er kaufte, wirklich zu wollen oder zu brauchen oder an das, was er da ergatterte, auch nur annähernd zu glauben – ein Auramessgerät, eine 12ml-Flasche Liebestinte mit echtem Rosenöl, den Regenbogenkristall Drachenträne sowie das Gargoyle Set, und er ließ sich, da Bitch gerade in ihrer Engelphase war, das schweineteure Erzengelsiegel des Schutzengels Michael andrehen, mit den Inschriften Michael, Saday, Athanatos und Sabaoth. In dieser Woche nahm Kolja zwei Kilo ab, da ihm nichts mehr zum Leben blieb und er seine Eltern nicht um ein Almosen bitten wollte. Und Bitch? Eine Weile spielte sie kalt lächelnd mit Kolja wie ein Orca mit der Robbe. Sie wusste, der Kerl würde wiederkommen. Jeden Montag. Sie wusste genau, was er wollte. Seine Augen verrieten ihn. Bitch dagegen dachte, ihre eigene Lust auf diesen Kolja würde mit der Zeit nachlassen. Doch das Gegenteil war der Fall: Ihr Verlangen wuchs mit jeder neuen Begegnung.

Endlich, am fünften Montag, nahm Kolja all seinen Mut zusammen und stammelte: »Harry und Sally.«

»Bitte was?«, fragte Bitch.

»Harry und Sally«, wiederholte Kolja, als würden diese Worte blitzhell seinen Wunsch durchleuchten.

»Hör zu«, sagte Bitch. »In puncto Telepathie stehe ich erst am Anfang. Also entweder, du sagst mir klipp und klar, was Sache ist, oder du kommst in drei Monaten wieder, wenn ich Gedanken lesen kann.«

Kolja murmelte: »Kino.«

Bitch schwieg.

Da nahm Kolja einen Atemzug der esoterischen Luft, die nach Räucherstäbchen und indianischen Zigaretten schmeckte und leichten Schwindel erwirkte, wann immer er den Laden betrat – er wusste aber nicht, ob der Schwindel nicht doch eher von Bitchs Anwesenheit herrührte –, schloss die Augen, öffnete sie wieder, zückte zwei Kinokarten, die er in einem Anflug von Mutwahn gekauft hatte, zeigte sie Bitch, indem er zum ersten Mal in seinem Leben eine Frau zu etwas einlud: »Kommst du mit?«

»Wann?«, fragte Bitch.

Kolja erstickte seinen Jubel mit dem internen Kissen zum Ersticken jeglicher Gefühle, das ihm die Erziehung angezüchtet hatte, und sagte ruhig: »Morgen Abend um zwanzig Uhr.«

Bitch lächelte. »Du meinst acht?«

Kolja nickte.

»Also dann«, sagte Bitch und nahm ihm beide Karten ab.

Kolja machte die Nacht über kein Auge zu, weil er sich einerseits immer wieder vorstellte: mit Bitch im Kino, Betreten eines dunklen Saals, andererseits aber auch Angst hatte, Bitch könnte beide Karten an sich genommen haben, um ihn, Kolja, zu verarschen und beim Kino vielleicht mit ihrem eigenen Lover auftauchen. Tat sie aber nicht. Bitch kam allein, hakte sich unter, sodass Koljas Ellbogen sacht Bitchs Brust berührte, was ihm Schweiß auf die Stirn trieb, doch zum Glück bemerkte Bitch davon nichts, sonst hätte sie sofort das Bild ihres Vaters Gusto vor Augen gehabt, dessen Ausdünstungen sie nicht nur wegen des Geruchs, sondern auch wegen der tropenartigen Atmosphäre hasste, die sich ausbreitete, wenn man ihm zu nah kam.

Die beiden begleiteten Harry und Sally bei ihren ungelenken Versuchen, befreundet zu bleiben, gingen danach noch was trinken, und in der Kneipe wiederholte Bitch gleich zu Beginn die entscheidende Frage des Films, fragte Kolja also, ob Harry vielleicht recht habe, wenn er sage, dass eine Freundschaft zwischen Männern und Frauen unmöglich sei, weil immer der Sex dazwischen komme.

»Ich weiß nicht«, sagte Kolja. »Wie ist es bei uns?« Und wurde knallrot. Merkte erst, als die Worte schon wie Lemminge von den Lippenklippen gestürzt waren, was genau er da gefragt hatte. So war das nicht gemeint, hätte er am liebsten hinzugefügt, hoffe, du verstehst das nicht falsch, das war jetzt keine plumpe Anmache, ich wollte nur, weiß auch nicht, was ich wollte, hoffe, ich ...

»Gehst ganz schön ran«, sagte Bitch, deutete eine Ohrfeige an und bestellte einen Feldsalat mit Croutons, obwohl sie viel zu aufgeregt war, um Hunger zu haben. Bitch war endlich bereit. Ihr Sakralchakra blühte. (Tut mir leid, aber so dachte sie nun mal.)

Und es geschah noch im Auto. Kolja hatte an diesem Morgen seine Chefin gefragt, ob er ausnahmsweise den roten Flitzer mit der Aufschrift City-Blitz ausleihen könne, nach Dienstschluss. Seine Chefin hatte in einem Anflug von Milde ihre Erlaubnis erteilt, was sie aber im Lauf des Tages bereute, denn Kolja war an diesem ganzen Tag, der auf den Kinobesuch mit Bitch Winter hinauslaufen sollte, dermaßen aufgeregt, dass er sich ständig verfuhr, weil er an nichts anderes mehr denken konnte als an den Abend mit Bitch, sodass seine Chefin durchs Funkgerät das eine oder andere Mal heftig fluchte. Kolja also wollte den Sitz umlegen und griff an Bitch vorbei auf die Seite – sie standen auf dem abgewrackten Parkplatz gegenüber dem Cräsh, nah den Schienen –, und bei diesem Manöver klemmte sich Kolja den Finger, was er sich aber nicht anmerken ließ, denn Bitch löste jetzt ihre Lippen von Koljas Mund und reichte ihm – er hatte nicht sehen können, woher sie das Ding nahm – ein Kondom. Nun wusste Kolja zwar, wozu man ein Kondom brauchte, zu dieser Zeit trug auch jedermann die Dinger in der Tasche, aber eins aufgesetzt hatte er sich noch nie. Als er, um die Plastik-packung zu öffnen, sein Zahnwerk benutzen wollte, und Bitch ihn anmotzte, ob er verrückt sei, er könne mit den Zähnen ein Loch in den Gummi beißen, erinnerte er sich daran – froh da-rüber, dass Bitch die Sache, ohne weitere Peinlichkeiten zu ver-breiten, selber in die Hand nahm –, erinnerte sich Kolja also an eine Stunde im Religionsunterricht, die sich ihm ins Hirn ge-teert und gefedert hatte, eine Stunde, in der die Lehrerin Brigitte Walter sich progressiv geben wollte und einen Text mit in den Unterricht gebracht hatte, in dem es um Sexualität ging und das Wort *Kondom* wie eine Haiflosse das Buchstabenwasser durch-schnitt. Kolja war vierzehn damals und hatte das Wort nie gehört. Wie es der Zufall wollte, musste ausgerechnet Kolja die fragliche Zeile vorlesen, und er las, er wollte lesen, er wollte nicht stocken, er wollte nicht stecken bleiben, und so las er das Wort Kondom schnell heraus, aber statt das O, wie es sich ge-hört hätte, schwanzlang zu betonen, entschied er sich beto-nungstechnisch für ein Doppel-M, sagte also nicht, wie er es besser hätte tun sollen, Kon*dohm*, sondern Kon*domm*. Die Klasse brach in Gewieher aus. Die Lehrerin wurde rot, denn dieser Schuss war nach hinten losgegangen: Sie hatte einem ihrer Schüler, und zwar ausgerechnet demjenigen, unter dessen Stirn ohnehin schon Minderwertigkeitsgefühle wie Pilze aus dem Boden schossen, ein lebenslanges Trauma eingepflanzt. Jetzt aber, während Kolja Zacharias und Bitch Winter auf dem Beifahrersitz loslegten, kam Kolja noch einmal diese Szene in den Sinn, und er hielt die Schreie, die Bitch ausstieß, für Schreie der Lust, was aber nicht (nur) der Fall war, denn Bitch dachte, da müsse sie durch, verschaffte sich Luft, indem sie einfach nur schrie, jedoch so laut, dass einige trübe, schwarz geklei-dete Gestalten – soeben aus dem Cräsh gestolpert – auf den schaukelnden City-Blitz-Wagen aufmerksam wurden, hinü-ber schlenderten, durchs Fenster blickten und Bitch und Kolja mit Anfeuerungsrufen bejohlten. Die beiden hielten sofort inne, Kolja zog die Hose hoch, kletterte auf den Fahrersitz, ließ den

Wagen an, die Reifen drehten durch, spritzten jede Menge fatalen Kies in die Luft, und so fing es an, das gemeinsame Leben
der Eheleute Bitch Winter und Kolja Zacharias, Adoptiveltern
von Sybille Zacharias, genannt Omega. Ich war noch nicht
dabei, ich weiß das nur aus den Büchern, die ich inhalierte, in
Vorbereitung auf meinen Trip. Aber egal. Ich wollte eigentlich
etwas anderes erzählen. Gusto. Wollte erzählen, was geschah an
jenem Abend, an dem er bei Omega saß und Omega ihn nicht
losließ. Wollte von der Spinne erzählen. Doch bevor ich dies
tue, muss ich erst das *Spiel* erwähnen. Anstrengend, dieses Eins-
nach-dem-anderen.

9

Es gefiel mir in der Bibliothek. Jede Menge Wirbelsäulensessel.
Kaminhologramme. Exquisite Speisen. Megansaft. Orchideen-
pulver. Ich vermisste nichts. Und ich las. Ich las pausenlos. Wie
angenehm, dieses Am-Stück-lesen. Ohne fürs Lesen von Rinde
zu Rinde hechten zu müssen, wie wir es gewohnt sind. Ich verschlang zunächst zig Bücher *über* den Barbarismus, verfasst
von mehr oder weniger nüchtern auf jenes düstere Zeitalter bli-
ckenden, der reinen Geschichtsschreibung verhafteten späteren
Autoren. Die Kriege, die sich zerfleischenden Kulturen, die
Hungergenozide, die scham- und rücksichtslose Ausbeutung:
Ich konnte kaum glauben, dass die damaligen Menschen alldem
nichts oder nicht genug entgegengesetzt hatten. Obwohl sie genau Bescheid wussten. Zum Beispiel darüber, dass täglich dreitausend Menschen allein an den Folgen von Durchfallerkran-
kungen starben. Nein – sie ließen es geschehen. Mich fröstelte.

Bald schon wandte ich mich daher dem Kern der Bibliothek
zu: ein Saal, in dessen Mitte eine uralte Omega-Statue stand
(eine Statue, die Omega selber verabscheut hätte und die aus
dem frühen Zeitalter des Omegismus stammte, wie Jimmy mir
mitteilte), und um sie her haufenweise Bücher, die sich mit dem

Leben, Denken und Handeln der Weltretterin namens Omega Sybille Zacharias befassten sowie mit Leben, Denken und Handeln all jener Menschen, die – auf welche Art auch immer – bei ihrem Kampf eine Rolle gespielt hatten: Omegas geliebter Adoptivbruder Alpha, ihr Adoptivgroßvater Gusto Winter, ihre Adoptiveltern Kolja und Bitch, der reichste Mann der Welt (Buzz Monster), der Projektkünstler Matthias Schamp, der Neurologe Henry Lamarque, der schwule Buddha Tashi Tengrit samt Maha-So-Lati, die Teilchenphysikerin Sabrina Steward sowie die am Rand auftauchenden Heidi Klum, James Cameron, Sabine Lisicki, Weaver Wallace, Harry Schmelzer und Denise Wanda Lager. Um ein Buch von etwa vierhundert Seiten zu lesen, benötigte ich eine halbe Stunde. Ich las aber nicht nur zahlreiche Omega-Biografien, sondern auch einige Bände der *Gestammelten Schriften* Gusto Winters (der achtmal zum Doktor honoris causa ernannt wurde), las dessen weltbekannte *Philosophie der Exkremenz I–III* (sein dreitausendseitiges Hauptwerk), die perfide Essaysammlung *Spielen*, die Aphorismen *Cräsh*, die überaus populären *700 Schüttelreime zur Entstehung und Vernichtung der Welt* mit einem Motto von Wilhelm Busch (Oft ist das Denken schwer, indes / das Schreiben geht auch ohne es), ich kämpfte mich durch das kryptisch anmutende Spätwerk *Sinnentiere versus Spinnentiere*, verschlang seine Dramolette mit dem Titel *Die Geburt des Sinns aus dem Unsinn*, die Pamphlete und Essays *Vom überfälligen Untergang der Religion* und *Vom überfälligen Wandel in der Wissenschaft* sowie die ausführlichen Memoiren, und in den Memoiren natürlich vornehmlich die Darstellung jener Jahre, die Gusto mit seiner Adoptivenkelin Omega verbracht hatte. Je mehr ich las und verstand und hinter die Kulissen blickte, je mehr ich mich mit der Vergangenheit beschäftigte, etwas, was wir – da hat Jimmy recht – irgendwie aus den Augen verloren haben in unserer Jetzt-Obsession, umso mehr wurde ich regelrecht entzündet, inspiriert, beflügelt! Es gibt sie, Freunde, es gibt die Vergangenheit! Und wenn es eine Vergangenheit gibt, warum sollte es nicht auch eine Zukunft geben? Weshalb sich mit der Gegenwart begnügen? Weshalb nicht kämpfen? Und alles, alles tun, was möglich ist! Alles versuchen! Alles, was man uns beigebracht hat, gründlich überprüfen!

Omega hat es uns vorgemacht.

Omega!

Ihre Kraft, Geschmeidigkeit, Ausstrahlung.

Ihre Energie, ihre Fähigkeit, ihre Gabe.

Nur durch sie, Ihre Nichtigkeit, leben wir heute.

Nur durch sie gibt es diesen Planeten (noch).

Sie hat schon einmal die Erde gerettet.

Im Jahr 2021 nach Christus.

Vor dem sicheren Untergang.

Vor dem absolut sicheren Untergang!

Vor einem Untergang, der – genau wie heute – auch damals unabwendbar schien.

Ihr zu Ehren war die Zeitrechnung umgestellt worden.

Ihr zu Ehren war Jesus Christus abgeschafft worden.

Sie, Omega Zacharias, das Leitbild.

Die Orientierung.

Der Strohhalm, an den man sich klammern konnte.

Sie, die schöne Omega!

Die Erlöserin!

Omega Sybille Zacharias!

The Wizard of Oz.

Black Female Messiah.

Victoria's True Secret.

Und, so mein blitzlichter Gedanke, der mir plötzlich kam, nachdem ich wahre Scheiterhaufen von Büchern über Omegas Leben und Wirken gelesen hatte: Wäre Omega nicht in der Lage, es noch einmal zu tun? Die Welt zu retten? Heute? Jetzt? Hier? Für uns? Mit uns? Egal, wie groß der Meteorit auch sein mochte! Ja. Keine Frage! Sie würde ihn zermalmen! In Ketten legen! Sie würde es schaffen! Mit ihr ... Wenn sie nur hier wäre! Es kann doch nicht alles verloren sein! Gewiss, ich kannte Omega nur aus Büchern. Aber ihr Wesen strahlte mir aus jedem einzelnen Buchstaben entgegen. Je mehr ich über sie las, umso mehr sehnte ich mich nach ihr. Ich träumte von ihr. Hatte dieses Bild in meinem Herzen, in meinem Hirn, in meinem verzweifelten Quadrupelhirn, dieses Bild, das unmöglich wahr werden konnte: das Bild, wie sich die Tür öffnet, die metallene Tür des Eingangsraums, wie Omega Zacharias hineinschwebt, luftfüßig, in einem dunklen Kleid, mit ihrem kahlen Kopf, und ihr Blick und ihre Bewegungen und ihre Stimme: »Elias. Elias Zimmermann. Alles wird gut.«

Am zwölften Morgen nach Betreten der Bibliothek wachte ich auf (somit blieben der Erde nur noch rund zwölf Tage) und griff mit der Rechten ins zerbröselnde Bild meines Omega-Traums, und ich sagte murmelnd und noch im Halbschlaf zum Bibliothekar: »Ich wünschte, sie wäre jetzt hier.«

»Wer?«, fragte der Bibliothekar, der meinen Schlaf stets sorgsam überwachte, ich hatte mich daran gewöhnt.

»Wer!?«, rief ich. »Omega!«

»Wieso?«

»Sie weiß, wie man die Welt vorm Untergang rettet.«

»Das stimmt allerdings!«, sagte er.

»Sie hat es schon einmal getan!«

Er nickte.

»Vielleicht könnte sie es wieder tun!«

»Sie ist tot«, sagte er.

»Egal!«, rief ich.

Der Bibliothekar schwieg. Nachdenksimulation. Nach ein paar Minuten sagte er: »O Elias!«

»Ja?«

»Es gäbe da eine Möglichkeit, sie kennenzulernen.«

»Wen?«, fragte ich.

»Wen!?«, rief Jimmy. »Omega!«

Ich schwieg und kroch zu ihm.

»Ich denke«, sagte der Bibliothekar, »du bist jetzt bereit für die Kalladabs-Oboren.«

»Aha«, sagte ich. »Kann man die essen?«

In seinem ganzen Leben hatte Gusto Winter viele gute Ideen. Aber nur eine einzige grandiose Idee, wie er selbst sagte, wobei ich mich eines Kommentars zu diesem Urteil enthalte. Also gut. Die Idee für ein Spiel. Ein Gesellschaftsspiel. Das Spiel sollte Crashkurs heißen. Gusto hielt die Anhäufung von materiellen Gütern für ein Grundübel seiner Zeit. Er wollte mit seinem Spiel eine Art Weckruf in die Welt setzen: Haut das Geld raus oder tut was Vernünftiges damit! Er war so überzeugt von seiner Idee, dass er ewig an dem Spiel bastelte, immer neue Figuren und Bretter herstellte, immer genauere und klarere Aktionskärtchen und Aufgabenstellungen ersann, immer spannendere Kniffe und Wendungen. Er berauschte sich über ein Jahr lang an diesen Verbesserungen, bis er das Gefühl hatte, gewappnet zu sein für die Präsentation des Spiels. Im Alter von fünfzig Jahren schrieb er die wichtigsten Spieleverlage an, musste aber einsehen, dass man nicht das geringste Interesse an Gesprächen mit ihm aufbrachte, sondern ihn abwimmelte mit dem Hinweis darauf, er solle die Idee auf maximal einer DIN-A4-Seite zusammenfassen. Was er zunächst auch tat. Er hörte aber nichts von den Verlagen. Einige Zeit verstrich. Gusto wurde unruhig. Es konnte nicht sein, dass alle Welt die Genialität dieses Spiels übersah! Es musste sich doch einer finden, wenigstens ein Einziger, der freudig anrufen und Gusto in sein Büro laden und ihn bitten würde, das Spiel zu präsentieren. Aber das geschah nicht. Irgendwann verlor Gusto die Geduld, machte sich auf den Weg zu einem der größten Spieleverlage und verschaffte sich Zutritt mit dem Vorwand, er wolle ein Paket abgeben, das an den Chefredakteur persönlich adressiert sei und folglich auch nur vom Chefredakteur persönlich entgegengenommen werden dürfe. Dazu hatte sich Gusto knallgelbe Klamotten gekauft und komische Posthörner an die Schultern genäht. Tatsächlich funktionierte seine klägliche Verkleidung, und man führte ihn ins Büro des Chefredakteurs, der staunte, als Gusto die Tür schloss, seine Mütze abnahm und ihm offenbarte, weswegen er in Wahrheit hier sei und wie er sich Einlass verschafft und dass er jetzt und sofort und unbedingt mit ihm, Herrn Doktor Lemmert, zu sprechen habe, da es sich um eine geniale Idee für ein Spiel handele.

Doktor Lemmert griff zum Telefonhörer, um jemanden zu rufen, der ihm diesen Kerl hier aus den Augen schaffen sollte. Doch als Gusto in einem letzten Augenblick der Verzweiflung sein Paket abstellte, auf die Knie sackte – Gusto Winter! – und herzergreifend einfach nur »Bitte!« flüsterte, seufzte Lemmert und legte den Hörer weg. Es überkam ihn so etwas Ähnliches wie Mitleid. Lemmert schaute zur Uhr, sagte: »Sie haben fünf Minuten!« Gusto strahlte, verplemperte allerdings schon dreißig Sekunden damit, das zu gut verschnürte Paket aufzumachen. Gustos Hemd war auf einen Schlag klatschnass. Lemmert rümpfte die Nase. Weitere zwei Minuten verstrichen, ehe Gusto Spielfiguren und Karten aufgebaut und hingelegt hatte.

»Mein Spiel«, sagte Gusto endlich, »unterscheidet sich von allen anderen bekannten Spielen. Elementar! Bei meinem Spiel gewinnt nicht derjenige, der am Ende alles oder am meisten hat, sondern derjenige, der am Ende nichts mehr hat. Verstehen Sie?«

»Nein.«

»Es sind bis zu sechs Spieler. Ein Investmentbanker, ein Immobilienhai, ein Vorstandschef, ein Börsenmakler, ein Topmanager, ein Devisenspekulant. Am Anfang hat jeder ein Vermögen von einer Milliarde Dollar. Ziel des Spiels: Sie müssen ihr Geld loswerden. Gewinner ist, wer am Ende alles verloren hat.«

»Und wie soll das gehen?«

»Auf der einen Seite müssen die Spieler etwas bauen.«

»Und was?«, fragte Lemmert.

»Behindertenschulen, Hospize, Obdachlosenhorte, Betreuungsstätten, Kinderkrippen, Rehabilitierungszentren, das ganze Programm. Ist ausbaufähig.«

»Aha!«, sagte Lemmert und lehnte sich zurück.

»Außerdem«, sagte Gusto, »müssen sie das Geld verprassen.«

»Wie das?«

»Zum Beispiel«, sagte Gusto, »mit Nutten.«

»Mit Nutten!?«, rief Lemmert.

»Klar«, nickte Gusto, »Frauen, Champagner, schnelle Autos, auch auf der Rennbahn, im Spielkasino et cetera.«

Lemmert wirkte fassungslos.

»Aber«, sagte Gusto, »ich habe den sechs Knilchen das Leben schwer gemacht. In jeder Runde ziehen sie Zinsen. Zinswürfel: zehn, zwanzig oder dreißig Prozent ihres Vermögens kommen hinzu.« Gusto redete so schnell, dass Lemmert kaum etwas von den weiteren Regeln und Aktionen mitbekam, von den Möglichkeiten der Spieler, sich gegenseitig die verhasste Kohle zuzuschustern, von den ärgerlichen Gewinnen, die ihnen sonst noch zuteilwerden konnten (Optionen, Boni, Aktien, Übernahme einer lukrativen Firma etc.), von den Ereigniskärtchen, der Rundstrecke, die durchlaufen werden musste, von den schwarzen Kassen und Fonds, Gusto erzählte davon, wie die Spieler die Gebäudeteile der sozialen Einrichtungen erwerben konnten, erwähnte die geheimen Absprachen, bei denen Spieler abseits des Tischs untereinander eine Aktion planen konnten, um einem anderen einen Batzen Kohle aufzubürden, er redete vom Startfeld, einer Bank, und vom Ziel, einem Obdachlosenheim.

Lemmert schaute zur Uhr. »Sieben.«

»Was?«

»Sieben Minuten.«

»Ja, und?«, fragte Gusto.

»Tut mir leid, wenn ich drastisch werde«, sagte Lemmert. »Aber packen Sie Ihren Scheiß wieder ein und machen Sie, dass Sie rauskommen.«

Gusto konnte nicht glauben, was er soeben gehört hatte. Er war davon überzeugt gewesen, dass, wenn er nur einmal einem Menschen von seiner Idee berichten könnte, dieser Mensch ihm um den Hals fallen und zurufen würde: »Damit werden wir reich!« Und dass es dann endlich vorbei wäre mit den ewigen Kneipenjobs, die ihn gerade so über Wasser hielten. Jetzt war seine Ernüchterung umso größer. »Das werden Sie bereuen!«, zischte Gusto und packte die Teile seines Spiels zusammen.

Als Gusto schon an der Tür stand, hörte er noch einmal Lemmerts Stimme in seinem Rücken: »Machen Sie sich keine Hoffnungen!«, sagte Lemmert. »Am besten ist, sie schmeißen das Ding in den Müll. Suchen Sie sich eine vernünftige Arbeit! Sie werden noch mal froh sein, dass ich Ihnen die Wahrheit gesagt habe.«

Gusto schloss die Tür, blieb noch einen Augenblick stehen und sah den Flur entlang. Und dieser Augenblick veränderte sein Leben. Denn während er dort stand, hörte er aus dem Büro, durch die verschlossene Tür hindurch, wie Lemmert zu sich selber »Nutten!« sagte und dann in Gelächter ausbrach. Gusto wurde auf einmal ganz ruhig. Dir werd ich's zeigen, dachte er. Du wirst das nie in deinem Leben vergessen, dass du hier und heute gelacht hast, Doktor Lemmert. Ich werde nicht aufgeben. Niemals.

Die Mini-Spiele-Messe in Lüneburg fand statt in einem großen Zelt fernab des Stadtzentrums. Zwei Jahre waren seit dem Auftritt bei Lemmert verstrichen. Gusto hatte sich immer mehr in seine fixe Idee verbissen. Jetzt schlenderte er durch Lüneburg, schaute sich die Fassaden auf dem Marktplatz an und verstand zum ersten Mal den Begriff Fassade, als er die sinnlos und nur zu Dekorationszwecken vor die Häuser geklatschten falschen Dachgauben begutachtete. Er hatte noch einen Tag Zeit, ehe die Mini-Spiele-Messe ihre Tore oder besser gesagt Zeltplanen öffnete, und da kam ihm plötzlich die Idee, dass auch er noch etwas am Erscheinungsbild seines Spiels ändern könnte, an der Fassade, am äußeren Reiz, an der Optik. Er ging in ein Geschäft mit Bastelutensilien, kaufte verschiedene Sachen und verbrachte den Abend werkelnd. Er besah spät in der Nacht das Ergebnis mit zufriedenem Schmunzeln. Stopfte das von ihm Erschaffene in eine kleine Schachtel. Dann erst ging er ins Bett.

Auf der Mini-Spiele-Messe in Lüneburg konnten Entwickler von Spielen ihre Ideen »einem interessierten Publikum« präsentieren. Das Zelt war fünfzig Meter lang, und die Anbieter der

Spiele hockten dicht gedrängt an winzigen Tischen. Die Besucher – es handelte sich um Redakteure größerer, kleinerer und unabhängiger Spieleverlage sowie um allerhand Agenten – flanierten an den Tischen vorbei, betrachteten die Spiele und redeten mit den Entwicklern. Gusto hatte bei der Einschreibung keine Ahnung von der Lage der Plätze gehabt. Und saß jetzt an übelster Stelle. Sodass man ihn und seinen Tischkollegen – einen Endvierziger mit Spitzbart und Glatze – durchaus übersehen konnte. Was auch geschah. Gusto wartete eine Stunde, zwei Stunden, drei Stunden, ohne dass überhaupt jemand bei ihm stehen blieb. Um die Aufmerksamkeit wenigstens ein bisschen in seine Richtung zu lenken, packte Gusto seine Jonglierbälle aus, die er immer am Mann hatte, und jonglierte mit drei, dann vier, gar fünf Bällen, und tatsächlich bildete sich eine kleine Traube von beeindruckten Menschen, die ihm applaudierten, doch als Gusto sich verbeugte und auf sein Spiel deutete, löste sich die Gruppe rasch auf, und Gusto war wieder allein und setzte sich – ernüchtert. Die paar Leute, die in den nächsten Stunden doch noch an seinen Tisch traten, wandten sich nach kurzer Zeit wieder ab, weil – das musste auch Gusto zugeben – viele andere Spiele trotz der Mühe, die Gusto sich gegeben hatte, reifer, schöner aussahen und den Eindruck höherer Durchdachtheit und geringerer Konfusion vermittelten. Gusto wartete dennoch weiter. Beharrlich. Wie eine Spinne saß er in seiner Ecke und wartete auf die Fliege, auf die eine Fliege, die ihm irgendwann ins Netz schwirren würde.

Und die Fliege kam.

Um siebzehn Uhr fünfundvierzig.

Mister Wallace.

Mister Weaver Wallace from California.

Wenn man Gusto als dick bezeichnen konnte, so war Weaver Wallace fett. Wenn bei Gusto Schweiß strömte, flossen bei Wallace Bäche über Stirn, Wangen und Rücken. Und mit Sicherheit war es diese äußere Gemeinsamkeit, die Wallace und Gusto gleich zu Beginn ein wenig, naja, zusammenschweißte. Wallace ließ sich schnaufend auf den Stuhl nieder, der vor Gustos Tisch stand und fiepte eher, als dass er atmete, tupfte sich mit einem Tuch – mehr Handtuch als Taschentuch – den Schweiß von der Stirn, nickte, sagte: »How are you?« und blickte auf das Spiel. »What do we have here?«, fragte Wallace. Gusto kramte seine spröden Englischkenntnisse aus und erklärte dem Walross, um was es sich handelte. Als Gusto auf die Nutten zu sprechen kam, fragte Wallace nach: »Sorry, man, did you just say *whores*?«

»Yes«, sagte Gusto. »Whores.«

Wallace schaute ihn an, weil er immer noch glaubte, sich verhört zu haben.

Da öffnete Gusto die Schachtel mit den am Vorabend gebastelten Figuren und holte die drei Spielzeugpüppchen heraus, eine blond, eine schwarz-, eine rothaarig, eine im Minirock, eine mit Strapsen, eine mit halterlosen Strümpfen, eine mit Regenschirm, eine mit Peitsche, eine mit Banane im Mund, und stellte sie der Reihe nach auf das Spielbrett. Weaver Wallace schaute abwechselnd auf die Püppchen und dann auf Gusto, dann wieder auf die Figuren, und dann wiederholte sich das Lachen, das Gusto schon einmal gehört hatte, das Lachen, das dem Lachen von Herrn Lemmert glich, und als Gusto dieses Lachen vernahm, glaubte er, dass es jetzt endgültig vorbei sei, dass er sich geschlagen geben, dass er sich verabschieden müsse von seiner Idee mit dem Spiel namens Crashkurs, und seine spontane Wut auf das Lachen wich einer immensen Traurigkeit, und zum ersten Mal in seinem Leben wäre Gusto Winter beinah in Tränen ausgebrochen vor einem anderen Menschen, aber er riss sich zusammen und wollte die Püppchen schon wieder einpacken, als Wallace die Hand hob, Gusto daran hinderte und sagte: »You're crazy, man, you're fucking crazy. You're the funniest guy in the world, man.« Wallace beruhigte sich langsam, betrachtete dann eine Viertelstunde lang das Spielfeld, ohne ein einziges Wort von sich zu geben, ab und an zuckten seine Lippen, wenn sein Blick auf die Nutten fiel, und dann schaute er in Gustos Richtung, strahlte, reichte ihm die Hand und sagte: »I'm gonna buy it, man.«

Gusto glaubte, sich verhört zu haben.

»I'm gonna buy it, man. Do you hear me?«

Gusto nickte baff.

»Without the prostitutes«, sagte Wallace und packte die Nutten in ihren Karton. »Can I keep them, though?« Gusto nickte abermals, und Wallace stopfte das Päckchen mit den Nutten in seine Tasche. Dann sagte er: »Let's stick to the social stuff. We don't need the champagne and the casino and the whores. The rest of the game is a nice idea, my friend. And you're so funny. We don't call the game Crashkurs, we call it Charity. We have to work on it, though. Here's my card, my friend. Ratskeller at eight. Then we'll talk numbers. And maybe we'll get to meet some of *them*«, sagte Wallace und klopfte auf die Schachtel mit den Spielnutten. Dann lachte er noch einmal, ächzte aus dem Stuhl und verließ das Zelt. Gusto sah ihm nach und hatte keine Ahnung, dass er soeben seine brillante Idee (zumindest in Teilen) an einen der größten amerikanischen Spieleverleger verkauft hatte, Mister Weaver Wallace from San Diego, California, der nur aus purem Zufall auf der Mini-Spiele-Messe in Lüneburg gelandet war, zwei Tage zuvor angereist, zur Beerdigung seiner deutschen Tante Hildegard aus Hamburg.

11

Ich folgte der Bibliothekarsmaschine in einen gelb getünchten, bücherlosen Raum. Entlang der Wand standen flache längliche Geräte, bedeckt von schneeweißen Laken. Jimmy nahm die Laken sorgfältig ab, legte sie zusammen, als hätte er sich auf diesen einen Augenblick minutiös vorbereitet und das Falten gewissenhaft geübt. Unter den Laken kamen sargähnliche Apparaturen zum Vorschein. Metallene Rümpfe, gläserne Deckel. An den Kopfseiten befand sich je ein Helm, aus dem acht Schläuche wuchsen. Jimmy legte die Laken in einen anscheinend eigens dafür vorgesehenen Schrank. Dann sagte er ein Wort, das ich nicht verstand. Die Geräte erwachten in kollektivem Aufleuchten. Jimmy führte mich in die Mitte des Raums, zu einer Sitz-insel, er bedeutete mir, mich fallen zu lassen, räusperte sich dreimal und flüsterte dann: »Das Zauberwort heißt: Kalladabs-Oboren.«

»Das sagtest du bereits, Jimmy. Ich hab keine Ahnung, was das ist.«

Jimmy verzog die Lippen, dann murmelte er: »Tut mir leid. Kannst du nicht wissen. Man hat euch besten Wissens vom Wis-sen ferngehalten. Nur der Nichtwisser lebt sorgenfrei: Credo eurer längst verstorbenen Eltern. Kalladabs-Oboren sind die einzigen überlichtschnellen Teilchen, die man einfangen kann. Das gelang erstmals 167 nach Omega, einem Prof. Dr. Wayne John.«

»Mit einem Lasso?«

»Was?«

»Ich hab von ihm gelesen. John Wayne. War das nicht ein …«

»Wayne John. Nein, das war ein anderer. Und einfangen kann man die Oboren auch nicht mit einem Lasso. Kalladabs-Obo-ren zählen zu den allerallerkleinsten Teilchen. Die man kennt. Dadurch, dass die Oboren nicht immer überlichtschnell fliegen wie Tachyonen, sondern ab und zu auch langsamer werden, kann man sie einfangen, mittels Oboren-Computern program-mieren, wieder losschicken, und zwar durch die Zeit. Wie alles, was sich überlichtschnell bewegen kann, tragen auch die Kal-ladabs-Oboren diese Fähigkeit in sich.«

»Aha.«

»Im Jahr 270 gelang dem Österreicher Victor Franken mit diesen Helmen dort eine ungeheuerliche wissenschaftliche Sen-sation: Er koppelte menschliches Bewusstsein an eine einzige Kalladabs-Obore. Jetzt fehlte nur noch ein letzter Schritt, ehe man das menschliche Bewusstsein durch die Zeit schicken konnte. Verstehst du?«

»Ehrlich gesagt: nein.«

»Am 23. August 326 begab sich der in Los Angeles geborene Jefferson Baker aus der Forschungsgruppe Baker, Smith & Car-lington als erster Mensch auf eine Zeitreise. Also sein Bewusstsein. Begab sich. Auf die Reise. Im Grunde genommen war das ja eine virtuelle Reise. Ohne Gefahr. Möglich wurde das durch diese Maschinen dort. Bakers Körper lag festgezurrt, es konnte eigentlich gar nichts passieren. Dachte man. Auch sein Hirn blieb vor Ort. Der gesamte Mensch. Noch einmal, Elias, ganz deutlich: Lediglich das Bewusstsein ging auf Reise. Mit Hilfe einer Kalladabs-Obore.«

»Und dann?«

»Die Raumzeit ist ein frei flottierendes Trapez. Aus welchem stetig sich selbst gebärende Calabi-Yau-Raum-Kringel in verschiedene Dimensionen wuchern.«

»Wie war das im Mittelteil?«

»Man hatte die Kalladabs-Obore programmiert. Und schickte Bakers Bewusstsein für drei Wochen ins Jahr 300 nach Omega.«

»Und Baker?«

»Nach einer Sekunde schreckte er wieder hoch. Gewiss, sein Bewusstsein hatte sich drei Wochen lang im Jahr 300 aufgehalten. Aber an dem Ort, an dem sein Körper lag, war nur eine einzige müde Sekunde vergangen. Höchstens. Baker wimmerte ein Wort, das man nicht verstand. Dann fiel er in einen tiefen Schlaf. Nach achtzehn Stunden wachte er auf. Man war gespannt, was er berichten würde.«

Die Bibliothekarsmaschine machte eine lange Pause.

»Und?«, fragte ich.

Jimmy blickte betreten zu Boden.

12

Die Kiessplitter, die unter den Rädern des City-Blitz-Flitzers aufspritzten, als Kolja Zacharias und Bitch Winter das Weite suchten, verwirbelten weitestgehend in der Luft. Aber nicht alle. Ein paar von ihnen trafen einen der Cräsh-Gruftis, die Bitch und Kolja anfeuernd zugeschaut hatten. Dieser junge Mann, Harald Schmelzer, einundzwanzig Jahre alt, wurde von den Kiessplittern erwischt, und zwar so unglücklich, dass er sein Augenlicht verlor. Es blieb ihm nichts übrig, er musste betteln. Setzte sich an den Brunnen vorm Walthari. Der blinde Autonome, so sein Spitzname. Dort saß er ein Jahr, zwei Jahre, drei, vier, fünf, sieben Jahre, bis er achtundzwanzig war und einen Schatten auf seinem Gesicht spürte.

»Haste mal ne Mark?«, fragte Harald.

»Aber sicher«, sagte eine brummende Stimme, und Harald hörte einige Münzen in seinen McDonald's-Becher fallen. Wenn er jedoch gedacht hätte, der Mann würde nun weitergehen, so hätte er sich getäuscht. Der Mann ließ sich zu Boden plumpsen, und zwar direkt neben Harald.

»He!«, sagte Harald. »Was soll das?«

»Ich setz mich ne Weile.«

»Wozu?«

»Ich hasse Penner«, sagte der Mann, und Harald wandte zwar den Kopf in die Richtung des neben ihm Sitzenden, konnte aber natürlich nichts sehen, wohl aber riechen.

»Bist du das, der so stinkt?«, fragte Harald.

»Du riechst auch nicht, als wärst du gerade einem Bad mit Rosenöl entstiegen.«

»Du schwitzt. So warm ist es doch nicht.«

»Ich leide an Hyperhidrose.«

»Was soll das sein?«

»Schwitzkrankheit. Manchmal läuft die Suppe, als gäbe es kein Morgen.«

»Und jetzt? Was sitzt du hier rum, wenn du Penner hasst?«

»Wenn ich sage, ich hasse Penner, dann nimm das nicht persönlich, denn ich hasse nicht Penner, sondern die Tatsache, dass es Penner gibt in unserer Gesellschaft, aber so ist das mit der Sprache, es klingt halt besser, wenn ich sage *Ich hasse Penner*, als wenn ich sage *Ich hasse die Tatsache, dass es Penner gibt in unserer Gesellschaft*, die Sprache strebt immer nach dem Schönen, nicht nach dem Wahren. Scheiße, was rede ich hier. Ich hab zu viel Zeit, ich les zu viel Dreck in den letzten Monaten, ich bin gerade in meiner Phase der …«

»Wenn du mich vollsülzen willst, Alter, dann lass es lieber.«

»Ich bin Gusto Winter, Erfinder von Charity, kennst du Charity? Quatsch. Woher sollst du das kennen. Jedenfalls kann ich als Erfinder von Charity an keinem Penner vorbeigehen, ohne ihm was in den Hut zu schmeißen oder in die Büchse, und in deinem Fall dachte ich, da geht noch mehr, den nehm ich mit, der freut sich bestimmt über ein Essen, ein paar Bierchen, einen Abend mit coolen Leuten. Also, hast du Bock mitzukommen? Ich kann dich zu ner Geburtstagsfete bringen.«

»Sag mal, du redest wie ein Teenie.«

»Ja, Zorro. Ich bin der ewige Pubertist. Fühl mich jung, frisch irgendwie.«

»Was war das?«

»Vergiss es!«

»Aber deine Stimme klingt, als wärst du über sechzig.«

»Bingo.«

»Was willst du von mir?«

»Komm einfach mit.«

Gusto brauchte noch ein Weilchen, ehe er den blinden Autonomen überzeugt hatte, und Harald gab vielleicht auch einfach nur nach, um seine Ruhe zu haben, jedenfalls machten sich die beiden auf den Weg in die Wiehre. Gusto war eben erst angekommen und zu Fuß in die Stadt gegangen, um noch ein Geschenk zu besorgen – seine Tochter feierte Geburtstag –, und er kaufte die obligatorischen Blumen. Was Besseres war ihm nie eingefallen, teils auch deshalb, weil er nicht wirklich wusste, wofür seine Tochter sich interessierte, abgesehen von diesem komischen Esoterikkram.

»Hässlichen Glückwunsch!«, strahlte Gusto in der Tür und lachte wie immer, wenn er das sagte, er wiederholte diesen schlechten Witz bei jedem Geburtstag, und er fand den Witz deshalb komisch, weil er ein lebenslanger Gegner von Konventionen aller Art war und viele Briefe, später E-Mails, beharrlich mit »Schöne Füße« beschlussformelte oder mit »piss bald«, und bei der Floskel »Es freut mich, dich bald mal wieder zu sehen!« schlabberte er gerne das f.

»Vater!«, sagte Bitch.

»Bitch«, sagte Gusto. »Komm, lass dich drücken.«

»Wer ist das?«, fragte Bitch und zeigte auf Harald.

»Das hier ist … Wie heißt du, Großer?«

»Harry«, sagte Harald.

»Hab ihn aufgelesen unterwegs«, sagte Gusto. »Hast doch nichts dagegen?«

Bitch schüttelte den Kopf und biss sich auf die Lippen. Mit diesem Vater würde sie noch wahnsinnig werden. Nie konnte er einfach mal irgendwas ganz *normal* machen, immer musste er etwas anderes tun als jeder andere. Gusto hatte sie großgezogen in massiver Abwesenheit, mit Hilfe einer Kinderkrippe und einer Nanny. Das hatte Bitch ihm nie verziehen. Zu gern hätte sie mal mit ihrem Vater gespielt wie jedes andere Kind. Gusto hatte ihr gegenüber nie verheimlicht, dass er mit kleinen Kindern nichts anfangen konnte. So Gusto wörtlich an Bitchs zehntem Geburtstag: »Weißt du, jetzt bin ich froh, dass du zehn bist. Jetzt fängst du endlich an, vernünftig zu denken. Ich hab nie viel übrig gehabt für diese Kleinkindbrabbelei, das ist nicht meins, weil stell dir vor, der gute Gusto, der heiteitei und hassenichgesehn mit dir macht, das bin ich nicht, das kann ich nicht, ja, weiß schon, bin ein schlechter Vater, ist mir egal, lieber ein schlechter Vater als ein verlogener. Jetzt aber können wir ne gute Stange Zeit nachholen, jetzt bist du zehn, jetzt können wir diskutieren, über das Leben und den Sinn und den Tod und weiß ich nicht, bist du dabei?«

Bitch ließ ihren Vater samt blindem Autonomen herein, von einem sphärischen Gefühl durchdrungen, dass hier etwas nicht stimmte. Bitch kannte solche sphärischen Gefühle. Diese Aura, dachte sie, irgendwas ist nicht in Ordnung. Sie bemühte sich, herauszufinden, was genau, schaffte es aber nicht, weil die Pflichten als Gastgeberin sie zu sehr in Anspruch nahmen.

Das wurde ein ruhiger Abend. Keine Studentenfete, kein Rumfläzen in der Küche, sondern gepflegtes Sitzen im Wohnzimmer. Harald Schmelzer langweilte sich zu Tode, kippte aber immerhin ein Bier nach dem anderen in sich hinein. Auch wenn das eine Ansammlung von Spießern und Spinnern war in seinen Ohren, hier war es warm, hier konnte er fressen und saufen. Als er irgendwann von irgendwem gefragt wurde, was er so mache, musste er lachen und sagte: »Nichts!« und deutete auf seine Augen, und dann fragte man ihn, ob er denn sein ganzes Leben lang auf der Straße betteln wolle.

Harald zuckte kurz traurig mit den Achseln: »Wenn alle Stricke reißen, fahr ich nach Vegas, nicht um zu spielen, nein, meine Tante lebt dort in der Nähe, mit ihrem Mann, kleines Kaff in der Mojave-Wüste, eine Farm, da gibt's immer was zu tun, denk ich, auch für nen Blinden, und außerdem hätt ich meine Ruhe.«

»Hast du Ziele?«, fragte Bitch. »Ich meine, irgendwas, das dich umtreibt? Einen Sinn. Etwas, das du aus deinem Leben machen willst?«

Harald strahlte plötzlich. »Es gibt eine Idee!«, sagte er.

»Ideen sind immer gut«, rief Gusto. »Erzählen!«

»Ich weiß nicht. Also gut: Stellt euch vor. Man ist blind. Ja. Schön. Kann es nicht ändern. Dann kommen die Leute und sagen: Es gibt Blindenhunde. Kennt ihr ja. Schäferhunde, die alle möglichen Blinden an der Leine durch die Stadt zerren und so weiter, Scheiße.«

»Und? Deine Idee?«

»Ja, hat vielleicht mal irgendwer auch nur irgendwann mal daran gedacht, dass es Blinde gibt, die Hunde nicht ausstehen können?«

Gusto horchte auf.

»Diese sabbernden, stinkenden, ekelhaften Viecher? Wenn ich schon ihr Bellen höre! Dieses Hecheln! Uah! Da krieg ich das kalte Kotzen.«

»Und deine Idee?«, fragte Gusto.

»Ist einfach. Warum nicht mal versuchen, ein anderes Tier zum Blindenführer ranzuzüchten? Also auszubilden? Vielleicht einen Blindenaffen, ein Blindenfrettchen, was weiß ich, eine Blindenkatze, einen Blindenameisenbären, ein Blindenpferd?«

»Eine blinde Kuh?«, fragte Gusto.

»Nimm das gefälligst ernst, du Sack!«, rief Harry.

»Tschuldigung«, schniefte Gusto und schluckte den Blindenmaulwurf runter, der ihm schon auf der Zunge lag. Außerdem fand er im Grunde die Idee nicht schlecht.

Da fragte jemand Harry, ob er blind zur Welt gekommen sei, Harald zuckte mit den Schultern und erzählte vom vögelnden Pärchen im Auto auf dem Parkplatz gegenüber dem Cräsh und vom Kies, der in seine Augen gespritzt war, und in diesem Augenblick ging ein Glas zu Bruch. Bitch holte Kehrblech und Handfeger und fegte die Scherben auf, während Harald weitersprach, über all das, was er – nach Verlust des Augenlichts – nicht mehr hatte tun können. Schließlich schwiegen alle.

Da löste sich ein Schatten aus der Tür. Kolja Zacharias hatte dort gestanden, im Türrahmen. Wie so oft. Sein Lieblingsplatz: immer im Hintergrund. Er redete nicht viel, beobachtete lieber. Jetzt aber hatte ihm jemand einen Pfeil in die Brust geschossen, und wenn so etwas geschah, konnte er nicht anders, er musste seine Zurückhaltung aufgeben. Er schlug sich durch das Dickicht der Blicke, die Bitch ihm zuwarf, zog einen freien Stuhl heran und setzte sich dem blinden Autonomen gegenüber.

»Wann ist das passiert?«, fragte Kolja leise.

»Vor sieben Jahren etwa.«

»Vorm Cräsh?«

»Ja, wieso?«

»Habt ihr euch nicht das Nummernschild gemerkt?«

»Waren zu blau.«

»Oder die Farbe? Oder sonst was Außergewöhnliches?«

»Was denn?«

»Eine Firmenaufschrift? Was weiß ich.«

»Bei dem, was da abging, guckst du nicht aufs Auto. Die Frau hatte klasse Titten. Klein und fest und rund. Waren die letzten Titten, die ich gesehen hab in meinem Leben.«

Bitch griff sich an die Brust, stand auf, trat zu Kolja, wollte verhindern, dass geschah, was sie voraussah, dass Kolja gleich offenbaren würde, wer denn die beiden gewesen waren. Kolja richtete sich auf, holte Luft, wollte gerade ansetzen, als Harald sagte: »Ich würd alles geben, wenn ich mir die Nummer gemerkt hätte. Alles. Mit meinen eigenen Händen würd ich den Kerl erwürgen, der am Steuer saß. Sofort. Ohne zu zucken.«

»Das hat der doch nicht absichtlich getan!«, flüsterte Kolja. »Das war ein Unfall.«

»Nein. Der Typ wusste, dass wir hinterm Wagen standen. Der wusste, dass der Kies locker war. Der Typ hätte ganz normal anfahren können. Aber er hat die Reifen durchdrehen lassen. Absichtlich. Um uns eins mitzugeben. Warum? Wir haben nichts getan. Wir haben nur zugeschaut. Was ficken die auf dem Parkplatz, wenn die nicht wollen, dass man ihnen zuschaut? Ist doch der einzige Grund, auf einem Parkplatz zu ficken.«

Kolja schwieg. Noch ehe er etwas hätte sagen können, zog Bitch ihn vom Stuhl, flüsterte: »Lass uns reden!«, führte ihn wie einen Blinden in die Küche, und genauso fühlte sich Kolja auch, in diesem Augenblick, dem Menschen unaussprechlich nah, dessen Leben er zerstört hatte, ohne es zu wissen, nicht absichtlich, aber diese Tatsache tröstete ihn nicht, ob Absicht oder nicht, das Ergebnis blieb das gleiche. Bitch redete wie mit Zungen auf ihn ein, flehte ihn an, sich zurückzuhalten. »Der Kerl dreht durch, wenn er das erfährt, hast ihn doch gehört, Kolja, der bringt uns um.«

»Wie denn«, sagte Kolja, »wie soll er uns umbringen? Er ist blind. Er hat ein Recht auf die Wahrheit.«

»Die Wahrheit«, sagte Bitch, »wir haben die Wahrheit bis vor fünf Minuten nicht gekannt, und wir haben sehr gut ohne die Wahrheit leben können.«

»Du!«, rief Kolja. »Das sagst du, ausgerechnet du, die immer von der Wahrheit redet. Von dem, was man nicht sehen kann und was trotzdem existiert?«

»Das«, sagte Bitch, »ist doch was ganz anderes, ich will dich nur schützen, vor dir selber, ich kenne dich, du kannst das nicht aushalten.«

»Richtig«, rief Kolja, »ich kann das nicht aushalten, ich hasse das, ich will es ihm sagen.«

»Nein«, sagte Bitch, »das darfst du nicht.«

Eine Weile stritten die beiden, ehe Kolja wie immer nachgab und sich im Hinterhof auf die schwarze, leicht stinkende Mülltonne wuchtete und eine Zigarette anzündete, er rauchte nicht viel, aber manchmal brauchte er eben eine Zigarette. Nirgends fühlte er sich wohler als auf einer leicht stinkenden Mülltonne. Schon als Kind hatte er seinen Vater immer bestürmt mit der Bitte »Mülltonne gucken!«, und sein Vater hatte geseufzt, ihn auf den Arm genommen, die Mülltonne geöffnet und ihn reinblicken lassen, und Kolja hatte immer ein langgezogenes, aber erfreutes »Iiih!« von sich gegeben.

Gegen Mitternacht brachte Gusto den blinden Autonomen in seine WG. Als er in die Wiehre-Wohnung seiner Tochter zurückkehrte, passte Bitch ihren Vater auf dem Flur ab und giftete ihn an, warum er nicht einmal in seinem Leben irgendetwas genauso machen könne wie alle anderen? Warum er immer und ewig aus der Reihe tanzen müsse? Warum er hier jetzt einfach mal so jemanden mitgebracht hätte, ohne ihn zu kennen? Gusto sagte, das sei doch ein netter Kerl gewesen. Aber Bitch raufte sich die Haare und rief: »Du kapierst nicht, was ich meine, was? Du kriegst nichts mit! Du hast überhaupt kein Gefühl für so etwas wie Aura, Atmosphäre, Schwingung! Du denkst, es ist alles in Ordnung, oder? Nichts ist in Ordnung! Ich hab jetzt eine Krise mit Kolja. Wegen dir! Ich hab selten Krisen mit Kolja! Vielen Dank auch, Vater. Du willst drei Tage hierbleiben, aber ich fände es rein vom energetischen Standpunkt aus gesehen besser, du würdest morgen in dein eigenes Leben zurückkehren. Oder du machst dich unsichtbar. Sehen will ich dich jedenfalls erst mal nicht mehr! Das tut mir nicht gut. Ich versteh dich einfach nicht. Ich glaube, du ...« – Bitch hätte es beinah runtergeschluckt, aber irgendwie spürte sie eine Wutlust, um sich zu schlagen, und so sagte sie noch, ehe sie die Tür zum Schlafzimmer hinter sich ins Schloss knallte –, »du, du, du bist und bleibst ein ... ein ... ignorantes Trampeltier!« Sie lehnte sich von innen an die Tür und merkte, dass der Ausbruch ihrem Seelenhaushalt, wie sie dachte, sehr, sehr gutgetan hatte. Gusto aber verstand seine Tochter absolut nicht. Er war so verärgert –

er hasste es, wenn Bitch ihn vollkommen grundlos beleidigte –, dass er seinem Ärger irgendwie Luft verschaffen musste. Es ihr heimzahlen! Was für ein Wort: *heimzahlen*! Steckte da nicht schon die Heimat drin, die Familie? Gusto dachte nicht im Traum daran, sich zu verdünnisieren. Nein, so leicht würde seine Tochter ihn nicht los. So leicht nicht. Nicht ihren Vater. Nicht ihn. Nicht Gusto. Es musste was passieren!

13

Jimmys Pause dauerte mir entschieden zu lange. Erst als ich zum dritten Mal »Und?« fragte, schien die Bibliothekarsmaschine zu sich zu kommen.

»Ach«, sagte er. »So. Ja. Genau. Wo war ich?«

»Man war gespannt«, wiederholte ich die Worte des Bibliothekars, »was Baker, der allererste Zeitreisende der Menschheit, berichten würde.«

»Verstand verloren«, murmelte Jimmy.

Ich schaute ihn fragend an.

»Man hatte wohl«, fügte er hinzu, »die Tatsache massiv unterschätzt, dass der Zeitreisende nicht gesehen werden kann. Von den Menschen der Zeit, in die er reist.«

»Wieso nicht?«

»Wie ich schon sagte: Nicht der wirkliche Körper, sondern das Bewusstsein tritt die Reise an. Der Zeitreisende ist demnach unsichtbar, unhörbar, unberührbar, unriechbar für die anderen.«

»Aber der Zeitreisende selber kann hören, sehen, fühlen?«

»Er hat keine Nase, keine Ohren, keine Hände, keine Augen. Aber er nimmt wohl alles genau so wahr, als hätte er noch Nase, Ohren und Augen. Also Phantomnase, Phantomohren, Phantomaugen. Eine Art Aufsaugwahrnehmung. Eine – wie man sagte – Staubsaugerwahrnehmung. Aber der Reisende hat nicht den Hauch einer Möglichkeit, mit Menschen in Kontakt zu treten. Völlige Einsamkeit. Wer bist du denn, wenn keiner dich wahrnimmt? Niemand! Du existierst nur durch die Augen und in den Gedanken der anderen. Wenn keiner dich wahrnimmt, bist du nicht da, nicht für die anderen und nicht für dich selbst. Du zweifelst daran, dass du existierst. So jedenfalls die Theorie. Baker muss das Gefühl für sich selbst verloren haben. Sein Bewusstsein kippte um und erlosch. Schon bald nach seiner Rückkehr. Und mit dem Bewusstsein auch sein Körper: Baker starb.« Jimmy goss mir einen Schluck Megansaft ein.

»Er starb?«, fragte ich.

»Vollkommen verwirrt. Konnte nur noch drei Worte stammeln.«

»Was für Worte?«

»Neuromücktoplastische Reise. Einsamkeit.«

»Neuro... was?«

»Keine Ahnung.«

»Unsichtbar. Unhörbar. Unberührbar«, murmelte ich. »Also lebt der Zeitreisende praktisch als reiner Geist?«

»Wir wissen es nicht genau. Wahrscheinlich verliert der Reisende sich nicht völlig. Er schwebt nicht durch den Weltenraum. Er sinkt nicht in die Erde. Nein. Das Oboren-Bewusstsein konstituiert für den Reisenden ein strategisches Selbst. Der Reisende hat das Gefühl, in einem echten Körper zu stecken. Jedenfalls, was die Schwerkraft betrifft. Er muss wohl Straßen, Wege, Treppen, Züge, Flugzeuge benutzen, er kann nicht durch Scheiben oder Wände gehen, er ist an die Gesetze der Physik gebunden.«

»Und wie ging es weiter?«

»Die Menschen glaubten fest an ihre Erfindung. Es gab eine Flut von freiwilligen Zeitreise-Astronauten, in Trainingscamps ausgebildet. Die sich monatelang in eine Zelle zurückzogen. Sie alle übten das Einmaleins des Einsamseins. Was soll ich sagen? Sooft man das Experiment auch wiederholte – noch weitere sieben Forscher erlagen ihrem Wissensdurst –, immer das gleiche Resultat. Egal, wo man sie hinschickte. Egal, für wie lange. Immer dieselben drei fatalen Wörter. Neuromücktoplastische Reise oder neuromykoplasmische Reise. Konnte man nicht genau verstehen. Und Einsamkeit oder Einsamkeitskrankheit. Immer derselbe Wahnsinn. Immer der Tod nach nur wenigen Stunden. Es gab niemanden, der die Reise überlebte.«

»Und dann gab man auf?«

»Ja. Die Kalladabs-Oboren-Reise war der größte wissen-schaftliche Reinfall aller Zeiten.«

»Und die Maschinen hier?«

»Sind Museumsstücke. Relikte aus vergangenen Tagen. Über zweihundert Jahre alt. Aber« – und hier sah Jimmy mich durch-dringend an – »noch voll funktionstüchtig.«

»Was willst du damit sagen?«

»Damit will ich sagen, dass du sie benutzen kannst, wenn du willst, mein Lieber. Du kannst in die Zeit reisen, in die zu reisen du so sehr dich sehnst.«

14

Und dann betrat eine junge Frau den Esoterikshop, die, keines-falls scheu, direkt auf Bitch Winter zumarschierte und ihr die Hand über den Tresen reichte. Es stellte sich heraus, dass jene Bernadette Hell – die Doppeldeutigkeit des Namens wirkte ge-nauer betrachtet bizarr, einerseits die deutsche Helligkeit, ande-rerseits die Finsternis der englischen Hölle – neu in der Stadt war, zweiundzwanzig Jahre alt, damit sechs Jahre jünger als Bitch und auf der Suche nach einem spiritistischen Zirkel.

»Du bist ein Medium?«, fragte Bitch.

»Im Prinzip ja«, sagte Bernadette. Und erzählte von den Situationen ihres Lebens, in denen sie Dinge erahnt oder tote Menschen gesehen hatte. Diese Gabe: Die Großmutter väter-licherseits sei ebenfalls ein – wenn auch unterdrücktes – Me-dium gewesen. Bislang habe sie noch nie versucht, den Kontakt zur Welt der Toten herzustellen. Jetzt aber sei sie bereit.

Drei Wochen später traf man sich zur ersten Séance. Bitch hatte diese Zeit von drei Wochen erbeten, um sich gründlich vorzubereiten, zu lesen, zu studieren. Am Abend der Séance begrüßte sie aufgeregt das Medium und die anderen Teilnehmer. Bernadette Hell ergriff das Wort: »Was wir heute hier versuchen«, sagte sie, »ist kein Tische- oder Gläserrücken. Ich benutze auch kein sogenanntes Ouija Board. Ich möchte einen viel unmittelbareren Kontakt zum Reich der Toten aufnehmen. Das ist allerdings meine erste Sitzung als Medium, und ich weiß nicht, was genau geschehen wird. Aus meinen Körperöffnungen könnte Ektoplasma austreten. Das ist wahrscheinlich kein hübscher Anblick. Vielleicht werden Gliedmaßen sichtbar, Astralkörper, Dämpfe, Umrisse von Geistern. Im günstigsten Fall sprechen die Geister durch meine Stimme zu euch. Wenn ich in eine Tieftrance falle, ist mein eigener Geist vollständig aus meinem Körper ausgetreten. Ich ähnele dann einer Leiche. Mit dem Unterschied, dass mein Geist noch an meinen Körper gebunden ist durch das Odband. Durch das Odband erhält mein Körper gerade so viel Lebenskraft, dass ich nicht in die andere Welt abdrifte. Wenn ich leer bin von meinem eigenen Geist, ist Raum geschaffen für das Erscheinen eines anderen Geistes, eines Wesens aus dem Jenseits. Ich werde, wenn ich aus der Tieftrance zurückkomme, nichts von dem wissen, was ich euch gesagt habe. Es liegt in eurer Verantwortung, die richtigen Fragen zu stellen. Verboten sind jegliche Fragen, die sich auf die Zukunft richten. Wer hier erscheint, also welcher Geist, vermag ich nicht zu sagen. Es ist auch möglich, dass andere Phänomene auftreten, dass der Tisch hier ein wenig ruckt oder Klopfzeichen zu hören sind. Dinge, die nur ablenken. Die ich dadurch zu verhindern suche, dass wir nicht an einem kleinen dreibeinigen, sondern an einem großen vierbeinigen Tisch sitzen, und auch dadurch, dass wir ein bodenlanges Tischtuch darüber ausgebreitet haben. So soll die Energie des Geistes nicht in Tisch- und Klopfaktivitäten, sondern in Sprechaktivitäten kanalisiert werden, die ihr durch mich hören werdet. Dennoch weiß man nie, was geschieht. Seid also auf alles vorbereitet.«

Die erste Sitzung war – aus esoterischer Sicht – leider ein kompletter Reinfall. Es geschah gar nichts. Bernadette schaffte nicht mal eine simple Trance, sosehr sie sich bemühte. Das Einzige, was sie mit einer Leiche gemein hatte, war die Blässe. Es tue ihr leid, sagte Bernadette Hell, vielleicht habe sie ihre Fähigkeiten überschätzt, aber die anderen sprachen ihr Mut zu und sagten, aller Anfang sei schwer, und auf jeden Fall sei man bereit, das Experiment zu wiederholen. Die zweite Sitzung war ein Schritt in die richtige Richtung. Es gelang Bernadette, in einen tranceähnlichen Zustand zu gleiten und gutturale Laute von sich zu geben, aber etwas Verständliches kam nicht dabei heraus. Die Fragen der Anwesenden versandeten unbeantwortet. Man brach auch diese Sitzung ab. Beim dritten Treffen kam es dann endlich zu einer Reihe von Aktivitäten, allerdings in etwas anderer Form, als man es sich vorgestellt hatte.

Wie üblich hatte man Uhr und Bilder aus dem Zimmer entfernt und seit drei Stunden nichts gegessen: ein Samstag, Vollmond, Bienenwachskerzen, Räucherstäbchen. Man begann mit Entspannungs- und Meditationsübungen, zu denen leise Musik lief. Bitch brachte danach den CD-Player aus dem Raum und schloss die Tür von innen ab. Man hatte sich im Vorhinein über Fragen verständigt, die dem zu erwartenden Geist gestellt werden sollten, falls einer käme. Dann ging es los. Diesmal merkten die Anwesenden gleich, dass etwas anders war als bei den ersten Sitzungen. Eine Anwesenheit, von Anfang an, geradezu körperlich die Präsenz, ein fremdartiger, süßsaurer Geruch. Etwas Beißendes. Bernadette fiel schneller als beim letzten Mal in Trance. Plötzlich gab es einen Ruck, begleitet vom leisen Aufschrei der Anwesenden, der Tisch war ein paar Zentimeter zur Seite gehüpft, und schon hörte man ein Klopfen, deutlich, die Abstände dreimal kurz, dreimal lang.

Christine Stadlinger, die Älteste der Anwesenden, die schon an vielen Séancen teilgenommen und manchen Tisch hatte rucken sehen, sagte jetzt immer wieder »Fein, fein, Tischlein, fein, komm doch, fein, fein, Tischlein, oh, oh, jaaa.« Auch alle anderen waren voll bei der Sache. Lediglich Bernadette bekam von alldem nichts mit, sie war irgendwo ganz anders, als sich der Tisch ein kleines Stück vom Boden hob, nur kurz, und wieder zurück zur Erde fiel. Der Tisch wiederholte sein Tänzchen, ein Stück höher und immer höher, Christine Stadlinger schrie jetzt »Oh, er kommt, er kommt, ja, jaaaaa, komm doch!«, während die anderen vor innerer Anspannung nicht wussten, wohin mit sich und ihren Gefühlen. Der Tisch stieg weiter, bis hin zu einer sagenhaften Voll-Levitation, die selbst Christine noch nie erlebt hatte. Irgendwann schwebte der Tisch so hoch, dass die Spiritisten ihn zwangsläufig loslassen mussten, ein allerletzter Beweis dafür, dass nicht etwa die Anwesenden selbst den Tisch auf irgendeine Weise – ob abgesprochen oder nicht – mit ihren Händen anhoben, sondern dass der anwesende Geist seine Muskeln spielen ließ. Immer höher ging es, noch höher, sodass die Teilnehmer – die längst in Ekstase die Augen aufgerissen hatten – rasend applaudierten und »Bravo!« und »Wahnsinn!« riefen und glücklich waren, die Kraft auf eine solch zentrierte Weise wahrnehmen zu dürfen. Schließlich schwebte der Tisch aus dem Kreis der Teilnehmer hindurch Richtung Tür. Und Christine Stadlinger sah im schummrigen Kerzenlicht als Erste, dass der Tisch nicht mehr aus vier, sondern aus sechs Beinen bestand, zwei davon fleischlicher Natur. Sie schrie entsetzt auf, sprang vom Stuhl, stürzte zum Lichtschalter und ließ Licht in den Raum fluten. Im selben Augenblick spuckte Bernadette ein wenig gelbe Gallenflüssigkeit. Man sah, wie der Tisch weiter in Richtung Tür spazierte, das heißt, getragen wurde von niemand anderem als Gusto Winter, der den Tisch absetzte und darunter hervorkroch, mit hochrotem Kopf.

»Kleines Späßle!«, sagte er und breitete die Arme aus.

Aber an den Gesichtern der Teilnehmer konnte er ablesen, was er hier angerichtet hatte und dass er in seinem Ärger und dem Wunsch, es seiner Tochter heimzuzahlen, weit, sehr weit übers Ziel hinausgeschossen war. Schnell drehte er den Schlüssel, blickte noch mal zurück und sagte: »Tut mir leid. Wollte euch nicht so erschrecken. Aber eins muss ich sagen: Das mit dem Klopfen, Leute, das war ich nicht!«

Und mit diesen Worten verschwand Gusto Winter.

Zurück blieb eine Gruppe von Entgeisterten.

15

»*Was* willst du damit sagen?«, fragte ich noch einmal.

»Damit will ich sagen«, wiederholte Jimmy mild flüsternd, »dass du sie benutzen kannst, die Maschinen, wenn du willst. Du kannst in die Zeit reisen, in die zu reisen du so sehr dich sehnst.«

Ich schaute ihn an. Maschinen können nicht lügen. Ich nahm alles, was Jimmy mir erzählt hatte, für bare Münze. *In Machines We Trust* steht auf unseren Scheinchen. »Wenn ich dich richtig verstehe«, fragte ich, »bietest du mir an, ein Gerät zu benutzen, dessen Benutzung kein Sterblicher bisher überlebt hat?«

»So ist es.«

»Und warum sollte ich das tun?«

»Aus mehreren Gründen. Erstens: Weil du ohnehin nichts mehr zu verlieren hast. In ein paar Tagen bist du, bin ich, ist die Bibliothek, die Erde, einfach alles hier nichts weiter als Pulverstaub im Universum.«

»Ja«, sagte ich. »Das ist ein guter Grund.«

»Zweitens: Weil du es willst. Du hast Blut geleckt. Tagelang geschmökert. Omega, Alpha, Gusto, Buzz, Kolja, Bitch, der Schamp, Tashi, Henry, Sabrina. Ich seh es dir an. Du willst mehr in Erfahrung bringen über Omegas Rettung der Welt, über all die Omega-Menschen, die ihr dabei halfen.«

»Das stimmt.«

»Drittens: Wenn du nicht bloß gelesen, sondern in grenzenloser Eindrücklichkeit und Anschauung miterlebt hast, wie es Omega damals gelungen ist, die Welt zu retten, dann würdest du, falls du wieder hier auftauchst, vielleicht auch wissen, wie die jetzige, unsere heutige Welt gerettet werden könnte.«

»Ja, aber wie soll ich denn wieder hier auftauchen, wenn das noch nie ein Mensch überlebt hat? Warum soll ausgerechnet *ich* das schaffen?«

»Viertens«, sagte der Bibliothekar und putzte sich die Nase. »Weil du anders bist als die Menschen vor zweihundert Jahren. Du verfügst nicht mehr nur über einfache drei Gehirndrittel, sondern über vier Viertel, du kannst die Gedanken der anderen hören, du spielst Gedankenspiele, du bist in der Lage, dich viel besser von jedweder Einsam- und Unsichtbarkeit abzulenken, als es die Zeitreisenden vor zweihundert Jahren haben tun können. Du, Elias, du bist weder ein simples Doppel- noch ein einfühlsames Tripelhirn, du, mein Freund, bist ein hellsichtiges Quadrupelhirn.«

»Aber«, fragte ich, »warum reist du nicht selber, Jimmy? Du bist eine Maschine. Dir kann nichts passieren.«

»Denkst du. Sämtliche Bewusstseinsroboter, die man rübergeschickt hat, sind nach wenigen Sekunden implodiert.«

»Warum?«

»Hyperventikularbolider Parasynchronizitätsprozessor.«

»Aha«, sagte ich. »Und das heißt?«

»Frag nicht so viel!«

Ich stand auf.

Ich dachte nach.

Ich ging hin und her.

Es stimmt, ich hatte nichts zu verlieren.

Das war der Grund, der mir am meisten einleuchtete.

Wenn ich in diesem Ding hier starb, dachte ich und schaute auf eins der Geräte, dann nur ein paar Tage, bevor ich es ohnehin tun würde. Dazu diese Neugier. Zu sehen, was Baker gesehen hatte. Zu erfahren, was Baker erfahren hatte. Durch die Zeit reisen. Auf den Flügeln eines subatomaren Teilchens. Vielleicht werde ich anderen subatomaren Teilchen begegnen, Kollisionen kosmischer Strahlung, all das, worüber die Physikerin Sabrina Steward geforscht und geschrieben hatte. Eine völlig neue Erfahrung. Aber da war noch etwas: Omega. Ich werde sie sehen. Ich werde sehen, wie sie gelebt hat. Mit Gusto. Mit Bitch. Mit Kolja. Mit Alpha. Ich werde ihr beim Leben zusehen, wenn auch vielleicht – sollte ich das Schicksal der übrigen Zeitreisenden teilen – nur für kurze Zeit. Ihre Geburt oder besser gesagt, ihr Erscheinen! Vielleicht würde es mir gelingen, das Geheimnis ihrer Herkunft zu lüften, etwas, worüber in sämtlichen Büchern, die ich gelesen hatte, pausenlos gerätselt wurde!

Ich kippte den Rest vom Megansaft.

Ich zitterte ein wenig.

Ich drehte mich zum Bibliothekar um.

Ich breitete die Arme aus.

Ich nickte.

Ich nickte heftig.

Ich sagte: »Also gut, Jimmy, ich tu's.«

»Dann nichts wie ran an die Arbeit«, sagte Jimmy mit plötzlich erwachtem Feuer. »Wir haben keine Zeit zu verlieren.«

»Ach was«, sagte ich. »Wenn ich dich richtig verstehe, haben
wir Zeit genug.«

Und so ging es los.

16

Es ging erst richtig los, als Gusto Winter, pleite, fertig, am Ende,
ohne Aussicht auf eine wie auch immer geartete Zukunft (die
Tantiemen seines Spiels waren endgültig versickert und Gusto
zu alt für Kneipenjobs), den Sprung wagte, noch einmal an der
Tür seiner Tochter Bitch zu klingeln. Fast zwei Jahre lang hatte
er sie nicht gesehen. Nach der spiritistischen Sitzung war er von
seiner Tochter sofort rausgeschmissen worden. Der totale Ab-
bruch ihrer Beziehung. Weder meldete sich Gusto bei Bitch
noch Bitch bei Gusto. Bitch blieb hart. Hoffte aber insgeheim,
dass ihr Vater den ersten Schritt machen und sich noch einmal in
aller Form bei ihr entschuldigen würde. Sie versuchte, den Hass
und die Wut auf den Vater zum Verstummen zu bringen. Und
dazu kaufte sie schwarze Wolle. Sie stellte ihrer dunklen Seite
die strahlend leuchtende Kraft der Chakren entgegen, Wurzel-
chakra, Sakralchakra, Nabelchakra, Herzchakra, Halschakra,
Stirnchakra, Kronenchakra oder, auf Hindu klang es schöner,
Mūlādhāra, Svādhistāna, Manipūra, Anāhata, Viśhuddha, Ājñyā,
Sahasrāra. Bitch strickte also eine fette Chakrenspinne und
ließ in jedes Bein der Spinne einen Teil ihrer Wut und dunklen

Energie fließen. Eine Wollspinne mit sieben Beinen. Für jedes Chakra ein Bein. Aber ohne Erfolg. Die Wut blieb. Sie wuchs sogar von Monat zu Monat, den ihr Vater sich nicht bei ihr meldete. Dieser Mensch, der sich sein ganzes Leben lang um nichts anderes gedreht hatte als um sich selbst.

Im September 1999 öffnete Bitch Winter die Tür.

»Scheiße«, sagte sie.

»Genau«, grinste Gusto. »Ich bin's, dein Vater! Grüß Pott!«

Er stellte den Koffer ab und tupfte sich mit einem großen weißen Taschentuch Schweiß aus dem Gesicht.

»Was machst du hier?«, fragte Bitch.

»Ich wollte das Kriegsbeil begraben.«

»Was willst du mit dem Rucksack?«

»Kann ich nicht erst mal reinkommen?«

Bitch ließ ihren Vater herein. Er wirkt immer noch sehr jung, dachte sie, gar nicht wie ein Vierundsechzigjähriger, eher wie ein Fünfzigjähriger, man kann ihm viel vorwerfen, aber nicht, dass er in diesem Leben nicht an sich selbst gedacht hätte. Und das hat ihm gutgetan, wie man sieht.

»Hallo«, sagte Gusto noch einmal, als er in der Küche stand, und nahm die Tochter umständlich in den Arm, Bitch erwiderte die Umarmung nicht, ließ sie über sich ergehen und roch den leicht säuerlichen Geruch väterlicher Schweißperlen. »Hab Mist gebaut«, sagte Gusto. »Bei dieser spiritistischen Sitzung. Tut mir leid. Also unendlich leid. Das war nicht okay.«

»Nicht *okay*?«

»Nein, das war total daneben.«

»Fällt dir früh ein«, zischte Bitch.

»Wieso?«, fragte Gusto. »Ist doch erst ein paar Monate her.«

»Fast zwei Jahre!«, rief Bitch.

»Was? So lange? Die Zeit. Scheiße, die Zeit. Tut mir leid, Bitch, du weißt ja, ich konnte mit der Zeit noch nie viel anfangen, also mit dem Gefühl für Zeit. Verzeih mir.«

»Fällt dir nichts auf?« Bitch streckte ihren Bauch raus.

»Mein Gott!«, rief Gusto, als hätte er erst jetzt die kleine

Kugel gesehen und die Schwangerschaftshose. »Warum hast du mir nichts gesagt?«

»Ich welchem unserer Gespräche die letzten Wochen hätte ich das tun sollen?«, fragte Bitch.

»Hast ja recht, meine Kleine.«

»Nenn mich nicht so. Ich hasse das.«

»Sorry, Bitch. Sag mal, Bitch, meinst du, ich kann hier ne Weile untertauchen, also unterkommen, also wohnen? Die Wohnung ist doch groß genug, ich könnte ins Gästezimmer.«

»Wieso das denn jetzt auf einmal?«

»Ich bin blank, Bitch.«

»Was soll das heißen?«

»Ich kann keine Miete mehr zahlen.«

»Was ist mit deinem Spiel? Das war doch ein Riesenerfolg. Charity. In Amerika. In Frankreich, England, Spanien, in Kanada, in ...«

»Keine Tantiemen mehr.«

»Wie das?«

»Computermanie. Fehlender Realismus. Keiner traut einem Investmentbanker mehr zu, dass er eine Kinderkrippe finanziert.«

»Und deshalb bist du hier? Weil du Hilfe brauchst? Weil du sonst niemanden mehr hast in deinem Leben? Weil du immer nur alles kaputt machst? Weil du nie irgendetwas aufbaust, sondern immer nur wie eine Biene von Blüte zu Blüte – was red ich? Hast du keine Rente oder so was? Lebensversicherung? Altersvorsorge?«

Gusto verzog bei diesem Wort das Gesicht, schüttelte dann aber langsam den Kopf.

»Wie stellst du dir das vor?«, fragte Bitch.

»Ihr habt eine Vier-Zimmer-Wohnung. Ich versprech dir, es wird dir gar nicht auffallen, dass ich überhaupt da bin.«

»Und Kolja? Meinst du, der ...«

»Der wird bestimmt einverstanden sein.«

»Ja, weil er immer mit allem einverstanden ist.«

Bitch wollte jetzt endlich ihre Rede halten, die sie in den letzten zwei Jahren so oft innerlich geprobt hatte, ihre Wutrede gegen ihren Vater, aber irgendwie fühlte sie sich müde. Sie setzte sich hin, nahm einen kurzen Bleistift, der auf dem Tisch lag und steckte ihn in den Mund, zog daran und streifte imaginäre Asche in einen leeren Aschenbecher, zog wieder und wieder an dem Bleistiftstummel, der partout nicht kürzer werden wollte, bis Gusto das nicht mehr mit ansehen konnte und ihr seine Schachtel Gitanes hinhielt, was Bitch nur mit einem »Typisch!« quittierte. Gusto zuckte die Schultern und steckte die Schachtel wieder ein.

»Rauch ruhig!«, sagte Bitch. »Ich mag das.«

Gusto zündete eine an und setzte sich.

Das beruhigte Bitch ein bisschen. Und dann sagte Gusto: »Willst du mir nicht die Karten legen?«

Bitch zuckte zusammen. »Damit du dich wieder über mich lustig machen kannst?«

»Nein«, sagte Gusto, »es ist mir ernst. Ich will dir zeigen, dass ich mich geändert hab. Ich weiß doch, wie gern du Karten legst.«

Bitch war überrascht, holte dann aber die Tarot-Karten und sagte Gusto, er solle seine Zigarette ausdrücken. Dann legte sie ihm die Karten. »Du wirst echt lange leben, Wahnsinn!«, sagte sie. »Viel zu lange«, fügte Bitch bitter hinzu.

»Bitch!«, rief Gusto mit großer Geste der Verletzung.

»Schon gut. Du wirst jemandem begegnen, einer Frau, einer dunklen Frau, vielleicht schwarze Haare? Die wird dir helfen. Dann ein ... ein Verlust. Der« – Bitch schluckte – »Verlust eines geliebten Menschen.«

»Die Schwarzhaarige?«

»Ich weiß nicht«, flüsterte Bitch.

In einem Anflug von Panik – vielleicht war sie es, Bitch, der geliebte Mensch, denn außer ihr, Bitch, gab es keinen geliebten Menschen in Gustos Leben, auch wenn er es ihr nie gesagt hatte, wusste Bitch doch, dass er sie liebte – schob Bitch die Karten ineinander und packte sie weg. »Schluss damit!«, sagte sie. »Also, dann kannst du jetzt ins Gästezimmer gehen und deine

Sachen auspacken und hier wohnen bleiben, *Vater*, aber nur, wenn Kolja nichts dagegen hat und wenn du das tust, was ich dir sage, und wenn du mir nicht auf die Nerven fällst und wenn du endlich lernst, dich wie ein halbwegs vernünftiger Mensch zu benehmen. Und wenn du aufhörst, das ganze Leben als ein Spiel zu begreifen, und wenn du hin und wieder mal eine Sache ernst nimmst und wenn du dich jeglicher Kommentare bezüglich meines Daseins und meines Glaubens an die wirkliche und wahre Beschaffenheit der Welt enthältst. Kannst du das?«

Gusto unterdrückte ein Stöhnen, aber es blieb ihm keine Wahl, als zu nicken.

»Und nur so lange«, fügte Bitch hinzu, »bis der Kleine hier das Licht der Welt erblickt.«

»Und dann?«, fragte Gusto.

»Dann sehen wir weiter.«

17

Der Bibliothekar, die Bibliothekarsmaschine – ich vergaß oft, dass es sich um eine Maschine handelte, vor allem, wenn ich ihn Jimmy nannte – bereitete überaus eifrig alles vor. Ich selber sah ihm nur zu. Ich hatte nichts zu verlieren. Ich war ohnehin schon so gut wie tot. Nur kurz hatte ich das Gefühl, einer Spinne ins Netz geflogen zu sein, verscheuchte aber das Gefühl und sprach mir Mut zu. Jimmy hat recht: Du bist ganz anders als die anderen Zeitreisenden. Du hast gelernt, dein Gehirn zu kontrollieren. Du hast dich im Griff. Du wirst auf keinen Fall der Einsamkeitskrankheit erliegen. Du wirst es schaffen. Du kannst es schaffen. Du musst es schaffen!

»Wie lange soll ich reisen?«, fragte ich den Bibliothekar. »Du hast gesagt, man kann das programmieren?«

Jimmy nickte, ohne von seinen immensen Vorbereitungen aufzublicken.

»Ich denke«, fügte ich hinzu, »vielleicht erst mal zwei Wo-

chen? Die ersten zwei Januarwochen des Jahres 2021 nach...
äh... Wie hieß der noch mal?«

»Christus.«

»Christus. Genau. Der drohende Untergang. Die Katastrophe. Und dann die Rettung der Welt durch Omega? Das klingt
nach einem Plan. Oder?«

Jimmy grummelte eine unverständliche Antwort, die ich als
Ja deutete. Zwei Wochen. Das war lächerlich. Im Hinterkopf
glimmte der Gedanke: Vielleicht wird die Reise alles zu einem
guten Ende führen. Vielleicht wird die Reise, die anzutreten ich
bereit bin, dafür sorgen, dass ich, Elias Zimmermann, in die
Annalen eingehe. Nicht nur der allererste Mensch, der eine
Oboren-Zeitreise überlebt, auch der Auserwählte, der mit dem
Wissen zurückkommt, wie unsere Erde vor dem sicheren Ende
gerettet werden kann. Der Erlöser. Vielleicht, dachte ich, wird
man die Zeitrechnung wieder neu justieren müssen. Vielleicht
wird das Jahr 525 nach Omega das Jahr 0 der neuen Zukunft
werden. Vielleicht wird man später an die Jahreszahlen ein
nach Elias hängen. Ich spürte ungewöhnliche, mir ansonsten
fremde Euphorie und fragte mich gerade, was der Bibliothekar
mir in den Megansaft gekippt hatte, dass mir so größenwahnsinnige Gedanken kamen, als ich feststellte, dass ich schon flach
lag. Auf dem Rücken. Meine Hände und Füße gefesselt. Ich
steckte in jener länglichen Apparatur, deren gläserner Deckel
nach oben geschwebt war. Da erschien Jimmy über mir, seine
Gesichtszüge wirkten seltsam verzerrt, und er zog ein hässliches Gerät hervor. »Oboren-Knarre«, murmelte er spröde.
»Wird bisschen wehtun jetzt.« Dann schoss er acht Enterhaken in meinen durch Stahlstützen fixierten Schädel, und bei
jedem Schuss schrie ich auf, ich konnte mich nicht wehren,
nicht mehr rühren, lag wie festgeklebt, und als die Haken in
meinem Kopf verankert waren, setzte mir Jimmy den Helm auf
und verband die Haken mit den Krakenarmkabeln, die aus dem
hohen Helm wuchsen. Ich aber ignorierte den Schmerz, ich
jubelte dem Bibliothekar zu, ich rief: »Schick mich einmal rund
um die Sonne!« und ähnlichen Quark, offenkundig war ich

nicht Herr meiner Sinne. »Wann geht's endlich los?«, schrie ich.

»Geduld, Geduld«, sagte Jimmy und rieb mir eine Salbe auf die Stirn. »Jetzt«, sagte er, »musst du erst wieder nüchtern werden. Man kann nur nüchtern den Eintritt in die andere Welt überleben.«

»Woher weißt du das?«, fragte ich und merkte, wie meine Euphorie langsam abkühlte.

»Ich weiß eine Menge Dinge, die du nicht weißt«, sagte der Bibliothekar. »Wenn du wüsstest, was ich weiß, lägst du nicht hier. Aber irgendwer muss hier liegen.«

»Was soll das werden?«, fragte ich.

»Null«, hauchte Jimmy ins Innere des gläsernen Deckels. Es erschien eine grüne o auf dem Glas. Jimmy flüsterte: »Dreißig.« Und neben die o schob sich aus dem Nichts eine rote 30.

»Was sind das für Zahlen?«, fragte ich.

»Geht nicht anders«, sagte Jimmy. »Du kannst uns nur helfen, wenn du *alles* mitbekommst. Von Anfang an.«

»Was meinst du?«

»Es reicht absolut nicht, zwei Wochen zurückzureisen. Das reicht unmöglich. Du würdest nichts verstehen von dem, was geschehen ist. Du musst Omegas ganzes Leben miterleben. Nachvollziehen. Von ihrem Erscheinen bis zu ihrem Verschwinden und weit darüber hinaus.«

»Jimmy!?«, rief ich.

»Ja?«

»Ich soll *dreißig Jahre* verreisen? Das kann niemand schaffen! Denk an die ... an die Einsamkeitskrank...«

»Du, Elias, du kannst es schaffen. Ich weiß es. Warum sonst bist du heute hier in meine Falle gestolpert? Kann nur Zufall sein. Eine Zu-Falle! Hoho! Jeden Zufall muss man am Schopf packen. Wenn er dir zufällt, der Zufall, dann ...«

»Lass mich raus, Jimmy.«

»Zu spät«, sagte der Bibliothekar. Und im selben Augenblick schwebte die gläserne, rechteckige Kuppel langsam hinab.

»Warte!«, rief ich.

»Dreißig Jahre«, murmelte Jimmy. »Mensch, Elias, siehst du nicht die Chancen? Die Möglichkeiten? Ihr ganzes Leben! Von Anfang an! Omegas Erscheinen im Freiburger Krankenhaus: Vielleicht wird es dir gelingen, das Geheimnis ihrer Herkunft zu lüften! Du musst das positiv sehen. Sonst hast du schon verloren. Es ist alles eine Frage der Einstellung.«

»Jimmy!«

»Denk immer dran«, sagte Jimmy. »Wenn du wieder hier auftauchst. Wenn dein Bewusstsein wieder hier aufschlägt. Dann wirst du zwar dreißig Jahre lang bei den Barbaren gelebt haben. Aber in unserer Zeit, Elias, wirst du nur ein Sekündchen lang weg gewesen sein.«

»Jimmy!«

»Ein Pikkolosekündchen«, lachte Jimmy. Dann wurde er merkwürdig ernst und sagte: »Prost!«

Schon war ich eingekapselt. Jimmy schaute mich noch einmal durchs Glas hindurch an, hob den Daumen in meine Richtung, ließ ihn am gläsernen Sarg vorbeiwandern in Richtung eines Knopfs und zögerte einen Augenblick. Ich dachte, vielleicht überlegt er es sich ja anders, aber nein, er presste seinen eckigen Daumen auf den Knopf und hielt ihn eine Weile gedrückt. Vier Sekunden. Sechs. Acht. Jimmys Lippen bewegten sich. Er hauchte ein Wort, das ich durchs Glas hindurch nicht verstehen konnte. Und dann ... ließ er los.

Teil 2

Kolja J. Zacharias alias Kolja
und Birte M. Winter alias Bitch

I

Ich.

Ich schlage.

Ich schlage auf.

Ich schlage die Augen auf.

Die Augen schlagen auf.

Die Augen platzen auf.

Heraus quillt das Sehen.

Und ich sehe.

Aber das ist Quatsch. Es hört sich lediglich gut an. Naja, so gut nun auch wieder nicht. Wäre ich Dichter der Zeit, in die ich reiste, hätte ich obige oder ähnliche Worte gewählt, um das Kapitel der Kapitel zu eröffnen. Die Wahrheit aber, ach, die Wahrheit, die Wahrheit also ist: Ich hatte überhaupt keine Augen mehr. Als der Bibliothekar den Knopf losließ, wollte ich die Augen schließen, aber konnte es nicht. Natürlich: Ich war ich. Ich war da. Aber zugleich war ich Nicht-Ich. Und Nicht-da.

NICHT.

Das ICH in N und T gekleidet.

Ach, komm, jetzt kasper hier nicht rum.

Obwohl ich keine Augen, Nase, Ohren besaß, nahm ich die Dinge wahr, als wäre ich ganz Auge, Nase, Ohr. Ein einziges Wahrnehmungsaufnahmegerät. Ein einziger – wie hatte Jimmy gesagt? – Wahrnehmungsstaubsauger. Über mir schossen die Elementarteilchen. Hoch über mir. Die Physikerin Dr. Sabrina Steward hätte ihre helle Freude gehabt. Durch die Kopplung meines Bewusstseins an eine Kalladabs-Obore – so dachte ich – durfte ich einen Blick werfen in die submikroskopische Welt. In die kosmische Strahlung. Das Rasen der über- und unterlichtschnellen Teilchen. Nein, nicht das Rasen, das... ich sag mal... Aufeinanderkrachen. Und wenn zwei Teilchen sich trafen, explodierten sie und spritzten vielfarbige Tentakeln in die Luft, Tentakeln, die rasch erloschen. Das sah genauso aus wie in dem Folianten, den Sabrina herausgegeben hatte: Bilder von Teilchenkollisionen im CERN in Genf. Doch dieser Lärm! Das überraschte mich. Das Platzen der Teilchen wurde begleitet von Krachen und Pfeifen und Zischen, und ich hätte mir am liebsten die Ohren zugehalten, wenn ich noch welche gehabt hätte. So klein und so laut? Ich merkte jetzt endlich, dass ich auf dem nackten Boden lag, mein Blick nach oben gerichtet, und obwohl ich keine Beine mehr hatte, rappelte ich mich auf, als hätte ich noch Beine. Bewegte mich ganz so, als hätte ich noch einen Körper. Jimmy hatte recht. Die Kalladabs-Obore sorgte für ein regelrechtes Körpergefühl. Einen Phantomkörper. Erst als ich aufrecht stand und festen Boden unter den Phantomfüßen hatte, sah ich die Menschen. Da sprangen sie: neben mir, hinter mir, vor mir, dicht gedrängt, sie grölten, lagen sich in den Armen, Flaschen, Gläser in Händen, und es dauerte ein paar Sekunden, ehe ich verstand, dass ich bereits angekommen war. Hier. Jetzt. Im Jahr 2000. Nach Christus. Am 1. Januar. Um null Uhr. Einen Zeitsprung von 525 Jahren hatte ich getan. Und was da laufend am Nachthimmel explodierte, waren keinesfalls kosmische Strahlungskollisionen, wie ich fälschlicherweise gedacht hatte, sondern nichts als die Effekte eines überdimensionalen Feuerwerks: Man feierte nicht nur den Anfang eines neuen Jahrs, sondern den eines neuen Jahrtausends.

Ich kümmerte mich weder um mich und meinen neuen Zustand noch um die irritierende Tatsache, dass auch ich selbst mich nicht sehen konnte, ja hatte in gewisser Weise Angst, mich diesem Befund zu stellen, blendete mich aus und dachte sofort, du hast einen wichtigen Auftrag zu erledigen, Elias. Schon sah ich in einiger Entfernung vom Gewimmel mein Ziel, zu dem ich sogleich strebte: das Krankenhaus. Dort, dachte ich, wirst du sie finden – Omega. An der Pforte standen einige rauchende Gestalten, um eine Tulpe mit Sand, bebademantelte Patienten, weiß gekleidete Pfleger und Schwestern, die allesamt zum Himmel starrten. Ich sprach jemanden an, ohne Erfolg. Man bemerkte mich nicht. Ich war nicht zu sehen, nur ein Hauch des Universums, körpernackter Geist der Oboren-Geisterbahn. Ich ging zur Tür. Doch selbst die Technik verwehrte mir ihre Aufwartung. Die Lichtschranke ignorierte mich. Als eine der Schwestern ihre lippenstiftverschmierte Zigarette ausdrückte und hineinging, schlüpfte ich dicht hinter ihr ins Gebäude, sah eine Tafel, die dem besuchenden Gast oder Geist die Orientierung erleichterte: Die Entbindungsstation befand sich im ersten Stock. Ich konnte weder fliegen noch mich anderweitig geisterhaft fortbeamen, war und blieb Körpermensch, musste also zur Treppe rennen und hatte nur ein Ziel: Omega. Nur einen Fokus: Wollte wissen, wie sie, Omega, hierher ins Freiburger Krankenhaus gelangt war, wer sie abgegeben hatte, wer ihr wirklicher Vater, ihre wirkliche Mutter war. Am Treppenaufgang machte ich eine Pause, meine Phantomlungen schnappten nach Luft, ich fühlte mich müde. Jetlag, hätte man damals gesagt, kein Wunder, bei *der* Zeitumstellung.

Als ich aufblickte, war es zu spät.

Zu spät, dem weißen Hund auszuweichen, der die Treppe hinunterlief, direkt auf mich zu, ein huskyähnlicher Hund, schnell, geschmeidig, groß, er nahm die letzten Stufen in einem einzigen Satz und sprang in meine Richtung, ich erschrak zunächst, weil ich dachte, der will mich beißen, doch eine Sekunde später wäre ich froh und dankbar gewesen, wenn er mich nur gebissen hätte.

Denn statt mich zu beißen,
sprang der Hund
durch mich hindurch.
Auch er konnte mich nicht sehen.
Und nicht berühren.

Hätte ich träumen können während meiner dreißig Jahre als Phantompuppe, so wäre dieses Bild vom weißen Hund Nacht für Nacht in mir aufgetaucht. Die spitze, scharfe, fast lächelnde Schnauze. Wache hellblaue Augen, die sich im Sprung schlossen. Angelegte flache Ohren. Der Hals, der in einen schneeweißen Körper mündete. Die Sekunde, da der Hund mich querte.

Die Sekunde, die sich quälend in die Länge zog. Als stünde der Hund augenblick-ewiglich still in mir.

Und ich wusste: Ich bin allein, ich bleibe allein, ich werde allein bleiben für die nächsten dreißig Jahre. Ich bin, der ich *nicht* bin, ich bin es, der Durchschaubare. Der Unberührbare. Der Unerhörbare. Der Unbegreifbare. Und es schien, als löste ich mich allmählich auf, meine Sinne tropften ins Finsterlicht. Und mein Bewusstsein würde verpuffen, verschütt gehen, ertrinken im Quantenbranden. Endgültig. Unumkehrbar. So wie das von Baker und das der übrigen Zeitreisenden vor mir. Um ein Haar wäre es geschehen, hätte ich nicht alles, alles, was mich ausmachte, diesem Ausmachen meiner selbst entgegengesetzt. Ich schloss die Augen, das heißt, ich wollte die Augen schließen, aber ich konnte es nicht. Scheißphantomlider! Ewiges Paradoxon meiner neuen Existenz. Vor mir der Abgrund. Nur nicht fallen. Ich würde mich verlieren, ich wäre fort, mein Bewusstsein verschluckt vom Strudel des Nichts. Was mir half, Freunde, was mich rettete vor dem ewigen Fadeout, das war nicht etwa meine Quadrupelhirnfähigkeit des Gedankenhörens, nein, was mich rettete, war unser Rindenschnitzwahn. Ich stellte mir eine Eiche vor. Eine standhafte, wurzelfeste Eiche. Mit dicker, schützender, frischer, unberührter Rinde. Und ich krallte mich an sie, und ich malte mir aus, wie ich meinen Fichtenritzer zücke und etwas in die Rinde schnitze, irgendwelche Worte, die mich ablenkten vom Hirnsturz. Nonsens ritzte ich in die Rinde, egal, irgendwas, das mir das Gefühl gab, am Leben zu sein. Ein Wesen zu sein. Ein Lebewesen. Und ich beruhigte mich. Langsam. Und ich kam zu mir. Langsam. Langsam. Und um dem *Ent*setzen zu entkommen, setzte ich mich. Ich setzte *mich*. Ich setze mein Ich. Als das ich fortan leben würde. Zog das Bewusstsein in mich selbst zurück. Brachte helle Nacht ins Finsterlicht. Schied Sichtbares vom Unsichtbaren. Schied *mich* vom Sichtbaren. Schlug mich – was blieb mir übrig? – auf die Seite des Verborgenen. Ich legte mir – auf nackter Treppenstufe sitzend – das Gesicht in die Hände, aber das Gesicht fiel durch sie hindurch: Auch ich selbst konnte mich nicht berühren. Doch muss ich sagen: Diese Erfahrung war nicht annähernd so grauenvoll wie der Sprung des weißen Hundes zuvor. Allererste Erkenntnis meines Phantomdaseins: Fremdberührung ist wichtiger als Eigenberührung. Fremdlosigkeit schrecklicher als Selbstlosigkeit. Ich rappelte mich auf.

Hatte wahrlich keine Zeit zu verlieren.

Weiter ging's. Immer weiter.

Erster Stock. Hier musste es sein. Die Tür zum Neugeborenenzimmer stand offen. Ich blickte hinein. Und sah ... Aber ich fürchte, ich habe mich mitreißen lassen. So geht das nicht. Ich muss erst noch mal von vorn anfangen. Zurück zu Kolja und Bitch. Sonst werdet ihr, Leser, mir nicht folgen können.

2

Bitch Winter und Kolja Zacharias wurden sofort ein Paar. Nach ihrer nächtlichen Nummer im City-Blitz-Flitzer brachte Kolja Bitch nach Hause. Die beiden hatten nicht die leiseste Ahnung, dass, während Kolja den Motor abstellte und sich zu einem letzten Kuss zu Bitch rüberbeugte, die Gruftis um einen Krankenwagen herumstanden, Harald Schmelzer auf eine Bahre verfrachtet wurde und wimmerte. Bitch stieg aus, irgendwie war die Stimmung ruiniert, und Kolja fuhr den City-Blitz-Flitzer zurück zu seinem winzigen Zimmerchen mit Balkon im Stühlinger, füllte sofort einen Eimer mit heißem Wasser und Putzmittel und schrubbte Bitchs Blut gründlich vom Beifahrersitz.

Das war Kolja Zacharias.

Ein Reflex seiner katholischen Erziehung. Nicht nur die Gründlichkeit. Einfach das Gefühl, niemandem etwas schuldig bleiben zu wollen. Nachdem Kolja den Eimer mit der erröteten Flüssigkeit ins Klo gekippt hatte, lag er wach auf der Matratze: schwarzes Spannbettlaken, rotweiße SC-Freiburg-Bettwäsche.

Kolja war nie aufgeklärt worden. Das Dogma der unbefleckten Empfängnis hatte er immer falsch verstanden, nämlich nicht, wie es ein Theologe erklärt hätte, also, dass Maria unbefleckt, sprich, ohne Makel und Sünde Mutter geworden war, sondern immer so, wie es dann doch auch latent in der Kirche schlummerte, nämlich unbefleckt, sprich, ohne jeden Sex. Wenn die Gleichung *unbefleckt = ohne Geschlechtsverkehr* lautete, so lautete die logische Konsequenz *befleckt = mit Geschlechtsverkehr*, und so war es auch für Kolja immer gewesen, *Sex = Schmutz*, und jetzt hatte dieses Dogma also neue Nahrung bekommen durch das hellrote Blut auf dem Beifahrersitz. Doch als er hier im Bett lag und nicht schlafen konnte, hatte Kolja zum ersten Mal in seinem Leben das Gefühl, Sex könnte etwas Schönes sein und die Begegnung mit Bitch der Wendepunkt in seinem Leben.

Erst am Morgen schlummerte er ein, schreckte aber gegen elf Uhr auf. Er dachte nicht lange nach. Wollte Gewissheit. Pfiff auf alles Abtasten, auf alles Dem-anderen-etwas-Zeit-geben, pfiff auf den Eindruck, den er erwecken würde, wenn er gleich am nächsten Morgen Bitch anrief, tat es einfach, aus einem Impuls heraus, wählte vom Bett aus ihre Nummer.

»Du hast's aber eilig«, sagte Bitch gähnend.

»Hab ich dich geweckt?«

»Schon mal auf die Uhr geschaut?«

»Musst du nicht arbeiten?«

»Sonntags normal nicht.«

»Ist heute Sonntag?«

»Sieht ganz so aus.«

»War'n schöner Abend.«

»Fand ich auch.«

»Bis auf die Gruftis am Schluss.«

»Bis auf die Gruftis.«

»Sehen wir uns?«

»Ich komm vorbei.«

»Wann?«

»Lass mich erst mal wach werden, Kolja.«

»Ist gut. Bis gleich.«

»Bis heut Abend.«

»Heut Abend?«

»Zum Mittagessen bin ich schon verabredet.«

»Mit wem?«

»Noch sind wir nicht verheiratet.«

»Tut mir leid. Ich bin so was nicht, ich kann so was nicht, ich weiß nicht, wie ich …«

»Schon gut, ist schon gut, Kolja.«

Der ganze Tag glich einem Fieberzustand. Kolja kaufte an der Tankstelle Wein und Knabbereien, tigerte in seinem Zimmer auf und ab, schaute rund siebzigtausendmal auf die Uhr, wie er dachte, rechnete aber später aus, dass von elf bis sieben Uhr nur schlappe 28 800 Sekunden verstrichen waren, weshalb er – wäre Zeitgefühl Gegenstand physikalischer Messbarkeit – zweieinhalbmal pro Sekunde auf die Uhr geschaut hätte, was kaum der Fall gewesen sein konnte. Kolja zwang sich dazu, Spaghetti mit Tomatensoße zu kochen und lust- und appetitlos runterzuwürgen, weil er aus Erfahrung wusste, dass Nahrungsmangel zu Mundgeruch führt, tief aus dem ungefütterten Bauch kriechen sie, die bakterienverpesteten Magensaftdämpfe Richtung Rachen und Mundinnerem, er wollte partout keinen angewiderten Bitch-Blick riskieren, nach ihrem am Abend zu erwartenden Begrüßungskuss. Und dann fragte er sich zwei Stunden lang, wann exakt eigentlich der blöde Nachmittag aufhört und der Abend beginnt: Vier Uhr gehörte klar in den Bereich des Nachmittags, dieses Vier-Uhr-Kaffeetrinken, zu dem seine Mutter Plätzchen gebacken hatte, sonntags, oder Kuchen, nach den elenden Spaziergängen. Begann schon um halb fünf der Abend? Oder erst um fünf? Um sechs, tief im abendlichen Gestrick, war Bitch immer noch nicht aufgekreuzt. Kolja wäre zu diesem Zeitpunkt gern noch mal aus dem Haus gegangen, um Zigaretten zu kaufen, die er ab und an paffte, mehr als früher, seit er wusste, dass Bitch in ihrem Esoterikshop American Spirit schmauchte, aber er hatte Angst, Bitch könnte just in dem Moment bei ihm auftauchen, da er am Automaten herumhampelte. So blieb er zu Hause.

Es klingelte. Endlich. Kurz nach sieben. Als Kolja die Tür

öffnete, splitterte etwas in seinem Kopf. Er hatte sich nichts zurechtgelegt, kein Begrüßungswort, und jetzt stand Bitch vor ihm, kurzer knallroter Rock, lange, offene schwarze Haare, Lippenstift in derselben Farbe wie der Rock, smokey eyes, Sonnenbrille im Haar, die ihr die Stirn frei hielt, allerhand Ohrringgehänge, ebenso unüberschaubar wie die Armreifen, die rasselten, als sie mit der Hand ihre Sonnenbrille berührte, enges Top, vollkommen indisch sah das aus irgendwie, dieses Wort kam Kolja sogleich in den Sinn, indisch, eine Halskette mit allerhand esoterischem Firlefanz dran, hohe Schuhe, aberwitzig hohe Schuhe, keine Strumpfhose, aufregend nackte Beine. Auch Bitch hatte sich nichts zurechtgelegt, wusste nicht, was auf sie zukam, sie war hierhergefahren mit keiner Idee im Kopf, und dann dieser Kolja, sein zerstrubbeltes, wüstes Haar, der Dreitagebart, die schmächtige, fast hagere, aber hohe Gestalt, das zerknautschte blauweiße Fischerhemd, für zwanzig Kröten auf dem Kartoffelmarkt gekauft, barfuß, das beeindruckte Bitch, das machte sie an, diese nackten Füße, mit denen Kolja ihr die Tür öffnete, sie stürzte in Koljas Arme, und Kolja zog sie von der Tür in sein Zimmer, und sie gaben sich einen langen, wilden Kuss ohne jedes spielerische Abtasten, und während des Kusses gruben sich Koljas Hände zwischen Rock und Haut und schoben den Rock nach unten, auf die Schenkel, und in einer einzigen zitternden Bewegung ließ Bitch den Rock zu Boden gleiten und entstieg ihm wie Kleopatra dem Bad aus Eselsmilch, und sie klammerte ihre Beine um Kolja, und dann schliefen sie ein zweites Mal miteinander, bei offener Balkontür, was dazu führte, dass mitten in Bitchs und Koljas Schreie hinein eine leere Tabakdose auf den Balkon schepperte, von einem Nachbarn geschmissen, jemand, der offenkundig seine Ruhe haben wollte.

Nachdem es vorbei war, brauchte Kolja einen Augenblick für sich. Er ging wortlos ins Bad, streifte im Gehen das seifige Kondom ab, warf es in den Mülleimer und setzte sich auf den Toilettendeckel. Er wollte nicht, dass Bitch ihn so sah. Nach zwei Minuten wusch er das Weinen von Wangen und Wimpern.

Bitch hatte sich unterdessen im Zimmer umgesehen. Nicht mal eine Kochnische, nur ein hüfthoher Kühlschrank mit zwei Platten drauf, ein mickriger, schiefer Hängeschrank, ausreichend für das bisschen Geschirr und den Topf- und Pfannenkrempel, den Kolja für sich selbst benötigte. Die Tür zum Balkon, das Fenster daneben, ein uralter Teppich, an der Wand ein paar einsam festgedübelte Regalbretter, ein Schrank, eine Matratze auf dem Boden, ein Tisch, davor ein Stuhl, zwei Klappstühle in der Ecke, das war alles. Kein Fernseher, keine Couch, nichts. Das Zimmer war nicht auf Besuch eingerichtet. Bitch drehte sich auf den Rücken. Sie schwitzte. Die Teppichhaare kitzelten sie an den Schulterblättern. Dieser Kolja. Dessen ungestüme Ungeschicklichkeit sie rührte. Bitch hatte *währenddessen* Koljas Gedanken förmlich hören können, Koljas greifbare Angst, etwas falsch zu machen, doch Koljas Angst hatte sich mit ihrer eigenen Angst gepaart, und dieser Augenblick: als sie beide innehielten und wussten, dass sie überhaupt keine Angst haben mussten; als Kolja sie lange und fest in den Arm nahm, ein Stück von ihr abrückte; sie einfach ansah; durch die Augen in sie hinein; ihr kurz und spielerisch die Haare aus der Stirn pustete; und Bitch lächeln musste.

Jetzt fühlte sie sich durchschaut.

Hatte sich geöffnet, suchte nach einem Rückzugsort. Sie war immer noch nackt. Sie brauchte etwas. Irgendetwas, in das sie sich würde verkriechen können. Sie blickte auf die Matratze, keine Bettwäsche. Stand auf, öffnete den Schrank. Die Bettwäsche fiel ihr entgegen, rot, weiß, schwarz und voller Fußbälle, dazu ein gerupfter Adlerkopf plus SCF-Emblem in einem großen Oval. Kinderbettwäsche, dachte Bitch. Sie setzte sich auf die Matratze, stopfte das Kissen in den nackten Rücken, deckte sich zu und wartete.

Kolja trat ins Zimmer. Im Bademantel. Um seine Nacktheit zu kaschieren. Das Echo der Spülung im Rücken, die er einfach so gedrückt hatte, damit Bitch nicht denken sollte, er hätte geweint, ach, immer noch dieser verdammte Stachel, immer noch das hohle Pochen in ihm: Was soll sie von mir denken? Was sollen die anderen von mir denken? Der Schritthall seines Lebens. Immer nur der Blick auf die anderen, nie der Blick auf sich selbst, er hasste sich dafür. Als Kolja jetzt die Bettwäsche sah, in die Bitch sich eingewickelt hatte, zuckte er zusammen und wurde rot. Kolja hatte gedacht, eine Frau könnte das lächerlich finden, und, noch ehe Bitch aufgetaucht war, das Zeug in den Schrank gestopft, so, wie er sein Leben lang immer alles, was er war, alles, was ihn ausmachte, und alles, was er sein wollte, alles, worüber die anderen, wie er dachte, lächeln oder den Kopf schütteln könnten, alles, alles, alles in den Schrank seiner selbst gestopft hatte, nur nicht auffallen, sich nur nicht blamieren, nur nicht peinlich oder hässlich sein, immer brav, konform.

Und jetzt? Da saß Bitch auf der Matratze. Unter seiner sc-Freiburg-Bettwäsche. Kolja wusste nicht, was tun. Er angelte den Stuhl, nahm verkehrt herum darauf Platz und ließ seine Arme über die Lehne baumeln. Sie schauten sich an. Bitch seufzte. Der da vor ihr saß, Kolja, das war ein eigener Mensch, ein Außenseiter, und Bitch mochte Außenseitiges, Abseitiges, Geheimnisvolles. Und sie wollte sein Geheimnis ergründen, alles von ihm wissen und erfahren, was es zu erfahren und zu wissen gab. Bitch dachte, vielleicht muss ich die Situation ein bisschen entspannen, vielleicht wird er sich öffnen, wenn wir erst mal geplaudert haben, und nur deshalb fragte sie ein wenig spielerisch, lächelnd und indem sie auf die rotweiße Bettwäsche deutete: »Was ist das denn hier?«

»sc-Freiburg-Bettwäsche«, murmelte Kolja, blickte zu Boden und schämte sich.

»Mein Gott«, lächelte Bitch.

Dieses Meingott tat Kolja im ersten Augenblick höllisch weh. Es war dieses Meingott, das ihn sein Leben lang gequält hatte. Und nicht losließ. Das angedeutete, ausgesprochene oder unausgesprochene Meingott der Menschen, die irgendetwas, das er getan oder gesagt hatte, kommentierten. Meist mit hochge-

zogenen Brauen. Es war dieses Meingott, das ihn zu dem ver-
klemmten, verkorksten Menschen hatte werden lassen, als der
er sich fühlte.

»Sind die nicht in der zweiten Liga?«, fragte Bitch.

Und diese simple Frage, so komisch sich das anhören mag,
entschied über das künftige gemeinsame Leben der beiden.
Denn plötzlich fegte eine eisige Kraft durch Kolja. Eine nie ge-
spürte Kraft. »Ja, und?«, fragte er und wusste mit einem Mal
nicht mehr, weshalb die sc-Freiburg-Bettwäsche ihm peinlich
sein, weshalb er nicht mit aller Macht zu dieser Fußballbeses-
senheit stehen sollte, die in seinem Leben für ihn, seit er in Freiburg gelandet war, einen Anker darstellte. Wieso, dachte er, soll
ich überhaupt aus irgendetwas, das mit mir zu tun hat, ein Geheimnis machen? Und was ist das alles hier wert, dieser Abend,
dieses Treffen, alles, was wir gestern und heute erlebt haben,
Bitch und ich, wenn sie mich nicht kennt, wenn ich so tue, als
sei ich ein anderer, als ich wirklich bin? Das hat von Anfang an
keinen Sinn, wenn ich ihr etwas vormache. »Ja, und?«, fragte er
noch einmal trotzig. »Was dagegen?«

»Nein, nein«, sagte Bitch.

»Das ist halt meine Leidenschaft!«, rief Kolja.

»Schon gut!«

Da stand Kolja auf, streifte sich den Bademantel ab, drehte
den Stuhl um, setzte sich nackt wieder hin und legte los. Anfangs noch mit Restverlegenheit, aufgrund des schneckenarti-
gen Geschlechts, von Wort zu Wort aber sicherer, fester, immer
mehr redete er sich in einen Rausch, einen Wortrausch, der dem
Spielrausch glich, in den der sc Freiburg sich in den nächsten
Jahren unter Volker Finke spielen würde, ein Spielrausch, der
letzten Endes zum Aufstieg in die Bundesliga und zur Teilnahme am Europapokal führen sollte, und immer – war Kolja
auch sonst dem Esoterischen abgeneigt, hier machte er eine
Ausnahme –, immer also sollte Kolja fortan seinen eigenen Aufstieg (aus dem Fremdbestimmten, aus der Abhängigkeit, aus
den Niederungen der Knechtschaft) an den Aufstieg des sc Freiburg koppeln, der aus der zweiten Liga kommend sich zu einem

Siegeszug sondergleichen aufmachen würde, auf immer war und blieb für Kolja die eigene Befreiung an die Befreiung des Sportclubs gekoppelt. Dieser Monolog, oder um genau zu sein, diese Lebensbeichte, die jetzt folgte, sie würde den Grundstein bilden zu Bitchs und Koljas gemeinsamer Zukunft: Kolja, aus seiner Heimatstadt geflohen, aus der Enge, natürlich hatte er Priester werden wollen, als Kind, natürlich hatte er das auch gesagt, allen anderen, als Messdiener, mit dreizehn, immer nur aus den Augen der anderen gelebt, immer nur aus den Augen des Pfarrers und der Schönstätter Marienschwestern, niemandem von seinen Abgründen erzählt, von den pflaumdunklen Gefühlen, ganz allein, das ganze Leben, die Kindheit, die Jugend, der verklebte, verwichste Onanierfilm, nie, nie, nie ein Mädchen angesprochen, einmal auf Klassenfahrt in der Disko von Berenike zum Tanzen aufgefordert, Kopf geschüttelt, nicht, weil er das nicht gewollt hätte, nichts hätte er lieber gewollt, einfach, weil er es nicht gekonnt hatte, Gedanke unerträglich, ein Mensch könnte glauben, er würde sich mit einer Frau abgeben, Sünde erstens in diesem ehelosen Alter, zweitens für einen, der Priester werden wollte, durch die katholische Mischpoke auf dieses Amt vorbereitet, eine Tante hatte schon früh für seinen Kelch zu sparen begonnen, Kolja erst fünfzehn damals, nie über Sex gesprochen, und in Freiburg endlich, endlich, mit achtzehn, die gesamte Erziehung als Zwangsjacke durchleuchtet, allein, ganz allein, unmöglich, nicht zur Kirche zu gehen am Sonntag oder aufs Abendgebet zu verzichten, Indoktrination, Kopf mit Gebeten und Ritualen verseucht, monatelanger Kampf, der auch jetzt noch anhielt, Albträume, auf dem Rücken liegend, Lähmungserscheinungen, er wacht auf, aber kann sich nicht bewegen, und sein Bauch öffnet sich, langsam, und etwas kriecht aus dem Bauch, und Kolja weiß genau, was das ist, es ist etwas Schreckliches, es ist *das Böse*, in ihm, aus ihm, aber er kann nichts dagegen tun, und das Böse aus und in seinem Inneren richtet sich auf, und im letzten Moment, kurz, bevor es sich auf ihn stürzen kann, durchbricht Kolja die fatale Lähmung, klatschnass im Bett, er kann ohne Licht nicht mehr einschlafen, er ... Koljas erste und einzige Predigt seines Lebens ging noch eine Weile so weiter, und dann war Stille.

Irgendwann flüsterte Bitch: »Komm mal her!«

Kolja legte seinen Kopf in ihren Schoß. Er hatte sich komplett geöffnet, er hatte alles gegeben, er hatte keine Ahnung, was jetzt geschehen, ob Bitch einfach gehen würde, oder ob *das hier* eine Zukunft hätte. Im Grunde genommen rechnete er damit, dass Bitch nicht mit so einem Typen zusammen sein wollte. Aber dann wäre es besser, es wäre gleich vorbei. Noch ehe es begonnen hätte. Kolja schloss die Augen, lag dort und wartete auf das, was Bitch sagen würde. Sie sagte aber nichts. Bitch standen, ohne dass Kolja etwas davon mitbekam, Tränen in den Augen. Sie saß dort und schwieg. Und weil sie sich, während Kolja redete, wahnsinnig verliebt hatte, nicht nur in Kolja selbst – in diesen Menschen, der sich gerade seine Seele aus dem Leib gerissen und vor sie hingelegt hatte und in dem so viel Traurigkeit steckte und Verzweiflung –, sondern auch in seine Stimme, die lockigen Haare, den jugendlich hageren Körper, dessen Rippen sie fast zählen konnte, in die Augen, ja, sogar in sein kärgliches blauweißes Fischerhemd, das zerknüllt auf dem Boden lag, und weil dieser Junge dort vor ihr ein besonderer Mensch und so ganz anders war als Henry Lamarque, ihr letzter Freund, dem sie sich auf ewig verfallen glaubte, und weil sie die eigenen Tränen verscheuchen wollte, sagte Bitch endlich: »Okay.«

»Okay was?«, fragte Kolja.

»Okay«, wiederholte Bitch. »Dann sind wir jetzt zusammen!«

4

Kolja störte sich nicht an Bitchs Esoterikkram, aber Bitch störte sich ein wenig daran, dass Kolja das Kind mit dem Bade ausgeschüttet hatte, wie sie sagte.

»Was meinst du?«, fragte Kolja.

»Den Glauben an etwas Höheres mit dem Glauben an die Institution Kirche.«

»Ich glaube nicht mehr an Gott.«

»Aber du musst doch daran glauben, dass da etwas ist in unserer Welt, jenseits des Sichtbaren. Geheimnis. Geistwelt. Spirituelles. Du kannst doch nicht mir nichts, dir nichts vom Katholiken zum Materialisten mutieren.«

»Ist mir egal, wie du das nennen willst. Ich glaube nur noch an das, was ich sehe.«

»Das ist mir zu eindimensional.«

Doch immer wieder brach das überkommen Geglaubte aus Kolja heraus. Einmal, als er mit Bitch in den dunklen Wald ging, nachts, und als sich die beiden nach dem Akt erschöpft den Sommerschweiß aus den Nacken strichen, spürte er plötzlich die Präsenz eines Wesens, das ihm verstörend bekannt vorkam. Was mache ich hier?, fragte er sich. In der Nacht zuvor war er wieder von einem Albtraum hochgeschreckt und hatte mit dem Bösen in ihm, aus ihm gekämpft und dem Satan die Stirn geboten, komm doch, hatte er stumm geschrien, hol mich doch, Satan, ich hab keine Angst vor dir. Jetzt aber war die Angst plötzlich da, aus dem Schatten der Bäume könnte er treten, der Satan, leibhaftig, und Kolja rief: »Los! Weg hier!« In Panik stürzte er, gefolgt von der ratlosen Bitch, aus dem Wald ins Auto. Sie brauchte lange, um ihn zu beruhigen.

Nach einigen Jahren gemeinsamen Lebens hatte Bitch sich mit Koljas Ich-glaube-nur-noch-was-ich-sehe abgefunden. Gemeinsamkeiten, so Bitch, tragen die Beziehung, Unterschiede befeuern sie. *Gleich und gleich gesellt sich gern* und *Gegensätze ziehen sich an* sind nur scheinbar paradoxe, sich ausschließende Sprichwörter, nein, eine Beziehung braucht beide Wahrheiten, um zu bestehen. Die Gemeinsamkeiten dagegen: nicht nur die erlittenen (wiewohl unterschiedlichen) Kindheitsverletzungen, sondern auch der Geschmack für alle möglichen Kunst-Erzeugnisse. Beide hatten schon zu Anfang ihrer Beziehung festgestellt, dass sie *Aliens* und *Terminator I* und *II* ihres Lieblingsregisseurs James Cameron sowie *Rocky I* liebten, nicht nur aufgrund der Maßstäbe, die jene Streifen für das Genre der Actionfilme gesetzt hatten, sondern auch aufgrund der sozialkritischen Komponenten, und für Kolja war die Verseuchung durch Aliens außerdem eine wunderbare Allegorie auf seine eigene Verseuchung durch die Religion. Beide lasen viel, mochten phantastische, abenteuerliche Geschichten, hassten Vergangenheitsbewältigungsschinken und Zweite-Weltkrieg-Schmöker. (Kolja hatte ein Semester Deutsch und Englisch studiert, aber das Studium abgebrochen, weil ihm diese Interpretationsmanie auf den Senkel ging. »Ein Buch soll man nicht zerfleddern, sondern genießen«, sagte er. Im Gegensatz zur Vielgestaltigkeit möglicher Ansätze, ein Buch zu verstehen, gab es bei der Müllabfuhr keinen Interpretationsspielraum: Die Mülltonne war voll. Man musste sie leeren. Das war alles.) Koljas und Bitchs größte Gemeinsamkeit aber lag in ihrer durch und durch perfekten Kommunikationsergänzung. Bitch redete viel, Kolja schwieg gerne, Bitch öffnete sich, Kolja hörte gern zu, sieht man mal ab von Koljas Lebensbeichte am zweiten Abend. Auf diese Weise konnte ihre Beziehung den Gegensatz bezüglich der Weltwahrnehmung (Materialismus versus Spiritualismus) gut verkraften. Kolja meckerte auch nicht über Bitchs immer neue Esoterikeskapaden, wie er es nannte. Er merkte, wie wichtig es für sie war, dass sie an irgendwas glaubte, und er beschloss, für sie da zu sein, sollte dieser Glaube an das Spirituelle ihr mal abhanden kommen.

Und dann die Kinderfrage.

Koljas Samen waren (eine Untersuchung brachte es zum Vorschein) beinah zur Gänze abgestorben, und die letzten Krücken, die lustlos und wie in Zeitlupe unterm Mikroskop flipperten, verfügten nicht über den nötigen Elan oder aber über die nötige Geschwindigkeit oder aber über die nötige Ausdauer, als dass die Wahrscheinlichkeit hoch gewesen wäre, den Weg durch den dunklen Gang an der Höhle des Drachen vorbei zum goldenen Ei unbeschadet zurückzulegen. Mitte der Neunziger. Es schwirrte das Wort *Insemination* im Raum. Sprich: Wenn man die paar müden Krieger Koljas aus mehreren Schüssen sam-

meln, waschen, aufbereiten, fein anziehen, mit Proviant ausstat-
ten, wenn man ihnen einen Rucksack umschnallen und Waffen
für die Gefahren des Weges mitgeben und ihnen darüber hinaus
auch noch per Spritze helfen würde, die erste Hälfte der Strecke
zu überstehen, wäre eine für Fälle wie ihren pro Versuch ungefähr zwanzigprozentige Chance der Befruchtung gegeben.
Bitch schöpfte neue Hoffnung. Kolja wiegelte ab. Er wolle
nichts erzwingen. Er war der Meinung, ein Kind sei ein Geschenk. Es werde einem gereicht. Oder nicht. Da solle man nicht
reinpfuschen. Den Geschlechtsverkehr nicht beflecken mit
krampf- und zwanghafter Zeugungsmanie. Bitch erwiderte, sie
hätte gedacht, Koljas katholische Erziehung sei längst überwunden, jetzt komme er ihr mit christlichem Kram wie Geschenk
und beflecken und weiß der Kuckuck noch. Was spreche verdammt noch mal dagegen, ein bisschen nachzuhelfen?

Kolja blieb hart. Ein ernster Streit. Als die beiden aber kurz
danach eine Reportage über die Möglichkeiten einer Adoption
sahen, nickten sie wortlos und ließen sich auf eine Liste setzen.
Ein Baby sollte es sein. Die Liste, sagte man ihnen, sei lang. 1997
war die Liste sehr lang. 1998 nicht mehr ganz so lang. 1999 standen die beiden schon auf der ersten Seite. Geduld. Geduld.
Bitch rief immer wieder an. Es könne, sagte man, jetzt sehr
schnell gehen. Da blieb die Periode aus, Bitch dachte nicht an
Befruchtung, weil sie den Glauben daran längst verloren hatte.
Erst nach sieben Wochen Blutlosigkeit machte sie – pro forma –
einen Test und kam nach drei Minuten aus dem Bad, das bepin-
kelte Stäbchen in der Hand, ungläubig, strahlend, aufgelöst.

Acht Monate später, am 30. Dezember 1999, Gusto Winter
schnarchte schon nebenan, sprang Bitch plötzlich aus dem Bett.
»Da läuft was«, sagte sie zitternd. Kolja dachte zuerst an eine
Spinne oder irgendein Tier, das über die Bettdecke krabbelt, sah
dann aber das Wasser auf Bitchs Schenkel und fuhr sie sofort
ins Krankenhaus. Bitchs esoterische Ader, die für Hausgeburt
bei Kerzenschein inklusive Plazentaverehrung plädiert hätte,
wurde bei Weitem übertroffen von ihrer Angst, sie könnte – wie
die eigene Mutter – bei der Geburt das Leben verlieren. Besser

ein Arzt in der Nähe. Für alle Fälle. Man schloss sie an einen Wehenschreiber an. Nichts. Trotzdem – Bitch hatte wahnsinnige Schmerzen. Rückenschmerzen, sagte sie immer wieder, und die Hebamme schüttelte den Kopf. »Hat noch gar nicht angefangen«, sagte sie, verließ den Raum, indem sie das zwischen den Worten geisternde Stell dich nicht so an! ungesagt mitnahm. Vierundzwanzig Stunden später konnte Bitch nicht mehr. »Sag denen, die sollen was machen!«, flüsterte sie zitternd. »Ich will hier nicht verrecken!« Kolja holte einen Arzt, und Bitch bekam eine PDA gelegt. Das tat gut.

Absolut schmerzfrei kam also, knapp nach dem Jahreswechsel, am 1. Januar des Jahres 2000, der Sohn von Bitch und Kolja Zacharias zur Welt, und Kolja verlor in diesem Augenblick das letzte Restchen Glauben an so etwas wie Wunder oder spirituelle Kraft, denn statt, wie er es sich vorgenommen hatte, bei der Geburt oben zu bleiben, seiner Frau beizustehen und ihre Schmerzen aufzufangen, wandte er seinen Blick – da die anästhesierte Bitch seine Hilfe nicht benötigte – nach unten, wo ein kleines blaues Säckchen von einem Menschen herausflutschte und aufgefangen wurde. Purste Biologie. Blut und Käseschmiere und der Versuch des kleinen Knilchs, nach Luft zu schnappen, ein Röcheln, Entfernen des Fruchtwassers aus der Kehle durch gekonnten Griff des Arztes, Körper, nichts und wieder nichts, Körper, Fleisch und Saft.

Aber das war nicht alles.

Lange nicht.

● sozusagen.

Oder A und Ω.

Oder ☺ und ☻.

Bitch Winters Schwangerschaft wurde begleitet vom Siechtum: Koljas Vater gab langsam, aber sicher den Geist auf. Sein Ende war abzusehen. Insofern konnte Kolja sich vorbereiten. Innerlich. Was aber nicht viel half. Während auf der einen Seite seine Frau immer dicker wurde, wurde sein Vater zu Hause immer dünner. Er aß nicht viel. Die Krankheit hatte einen Namen, einen fest umrissenen Endpunkt, auf die sie zusteuerte:

Tod nennt man das. War ein Tunnel mit einem Ausgang, der für Kolja ins Nichts, für seinen Vater Josef aber ins Licht führte, denn der glaubte immer noch an einen Himmel, an einen Gott, jetzt, kurz vor Toresschluss, umso heftiger. Zweimal reiste Kolja während Bitchs Schwangerschaft in seine Heimat am Niederrhein, weil seine Mutter gesagt hatte, es sei so weit. Zweimal kehrte er wieder zurück, ohne dass sein Vater gestorben war. Etwas in Josef Zacharias klammerte sich noch ans Leben. Er hatte sich selbst zwar abgeschrieben. Aber eine Sache hätte er noch zu gern getan. Den Enkel, den ersten Enkel im Arm halten! Das Ganze geriet mehr und mehr zu einem Wettlauf. Die Schwangerschaftsmonate waren überzogen vom Schleier des Abschiednehmenmüssens. Kolja würde selber Vater werden und seinen eigenen verlieren. Er hatte Angst. Sein Vater. Zu dem er aufgeschaut hatte. Den er geliebt und gehasst und wieder geliebt hatte und immer noch liebte. Den es aber bald nicht mehr geben würde. Für immer verloren. Überstieg seine Vorstellung. Undenkbar.

☹ und ☺.

Im Gleichtakt.

Nach der Geburt, nach dem Waschen und Wiegen und Messen bekam Kolja seinen Sohn in den Arm gelegt. Das Wesen aus dem Nichts. Er wusste noch nicht, dass die Gefühle für diesen Menschen erst entstehen mussten. Dass sie ihm nicht in den Schoß fielen. Hatte aber gedacht, dass es so sein müsste: Kind im Arm, Liebe da. Nichts dergleichen. Wird schon noch kommen, dachte er. Werden uns aneinander gewöhnen. Er hatte ja keine Ahnung, dass dieses Liebesgefühl für seinen Sohn sich von Tag zu Tag steigern würde. Bis weit über jede gesunde Schmerzgrenze hinaus. Dass die Sorgen, die er sich machen würde, fortan nicht mehr um sich selbst, sondern nur noch um seinen Sohn kreisen (und um Omega, dazu später mehr). All das wusste Kolja nicht. Noch nicht. Zu diesem frühen Zeitpunkt. Bitch übrigens auch nicht. Sie war viel zu erschöpft. Sie sagte zu Kolja, sie müsse mal raus, an die frische Luft, allein, ob er nicht schon vorgehen könne, auf die Station, ins Zimmer mit den Neugeborenen. Sie werde gleich folgen. Eine halbe Stunde nach der Geburt hangelte sich Bitch an der Wand entlang zum Aufzug und unten zum Ausgang. Draußen atmete sie tief ein. Die Nacht glimmte noch. Es war kalt. Bitch trug einen Bademantel und überm Bademantel ihre Schweizer Armeejacke. Silvesterkracher ebbten langsam ab. Sie war mehr als nur erleichtert.

»Hab vorhin ein Kind bekommen«, sagte sie zu den Leuten, die rauchend um die Aschenbechertulpe standen, in der Kälte auf- und abwippten und zum Himmel starrten.

»Glückwunsch«, sagte man. »Und? Alles klar?«

»Ich lebe noch«, atmete Bitch. »Habt ihr mal ne Fluppe für mich?«

5

Ich blickte in den Raum mit den Neugeborenen. Mein Wahrnehmungsstaubsauger funktionierte einwandfrei. Aber es befand sich niemand drinnen. Niemand außer ... Ihrer Nichtigkeit: Sybille Omega Zacharias. Sie war da. Einfach nur da. Sie lag in einem Bettchen. Ich erkannte sie sofort. Omega Zacharias, sie, die alles umgekrempelt und die Menschen aus ihrem Sphärenschlaf geweckt hat, sie, die Retterin, die niemals Göttin sein wollte und doch schöner werden sollte als Aphrodite-Helena-Angelina-Scarlett-Marilyn, sie lag dort, soeben geboren, schien es, schwarze Haut, kahler Kopf, Augen offen, vollkommen nackt. Und ich? Ich fluchte zunächst. Weil ich das Geheimnis ihrer Herkunft nicht gelöst hatte. Einen Weg von 525 Jahren hatte ich zurückgelegt und war so klug als wie zuvor, ich wusste gar nicht, dass ich fluchen konnte, scheinbar passt man sich, sobald man das Refugium einer vergangenen Zeit betritt, den Gebräuchen dieser Zeit an, es könnte aber auch daran liegen, dass ich mich in den letzten Tagen ausgiebig beschäftigt hatte mit den Gepflogenheiten jenes Zeitalters, und eine dieser dre-

ckigen Gepflogenheiten war eben das hemmungslose Fluchen ...
Ich schweife ab. Zugleich aber war ich ungeheuer, sagen wir, ergriffen. Denn nie zuvor hatte ich als erwachsener Mensch ein
Baby gesehen. Ich würde es gern beschreiben, nur fehlen mir
die Worte. Es war so klein. So winzig. So unvorstellbar winzig!
Außerdem: Noch ehe ich die nachtschwarze Omega genauer
hätte betrachten können, betrat Kolja den Raum. Er schob das
rollbare Bettchen mit seinem Sohn, dem brav schlafenden Ferdinand, hinein und schaute – weil er Fragen hatte, jede Menge
Fragen, vor allem aber die Frage, wie es jetzt überhaupt weitergeht – nach der Krankenschwester. Die aber war nirgends zu
sehen.

Und dann schrie Omega.

Sogar mir, dem stillen Beobachter, fröstelte, wenn auch dieses
Frösteln – aber das muss ich jetzt nicht jedes Mal wiederholen,
sondern setze es unausgesprochen (also phantomhaft) voraus –
ein Phantomfrösteln war. Omega schrie und hörte nicht mehr
auf. Kolja trat an ihr Bett und machte Pssst-Laute, aus Angst,
sein eigener Sohn könnte vom Geplärre geweckt und angesteckt
werden. Omega schrie unnachgiebig. Hatte die Augen geschlossen und den Mund aufgerissen. Kolja verließ das Zimmer und
schaute den Gang entlang. Niemand zu sehen. Die zuständige
Krankenschwester Bea Olivia Cornelli, die eigentlich hätte anwesend sein müssen, hatte den Raum verlassen und kotzte sich
gerade die Seele aus dem Leib, weil sie – trotz der obligatorischen Handsterilisation – ein Noro-Virus eingefangen hatte. Sie
würde das Babyzimmer nicht wieder betreten dürfen, sie würde
gleich eine Vertretung rufen müssen, sie wusste aber genau: Das
Zimmer mit den Neugeborenen war leer gerade. Insofern hatte
sie Zeit. Dachte sie jedenfalls.

Kolja blieb keine Wahl. Er musste, wollte er für Ruhe sorgen,
handeln. Er trat ans Bett der kreischenden Omega, wickelte sie
in eine Decke und nahm sie hoch. Unsicher. Ein einziges Mal
erst hatte er Ferdinand an der Schulter gehabt. Jetzt dieses zu-
ckersüße schwarze Kind. Waren das seine Gedanken? Wo kam
dieses Wort her? Zuckersüß? Kolja hielt das Köpfchen behut-

sam mit der Rechten. Warum war sie nackt? Er betrachtete sie. Merkwürdig, dachte er, so gar keine Haare! So überhaupt keine Haare, nicht mal Flaum. Das Köpfchen kippte ein wenig nach vorn, wie der Kopf einer Marionette, wenn man den Faden sacken lässt, sanft gegen Koljas Brust. Und dort, an Koljas Brust, ich habe es selber gesehen, hörte Omega sofort auf zu schreien. Als hätte jemand einen Schalter umgelegt. Und Kolja strahlte. War stolz. Babynator, nannte er sich, ich konnte seine Gedanken hören. (Zwar war mein Bewusstsein an eine Kalla-dabs-Obore gekoppelt, aber es war, Freunde, immer noch das gedankenhelle Bewusstsein eines Quadrupelhirns!) Kolja hielt Omegas Kopf fest, als könne er jeden Augenblick runterkul-lern. Und Omega schmiegte sich an seine Brust. Da betrat die von Bea benachrichtigte Schwester Luise von Bergen den Raum und fragte Kolja: »Was machen Sie da?«

»Ich ... Das Kind hier ... Es hat geschrien.«

»Ist das Ihr Kind?«

»Nein, das hier ist mein Sohn.«

»Legen Sie es wieder hin.«

»Es war niemand hier, tut mir leid, ich wollte nur ...«

»Bitte!«

Kolja legte Omega ins Bettchen, doch Omega schrie wieder wie wahnsinnig, genau in dem Augenblick, als Kolja sie losließ. Luise öffnete eine Schublade und holte rasch eine Windel und Babykleider heraus, zog Omega an und nahm sie hoch, doch Omega brüllte weiter, sie beruhigte sich nicht, als hochrot hätte man ihren Kopf beschreiben können, wenn er nicht von Natur aus schwarz gewesen wäre. Luise von Bergen ging auf und ab und schaute währenddessen nach einem Bändchen an Omegas Handgelenk und nach einem Schild an Omegas Rollbett. Es gab weder das eine noch das andere.

»Schlamperei!«, flüsterte sie.

Omega kreischte hemmungslos.

»Soll ich noch mal?«, fragte Kolja.

»Tut mir leid, wenn ich Sie vorhin so angegangen bin, aber ich muss hier was klären. Würden Sie so freundlich sein, ganz behutsam, am besten setzen Sie sich hier hin, dann kann nichts passieren, so, das gibt's ja nicht, die ist sofort still bei Ihnen.«

Schwester Luise band Omega noch ein Mützchen um, verließ den Raum, und Kolja schwitzte. Omega wurde ein kleines bisschen schwerer, aber Kolja wusste noch nicht, dass dies ein Zeichen für einsetzenden Schlaf ist. Jedenfalls versuchte Schwester Luise in den nächsten Minuten vergeblich, herauszufinden, woher das schwarze Mädchen gekommen war. Weder gab es eine Eintragung auf Anmeldebögen, noch konnte sich eine der Hebammen an ihre Entbindung erinnern. Schließlich teilte Schwester Luise ihrem Chef mit, dass in der Station ein überzähliges Mädchen lag, von dem niemand wusste, woher es kam. Der Chef ging der Sache nach und fand im Kinderzimmer den reglos sitzenden Kolja mit Omega auf dem Arm, die friedlich schlief.

»Sind Sie der Vater?«, fragte Doktor Finn.

»Ich? Ja. Nein. Das heißt, das hier ... also ... er hier ist mein Sohn.« Er deutete mit dem Kopf zu Ferdinand.

»Und wen haben Sie auf dem Arm?«

»Ich weiß nicht.«

»Sie schläft. Ich denke, Sie können sie jetzt hinlegen.«

Kolja legte Ihre Nichtigkeit behutsam ins Bett. Omega schlief weiter. Der Arzt holte ein Stethoskop und horchte ein wenig an ihr herum.

»Haben Sie jemanden gesehen?«, fragte er Kolja.

»Ich?«

»Jemanden, der das Kind hier hingelegt hat?«

»Nein.«

Der Arzt schwieg.

»Soll das heißen«, fragte Kolja, »die Kleine ist hier einfach so abgegeben worden?«

»Wir wissen noch nichts Genaues.«

»Wenn man hier einfach so Kinder hinbringen kann, kann man hier auch Kinder einfach so klauen?«, fragte Kolja.

»Nein«, sagte Doktor Finn. »Das Zimmer wird in der Regel nicht unbeaufsichtigt gelassen.«

»Das hab ich gemerkt«, sagte Kolja. Mit diesen Worten schob er seinen Sohn ins für sie bereitete Zimmer.

Im Krankenhaus herrschte Alarmstimmung. Man versuchte herauszufinden, was genau es mit dem schwarzen Mädchen auf sich hatte. Hätte ein Krankenhaus den Kopf schütteln können, hätte es jetzt den Kopf geschüttelt. Vor Staunen. Und Ratlosigkeit. Bitch und Kolja aber legten strahlend die Arme umeinander, als sie den schlafenden Sohn betrachteten, mit Fingerchen, die aussahen wie frisch manikürt. Ferdinand wurde wach und verlangte nach Nahrungszufuhr. Bitch legte ihn sofort an. Doch der Kleine fühlte sich unwohl und schrie. Genau in dem Augenblick, als Bitch nach der Schwester läutete, schob eben jene Schwester Luise, ein Fläschchen in der Hand, das Bett mit der kreischenden Omega in den Raum.

»Er will die Brust nicht!«, sagte Bitch.

Luise zeigte auf Omega, die noch lauter schrie als Ferdinand, und sagte: »Eins nach dem anderen. Ob Sie wohl«, wandte sie sich an Kolja, »so freundlich wären, es einmal zu versuchen? Bei mir nimmt sie die Flasche nicht, und Sie scheinen ja einen guten Draht zu der Kleinen hier zu haben.«

Kolja nahm Omega hoch und setzte sich und versuchte ihr die Flasche zwischen die Lippen zu stopfen, zwecklos, sie schrie weiter. Und Kolja schaute ratlos zu Luise. Und die schaute ratlos zu Bitch. Und die wiederum schaute ratlos zu Kolja. Und Fakt war, dass die Kleinen einfach nicht aufhören wollten zu plärren. Und dass Bitch aufgrund des durchs Schreien ausgelösten Stillreflexes schon ein nasses Nachthemd hatte. Doch als ginge plötzlich im Zimmer eine Lampe an, erhellten sich auf einen Schlag die Mienen aller drei. Und man handelte sofort.

Bitch reichte der Schwester ihren Sohn.

Kolja reichte Bitch das schwarze Mädchen.

Die Schwester reichte Kolja den kleinen Ferdinand.

Und Omega saugte an Bitchs Brust, als hätte sie noch nie etwas getrunken in ihrem Leben, was im Grunde auch der Wahrheit entsprach. Ferdinand gluckste vergnügt, als sich der schrumpelige Warzenhof in einen glatten Sauger verwandelte.

Die Kinder nuckelten einvernehmlich.

Omega an der Brust.

Ferdinand an der Flasche.

Eltern und Schwester schauten sich erleichtert an. Kurz strahlten alle. Nur um im selben Augenblick den kollektiven Gedanken zu denken: Was zum Teufel ist hier eigentlich los?

6

Zeit ihres Lebens würde Sabrina Steward die Morlocks nicht vergessen. Diese zotteligen, wundersamen Wesen, die in den Höhlen tiefseits der Menschenwelt lebten. Diese widerlichen Monster des Untergrunds, mit der Oberfläche durch Tunnel und Löcher verbunden. Morlocks, ekle Kreaturen, die nur darauf lauerten, dass unachtsame Menschen an ihren Löchern vorbeigingen, um sich rauszustürzen und die Menschen in den Abgrund zu zerren, ins Schwarze.

Zehn Jahre! Zehn Jahre war sie erst alt gewesen, als Vater Patrick Steward ihr den Film gezeigt hatte. Daddy hatte sich nichts dabei gedacht, er hatte ihr gesagt: »Come on, darling, let's watch a movie.« *Die Zeitmaschine*, nach dem Roman von H. G. Wells. Und dann die Morlocks, die Morlocken. Vater Patrick wieherte vor Lachen. Hielt das Video an. Standbild. »That's me!«, rief er und deutete immer wieder auf eine der Kreaturen. »Look. That's me!« Sabrina musste minutenlang auf das Standbild des Morlocken schauen – ihr Entsetzen wurde dadurch nicht gemildert –, während Vater Patrick ihr lang und breit erklärte, wie er als Student bei MGM gejobbt hatte, »die brauchten jede Menge Statisten«, wie man ihm das Kostüm angezogen und gesagt hatte, was man von ihm erwartete. »War meine größte Rolle. Ich meine, ich musste nichts sagen. Ich musste nur Stöhnlaute von mir geben und eine Frau ins Loch ziehen und wild herumspringen. Ich hatte keinen richtigen Satz oder so, aber ich war nie länger in einem Film als in diesem hier, ich hab noch das

Autogramm von Rod Taylor, warte, ich hole es gleich, und von George Pal, dem Regisseur, wir haben 1959 gedreht, fast komplett in den Studios. Wir Statisten hatten sieben Drehtage. Danach haben wir im Wohnheim eine Morlockenparty geschmissen. Hier, schau doch mal, wie's weitergeht.« Patrick hatte keine Ahnung, dass dieser Film für seine Tochter Sabrina etwas zu früh kam, denn die nächsten Monate schreckte sie oft genug aus dem Schlaf, weil sie im Traum von weißblauen Aberwesen in die Finsternis gezerrt wurde.

Erst mit achtzehn, als die entscheidende Lebensweichenfrage anstand, welches Fach Sabrina studieren wollte – sie glänzte in allen Fächern, kein Wunder, bei dem Vater (Prof. Dr. Dr. Patrick Steward, ein renommierter Physiker) –, schaute sie den Film *Die Zeitmaschine* noch einmal an. Allein. Sie musste diesmal lachen über die haarigen Biester, die ihr jetzt harmlos vorkamen. So schlecht die Kostüme. So billig die Effekte. Der Film von 1960 wirkte im Jahr 1988, als Sabrina gerade James Camerons *Aliens* gesehen hatte, extrem veraltet. Je länger sie den *Zeitmaschine*-Film verfolgte, umso nachdenklicher wurde sie. Mit zehn Jahren hatte sie noch nicht auf den Inhalt achten können. Jetzt aber, mit achtzehn, merkte sie: Das, was sie da sah, entsprach im Grunde ihrem größten Wunsch, ihrer tiefsten Sehnsucht, ihrer aberwitzigsten Besessenheit: etwas erfinden oder entdecken oder konstruieren oder bauen wie dieser George, gespielt von Rod Taylor. Eine Zeitmaschine. Etwas, das es noch nicht gab. Sie hatte als Kind Jules Verne verschlungen und ihre Science-Fiction-Sammlung unterm Bett versteckt, damit ihr Vater nicht schimpfte. Denn Professor Patrick Steward war dem beinharten Wirklichkeitsmantra verpflichtet. Seine Studien richtete er nur an Beobachtbarem, an Messbarem, an Verifizierbarem aus. Atemlos hatte Sabrina den vernichtenden Tiraden des Vaters gegen die Auswüchse der Quantenphysik gelauscht. Ihr dagegen schienen die möglichen theoretischen Konsequenzen der Quantenmechanik, jene Theorie der vielen Welten, die Wurmlöcher und Zeitreisen, all das, was ihr Vater ablehnte und bekämpfte, als ein Raum, in den sie gern tiefer tauchen würde.

Sabrina, im Alter von achtzehn Jahren, nach zweitem Anschauen des Films *Die Zeitmaschine*, fasste den Entschluss, ihrem Vater zu folgen in dem, was sie tun würde, nämlich Physik studieren. Dieses Studium aber sollte nur ein Kostüm sein, eine Maske für das, was sie eigentlich studieren wollte, nämlich alles, was zum für sie verbotenen Bereich der Physik gehörte, all das Unterirdische, all das Verborgene, all das unterm wissenschaftlichen Geist der Messbarkeit Liegende, alle wilden Spekulationsmonster und wüsten Visionskreaturen.

Sabrina stand auf, pflückte das Video aus dem Apparat, stellte es zurück ins Regal, betrat das Arbeitszimmer des Vaters, der absolut und unter gar keinen Umständen gestört werden durfte und daher auch zunächst verärgert schaute. Als er dann aber hörte, was Sabrina ihm zu sagen hatte – natürlich setzte sie ihn nur darüber in Kenntnis, dass sie Physik, nicht aber, dass sie eigentlich die Auswüchse der theoretischen Physik studieren wollte –, stand er auf und nahm seine Tochter lange in den Arm und rief: »I'm so proud of you, darling, I couldn't be prouder.«

Und Sabrina Steward legte eine wunderbare Karriere hin. Im Oktober 1999 begann sie ein Forschungsjahr in Genf, im CERN, der weltweit wichtigsten Einrichtung für Teilchenphysik. Das Silvesterfest allerdings verbrachte sie bei einer Studienfreundin in Frankfurt. Zum letzten Mal, wie Sabrina schon am Neujahrsmorgen dachte. Denn ihre Freundin hatte sie den ganzen Abend mit Beziehungsproblemen zugetextet.

Jetzt klingelte Sabrinas Motorola Timeport.

Ganz in Gedanken nahm sie ab.

»Ich bin's.«

»Mutter?«

Sabrinas deutsche Mutter: Lisa Steward. Geborene Zacharias.

»Es geht um deinen Onkel!«, sagte Sabrinas Mutter. »Onkel Josef.«

»Was ist mit ihm?«

»Er … ist gestorben.«

An Onkel Josef hatte Sabrina gute Erinnerungen. Bei den wenigen Besuchen hatte er mit ihr Gespenst gespielt, indem er sich ein Betttuch umwarf. Nicht so erzkatholisch wie seine Frau Ilse. Ein bisschen niederrheinischer Schalk im Nacken.

»Onkel Josef?«, flüsterte Sabrina.

»Ja. Du bist doch in Frankfurt, Schatz? Vielleicht willst du ja... Ich hab gedacht, ist doch nicht weit. Eine Stunde Flug. Höchstens. Wenn du schon... Die Ilse, weißt du, sie ist ganz allein. Sie hat jetzt niemanden. Kolja muss bei seiner Frau bleiben. Die kriegt gerade ein Kind. Und die Ilse... Ich hab gedacht, das wäre eine Riesenhilfe für sie, wenn du, also am besten, also wenn du das für mich tun, für meine Schwester, also, du müsstest sofort ins Flugzeug steigen.«

»Übermorgen wollte ich zurück nach Genf!«

»Ich weiß, was ich von dir verlange, aber ich kann hier nicht weg, ich...«

»Ist gut Mutter, ist schon gut!«, sagte Sabrina. Einerseits war sie traurig wegen der Nachricht, andererseits erwischte sie sich bei dem Gedanken, dass ihr auf diese Weise weitere endlose Beziehungsgespräche erspart blieben. Sie trank den Kaffee aus, schrieb ihrer schlafenden Freundin einen entsprechenden Zettel, raffte ihre Sachen zusammen und nahm ein Taxi zum Flughafen.

Demnach erfuhr Sabrina Steward früher vom Tod des Josef Zacharias als dessen eigener Sohn Kolja. Der war nämlich nicht erreichbar für Ilse: Krankenhaus. Erst am Neujahrsmorgen um elf wählte Kolja die Nummer seiner Mutter. Telefonzelle. Λ und Ω. Kolja war, als würde seine eigene, freudige Nachricht von der anderen, traurigen Nachricht geköpft. Er legte auf und ging in den Park. Er setzte sich auf eine kalte Bank. Der Wind schien ihm Eissplitter ins Gesicht zu werfen. Kolja presste Daumen und Zeigefinger gegen die Augen, um das Wasser zu dämmen. Zog die Nase hoch, legte den Kopf in den Nacken.

Nach einer halben Stunde suchte er noch einmal die Telefonzelle auf und wählte seine eigene Nummer. Es meldete sich Gusto Winter. »Alles okay?«, brüllte Gusto. »Ist sie am Leben!?«

»Ja«, sagte Kolja. »Bitch ist wohlauf. Dein Enkel gesund und munter.« Er betete die Sätze runter, als lese er sie von einer

Grußkarte ab. Achtete nicht auf Gustos Reaktion, sondern schickte gleich die Frage nach: »Sag mal, Gusto. Kannst du mir einen Gefallen tun? Ich kann hier jetzt nicht weg.«

»Alles, was du willst!«, sagte Gusto und hatte in diesem Augenblick nicht den Hauch einer Ahnung, dass er kurze Zeit später rettungslos und unwiderruflich und auf die spontanste Weise, die man sich vorstellen kann, verloren war.

7

Ein eingespieltes Team. Omega trank nur bei Bitch und ließ sich nur von Kolja in den Schlaf wiegen. Ferdinand nahm nur die Flasche und schlummerte ansonsten fast rund um die Uhr. Man kümmerte sich rührend um die neue Familie. Zum Dank dafür, dass Bitch ihre Milch zur Verfügung stellte. Die Belegschaft hatte Angst vor dem Augenblick, da die Eheleute Birte und Kolja Zacharias mit ihrem Sohn Ferdinand und ohne schwarzes Mädchen das Krankenhaus verlassen würden. Alle Versuche, Omega eine Flasche zu geben, scheiterten. Sie hungerte lieber, als dass sie auf Bitchs Milch verzichtete. Am Nachmittag schauten sich Kolja und Bitch einvernehmlich an.

»Sybille?«, fragte Bitch.

»Guter Name«, nickte Kolja tonlos.

»Alles in Ordnung mit dir?«, fragte Bitch.

»Jaja, alles klar«, sagte Kolja.

Die beiden nahmen Kontakt mit der Adoptionsbehörde auf. Standen immer noch ziemlich weit oben auf der Liste. Hatten sich nicht streichen lassen. Für alle Fälle. Setzten Schwester Luise in Kenntnis. Die Formalitäten liefen an. Jemand vom Jugendamt erschien schon am 2. Januar im Krankenhaus. Nicken bei allen Beteiligten. Schwestern, Ärzten, Eltern und Jugendamtsvertretern. Angesichts der Ausnahmesituation musste die Behörde deutsche Langsamkeit und Gründlichkeit zurückstellen und handeln. Es galt, keine Zeit zu verlieren. Das schwarze

Baby aus der Kinderklappe – so die offizielle Version – wurde zur vorläufigen Pflege freigegeben und Kolja und Birte Zacharias zugesprochen, spätere Adoption noch genauer zu prüfen (aber das war nur eine Formalität), für alle Beteiligten also die mit Abstand bestmögliche Lösung: Die Belegschaft des Krankenhauses wischte sich den kollektiven Schweiß von der Stirn, weil die Sache noch mal gut gegangen und sich das Problem Kleines-schwarzes-Mädchen-von-dem-niemand-weiß-woher-es-kommt schnell, und ohne dass die Presse davon Wind bekam, löste; das Jugendamt, weil sich alle anrückenden Schwierigkeiten entmaterialisierten; die Adoptionsbehörde, weil sie ein Elternpaar von der elend langen Liste streichen konnte. Ferdinand wurde das ungewöhnliche Glück zuteil, ein gleichaltriges Geschwisterkind zu bekommen, ohne dass er vorher seinen Platz im Bauch mit einem Zwillingsembryo hatte teilen müssen. Das schwarze Mädchen selber gluckste mehr als zufrieden und erweckte den Eindruck, genau das erreicht zu haben, was es hatte erreichen wollen. Bitch und Kolja schnurrten froh, weil sie gleich zwei Kinder mit nach Hause nehmen konnten. Allerdings wusste Kolja immer noch nicht so richtig, was genau er eigentlich fühlen sollte; und Bitch ereiferte sich darüber, dass Gusto es auch am zweiten Tag nicht für nötig hielt, sie zu besuchen. »Typisch«, sagte sie.

Kolja stöhnte auf.

»Was ist denn los mit dir?«, fragte Bitch. »Du wirkst so bedrückt.«

»Mein Vater!«, sagte Kolja endlich und ließ sich fallen.

Er hatte geschwiegen bislang, weil er Bitch unmittelbar nach der Geburt nicht mit dem Tod konfrontieren wollte, nicht schon wieder Geburt und Tod. Jetzt aber sackte er zusammen und sagte ihr alles. Bitch nahm ihn in den Arm, denn sie wusste, dass Kolja – trotz aller Schuldzuweisungen an die Adresse seiner Eltern – diese Eltern immer noch oder wieder liebte, sie ahnte, was das für ein Augenblick im Leben eines jeden Menschen war, sagte daher nichts, sondern drückte Kolja so fest sie konnte an sich. Als Kolja sich beruhigt hatte, entschuldigte er auch Gusto. »Ich hab ihn gebeten, meiner Mutter beizustehen.«

»Das hat er für dich getan?«, fragte Bitch erstaunt.

Kolja nickte.

»Hätt ich ihm nicht zugetraut«, murmelte Gustos Tochter.

»Da siehst du mal.«

Auf diese Weise verließen Kolja und Bitch Winter, nachdem Kolja am Morgen eine zweite Babyschale und ein zweites Bettchen gekauft und den Kinderwagen gegen einen Zwillingswagen umgetauscht hatte, am 3. Januar 2000 das Krankenhaus zu viert. Die beiden betraten ihre Wohnung, an deren Tür das Schild *Willkommen zu Hause, ihr drei* klebte, das Kolja auf einer Besorgungsfahrt rasch gepinselt hatte.

»Ich muss los jetzt«, sagte Kolja. »Morgen früh ist die Beerdigung.«

Bitch schluckte. »Wann genau ist dein Vater eigentlich gestorben?«, fragte sie.

Kolja deutete Richtung Kinderzimmer.

»Im selben Augenblick?«

Kolja nickte.

Und Bitch hatte sofort dieses Bild im Kopf: Der Geist ihres Schwiegervaters, die Seele ihres Schwiegervaters, die sich direkt neu in die Welt spuckt, in ihr Kind, in Ferdinand Zacharias. Aus psychologischer Sicht gab Kolja ihr später recht, »denn wir schleppen unsere Eltern ein Leben lang mit«, sagte er irgendwann einmal, »erst in ihnen, dann in uns, dann in unseren Kindern, wir werden sie nie los, nicht sie, nicht die Erziehung, nicht das, was sie mit uns getan und was sie von uns erwartet haben.« Aber Bitch sah plötzlich glasklar vor sich, dass jeder Anfang an ein Ende gekoppelt war. Der Tod ihrer Mutter, als sie selber zur Welt gekommen war. Der Tod von Koljas Vater bei Ferdinands Geburt. Und das sagte sie auch, ganz banal: »Anfang und Ende.«

Kolja schwieg.

Bitch wiederholte die Worte.

Kolja schwieg immer noch.

Bitch wurde ernst, nachdenklich, ihre Lider klimperten. »Kannst du dir vorstellen«, sagte sie wie aus dem Nichts, »Sybille und Ferdinand andere Namen zu geben?«

Kolja sah sie fragend an.

»Anfang und Ende«, sagte Bitch.

»Ich versteh nicht.«

»Nicht Anfang und Ende. Alpha und Omega«, sagte Bitch. »Ich hab das Gefühl, sie müssen so heißen. Nicht Ferdinand. Nicht Sybille. Sondern Alpha und Omega.«

»Wir haben ihre Namen schon eingetragen«, sagte Kolja, der sich in diesem Augenblick nicht sonderlich für Bitchs Ausführungen interessierte.

»Egal, was in den Unterlagen steht. Oder im Pass. Wir entscheiden selber, wie wir die Kinder rufen. Spitznamen. Kosenamen. Wenn wir Ferdinand Alpha nennen und Sybille Omega, dann werden es auch die anderen tun, die ganze Welt, und auch sie selbst. Also, einverstanden?«, fragte Bitch.

Kolja schwieg.

»Kolja!«

»Wenn du meinst«, sagte Kolja. Ihm war gerade alles merkwürdig gleichgültig.

»Gut«, sagte Bitch, reichte ihm ein Glas Wein und hielt ihren Stilltee zum Anstoßen bereit. »Auf unsere Kinder!«

Glas und Tasse klirrten, und die Luft geriet in Schwingung, und nebenan streiften Ferdinand und Sybille Zacharias, ohne es zu merken, ihre alten Namen ab und die neuen Namen über, sie schliefen friedlich, frisch getauft die beiden.

Alpha und Omega.

8

Als Kolja Zacharias das Haus verließ, sah er zum ersten Mal den Hund. Ein schöner Hund war das, ein eigentlich schnee-, jetzt eher schmutzigweißer zerstrubbelter Husky, also vielmehr ein huskyähnlicher Hund. Er hockte im Rückraum des Gartens und hechelte. Er sah zu Kolja, und Kolja fragte: »Was machst du denn hier?«

Der Husky stupste die Luft vor seiner Schnauze in Richtung Haus.

»Los!«, sagte Kolja und öffnete die Gartenpforte. Er hatte keine Angst, obwohl der Husky ausgewachsen war und im Grunde ein wenig an einen Wolf erinnerte, ein weißer Wolf, ein Weißwolf, sollte Gusto ihn später nennen. »Los!«, rief Kolja noch einmal. »Komm! Raus mit dir! Such Herrchen!« Der Hund blieb sitzen. Auch als Kolja pfiff und mit den Armen ruderte, rührte er sich nicht. Kolja seufzte und ließ das Gartentor offen. Ging los, Richtung Bahnhof. Der düstere Weg. Aber es regnete nicht. Kolja stieg in den Zug und fuhr fünf Stunden lang, in denen er nur aus dem Fenster auf die vorbeigondelnde Landschaft starrte. Vom Schaffner wurde er zweimal aufgefordert, seinen Fahrschein zu zeigen, da er nicht viel mitbekam von dem, was um ihn her geschah. Er stieg aus und legte den Weg zum Haus seiner Eltern zu Fuß zurück. Dieses Gebräu seiner Gefühle. Grenzenlose Freude über die Geburt seines Sohns und das Auftauchen des kleinen Mädchens. Und zugleich die Trauer über den Verlust des Vaters. Das schwarze Loch, in das er rutschte. Von Kilometer zu Kilometer, und jetzt von Schritt zu Schritt, ließ er Bitch, Ferdinand und Sybille, nein, Alpha und Omega zurück und näherte sich seinem toten Vater. Blätterte im Geist wie in einem Album. Spielen wir bis zehn?, war die Frage seiner Kindheit, denn der Vater hatte auf dem Hof gern mit seinem Sohn Kolja, dem einzigen Kind der Zacharias', Fußball gespielt, das Törchen als Tor. Jeden Abend hatte der Vater dem Sohn eine Geschichte erzählt, Josef Zacharias konnte gut erzählen, und egal, ob es sich um Zusammenfassungen biblischer Szenen handelte, um Märchen, um aus dem Stegreif gezauberte Geschichten vom Delfin und vom Bär und von der Maus, die in eine Schale mit Milch fiel – Kolja hatte immer, er konnte sich genau an dieses Gefühl erinnern, großäugig gelauscht, Bettdecke am Kinn, sein Bärchen Moritz in der Hand, an dem er aufgeregt kniffelte. Aber Kolja ließ solche Erinnerungen, die ihm die Tränen in die Augen trieben, nicht zu. Er musste jetzt gefasst und seiner Mutter eine Stütze sein. Widmete sich also, als wolle er eine Trauerrüstung anlegen, den dunklen Erinnerungen an seinen Vater. Einmal war er, im Bad, nach Strich und Faden vertrimmt worden, keine Ahnung, warum, der Vater hatte nicht nur Ohrfeigen verteilt, sondern regelrechte Schläge, Koljas Ohr hatte gebrummt wie ein Schwarm Hornissen, Todesangst, denn der Mensch, dem er am meisten vertraute, wurde plötzlich zum Menschen, den er am meisten fürchtete. Doch Kolja schob auch diese Erinnerung beiseite. Ihm schien, als beschmutze sie das Andenken. Und er wurde leer und immer leerer. Stand an der Tür zum Haus seiner Eltern und hatte kurz das Gefühl, dass er vielleicht am besten wieder zurückgehen sollte, aber er klingelte. Es war acht Uhr abends. Die Tür ging nach einer Weile auf, und vor ihm stand Gusto Winter. »Kolja! Mensch!«, rief Gusto. »Kolja. Komm rein. Mein Beileid. Meinen Glückwunsch. Sorry. Kolja! Ich weiß auch nicht, was ich sagen soll.«

Zwei Tage zuvor, am Neujahrsabend, hatte Gusto exakt dort gestanden, wo Kolja jetzt stand. Er trug einen leichten Rucksack auf der Schulter. Brauchte nie viel. Der Kerl. Der Gusto. Aufgekratzt warf er die Kippe hinter sich auf den Weg. Er blickte auf das freie Feld vor dem Haus, das aufgeschlagene Bett eines Riesen, von Schneewehen bedeckt. Er dachte, dass ihm noch etwas Zeit bliebe, ehe die alte Ilse vom ersten Stock hinabgewackelt wäre. So stand Gusto mit dem Rücken zur Tür, als diese sich öffnete und er hinter sich eine weibliche Stimme hörte, die ihn erschütterte.

»Kann ich helfen?«

Die Stimme, markant, rau, Schwingungen, die ihm direkt in die Magengrube fuhren. Magisch, verrucht, geheimnisvoll. Gusto schloss die Augen, um die Stimme unverstellt auf sich wirken zu lassen, aber schon wehte ein Duft zu ihm, der die Sinne mit einem Schlag niederstreckte, ein Duft, für den es kein Etikett gab, ein unerklärlicher Duft, und Gusto musste sich umdrehen, musste die Augen öffnen, um zu sehen, wer ihn da mit dieser Stimme, mit diesem Duft angesprochen hatte. Er blickte in die hellblauen Augen von Sabrina Steward, und im nächsten Augenblick war Gustav Humphrey Winter rettungslos verloren.

Man kann Sabrina nicht uneingeschränkt als Schönheit bezeichnen. Ihre Nase ein kleines bisschen zu groß, ihre Augen ein kleines bisschen zu weit auseinander, ihre Lippen ein kleines bisschen zu schmal, und ihre Haare ein kleines bisschen zu matt, ihre Brüste ein kleines bisschen zu klein, ihr Hintern ein kleines bisschen zu breit. Aber genau diesem Kleinenbisschen, das Sabrina Steward vom Schönheitsideal trennte, verfiel Gusto in derselben Sekunde, in der er Sabrina hörte, roch und sah. Hätte sich am liebsten gleich auf diese Frau gestürzt wie ein ausgehungerter Tiger. Die Erfüllung einer solchen Phantasie lag nicht ganz im Bereich des Unmöglichen. Gusto sah noch gut aus, er wurde öfter auf fünfzig geschätzt, spontan, humorvoll, wild, ungewöhnlich hohes Abwechslungs- und Abenteuerpotenzial. Er wusste, er hatte nur dann eine Chance, wenn er die Unbekannte im Handstreich für sich einnahm. Da stand er noch, der alte Gusto, aufrecht, der von sich voll und ganz überzeugte Gusto, der selbstsichere Gusto, der einen Schritt in Richtung dieser Frau tat, er schaute sie keck und herausfordernd an und sagte: »Ich will dich.«

Was Gusto nicht wusste: Auch Sabrina war eine sexuell aktive Frau. Auch sie hatte ganz was anderes im Kopf als eine sogenannte Beziehung. Allein dieses Wort: Beziehung! Hörte sich an wie Zahnziehen. Ihre Freundin, die ihr erst gestern noch ein Ohr abgeknabbert hatte mit dem Zeug, das sich über eine solche Beziehung speichelte wie ein widerlicher Film aus Schleim. Nach ihren langen und harten Arbeitstagen an der Uni und im Institut hatte Sabrina Steward oft einfach nur wahnsinnige Lust. Ältere, reife Männer, die noch einmal in ihrem Leben eine jüngere Frau erobern wollten, das war ihr Ding. Das fand sie erotisch. Sabrina suchte, wann immer sie das entsprechende Bedürfnis verspürte, eine Kneipe auf, ein Restaurant, eine Hotellobby, ließ ihren

Blick kreisen, ehe sie das Opfer ausmachte, einen älteren, allein sitzenden Herrn, der traurig-einsam seine Suppe löffelte, sie hängte ihr Dekolleté über den Teller und sagte – da blieb sie sich zeit ihres Lebens treu – immer nur den einen Satz: »You wanna fuck me?« Sie wusste, wenn der Mann empört oder peinlich berührt wäre, käme er für sie ohnehin nicht in Frage, denn Empörung oder peinliche Berührung sind nicht gerade the corner-stones of any nutritious copulation. In acht von zehn Fällen ern-tete Sabrina jene unerwünschte Reaktion. Dann zuckte Sabrina mit den Schultern und sagte: »It's a pity.« In zwei von zehn Fäl-len klappte es. Auf die Gegenfrage »Where?« antwortete Sabrina stets: »At my house!« Ging voraus, ohne sich noch mal umzu-blicken, in der Gewissheit, dass der Mann rasch einige Geld-scheine auf den Tisch werfen, die Suppe stehen lassen und ihr folgen würde. Wenn sie fertig waren, prüfte Sabrina den Sitz des Kondoms. Wollte man sie küssen, drehte sie den Kopf weg. Als Naturwissenschaftlerin hasste sie sinnlosen Austausch von Bak-terien und Mundschleimhautpartikeln. Nach dem Akt verstri-chen also kaum fünf Minuten, ehe man die hinauskomplimen-tierten Männer kopfschüttelnd und noch leicht im Nacken und auf der Stirn schwitzend die Straße entlangeilen sehen konnte, auf der Suche nach einem Taxi.

»Ich will dich!«, sagte Gusto Winter.

Sabrina, die kurz vor Gusto im Trauerhaus eingetroffen war, hätte nach diesem Satz normalerweise keine Sekunde lang gezö-gert, sich auf den Mann zu stürzen, der über das für sie relevante Alter verfügte, jedoch schien ihr ein solcher Akt jetzt, hier, in Tante Ilses Haus, pietätlos, und so hielt sie sich zurück. Den-noch musste sie laut lächeln.

»Du willst mich?«, fragte sie.

Und dieses Lächeln, sollte Gusto später in seinen Memoiren schreiben, diese nonchalante Geste, mit der Sabrina eine Haar-strähne ihres ein kleines bisschen zu matten Haars über ihr ein kleines bisschen zu weit abstehendes Ohr klemmte, und dieses dahingeworfene Du, das sie aufnahm und zurückspielte, und dieser Blick, den sie ihm schickte, und dieser Vanille-Kokos-

und-noch-viel-mehr-Duft, der durch Gustos Schritt zu ihr hin noch bestürzender geworden war – all das sorgte dafür, dass Gusto, der unerschütterliche Gusto Winter, im selben Augenblick innerlich zusammenfiel wie ein zu früh aus dem Ofen geholtes Soufflé. Und er wurde rot! Er, Gusto Winter! Der niemals in seinem Leben rot geworden war. Er stand da und starrte entgeistert auf das obskure Objekt seiner Begierde. Spürte die Peinlichkeit der Situation. Hatte nur den einen Gedanken, sich irgendwie aus dieser Szene zu retten. Daher, und nur aus diesem Grund, weil Gusto also scheinbar sich selbst, den alten Gusto Winter, an der Schwelle zum Zacharias-Haus irgendwie abgegeben hatte, sagte er: »… unterstützen.«

»Unterstützen?«, fragte Sabrina.

»Ich will dich unterstützen!«, nahm Gusto geistesgegenwärtig seinen Worten jedes Zweideutigkeitspotenzial, aber er fing sich nur langsam. »Nicht dich«, fuhr Gusto fort und flüchtete sich in einen wirren Redestrom, um wieder Boden unter den Füßen zu gewinnen. »Ilse. Ilse. Ich hab gedacht, Ilse wohnt allein hier. Ich hab damit gerechnet, dass Ilse mir öffnet. Und nicht du. Wer bist du? Ich kenn dich nicht. Ich bin, mein Name ist Gusto Winter, Erfinder von Charity, Philosoph der Ex…, ich bin der Schwiegervater von Kolja Zacharias, und der hat gerade ein Kind bekommen, er kann nicht hier sein, er kommt später nach, er schickt mich voraus, jemand muss sich um die Alte… um die Witwe kümmern, jemand muss hier sein, vor Ort, die hat ja niemanden mehr, jemand muss sich um die Beerdigung kümmern, deshalb bin ich hier.«

»Komm rein«, sagte Sabrina, und Gusto schob sich an ihr vorbei und atmete durch den Mund ein, um der Betörung zu entkommen und nicht einfach so, im Vorbeigehen, über die schöne, die wunderschöne, die für ihn und nur für ihn allein wunderschöne Sabrina Steward herzufallen. Dann schloss sich die Tür.

Gusto war außer sich. Er kannte sich nicht wieder. Er durchlebte mit Leib und Seele – wie er später sagte – die Phase der Liebe. Und es war wahrscheinlich, dass er – ohne es zu wissen –

die Phase der unglücklichen Liebe durchleben wollte, mit all ihren bittersüßen Schmerzen und all ihrem köchelnden Selbstmitleid, mit alldem Herzklopfen und den Schweißausbrüchen, wobei Letztere für Gusto nichts Neues waren. Aber er traute sich nicht, Schritte zu einer Verwirklichung seiner Wünsche zu unternehmen. Er verschob aufgrund immer noch fehlenden Mutes seine Sehnsüchte ins kettenlose Reich der Phantasie. Keine Romantik, eher nackte Lust, keine Sonnenuntergangsphantasien, eher Vögelvorstellungen, wobei er nicht die Vögel am Himmel damit meinte.

Auf Letztere schaute Kolja Zacharias, als er am Grab seines Vaters stand und nicht wusste, wohin mit sich. Er schaute einfach hoch und sah die Vögel. Wollte aber eigentlich in den Himmel blicken. In den verlorenen Himmel. In den Himmel, der ihm, würde er noch an ihn glauben, Trost spenden könnte. Aber er glaubte nicht mehr an ihn. Stand da und wünschte, er könnte noch einmal an diesen Himmel glauben, von dem herab sein Vater zu ihm schauen und ihm zuwinken und zulächeln würde, etwas, das ihn trösten, ihn auffangen, ihn beruhigen könnte. Sosehr er sich bemühte, es ging nicht. Er war kein Kind mehr.

Aus. Und. Vorbei.

Der harte Blick auf das Loch da vor ihm.

So'n Grab ist ganz schön tief.

Würde er sagen.

Zu Bitch.

Zwei Tage später.

Harter Schnitt.

Wieder zurück in Freiburg.

Die Kinder schliefen. Kolja saß am Computer, um seine E-Mails zu checken. Musste sich ablenken irgendwie. War alles gerade etwas viel. Bevor er seine E-Mails aufrief, gab Kolja bei Google Earth seinen Heimatort ein und den Namen der Straße, an welcher der Friedhof lag. Immer näher zoomte Kolja den Friedhof heran, ging durch die Reihen und suchte nach dem Grab seines Vaters. Als er es fand, erbleichte er. Denn Kolja sah – sich selbst. Sah die ganze Trauergemeinde. Sah Gusto, seine Mutter, Sabrina Steward, das offene Grab, den Sarg, den Pastor, der, wenn man näher heranzoomte, gerade zu sprechen schien. Ein Standbild. Aufgenommen vor achtundvierzig Stunden. Nicht nur zu der Zeit, da die Beerdigung stattfand, sondern auch in der Sekunde, da Kolja Zacharias zum Himmel blickte. Doch blickte Kolja, ohne es zu wissen, nicht zum Himmel, sondern in den Satelliten Galaxy 7, der ihn haarscharf aufzeichnete. Jetzt saß er am Bildschirm und sah sich selbst in die Augen. »Gibt keinen Gott«, sagte Kolja und klappte das Notebook zu. »Gibt nur noch Google.«

9

Jetzt wieder ich. Lange genug nur wiedergegeben. Nacherzählmaschine, blöde. Klar war: Ich konnte nicht überall sein. Nicht im Krankenhaus und gleichzeitig im Zacharias-Haus. Auch ich musste mich entscheiden. Auch für mich galten die Gesetze der Physik. Für meinen Phantomkörper. Wünschte, ich könnte zum Beispiel durch Blinzeln meinen Standpunkt in Sekundenfluchten wechseln. Aber das ging nicht. Wollte ich woanders hin, musste ich wie ein gewöhnlicher Mensch in einen Zug steigen oder in ein Auto oder zu Fuß gehen. Ich entschied mich in den ersten vier Tagen meines Daseins in der Welt des Jahres 2000 für das Naheliegende. Für Omega. Wollte bei ihr sein. Bei Alpha. Bei Bitch. Das war keine nach reiflicher Überlegung getroffene Entscheidung, sondern eine Zwangsläufigkeit. Weil ich nicht anders konnte. Weil ich zitterte. Weil ich erst mal ankommen musste. Man stelle sich vor: 525 Jahre auf einen Schlag zerpulvert! Plötzlich sah ich Ihre Nichtigkeit vor mir, greifbar, riechbar, hörbar. Ich sah Alpha, der noch Ferdinand hieß. Ich sah Kolja Josef Zacharias, der Mann, der Ihre Nichtigkeit großziehen würde. Ich sah, wie Omega gestillt wurde. Das half mir, mich abzulenken. Von mir selbst. Von meiner neuen Situation. Als Kolja Zacharias nach Freiburg kam, als junger Mann, und eine Bilanz seiner Jugend zog und in den Spiegel blickte und sich selbst erkannte als verkorksten, zu keiner Empfindung fähigen, dürren und (wie er damals dachte) hässlichen Mann, da hatte er irgendwann zu sich selbst gesagt: »Ich kann mich nicht mehr sehen!« Er konnte das nicht aushalten, er musste was tun. Sich verändern. Sich auf den Weg machen. Doch als ich, Elias Zimmermann, exakt zu Omegas Erscheinen im Jahr 2000 nach Christus aufschlug, vom Bibliothekar Jimmy McGovern in perfider Weise verschickt, jetzt ebenfalls zu mir sagte: »Ich kann mich nicht mehr sehen!«, meinte ich das nicht in übertragenem Sinn, wie Kolja, sondern ganz und gar wörtlich.

Wenn man sich selbst nicht mehr sehen kann, so tut das zunächst einmal weh. Wie soll ich das Gefühl beschreiben? Es ist wie ein Umstülpen der gesamten Existenz. Ich hatte Angst, eine irre Angst, ich könnte den Verstand verlieren. Ich brauchte Zeit. Ich hockte im Familienzimmer der Familie Zacharias und saugte die Zeit in mich ein. Wie Omega an Bitchs Brust und Alpha an der Flasche hing mein Blick an der Uhr über der Tür, und ich hoffte, dass jede Sekunde mir zu mehr Ruhe, Körpergefühl und Ich-Haftigkeit verhelfen würde. Aber dieses permanente Denken! Wenn ich nicht mehr hätte nachdenken, wenn ich dumpf vor mich hin hätte brüten oder mit der Engelsgeduld einer Spinne auf etwas hätte warten können, wäre es vielleicht besser gegangen, denn Spinnen können diese Langeweile des Wartezimmerdaseins nur überleben, weil sie kaum ein Gehirn haben, das ihnen permanent dazwischenplappert: Was machst du hier? Sitzt den ganzen Tag im Netz und wartest und nichts passiert? Geh doch mal raus, vergnüg dich ein bisschen, lenk dich ab, die Fliege wird auch den Weg ins Netz finden, wenn du mal nicht den ganzen Tag hier am Herd stehst, du blöde Spinne, geh mal in die Disko und schwing deine acht Tanzbeine, nein, Mensch, dir ist nicht zu helfen, da hängst du nur rum und tust nichts, wie kannst du das aushalten, nichts zu tun? Und jetzt also ich: Spinne. Wartezimmerspinne. Aber mit Gehirn. So'n Tag ist verdammt lang. Das sind vierundzwanzig Stunden. Was mir

Jimmy nicht gesagt hatte (sich aber rasch rausstellen würde): Ich konnte nicht schlafen. Wie auch? Wenn man keine Augen hat, die man schließen kann, wie soll man da schlafen? Das ist ein kompliziertes Paradoxon: das Paradoxon der Phantomlider. Dazu später mehr. Oder auch nicht. Nach etwa zwei Tagen Schockstarre überkam mich aber wie aus dem Nichts ein Euphoriegefühl. Das lag daran, dass ich erstmals die Schönheit der Welt hier erkannte. Diese Details! Ich saugte alles in mich auf: der abgesplitterte Lack an einer winzigen Stelle der Außentür, der haarfeine Riss im Waschbecken von einem harten Gegenstand, der hineingefallen sein musste irgendwann, das Wackeln eines Stuhls, als Bitch sich draufsetzte, jedes einzelne, winzige, ein Gesamtgebilde ergebende Haar, Ferdinands Geburtspickel, der kleine, kaum sichtbare Fleck auf der Vorderseite des Omega-Bettchens, eine Fluse in der Ecke, schwarze Punkte in der Ritze der Fensterbank, ein Miniloch im Vorhang, die Faltenwürfe der Bettdecken, ich konnte mich gar nicht sattsehen. Bitch, die sich in der Nacht wälzte, wenn sie schwitzte und ich leise die Schweißperlen auf ihrer Stirn zählte, weil sie sich zu sehr zugedeckt hatte zum Schutz vor der Januarkälte, das Schnarchen und Knirschen, das leise Im-Schlaf-murmeln. Und die Geräusche hinter der Tür! Wenn eine Schwester über den Krankenhausflur eilte! Oder wenn durch die Wand zum Nachbarzimmer ein anderes Kind quäkte. Leute! Ich war hier! Wirklich! Echt! Ich war angekommen. Im Jahr 2000. Ich hatte den Sprung überlebt. Ich hatte mein Bewusstsein dabei nicht verloren. Ich konnte wahrnehmen und aufsaugen, ich hatte es geschafft. Und es war schön hier! Viel schöner, als ich es mir vorgestellt hatte. Als die Bücher es prophezeit oder besser gesagt rückwirkend beschrieben hatten! Und ich würde dreißig Jahre hier unten leben! War das nicht eine irre Chance? Eine einmalige Gelegenheit? Eine Restlebenslaufzeitverlängerung par excellence? Denn im Jahr 525 lag ich ja immer noch in diesem gläsernen Gerät! Im Jahr 525 nach Omega blieben mir nur noch ein paar Tage, ehe der Meteorit uns alle auslöschen würde! Hier aber lag ein gigantisches Feld der Möglichkeiten vor mir, ich musste nur wählen.

Wenn ich auch keinen richtigen Körper mehr besaß. Naja, ich schob diesen Gedanken zunächst aufs Abstellgleis, man kann nicht alles haben.

Am Morgen nach der Beerdigung lag Gusto wach. Dachte unaufhörlich an Sabrina Steward. Hätte sie am liebsten am Arsch gepackt und hochgehoben und ihre Beine gespürt, die sich um seine Hüften klemmten, hätte ihr am liebsten seine nach Gitanes schmeckende Zunge in den Rachen geschleust. Sah den wilden Akt förmlich vor sich, in seiner ganzen Hemmungslosigkeit, vom Aufs-Bett-schmeißen über das Runterreißen der Hosen und das Ineinanderfummeln der Geschlechter über das wilde Keuchen und Schreien und Stoßen und Hüpfen bis hin zur Minuten später erfolgenden Entladung in diesen für ihn so perfekten Körper und Schoß hinein. Gusto konnte es nicht länger aushalten. Er musste seinen Phantasien einen Anschub geben. In Richtung Wirklichkeit. So schlich Gusto am Morgen ins Gästezimmer, in dem Sabrina Steward übernachtet hatte. »Ich will dich!«, rief er erneut. Diesmal fest entschlossen.

Aber das Zimmer war leer.

Sabrina längst unterwegs zum Flughafen.

Zu spät.

Zu spät!

Erst auf der Fahrt nach Freiburg kam Gusto zu sich. Sehr langsam. Erst auf dieser Fahrt wurde ihm klar, dass es auch noch Dinge gab im Leben, die gar nichts mit Sabrina zu tun hatten, wie zum Beispiel den trauernd-glücklichen vaterlosen Vater Kolja, oder seinen Enkelsohn Ferdinand Zacharias, den Gusto Winter ja noch gar nicht gesehen hatte. Aber Kolja schlief die ganze Fahrt über. Oder tat zumindest so. Weil er vielleicht keine Lust hatte zu reden. Als Gusto endlich an der Wohnungstür in Freiburg stand und das Schild las, stutzte er. »Wieso drei?«, fragte er seinen Schwiegersohn.

»Was meinst du?«

»Willkommen zu Hause, ihr drei? Hast du das geschrieben? Hast du dich mitgezählt? Hat der Esel sich selbst genannt? Hast du dich selbst willkommen geheißen?«

Kolja stutzte, blickte auf das Schild, dann sagte er: »Ach so, ja, hm, natürlich, ich hab dir noch gar nicht erzählt... Komm einfach rein.«

Und Gusto betrat die Wohnung und ging ins Wohnzimmer, wo seine Tochter Bitch ein kleines schwarzes Mädchen stillte.

»Das ist deine Enkelin!«, sagte Bitch.

»Enkel*in*?!«, rief Gusto und streifte den Rucksack ab.

»Ja. Omega.«

Gusto schwieg eine Sekunde.

Starrte auf Omega.

Sagte zu Bitch: »Ja, hast du den wilden Neger gepoppt?«

»Wir haben sie adoptiert«, sagte Bitch. »Hat Kolja dir nichts erzählt? Worüber habt ihr die ganze Fahrt gesprochen?«

»Der sagt doch nichts! Wo ist der überhaupt?«

Kolja schob den Stubenwagen mit Alpha ins Zimmer. »Das ist Alpha, Gusto, dein Enkelsohn«, sagte er.

»Alpha? Ich denke, Ferdinand?«

»Wir haben uns umentschieden«, sagte Bitch.

»Alpha und Omega?«, flüsterte Gusto.

»Alpha und Omega!«

Gusto stöhnte.

In diesem Augenblick wurde die Wohnzimmertür geöffnet von der Schnauze eines Huskywolfs. Der weiße Hund trottete gemächlich ins Zimmer und schmiegte sein frisch gewaschenes und geföhntes Fell an Gustos Beine.

»Und der da?«, fragte Gusto. »Was ist mit dem?«

»Der«, sagte Bitch, »ist uns zugelaufen.«

Der alte Philosoph der Exkremenz ließ sich matt in einen Sessel plumpsen und raunte: »Habt ihr irgendwas mit mehr als fünfundvierzig Prozent im Haus?«

10

Gusto Winter brauchte einen Tag, um das Ganze zu verdauen.

»Mein Gott«, sagte er, »und wie soll das weitergehen?«

»Ist doch klar!«, sagte Bitch. »Kolja muss arbeiten. Du wirst mit anpacken müssen.«

»Mit anpacken? Wie meinst du das?«

»Windeln wechseln, Lieder singen, das ganze – wie sagtest du einmal – Heiteitei mit Spielen, Spazierengehen und Fingerchen-halten, ich meine damit alles, was du bei deiner eigenen Tochter anderen Leuten in die Schuhe geschoben hast.« Bitch trium-phierte bei diesem letzten Satz. Es bereitete ihr ein irres, un-bändiges Vergnügen, genau diese Wörter wie Pflöcke in Gustos Gehörgänge zu hämmern. Ihre weit zurückliegenden Kindheits-verletzungen konnte sie damit zwar nicht heilen, aber immerhin lindern. Und sie schmunzelte. »Hältst du mal?«, sagte sie und drückte Gusto die kleine Omega in die Arme.

»Stopp!«, rief Gusto, aber es war schon zu spät. Er musste die Kleine in einer Balance-Aktion sondergleichen zu einem Stuhl bringen, auf den er sich setzte. »Wie halt ich denn die? Fällt da der Kopf ab? Die schreit ja gar nicht. Und wenn die kotzt? Was soll das? Ich hab damit nichts zu schaffen. Ich will die Dinger nur ansehen, ich will die nicht berühren.«

»Die Dinger?«

»Die Kinder, wollte ich sagen. Du weißt doch, Bitch, das bring ich nicht, das kannst du mir nicht antun.«

»Last Exit Education«, sagte Bitch. »Wer hier wohnt, muss auch für die Kleinen sorgen. Aus-dem-Staub-machen ist nicht mehr, Vater.«

Gusto schwieg. Irgendwie bugsierte er Omega wieder zurück in den Stubenwagen. Dann schloss er sich in sein Zimmer ein. Er dachte nach. *Einen* Enkel, gut, das hätten Bitch und Kolja noch irgendwie hinbekommen. Aber zwei? Zwillinge, wenn auch keine zweieiigen oder eineiigen, sondern eher schwarzweiß-eiige: Da brauchte man Hilfe. Konnten sich Bitch und Kolja aber nicht leisten. Und der ganze Mist blieb im wahrsten Sinne des Wortes an ihm hängen. Alles, nur nicht mit diesen Monstern Windel-wechsel-dich spielen. Und dann noch der Köter. Der kein Halsband trug und den niemand vermisste. Keine Reaktion auf die Anzeige: Zugelaufener Hund. Dieser Husky, den Bitch auf keinen Fall ins Tierheim bringen wollte. Das war zu viel. Viel zu viel alles. Am nächsten Morgen schon trat Gusto mit gepacktem Rucksack ins Wohnzimmer. »Ich hau ab!«, sagte er.

Bitch sah von ihrem Buch auf.

»Wohin?«, fragte sie.

»Unter die Brücken.«

»Du spinnst.«

»Habt ihr – das ist alles, wonach ich euch frage –, habt ihr wenigstens einen Schlafsack für mich?«

»Du spinnst.«

»Ich spinne nicht«, rief Gusto. »Ich meine es ernst.«

»Das heißt, du willst lieber an der Dreisam erfrieren, als dass du hier …«

»… als dass ich hier Ziehvater und Hundedompteur spiele? Ja. Ich hab damit nichts am Hut. Ich will weg.«

Bitch seufzte, sie dachte, ihr Vater ziehe eine Show ab, sie dachte, dass er dachte, sie, Bitch, würde wieder mal nachgeben und ihm anbieten, hierzubleiben, auch ohne die Kinder und den Hund versorgen zu müssen. Aber nicht mit ihr! Nicht jetzt! Nicht noch einmal! Bitch grinste, stand auf, legte das Buch weg, holte den Schlafsack, warf ihn in Gustos auffangbereite Arme und sagte: »Na denn!«

»Viel Glück euch beiden … dreien … vieren … fünfen!«, sagte Gusto mit Blick auf den Hund, schnallte den Schlaf- auf den Rucksack, drehte sich um und verließ die Wohnung.

Der Hund bellte zum ersten Mal.

Kolja hob den Kopf. »Was hast du getan?«, fragte er seine Frau.

»Der kommt wieder, keine Sorge«, sagte Bitch, setzte sich hin und las weiter, wie so oft mit dem Gefühl, etwas falsch gemacht zu haben.

Jetzt noch ein Traum, Gustos Traum, in der Nacht vor seiner Flucht, nur ein Traum zwar, dauert aber trotzdem eine Weile, ihn wiederzugeben, sprich, ausführlicher Traum, aber elementar wichtig für das, was noch folgt. (Nacherzählt wird der Traum der Quelle folgend *Winter, Gusto Humphrey: Gestammelte Schriften Band xv. Die Memoiren,* Göttingen 136 n. O., S. 176 ff.)

Fünfhundert Mark hatte Gusto seiner Tochter im Traum geklaut. Das würde aber keinesfalls reichen für einen Flug nach Los Angeles. Dorthin wollte Gusto, dorthin musste Gusto, zu Sabrina Steward, one way, Gusto aufs Ganze. Er löste eine Bahnkarte nach Baden-Baden, ließ sich mit dem Taxi ins Kasino bringen, gab den Mantel an der Garderobe ab, trug einen feinen Zwirn, Anzug mit Fliege, tauschte das Geld gegen Chips, plusterte die Wangen, ging zum Roulettetisch und setzte all seine Chips auf schwarz. Schwarz wie Sabrinas Haare, dachte er im Traum. (Schwarz wie Omegas Haut, dachte er auch im Traum, begrub aber den Gedanken in einem traumhaften Husten.) Die Kugel rollte. Gusto schloss die Augen. Schwarz. Gusto verdoppelte seine Chips, nahm sie, ging zur Kasse, strich das Geld ein und verließ das Kasino, er war insgesamt nur fünf Minuten dort drin gewesen. (Bezüglich einer Interpretation dieser Angaben vgl. Williams, Kurt: *The Time Sense in Gusto Winter's Dreams,* University Press, Ohio 111 n. O., S. 435 ff.) Er kaufte ein Ticket, flog nach L. A., suchte eine Telefonzelle, rief Sabrinas Mobilfunknummer an (im Traum kennt man immer alle Telefonnummern!), sagte, er sei gerade zufällig in L. A., ob man sich treffen wolle?

Sabrina Steward glaubte sich verhört zu haben. »Wieso L. A.?«, fragte sie.

»Ja, du wohnst doch in L. A. Steht auf deiner Karte.«

»Aha«, sagte Sabrina. Und dann: »Das ist dumm.«

»Wieso?«

»Weil ich nicht in L. A. bin. Sondern in Genf.«

»Wieso das denn?«

»Hab ich dir das nicht erzählt?«

»Nein«, sagte Gusto.

»Ja, aber du musst doch mitbekommen haben, dass ich nach Genf fliege?«

(Der Traum knüpfte unmittelbar an real Erlebtem an, war also ein sehr realistischer Traum, vgl. Harkson, Erik: »Dream, Fiction, Virtuality and Reality in Gusto Winter's Memoirs«, in: *The Florida Revealings*, 108 n. O., S. 65 ff.)

»Und wie ... wie lange bist du noch dort?«, fragte Gusto.

»Weiß ich noch nicht. Forschungsjahr. Im CERN. Hoffe, ich kann länger bleiben.«

»Na dann«, sagte Gusto, »vielleicht ein andermal.«

Und beide legten gleichzeitig auf.

Gusto griff in seine Manteltasche. Ihm blieben noch sieben Mark fünfzig. Er schlenderte die Figueroa Street entlang, bog in die West Fifth Street ein und stand vor der Public Library.

Auf dem Hope Place saß ein Obdachloser.

»Hallo«, sagte Gusto, ließ sich nieder und gab ihm sein ganzes Geld.

»Thanks«, sagte der Mann, der ungewöhnlich frisch und gut aussah, gleichwohl mit einem irgendwie auffallend zerrissenen und dreckigen Mantel. »What's up?«, fragte er.

Gusto sagte auf Deutsch: »Ich bin pleite, Mann, ich brauch tausend Dollar, um zurück nach Deutschland zu fliegen. Ich bin wegen einer Frau hergekommen.«

»Was für eine Frau?«, fragte der Mann auf Deutsch mit leichtem Akzent.

»Sie heißt Sabrina. Sabrina Steward. Sie ist hinreißend.«

»Die Tochter von Patrick Steward, dem Physiker?«

Gusto schaute rüber. »Woher kennen Sie den?«

»Small World Phenomenon«, sagte sein Gegenüber. »Jeder ist mit jedem durch sechs simple Schritte verbunden. Zufällig. Dass Sie jetzt hier sitzen, ist Zufall. Aber jeder Zufall hat einen Sinn. Einen Zufallssinn sozusagen. Wie heißen Sie?« (Auch im Traum kann es ausführliche Dialoge geben, vgl. Como, Sina: *Gusto Winter's Dream Dialogues and its Virtuality for the Post-postfuture Triplebrain Society*, Cambridge University Press, Cambridge 147 n. O., v. a. S. 87–90.)

»Gusto Winter.«

»Angenehm«, sagte der Mann. »Ich heiße Monster, Buzz Monster.«

»Monster?« Gusto lachte.

»Und jetzt?«, fragte Buzz Monster.

»Jetzt muss ich irgendwie das Geld zusammenbetteln.«

»Wie soll das gehen?«

»Das«, sagte Gusto, »wollte ich eigentlich Sie fragen.«

»Och, ich«, sagte Buzz Monster, »ich hab keine Ahnung, wie das Betteln geht. Ich bin der reichste Mann der Welt.«

»Und warum sitzen Sie dann hier?«

»Kennen Sie Dostojewski?«

»Der Spieler?«, fragte der Baden-Baden-Gusto.

»Der Jüngling. Da hat ein junger Mann diese Idee. Er sagt: Er will ein Rothschild werden. Also der reichste Mann der Welt. Und dann, wenn er es geschafft hat, will er sich als Bettler auf die Straße setzen. Er, der reichste Mann der Welt, als Bettler. Verstehen Sie?«

»Nein.«

»Das gibt ihm einen Kick«, rief Buzz. »Dass alle Welt ihn für einen Bettler hält, obwohl er ein Rothschild geworden ist. Dass alle Welt ihn verkennt, sich bezüglich seiner Identität versieht.«

»Woher können Sie so gut deutsch?«

»Long story.«

»Ja, und jetzt?«

»Well. Ich habe rausgefunden, dass diese ganze Rothschild-Theorie kompletter Schwachsinn ist.«

»Inwiefern?«

»Sehen Sie. Ich bin der reichste Mann der Welt. Ich sitze hier seit einer Woche. Aber es bringt mir überhaupt nichts.«

»Der reichste Mann der Welt«, sagte Gusto, »ist im Übrigen Bill Gates laut Forbes-Liste.«

Buzz Monster lachte.

»Warum lachen Sie?«, fragte Gusto.

»Ich habe alles dafür getan, um nicht auf der Forbes-Liste zu stehen.«

»Wieso?«

»Steht man einmal dort, wird man pausenlos angeschnorrt.«

»Na gut«, sagte Gusto, »wenn Sie der reichste Mann der Welt sind, dann stellen Sie mir doch bitte einen Scheck über tausend Dollar aus.«

»Kein Problem«, sagte Buzz. »Tausend Dollar?«

»Ja.«

»Nicht *mehr*?«

»Nein danke, das dürfte reichen«, grinste Gusto.

Buzz zückte ein Scheckheft, kritzelte kurz und riss einen Scheck heraus.

»Ist ja noch nicht mal Ihr Name«, sagte Gusto, der nur einen flüchtigen Blick auf den Scheck warf, ehe er ihn einsteckte. »Sie haben mit Roosevelt unterschrieben.«

»Ich habe siebenhundertzwanzig Identitäten«, sagte Buzz Monster. »Ich bin der reichste Mann der Welt.«

»Oho.«

»Sehen Sie: Es ist keine große Kunst, Geld zu machen mit Geld, das es nicht gibt, Sie wissen, was ich meine?«

»Spekulationen?«

»So können Sie es nennen. Aber die höhere Schule ist, wenn Menschen, die es nicht gibt, Geld machen mit Geld, das es nicht gibt.«

»Ich verstehe Sie nicht.«

»Jede meiner siebenhundertzwanzig Identitäten besitzt etwa drei Milliarden. Gerade so viel, dass es nicht auffällt, also gerade so viel, dass all meine siebenhundertzwanzig Identitäten nicht auf der Forbes-Liste geführt werden.«

»Aha. Ist es nicht schwierig, da den Überblick zu behalten?«

»Stimmt. Mehr als siebenhundertzwanzig Identitäten kann selbst ich nicht händeln. Der Psychologe hat bei mir schon früh eine Störung diagnostiziert, multiple Persönlichkeit und so weiter. Wenn man einmal den Dreh raus hat, ist das nur noch ein Spiel. Nicht allzu schwer. In aller Herren Länder habe ich Stroh-Selbste, sagt man das so? Soll sich Bill Gates ruhig als reichster Mann der Welt gerieren. Ich aber bin es!«

»Gerieren? Sie können wirklich verdammt gut Deutsch!«

»Sein klägliches Vermögen wird nie an die Billionengrenze kratzen. Ich dagegen besitze mehr als zwei Billionen.«

»Dollar?«

»Pah. Dollar. Lächerlich. Ich spreche von Pfund. Die einzige Währung, die zählt.«

»Okay«, nickte Gusto. »War nett, mit Ihnen zu plaudern, Mister … Roosevelt, Mister Monster. Behalten Sie Platz. Man sieht sich.«

»Bestimmt«, grinste Buzz.

Gusto schlenderte weiter.

Noch einmal blickte er zurück.

Buzz Monster war schon verschwunden (vgl. Wilkinson, Srød: *Appearing and Disappearing. Gusto Winter's Late Philosophical and Fictional Works*. New York 141 n. O., v. a. S. 867). Als Gusto an einer Filiale der Lehman Brothers vorbeikam, lachte er und sagte sich, ich will nur deren Augen sehen, wenn ich mit einem Spielscheck Geld einlösen will. Er ging hinein, reichte den Spielscheck der Kassiererin, und Gusto erstarrte, als sie ihm tausend Dollar in zehn nigelnagelneuen Hundert-Dollar-Noten über den Tisch schob. »Thanks«, flüsterte Gusto, lief zurück zum Hope Place, aber von Buzz Monster keine Spur mehr. Gusto ließ sich zum Flughafen fahren, kaufte ein Ticket und flog zurück nach Frankfurt. Während des Flugs hörte er nicht auf, sich zu verfluchen. Warum, dachte er immer wieder, warum habe ich nicht gesagt, ich brauche zehntausend? Oder hunderttausend? Oder zehn Millionen? Warum nur tausend Dollar? Nicht *mehr*?, hat Buzz Monster gefragt. Nicht mehr? Und ich? Was hab ich gesagt? Nein danke! Und sich selbst verfluchend wachte Gusto auf.

Die Wirklichkeit sah, wie so oft, ganz anders aus.

11

Gusto machte in den nächsten Wochen einige enttäuschende Erfahrungen. Erfahrung eins: Unter sämtlichen Brücken war es schweinekalt, auch wenn man noch so viele Zeitungen in den Schlafsack stopfte. Erfahrung zwei: Eine Erkältung lässt sich im Freien schlechter auskurieren als im Bett. Erfahrung drei: Wenn man auf der Fußgängerzone jongliert, kommt schon etwas Geld zusammen, aber im Winter sind die Flossen einfach zu eisig dafür. Erfahrung vier: Hunger bereitet latent Bauchschmerzen. Erfahrung fünf: Seine Fettpolster würden irgendwann zur Neige gehen. Erfahrung sechs: Unter den Obdachlosen gab es ein Hauen und Stechen, was die besten Plätze im Männerwohnheim oder die Näpfe der Suppenküche betraf. Erfahrung sieben: Wenn es nur noch ums Fressen und Sattwerden geht, verliert man den Bezug zum eigentlichen Leben. Erfahrung acht: Was war das eigentliche Leben noch mal? Erfahrung neun: Goldankäufer kaufen Zahngold nicht, wenn es sich noch im Mund befindet. Erfahrung zehn: Man kann nicht immer nach Gusto leben, auch wenn man es noch so sehr will.

Natürlich schmerzte letztere Erfahrung am meisten. Gustos Weltbild wankte. Er merkte, wie er nach drei Wochen kurz davor war, aufzugeben und zurück in Bitchs Wohnung zu kriechen. Ihr zu sagen, du hattest recht. Darf ich reinkommen? Musst nie mehr Windeln wechseln, das mach ich ab jetzt. Es bedurfte noch eines letzten Anschubs, genau das zu tun. Und der letzter Anschub war: eine Abreibung.

Nach drei Wochen Bettelleben kehrte Gusto eines Abends ins Männerwohnheim zurück und legte sich hin. Da sah er plötzlich einen wild gewordenen Berserker auf sich zustürmen. Der schrie und zerrte Gusto aus dem Bett. Der packte ihn am Kragen. Der sah ihn hasserfüllt an. Zu nah, als dass Gusto ihn hätte erkennen können.

»Kennst mich noch?«

Gusto schüttelte den Kopf.

Ein wirrer Mann, dreckig, stinkend.

»Kennst mich noch? Kennst mich noch!? Lemmert!«, brüllte der Mann. »Heinrich Lemmert. *Doktor* Heinrich Lemmert!«

Gusto dämmerte (lemmerte) etwas.

Dieser Spieleredakteur!

»Job verloren. Frau verloren. Alles verloren. Und warum?«

Gusto schluckte. Und dann kamen die Schläge, die Tritte, Gusto wehrte sich nicht, er hielt nur schützend seine Arme vor den Kopf, um dem Mann da vor ihm irgendetwas entgegenzusetzen, aber es half nicht viel. Ehe die Ohnmacht kam, dachte Gusto, wenn schon, denn schon. Wenn ich schon zurück muss, zu Bitch, dann wird es besser sein, wenn man mich als geschlagenen, geprügelten Hund in ihre Wohnung bringt. Also komm, Lemmert, gib's mir, ich hab's verdient. Ich hab's mehr als verdient. Alles hat eine Bedeutung. Alles, was man im Leben tut. Alles kommt zu einem zurück. Und Gusto dachte an seinen hämischen, lächerlichen Rachebrief, den er vor langer Zeit an Lemmerts Chef geschickt hatte. Ein paar Monate nach Erscheinen des Spiels Charity in Amerika. Diesem Brief hatte Gusto nicht nur die astronomischen us-Absatzzahlen beigefügt, sondern auch einen Bericht über die »ungeheuerliche Behandlung seitens Herrn Doktor Lemmerts« sowie die Erklärung, dass er jenes gewinnträchtige Spiel »aufgrund der erfahrenen Behandlung unter keinen Umständen an Ihren Verlag verkaufen« werde, was in Zahlen ausgedrückt den »folgenden Verlust oder besser gesagt den folgenden verpassten Gewinn« bedeute etc. Dieser Brief, Gusto zählte eins und eins zusammen, musste wohl zu einer internen Prüfung und die Prüfung zu einer Entlassung Herrn Lemmerts geführt haben und diese Entlassung zu einem grandiosen Absturz des Lemmert-Lebens bis hierhin ins Wohnheim für Männer, nach etlichen Jahren, wo sich beide also wiedertrafen, Lemmert und Gusto, so wie Lemmerts Faust Gustos Gesicht und Lemmerts Fuß Gustos Bauch traf, wieder und wieder traf und traf.

Wo man ihn hinbringen solle?, fragte man Gusto, als er im Krankenhaus zu sich kam. Alles schmerzte, Rippen, Bauch, Auge, und mit der Zunge fühlte er, dass ein Zahn fehlte. Ob er jemanden kenne, der sich um ihn kümmern könne? Ob er überhaupt ein Krankenkassenkärtchen besitze? Keine Brüche, nur Prellungen. Er könne nach Hause. Brauche Ruhe, Pflege, mehr nicht.

»Meine Tochter«, sagte Gusto. »Meine Tochter.«

Ob man sie anrufen könne?

Lieber wäre es ihm, man brächte ihn gleich dorthin.

Als Bitch die Tür öffnete, Omega im Arm, und die Sanitäter sah, die Gusto stützten, zuckte sie zusammen. Gusto, ganz Drama, ächzte übertrieben. Bitch führte die Männer ins Gästezimmer, bettete Gusto, ließ sich anschließend im Flur von den Männern erzählen, was geschehen war. Als Bitch nach ihrem Vater schauen wollte, schlief der schon, beziehungsweise tat, als schliefe er, Gusto, ganz der Alte, wollte die Situation so lange wie möglich auskosten, also ausnutzen, ehe er – wieder gesundgeschrieben – wohl oder übel hier drinnen im Zirkus Maxi Cosi mit würde anpacken müssen, denn das sah er jetzt, nach dem gescheiterten Lebensabschnitt als Obdachloser, auf sich zukommen. So verstrichen ein paar Tage, in denen Gusto sich stärkte, mit Hühnersuppe und Knödeln.

»Danke«, sagte Gusto, »dass du mir hilfst.«

»Klar«, sagte Bitch.

Irgendwann waren alle Verletzungen verheilt, alle körperliche Erschöpfung verflogen, irgendwann musste Gusto Winter doch noch babysitten.

Zum ersten Mal.

Und davor graute ihm.

Jetzt also, an diesem Abend, man erinnere sich, als Gusto nur – aufgrund eines merkwürdigen Geräuschs – bei den Enkeln nach dem Rechten sehen wollte und von Omega in Beschlag genommen wurde, jetzt also saß Gusto an Omegas Stubenwagen, hatte gerade seinen Monolog zur Philosophie der Exkremenz beendet, war zusammengezuckt über dem dumpfen Gefühl, dass Omega ganz genau verstand, was er da sagte. Kam einfach nicht raus aus ihrem Griff, ein geschlagener Ringer auf der Existenzmatte. Und genau in diesem heiklen Augenblick plumpste

ihm – dem dort am Stubenwagen Sitzenden – eine ekelhafte, riesige, fette schwarze Spinne auf die Schulter. Gusto wusste zwar
genau, dass diese Spinne – es handelte sich um die siebenbeinige
Chakrenspinne, die Bitch aus schwarzer Wolle gestrickt hatte,
um ihrer dunklen Seite und ihrer Wut auf den Vater etwas entgegenzusetzen – dort oben über ihm an der Decke baumelte. Er
hatte selbst schon einmal moniert, ob das so kinderkompatibel
sei, eine Spinne an die Decke zu pinnen. Bitch hatte nur geantwortet, die Spinne passe zu Omega, schwarze Spinne, schwarzes Kind, und über Alphas Bett hing ein Schmetterling, der
sogenannte Aura-Schutz-Schmetterling, Farbe: beigeweiß. Die
Chakrenspinne erhielt Haftung an der Decke durch einen Faden und eine mickrige Reißzwecke, die sich jetzt offenkundig
gelöst hatte. Obwohl Gusto vom Dasein der esoterisch aufgela-
denen Spinne wusste, erschrak er zu Tode, als diese Spinne ihm
aus dem Nichts auf der Schulter hockte. Gusto sprang schreiend auf, rammte dabei den Stubenwagen, der ohne weiteres
Brimborium umkippte, sodass Omega mitsamt Bettchen
umfiel, rauskullerte und wie ein gefoulter SC-Freiburg-Spieler
noch drei Eskimorollen Richtung Heizung vollführte, ehe sie
mit dem Kopf gegen Selbige knallte. Sie schrie aber nicht. Nur
im Garten bellte der weiße Husky. Omega schrie nicht. *Sie
schrie nicht!* Wer dagegen schrie, war Gusto Winter. Nicht
über die auf seine Schulter gefallene siebenbeinige Chakrenspinne, sondern über die verunglückte Omega. Und kurz danach schrie auch der durch den Lärm aus dem Schlaf gerissene
Alpha Zacharias.

Gusto hielt die Luft an. Zwei Sekunden stand er wie gelähmt.
Da war, spürte er, irgendwas falsch an der Situation. Alpha, der
schön hätte schlafen sollen, schrie wie am Spieß, und Omega,
die schön hätte schreien sollen, verharrte in eisiger Stille. Dazu
das Bellen des Hundes. Das, spürte Gusto sofort, hatte nichts
Gutes zu bedeuten. Er beugte sich zu Omega und nahm ein
schlaffes Bündel Kind in den Arm. Ließ Alpha schreien, ging
ins Wohnzimmer und untersuchte Omega. Kein Blut. Aber
nicht bei Bewusstsein. Gusto fand keinen Puls – vor Aufregung,

hoffte er, zugleich ahnend, dass einen solchen Sturz zu über-leben für ein Neugeborenes unmöglich war. Er legte Omega auf die Couch, schnappte das Telefon und wählte die Notrufnum-mer. Kurz bevor er den Freigabeknopf drücken wollte, blickte er noch einmal zu Omega.

Jetzt hatte sie wieder die Augen geöffnet.

Und schaute ihn an.

Den alten Philosophen.

Escher draußen hatte zu bellen aufgehört.

Gusto legte den Telefonhörer hin. »Omega!«, rief er.

Sie schrie nicht, sie jammerte nicht mal, es war, als sei rein gar nichts geschehen gerade. Gusto wollte das nicht glauben. Er untersuchte sie wieder und wieder. Nicht mal eine Beule fand er. Keinen Fleck, keine Schramme, nichts. Omega war quietsch-fidel. Schnurrte sogar an Gustos Schulter. Und der hatte hier, in dieser Sekunde, zum ersten Mal ein regelrechtes Gefühl. Das Gefühl, es mit einem besonderen Menschen zu tun zu haben, außergewöhnlich, ganz und gar nicht Kind, sondern ernst, ruhig, schreilos. Hätte gern vor Erleichterung gejubelt, darüber, dass seine Omega nicht tot oder bewusstlos, sondern gesund und am Leben und so unglaublich anschmiegsam war.

»Das«, sagte Gusto, »werden wir für uns behalten, oder?«

Auch wenn Omega naturgegeben noch schwieg, wusste Gusto, dass die Kleine in seinem Arm innerlich nickte.

»Ich glaube«, flüsterte Gustav Humphrey Winter, »das ist der Beginn einer wunderbaren Freundschaft.«

Teil 3

Escher alias Hohler Hund

I

Bevor ich endlich mit der eigentlichen Geschichte beginne (also der Geschichte Omegas, die, wie ich soeben feststelle, gerade erst geboren ist, obwohl ich mich schon im dritten Teil befinde), muss ich vier vorbereitende Nachträge schreiben.

Erstens: Ich selbst stand ja in dieser Nacht der schwarzen Spinne hinter Gusto, schaute Gusto über die Schulter, ins Bett der Kleinen. Obwohl ich ganz genau zusah, kann ich leider nicht sagen, ob sich die Reißzwecke von allein löste und für das Desaster sorgte oder ob die kleine Omega schon zu diesem frühen Zeitpunkt ihres Daseins über übernatürliche Kräfte verfügte, die erst später zur vollen Blüte reifen sollten, also ob im Alter von vier Wochen Omegas telekinetische Ader ihren prä-exekutiven Schatten bereits vorauswarf. Tut mir leid. Es ging zu schnell. Jetzt kann man zu Recht monieren, was für ein Versager ich bin, weil ich 525 Jahre durch die Zeit reiste, um Dinge in Erfahrung zu bringen, und nichts auf die Reihe kriege. Tauche erst auf, als Omega im Krankenhaus liegt. Löse das Rätsel ihrer Herkunft nicht. Stehe im Raum bei der ersten wichtigen Szene ihres Lebens und sehe nicht, ob Omega es ist, die für den Spinnensturz verantwortlich zeichnet oder Kollege Zufall. Aber was soll ich machen. So ist es halt, Freunde. Was ich aber sagen kann, ist, dass Omega, kurz vorm Sturz der Spinne, über Gustos Schulter hinweg zu mir zu blicken schien. Ich hatte das Gefühl, dass sie mich sehen konnte, mich, der ich eigentlich überhaupt nicht da war, purste, nackteste Luft und Leere, unsichtbarer Passagier der Partikelgeisterbahn, mich, schien es, konnte sie sehen, zu diesem frühen Zeitpunkt, ich hätte eigentlich froh darüber sein müssen, aber irgendwie bekam ich eine Gänsehaut, dazu später nicht mehr mehr, denn sooft ich es fortan versuchte, ihre Blicke auf mich zu lenken, es gelang mir nicht, sie ignorierte mich, sie nahm mich nicht wahr (oder tat so, als nähme sie mich nicht wahr), etwas, das sich erst änderte, als wir beide gemeinsam ... Aber das weiter auszuführen, wäre des Vorgriffs dann doch ein wenig zu viel, und sorry wegen der Abschweifung.

Zweitens: Die Sache mit dem Hund. Klettenhaft hatte er im Garten gesessen, am Tag der Heimkehr der Familie, klettenhaft hatte er sich seinen Platz nicht mehr nehmen lassen, und Bitch mochte Hunde und war irgendwie froh darüber, dass niemand den Verlust eines weißen Huskys meldete und man ihn behalten konnte. Man stellte eine Hundehütte im Garten auf, nachdem der Vermieter zugestimmt hatte. Der Husky suchte auffallend oft Omegas Nähe. Bitch hatte von Anfang an das untrügliche Gefühl, jenes zeitgleiche Auftauchen von weißem Husky und schwarzer Omega (die damals gängige Yin-und-Yang-Scheiße) hänge auf irgendeine Weise miteinander zusammen (diesmal traf ihr esoterisches Gedankengefühlswabern ausnahmsweise ins Schwarze, also, um genau zu sein, ins Schwarzweiße). Es blieb die Frage des Namens. Kolja plädierte für Beta (wenn schon, denn schon), Gusto für Gamma (das Prinzip der Namensgebung leuchtete auch ihm jetzt ein), Bitch hätte den Hund gern Psi genannt (natürlich), und da man sich nicht einigen konnte, nannte jeder den Hund so, wie es ihm gefiel, was eigentlich einer Erziehung nicht gerade zuträglich gewesen wäre, doch stellten die drei fest, dass man den Hund überhaupt nicht zu erziehen brauchte, da er von einer dem Wesen des Hundes ansonsten fast fremdartigen Klarheit und – ja – Intelligenz zu sein schien und tat, was man von ihm verlangte, fast ehe man es aussprach. Alle liebten den Hund, vor allem Omega, und irgendwann kam der Augenblick, da sie zum ersten Mal selber den Hund beim Namen rufen konnte, und sie wählte dazu weder Theta noch Phi noch Lambda noch sonst einen anderen griechischen Buchstaben, sondern sie rief kurz und bündig *Escher*, und der weiße Husky lief ohne zu zögern zu Omega hin und ließ sich streicheln, sodass Bitch, Gusto und Kolja im Wohnzimmer aufblickten, nickten und leise beschlossen, diesen Namen, den

Omega ihrem Hund gegeben hatte, endlich als einzig wahren Namen zu etablieren, und von diesem Augenblick an hieß der weiße Hund eben Escher. Auf Bitchs Frage, Jahre später, weshalb Omega den Hund denn so genannt habe, entgegnete Ihre Nichtigkeit: »Weil er so heißt.«

Drittens: Als Bitch kurz nach Omegas Geburt mit dem Hund zum Tierarzt ging, um ihn auf Herz und Nieren, vor allem aber auf mögliche interne Würmer prüfen zu lassen, setzte der Arzt die Ultraschallsonde an, schaute, schüttelte den Kopf, setzte wieder an, schaute, schüttelte abermals den Kopf, und Bitch, die sein Vorgehen beunruhigt verfolgte, fragte: »Stimmt was nicht?«

Der Arzt sagte: »Entschuldigung. Nein. Nein. Das heißt, ich kann nichts sehen.«

»Ist doch gut«, sagte Bitch.

»Ich meinte«, fügte der Arzt nachdenklich hinzu, »eigentlich kann ich *überhaupt nichts* sehen.«

»Und das heißt?«

»Tja«, seufzte der Tierarzt. »Es gibt zwei Möglichkeiten.«

»Und die wären?«

»Entweder Ihr Hund hier ist absolut hohl …«

»Wie meinen Sie, hohl?«

»Es steckt nichts in ihm drin. Gar nichts. Keine Organe, keine Leber, keine Niere, kein Magen, keine Blase, kein Herz, keine Knochen, nichts, alles leer.«

Bitch dachte kurz an ihr Lieblingslied, demgemäß alle Menschen in die Welt geworfen werden wie ein Hund ohne Knochen, wenngleich Jim Morrison das *without a bone* wohl anders gemeint haben dürfte. »Und die zweite Möglichkeit?«, fragte sie.

»Mein Gerät hier hat den Geist aufgegeben.«

»Das klingt realistischer«, murmelte Bitch nachdenklich.

»Sie sagen es«, sagte der Arzt. »Realistischer und teurer.«

Damit entschuldigte er sich bei Bitch.

Die aber stellte sich den Husky fortan immer als ein Wesen aus der Anderwelt vor, ein Nichthund, ein Hund nicht nur

ohne Würmer, sondern ohne alles, ein Hundloch, das aus irgendeinem Grund den Weg zu Omega gefunden hatte. Bitch setzte
aber niemanden von der Ungewöhnlichkeit ihrer Entdeckung
in Kenntnis (denn sie nahm gern Unrealistisches für bare
Münze), nur manchmal nannte sie Escher bei sich zärtlich »Du
hohler Hund!«

Und der Tierarzt? Wunderte sich (ein wenig nur), dass sich
sein Gerät in der Folge als voll und ganz funktionsfähig erwies
und nicht das Geringste repariert werden musste, eine technische Störung, dachte er, und mit diesen Worten erklärten die
Barbaren damals alles, was nicht ins Beuteschema ihres Denkens passte.

Viertens: die Beerdigung. Google Earth war im Jahr 2000
noch gar nicht zugänglich für die Menschen. So jedenfalls stand
es in den Büchern, die ich vor meiner Zeitreise verschlungen
hatte. Was hatte das zu bedeuten? Irrten die Geschichtsschrei-
ber? Oder stimmte hier irgendwas nicht? Ich verdrängte auf-
kommendes Unbehagen.

2

Jetzt noch ein kurzes Wort zu mir selbst. Zu meinem enormen
Durchhaltevermögen! Jimmy McGovern behielt recht. Ich gab
nicht etwa – wie die Zeitreisenden vor mir –, den Geist auf, sondern überlebte aufgrund meiner Eigenschaften als Quadrupelhirn. Aber einschränkend muss ich sagen: Fiel mir nicht leicht,
die Sache. Folgendes: Wenn es stinkt und man sich die Nase
nicht zuhalten kann, wenn man Missstände erkennt und nicht
wegsehen kann, wenn man schlafen will und die Augen nicht
schließen kann, wenn man Ruhe möchte, aber sich die Ohren
nicht verstopfen kann, dann ist das schlimm. Sehr schlimm.
Wenn man aber Lust verspürt – ich spreche hier von der lästigen
sexuellen Begierde – und diese Lust sich nicht in irgendeiner
Form entladen kann, dann ist das schlimmer als alles andere.

Das ekelhafte Gefühl, du willst jetzt unbedingt mal mit irgend-jemandem schlafen, wie es die Barbaren merkwürdigerweise nannten, und die enttäuschende Erkenntnis, dass da niemand zum Beschlafen ist.

Und dann auch noch mit Bitch vor der Phantomnase! Die von Tag zu Tag während meines Aufenthalts begehrenswerter wurde, mit der ich immer mehr Zeit verbrachte, die ich – wenn ich nichts anderes zu tun hatte – stundenlang versonnen be-trachten konnte, obwohl sie nur ein Buch las, sich eine Strähne aus der Stirn strich, im Lotussitz, mit Wollsocken auf dem Sofa, ein Glas Rotwein, an dem sie hin und wieder nippte, den Kopf von Escher im Schoß, den sie abwesend streichelte, gern wäre ich dieser Escher gewesen, stattdessen war ich ein Nichts, ein... Oh, hätte ich doch – neben Bitch liegend – mir wenigstens durch gängige Eigenhandgreiflichkeiten körperlich Luft ver-schaffen können! Ich war aber nun mal unfähig, mich zu berüh-ren, die Lust, sie existierte nur im Kopf, nicht im Körper, aber dort drinnen tobte sie umso heftiger, je länger ich zur nackten Enthaltsamkeit gezwungen war.

Mir blieben nur die Dinge. Im Gegensatz zu allem Lebendi-gen konnte ich sie berühren, die Dinge, ich konnte sie strei-cheln, ich legte mich auf den Flokati, spürte die Härchen an meiner Phantomhaut, ja, ich liebte die Dinge, denn ohne die Dinge, ohne die Gegenstände, ohne den Gegenstand der Ge-genstände hätte ich mich längst verloren. Wäre als körperloses Wesen zum Mittelpunkt der Erde abgesackt oder aber Richtung Weltall entfleucht. Oh, Holz, Beton, Mauer und Stein! Oh, Plastik, Stoff, Metall und Teer! Oh, Aluminium, Erde, Erde, Erde! Aber auch die Gegenstände sorgten bei mir für keinen Gegenständer, wenn ich mir diesen Kalauer erlauben darf. (Was zum Teufel habt ihr alle gegen Kalauer? Ihr Augenbrauenver-zieher! Ihr auf schlechte Kalauer lauernden Feinde der Schreib-kunst? Der Kalauer, noch dazu der schlechte Kalauer, aber jeder Kalauer ist schlecht, denn ein Kalauer ist per definitionem schlecht, muss schlecht sein, und je schlechter ein Kalauer ist, umso besser ist er, und der Kalauer da oben ist furchtbar

-133-

schlecht, also im Grunde genommen genial, also, versteht doch endlich, ein Kalauer ist Gipfelpunkt literarischer Schaffenskunst! Ein jeder Kalauer terminiert und unterminiert (ha!, dieser Kalauer ist zu gut für einen Kalauer und folglich richtig schlecht, denk drüber nach!), terminiert also und unterminiert das ernste, herbe, hohle, so allzu wohlbedeutend dahereiernde Wesen eines sogenannten literarischen Werks, ein Kalauer zieht ihm die Sinnbeine weg und stößt es zurück auf die Erde, in die Erde, unter die Erde, ein Kalauer zerdrückt das Ernsthafte ins Lächerliche, durch die einem jeden Kalauer innewohnende Buchstaben- oder Wortverdrechslung verliert das bekalauerte Wort seine Bedeutung und Tiefe und führt den Menschen in die Einsicht der nackten Sinnlosigkeit, die jede scheinbare, in Wirklichkeit aber nur aufgesetzte Sinnscheiße grundiert, ich weiß aber nicht, ob ich mich verständlich ausdrücke, ist auch nicht so wichtig.) Weiter jetzt, was wollte ich sagen? Ja, die Gegenstände verliehen meinem Körper erst Kontur. Ich liebte das Bestreicheln der Dinge, musste es täglich wiederholen, um das Körpergefühl nicht zu verlieren, ich liebte es, wenn ich mit den Händen langsam den löchrigen Parcours der Mauer entlangfuhr, wenn ich mein Gesicht an den kalten Hauch des ichleeren Spiegels rieb, ohne dass mein eigener Atem als Beschlag vom Spiegel Beschlag nahm, etwas, das mich anfangs verwirrte, ehe ich verstand, dass auch mein Atem Phantomatem war. Ich liebte es, meinen Rücken vom Knauf eines Schranks bekratzen zu lassen, ich liebte die Erde unter meinen nackten Füßen, obwohl ich keine Kälte spürte, keine Wärme. Anfangs versuchte ich noch, die Dinge, die mir entgegenstanden, zu bewegen, sie in die Hand zu nehmen, es gelang mir nicht. Wäre es mir gelungen, hätten die Menschen um mich her eine geisterhaft schwebende Materie erblickt, etwas, das die meisten – vielleicht mit Ausnahme von Bitch und ähnlich gepolten Leuten – in Angst und Schrecken versetzt hätte. Nein, die Gegenstände standen mir entgegen, behielten aber im Entgegenstehen ihre Gegenständlichkeit. Ich konnte sie mir nicht zuhanden machen. Kein Zeug wurden sie für mich. Kein benutzbares Zeug. Sie blinkten nackt in ihrer bloßen Vorhandenheit. Zeigten mir gleichwohl, wer ich war. Denn nur durch sie und an ihnen ge- und bewahrte ich mich. Klar so weit?

Nun kann man sich nicht den ganzen Tag an die Dinge schmiegen und gegen Wände drücken, um sich selbst zu spüren. Ich musste mich anderweitig beschäftigen. So ein Tag ist ganz schön zäh. Langeweile nichts dagegen. Zumal ich ja nicht schlafen konnte. Siehe Phantomlider! Habe ich das schon gesagt? Habe ich nicht ein eigenes Kapitel über Phantomlider versprochen? Genauso versprochen, wie Laurence Sterne seinen Lesern allerhand Kapitel zu Knöpfen und Pfuirufen verspricht? Aber da Laurence Sterne sich einen Dreck um die Einhaltung seiner Versprechen schert, so soll es auch mir egal sein, denn, muss ich nun preisgeben, *Tristram Shandy* war das erste Buch, in das ich in der Freiburger Unibibliothek einen Blick warf. Als Quadrupelhirn benötigte ich nur ein paar Sekündchen für das Lesen und Verstehen einer einzigen *Shandy*-Seite, musste aber dem Tempo der Barbaren folgen, die, ehe sie eine Seite umblätterten, mindestens drei Minuten fürs Lesen, oft wesentlich länger fürs Verstehen brauchten, und ich – das ist jetzt jedem klar – konnte die Seiten nicht selber wenden, sodass ich bald das Simultanlesen erfand, ähnlich dem Simultanschachspiel, das mich begeisterte, wenn ich den Meistern dabei zusah. Ich las oft mehr als siebenundvierzig Bücher zugleich, indem ich, um der bitteren Langeweile zu entgehen, wie ein Monster der Wissbegierde zwischen Tischen der Bibliothek hin- und hersprang, peinlich darauf achtend, niemanden zu berühren, und so, den Studenten über die Schulter blickend, Seite um Seite in mich aufsaugte, was den Effekt der Abwechslung und Unterhaltung erhöhte, auf der anderen Seite aber auch den Nachteil aufwies, dass ich nehmen musste, was kam, dass ich lesen musste, was die Studenten lasen, sodass sich in meinem Kopf ein gigantischer Brei des Gelesenen zerzuckerte und ich mich später oft fragte, welcher Autor denn jetzt gerade welche Sentenz von sich gegeben hatte. Ich stöberte und räuberte also zugleich in Aristoteles' *Metaphysik*, Kants *Kritik der reinen Vernunft* und Kierkegaards *Krankheit zum Tode*, las aber parallel, indem ich zur Physik

hechtete, Einstein, Feynman, Wheeler, daneben auch Standard-
werke zur Chemie, Geologie, auch allerhand Romane, ich las
Schriften zur Informatik und Theologie, las *Bunte*, *inTouch*,
Gala sowie hastig getippte Pausen-SMS, lernte vier Sprachen in
den Sprachabteilungen (Russisch, Spanisch, Französisch, Tibetisch), verlor Biologie und Mathematik nicht aus den Augen,
erturnte astronomische Wissenshimmel, wälzte Atlanten und
Kunstfolianten zur Malerei, kurz, all das Gelesene und Gesehene verschwurbelte in meinem Kopf, immerhin aber eignete
ich mir auf diese Weise einen Großteil des sogenannten Wissens
der damaligen Menschen an, ich hatte ja Zeit genug. Sorry.
Zurück zur Story.

3

Der Unfall mit der Chakrenspinne änderte einiges. Dinge, die
man sehen und Dinge, die man nicht sehen konnte. Gusto hatte
noch in der Nacht gedacht, dass er vielleicht doch einen Krankenwagen hätte rufen sollen, innere Verletzungen, wer weiß das
schon, aber als Omega am nächsten Tag so vergnügt quiekte wie
immer, verdrängte er seine Schuldgefühle – Kolja und Bitch
hatte er den Unfall verschwiegen – und erklomm stattdessen
eine neue Stufe seines Lebens.

Er läutete die Großvaterphase ein.

Sagte sich, es ist alles eine Frage der Einstellung. Es liegt nur
an mir. Ich kann all das Üble sehen, oder aber ich kann die Situation zu meinen Gunsten wenden, indem ich sie selber in den
Griff bekomme. Er teilte also Bitch mit, er hätte seine Ansichten bezüglich Kinder und Kindererziehung revidiert und wolle
seine Verfehlungen begleichen. »All das«, sagte er, »was ich mir
bei deiner Erziehung habe zuschulden kommen lassen.«

»Na«, zischte Bitch, »da hast du ja einiges vor!«

»Eben«, sagte Gusto und bestand darauf, dass Bitch sich
fortan wieder mehr um den Esoterikladen kümmern solle, da-

mit er, Gusto, die Zeit intensiver mit den Enkeln verbringen
könne.

»Wer's glaubt«, sagte Bitch.

Wurde aber eines Besseren belehrt, denn wenn Gusto sich
einmal für etwas entschieden hatte, zog er das auch in aller
Konsequenz durch. Das Windelnwechseln nahm er hin als
existenziellen Verweis auf seine Philosophie der Exkremenz,
das Füttern als Bedingung für die Fortsetzung lebensweltlicher
Existenzmöglichkeit, das Schreien als Sinnbild für den bei
Erwachsenen ins Innere verdrängten und nur durch therapeuti-
sche Eingriffe wieder mühsam zu hebenden Weltschmerz, das
darauf folgende Beruhigen und Trösten als Beitrag zur Linde-
rung desselben, das nächtliche In-den-Schlaf-wiegen als not-
wendiges Übel zur Wiederherstellung der Ruhe, das Mit-den-
Kleinen-spielen als Einübung in die Geistessimplifizierung, die
kindlichen Wutattacken kämpfte er nicht nieder, sondern befeuerte sie, indem er sagte: »Lass es raus, Baby, komm, lass es
raus!«, was – paradoxe Intention – oft genug zu einem Versiegen
der Wut führte, das Spazierengehen aber, ja, das Spazierengehen –
und Gusto ging jetzt stundenlang mit Hund und Kindern spazieren –, das Spazierengehen nahm Gusto als Zeit für seine Vor-
träge, als heilige Zeit für die Herzens- und Verstandesbildung
der zwei Kleinen. Also zunächst hauptsächlich Omegas. Um
die ging es ihm eigentlich, wenn auch kein Weg daran vorbei-
führte, dass er auf seinen Spaziergängen den eigentlichen Enkelsohn Alpha im Zwillingswagen mitschieben musste, was er
auch gern tat, um sein Gewissen zu entlasten, das unter der Tatsache ächzte, dass Omega ihn weitaus mehr interessierte als
Alpha. Während Letzterer auf den Spaziergängen seelenruhig
durchs trüb-opake Unbewusste schnorchelte, war Omega hell-
wach. Seit der Sache mit der Chakrenspinne hatte Gusto das
Gewühl, wie er gern statt Gefühl sagte, dass er durchaus zu ihr
sprechen konnte, weil er auf geheimes Verständnis traf.

Gusto redete. Und Omega hörte zu. Escher trabte nebenher
oder vorneweg. Gusto verstand – und das sagte er auch Omega –
endlich genau, was ihn immer so sehr an Kindern gestört hatte.

Er zitierte die inzwischen scheinbar küchenpsychologische, ursprünglich aber – Gusto zitierte aus dem Kopf – vom Namensvetter Carl Gustav Jung aufgestellte These: Wir hassen im Anderen immer das, was wir eigentlich in uns selber hassen. Bei Gusto war es das Kindhafte seines eigenen Lebens. »Was wärst du, Omega, was wärt ihr, Omega und Alpha, ohne eure Eltern, ihr würdet jämmerlich krepieren, nichts zu essen, niemand, der euch füttert, wickelt und ins Bett bringt. Und ich? Bin genauso. Lebe nur im Augenblick. Nur für den Moment. Tue, was ich tun will. Folge meinen Bedürfnissen, lebenslanges Kind.« Gusto störte sich übrigens keinen Deut daran, wenn Leute ihm beim Spazierengehen begegneten und irritiert auf den predigenden Opa starrten – wahrscheinlich weil sie dachten, dass im Zwillingswagen keine Kinder, sondern Dosen und Pfandflaschen lagen, aber ein flüchtiger Blick in den Wagen belehrte sie eines Besseren, und sie setzten ihren Weg kopfschüttelnd fort, wie ich oft genug beobachten konnte. »Ich denke nur an mich, hab Zeit meines Lebens nur an mich gedacht, will fressen, pennen, gekrault, gepinselt werden und vor allen Dingen in Ruhe Unsinn machen. Deshalb – verstehst du – habe ich Kinder immer gehasst, weil sie genauso sind wie ich, und weil ich also eigentlich mich selbst gehasst habe. Aber ich merke, dass ich so nicht weiterkomme im Leben. Will endlich mal – wirst es nicht glauben – Verantwortung übernehmen. Für dich, für euch. Für die Menschen. Für die Welt!« Hört, hört. Gusto machte eine Pause, indem er sich eine Gitane ohne Filter ansteckte. Alpha pennte. Omega blickte aus ihren kohlschwarzen Augen neugierig zu Gusto. »Das Problem ist«, fuhr Gusto fort, während er eine Bank okkupierte und den Rauch in den Kinderwagen blies, »diese Denkunfähigkeit. Ich meine nicht nur das, man nennt es Prekariat neuerdings, ich meine auch die Menschen, die im Grunde genommen denken könnten. Die, sagen wir, Kabarettgänger. Ich zähle mich dazu. Im Kabarett, im politischen Kabarett, werden Missstände unserer Gesellschaft knallhart angesprochen. Was passiert? Wir lachen. Oder von mir aus bleibt uns auch mal ein Lachen im Hals stecken. Im besten Fall denken wir auch mal über zwei, drei Dinge nach. Und dann? Wir gehen raus und sagen: Was für'n toller Abend. Wir trinken Wein. Bier. Campari-Orange. Sind beruhigt. Ruhiggestellt. Bis zum nächsten Kabarett. Wir wissen jetzt, es gibt einen, der die Missstände offen anspricht. Wir wissen, wir leben in einem freien Land. Die da oben können nicht machen, was sie wollen. Es gibt hier unten bei uns Leute, die alles durchschauen und an den Pranger stellen. Das entlastet ungemein. Wir müssen jetzt selber nichts mehr tun, so schlimm kann es um unsere Gesellschaft nicht stehen. Das Kabarett ist die Beruhigungspille für Denkkandidaten. Der Schnulli für die Intellektuellen. Ich verspreche dir, Omega, ich will mich nicht mehr beruhigen lassen. Ich werde ab jetzt Verantwortung übernehmen. Für mich. Für dich. Für Alpha und Escher natürlich auch. Für die Welt. Für die gesamte Welt, auf der wir leben. Und dazu, liebe Omega, ist der erste Schritt: Verständnis! Ich muss, ehe ich etwas verändern kann, die Welt zuerst verstehen! Durchschauen, was sie ist, die Welt, das Universum, der Mensch, das Bewusstsein, die Gesellschaft. Ich werd ne Menge lernen. Und du, Kleine, wirst ne Menge von mir lernen. Musst nur aufpassen. Wenn ich dir das beibringe. Jetzt willst du sicher wissen, womit wir starten. Lass dich überraschen! Und du, mein Alpha-Schnorcheltierchen? Schläfst schön? Ja, vielleicht hast du recht. Den Seinen gibt's der Herr im Schlaf, hehe.«

4

Dieses kleine Mädchen. Kein Mamakind, kein Papakind, ein Opakind. Während Alpha die Nähe seines Vaters suchte, dem er ähnelte, bärbeißige Schweiger beide, ließ sich Omega am liebsten von Gusto ins Bett bringen. Noch eine Gutenachtgeschichte und noch eine und noch eine. Und Gusto verfiel seiner Enkelin. Es war fast, als klammere er sich an die Kleine. Er wurde von Tag zu Tag jünger. Jedenfalls fühlte er sich so. Sein Körper alterte, aber die Kraft in ihm, sich mit sich selbst und der Welt auseinanderzusetzen, wuchs, je mehr Zeit er mit Omega verbrachte. »Kosmologie!«, rief Gusto auf der Parkbank, nachdem er ein paar Bücher gelesen hatte – und man muss hier einfügen, dass ein Teil seiner Energie, sich mit Physik zu beschäftigen, natürlich daher rührte, dass er immer noch heillos verliebt war in eine Physikerin, Sabrina Steward, und ein Teil seiner Wut, ja seines Hasses auf die Physiker sicher durch die Unmöglichkeit einer Beziehung zu dieser Frau begründet sein mochte. Zudem beweist sein Monolog auf selbstentlarvende Art und Weise, dass es Gusto nicht gelungen war – und wohl auch nie mehr gelingen würde –, seinen mit Albernheiten gespickten Zynismus zu zügeln. »Kosmologen!«, schrie Gusto also auf. »Da steckt ja schon die Vergangenheitsform vom Verb lügen drin! Wenn ich sage *Die Kosmologen logen*, ist das eine Tautologie, Kind! Die sind alle, ich weiß gar nicht, wie ich's sagen soll, Omega, Herzchen, die haben alle einen Knall, die Kosmologen, nicht nur einen gewöhnlichen Knall haben die, sondern einen Urknall, das will ich schon meinen, Kleines. Ich muss dich enttäuschen, wenn du glaubst, ich kann dir erklären, wie die Welt entstanden ist. Wenn die anfangen zu rechnen, dann gnade dir Gott, Mädchen. Wenn's den gäbe. Die rechnen von dem, was man sehen kann am Universumshimmel, und von dem, wozu die Welt sich heute entwickelt hat, zurück zu dem Augenblick, an dem das Universum entstanden ist. Oder sein soll. Möglicherweise. Da kommen die zu sagenhaften Zahlen, Omega. Die sagen zum Beispiel: Ab der ca. (circa ist gut, echt gut, haha!), also ab der 10^{-43}ten Sekunde nach Entstehung des Universums ist bekannt und bestätigt, was alles geschehen ist. Das Problem ist für die Wissenschaft nur noch die Zeit vor der Planck-Ära, also die Zeit vor der 10^{-43}ten Sekunde. Um das rauszufinden, also um rauszufinden, was genau in der Zeit vor der 10^{-43}ten Sekunde nach dem Urknall geschehen ist, haben die zum Beispiel das CERN in Genf gebaut, und frag mich nicht, wie viel Dollar dieses Monster in 10^{-43} Sekunden verschlingt!« Omega lauschte andächtig. Ach, Alpha übrigens auch. Nur merkte Gusto das nicht. Unterschätzte seinen Enkelsohn. Das sollte Gusto erst später einsehen. »Jetzt geht's los«, rief er weiter. »Willkommen auf der Achterbahnfahrt der Weltentstehungstheorien. Im Reich des Wahnsinns! Hereinspaziert! Jedenfalls, du kommst schon sehr bald ins Spiel, Omega. Ja, du! Dich meine ich, Schätzchen, genau dich! Denn du bist für die Kosmologen ein Wert, den sie brauchen zur Beschreibung der Welt und des Universums: Du, Omega, du bist die durchschnittliche Verteilung der Materie und Energie im Universum. Es gibt Omega-Energie und Omega-Materie. Beide zusammen ergeben die kritische Dichte von 1. Das ist Omega! Der Wert Ω! Frag mich nicht, wie die so eine Dichte bestimmen wollen. Manchmal glaub ich, die sollten erst mal die Dichte der Physiker bestimmen, die ihre Theorien ausbaldowern. Wer von den Physikern war wie dicht, als er welche Theorie zum Besten gab, verstehst du? Jetzt gibt's drei Möglichkeiten. Entweder du, Omega, bist kleiner als 1: Dann wird das Universum einen langsamen Kältetod sterben. Oder du bist größer als 1: Dann wird's im Gegenteil schweineheiß: *From creation to cremation*, sagt Ken Croswell. Nur wenn du *gleich* 1 bist, dann ist die Dichte des Universums genau gleich der kritischen Dichte, was immer das sein mag, dann pendelt sich das Universum ein zwischen den Extremen. Am Anfang schwebte also der gute Kosmolog auf der Münchhausenkanonenkugel seines Teleskops, aber nein, lass mich im Bild bleiben, also am Anfang schwebte der Kosmolog über den Weiten des Nichts und fühlte in sich eine große theoretische Kraft, eine Energie, die kanalisiert werden musste, und also sprach der Kosmolog: Es werde Superkraft! Diese Superkraft weste nur von der 10^{-43}ten Sekunde bis zur 10^{-41}ten Sekunde, also, hm, von der 0,000000000000000000000000000000000000000000 00001ten bis hin zur 0,000000000000000000000000000000000000 000000001ten Sekunde, um genau zu sein, wenn ich mich nicht verplappert hab, war also weit mehr als rasend schnell vorbei, verlor ganz und gar nicht viel Zeit, sondern nur schlappe zwei Nullen, wo immer die geblieben sein mögen, eine von ihnen könnte vielleicht der Kosmolog selber sein, hehe! Denn der Kosmolog sah in Nullkommanichts, also während dieser zwei Nullen, da sah der Kosmolog die Superkraft an und merkte bald, dass sie allein war. Mensch, dachte der Kosmolog, das ist dieser armen einsamen Kraft bestimmt langweilig hier so allein, ich muss itzo umgehend andere Kräfte schaffen nach ihrem, also nach meinem Bilde. Ich brech jetzt einfach hier mal so eine Rippe aus der Superkraft und guck, was dann passiert. Die Superkraft besaß genau vier Rippen: Die Gravitationsrippe, die elektromagnetische Rippe, die schwache Rippe und die starke Rippe. Als der Kosmolog eine Rippe aus der Superkraft brach, beging er den ersten Symmetriebruch des entstehenden Universums. Das war eine Blase von der Größe einer Planck-Länge, also exakt 10^{-33} Zentimeter. Kosmologiespekulationen zur Entstehung des Universums, Omega, sind im Grunde auch nicht über das Stadium von Blasen hinweggekommen. Gigantische Spekulationsblasen. Aber weiter! Okay, pass auf. Vier statt einer Kraft. In der 10^{-41}ten Sekunde schied der Kosmolog wie gesagt die Gravitation von den anderen drei Kräften. Das war ein echter Schock. Für die Superkraft. Eine Schockwelle. Ein Erkenntnisbeben. Die Ursymmetrie der Superkraft wurde zu einer kleineren Symmetrie gebrochen. In die Gravitationskraft auf der einen und in die drei anderen Kräfte (wie gesagt, die starke, die schwache, die elektromagnetische) auf der anderen Seite. Die Gravitation hob sozusagen den heruntergefallenen Apfel vom Baum der Erkenntnis auf, fraß ihn und erkannte sich selbst. So ganz nackt und allein wurde ihr schwer ums Herz. Doch der Kosmolog sah, dass es GUT war, denn er nannte die Vereinigung der drei anderen Kräfte die GUT-Symmetrie (GUT von Grand Unified Theories). Jetzt erschuf der Kosmolog aus der Blase (aus noch unbekannten Gründen, wie man sagt) den Raum und das Licht, also schneller als das Licht blähte sich der Raum auf, in einem Faktor 10^{50}, und die Temperatur betrug 10^{32} Grad, ob Celsius oder Fahrenheit oder Kelvin, darauf kommt's bei 10.000.000.000.000.000.000. 000.000.000.000°, also bei, lass mich nicht lügen, zehn Quintilliarden Grad auch nicht mehr an. In der 10^{-34}ten Sekunde schied der Kosmolog die starke Kraft von den beiden anderen. Das Universum löffelte jetzt Plasmasuppe mit Quark. Nein, falsch: Das Universum *war* jetzt eine echt heiße Plasmasuppe mit freien Quarks, Gluonen und Leptonen. Noch immer super-miniklein: genauso winzig wie unser heutiges Sonnensystem. In Anbetracht der Tatsache, dass der Kosmolog ein – sagen wir – Gebilde von der Größe unseres Sonnensystems von der 0,0000000000000000000000000000000000000000001ten bis zur 0,0000000000000000000000000000000001ten Sekunde erschuf, muss ich schon sagen: Hut ab vorm Kosmolog. Der arme Gott des Alten Testaments hatte noch sieben Tage dafür gebraucht, der gute Kosmolog nur neun Nullen. Und sogar negative Nullen! Wahnsinn! Neun zu null für den Kosmolog. Egal. Jetzt kommt der Satan ins Spiel. Die Antimaterie. Also der vertriebene Engel aus dem Paradies. Die Antimaterie hätte aber die vom Kosmolog erschaffene Materie im Grunde sofort vernichten, das heißt, beide sich gegenseitig auslöschen müssen. Der Anfang wäre demnach gleich dem Ende gewesen, Universumstotgeburt. Aber! Es gab eine Winzigkeit Überschuss. Ungefähr ein Milliardstel Materie mehr als Antimaterie. Geschickt eingefädelt vom Kosmolüg! Muss ich sagen! Denn dieser winzige Überschuss sorgte dafür, dass es heute all das gibt, was es gibt. Warum? Keine Ahnung! Weiß auch der Kosmolog nicht, er setzt es. Er nimmt es an. Aufgrund seiner Theorie. Wir auch. Wir müssen es annehmen. So lange, bis andere Kosmologen kommen, deren Teleskopschwänze größer sind, sodass der neue Kosmolog mit dem alten Schöpfungsprozess kurzen Prozess macht und einen frischen Apfel vom Theoriebaum der Erkenntnis – nein, nicht Newton-haft zu Boden fallen lässt, sondern Eva-mäßig frisst, Theoriemonster auf Theoriemonster hat die Kosmologie geboren und getötet, und, ha!, zwischenzeitlich galt in der Kosmologie sogar eine Theorie von Edgar Allan Poe. Einem Schriftsteller! Weiter, Mädchen! Der Kosmolog ruhte sich nach der starken Kraftanstrengung ein bisschen aus. Nach 380 000 Jahren sprach der Kosmolog: Es werde Licht! Und das Universum wurde transparent. Es entstanden die Atome. Nach einer Milliarde Jahren kräuselten sich Quanten im Feuerball (und meine Fußnägel, Omega!), ach komm, ich kürz das ab, heute, nach etwa 13,7 Milliarden Jahren, ist unser Universum außer Rand und Band, es wächst in einem Zustand einer fortwährend Beschleunigung! Da trifft der Kosmolog wohl ausnahmsweise mal ins Schwarze, denn wenn ich den Zustand hier auf der Erde mit dem im Universum vergleiche, muss ich sehen, auch hier unten, auf der Erde, ist alles außer Kontrolle geraten, aus den Fugen, aus dem Leim, auf den wir dem Kosmologen gegangen sind. Nein, bitte, versteh mich nicht falsch, Omega, ich weiß, ich weiß, diese Wissenschaftler geben sich alle Mühe und werden nicht müde zu betonen, dass dies alles nur Theorien sind, niemand von ihnen sagt: Das ist die Wahrheit! Jaja, mir sind die Wissenschaftler auch lieber als die Religiösen, die im Götterschlaf dämmern und überhaupt nicht nach Erklärungen suchen, aber wenn eine Wissenschaft derart ausufert wie die Kosmologie, muss man mal was dagegensetzen dürfen! Ende Gelände! Der Frosch, der im Brunnen sitzt, beurteilt das Ausmaß des Himmels nach dem Brunnenrand. Chinesisches Sprichwort. Merk dir das, mein Liebes. Und dann stellen die auch noch fest, dass man ohnehin nur vier Prozent des Universums beobachten kann, der Rest ist Dunkle Materie und Dunkle Energie! Komm, damit fang ich gar nicht erst an. Dunkle Materie! Das ist mein Gebiet! Am Anfang war der Ort / Wir nannten ihn die Welt / Am Ende ist er fort / Nur schade um das Geld. Hehe.«

5

Alpha war (zunächst) ein Schlaftier, ein Gemütlichkeitskind oder ein fauler Hund. Er ließ sich noch schieben, als Omega schon lief, er schwieg noch, als Omega schon brabbelte, er brabbelte noch, als Omega schon sprach, er hörte noch zu, als Omega schon fragte. Und Omega fragte viel. 2003, Jahrhundertsommer.

»Wir gehen auf den Spielplatz«, sagte Gusto.

»Und dann?«, fragte Omega.

»Spielen wir.«

»Und dann?«

»Gehen wir wieder nach Hause.«

»Und dann?«

»Gibt's was zu essen.«

»Und dann?«

»Essen wir.«

(Gusto hatte eine Engelsgeduld mit Omega.)

»Und dann?«

»Kommt Mama.«

»Und dann?«

»Spielen wir zu Hause weiter.«

»Und dann?«

»Wird Escher gebadet.«

»Und dann?«

»Geht's ins Bett.«

»Und dann?«

»Schläfst du ein.«

»Und dann?«

»Wachst du am Morgen wieder auf.«

»Und dann?«

»Gibt es Frühstück.«

»Und dann?«

»Geht es in den Kindergarten.«

»Und dann?«

»Spielst du mit den Kindern.«

»Und dann?«

»Holt Mama dich wieder ab.«

»Und dann?«

»Gibt es Mittagessen.«

»Und dann?«

»Mittagsschlaf.«

»Und dann?«

»Geht ihr einkaufen, glaub ich.«

»Und dann?«

»Wieder ins Bett.«

»Und dann?«

»Wachst du wieder auf.«

»Und dann?«

»Geht's wieder von vorn los.«

»Und dann?«

»Wieder von vorn.«

»Und dann?«

»Jeden Tag.«

»Und dann?«

»Ist das Leben irgendwann vorbei.«

»Warum?«

Manchmal hatte Gusto auch seine hellen Momente, als er – nachdem sein Zynismus und seine Wut auf die Kosmologen ein wenig verraucht waren – selber zu denken begann über den Anfang und das Ende und das Warum, und das ging am besten genau dann, wenn er gleichzeitig zum Reden noch jonglierte. »Sieh mal, Omegalein«, sagte er auf der Parkbank sitzend, indem er die drei Bälle in der Luft hielt, »also die alles entscheidende Frage zu Beginn lautet doch: Ist das Universum, was immer das sein mag, ist es also endlich oder unendlich? Wenn es endlich ist, muss es einen Anfang gehabt haben, und es muss definitiv auch ein Ende haben. Hat es einen Anfang gehabt, stellt sich die Frage, was war denn da vor dem Anfang? Die Antwort kann nicht lauten: Gott! Denn dann stellt sich sofort die Frage, was war denn *vor* Gott? Und wenn Gott ewig war, dann muss es auch das Universum gewesen sein. Also bleibt als Antwort: das Nichts. Vor dem Anfang war das Nichts. Was aber ist das Nichts? Wenn das Nichts gewest hat, vor dem Anfang, Mädel, dann haben wir wieder eine unendliche Welt. Denn das Nichts ist per definitionem nicht unterscheidbar vom Alles. Das Nichts ist eine unendliche All-Aussage. Auch das Alles, das All ist eine unendliche All-Aussage. Zwei unendliche All-Aussagen sind aber logischerweise gleich. Demnach ist das Nichts gleich dem Alles. N=A. Wenn nun das Universum einen Anfang gehabt hat und vor dem Anfang Nichts weste, dann war also vor dem Anfang zugleich auch Alles. Das bedeutet: Das endliche Universum mit dem Nichts vor dem Anfang war gar nicht endlich, sondern schon unendlich. Jedes endliche Universum, das wir uns vorstellen, ist demnach unendlich. Daraus folgt, Mädchen: Es gibt nur eine einzige Antwort auf die Frage nach Endlich- und Unendlichkeit. Egal, wie lange man auch darüber nachdenkt: Das Universum muss unendlich sein und muss ewig existiert haben und muss ewig weiterexistieren. Weiß nicht, von wem ich diesen Gedanken geklaut hab, ist auch egal, Mädel. Was zählt: Das Unendliche ist für uns sehr, sehr schwer vorstellbar. Im Grunde genommen gar nicht. Wie so vieles Wahre. Für unser Denken ist es undenkbar. Denn schau mal: Wenn unser Universum unendlich ist, muss es auch alle unendlichen Möglich- und Wirklichkeiten geben, sprich, alles, was sein könnte, muss auch sein. Das wiederum bedeutet, dass es nicht nur ein einziges Universum geben kann, sondern dass es alle denkbaren und undenkbaren, alle wahrscheinlichen und unwahrscheinlichen, alle möglichen und alle absolut unmöglichen Universen geben muss. Aha! Physik! Paralleluniversen, nennen die Physiker das. Oder Multiversen. Scheiße!« Gusto hob den Ball auf, den er in der Erregung hatte fallen lassen, und jonglierte weiter. »Verstehst du: Es gibt also dieses eine Universum mit seinen Milliarden Galaxien, Sternen und Planeten etc. samt der Erde, und es gibt dasselbe Universum noch einmal, nur, dass sich ein einziger, miniwinziger Quark in diesem zweiten Universum um 10^{-97} Planck-Zentimeter weiter links befindet als in unserem ersten Universum. Und das muss man unendlich oft hochrechnen: Mit allen vorhandenen Quarks und Elektronen und Protonen und Atomen und Molekülen, bis hin zu den sichtbaren Wesenheiten, also sagen wir, ein zweites Universum, welches unserem wie ein Ei dem anderen gleicht, nur dass ein simpler Regentropfen ein Pikkolosekündchen langsamer zu Boden fällt als im ersten, Prost Proust. Und so weiter und so fort bis hin zu größeren Zusammenhängen, also dass ich zum Beispiel einen Tag früher sterbe oder von mir aus 194 Jahre alt werde oder dass ich mit zwanzig Bällen gleichzeitig jongliere oder dass die Menschheit – was weiß denn ich, nehmen wir was absolut Unwahrscheinliches, dass also die Menschen einen – nennen wir es evolutionären – Sprung tun und ihre Gehirne keine zwei Hälften mehr haben, sondern, haha!, drei Drittel. Genau daraus, Mädchen: Weil alles möglich ist und nichts wirklich, genau daraus resultiert nichts weniger als«, Gusto fing die drei Bälle, die während seines Vortrags die Luft stetig durchschnitten hatten, einen nach dem anderen ein, als wolle er das nächste Wort durch diese Geste besonders betonen, »unsere Verantwortung. Denn die Menschen können selber entscheiden, in welcher dieser unendlich vielen Welten sie leben möchten. Alles ist möglich. Nichts ist festgelegt. Wir können alles ändern. Wenn jede mögliche Welt existiert, sind wir es, die entscheiden, in welcher möglichen Welt wir leben. Leben wollen. Die Welt ohne Möglichkeiten gibt es nicht. Eine Welt ohne Möglichkeiten ist wie ein Meer ohne Wasser. Wir *haben* Möglichkeiten. Wir leben in einer Welt der Möglichkeiten. Jede Unwahrscheinlichkeit ist trotzdem immer noch eine Möglichkeit. Wir müssen uns entscheiden. Wir selbst müssen die Weichen stellen, welchen Weg die Welt einschlägt, in der wir gerade hocken. Verstehst du? Wir können noch das Unwahrscheinlichste verwirklichen! Selbst in einem verkorksten Fall wie dem unseren ist es möglich, die verfranzte Situation des Planeten Erde in andere Bahnen zu lenken. Die Umlaufbahn ändern, auf der wir schweben. Eine radikale Wende. Wendung. Wandlung. Eine Rettung, ein – siehst du die Frau da hinten? Wow. Meinst du, ich soll die mal ansprechen? Was sagst du dazu, Alpha?«

6

Alpha sollte erst im Alter von vier Jahren erwachen. Oder besser gesagt: zu sich kommen. Erwies sich schnell als überaus kluges Kind. Als jemand, der allem genau zuhörte, auch wenn er den Anschein erweckt hatte, ein kleines Schnorcheltier zu sein.

Statt an seinen Großvater Gusto hielt er sich mehr an seinen Vater Kolja. Liebte ihn über alles. Kolja, den Müllmann. Der ihn manchmal sogar mitnahm, Alpha durfte mit dem Müllautofahrer vorn sitzen, stolz winkte er den Kindern zu, die neben ihren Eltern die Nasen an die Fenster pressten. Kolja erklärte Alpha das wunderschöne, überaus effiziente Wesen der Müllabfuhr. »Die Tonnen sind voll, wir holen sie ab. Wenn wir sie ausgekippt haben, sind sie leer. Es gibt kein schöneres Gefühl, als eine leere Tonne zurückzurollen, wenn man weiß, dass sie vorher voll gewesen ist. Weg mit dem Dreck der Welt. Großreinemachen. Wenn es uns nicht gäbe, wär die Welt längst erstickt.«

»Und dann ist die Tonne wirklich leer?«

»Ja.«

»Ist dann nichts mehr drinnen?«

»Nein.«

»Was heißt denn überhaupt ... dieses ... nichts?«

»Also irgendwas wird immer noch drin sein, kleinste Reste von Müll.«

»Das ist keine Antwort!«

»Bitte?«

»Auf meine Frage.«

»Welche Frage?«

»Was ist das: nichts?«

»Nichts?« Kolja röchelte kurz. »Das ist schwierig, mein Kleiner. Nichts ist, wenn ... Also, am besten fragst du da mal den Opa, würd ich sagen.«

Zwei Tage später kam Alpha mit einem selbst gebastelten Schwert zu Kolja und sagte: »Das hier ist mein Alles-Schwert!«

»Dein was?«, fragte Kolja

»Mein Alles-Schwert: Da ist alles drin außer gar nichts!«

Woran man sieht, dass auch er Gusto gut zugehört haben musste.

Kolja lächelte. Vier Jahre lang hatte er das Schnorcheltierchen geliebt, weil es so unbewegt von der Welt und ihrem Getöse alles um sich her wegzuschlafen schien, diese Ruhe, diese wohltuende Unaufgeregtheit. Jetzt, nach Alphas Erwachen, wie Bitch es nannte, liebte Kolja aber auch das Gegenteil, Alphas hellen Blick, seinen Feuereifer, alles herausfinden und erforschen zu wollen. Kolja nahm sich viel Zeit für seine Kinder. Wollte sie früh teilhaben lassen am richtigen Leben. Ließ sie mit Werkzeugen hantieren, baute mit ihnen ein Vogelhäuschen, vergrößerte Eschers Hundehütte, zeigte ihnen, wie man tapezierte, spielte gern mit ihnen Fußball. Freute sich wahnsinnig auf den Tag, an dem er Alpha – Omega wollte das nicht – mitnehmen würde, ins Stadion: Sportclub Freiburg. Koljas Leidenschaft! Unser Rindenschnitzen: nichts dagegen.

Dieser Tag kam im Jahr 2005. Alpha war sofort Feuer und Flamme. Er jubelte, wenn Kolja jubelte, und er stöhnte, wenn Kolja stöhnte. Er trank Limo und aß eine Wurst in der Halbzeit. Begeistert. Obwohl es eigentlich wenig Anlass für Begeisterung gegeben hätte, denn es ging um den Abstieg. Am Abend kuschelte er sich an seinen Vater und klappte das Bilderbuch zu. »Erzähl mir mehr davon!«, sagte er.

»Wovon?«

»Vom Sportclub Freiburg!«

»Was willst du wissen?«

»Wann bist du zum allerersten Mal hingegangen?«

»1989«, sagte Kolja, der, wann immer er über Fußball reden konnte, aus seiner Schweige-Ecke herauskroch. »Vor, o Gott, jetzt sechzehn Jahren bin ich nach Freiburg gekommen. Aus Nettetal. Weißt doch. Wo ich geboren bin. Bei Oma. Ich war sofort begeistert. Damals kamen knapp dreitausend Zuschauer, auf der Stehtribüne war so viel Platz, da konnte man sich setzen und seine Beine ausstrecken. Auch damals ging's schon gegen den Abstieg.« Alpha lauschte andächtig. »Allerdings um den Abstieg aus der zweiten Liga«, fuhr Kolja fort. »Erst am letzten Spieltag haben wir uns gerettet. Ein 6:1, zu Hause, gegen den SV Meppen. Der letzte Treffer ein Elfmetertor. Das Spiel längst entschieden. Der Abstieg abgewendet. Nach dem Elferpfiff riefen alle Zuschauer: Charley! Charley! Charley! Wir meinten Charley Schulz, den coolsten Hund der Liga, vierunddreißig, mit Schnauzer, spielte den Ausputzer vor der Abwehr ...«

»Was hat er denn geputzt?«

Kolja lachte. »Charley trabte nach vorn. Winkte ins Publikum. Wir jubelten. Er war einer von uns. Er stemmte die Hände in die Hüften und schoss den Ball ins Netz. Wir feierten Charley. Und dann kam Volker Finke.«

»Wer war das?«

»Ein neuer Trainer. Innerhalb kürzester Zeit griffen wir an. Es ging um den Aufstieg diesmal. Den Aufstieg in die erste Liga. Schon im zweiten Jahr mit Finke haben wir das geschafft. Mit über hundert geschossenen Toren. Der Erfolg zog die Leute an. Es wurde immer enger im Stadion. Man konnte auf den Stehplätzen nicht mehr sitzen, sondern musste stehen. Irgendwann hatte ich keine Lust mehr, immer früher ins Stadion zu gehen, nur um einen guten Platz zu bekommen. Und hatte eine Idee.«

»Was für eine Idee?«

»Ich hab eine leere Sprudelkiste mit ins Stadion genommen, das Ding umgekippt, hinter die allerletzte Stehplatzreihe gestellt und bin dann draufgestiegen. Perfekte Sicht über den ganzen Platz. Aber das war kein langes Vergnügen. Die anderen haben das nachgemacht. Irgendwann gab's eine eigene neue Stehplatzreihe. Aus Sprudelkisten. Und dann hat der Verein das Ganze verboten.«

»Warum?«

»Mit harten, scharfkantigen Gegenständen wie Sprudelkisten kann man jemandem wehtun.«

»Und dann?«

»Ich hab nachgedacht. Und aus einem Styroporblock und Pappe ein Podest gebastelt, so was, wo man sich draufstellen kann, wie das Ding da im Badezimmer, fürs Händewaschen, nur höher. Man hat mich durchgelassen bei der Kontrolle am Stadion. War ja kein scharfkantiger, harter Gegenstand, nur Pappe und Styropor: keine Gefahr.«

»Super, Papa!«

»Aber an den nächsten Samstagen kamen immer mehr Fans mit selbst gebastelten Blöcken aus Styropor. Ich hab die Höhe des Podests verdoppelt, aber das war eine wacklige Angelegenheit, und dann hat man auch unsere schönen Podeste verboten.«

»Warum?«

»Sturz- und Verletzungsgefahr.«

»Schade.«

»Aber ich muss schon sagen, da hatten die recht irgendwie. Der 23. August 1994. Das werd ich nie vergessen, Alpha. Also wären wir damals noch auf den wackligen Styropordingern gestanden, beim 5:1 gegen die Bayern, wären ein paar von uns sicher vom Podest gestürzt. Mein Gott, das war ein Spiel! 3:0 nach achtzehn Minuten! Gegen die Bayern! Die beste deutsche Mannschaft. Wildfremde Menschen lagen sich in den Armen, ich weiß das noch wie heute: Martin Spanring, Ralf Kohl, Rodolfo Cardoso! Wir haben die Schweinebayern nach allen Regeln der Kunst auseinandergenommen, Ziege schoss zwar vor der Pause das 3:1 ...«

»Was für ne Ziege?«

»Christian Ziege, damals Linksverteidiger bei den Bayern, aber es half ihnen nichts mehr, Cardoso schlug noch mal zu, und dann Jörg Heinrich. 5:1!«

»Gehen wir da jetzt jeden Samstag hin?«, rief Alpha.

»Jeden zweiten«, sagte Kolja und strahlte.

Was Kolja seinem Sohn (noch) verschwieg: Nach dem sagenhaften dritten Platz 1995 (in der Tabelle rangierte man vor den Bayern!), nach UEFA-Cup-Teilnahme 1995/1996, nach Abstieg und Wiederaufstieg qualifizierten sich die Freiburger in der Saison 2000/2001 noch einmal für den UEFA-Cup, diesmal hieß es Euro-League. Jetzt also: der zweite Anlauf. Die erste Runde. Ein Auswärtsspiel des Sportclub, das Kolja live von zu Hause aus würde verfolgen können. Das live übertragen wurde. Live, live, live. Von einem öffentlich-rechtlichen Programm. Ehe Kolja den Fernseher anstellte, erzählte er Gusto – der mit ihm das Spiel verfolgen wollte – über Styroporpodest- und Sprudelkistenzeiten, er wiederholte spöttisch die Begründung des Sprudelkistenverbots, redete von der Gefahr scharfkantiger, harter Gegenstände für Menschenansammlungen, schaltete endlich den Fernseher ein und sah statt des Fußballspiels (sc Freiburg beim slowakischen ŠK Matador Púchov) Bilder eines anderen sehr harten, scharfkantigen Gegenstands (zugegebenermaßen größer als eine Sprudelkiste, nämlich ein Flugzeug), das in eine riesige Menschenansammlung (ein Hochhaus) krachte. Zuerst dachte Kolja, er hätte das falsche Programm gewählt, beachtete das Flugzeug nicht, sondern schaltete um und weiter um, aber auf allen Programmen liefen Wiederholungen von diesem Flugzeug, das ins Hochhaus einschlug, und später von einem zweiten Flugzeug, das in ein zweites Hochhaus einschlug.

Etwa eine Stunde vor Anpfiff war der zweite Turm in New York eingestürzt. Die UEFA sagte das Spiel nicht ab. »Es fällt mir sehr schwer, über Fußball zu reden«, sagte Trainer Finke. »Die Spieler und ich haben die Bilder aus New York in unserem Hotel gesehen. Wir waren alle sehr betroffen.« Finke hatte unmittelbar vor dem Anpfiff an das Team appelliert, man müsse sich »professionell verhalten«. Spieler des Spiels war Boubacar Diarra: Er hatte, hieß es damals im *kicker*, »nach Anfangsproblemen den quirligen, eifrigen Breška sicher im Griff, antrittsschnell, konsequent im Zweikampf«. Es war ein langweiliges o:o-Spiel. »Selten«, schrieb die *nz*, »gelang ein konstruktiver Angriff, und nur selten näherte man sich in gefährlicher Weise dem gegnerischen Tor.« Der Tabellensechste der slowakischen Liga hatte sich nur über die Fair-Play-Wertung für die Euro-League qualifiziert. Das Mestský štadión in Púchov war mit 5476 Menschen besetzt. Das World Trade Center in New York mit 17400 Menschen. Von diesen konnten sich laut Wikipedia »rund 87 %« retten. Die paar hundert mitgereisten Freiburger Fans skandierten: »Wir wolln euch kämpfen sehn! Wir wolln euch kämpfen sehn! Wir wolln euch kämpfen kämpfen kämpfen sehn.« Torhüter Richi Golz war der Turm in der Schlacht. In der fünften Minute rettete er in allerhöchster Not gegen Breška, während in New York die Feuerwehrmänner in allerhöchster Not gegen das Feuer zu retten versuchten. Der Schiedsrichter Peter Fröjdfeldt bekam die *kicker*-Note 3 und »ließ viele verbissene, teilweise auch ruppig geführte Zweikämpfe laufen«. Und Kolja musste von nun an, wann immer er gefragt wurde, wo er sich am 11. September 2001 befunden hatte, dem Tag des Anschlags auf das World Trade Center, berichten, vor dem Fernseher, in froher Erwartung des SC-Spiels, und seine Miene verdüsterte sich damals mit jedem neuen Etikett, das man den Bildern anhaftete, angefangen von »America under Attack« über »Terror« bis hin zu »War against America«, sodass er gemeinsam mit Gusto in den folgenden Stunden vorm Fernseher hockte und sogar komplett vergaß, im Videotext das Spiel des SC Freiburg zu verfolgen. Ich war dabei, Leute. Gusto Winter (der vor ein paar Tagen erst den Mut gefunden hatte – zwanzig Monate (!) nach der Beerdigung von Josef Zacharias –, einen Liebesbrief an Sabrina Steward nicht nur zu schreiben, sondern auch abzuschicken, und der an nichts anderes denken konnte als an die mögliche Reaktion dieser Frau, die ihm einfach nicht aus dem Kopf-Herz-Bauch gehen wollte), Gusto also sagte: »Jetzt haben wir den Salat!«

Und Sabrina? Sie war vor dem Fernseher sitzend erbleicht. Ihr Vater, Patrick Steward, das wusste sie, traf sich mit potenziellen Geldgebern in den Twin Towers. Mit zitternden Fingern wählte sie die Nummer seines Handys. Mailbox. Der erste Turm stürzte ein. Sabrina konnte den Blick nicht vom Bildschirm wenden. Sie konnte nichts tun. Sie musste auf die Nachricht warten. Die verdammte Nachricht. Endlich klingelte das Telefon. Es war ihr Vater. »Vater?«, sagte sie, zum ersten Mal in ihrem Leben, sonst hatte sie ihn immer *Daddy* genannt. Ihr Vater beruhigte sie, ja, er sei in New York, keine Angst, rechtzeitig rausgekommen, er lebe. Und Sabrina fühlte tiefe, gnadenlose Erleichterung.

Irgendwann aber musste auch Sabrina den Fernseher ausschalten, wie alle anderen, weil das Leben unwiderruflich weiterging, musste, nach dem, was geschehen war, irgendwann wieder etwas essen und zur Toilette gehen und duschen und Slip und Rock und Top und Strümpfe anziehen und den Kajalstift benutzen und die Fingernägel mit dunkelrotem Nagellack bepinseln und Kaffee trinken und – zum Briefkasten gehen. Im Briefkasten lag ein Brief von Gusto Winter. Fast zwei Jahre, schrieb Gusto, fast zwei Jahre nach der Beerdigung von Josef Zacharias wage er es, ihr, Sabrina Steward, seine Gefühle mitzuteilen. Unaussprechliche Gefühle. Er habe vor ihr gestanden, sie gesehen und gerochen und gespürt und sei zusammengesackt, innerlich eingestürzt. Er habe ihr bislang jede Woche einen Liebesbrief geschrieben, ohne allerdings den Mut zu finden, einen davon abzuschicken. Habe gedacht, seine Tollheit werde mit der Zeit vorbeigehen wie eine Infektion. Fehlanzeige. Falls seine Liebe, wovon er ausgehe, von ihr, Sabrina, nicht erwidert werde, erbitte er ein einfaches auf eine Postkarte gekritzeltes Nein, damit er, Gusto, endlich kuriert werde von jenem statt – wie er gedacht hatte – mit der Zeit schwächer im Gegenteil immer stärker werdenden Gefühl, was mit Sicherheit der Perfidität von Sehnsüchten aller Art zuzuschreiben sei, die bei Nichterfüllung wie Geschwüre wucherten. Er hoffe, er drücke sich verständlich aus. Falls aber sie, Sabrina, ihn, Gusto, wider Erwarten, ebenfalls liebe – aber nein, er wolle sich keine Hoffnungen machen. Mit schönen Füßen, Gusto Winter.

Sabrina las den Brief dreimal. Mit schönen Füßen. Der erste und einzige Liebesbrief ihres Lebens. Sie warf ihn in den Papierkorb, setzte sich, bereits ausgehfertig, wieder vor den Fernseher, um auf den neuesten Stand zu kommen. Der Brief schwirrte ihr durch den Kopf. Vor allen Dingen die Ausdrücke *zusammengesackt* und *eingestürzt*, die in seltsamer Korrespondenz standen zu den in Endlosschleife gezeigten Bildern, an denen sich die Fernsehanstalten ergötzten, Bilder, die nicht mal ein James Cameron so realitätssatt hinbekommen hätte, wie man in Medienkreisen raunte. Sabrina holte nach kurzem Nachdenken den Liebesbrief aus dem Papierkorb und las ihn noch einmal, lächelte, faltete ihn zusammen, schob ihn in eins ihrer Lieblingsbücher (von Michael Faraday) und legte das Buch neben die Bewerbungsmappe für das CERN in Genf. Nach ihrem Forschungsjahr stand für sie fest: Dorthin wollte sie jetzt endgültig. Und ihre Chancen, genommen zu werden, standen gut.

Anschließend warf sie eine dünne Jacke über und verließ das Haus. Es war warm in L. A. Sie stieg in den Wagen und dachte immer wieder: Er lebt. Mein Vater lebt.

7

Aber irgendwie bin ich abgekommen vom Weg.

Zurück zu Omega.

Im Wesentlichen waren es drei Fragen, die Omega umtrieben. Die erste Frage sprach sie erstmals mit fünf Jahren aus. Eine sehr verständliche Frage.

»Warum bin ich schwarz?«, fragte sie ihre Mutter.

Bitch und Kolja erklärten es ihr. Früher als geplant.

»Was bedeutet leiblich?«, fragte Omega.

»Hockt euch mal hin«, sagte Bitch ihren Kindern, denn auch Alpha wollte das wissen, unbedingt.

Omegas zweite wichtige Frage ihres Lebens war eine logische Folge der Antwort auf die erste Frage: »Wenn ihr nicht meine Eltern seid, wer sind denn dann meine Eltern? Wo komme ich her?«

Diese Frage zu beantworten fiel Bitch, Gusto und Kolja deutlich schwerer, schlicht, weil sie es nicht wussten.

»Was heißt: Ich war einfach da?«, fragte Omega.

»Du lagst im Krankenhaus«, stammelte Kolja. »Friedlich. Im Neugeborenenzimmer. Niemand weiß, woher du gekommen bist. Es tut mir leid, aber ich weiß es auch nicht. Du bist da einfach so aufgetaucht.«

»Aufgetaucht?«

»Wie aus dem Nichts.«

»Was ist das Nichts?«, fragte Alpha.

Escher bellte. Der hohle Hund bellte selten.

»Ruhig, Escher!«, sagte Bitch verwundert. »Leg dich hin!«

Escher gehorchte. Wedelte aber nach wie vor mit dem Schwanz.

»Hör mal, Omega«, sagte Kolja. »Es ist vollkommen unwichtig, woher du kommst. Es spielt keine Rolle, ob wir deine leiblichen Eltern sind oder nicht. Wir lieben dich so, wie du bist. Wir lieben dich wie unser eigenes Kind. Du bist unser Kind. Wir haben von Anfang an keinen Unterschied gemacht zwischen dir und Alpha. Als ich dich zum ersten Mal gesehen hab, im Zimmer, hab ich mich schon in dich verliebt.«

»Du musst dir keine Gedanken machen«, sagte Bitch. »Du gehörst zu uns. Voll und ganz.«

»Du bist ein wunderbarer Mensch«, sagte Gusto. »Du bist ein wunderbares Kind. Äh ... Du übrigens auch, Alpha.«

»Aber ich muss doch irgendwo hergekommen sein?«, fragte Omega weiter nach.

»Es gibt Dinge zwischen Himmel und Erde«, sagte Bitch, »die man nicht erklären kann, sosehr man sich auch bemüht.«

»Das ist schlimm«, sagte Alpha.

»Warum«, stellte Omega endlich ihre dritte Frage, »habe ich keine Haare?«

Kolja, Bitch und Gusto atmeten auf. Das immerhin wussten sie.

»Alopecia congenita totalis oder universalis«, sagte Gusto, der sich tatsächlich damit beschäftigt hatte.

»Was?«

»Das ist eine angeborene, ich sage mal, Störung. Ein Mensch, dem von Geburt an keine Haare wachsen.«

»Und warum?«

»Ist wahrscheinlich genetisch bedingt.«

»Was?«

»Das heißt«, sagte Bitch, »deine leibliche Mutter oder dein leiblicher Vater, einer von ihnen hat das wohl auch gehabt.«

»Also«, sagte Alpha (und man muss erklärend einfügen, dass Alpha, sobald er mal angefangen hatte zu sprechen, nie wie ein Kind sprach, immer wie ein Erwachsener), »müssen wir nur sämtliche schwarzen Menschen ohne Haare fragen, um rauszufinden, woher Omega eigentlich kommt? Da gibt es bestimmt nicht so viele, oder?«

Bitch seufzte.

8

Es gab keine Erklärung dafür, dass in allen Büchern, die ich über Omega gelesen hatte, nie ein einziges Wort über ihren weißen Husky namens Escher verloren wurde. Als hätte man ihn ausradiert. Als wäre er nie da gewesen. Während ich alles andere, was geschah, genauestens kannte und den Ereignissen gedanklich einen Schritt voraus war, bargen die Erlebnisse mit Escher immer etwas Neues, Überraschendes, und wenn jemand, so wie ich, alles weiß, was kommen wird, dann ist jede Überraschung höchst erfreulich. Der Husky verhielt sich ganz zu Beginn ein wenig merkwürdig im Haus der Familie Zacharias-Winter. Er gehorchte zwar, so gut es ging. Egal, welchen Namen man ihm anfangs noch gab. Sagte man »Sitz, Beta!«, setzte er sich und hechelte. Sagte man »Fang, Gamma!«, rannte er dem Tennisball hinterher und fing ihn auf. Sagte man »Such, Delta!«, suchte er, was auch immer man ihm zu suchen auftrug. Lediglich – und hier die Merkwürdigkeit seines Verhaltens – beim Befehl »Platz!« (egal, welchen griechischen Buchstaben man wählte) reagierte er Hunde-untypisch. Er legte sich nicht, wie Kolja und Bitch es ihm ein paarmal vormachten, sofort auf den Boden und schaute mit treuem Hundeblick empor, nein, er drehte komplett durch. Im wahrsten Sinne des Wortes. Sobald er das Wort »Platz!« gehört hatte, schnurrte er wie ein Derwisch im Kreis, in dem unmöglichen Unterfangen, sich selbst in den Schwanz zu beißen, und als er merkte, dass dies nicht gelang, sprang er, wo auch immer er sich gerade befand, wild suchend umher, durchs Zimmer, durch benachbarte Zimmer, kletterte die Wände hoch, wenn man seine hoffnungs- da krallenlosen Hochsprungversuche denn als Klettern bezeichnen kann, er schnüffelte, nachdem er sich auch Minuten später immer noch nicht beruhigt hatte, wie wahnsinnig an allem herum, was einen Eingang oder ein Loch besaß (Fenster, Tür) oder mittels Deckel einen Schlund verbarg (Mülleimer, Tonnen). Und wenn er sich an der frischen Luft befand, sprang er in alle Himmelsrichtungen auf der Suche nach irgendetwas, das offensichtlich nicht da war, etwas, das zu fehlen schien, etwas, ohne das er dem Befehl nicht Folge leisten konnte. Als man einmal in Omegas Anwesenheit »Platz!« rief, stürzte sich Escher umgehend auf das damals noch kleine Baby und besabberte ihr Gesicht. Aufgrund dieser unschönen Begebenheit (und weil bei den übrigen Suchaktionen Eschers auch allerhand zu Bruch ging), wählte man statt »Platz!« fortan die Worte »Leg dich hin!«, die von Escher sofort befolgt wurden.

»Ist schon ein bisschen hohl, unser Husky!«, dachte Bitch.

Als Alpha und Omega alt genug waren, dem Hund selber Befehle zu erteilen, verbot man ihnen, das Wort »Platz!« in Eschers Beisein zu wählen, doch wie jedes an Kinder gerichtete Verbot wandelte sich dieses irgendwann in den Wunsch, das Verbot zu übertreten. An einem lauen Frühlingstag des Jahres 2006 spielten die beiden Zwillinge mit Escher im Garten.

»Warum«, fragte Omega, »dürfen wir eigentlich nicht *Platz* rufen?«

Escher spitzte die Ohren. Alpha zuckte mit den Schultern.

»Platz!«, rief Omega.

Ohne eine Sekunde zu zögern, stürzte sich Escher auf Omega und bearbeitete ihr Gesicht, ihren Kopf, ihre Stirn, mit Pfoten, Zähnen und Zunge, wild bellend stand er über Omega, die auf den Rücken gefallen war und nicht wusste, wie ihr geschah, sie spürte den Sabber des weißen Hundes über ihr, hatte aber nicht das Gefühl, in Gefahr zu sein, liebte ihren Escher über alle Maßen, dachte, der Hund wolle spielen, merkte nicht, wie ihr etwas Blut von der Stirn über die Wangen rann, lachte sogar.

Für Alpha stellte sich die Sache anders dar. Sechs Jahre war er alt und inzwischen ein kluger Bengel. Er rechnete zu dieser Zeit schon bis weit über tausend. Stellte Fragen, die seine Eltern über die Maßen irritierten. Wie viele Zentimeter liegen in hundert Millionen Kilometern? Was ergibt unendlich mal unendlich? Und was heißt unendlich überhaupt? Wenn ihr mir nicht sagen könnt, was unendlich bedeutet, wieso gibt es dieses Wort? Wieso gibt es überhaupt Worte für Dinge, die man nicht sehen kann? Was gibt es denn noch alles, das man nicht sehen kann? Wieso funktioniert der Computer? Wie werden denn die Daten genau übermittelt? Was sind Daten? Wieso braucht man Kabel, wenn man die Daten nicht sehen kann? Wieso sieht man denn das Kabel, durch das die Daten flutschen, nicht aber die Daten? Wer hat denn überhaupt Daten erfunden? Wieso passen so viele Daten auf so einen kleinen Chip? Wieso kann man den Chip nicht essen? Man kann doch auch die anderen Chips essen? Was passiert denn, wenn man die Datenchips isst? Flimmern die Daten auch unsichtbar durch den eigenen Körper? Ist man denn dann noch Mensch oder schon Maschine? Können Maschinen denken? Wenn sie nicht denken können, wieso rechnen sie schneller als Menschen? Wieso sind Computer nur immer so schlau wie der Mensch, der sie, wie heißt das?, programmiert hat? Dass Alpha als hochbegabt galt und seine Eltern ihn ein Jahr früher einschulen wollten als Omega – doch Alpha würde sich weigern, sein Platz, sagte er, sei an Omegas Seite –, versteht sich angesichts dieser Gedanken von selbst. Aus der Schweige-puppe war ein Frageschmetterling geschlüpft.

Als er jetzt sah, wie Escher sich auf Omega stürzte, stand Alpha zunächst dort wie gelähmt. Was sollte er tun? Hilfe rufen? Würde zu lange dauern. Ablenkung? Die Aufmerksam-keit des Hundes umpolen? Die einen Datenbahnpole (»Platz!«) mit anderen Datenbahnpolen (»Fang!«) aus der Bahn werfen? (Er kannte tatsächlich bereits mit sechs Jahren Wörter wie um-polen.) Alpha handelte schnell. Schnappte einen Tennisball, der auf dem Rasen lag und warf ihn hoch in die Luft. Im selben Augenblick schrie er so laut er konnte das Wort »Fang!« Escher ließ tatsächlich von Omega ab, sah zum Tennisball, der soeben den Zenit seiner Flugbahn erreicht hatte und durch die omi-nös-mysteriöse Schwerkraft (die schwächste aller physikali-schen Kräfte, eine Kraft, die von Physikern immer noch nicht durchschaut worden war zur damaligen Zeit) zurück Richtung Erde fiel, und Escher sprang wild wedelnd zu der Stelle, an der jener gelbe Tennisball der Firma Wilson gleich landen würde, ein Tennisball, der nur im Garten gelegen hatte, weil Alpha seit drei Monaten in einem Tennisverein den Schläger schwang. Escher reckte seinen Kopf, legte ihn in den Hundenacken, öffnete das Maul (beim Öffnen des Mauls schloss er haifischgleich die Augen), fing den Tennisball aber nicht nur, sondern verschlang ihn auch sofort aufgrund seiner unglücklichen Stellung und der emotionalen Aufgebrachtheit – ein Nachhall des Wortes »Platz!« und dessen, was dieses Wort in ihm ausgelöst hatte –, das heißt, Escher verschlang ihn nicht richtig, sondern Flugbahn und Wucht des Balls sorgten dafür, dass der Ball in Eschers Rachen stecken blieb.

Omega hatte das Schauspiel auf ihre Ellbogen gestützt mit angesehen und verstand sofort, was da geschah. Während Alpha noch nicht glauben konnte, dass Escher soeben einen Tennisball der Firma Wilson verschluckt haben sollte, sprang Omega unverzüglich auf: wegen Eschers jetzt wieder geöffneten, um nicht zu sagen, aufgerissenen Augen und seinen unnatürlichen Gähnbewegungen. Escher würgte und röchelte, brachte aber den Tennisball nicht wieder hervor, nur ein schwaches Winseln. Omega überlegte keine Sekunde, sie glaubte den Hund in höchster Gefahr, lief hin, ging vor ihm auf die Knie und griff in Eschers Maul, ohne Furcht, die Zähne könnten sie verletzen, ertastete sofort den gelben Ball, der Escher im Rachen steckte, aber kriegte ihn nicht so zu fassen, dass sie ihn hätte herausziehen können. Eschers entsetzter Blick ließ darauf schließen, dass er keine Luft bekam, also gleich krepieren, sprich, ersticken würde.

Reflexhaft erinnerten sich Alpha und Omega in dieser Sekunde synchron an einen Erste-Hilfe-Kurs, an dem Bitch vor vier Wochen eher missmutig und aus einem latenten Pflichtgefühl heraus teilgenommen hatte, in Begleitung ihrer beiden sechsjährigen Kinder, denn die Babysitterin hatte kurzfristig abgesagt, Kolja arbeitete, und auch Gusto war – sagen wir – verhindert gewesen.

Alpha und Omega hatten überaus interessiert gelauscht. Erste Hilfe! Was für ein Wort. Hilfe! Ein Wort, das beide begeisterte. Von klein auf schon. Einem Menschen zu Hilfe eilen!

Ihn retten! Ihn vor dem sicheren Untergang bewahren. Vor dem Tod! Auch ihre Kleinkinderspiele kreisten oft um diese Sache. Figuren aus Lego oder Playmobil gerieten in Gefahrensituationen, und irgendwer von den Plüschtieren, Drachen, Elfen oder Feen erschien dann, um die in Not geratene Figur zu retten, zu befreien, ihr in jedem Fall zu helfen. Alpha spürte nie dieses perfide Waffenfaible anderer Jungs, die mit Säbeln, Schwertern und Pistolen aufeinander losgingen; sinnloses Gekämpfe, Geballere, zerstörerisches Wüten hatte Alpha – wann immer er es bei einem damaligen Freund bemerkte – abschätzig und gelangweilt abgelehnt. So jedenfalls steht es in Alphas Autobiografie. Man sollte jedoch vorsichtig sein, und ich muss hier ergänzen, dass ich manchmal Zeuge wurde von kleineren Piraten- und Indianerkämpfen, die Alpha – allein, gegen sich selbst, fast heimlich – ausfocht, aber um ihn vom Vorwurf der bewussten Lüge freizusprechen, muss ich anfügen: Die Erinnerung ist ein Loch, in dem ein schäbiger Morlocke haust.

Später, schon in der dritten Klasse, wollten Alphas Schulkameraden einmal eine Fliege verstümmeln, die staubbeladen und flugunfähig über den Tisch krabbelte, und als einer seiner Freunde sagte: »Komm, der reißen wir jetzt die Flügel aus und die Beine, ich hab eine Pinzette!«, stellte sich Alpha vor den Tisch und sagte: »Lasst die Fliege in Ruhe! Nur über meine Leiche!« Er nahm die Fliege in seinem Schulmäppchen nach Hause und päppelte sie wieder auf, benetzte ihre Flügelchen, tröpfelte sie sauber vom Staub, und als die Fliege wegflog, lachte er vor Freude. Ein anderes Mal klaubte er eine zweite Fliege aus einem Spinnennetz im Garten. Eine dritte Fliege wurde bei einem Spaziergang gerettet: Sie war in einen Teich gestürzt und flirrte mit den Flügeln, schaffte es aber nicht, sich aus dem Wasser in die Luft zu heben. Alpha watete in den Teich, seine Mutter rief ihn besorgt zurück, doch Alpha kümmerte sich nicht darum, sondern fischte die Fliege heraus und legte sie in die Sonne ans Ufer. In diesem Augenblick trat Omega zu ihm. »Siehst du den Frosch?«, fragte sie. Tatsächlich war ein kleiner grüner Frosch soeben ins Wasser gehüpft.

»Ja. Und?«, fragte Alpha.

Der Frosch schwamm dorthin, wo die Fliege vorhin hilflos gezappelt hatte.

»Der Frosch«, sagte Omega, »hätte die Fliege gefressen.«

»Umso besser« sagte Alpha, »dass ich sie gerettet hab.«

»Und was wird jetzt aus dem Frosch?«, beharrte Omega.

»Was meinst du?«

»Du hast ihm sein Essen gestohlen. Was, wenn der Frosch jetzt verhungert? Wegen dir?«

Alpha dachte nach. So hatte er die Sache noch nie betrachtet. Ihm schwindelte. Woher kam er, dieser Drang, einzugreifen in die natürlichen Abläufe des Lebens? »Du hast recht!«, flüsterte Alpha. »O Gott«, fügte er hinzu.

»Was denn?«

»Ich denke, das sind sie.«

»Sind was?«

»Die Paradoxien des Lebens.«

»Die was?«

»Die Widersprüche«, sagte Alpha.

Aber wo war ich gerade?

Ach ja.

Erste Hilfe.

Genau.

Unter anderem ging es im Kurs um die Frage, wie man einem Kind helfen könne, das sich an einer Gurke, einem Wurstzipfel oder an kleinteiligem Spielzeug verschluckt hatte, sprich, was man tun solle, wenn ein Gegenstand in der Luftröhre stecken blieb.

»Auf den Kopf stellen!«, sagte die Leiterin.

»Was?«

»Das Kind auf den Kopf stellen und mit aller Kraft auf den Rücken schlagen.«

(Dazu war Omega leider zu schwach und Escher, obwohl er hohl war, zu schwer.)

»Und wenn das nicht hilft?«

»In den Rachen hineingreifen! Man muss versuchen, den

Gegenstand mit spitzen Fingern aus dem Rachen des Kindes zu entfernen.«

»Und wenn das auch nicht klappt?«

»Schwierig«, sagte die Leiterin.

»Luftröhrenschnitt?«, fragte jemand, der zu viele schlechte Arztserien gesehen hatte.

»Hm, möglich, aber schwierig, sehr schwierig. Das machen selbst Ärzte selten und ungern, das ist sehr gefährlich.«

»Also?«

»Wenn alle Stricke reißen«, sagte die Leiterin des Erste-Hilfe-Kurses, »also, bevor das Kind erstickt, dann machen Sie bitte Folgendes.« Sie räusperte sich. »Drücken Sie mit all ihrer Kraft den Gegenstand oder die Gurke oder den Wurstzipfel in die Luftröhre des Kindes hinein.«

»Was!?«

»Halten Sie sich vor Augen: Das Kind stirbt, wenn es keine Luft mehr bekommt. Oder es behält bleibende Schäden, wenn man auf den Rettungswagen wartet und das Gehirn zu lange unterversorgt ist. Sie müssen also alles tun, damit der Gegenstand aus der Luftröhre verschwindet. Wirklich alles! Und wenn sich das Ding nicht herausholen lässt, dann stoßen sie es hinein!!«

»Aber ...«

»Hauptsache, die Röhre ist frei. Später kann man den Fremdkörper in aller Ruhe operativ entfernen.«

Da auch Alpha in der Zwischenzeit klar geworden war, dass sich der geliebte Escher in äußerster Gefahr befand und Alpha sich an das Wort *Luftröhrenschnitt* aus dem Seminar erinnert hatte, stürzte er ins Haus, um ein Messer zu holen, ein scharfes, großes Messer, also eigentlich einen der Gegenstände, die tabu waren und wofür er erst einen Stuhl an die Küchenanrichte zerren musste. Ein Messer für den Luftröhrenschnitt. Hatte keine Ahnung, wie genau das gehen sollte, dachte aber: Ehe der Hund erstickt, schlitz ich ihm die Kehle auf, mal schauen, was dann passiert. Omega dagegen erinnerte sich siedend heiß an die Anweisung der Leiterin, den feststeckenden Gegenstand in den

Rachen hineinzustoßen, nahm all ihre Kraft zusammen und presste, drückte, quetschte den Tennisball immer tiefer in den Hund Mund Schlund Grund. Immer noch schloss und öffnete Escher japsend das Maul. Omega dachte zunächst, sie mache alles nur noch schlimmer, doch dann hörte sie ein Geräusch, das sie nie vergessen würde.

Ein Plopp.

Ein Plopp, mit dem der Tennisball durch Eschers Hals in ihn hineinfiel, doch dieses Geräusch klang eher dumpf, als sei der Ball in einen Hohlraum gepurzelt, Omega merkte zwar, dass ihr Husky endlich wieder Luft bekam und sie dankbar anblickte, hatte aber sogleich das Gefühl, dass hier etwas nicht stimmte. Durch ihren Arm, der dem Hund noch im Maul steckte, aufs Engste mit Escher verbunden, sah sie plötzlich, wenn auch nur kurz, Aug in Aug mit Escher, einen irren Reigen bunter Bilder, die vor ihrem Geist flimmerten, Bilder von einem Flugzeug-absturz, von Bitch und Kolja am Strand einer Insel, Bilder von einem komischen, bebrillten Menschen (schwarze Hornbrille unter einer Tauchermaske), der in einem Haifischkostüm steckte und von einem großen Weißen Hai attackiert wurde, sowie Bilder von Eingeweiden, die durch die Luft flogen. Diese letzten Bilder waren so furchtbar, dass Omega ohnmächtig um-kippte.

Gusto Winter kehrte zwanzig Sekunden später von einem Morgenbesuch bei einer seiner Bekannten, wie er immer sagte, zurück und erstarrte am Gartentor, weil er Alpha Zacharias mit blitzendem Messer über einer blutverschmierten Omega stehen sah, die tot zu sein schien, und Escher lag friedlich und irgend-wie erschöpft neben den beiden im Gras und machte endlich Platz – dies war übrigens für sehr lange Zeit das letzte Mal, dass Omega den ominösen Befehl in Eschers Anwesenheit ausrief –, Gusto also eilte herbei, sah, dass Omega nur ohnmächtig war, gab ihr ein paar Ohrfeigen, sodass seine Enkelin gerade in dem Augenblick wieder zu sich kam, als eine schreiende Bitch von der Terrasse in den Garten lief. Die Wunden gingen nicht so tief, wie man hätte meinen können, und auch sonst hinterließ Omega

wieder einen guten Eindruck. Nachdem Bitch Omega notdürf-
tig verarztet hatte, stellte sie endlich kopfschüttelnd ihre Mut-
terfragen: »Wie ist denn das passiert? Und was wolltest du mit
dem Messer, Alpha?«

Die Geschwister sahen sich an. Beide zitterten noch ein
wenig. »Luftröhrenschnitt!«, sagte Alpha. Sich gegenseitig
unterbrechend schilderten sie die Ereignisse. Dass Omega
»Platz!« gerufen hatte, ließen beide einvernehmlich unter den
Tisch fallen. Es war nur ein einfaches Tennisballauffangspiel-
chen gewesen.

»Du hast den Tennisball in Escher reingeschoben?«, fragte
Bitch.

Omega nickte.

»Das ist unmöglich. So viel Kraft kannst du nicht haben.
Außerdem ist sein Hals viel zu eng. Das glaub ich nicht.« Bitch
deutete auf einen im Garten liegenden zweiten Tennisball.
»Kann es sein, dass du den Ball schon rausgezogen hast? Und
dass er durch den Schwung dorthin katapultiert wurde?«

»Katapul...?«

»Und dann bist du ohnmächtig geworden?«

Omega schwieg. Bitch betrachtete Escher. Einen Tennisball
verschluckt? Nein. Das konnte nicht sein. Der Hund hechelte,
bellte, wedelte und lächelte wie immer. Nein, nein. Escher erweckte den Anschein, sich pudelwohl zu fühlen.

Sofern ein Husky sich pudelwohl fühlen kann.

9

Die Bilder, die Omega – Hand im Husky-Rachen – gesehen
hatte, verblassten nicht. Im Gegenteil. Was waren das für Bilder?
Wo kamen die her? Was hatten sie zu bedeuten? Tage später
sprach sie mit Alpha über die Situation. Alpha zuckte mit den
Schultern, verließ das Zimmer und holte Escher herein. Wickelte
einen Schal um seinen Arm – Alpha hatte schon sehr früh durch-

aus etwas vom Pragmatismus seines Vaters –, griff in Eschers Hals und näherte seinen Kopf den Pupillen des Hundes.

»Und?«, fragte Omega.

»Nichts«, sagte Alpha.

»Nichts?«

Alpha schüttelte den Kopf.

»Siehst du Bilder?«

»Nein.«

»Lass mich mal«, sagte Omega.

Omega folgte dem Beispiel ihres Bruders, wickelte den Schal um den Arm, und als sie abermals durch ihre Hand im jetzt weit offen stehenden Maul – Escher schien sehr darauf bedacht, Omega nicht noch einmal zu verletzen – mit ihrem hohlen Hund verbunden war, standen ihr erneut jede Menge Bilder vor Augen, sie sah eine überaus schöne, schwarze, haarlose Frau, offensichtlich sie selbst, Omega, in einigen Jahren, sie trug ein komisches Gewand, dazu etwas, das ihr aus dem Rücken gewachsen schien, sie stand in der Luft, und das nächste Bild war eins, das man nicht in Worte fassen konnte, eine Erdschwere (so beschrieb Omega irgendwann rückblickend dieses Gefühl), etwas, das nur mit dem lächerlichen Wort *Tod* beschrieben werden kann, und sie sah, wie die schwarze Frau plötzlich vollkommen nackt war und sich mit einem Schlag in nichts auflöste, und sofort riss Omega den Arm aus Escher, weinte krampfhaft, zitterte, schrie sogar, bis Bitch die Tür des gemeinsamen Kinderzimmers aufriss und Alpha ermahnte, er solle aufhören, seine Schwester zu ärgern.

»Ich hab doch gar nichts gemacht«, sagte Alpha.

Omega nickte bestätigend.

»Aber was ist denn los?«, fragte Bitch.

»Ich werde sterben«, flüsterte Omega.

Bitch schwieg und hockte sich im Schneidersitz zu Kindern und Hund. »Warum hast du einen Schal um den Arm?«, fragte sie.

»Ich werde sterben«, sagte Omega noch einmal und sah ihre Mutter fest an. »Ich hab Angst«, sagte sie.

»Schon gut«, antwortete Bitch und drückte Omega fest an ihre Brust. »Ist schon gut, Liebes.«

»Ich werde sterben«, sagte Omega ein drittes Mal.

»Ja. Wir werden alle sterben. Aber nicht jetzt. Du bist jung. Du hast dein Leben noch vor dir. Aber du hast recht. Irgendwann werden wir sterben.«

»Mama?«

»Ja?«

»Glaubst du, das Leben geht weiter nach dem ... Tod?«

»Natürlich.«

»Und wie?«

»Das kann niemand so genau sagen.«

»Was denkst du?«

»Ich denke, dass wir uns transformieren.«

»Trans...?«

»Verändern. Wandeln. Ich denke, dass die Energie, die uns zusammenhält, nach dem Tod nicht verloren geht. Nichts geht verloren. Keine Energie und keine Information. Das sagen übrigens auch die Physiker.«

»Ich versteh das nicht. Wo geht sie denn hin, die Energie?«

»Vielleicht kommen wir in einer anderen Gestalt wieder zurück. Vielleicht fließen wir ein ins große Ganze. Vielleicht wird unsere eigene Energie Teil und Kraft des Universums.«

»Das heißt«, sagte Alpha, mit seiner ihm eigenen logischen Schärfe, »dass unser ganzes Universum, also auch die Luft, die wir atmen, bevölkert ist von ... Kadavern?«

Bitch blickte zu Alpha. »Woher kennst du denn solche Wörter? Kadaver?«

»Glaubst du daran?«, fragte Omega.

»Ja. Komm mal her, Liebes!« Die Mutter drückte ihre Tochter noch einmal fest an sich, und in diesem Augenblick beschloss Omega, ihre Hand nie mehr in Eschers Schlund zu stecken.

»Und warum?«, fragte Omega.

»Was meinst du?«

»Warum müssen wir sterben?«

10

Aber Schluss mit dem Kindergarten. Kommen wir endlich zum Punkt. Omegas Gabe. Ihre phänomenale Fähigkeit. Denn damit fängt die Geschichte – endlich – an. Also ich meine: so richtig.

Teil 4

Tashi Tengrit alias Schwuler Buddha

I

Im Jahr 2014 entdeckte Omega ihre tele-, um nicht zu sagen, psychokinetische Ader. Da die Postulierung einer solchen Gabe (das Bewegenkönnen von Gegenständen und Personen inklusive der eigenen Person) für klar denkende Skeptiker nur schwer zu glauben und zu verdauen sein wird, versuche ich zunächst einmal eine rein theoretische, ja wissenschaftliche Annäherung an dieses für das Folgende so überaus wichtige neurologisch-physikalische Phänomen. Denn bei Omegas Fähigkeiten handelte es sich – das sei unumwunden gesagt – keineswegs um abstruse esoterische Paranormalitäten, sondern Omegas Gabe lag darin begründet, dass sie – und dieses Argument wird euch einleuchten, Quadrupelhirne – als erster Mensch der Welt nicht mehr lediglich über magere zwei Hirnhälften verfügte, sondern über sattsame drei Drittel. Ihr mittleres Hirndrittel versetzte Omega demnach in die Lage, Dinge, Menschen, ihre eigene Person, ja sogar einzelne subatomare Teilchen, die gewöhnliche Naturen selbst unterm Elektronenmikroskop nicht sehen konnten (wie Quanten, Quarks, Neutrinos, Strings), sowie Dinge und Menschen, die sich an einem anderen Ort befanden, kurz, einfach alles zu bewegen mittels ihrer, wie sie es später nennen würde, Gedankenmuskeln, welche die Gesetze der Schwerkraft außer Kraft setzten.

Einen allerersten wissenschaftlichen Theorieansatz bezüglich der Substantialität von Omegas drittem Drittel stellte kein Physiker auf, sondern ein Neurologe, und zwar Prof. Dr. Henry Lamarque: Bei Omegas drittem Gehirndrittel, behauptete Lamarque, handle es sich um ein Domestiziertes Schwarzes Loch. Ein DSL. Entweder, so Lamarque im Jahr 2022, sei das DSL schon immer in Omega vorhanden gewesen, von Geburt an (in Korrespondenz zu Eschers Auftauchen), oder aber es sei erst durch Omegas Babysturz entstanden, quasi Savant-gleich (man erinnere sich bitte an die Chakrenspinne).

Auch die Quantenphysiker, die nach Omegas Rettung der Welt dieses Phänomen untersuchten, arbeiteten eine Zeitlang mit der DSL-Theorie. Dafür gab es durchaus Ansatzpunkte. In der barbarischen Physik wählte man oft folgende Worte, um noch nicht bestätigten Theorien Nachdruck zu verleihen: »Diese Theorie ist zu schön, um nicht wahr zu sein.« Oder in Stephen Hawkings Diktion: »It's so beautiful, it must be true.« Tatsächlich sind viele bedeutende physikalische Theorien von Geschützen aus dem Bereich der fachfremden Ästhetik flankiert worden. Weil die Theorie so elegant sei (Allgemeine Relativitätstheorie), weil sie so symmetrisch sei (Superstringtheorie). Auch im Fall von Omega gilt: Die DSL-Theorie ist zu schön, um nicht wahr zu sein. Nun. Klar ist: Die omegetische Gabe der Telekinese könnte durch die DSL-Theorie wunderbar erklärt werden. Der Gravitationskern in Omegas Kopf war nicht stark genug, die Dinge zu schlucken, konnte aber Dinge, die sich in der Nähe befanden – sei es Omegas Körper selbst –, in Bewegung setzen. Darüber hinaus hatte der Physiker John Wheeler schon sehr früh den legendären Satz geprägt: »Schwarze Löcher haben keine Haare.« Damit beschrieb er zwar die Tatsache, dass am Ereignishorizont eines großen Schwarzen Lochs im Weltall keine weiteren Eigenschaften vorhanden und erkennbar seien, welche Eigenschaften er »Haare« nannte; dieser Satz John Wheelers aber könnte im Falle von Omegas kleinem Schwarzen Loch auch jenes rätselhafte Phänomen erleuchten, das aus medizinischer Sicht – wie wir sahen – Alopecia congenita totalis oder universalis genannt wurde, die Tatsache nämlich, dass unserer Retterin der Welt zeitlebens niemals auch nur ein einziges simples Haar wuchs, weder auf dem Kopf, noch am Unterleib, noch auf den Armen oder im Gesicht – ja, selbst die Augenbrauen musste sie nicht nach-, sondern vielmehr aufzeichnen.

Das Schwarze Loch in Omegas Kopf verhielt sich leider nicht so, wie es sich theoretisch in den Augen der Physiker nach einer wie auch immer gearteten Entstehung hätte verhalten müssen:

nämlich entweder a) wachsen oder aber b) sofort zerfallen. Er-
klärungsmöglichkeiten dafür sah man Folgende: Entweder lag
der Lochverzicht auf Wachstum oder Zerfall begründet in dem
Ort, an dem das Schwarze Loch aufgetaucht war (ein Kopf
nämlich), denn etwas Derartiges war bislang nie beobachtet
worden, weshalb man keine genauen Voraussagen treffen konnte
und so ein hypothetischer Raum und Rahmen geschaffen war
für die Akzeptanz einer gewissen Paradoxie, denn ein *Domestiziertes* Schwarzes Loch galt als Widerspruch in sich. Oder aber
der Grund für das merkwürdige Verhalten lag in der sogenannten nackten Singularität im Innern eines Schwarzen Lochs, auf
die wir später noch wesentlich ausführlicher eingehen müssen
und die, wenn es sie gäbe, einfach alles Vorstellbare erlauben
würde – demnach auch etwas so Banales wie das Phänomen des
Nichtwachsens, des Nichtzerfallens, der bleibenden Gleichför-
migkeit oder die daraus resultierenden hirnphysiologischen
Fähigkeiten zur Tele- oder Psychokinese.

Letztlich muss man sich aber a) die Aussage von Alexander
Unzicker aus dem Jahr 2012 ins Gedächtnis rufen, der die Tatsache betonte, dass es »bis heute keine direkten Belege für
Schwarze Löcher« gebe und daher die Fülle der theoretischen
Arbeiten, die ihre Existenz als selbstverständlich voraussetzten,
»gelinde gesagt erstaunlich« sei (Alexander Unzicker: *Auf dem
Holzweg durchs Universum*, München 2012, S. 138), und außerdem mag bereits hier erwähnt sein, dass sich b) Definition und
Beschreibung eines Schwarzen Lochs im Laufe der Physikge-
schichte, vor allem nach den unerhörten Ereignissen im Jahr
2021, erheblich wandelten: Man wählte für das, was man bis ins
Jahr 2021 noch als Schwarzes Loch bezeichnet hatte, gänzlich
neue Begriffe wie zum Beispiel DEPP oder CHAMA, Dunkle-
Energie-Potenz-Plasma oder Chaosmaterie. Es ist somit wahrscheinlich, dass Omegas drittes Gehirndrittel gar kein Schwarzes Loch im herkömmlichen Sinne war, zumindest keines, wie
es sich die Physiker vorstellten, sondern vielmehr aus Dunkler
Materie und/oder Dunkler Energie bestand. Obwohl man im
Jahr 2021 wusste (oder zu wissen glaubte), dass 96 % unseres

Universums von eben dieser Dunklen Materie und Dunklen Energie erfüllt waren, hatte man leider immer noch nicht den leisesten Schimmer, worum es sich bei diesen dunklen Phänomenen handeln könnte, weshalb ich das Physikertasten im Dunkeln entschuldigen möchte. »Dunkle Materie«, so Robert Sanders schon 2010, sei »nicht falsifizierbar« (vgl. Robert Sanders: *The Dark Matter Problem*, Cambridge 2010, S. 165). »Einfallsreichtum und Einbildungskraft der theoretischen Physiker« konnten daher, solange man die Dunkle Materie noch nicht entdeckt oder durchschaut hatte, immer neue Erklärungsmodelle (er)finden. Die Tatsache aber, dass man in der Physik den Wert Ω (Omega) als zu 70 % von Dunkler Energie und zu 30 % von Dunkler Materie beeinflusst glaubte (obwohl man – wie gesagt – gar nicht wusste, worum es sich dabei eigentlich handelte), führte zu einer Assoziation – die auf rein lautlicher Namenskorrespondenz (des Wertes Ω mit der Weltretterin Omega Zacharias) beruhte –, gemäß derer eher spekulativ getrimmte Geister den Schluss zogen, dass Omegas drittes Hirndrittel von der Dunklen Materie (30 %), ihre beiden anderen Hirndrittel aber von der Dunklen Energie (70 %) geprägt, mindestens aber beeinflusst sein sollten. Diese Behauptung stand indes auf höchst wackligen Beinen, und die Vorreiter und Vertreter jener rein sprachassoziativen, also raunenden These wurden von der physikalischen Community daher als »durchgeknallte Spinner« bezeichnet, »die uns, aus welchen Gründen auch immer, irgendeinen sinnentleerten Käse mit pseudowissenschaftlichem Getöse unterjubeln wollen«, wobei Falko Blask und Ariane Windhorst in der Neuauflage ihres Buchs *Zeitreisen* (Blask, Falko & Windhorst, Ariane: *Zeitreisen,* neu durchgesehene und erweiterte Ausgabe, mit einem Nachwort von Sabrina Steward, Reinbek 2029, v. a. S. 289) zu Recht feststellen konnten, dass jenes Etikett (»durchgeknallte Spinner, die uns, aus welchen Gründen auch immer, irgendeinen sinnentleerten Käse mit pseudowissenschaftlichem Getöse unterjubeln wollen«) in der Wissenschaftsgeschichte häufig »auch jenen Visionären und Avantgardisten angeheftet [wurde], die ihrer

Zeit voraus waren, den weltanschaulichen Mainstream ihrer Epoche widerlegten und ein paar Jahre oder Jahrhunderte später als legitime Erneuerer des jeweiligen Weltbildes (...) geadelt« wurden. Aus selbiger Publikation (S. 64) könnte man auch eine weitere interessante Theorie bezüglich der Erklärung der fraglichen Omega-Gabe extrapolieren, die in eine völlig andere Richtung weist und auf den Schultern eines Forschers namens Frank Tipler steht, der sehr früh über den ominösen Punkt Omega sinnierte und ihn als »Ergebnis nahezu unendlich schneller Informationsverarbeitung in der Endphase des Universums« bezeichnete; wenn man das Universum als eine Art »Supercomputer« begreife, so Tipler, simuliere der Punkt Omega alle »denkbaren Wirklichkeiten«, hebe alle zeitliche Begrenzungen auf und erzeuge »subjektiv Ewigkeit«. Träfe dies den Kern der Wahrheit, so wäre – ähnlich wie im Fall der nackten Singularität – wirklich *alles* möglich, denkbar und erklärbar, auch jene grandiosen telekinetischen Fähigkeiten, über die Omega verfügte.

Aber wie dem auch sei und welche Theorie letztlich ins Schwarze (sic!) traf (ich persönlich plädiere – wie man später sieht – für die DSL-Theorie inklusive der nackten Singularität); ob man also lieber dem Herrn André Breton folgt (»Die unausrottbare Manie, das Unbekannte aufs Bekannte, aufs Klassifizierbare zurückzuführen, schläfert das Gehirn ein«) oder dem berühmten Physiker Wolfgang Pauli (»Heute habe ich etwas getan, was ein Theoretiker nie tun sollte, ich habe nämlich etwas, was man nicht verstehen kann, durch etwas zu erklären versucht, was man nicht beobachten kann«) oder sogar beiden gleichzeitig, fest steht, dass sämtliche Wissenschaftler nach Rettung der Welt bedauerten, keinen sezierenden Zugriff auf Omegas Gehirn gehabt zu haben, denn nur in diesem Fall hätte man vielleicht einen Schritt zur Verifizierung einer jener Theorien zurücklegen können, von denen ich hier jetzt nur die Eisbergspitze anritzen konnte, aber das ist vielleicht alles ein bisschen arg viel des Vorgriffs, oder?

2

Omega Zacharias war auf der Suche. Sie wollte etwas finden. Sah doch, wie alle um sie her erfüllt waren. Ihre Mutter in der Esoterik versunken: Neue Bücher führten sie zu alten Einsichten, magische Gegenstände befruchteten ihr Leben, Leute, die sie auf Sessions kennenlernte, flüsterten ihr Geheimnisse ein. Gusto flog bienengleich von Phase zu Phase seines Lebens, hatte sich, um Sabrina gedanklich nahe zu sein, wie man sah, lange mit Kosmologie und Quantenphysik beschäftigt – wenn er etwas tat, dann richtig –, hatte seit geraumer Zeit aber wieder Philosophiebücher ausgekramt, um an seiner *Philosophie der Exkremenz* zu arbeiten, und mit der Niederschrift des ersten Bandes (*Von der Unmöglichkeit, nichts ausscheiden zu können*) begonnen, hatte eine weitere heftige Kasinophase durchlebt, in der er unterm Strich viertausend Euro gewann, wovon er nur Omega in Kenntnis setzte, denn das Geld war schneller weg, als er *Sex* hätte sagen können. Hatte auch einen ganzen Monat wie berauscht an der »irren Idee« gebastelt, eine Gerüchteküche zu eröffnen, »eine Art Imbiss«, so Gusto zu Omega, wo man gegen geringes Entgelt jede Menge neue Gerüchte kaufen und vor Ort anhören konnte, aber, so Gusto grinsend, »natürlich gibt es, in Cellophan verpackt, säuberlich aufgeschrieben, alle Gerüchte auch zum Mitnehmen«. Gusto verwarf nach kurzer Besessenheit diese Idee wieder. Aber immerhin! Er kannte Leidenschaften, Ideen, Ziele, auf die er seine ganze Kraft ausrichtete, sein Jonglieren, sein Pokerspiel, seine nie erlöschenden Obsessionen. Und Alpha, der schon früh wusste, was er werden wollte, Programmierer, Spieleprogrammierer, Alpha, der im Rausch stundenlang auf seine Tastatur hämmerte, als wolle er – steter Tropfen – die Tasten durch schiere Abnutzung aushöhlen und seine Finger irgendwann das Innere der Tasten erkunden lassen, er hackte sich durch riesige unsichtbare Datenbergwerke, auf der Suche nach neuen Algorithmen. Und wenn er nicht tippte, las Alpha Informatikbücher und spielte zudem Tennis, von klein auf tanzte er auf Courts herum und jagte gelbe Bällchen, ohne Ambitionen nach ganz oben, aber mit der Perspektive, ein guter Vereinsspieler zu werden. Und Kolja? Ja, Kolja! Mensch, der war so zufrieden, so glücklich, begeisterter Müll- mann – Müll, Müll, Müll (Gusto sagte gern: »Unser glücklicher Müllionär!«) –, er liebte seine Arbeit, gab sich seiner Fußball- besessenheit hin, er konnte stundenlang Taktiken aufdröseln, sich ereifern über ungenutzte Chancen oder Fehlpässe ins Nichts, auch Kolja Zacharias hatte etwas gefunden.

Und Omega? Keine Begeisterung, keine Leidenschaft, kein Ziel, nichts, nada, niente, keine Bücher, kein Interesse, keine Zufriedenheit. Da ist null da, dachte sie mit vierzehn. Weiß nicht, wo ich herkomme, weiß nicht, wer ich bin, weiß nicht, warum ich schwarz und haarlos im Krankenhaus lag, weiß nicht, was ich hier will und soll. Sie wartete. Sie kämpfte. Sie rang und dachte nach. Sie suchte. Wach und bereit. Hätte so gern einen SOS-Ruf gefunkt. Für ein Ziel. Eine Leidenschaft. SOS. Irgendwann. SOS. Musste sie doch. SOS. Etwas finden!

Erst im Februar des Jahres 2014 kam es zu ihrer – nennen wir es – epiphanischen Erleuchtung: jener Augenblick in Omegas Leben, an dem sie endlich doch noch – urplötzlich, ganz genau und unwiderruflich – erkannte, verstand, durchdrang und mit einem Schlag wusste, was sie tun, wie sie die Zeit, die ihr ge- geben wurde, sinnvoll nutzen und gewinnbringend einsetzen wollte. Dieser Augenblick ereignete sich am Sonntag in der Früh, als sie eine Aufnahme der PRO7-Sendung *Germany's Next Topmodel* sah, in der Tausende von jungen Frauen im Alter von sechzehn bis einundzwanzig Jahren versuchten, ein Topmodel zu werden, aber nur *eine* kann Germany's Next Topmodel wer- den, nur *eine* bekommt den perfekten Start ins Model-Leben, nur *eine* kommt aufs Cover der deutschen *Cosmopolitan*, nur *eine* gewinnt den neuen Opel Adam und nur *eine* von ihnen den Model-Vertrag mit der Agentur ONEeins. Oder, um bei André Breton zu bleiben: »Das Wunderbare ist nicht zu allen Zeiten dasselbe; dunkel nimmt es teil an einer Art allgemeiner Offen- barung, die uns nur in ihren Einzelheiten überkommt: das sind die romantischen Ruinen, die modernen Mannequins oder jedes andere Symbol, das geeignet ist, die menschliche Phantasie eine Zeitlang zu beschäftigen.« Omega saß mit angezogenen Beinen auf dem Sofa und benagte sofort nach den ersten gezeigten Bildern ihre Kniescheiben vor Aufregung. Vierzehn Jahre alt. Der Wunsch war sofort da. In all seiner prächtigen Gänze. Klar und einfach: Das da, das wollte sie auch! Germany's Next Topmodel werden. Die Königin. Die Laufsteggöttin. War es nicht das, was ihr das Leben mitgegeben hatte? Diese unglaubliche, blendende Schönheit? Es wurde ihr doch laufend bescheinigt. Von aller Welt! Und Omega glaubte mit Haut und Haar, das heißt, eher mit Haut und ohne Haar, an ihre Schönheit. Jeden Sonntag, wenn die anderen noch schliefen, schaute sie fortan heimlich die neue Folge. Stolzierte auf Zehenspitzen hin und her, um die wacklige Hochhackigkeit von High Heels zu imitieren, befolgte minutiös die Tipps von Make-up-Artist Boris Entrup, wünschte sich zu Ostern ein Schminkset von Maybelline Jade, während Alpha ein neues Computerspiel ergatterte, sodass beide längere Zeit nicht mehr zu sehen waren, denn Alpha donnerte Meteoriten vom Nachthimmel, Omega aber donnerte sich auf, zog ein Kleidchen an, schlüpfte in ihre neuen High Heels, wackelte im Zimmer auf und ab, wobei sie die Hüften viel zu sehr kreisen ließ, und auch sonst klappte der Walk noch nicht richtig. Alles, was ihre Ikone Heidi Klum den Mädels mit auf den Weg gab, brannte sich in ihr Gedächtnis ein. Du bist zu schüchtern, du musst mehr aus dir rausgehen, mehr Drama, da fehlt der Sexappeal, spiel mit dem Publikum, mehr Feuer in die Augen, man muss sehen, dass dir das Spaß macht, zu schnell, zu langsam, zu kleine Schritte, nicht so sehr mit den Hüften wackeln, hör auf, mit den Armen zu schlenkern, der Kopf muss gerade bleiben. Omega hatte ein Talent für Fotoshootings (Alpha musste mit dem Handy fotografieren), und zwar für beide Formen des Fotoshootings, Commercial und Editorial, sie beherrschte die Jumps, Steps und Bends vor einer weißen Wand, war wandelbar, kurz: Schon bald konnte Omega ihr Gesicht allen möglichen Richtungen anpassen (außer sexy und naughty, dazu war sie noch zu jung), nur eines konnte sie überhaupt nicht: laufen. Sie hatte das Gefühl, dass ihre Karriere genau daran scheitern würde. Also übte sie. Übte, übte, übte. Wochenlang. Unermüdlich. Aber es wollte einfach nicht klappen. Absolut nicht.

»Kämpfen!«, rief Heidi Klum einer Kandidatin zu. »Du musst kämpfen!« Kämpfen, dachte Omega, ich hab noch gar nicht angefangen zu kämpfen. Ich werde auch dieses Scheißlaufen lernen! Aber ihr Furor stand der Konzentration im Weg. Omega stakste eher, als dass sie lief. Sie stolperte viel zu oft. Und wenn sie nicht stolperte, war sie zu sehr damit beschäftigt, das Gleichgewicht zu halten und konnte nicht auf ihren Gesichtsausdruck achten. Schließlich befolgte sie einen Tipp des Jurors Thomas Hayo, warf die High Heels in die Ecke und band sich zwei rohe Eier unter die Fußhacken: Jetzt durfte sie sich einfach keine Fehler mehr erlauben. Jetzt musste sie ihn schaffen, den verdammten Walk! In diesem Augenblick warf der dritte Juror Wolfgang Joop einem Mädchen die Worte zu: »Was ist denn heute los mit dir? Du trampelst über den Laufsteg wie eine Bauernfrau. Hör mal, du musst schweben, schweben wie eine Göttin.« Und das Wort *schweben* schwebte durch den Fernseher auf Omega zu und in ihren Kopf hinein, zu gern wäre auch sie jetzt geschwebt, über den Flokati-Laufsteg, Omega schwitzte leicht und dachte immer wieder schweben, schweben, schweben, sie kniff die Augen zusammen, und mit einem Schlag spürte Omega ihre Füße nicht mehr, weder den Schmerz in den Zehenspitzen noch die Anstrengung des hochhackigen Eierlaufs, nein, sie schwebte förmlich wirklich, und für ein paar Sekunden hatte sie das Gefühl, endlich verstanden zu haben, was Wolfgang Joop meinte, das ist es, dachte sie, ich hab es geschafft, ich hab es kapiert, endlich, ich schwebe, ich schwebe über den Laufsteg, und dann merkte sie, dass sie nicht nur metaphorisch schwebte, sondern tatsächlich, dass ihre Füße sich vom Boden gehoben hatten, dass sie den Flausch des hässlichen Teppichs nicht mehr fühlte, nur noch elektromagnetische Schwingungen, Kraftfelder, das Kitzeln der Teppichhärchen an ihren Sohlen, aber auch das war nichts als Einbildung, denn als

-181-

sie hinabsah (das muss ein Schock für sie gewesen sein), war ihr klar, dass hier etwas geschah, das unmöglich geschehen durfte, geschehen konnte: Sie setzte ihre Schritte auf unsichtbare Sauerstoffmoleküle, sie streifte der Luft Standhaftigkeit über, sie durchbrach die Gesetze der Gravitation, sie spuckte Newton ins Gesicht, sie spuckte der gesamten Physik ins Gesicht, sie trat aus sich selbst heraus: die Königin der Lüfte. Aber nur kurz. Denn nachdem sie durchschaut hatte, was da geschah, plumpste sie – zutiefst erschrocken – wie ein zentnerschwerer Sack zurück auf den Boden. Dabei zerbrachen die Eier. Das gab einen furchtbaren Matsch auf dem Flokati. Omega zog ihr Nachthemd aus, putzte die eiverklebten Fersen ab, rannte in die Küche, holte einen Eimer heißes Wasser und schrubbte die Flecken aus dem Teppich. Den Eimer mit den Eierschalen und dem gelblichen Wasser kippte sie ins Klo und zog mehrmals ab, weil einige Eierschalen auf dem Wasser trudelten wie die Wrackteile eines zerschellten Flugzeugs.

Dann nahm sie all ihren Mut zusammen, dachte noch einmal, dass sie jetzt gern schweben würde und – schwebte. Knapp über dem Boden. Immer noch erstaunt, verängstigt, aber schon jetzt von hoffnungsfrohen Ahnungen durchtränkt. Lachte sogar, weil das, was hier geschah, etwas Einmaliges war. Etwas Wunderbares. Eine Kraft, die es mit jedem Gegner aufnehmen würde. Omega beruhigte sich nur langsam. Sie setzte sich und dachte nach: Niemand durfte von dem, was sie hier entdeckt hatte, Wind bekommen. Nicht mal Alpha. Sie musste es geheim halten. Sie wollte ihre Gabe so einsetzen, dass sie ihr helfen würde, Germany's Next Topmodel zu werden. Sie wollte lernen, so knapp über den Laufsteg zu schweben, dass es aussähe, als liefe sie. Von diesem Tag an übte sie nicht mehr das Laufen, sondern das Schweben. Das heimliche Schweben. Das wenige Millimeter über dem Boden sich ereignende Gleiten einer göttlichen Frau, eines geborenen Topmodels. Mit dieser Fähigkeit *musste* sie im Jahr 2016 oder 2017 einfach Germany's Next Topmodel werden! Ihre natürliche Begabung für das Fotoshooting würde noch getoppt werden vom unnachahmlichen Lauf- bzw.

Schwebestil. Sie schaute nach und nach alle alten GNTM-Staffeln an und hoffte, dass ihr Lieblingsjuror, der Designer Thomas Rath, spätestens 2016 in die Jury zurückkehren würde, sie sah ihn schon vor sich, wie er ihr nonchalant zurufen würde: »Nein, wirklich, Süße, diese Grazie, diese Anmut, diese Bewegungen, du bist eine Göttin, Omega, Schatz, du bist eine Traumfrau, du bist eine Laufstegqueen, von Anfang an, ich bin ja völlig hin und weg, meine Liebe.« Trotzdem ließ sich ein gewisses Unbehagen nicht leugnen. Woher kam diese Fähigkeit? Warum konnte sie etwas, das niemand sonst zu können schien? War das gefährlich? Ihre Mutter würde sicher Rat wissen. Die kannte sich gut aus in diesen Dingen.

»Ein Mensch, der durch die Luft schwebt?«, fragte Bitch und schaute von ihrem Buch *Die Philosophie der Quanten* auf. »Ja, klar, das nennt sich Levitation.«

»Was?«

»Mit der Kraft seiner Gedanken, wenn man sich fokussiert, konzentriert, wenn man es ganz und gar will, dann kann man die Gesetze der Gravitation aushebeln.«

»Ach so, das ist alles?«

»Ja, warum?«

»Nur so. Hab von gehört. Auf dem Schulhof. Irgend so ein Film, glaube ich.«

»Weißt du, Liebes«, sagte Bitch, »so was mag vielleicht unglaubwürdig klingen, aber ein weiser Mann schrieb mal: Wenn wir alles für gesichert und real halten, enden wir in tödlicher Langeweile an uns selbst und der Welt.«

»Aha«, murmelte Omega. »Und wer war das?«

»Mein geliebter Carlos Castaneda.«

Und Omega kam mit sich selbst überein, daran zu glauben, dass sie schweben konnte, weil sie es sich so sehr gewünscht hatte. Dass ihr Wunsch von so viel Wille, Hoffnung und Sehnsucht durchdrungen war, dass er seine Wunschhaftigkeit abgestreift hatte und ins Kleid der Wirklichkeit geschlüpft war. Naja, das waren nicht ganz ihre Gedanken, aber so in der Art. Bitch ging zum Bücherschrank, kramte kurz und kam mit einem Taschenbuch zurück »Hier. Lies doch mal. *Mr. Vertigo* von Paul Auster, wenn dich das interessiert.« Omega schnappte sich das Buch und las es in einem Rutsch durch, und danach fühlte sie sich bedeutend ruhiger. Wenn man merkt, dass man nicht allein ist mit seiner Fähigkeit, kann das ungemein tröstlich sein.

3

Und Alpha? Sein Interesse an der Schwester wuchs durchs Fotografieren nicht nur, es änderte auch seine Richtung. Er sah Omega mit ganz anderen Augen. Er musste sich sehr zusammenreißen, um nicht in den Strudel einer seltsamen Erregung zu fallen, wenn Omega ihm eine Kusshand zuwarf oder den nur mit einem Tanga bedeckten Hintern in die Handykamera streckte, während sie die Hand auf die Hüfte legte. Und Omega fand das klasse, sah die Verwirrung ihres Bruders, spürte das wärmer werdende Gefühl in ihrem Bauch, wenn sie mit ihm zusammen war, kurz: Die Geschwister umflatterten sich immer mehr. Rangen, balgten miteinander, und die Berührungen verloren den Charakter des Spielerischen. Kurz nach ihrem fünfzehnten Geburtstag (einen Monat vor Beginn der neuen GNTM-Staffel) lagen die beiden eng umkugelt auf dem Bett, einer auf dem anderen, alles roch nach Spiel, und ihre Gesichter kamen sich so nahe, dass es nur eines kleinen Anschubs bedurft hätte, damit ihre Lippen sich berührten, doch noch hatte keiner den Mut gefunden, diesen letzten Schritt zu wagen, und es war Escher, der – irgendwie hatten beide im Nachhinein das Gefühl, der Husky hätte gequält aufgestöhnt, ehe er die Sache an sich riss – auf den Rücken der oben liegenden Omega sprang und dort liegen blieb, ohne dass jemand einen Befehl geäußert hätte. »Hau ab!«, rief Omega und, als Escher nicht reagierte: »Was soll das denn werden!? Du bist echt verdammt schwer, Escher!« (Bezüglich der Schwere von Hohlen Hunden vgl. den Aufsatz von Cameron, James: *Aliens, Abysses, Hollow Dogs and Black Holes. Essay about the Intelligence of Neo-Physical Phenomena*, Bayarama, 525 n. O., v. a. S. 5 ff.) Kurz dachte Omega daran, noch einmal »Platz!« zu rufen, hatte aber zu viel Angst, und außerdem merkte sie plötzlich, dass Alpha sie mit einem Blick ansah, der eindeutig in dieselbe Richtung wies wie das, was sie, Omega, die ganze Zeit über hatte tun wollen, sie merkte auch, dass Escher seine Unterschnauze so auf ihren Kopf presste, dass ihr Gesicht die letzten Zentimeter zu Alphas Gesicht über-winden würde, wenn sie sich fallen ließe, wenn sie sie dem Gewicht der Schnauze und dem Gewicht ihres neuen Gefühls nachgab, was sie nach einigen Sekunden auch tat, sodass sich die Lippen der Geschwister berührten, begleitet vom Seufzen Eschers, der, nachdem sein Ziel erreicht zu sein schien, von Omegas Rücken hopste und das Zimmer verließ, um die zwei allein zu lassen, so, wie auch wir jetzt.

Dennoch. Weiter ging's wie folgt. Ich weiß es. Das *ie* in Lie-ben tauschte die Plätze, aus dem Lieben wurde ein Leiben, und das ging von Anfang an gut. Damit will ich nicht die techni-schen Unzulänglichkeiten verschweigen, die Alpha und Omega mit anderen Geschlechtsverkehrsanfängern geteilt haben wer-den und die ich nicht weiter kommentieren muss, nein, wenn ich sage, es ging von Anfang an gut, meine ich damit so etwas wie das beidseitige Gefühl eines Einvernehmens, über das sie auch hin und wieder redeten: Das fühlte sich gut und richtig an, was sie taten, auch wenn es noch nicht recht klappte, das war einfach wahnsinnig schön, diese Nähe, dieses Sich-im-andern-verlieren-können, dieses Sich-selbst-abstellen, das Erwachen des Körpers, all das mit genau dem Menschen zu teilen, den man ohnehin schon liebte und immer geliebt hatte, wenn auch als Bruder, als Schwester, jetzt eben auch als Mann, als Frau, als junger Mann, als junge Frau, kurz, sie mussten sich wirklich sehr bemühen, beim familiären Essen nicht zu Grinsekatzen zu mutieren.

Ein paar Monate konnten die beiden ihre Liebes-Leibes-Be-ziehung vor den Eltern geheim halten. Sie *erkannten* sich nicht auf einem der Betten – denn die quietschten wie im Film *Deli-katessen* –, sondern auf dem nackten Boden. Der quietschte nicht, sondern verhielt sich ruhig. Eigentlich war das, was sie taten, ja nichts Verbotenes, aber a) hatten sie Angst, ihre Eltern könnten den frühen Beginn ihrer Spiele kritisieren, und b) lieferten Heimlichkeiten (Ruch des Unerlaubten) zusätzliche Befeuerung. In der Nacht zum 17. Juni 2015 (da war ich dabei, Leute) wollte sich Omega, um nicht schreien zu müssen, am IKEA-Bücherregal festkrallen, das sich vor ihr befand, leider einen halben Meter zu weit weg, aber ihr DSL bewirkte, dass ihr das Regal mit sämtlichen Büchern darin entgegenruckte und über den beiden Leibenden zusammenbrach. Das sorgte für genügend Lärm, um Kolja zu wecken, der ins Kinderzimmer eilte, ein Zimmer, das längst kein Kinderzimmer mehr war, und dort entdeckte Kolja also die unter den Büchern verkeilten nackten Körper seiner Babys, die längst keine Babys mehr waren, sondern offenkundig gerade etwas getan hatten, das man tut, um Babys zu bekommen.

Die beiden rappelten sich auf. Niemand war verletzt.

In Koljas Kopf herrschte Leere.

Fünfzehn! Fünfzehn Jahre alt!

Er war kurz davor, seinen Kindern den geballten Unmut eines entsetzten Vaters entgegenzuschleudern, beruhigte sich aber, weil er wusste, das hätte ohnehin keinen Sinn, und weil er sich an seine eigene verdammte Kindheit erinnerte und an das Sexualitätsverschweigen seiner Eltern und daran, dass er selbst seine beiden Sprösslinge lang und breit aufgeklärt und ihnen alle Geschlechtsverkehrsregeln beigebracht hatte, weitaus detaillierter, als es die beiden pikierten Zuhörer damals (vor etwa einem Jahr) hatten wissen wollen. Besser wäre es doch, dachte Kolja, vernünftig mit ihnen zu reden, und daher fragte er sie nur: »Habt ihr ein Kon*domm* benutzt?« und erschrak, weil er das Wort aufs Neue falsch betonte, in der Aufregung, so wie damals, im Religionsunterricht bei Brigitte Walter.

»Du meinst: Kon*dohm*?«, fragte Alpha.

Und Kolja wurde rot. »Ja«, sagte er.

Omega nickte nackt, Alpha hielt sich das Betttuch vor den Körper.

Da erschien Bitch in der Tür, Kolja trat zur Seite. »Ich...
ich... Irgendwie hab ich das gespürt, das lag in der Luft. Ich weiß nicht, ob ihr vielleicht noch ein bisschen zu jung, zu durchlässig... Wie lange geht das schon so!?«, flüsterte Bitch und vergaß völlig, den Mund nach dem letzten O wieder zu schließen.

Alpha und Omega sahen sich an.

»Noch nicht so lange«, flüsterte Omega.

»Was hältst *du* denn davon?«, fragte Bitch ihren Mann.

Kolja zuckte mit den Schultern.

»Jetzt lasst die beiden doch!«, rief der ins Zimmer spähende Gusto, der soeben nach Hause gekommen war. »Die wollen auch nur ihren Spaß. Sind doch keine Kinder mehr.«

»Würdet ihr mir vielleicht einen klitzekleinen Gefallen tun?«, fragte Bitch.

Alpha nickte.

»Könntet ihr noch ein, zwei Jährchen damit warten? Vielleicht am besten *drei*?«

Alpha nickte.

»Dann geh du jetzt bitte zu Gusto«, sagte Bitch zu ihrem Sohn. »Das Zimmer hier ist sowieso zu klein für euch beide.«

»Zu Gusto?«, fragte Alpha.

»Ja.«

»Zu mir?«, rief Gusto.

»Bitte! Und nimm deinen Aura-Schutz-Schmetterling mit!«

Alpha packte seine Sachen und schlich in Gustos Zimmer, der ihn fürchterlich vor sich hin fluchend begleitete und dort zunächst seine Jonglierbälle auspackte, um sich zu beruhigen. Alpha legte sich auf den Boden und machte die ganze Nacht kein Auge zu, weil Gusto *alles* wissen wollte, jedes schmutzige Detail, wie er sagte, und weil Gusto anschließend einschlief und schnarchte wie ein Müllauto.

»Und du, meine kleiner, schwarzer, hübscher Engel«, sagte

Bitch, während Kolja Omega zulächelte und eine Ist-schon-gut-Geste machte, »du ziehst dir demnächst mal bitte etwas Moderateres an. Und kauf dir gescheite Unterhosen. Ich spreche hier von Wäsche *mit Stoff*. Deine Tangas kann man höchstens als Traumfänger verwenden.«

Omega nickte, aber nur, weil sie an was völlig anderes dachte in diesem Augenblick. In der ganzen Zeit des Über-den-Wohnzimmer-Laufsteg-schwebens war ihr nie der Gedanke gekommen, dass sie auch noch – neben sich selbst – etwas anderes bewegen könnte. Jetzt aber hatte sie ein Regal umkippen lassen. Was hatte das nun schon wieder zu bedeuten? Allein im Zimmer, konzentrierte sie sich. Es klappte auf Anhieb. Sie musste nicht üben. Der olle einäugige Teddy, die Wasserflasche, ihre High Heels, aber auch schwerere Dinge, der Tisch, der Sessel, das Bett, der Schrank, alles schwebte hoch, auf sie zu, von ihr weg oder durch den Raum, die reinste Mühelosigkeit. Nach einem Jahr Eigenlevitation (die eine besondere Form der Psychokinese darstellt) entdeckte Omega Zacharias endlich ihre Telekinesebegabung. Nicht scheibchenweise. Sie konnte von Anfang an alles! Ihre Fähigkeiten entwickelten sich nicht etwa sukzessive, sondern waren schon im Augenblick des Entdeckens voll da. Nicht nur Dinge, die sie sehen konnte, auch solche im Flur, von denen sie wusste, dass sie dort standen (ein Paar Schuhe schwebte durch die geöffnete Tür hinein). Nicht nur ein einzelnes Ding, sondern gleich eine Gruppe von Dingen. Nicht nur langsam, nein, das Glas mit Wasser ließ sie so schnell um sich selbst kreisen, dass die Flüssigkeit, an den Boden des Glases gedrückt, partout nicht herauslief. Ein Schauspiel, das die Gravitationsgesetze bestätigte, zugleich aber auf die denkbar unwahrscheinlichste Art und Weise brach.

Omega wandte sich Tage später nochmals an ihre Mutter und fragte ganz beiläufig, ob sie glaube, dass Menschen Gegenstände bewegen könnten.

»Telekinese«, sagte Bitch, noch ein wenig einsilbig zu Beginn.

»Telekinese?«, fragte Omega.

Bitch: »Warum fragst du?«

»Och, nur so.«

»Materie ist Energie«, murmelte Bitch. »Die einzige Frage, die von Belang ist für unser Leben, für das Universum, ist die Frage nach Energie. Wenn Materie eine Form der Energie ist, kann es Menschen, die dieses Prinzip durchdringen, gelingen, Dinge verschwinden zu lassen oder Dinge entstehen zu lassen aus dem Nichts.« Jetzt legte sie ihr Buch weg und kam langsam in Fahrt. »Mama Aga, zum Beispiel, in Indien, ich hab es mit eigenen Augen gesehen, Liebes, sie hat eine Vase aus dem Nichts entstehen lassen. Mama Aga wäre auch in der Lage, Dinge von einem Ort zum anderen schweben zu lassen. Aber weshalb sollte sie das tun?« Omega zuckte mit den Schultern, und Bitch schwieg, weil sie an ihre erste richtige Liebe Henry Lamarque denken musste, den sie damals in Indien so verzweifelt gesucht hatte. »In Indien operieren einige Meister ohne Messer. Sie greifen einfach in den Körper des Menschen hinein. Sie holen das kranke Organ heraus oder heilen mit der Kraft ihrer Hände. Und es gibt keine Narbe. Nichts. Das kann nur gelingen, wenn man die Materie als das wahrnimmt, was sie ist: pure Energie.«

»Und glaubst du an so was?«

»Du nicht?«

»Hab noch nicht drüber nachgedacht.«

»Du musst nicht daran glauben, weil *ich* daran glaube. Mach dir selber ein Bild. Wissenschaftler halten das Ganze für Unfug, für Tricks und Wahrnehmungstäuschung. Der Elefant, der auf der Bühne verschwindet, das passiert mit Spiegeln. Klar, es gibt Scharlatane, aber ich glaube an Menschen mit paranormalen Fähigkeiten.«

»Mit was?«

Bitch, erfreut über das plötzlich erwachte Interesse ihrer Tochter an esoterischen Dingen, sagte: »Setz dich mal zu mir. Siehst du, hör mal hier: Das Schönste, was wir erleben können, ist das Geheimnisvolle. Es ist das Grundgefühl, das an der Wiege von wahrer Kunst und Wissenschaft steht. Wer es nicht kennt und sich nicht mehr wundern, nicht mehr staunen kann, der ist sozusagen tot und sein Auge ist erloschen.«

»Sagt Castaneda?«

»Nö, Liebes. Das war Albert Einstein.«

4

Und jetzt.
Endlich.
Auftritt: der Buddha.

5

Tashi Tengrit hatte es alles andere als leicht in seinem Leben. Dabei schienen die Voraussetzungen zunächst nicht schlecht. Seine Eltern vergötterten ihn. Endlich ein Junge. Nach sechs Mädchen endlich, endlich, endlich ein Junge! Doch kurz nach der Geburt geschah etwas, das die Eltern, gelinde gesagt, verblüffte. Bei einem fünf Tage jungen Baby! Das konnte nicht sein. Das war abnorm. Auch im Bekanntenkreis hatte man bis dato jenes körperliche Phänomen, das man gemeinhin mit dem harten Wort Erektion bezeichnet, noch nie bei einem männlichen Baby feststellen können. Tashi strahlte. Seine Eltern dagegen wussten nicht, wie sie mit dieser Laune, ja diesem Wunder der Natur umgehen sollten, und beriefen den Ältestenrat ein. Der Dorfmufti murmelte angesichts der merkwürdigen Erscheinung: Ein jeder große Mann erwächst aus einem großen ... ja, was? Der Älteste überlegte noch. Er war ein weiser, phantasiebegabter und sprachschöpferischer Mann, der Neuheiten jedweder Art aufgeschlossen gegenüberstand, und so prägte er nach einigen Minuten des Grübelns für dieses ungewöhnliche Naturschauspiel einer Neugeborenen-Erregung das Wort *Lat-*

tenking oder in tibetischer Färbung: *Maha-So-Lati*. Zwölf Jahre später dann die Katastrophe. Die Enttäuschung. Das Entsetzen. Die Vorwürfe, die Tashis Eltern sich machten: Wir haben ihn zu oft mit seinen Schwestern spielen lassen. Wir hätten ihn von den Schwestern fernhalten sollen. Wir hätten es früher erkennen müssen. Jetzt, da er zwölf Jahre zählt, ist es fast schon zu spät. Die Eltern hatten Tashi mit einem anderen Jungen knutschend überrascht. Und Tashi musste folglich geradegebogen und zurechtgerückt werden, und so schickte man ihn in ein Kloster nach Nepal, damit er sich dort seine Neigungen (zuvorderst die perfide Vorliebe für Jungs) meditativ entfernen lassen konnte. Oh, einstmals gab es riesige Klöster in Tibet, mit oft mehr als tausend Mönchen. Nach Einmarsch der Chinesen schrumpften die Klöster exorbitant, die Tibeter wurden vertrieben oder wanderten aus oder schickten ihre Kinder in Klöster nach Nepal oder Südindien (obwohl es dort viel zu warm war für die Hochlandtibeter), und in diesen Klosterschulen lernten die Jungen lesen, schreiben, meditieren, mussten, um Mönch zu werden, ein Novizengelübde ablegen, bis zur Vollordination noch dreihundert bis fünfhundert weitere Gelübde, was dazu führte, dass alle irgendwann den Gelübde-Überblick verloren, und das Kloster, in das Tashi Tengrit kam, wies eine imposante Gompa (Meditationshalle) auf, natürlich einen Stupa, um den man gebetsmühlenartig sich prosta... prosternierend herumlaufen konnte, die Wände waren bemalt mit Szenen aus dem Leben der Buddhas, oh, sinnliche, vielfarbige Schnitzer- und Schreinerarbeiten, jede Menge feine Buddhalampen mit Ghee verbreiteten trübes Licht auf den Altären, kostbare, handgemalte Thangkas (Rollbilder) veredelten ... Ach, leckt mich doch am Wikipedi-Arsch, manchmal vergess ich, wo ich herkomme, ich hasse die notorische Beschreibungsmanie der barbarischen Autoren.

Aber apropos Arsch.

Auch im Jahr 1989, Tashi Tengrit war inzwischen zwanzig Jahre alt, kamen etliche Westler ins Kloster La Huma Terra nach Nepal, um ihren vom Kapitalismus verseuchten Kopf durchzuspülen. Mit einem von ihnen verstand sich Tashi Tengrit auf Anhieb mehr als nur gut. Ein Deutsch-Franzose. Die zwei verbrachten sehr viel Zeit miteinander. Gossen gemeinsam tausend Tsatsas (Buddhafigürchen), zweitausend, dreitausend, und sie schwitzten, je näher sie sich kamen. Tashi Tengrit weihte den Westler ein in die Meditationstechniken der Buddhisten und in deren Philosophie, soweit diese Tashi damals schon bekannt war. Sie knieten, saßen und wiegten sich gemeinsam ins (noch) nirwanaferne Stadium tranceähnlicher Stimmungen, wobei sie während des Sitzens, Kniens und Schwingens erheblich näher aneinandersaßen, -knieten und -schwangen, als sie hätten aneinandersitzen, -knien und -schwingen dürfen. Da konnte schon mal die eine Hand die andere berühren. Also die eine Hand (von Tashi) die andere Hand (des Westlers), ein sachtes Streifen, das Speichelfluss, und nicht nur Speichelfluss, auslöste. Irgendwann konnten sie nicht mehr an sich halten. Der Westler kroch in Tashis Doppelzelle (dessen eigentlicher Mitbewohnermönch litt an der Ruhr und lag im Krankenlager). Tashi trat einen Schritt zurück und ließ die Hüllen fallen. »Gestatten«, sagte er leise. »Maha-So-Lati.« »Angenehm«, sagte der Westler, obwohl er das Wort nicht kannte, verstand er genau, was gemeint war, und er fiel auf die Knie – wenngleich diesmal nicht zu Meditationszwecken. Jetzt: Obwohl Tashi wusste, dass das, was nun geschah, besser in aller Heimlichkeit und Stille zu geschehen hätte, wurde er so sehr von der nigelnagelneuen Erfahrung übermannt, dass unerhörte Geräusche die Nachtruhe des Klosters beeinträchtigten, denen der alte Mönch Tubu Laktose nachspürte, mit der Folge, dass der Deutsch-Franzose namens Henry Lamarque des Klosters verwiesen wurde, noch in derselben schwanzschwarzen Nacht.

Und Tashi Tengrit? Hatte etwas gefunden, für das sich zu existieren lohnte: nicht etwa das Ausleben, sondern im Gegenteil das Bekämpfen seiner Lust. Endlich hatte er einen ebenbürtigen Gegner. Klingt paradox aus non-religiöser Sicht, aber schustert einen Schuh, wenn man länger drüber nachdenkt. All diese störenden Gefühle! Wut, Ärger, Wollust, Neid, Begierde,

Eifersucht, Eitelkeit, all diese den menschlichen Geist umnebeln-
den Fesseln galt es für einen Buddhisten über Bord seiner Seele
zu werfen. Aber das Perfide dieser Emotionen war mitunter,
dass man sie nur allzu schwer erkennen konnte, dass sie sich
tarnten, versteckten, morlockenhaft lauerten. Nach dem Ereignis im November des Jahres 1989 aber hatte der Westler den
Gegner für Tashi aus der Deckung gelockt. Ganz genau stand
ihm jetzt vor Augen, was seine allergrößte Schwäche war: die
sexuelle Begierde. Dass sich diese auch noch auf Männer richtete, sorgte dafür, dass sein Gegner sich hünenhaft vor ihm auf-
baute. Na gut, dann weiß ich jetzt, was zu tun ist, sagte sich
Tashi. Dann wollen wir mal in den Ring steigen.

Wut? Lächerlich. Wann immer dieses müde Fünkchen in ihm
glimmte, gelang es Tashi, einen Ballon zu visualisieren, dem
langsam die Luft ausging und mit dem Ballon auch dem bisschen Wut in ihm, nein, Wut hatte er locker im Griff. Neid? Kein
Thema, worauf bitte sollte er neidisch sein, er hatte doch alles,
was man zum Leben brauchte. Oder etwa Maßlosigkeit? Unbekannt, da es in einem Kloster nichts gab, was man einer Maß-
losigkeitshyäne hätte füttern können, es sei denn die Maßlosigkeit der Meditation, aber die war ja erwünscht. Eitelkeit? Es gab
keine Spiegel, und alle Mönche sahen irgendwie gleich aus.
Gier? Wonach denn bitte schön? Nein, es blieb nur die verfluchte Wollust. Und die wäre nur ein müder Papiertiger gewesen ohne die Erfahrung mit diesem Henry Lamarque, dessen
Namen Tashi Tengrit zeit seines Lebens niemals vergessen
sollte, obwohl für den Buddhisten Namen Schall und Rauch
sind. Tashi wälzte sich in seinem Bett, von wüsten Träumen ge-
peinigt. Auch wenn der Verstand ihm noch so oft einflüsterte,
dass es ein ungleich vorzüglicherer Lebensentwurf wäre, wenn
er, Tashi, sich den Prinzipien der Klarheit, Vernunft und Vernichtung seines Selbst unterwürfe statt der dunklen, wie ein
reißendes Wildwasser flutenden Leidenschaft, dass es also er-
klecklicher wäre, im Kloster durch achtsame Meditation und
Durchdenken der Prinzipien buddhistischer Philosophie ein
Leben zu erstreben, das ihn in die Gelassenheit und Ruhe

führen würde, statt dem Deutsch-Franzosen Henry Lamarque oder sonst einem von den eigenen Begierden zerfressenen Mann in die unwirtliche und zerrissene Welt zu folgen und ein Leben als von seinen Gefühlen unterjochter Geliebter in irgendeinem, wer weiß, Pariser Hinterzimmer oder so ähnlich zu führen, geschlagen, gedemütigt, sexuell ausgenutzt – also, sage ich, auch wenn all das dem jungen Tashi in aller Schärfe im Sinn stand, so änderte das doch nichts daran, dass er, Tashi, im Grunde und viel lieber eigentlich genau das wollte, was er da bekämpfte: in einem Pariser Hinterzimmer als Fußabtreter gedemütigt, sexuell ausgenutzt, geschlagen zu werden und sich in seinem eigenen Schmutz zu suhlen, das, scheiße noch mal, fühlte sich richtig gut an, wenn es sich im Traum oder im Wachen, offen oder heimlich, in seinen Kopf stahl und wie die Kanonenkugeln eines feindlichen Schiffs in die Hirnsegel derbe Löcher schoss. (Okay, ich schalte nen Gang runter, Freunde.)

Tashi kämpfte. Er rang. Er haderte. Er beichtete die Tat seinem Lehrer. (Tibetischer Buddhismus kann aufgrund seiner Sinnlichkeit – Glockenklang, Räucherkräuter, Bilder, Altar, Opferschalen – mit dem Katholizismus, der Zen-Buddhismus aufgrund seiner Kargheit mit dem Protestantismus verglichen werden.) Lehrer-Schüler-Beziehungen verliefen oft über das Murmeln. Also murmelte Tashi seine Tat, der Lehrer verstand ihn nicht, nickte aber und murmelte allerhand Anweisungen zurück, die Tashi wieder nicht verstand, obwohl auch er dazu nickte. Das Murmeln und Nichtverstehen des anderen hatte den Vorteil, das man selber herausfinden musste, was zu tun war. Tashi legte sich mächtig ins Zeug. Man sah ihn tagaus, tagein um den Stupa laufen, sich niederwerfen, Gebetsketten schwingen, Gebetsmühlen drehen, Opfer darbringen, die acht Schalen mit Wasser füllen, heilige Texte lesen, memorieren, murmeln und visualisieren, Gebetsfahnen an windigen Orten aufhängen, Tsatsas gießen, kniend, sitzend, liegend meditieren, Reliquien, die aussahen wie homöopathische Kügelchen, anbeten und verschlingen, Kräuter pflücken, verarbeiten, anzünden und die Kräuterdüfte inhalieren, und das alles hatte im Grunde nur den Sinn, ihn so zu erschöpfen, bis die Kraft fehlte, die dafür sorgen könnte, dass sich aus den dunklen Gefilden ureigenster Abgründe das mögliche Gespenst eines Ego erheben würde. Kurz: Tashi Tengrit tat alles, um den lästigen Elefanten zu zähmen, er lag oft genug vor seinem Lieblingsbild in der Gompa (*Taming the Elefant*), auf welchem ein grauer Elefant nach und nach weiß wurde, und sein eigener grauer Elefant hieß Wollust, und Tashi Tengrit hörte nicht auf in dem Bestreben, die Grauheit zur Weißheit zu zähmen. Je älter er wurde, umso besser schien ihm das Zähmen zu gelingen. Er legte die Novizengelübde ab und verkroch sich ein paar Jährchen in Einsamkeitshöhlen. Erst mit dreißig hatte er das Gefühl, genügend Gelassenheit erzähmt zu haben, um für den Rest des Lebens gerüstet zu sein. Mit vierzig verfasste er einige Texte zum Buddhismus, die ihm innerhalb und außerhalb der buddhistischen Welt eine gewisse Reputation einbrachten. Immer mehr Mönche erfragten seinen Rat, den er murmelnd von sich gab. Und mit sechsundvierzig fühlte er sich endlich reif genug und gewappnet, Kloster und Einsamkeitshöhlen erstmals in seinem Leben zu verlassen. Aufgrund seiner denkerischen Verdienste hätte Tashi schon früher die Gelegenheit dazu gehabt – er war oft genug zu Vorträgen und Symposien eingeladen worden, hatte aber alle Einladungen abgelehnt, einerseits, um keine falschen Eitelkeiten entstehen zu lassen, andererseits aufgrund eines letzten Angstkörnchens, das noch in ihm schlummerte (auch wenn man dieses Schlummern jetzt als jahrzehntelang andauernden Winterschlaf bezeichnen konnte), eine Angst also, die am Boden seiner selbst und unwiderruflich besiegt scheinende, geknebelte und gefesselte Leidenschaft der Wollust könnte vielleicht doch noch ein spektakuläres Comeback hinlegen –, aber erst jetzt, im Sommer des Jahres 2015, musste Tashi Tengrit das Kloster verlassen und tat es auch. Denn er hatte einen Auftrag bekommen.

6

Als scharfsichtiger Denker, gelassener Lehrer und buddhistischer Philosoph sollte Tashi Teil einer Kommission werden,
und zwar der Dalai-Lama-Suchkommission. Denn man brauchte
einen neuen. Der alte Lama war zwar noch nicht auf eine andere
Energie-Ebene gewechselt, aber er hatte vor, den Chinesen ein
Schnippchen zu schlagen. Diese warteten auf den Tod des Dalai
Lama, denn danach würden die Tibeter jahrelang in der Welt
herumfleuchen müssen, auf der Suche nach der Inkarnation,
und das würde vielleicht ein fünfjähriger Junge sein, und in diesen Jahren der Suche und des Findens und des Heranwachsens
des Jungen verfügten die Tibeter über keinen echten geistigen
Anführer, was durchaus im Interesse der Chinesen lag. Und von
daher hatte der aktuelle Dalai Lama die Idee, seinen Nachfolger
schon zu Lebzeiten zu inthronisieren, und das war möglich
mittels sogenannter Emanation, einer Übertragung des Amtes
auf einen lebenden, echten, reifen Mann, der nur ein einziges
Attribut mitbringen musste: die Seelenverwandtschaft zum
aktuellen Dalai Lama.

Die Kommission traf sich heimlich im Kloster Kopan im
Kathmandutal. Der sechsundvierzigjährige, überaus gelassen
wirkende Tashi, wirkte jedoch nur noch gelassen, war es aber
nicht mehr. Auf seiner Reise ins Kloster Kopan waren ihm
Menschen begegnet, Frauen und auch Männer. Er hatte seit vielen Jahren keine Menschen mehr gesehen (außer den Mönchen).
Jetzt aber diese Gerüche, diese Gesichter, diese Körper. Klar,
dachte er, schob aufkommende Bedenken beiseite, ganz klar,
nach so langer Zeit, diese Aufregung, klar, klar, klar, klar. Doch
es wurde nicht besser, eher schlimmer. Als ihn ein junger Mann
streifte, hatte er das Gefühl, sein Arm stünde in Flammen. Als er
auf dem Flughafen zwei Liebende bei einem Abschiedskuss beobachtete, zog er ein Taschentuch hervor, um den Speichelfluss
zu stoppen. Als er auf einer Leinwand (eine Schwimmmeister-
schaft) die nackten Oberkörper von acht Männern betrachtete,
konnte er gerade noch in höchster Letztkonzentration das Ent-

stehen seines – seit Ewigkeiten schlafenden – Maha-So-Lati verhindern. Das alles verwirrte ihn. Von daher war Tashi Tengrit
festens entschlossen, der Kommission unverzüglich mitzuteilen, dass er für eine Dalai-Lama-Suche nicht zur Verfügung
stehe und schnellstmöglich wieder in sein Kloster zurückwolle.
Umso erstaunter war Tashi, dass seine Zunge nicht das tat, was
sein Gehirn ihr vehement vorschrieb. Denn als die Kommission
die konkrete Logistik der Suche durch ganz Tibet mit immer
neuen Vorschlägen plante, meldete sich Tashi – ohne dass er
wusste, was er gleich sagen würde – und sagte – er selber war
darüber noch überraschter als alle anderen, die mit offenem
Mund den progressiven Worten folgten –, sagte also, dass man
in einer weltweiten Welt lebe (was?), dass der Buddhismus
längst zu einer weltumspannenden Religion und zu einer weltumspannenden Philosophie geworden sei und dass man sich
aus diesem Grund nicht mehr der radikalen Öffnung und Hin-
wendung zur weltweiten Welt entziehen könne, zur außertibe-
tischen, außernepalesischen, zur außerasiatischen Welt, meine
er, wo der Buddhismus geradezu boome (woher kannte er dieses Wort?), schon öfter seien doch Inkarnationen ranghoher
Buddhas im Westen gefunden worden, warum nicht also auch
eine Emanation des aktuellen Dalai Lama?, weshalb er der
Kommission den Vorschlag unterbreite – Tashi schwitzte leicht,
weil er gespannt war auf das, was er jetzt sagen würde –, den
Vorschlag, dass er, Tashi Tengrit, sich von der tibetischen Such-
kommission abspalten und in den Westen fliegen wolle, allein,
nach Frankreich oder Deutschland – Tashi erbleichte –, und bei
der Gelegenheit könne er nebenbei noch die eine oder andere
Einladung zu Symposien oder Vorträgen annehmen, er wolle
sich endlich der Welt und ihren Aufgaben stellen. (So viel hatte
Tashi noch nie in seinem Leben am Stück geredet.)

Die Kommission schwieg lange. Dann aber standen die Such-
kommissionskollegen samt ehrwürdigem Dalai-Lama-Such-
kommissionsvorsitzendem unisono auf und verneigten sich vor
Tashi, dem ungewöhnlich heiß war. Als die sieben Kollegen
auch noch Applaus spendeten, wusste Tashi, dass er aus der

Nummer nicht mehr rauskäme, und drei Tage später saß er bereits im Flugzeug nach Frankfurt am Main. Und der Flug dauerte viel zu lange, und er fragte sich, was er da wohl angerichtet hatte mit sich selbst und seinem Leben, und all die Leute, die neben ihm ihre Körpergerüche – Tashi war sehr geruchsempfindlich – in die Luft dampften, das roch gut, wie Frischfleisch, rohes Frischfleisch, Tashi, der Löwe, der jahrzehntelang nur Fencheltee getrunken hatte und dem man jetzt ein saftiges, blutiges Steak hinhielt, und die Stewardessen und der Steward und sein Sitznachbar und die Hand und die Bartstoppeln und die Augen und die Adern und die Haut und das Fleisch und die Knochen unterm Fleisch und das Pulsieren und die Haare und die Augenbrauen und der Gang der anderen zur Toilette und die Vorstellung, wie die Leute dort die Hosen runterließen, und sein Maha-So-Lati ließ sich auch durch höchste Fokussierung nicht länger einsperren, und als die Stewardess sein Tablett abräumen wollte, stellte Tashi sich meditierend und ließ seine gefalteten Hände schwer auf dem Tablett und auf dem von unten an den Ausklapptisch trommelnden Maha-So-Lati ruhen, und die Stadt Frankfurt und der Flughafen und die Geschäftsleute in ihren adretten Anzügen und die Menge an Menschen und die Gepäckausgabe und und und … Tashi stürzte, nachdem er die Einreiseformalitäten hinter sich gebracht hatte, in die nächste Toilette. Setzte sich auf den Toilettendeckel: Lokus-Lotussitz. Wusste nicht weiter. Hätte nie damit gerechnet, dass ihm so etwas passieren könnte. Aber es war passiert. Er zuckte. Er zitterte. Er rang die Hände. Alle Dämme brachen. Jahrelang aufgebaute Dämme. Diese Wut auf sich selbst. Wie konnte er nur so aus allen Wolken fallen! Dieser Neid: Alle taten es, da draußen, nur er nicht! Diese Eitelkeit: Er war doch ein toller Mann, hatte er sich nicht im Spiegel gesehen, vorhin, ein gut aussehender, schlanker, ein begehrter Mann, die Menschen wollten ihn hören, sehen, fragen, Symposien, Diskussionen, ein blendend aussehender, intellektuell hoch versierter Denker! Diese Maßlosigkeit: Alle, er wollte sie alle, jung und alt, alle verspeisen nach jahrzehntelangem Hunger, Frauen, Männer, alle! Diese

Wollust: Er würde jetzt da raus gehen und sich dem erstbesten Stecher an den Hals werfen, er würde endlich den Rucksack nicht mehr vor den Unterleib halten, sondern auf den Rücken schnallen, wo er hingehörte, Arme in die Hüften und mit vorgeschobenem Becken durch die Gänge laufen, damit alle seinen Maha-So-Lati sehen könnten, den er nicht wieder loswurde, der drei Jahrzehnte lang Luft geholt hatte und sich jetzt plusterte wie ein aufgescheuchter Gockel. Irgendeiner würde sich schon finden, über den er herfallen könnte, raus mit dir, schrie er sich an, raus, du Sau! Und so öffnete er mit Schwung die Tür der Kabine.

Ausgerechnet jene Kabine, in der Tashi hockte und über sein Leben meditierte oder eben nicht meditierte, hatte auf wundersame Weise die rote, unter der Türklinke sitzende Markierung verloren, die dem Toilettenbenutzer von außen signalisieren sollte, dass eben jene Kabine zurzeit den Zustand des Besetztseins aufwies. Nur aus diesem Grund ist es zu erklären, dass in jenem Augenblick, da der zu allem bereite, aus dem Meditationsschlaf (in bester Matthew-G.-Lewis-The-Monk-Manier) erwachte Tashi Tengrit die Tür aufriss, von außen ein anderer Mann seine Hand an die Klinke gelegt hatte, im Glauben, die Kabine sei frei. Jedenfalls sorgte das abrupte, durch Tashis Entschluss wie eine Explosion erfolgte Öffnen der Tür – die Toilettentür ging nach innen auf – dafür, dass Tashi nicht nur die Kabinentür zu sich heranzog, sondern auch einen an der Türklinke hängenden, in etwa gleichaltrigen Mann, sodass ihrer beider Nasen nur Millimeter entfernt voneinander zum Halten kamen, was zur Folge hatte, dass der von außen in die Kabine gezerrte Mann einerseits überrascht war, hier einem Buddhistenmönch gegenüberzustehen, andererseits diese Überraschung noch übertroffen wurde durch die Tatsache, dass des Buddhistenmönches Gewand auf Hüfthöhe eine derbe Wölbung warf, die sich unüberspürbar mit seiner eigenen, allerdings durch die eng anliegende Hose besser versteckten Wölbung kreuzte, als seien ihre Zeugungsorgane die Klingen zweier Musketiere in einem Mantel-und-Degen-Film.

Ich selber konnte Tashi nur allzu gut verstehen. Mir ging's ähnlich. Im Grunde genommen schlimmer noch. Weil ich viel genauer wusste, worauf ich verzichtete. Im Gegensatz zu ihm. Ich war längst am Ende. Fünfzehn Jahre: Es ging nicht mehr. Kurz davor, nicht an der Einsamkeitskrankheit, sondern an der Enthaltsamkeitskrankheit zu krepieren. Was tun? Fünfzehn Jahre lang hatte ich an der Seite von Birte Maria Winter verbracht. Von Jahr zu Jahr wurde Bitch schöner, von Jahr zu Jahr musste ich immer mehr grinsen, wenn sie einen Spruch losließ, von Jahr zu Jahr wuchs meine Sehnsucht, sie zu berühren, den hohlen, hilflosen Händen die Phantomhaftigkeit abzustreifen, den Lippen, der Zunge, ihr alles zu ... Ach, dieser komplette hanebüchene barbarische Liebeskitsch, -quatsch, -quark, den wir Quadrupelhirne längst überwunden hatten, übte eine höchst ansteckende Wirkung auf mich aus, er quoll mir inzwischen aus jeder einzelnen unsichtbaren Pore. Und jetzt, im Jahr 2015, würden Bitch und Kolja alsbald in ein Flugzeug steigen, Richtung Urlaubsort, und dieses Flugzeug würde überm offenen Pazifik aus dem Radar stürzen. Und dann wären sie verschwunden. Bitch. Und Kolja. Für satte vier Jahre.

Schon musste ich in Freiburg mit ansehen, wie Bitch am Abreisetag die Strümpfe hochrollte, den Slip zurechtzupfte, den Rock hochruckelte, sie stand direkt vor mir, mit nacktem Oberkörper, sichtbar, riechbar, gereift, elegant, sinnlich, perfekt geschminkt, ihre schwarzen Haare zu einem koketten Turban getürmt, aus dem Strähnchen in die Stirn zuckelten, die sie, mein Gott, hinters Ohr steckte, ich konnte nicht mehr, ich wollte nicht mehr, ich musste sie berühren, ich musste meine Hand ausstrecken, ich musste ganz einfach ... (Eins noch vorher: Zwar konnte ich an unbelebten Dingen meinen Körper reiben, aber alles, was lebte und atmete, alles Lebendige blieb unberührbar für mich. Beweis dafür war jene grauenhafte Escher-Querung. Nach diesem traumatischen Erlebnis im Freiburger Krankenhaus hatte ich mir hoch und heilig geschworen, dass nie wieder ein Lebewesen mein Innerstes durchkreuzen sollte. Zu ungeheuerlich dröhnte das Echo des Entsetzens in meinem Kopf angesichts jener ersten Begegnung mit dem Husky. Leider hatte es hin und wieder kleinere Unfälle gegeben. Mücken, Bienen, Wespen, anderes fliegendes Getier, vier Spatzen, einmal gar eine Elster, und all dies Geflügge war durch mich hindurchgesegelt, gerade noch so am Rand des Aushaltbaren, widerlich dagegen die Hausspinne, die meine Eingeweide kreuzte, ein Ekelgefühl, das mir lange nachhing, so lange, bis ich irgendwo las, dass jeder Mensch im Lauf seines Lebens circa zwanzig Spinnen verschluckt, nachts, wenn die Viecher sich von der Decke in den offen vor sich hin schnarchenden Mund hangeln und im Speichel verkleben, und da dachte ich, also besser, sie krabbeln durch mich hindurch als in mich hinein, egal, ich schweife ab, was wollte ich sagen?, ach so, aufgrund dieser Erfahrungen hatte ich auch nie den Versuch unternommen, *von mir aus* ein anderes Wesen zu berühren. Natürlich nicht. Jetzt aber, bei Bitch, tat ich es. Zum ersten Mal. Nach fünfzehn Jahren.) ... Und es zappelte in mir ein seltsames Gefühlsgespinst, als meine Phantomfinger erstmals nicht passiv, sondern aktiv ein anderes Wesen streiften, nicht streiften, eher durchfuhren, durchzuckten, so ganz anders als das ekelhafte, die Existenz zersprengende Gefühl, das ich vom passiven Nichtberührtwerden her kannte, nein, ich fühlte jetzt Körperlichkeit, Fleischlichkeit, gefütterte Möglichkeit, meine eigene Haut zu retten, die eigene Haut neu zu schaffen, Haut, Blut, Fleisch, Knochen, übergriffig, besitzergreifend, ich wurde hochgerissen von einer mächtigen Woge und blickte ins Meer künftiger Macht. Schon war Bitch verschwunden, sie hatte nichts von meiner Nichtberührung gemerkt, ich aber musste mich hinhocken, geschreddert, bis ins nackte Mark aufgespült, und endlich kapierte ich, Elias Zimmermann, der ich immer mit der Dummheit der anderen gehadert hatte, kapierte also, dass ich selber, das blanke Phantom, nichts weiter war als das dümmste Wesen des gesamten Universums.

Jetzt lief alles automatisch ab. War nicht mehr Herr meiner

selbst. Eine geile Gewissheit in meinem Kopf übernahm das Kommando. Ich folgte dieser Gewissheit. Blind. Konnte nicht anders. Wie in einer Achterbahn, gänzlich dem Triebwagen ausgeliefert. Los jetzt. Sofort. Ohne Umschweife. Ich hechtete durchs offen stehende Küchenfenster, rannte wie gepeitscht, witschte in die Straßenbahn, stieg am Bahnhof aus, stolperte, trümpelte, stümpelte. Zum Bahnsteig! Dorthin, wo der Zug einträfe, Richtung Frankfurt Flughafen. Ich paffte eine Schall-und-Rauch-Zigarette. Trat von einem Nichts aufs andere. Schon sah ich sie kommen. Alle sechs. Die eilige Familie trippelte die Stühlingerbrücke hinunter. Spät dran. Ich schluckte. Der Zug kam an. Wir stiegen ein. Großraumabteil. Ich hatte nicht reserviert, hoho, aber Glück. Der Platz neben Kolja blieb frei. Ihm gegenüber hockte Bitch. Die anderen teilten sich den Vierersitz jenseits des Gangs. Kolja saß am Fenster. Ich neben ihm. An seiner rechten Seite. Der Zug setzte sich zäh in Bewegung. Als wir den Bahnhof verließen, klatschten Regentropfen vor die Fenster. Ein paar Minuten schaute ich hinaus. Idiot, dachte ich, dämlicher Idiot.

Wenn es regnet, werden die Scheiben nass.

= Wenn die Scheiben nass werden, regnet es.

Mit dieser Gewissheit hatte ich fünfzehn Jahre lang gelebt!

Mit diesem dümmsten aller logischen Fehlschlüsse!

Wenn es regnet, werden die Scheiben nass.

= Wenn die Scheiben nass werden, regnet es.

Nein! Wenn die Scheiben nass werden, könnte der Zug auch in der Waschanlage stehen. Oder jemand wirft eine Flasche Sekt an den Rumpf. Oder ... was weiß ich!

Wenn ein Lebewesen mich trifft, schwebt es durch mich hindurch.

= Wenn ich ein Lebewesen treffe, schwebe ich durch es hindurch.

Nein! Das muss nicht so sein. Nicht zwingend.

Koljas rechte Hand lag auf seinem Knie. Er las nicht, er schaute nicht zum Fenster raus, er tat einfach gar nichts, während Bitch ihr iPhone behämmerte, obwohl ihre falschen Nägel dafür viel zu lang waren, weshalb sie sich öfters vertippte und fluchte.

Bald schon war Kolja eingenickt.

Ich kreuzte meine rechte Hand langsam über meine linke, wie ein Chopin-Spieler, ich ließ sie über Koljas Finger luften, senkte sie vorsichtig hinab, zunächst höchstens eine Planck-Länge, dann tiefer, verstörender, meine Finger sumpften sich – für Kolja unfühlbar – durch die porige, mit Flimmerhärchen beflaumte Handhaut, zu all dem, was mir so sehr ähnelte, weil es – genau wie ich – nicht sichtbar war für Kolja, es sei denn, er griffe – terminatorgleich – zu einem Messer und ritzte es auf, das Fleisch: Denn meine Hand drang durch Haut, durch Blut und Blutgefäße, Muskeln, Bänder, Sehnen, zur ausgemergelten Knochenwelt, verblichene Vergeblichkeit, zu Koljas Erbsen-, Mond- und Kopfbein, ich imitierte seinen Griff, Sesam öffne dich, ich schmiegte meine Hand an Koljas Beuger, ich fingerte in den Karpaltunnel, kroch mit gemächlichen Kuppenwürmern in seine Sehnenvagina, meine Hand flatterte vogelgleich auf die tiefen Äste der Nervenstränge, auf Koljas Hand bildete sich eine Gänsehaut, *ich fühlte mit einem Ruck die Gänsehaut selber*, meine und seine Hand verschmolzen, jedoch kein Schmerz, kein Entsetzen, kein Ekel, nein, ganz im Gegenteil, es war, als wäre meine Hand jahrelang durchs Finstere geirrt und fände Licht, es war, als lernte mein lahmes Kahnbein wieder laufen, meine leeren Kanäle wurden mit Blut durchspült, ich beugte die Beuger, die Strecker streckten sich, ich sah, wie sich Koljas Finger ein Stückchen vom Schenkel hoben, aber nicht, weil er es wollte, sondern weil ich es wollte, meine Phantomhand bewegte die Kolja-Finger, ich war ergriffen vom Ergreifen des anderen, es wird, es muss gelingen, hämmerten Gedankenspechte, nicht nur meine Hand kann Koljas Hand bewegen, ich selbst werde Kolja bewegen, und ich zögerte nicht, weil ich wusste, dass jedes Zögern Zweifel bedeutet, und jeder Zweifel Angst, ich riss meine Hand los und mich vom Sitz hoch, und mein geiler Geist würde Kolja erfüllen, würde ihn ausfüllen, würde sich seines Körpers bemächtigen, ich würde von mir aus in einen anderen einkehren, und nicht einfach nur das Durchkreuzen eines anderen erdulden, schon stand ich senkrecht, schon schob ich mich zu ihm, schon trat ich nicht nur in seine Fußstapfen, sondern in seine sichtbaren Schuhe und Füße, in seine abgeknickten Unterschenkel, in die Waden, Kniespitzen, schon stand ich dicht vorm grauen Tisch, Rücken zu Kolja, und dann setzte ich mich auf Koljas Schoß, nein, ich setzte mich *in* seinen Schoß, ließ mich fallen, und als ich dort saß, an seiner statt, machte ich mich langsam, aber sicher in ihm breit, in Koljas Körperungetüm, und sein Fleisch erschien mir wie ein Anzug, der noch zwickte und zwackte, aber von Sekunde zu Sekunde besser passte, ich drückte das Blut, zerrte an Nerven, Muskeln muckten auf, Kapillare kapitulierten, ich suchte nach einem idealen Sitzplatz, verortete die Aorta, ruckte sein Herz an den rechten Fleck, trank einen ersten, flüchtigen Kolja-Atem durch den Luftröhrenstrohhalm, das Gewicht der Knochen zog mich in ihn hinein, weiter, tiefer, das bleiche Skelett, Todesgerüst, worauf's Leben sich stützt, ich ruckelte ein letztes Stück nach hinten, und mein Kopf brach in Koljas Kopf, zwei Schädelstätten fügten sich, der Klang der Welt drang dumpfer jetzt an meine neuen Ohrmuscheln, ein nabelfader Geruch durchströmte meine neue, echte Nase, Gedankenmeere erhoben sich, stellten sich einander entgegen, Wände aus Hirnflüssigkeit, Kolja saß noch genauso da wie zu Beginn, er hatte nichts gemerkt, und dann machte irgendwas *Klack*.

In ihm. In mir. Einfach so.

Wie ein Hängeschloss. Das einrastet.

Arretiert, dachte ich.

Nur dieses eine Wort.

Arretiert.

Ich öffnete die Augen.

Ich öffnete die Augen.

Diese Tat glich einem Weltuntergang und einem Weltbeginn, einem Ende und einem Anfang, einem Omega und einem Alpha, denn wenn ich die Augen öffnete, musste ich sie vorher geschlossen haben. Tatsächlich, ich öffnete nicht meine, ich öffnete jetzt Koljas Augen, und ich nahm alles wahr aus diesen Kolja-Augen und merkte – erste erschütternde Erkenntnis, die ich längst vergessen hatte –, wie wirr und begrenzt der Blick eines Menschen ist im Vergleich zur Staubsaugerwahrnehmung des Phantoms, die mir in Fleisch- und Blutlosigkeit eingesickert war, wie winklig also die Augenwinkel, wie schütter die Pupillen, wie suppentrüb die Linsen, wie selektiv die Sicht, nur einen schräg vor mir sich straffenden Hintern sah ich, denn Bitch war aufgestanden und machte sich an der Gepäckablage zu schaffen, und ohne weitere Überlegung streckte ich Koljas Hand aus und kniff mit voller Wucht hinein in ihren Arsch. Au Backe.

8

»Mensch! Kolja! Was war das denn bitte?«
   »Was?
   »Du hast mir gerad in den ... in den Hintern gekniffen.«
   »Ich ... sorry. Was sagst du?«
   »Das hat wehgetan, Mensch.«
   »Wenn«, sagte Ich-in-Kolja, »dir einer in die rechte Backe kneift, dann halt ihm auch die linke hin.«
   »Was sagst du?«
   »Sorry«, sagte Der-alte-Kolja. »Das war ich nicht.«
   »Das warst du nicht? Siehst du sonst noch jemanden hier? Vielleicht den Geist von Don Juan?«
   »Also«, sagte Ich-in-Kolja, »vielleicht hast du da nicht ganz unrecht, Liebes.«
   »Liebes? Seit wann nennst du mich Liebes?«
   »Weiß auch nicht«, sagte Der-alte-Kolja, »ich hab das Gefühl, das ging irgendwie ganz automatisch. Tut mir leid, Bitch.«
   »Kolja, was ist denn los mit dir? Du wirkst ein bisschen aufgeladen.« Da vibrierte Bitchs Smartphone. »Sorry«, sagte Bitch und ging ran. »Ja? ... Nein, wir sind gerade im Zug. ... Nach Frankfurt. ... Urlaub. Wurde auch Zeit. ... Und du? ... Aha. ...

Mhm ... Tut mir leid, Caro. ... Ich würde es mit Bärlauch-extrakt und Schwarzwurz versuchen. ... Was? ... Nein. Bei Vollmond. ... Weißt du was? Ich schreib dir gleich ne SMS, in Ordnung? ... Keine Ursache. Ciao. ... Mach's gut. ... Was woll-test du sagen, Kolja?«

»Ich hab das Gefühl«, sagte Der-alte-Kolja, »ich seh plötzlich die Dinge in einem anderen Licht. Irgendwie klarer. Gleichzei-tig aber auch unklarer. Da ist was passiert, gerade eben, in mir, mit mir, ich weiß nicht, wie ich es ausdrücken soll. Das ist etwas ganz Neues. Ich ...«

»Ich«, unterbrach ich Den-alten-Kolja, »würd jetzt am liebs-ten mit dir in der Toi...«

Erneutes Klingeln. Bitch verdrehte die Augen und machte eine entschuldigende Geste. »Hi. O my gosh. What a sur-prise. ... Did you get my message? ... No, the Madonna is beau-tiful. It couldn't be more magical. ... Yes. ... Sure. ... Would you mind sending me the Triple Devil Statue? ... That would be ... Just a second, Tom.« Zu Kolja gewandt: »Das ist der Tom aus Sri Lanka. Da muss ich länger, ich geh mal raus.«

»O tempora, o mores«, maulte Gusto von jenseits des Gangs. »Wenn man nicht mal mehr seiner Alten in den Arsch kneifen darf. Armer Lümmel.«

Und jetzt allein.

Nur ich und Kolja.

Zum ersten Mal.

Ich wurde mir in allerschönster Deutlichkeit meines neuen Körpers bewusst. Ich hielt mir die Hände vor Augen, freute mich am Verlust der Phantomhaftigkeit, nannte mich ein Phan-tomphantom, strich mir durch die Haare, übers Gesicht, schloss die Augen, welche Wohltat, schloss die Augen, öffnete sie, schloss sie, ein Körper ist ein Paradies, wenn man ihn so lange vermisst hat. Stand auf. Ging im Gang kurz hin und her. Dehnte mich, hüpfte, tat alles, was ich so lange nicht hatte tun können. Also ich meine: mit echtem Körper. Und Der-alte-Kolja? Ge-horchte wie ein müder Dackel. Fragte sich *schon*, ich hörte seine permanente Denkstimme, was da los war mit ihm, suchte aller-

hand Erklärungen für sein ungewöhnliches Handeln, zum Beispiel, dass er zu lange geschlafen hatte und jetzt Bewegung
brauchte. Und dann setzte er sich wieder.

Auch Bitch kam zurück, mit dem Telefon am Ohr: »Okay,
it's a deal?... Okay, Tom, love you, dear. See you. So. Tut mir
leid, Kolja. Jetzt bist du dran. Durchatmen. Die Mitte versam-
meln. Was ist los?«

Ich räusperte Kolja. Schaute Bitch an.

Dann sagten wir: »Wolln wir *füfü*?«

»Wolln wir *was*!?«, rief Bitch.

»Wolln wir *füfü*?« Dabei ließ ich Koljas Augen zur Seite
wandern, Richtung Zugtoilette.

»Seit wann kannst du pfeifen?«

In der Tat. Das *füfü*, das ich hier ob der Unmöglichkeit, ein
leises, menschliches Pfeifen durch Buchstaben wiederzugeben,
gewählt habe, war ein Geräusch, das aus Koljas Lippen drängte,
ein leises Pfeifen wie gesagt, und das Pfeifen resultierte daraus,
dass hier jetzt zwei unvereinbare Welten aufeinanderprallten.
Nämlich Koljas Gedankenwelt und meine eigene. Ich wollte
Bitch durch ein ominöses zweisilbiges Wort meine unmissver-
ständlichen Absichten mitteilen; Kolja aber wollte dieses Wort
auf gar keinen Fall aussprechen. Weil Kolja sich gegen meine
Gedanken heftig zur Wehr setzte, prallten meine nachvollzieh-
baren Absichten auf Koljas Widerstand, und immer wenn solcherlei geschah, klänge das in Zukunft wie *füfü*.

Alles klar?

Ich wusste zu dieser Zeit noch nichts über die Tücken, die
eine korporal-zerebral-kalladabs-oborale Quint-Existenz-und-
Essenz – wie ich im Folgenden meine Zeit in Kolja Zacharias,
also in seinem Kopf und Körper, nennen möchte – mit sich
brachte. Niemand hätte etwas über diese Tücken wissen oder
sagen können. Weil: Niemand hatte eine solche Fremdüber-
nahme je versucht. Oder besser: Wenn jemand es versucht hatte,
so hatte er es nicht überlebt. Durch die Wucht der Übernahme
kam es, wie ich lernte, zu einer – je nach Resistenz oder Reni-
tenz des Wirtshirns – mehr oder weniger langen Spanne der Be-

einflussung des Wirtshirns (also Koljas Hirn) durch den Parasiten (in diesem Fall also durch mich). Die Beeinflussung erfolgte durch meine Stimme, die ich in Koljas Hirn erklingen ließ. Der Wirtskörper (Kolja) war prinzipiell in der Lage, sich gegen die neu im Kopf zu hörende Stimme zu wehren. Nicht alles, was der Parasit dem Wirtshirn zerebral vorkaute und vorschlug, wurde von diesem geschluckt, sprich, ausgesprochen oder gar befolgt.

Noch mal in Zeitlupe. Für Kolja stellte sich die Sache so dar: Er war er selbst. (Wer immer das sein mochte.) Er blieb auch er selbst. Er dachte so, wie er selbst immer gedacht hatte. Aber er hatte ein wenig die Kontrolle verloren. Merkte zu Beginn schon, dass da was faul war, hatte das Gefühl, es sitze ihm ein kleiner Mann im Ohr, der ihm sagte, was er zu tun hätte, was ja im Grunde auch stimmte. Versuchte von Anbeginn unserer von mir erwünschten, von ihm aber als aufgezwungen erlebten Symbiose, die Kontrolle wiederherzustellen, Herr im eigenen Haus zu sein. Aber im Grunde reagierte Kolja nicht sonderlich überrascht auf meine Stimme. Denn er kannte das. Er war das gewohnt. Er hatte schon einige Stimmen gehört in seinem Kopf. Er hatte sie bekämpft oder sich ihnen ergeben. Die Stimme des durch die Eingeweide flutenden Es, die sich durch übermäßige Lustkundgabe dem Katholizismus in seiner Sexualitätsfeindlichkeit zur Wehr setzte, früh schon; die Stimme seines sogenannten Gewissens, die ihn zur Befolgung seiner Pflichten aufrief; die Stimme des Über-Ich (sein innerer Pastor); die imaginierten Stimmen der Gesellschaft, die allerhand Dinge von ihm erwartete usw.

Jetzt also ich in ihm. Wieder eine neue Stimme. Aber was will man machen. Ich würde mich selbst und meine innere Kolja-Stimme am ehesten mit dem Es vergleichen wollen, also der ungezügelten Stimme des freien und hemmungslosen Lustwunschs. Das war ja überhaupt erst der Grund gewesen für die Übernahme. Nur hatte ich absolut nicht gerechnet mit Koljas Widerständen. Die sich in diesem dämlichen *füfü* äußerten. Und schon gar nicht mit Bitchs Widerständen. Dass schon ein simpler Kniff in das Hinterteil meiner, also seiner, also unserer Frau, für eine solche Entrüstung sorgte, enttäuschte mich zutiefst. Kurz: Ich kam nicht ran an den Speck. Vorerst. Ich schaute sie an. Bitch. So dicht saß sie vor mir. Meine Bitch. Unsere Bitch. Ich konnte nicht anders. Ich streckte Koljas Hand aus und legte sie Bitch auf die Wange. Bitch sah uns an, ein wenig versöhnt durch diese Geste, lächelte und drückte ihre Lippen in meine Kolja-Handfläche, doch diese Berührung, der Bitchkuss auf meine Kolja-Hand, beruhigte mich ganz und gar nicht, im Gegenteil, es ließ in einer monströsen Welle alles in meinem neuen Körper anschwellen, was da anschwellen konnte, und Kolja wusste nun gar nicht mehr, wo ihm der Schwanzkopf stand, und statt zu denken, flogen Koljas Neuronen über eine endlose Feuersbrunst…

Wir kamen an. Der Zug trudelte ein. Endlich. Mein kleines Kolja-Eselchen. Mit mir auf ihm drauf. In ihm drin. Sprich: Hirn-Huckepack.

9

And now – the show.

Wir betraten den Bahnhof Frankfurt Flughafen um halb sechs, exakt zwei Stunden vor Abflug der Maschine. Alpha hatte seine Eltern online eingecheckt und Plätze in der Notausgangsreihe ergattert, zwecks Beinfreiheit. Nachdem das Gepäck abgegeben worden war, beugte sich Kolja zu Bitch und sagte, er müsse noch mal kurz… Schon war er weg. Rannte. Konnte das Verlangen nicht mehr unterdrücken. Lag daran, dass die Lust in ihm Tarantella tanzte. Wusste weder, noch merkte er es, dass sein Hirnkörper einen anderen in sich trug. Ich wog ja nicht viel. Wusste also weder, noch merkte er es, dass ich es war, der ihn vorwärts trieb. Dass mein Geist ihm das Blut in die Lenden trieb. Kolja stürzte in die Toilette der Abflughalle, in der handfesten Absicht, sich in einer Kabine einzuschließen und dafür

zu sorgen, dass diese wie aus heiterstem Himmel über ihn ge-
kommene Kraft genau dorthin floss, wo sie in seinen Augen
hingehörte, in den Abgrund der ovalrunden Emailleschüssel.
Als Kolja seine Rechte auf die durch das Fehlen der roten Be-
setztmarkierung als *frei* ihn begrüßende hinterste Toilettentür-
klinke legte, spürte er einen gewaltigen Zug von innen, die Tür
öffnete sich, und auf der anderen Seite, seinerseits noch hand-
warm mit der Klinke vereinigt, stand ein buddhistischer Mönch.
Die zwei Menschen standen sich gegenüber. West und Ost. Sie
schauten sich an. Sie berührten sich. Sie grinsten. Sie sahen an
ihren Köpern hinab. »Oh!«, dachte Tashi, »Um Gottes willen!«, dachte Kolja, »Loch ist Loch«, dachte ich, ehe Kolja die
Tür hinter sich schloss und zur selben Zeit über den schwulen
Buddha herfiel wie der schwule Buddha über ihn, wie überhaupt in diesen Minuten alle beide den Eindruck gehabt haben
werden, dass gleichzeitig sich vollzog, was sich aufgrund anato-
mischer Gegebenheiten nie und nimmer gleichzeitig, sondern
ausschließlich nacheinander hätte vollziehen können.

Und dann war es auch schon vorbei.

Beschreibungsmöglichkeit gegen null.

Und Atemschöpfung.

Tashi und Kolja umarmten sich in der Kabine, mein Buddhachen, mein Buddhalein, stammelte Kolja und strich dem Mönch
über die Glatze, schwuler Mann vom Frankfurter Klo, flüsterte
der Buddha unterdessen auf Englisch und schleckte Koljas Gesicht ab, der aber jetzt, bei der Äußerung des Wortes *gay* zu sich
zu kommen schien wie aus einem Albtraum. (Ich selber – noch
zu erschöpft vom Geschehenen, als dass ich das Kommando
über Kolja hätte an mich reißen können – war nur stummer,
sozusagen innerer Zeuge des Folgenden.) Kolja schob den Buddha von sich, ja, er stieß ihn geradezu weg, riss die Hosen hoch
und die Tür auf, stürzte hinaus, vorbei an den Pissrinnenkopf-
wendern, deren Lächeln gefror, als hinter Kolja ein astreiner
Buddha aus exakt derselben Kabine trat.

Und Tashi? Befand sich im Nirwana. Er war erleuchtet,
würde er später sagen, er hatte seiner Leidenschaft freien Lauf

gelassen, er wusste jetzt wirklich, was er wollte, er wollte den schwulen Mann vom Frankfurter Klo, auch wenn der ihn nicht zu wollen schien, wie man dessen Reaktion deuten könnte. Trotzdem raffte Tashi Gewand und Rucksack und rannte hinterher. Weil er so aufgeregt war und weil sein Gewand beim Rennen störte, verlor er erst die eine Sandale, dann die andere, stolperte und fiel bäuchlings zu Boden, fing sich aber nicht mit den Händen ab, und auch sein Bauch war – Buddha-untypisch – nicht der Punkt seines Körpers, der als *hervorragend* zu bezeichnen gewesen wäre und den Sturz hätte abfedern können, nein, Tashi stürzte auf den Teil seines Körpers, der soeben in der Toilette aktiv gewesen war und sich noch nicht beruhigt hatte. Kurz: Das tat sauweh.

Der Buddha sprang auf, schrie und hielt sich den Unterleib. Er vollführte somit jenen Tanz, der von japanischen Touristen mittels Digitalkamera aufgenommen wurde und später unter dem Titel *Verzückter Buddha* bei YouTube einige Prominenz erlangte. Am Ende des Tanzes hatten sich sowohl der große als auch der kleine Buddha wieder beruhigt, die Japaner entfernten sich nickend, und Tashi hielt Ausschau nach dem schwulen Mann vom Frankfurter Klo, hatte ihn aber aus den Augen verloren. Gab nicht auf. Eilte weiter. Der Flughafen riesig, und Tashi tackerte wie ein kopfloses orangerotes Huhn durch die Halle, ehe er bei der Handgepäckkontrolle landete.

Kam gerade noch rechtzeitig. Um Folgendes zu sehen: Der schwule Mann vom Frankfurter Klo hatte die Handgepäckkontrolle erfolgreich beendet, denn er zurrte den Gürtel fest und schlüpfte in seine schuhriemenlosen Slipper, immer noch hochrot im Gesicht und ein wenig keuchend, kein Wunder, dachte Tashi. Der schwule Mann war offensichtlich nicht allein, sondern in Begleitung seiner Frau, die ihm das aus den Kisten entnommene Portemonnaie und einen metallenen Ring entgegenstreckte, ein Ehering, kein Zweifel, denn der Mann schob ihn sich auf den Ringfinger. Der schwule, offenkundig verheiratete Mann vom Frankfurter Klo drehte sich noch einmal um und winkte drei Personen zu, die zurückwinkten. Während des

Winkens aber erstarrte der Mann vom Frankfurter Klo, weil er das orangerote Blitzen eines Buddhamönchgewands wahrgenommen hatte und jetzt in die Augen von Tashi Tengrit blickte, der ebenfalls winkte, nicht zum Abschied, sondern mit wilder, rudernder Herholbewegung. Der Mann erschrak und zerrte seine Frau von der Kontrolle weg, Richtung Gate. Bei den drei Personen, denen der Mann zugewinkt und die zurückgewinkt hatten, handelte es sich um einen dicklichen, schwitzenden, aber noch rüstigen Opa, der aus unerfindlichen Gründen drei Bälle in der Luft kreisen ließ, um eine dunkelhäutige Teenagerin in Jeans, hohen Hacken und engem Top, das ihre Figur mehr als betonte, um einen strubbeligen männlichen Lümmel, der nur Augen für einen rechteckigen Kasten hatte, den er in Händen hielt und auf den er mit seinen Daumen unentwegt einhackte, und dann war da noch ein… weißer Wolf, der plötzlich aufgeregt heulte. Der alte, dicke Mann steckte die Bälle ein und bedeutete dem Wolf zu schweigen. Die Teenagerin hatte das Erbleichen Koljas registriert, sich seinem Blick folgend umgedreht und gesehen, dass ein buddhistischer Mönch ihrem Vater wilde Zeichen machte.

Omega ging sofort auf den Mönch zu. Fragte ihn, ob er ihren Vater kenne. Doch Tashi verstand die Frage nicht. Des Deutschen ohnmächtig. Blickte Omega an. Lange. Schüttelte den Kopf. »Kolja?«, fragte Omega und deutete in Richtung ihres soeben verschwundenen Vaters. »Kolja Zacharias?« Tashi verstand immerhin so viel, dass dieses Mädchen und ihre Begleiter in irgendeinem Verhältnis zum schwulen Mann vom Frankfurter Klo stehen mussten, Kolja hieß er. Kolja Zach… Omega nickte ihm zu. Der Mönch nickte zurück. Beim dritten Nicken blieb sein Kinn auf der Brust, er war nicht länger in der Lage, diesem Blick standzuhalten. Diesem Blick aus kohlschwarzen Augen. Diesem Omega-Blick.

Und Omega fragte: »Alles in Ordnung?«

Tashi antwortete nicht.

»Kann ich dir helfen?«, rief Omega. »Can I help you?«

Als Tashi immer noch nicht reagierte und Omega hörte, wie

Gusto nach ihr rief, sagte sie endlich ein Abschiedswort zum Mönch, folgte Gusto, Alpha und Escher, und der Mönch blickte ihr nach, denn er wusste nicht, was soeben geschehen war, hatte keine Erklärung, nur ein dumpfes Gefühl. Der schwule Mann vom Frankfurter Klo war mit seiner Frau unwiederbringlich in den Tiefen des Flughafens verloren. Was Tashi blieb, waren nur die vier merkwürdigen Wesen, die jenen Mann zu kennen schienen. Der dicke Alte, der Lümmel, der weiße Hund und diese junge schwarze Frau, von der etwas Geheimnisvolles ausging, etwas, das Tashi tief aufgewühlt hatte. Das, dachte Tashi, das ist alles kein Zufall. Das, dachte Tashi, das kann alles kein Zufall sein. Eigentlich, dachte Tashi, glaub ich ja sowieso nicht an Zufälle. Und Tashi Tengrit – zu restlos allem entschlossen, um die Spur des schwulen Manns vom Frankfurter Klo nicht zu verlieren – folgte dem schwarzen Mädchen und ihren Begleitern so unauffällig wie möglich (d. h. so unauffällig, wie ein tibetischer Mönch ohne jede Sandale jemandem folgen kann). Irgendwer – so fügt sich alles – streckte Tashi unterwegs die Sandalen entgegen, und der Mönch legte dem Finder kurz bedeutsam die Hand auf den Arm. Dann stieg Tashi hinter Gusto, Alpha, Omega und Escher in den Zug, löste eine Fahrkarte bis zum Endbahnhof Basel Badischer Bahnhof, weil er nicht wusste, wo die vier aussteigen würden, warf sich zur Tarnung unterwegs seine knielange schwarze Pelerine über, die er angesichts der Wetterprognosen noch in Nepal gekauft hatte, folgte am Freiburger Bahnhof den vieren in die Straßenbahn und verließ mit ihnen die Straßenbahn in der Wiehre, und dabei hielt er sich geschickt im Verborgenen. Die vier betraten ihre Wiehre-Wohnung. Im Erdgeschoss ging das Licht an. Es war nach elf. Tashi Tengrit wusste jetzt, wo die vier und damit offenkundig auch der Mann vom Frankfurter Klo wohnten. Doch längst folgte Tashi nicht mehr nur der Spur des Manns vom Frankfurter Klo, das natürlich auch, aber seit dem Blick in Omegas Augen hatte Tashi eine andere Witterung in der Nase, und die sollte sich mehr als bestätigen. Tashi ließ die vier für den Augenblick allein, suchte ein Hotel, sah im Zimmer in den Spiegel, dachte an das, was in den letzten Stunden geschehen war, schüttelte langsam, aber auch huldvoll den Kopf, o grauer Elefant, dachte Tashi, jetzt hab ich heut glatt meine Meditationsübungen vergessen.

10

Kolja bibberte. Was geschehen war, war geschehen. Er konnte es nicht mehr rückgängig machen. Bitch schlief zum Glück. Hätte sie nicht geschlafen, hätte Kolja ihr in einem Beichtreflex erster Kategorie sofort alles erzählt. Loswerden wollen, so die eine Hälfte seiner Gedanken. Homosexuell, so die zweite Hälfte. Das konnte nicht sein. Wieso hatte er den Buddha *Buddhachen* genannt? Wieso hatte er sein Gesicht gestreichelt? Der Akt selber war für Kolja nicht das eigentlich Schlimme – schlimm genug –, aber seine aus dem Nichts für einen schwulen Buddha wie Fäulnisbläschen vom Grund des Sees aufstoßenden Gefühle raubten ihm den Schlaf. Er tat keine Sekunde auch nur eins seiner beiden Augen zu. Ich dagegen gab alles. Ich schwang mich zur Stimme eines verführerischen Teufelchens in seinen Gehirnohren auf, ich nagte und blubberte ohne Pause, keine Bedeutung, sagte ich, lass doch den Quatsch, sag einfach nichts, mach das Ganze mit dir selber aus, du würdest Bitch nur unnötig verletzen, du schaffst das, ich bin bei dir. Meine unermüdlichen Bemühungen der Fremd-Selbst-Beschwichtigung zeigten insofern Früchte, als Kolja sich mit einem Buch zurücklehnte. Ich dagegen wollte endlich schlafen, die Augen schließen, nach fünfzehn Jahren Wachheit ins Polster der Sinnenumnachtung trudeln, aber ich kam nicht an gegen Koljas Adrenalin, das den ganzen Flug über in seinem Blut wummerte.

Und dann der Absturz.

Man schaue sich den Film *Cast Away* an.

So ähnlich jedenfalls lief das auch hier ab.

Dann brauch ich das schon nicht zu beschreiben.

Bitch und Kolja waren die einzigen Überlebenden. Notausgang. Rettungsboot. Sie fanden sich wieder auf einer mickrigen Pazifikinsel. Kolja gab Bitch ein paar Ohrfeigen, die er am liebsten sich selber gegeben hätte, und schloss seine Frau in die Arme, als diese hustend zu sich kam, und für einen Augenblick hatte ich nicht aufgepasst und dem Beichtreflex in Kolja freien Lauf gelassen, und der arme Kolja konnte sich jetzt absolut nicht mehr zurückhalten, er dachte, okay, das ist vielleicht nicht der günstigste Moment, aber ich muss es loswerden, egal, und dann fielen sie also, die Worte.

»Bitch?«

»Ja?«

»Ich habe den schwulen Buddha gefickt.«

»Ist das ein Filmtitel?«

»Ich fürchte nein.«

II

Zur selben Zeit sollte Omega Sybille Zacharias, unter uns geworfen im Jahr 2000 des Ex-Herrn Jesus Christus, spätere Retterin der Welt und insofern Erlösungskonkurrentin für den ehemaligen Sohn Gottes, zum ersten Mal in ihrem Leben ihre telekinetischen Fähigkeiten einem anderen Menschen zur Schau stellen, und dieser andere Mensch war kein Geringerer als Omegas Adoptivgroßvater Gusto Winter. Vielleicht hätte Omega auf die Zurschaustellung ihrer Fähigkeiten verzichtet, wenn sie geahnt hätte, welche Steine, nein, Felsen, nein, Berge sie damit ins Rollen bringen würde, aber Omega hatte das Gefühl, sie müsse etwas tun, um ihren Großvater zu trösten. Denn der hatte vom Absturz der Maschine erfahren, in der Bitch und Kolja saßen. Und jetzt die Katastrophe, der Anruf, die Bestätigung der Flugnummer, heftiger Sturm im Pazifik, Rettungs- und Bergungsarbeiten noch unmöglich, Hoffnung minimal bis null und nichtig.

»Sie sind nicht tot!«, sagte Omega.

»Woher willst du das wissen?«, fragte Gusto.

Beide saßen im Wohnzimmer. Omega hatte ihren Opa noch nie weinen sehen. Als hätte sich eine Schleuse geöffnet, konnte er nicht mehr aufhören damit.

»Ich hab es geahnt«, sagte Omega, längst hatte sie sich an die Bilder erinnert, die sie einst – ihr Arm in Eschers Rachen – gesehen hatte (ihre Eltern, ein Absturz, die beiden aber gerettet am Strand einer Insel), Bilder, von denen sie jetzt deutlich wusste, dass sie sich auf die Wirklichkeit damals zukünftigen – jetzt jetzigen – Geschehens bezogen, sprich: Vorausahnung. Es musste einfach so sein. Alles andere war undenkbar. Eine Insel. Wie in *Cast Away*. Einem der vielen Lieblingsfilme ihrer Eltern. Den Bitch und Kolja schon siebzehnmal gesehen hatten. Eins fügte sich zum andern.

»Was!?«, schrie Gusto. »Was hast du geahnt!? Hör auf!«

»Gusto, ich kann dir das nicht erklären. Ich habe Dinge gesehen. Ich weiß ... Dinge. Ich kann ... Dinge. Ich hab dir noch nichts davon erzählt bisher. Aber jetzt, ich glaube ...«

»Bitte, hör auf!«, sagte Gusto.

»Ich will dich so nicht sehen. So kenn ich dich nicht. Ich will, dass du aufhörst zu weinen, ich sag dir, die sind nicht tot, du wirst sie noch mal im Arm halten, und zwar beide!«

»Du redest schon wie deine Mutter! Und woher willst du das wissen? Hast du seherische Kräfte oder was?«

»Ich weiß nicht. Es ist Escher. Ich weiß nur, dass ich ...«

»Halt endlich die Klappe!«, brüllte Gusto, weil er solches Geschwätz hasste.

Omegas Lippen zogen sich scharf zusammen. »Ich habe dir mein ganzes Leben lang zugehört«, flüsterte sie. »Zig Vorlesungen. Deine Ideen, Gusto. Deine Philosophie der Exkremenz. Ich habe alles von dir gelernt, was ich weiß. Und jetzt, mein lieber alter Opa, hörst du gefälligst *einmal* in meinem Leben mir zu!«

»Sie sind tot!«, sagte Gusto tonlos.

»Es reicht!«, rief Omega. »Willst du ein Taschentuch?«

Gusto schnorrte den Rotz hoch.

»Jetzt pass mal schön auf!«, zischte Omega.

Sie ruckte in ihrem Sessel ein wenig vor, legte die Hände auf die Knie, schloss kurz die Augen, nur um sie wieder zu öffnen, aber etwas hatte sich im Ausdruck verändert, und Omega achtete nicht auf Gustos Worte, der sagte, die Taschentücher lägen in der Küche, da müsse sie schon aufstehen, sondern sie kniff die Augen zusammen und tat das, was sie am besten konnte, und ein offenmundiger Gusto – ich war, Freunde, diesmal leider nicht dabei (hing ja gerade mit und in Kolja im Pazifik rum und weiß es nur aus Gustos Memoiren) – musste nassäugig mit ansehen, wie ein Päckchen Tempotaschentücher gemächlich ins Wohnzimmer schwebte, als hätte man es an einen langen, unsichtbaren Faden geknüpft, gleichmäßig, wunderbar austariert, überhaupt nicht ruckartig hüpfend, und als sei das noch nicht genug, blieb das Päckchen einen Meter vor Gustos Nase in der Luft stehen, und die rote, zur Wiederverschließung einladende Klebeschnalle öffnete sich, ein einziges Taschentuch ruckelte aus der halb verbrauchten Packung, und dann fächerte es sich auf, in einer – wie Gusto es später beschrieb – »durch nichts, was ich bislang in meinem Leben gesehen habe, übertroffenen Anmut, wie ein quadratischer weißer Schmetterling schwebte das Tuch noch eine Weile im Raum auf und ab, zur Decke und zurück, zum Sofa, zum Tisch, ehe es mir in den Schoß flatterte und dort liegen blieb«.

Omega schnaufte kurz. Der telekinetische Akt hatte sie ein bisschen angestrengt. So ausführlich und beinah poetisch hatte sie ihn bislang noch nie ausgeübt. Die Packung plumpste zu Boden. Gusto nahm das Taschentuch, suchte nach unsichtbaren Fäden, fand keine im, am und ums Taschentuch herum, hob die Packung auf, auch hier nichts, hatte das Weinen eingestellt in heller Aufregung. Brauchte also das Taschentuch eigentlich gar nicht mehr.

»Das warst *du*?«, fragte Gusto.

»Das war *ich*!«, sagte Omega.

»Und wie?«

»Keine Ahnung.«

»Und – klappt das auch mit anderen Gegenständen?«

»Klar.«

»Mit welchen?«

»Teller. Kissen. Flaschen...«

»Roulettekugeln?«, rief Gusto.

»Hab ich noch nicht ausprobiert.«

Da war er wieder, der alte Sack, hatte im Handumdrehen den Flugzeugabsturz vergessen und sagte: »Werden Kohle scheffeln ohne Ende, meine Kleine.« Gusto lachte, biss sich dann aber auf die Zunge und fügte hinzu: »Also, und du bist dir sicher, dass Bitch noch lebt? Und Kolja?«

»Ja. Wär ich sonst so vergnügt? Es sind meine Eltern!«

»Okay. Dann glaub ich dir. Hast schlagende Argumente. Genauer gesagt, flügelschlagende Argumente.«

Jenes fliegende Taschentuch, äußerste Maßnahme, die Omega nur für die Extremsituation der Gusto-Trauer aus der Packung geschüttelt hatte, wurde noch von einem anderen Menschen beobachtet. Nicht von Alpha, nein, der hockte in Kolja-Bitch-Trauer in seinem Zimmer. Auch nicht vom Neurologen Dr. Henry Lamarque, der erst später wieder den Weg ins Zacharias-Haus finden würde. Nicht von Dr. Sabrina Steward, deren Zeitreisebesessenheit soeben eine neue Dimension erreichte. Nicht von Buzz Monster – inzwischen Sabrina Stewards Arbeitgeber –, dem reichsten Mann der Welt, der immerhin eventuell mittels Satellitentechnik in der Lage gewesen wäre, ins Haus der Zacharias' zu linsen. Nicht vom Projektkünstler Matthias Schamp (genannt Der Schamp), der erst später in Aktion treten würde. Nein, nein, mit angesehen wurde die aufwühlende Szene von niemand anderem als von – Tashi Tengrit.

Tashi. Der hockte wieder im Busch. Der wollte die kleine Schwarze nicht aus den Augen lassen. Der hatte so ein Gefühl bezüglich dieses Menschen. Dieser Frau. Dass mit ihr etwas nicht stimmte. Oder im Gegenteil – etwas ganz besonders stimmte! Der wollte wissen, was hier los war. Als er Gustos Tränen sah, als er die schwebende Packung mit den Taschentüchern sah, als er Gustos Überraschung sah und Omegas Ruhe und Kraft, als er das sich entfaltende Tuch sah, die Schmetterlingsgrazie der flatternden Vierlagigkeit, da wusste er, dass seine Witterung ihn nicht getäuscht hatte – erst ein einziges Mal hatte er einen buddhistischen Jungen gesehen, der in der Lage gewesen war, einen Löffel zu verbiegen mit der nackten Kraft seiner Gedanken, und das war auch noch in einem Film gewesen, *The Matrix*, den der Mönchkollege Huki von einem Symposion mitgebracht und den man auf Hukis Laptop angeschaut hatte. Und jetzt das! Ein fliegendes Tuch! Bewegt mittels Gedankenkraft! Von wem? Von einem schwarzen Mädchen! Tashi kannte ihren Namen noch nicht, aber er wusste, er würde sie kennenlernen, er würde sie kennenlernen müssen, alles fügte sich in dieser Sekunde zu einem einzigen Bild, die Erleuchtung im Klo, die neu gefundene Leidenschaft, sie hatte ihm den Weg gewiesen zu diesem Wesen hier.

Und Tashi war ein Mann rascher Entschlüsse. Er dachte folglich nicht lange nach. Sprang aus dem Gebüsch und lief am verdutzten weißen Wolf vorbei, der seine Schnauze aus der Hundehütte reckte, direkt ins Hotelzimmer, schnappte das Handy, das man ihm für die Reise mitgegeben hatte, las zitternd die Bedienungsanleitung und wählte endlich die Nummer vom Dalai-Lama-Suchkommissionsvorsitzenden, der sich brummend meldete: »Tashi? Mensch, du?«

»Meister«, murmelte Tashi perplex, »zwei erhabene Zeichen in einer Nacht. Ihr wisst, wer Euch anruft, ohne dass ich einen einzigen Laut von mir gegeben habe!«

»Deine Nummer auf dem Display«, knurrte der Meister.

»Was?«, fragte der schwule Buddha.

»Also, sprich frei und ziere dich nicht!«

»Ich habe ihn gefunden!«, sagte Tashi.

»Wen?«

»Wen? Ihn! Ihre Erleuchtetheit! Den neuen Dalai Lama. Den Seelenverwandten unseres alten Dalai Lama. Ich bin mir sicher. Durch Emanation werden wir in Kürze einen ...«

»Und wer ist das? So sprich doch!«

»Ich kenne ihren Namen noch nicht.«

»*Ihren* Namen?«

»Ja, der neue Dalai Lama ist eine Frau. Ein Mädchen. Sie ist noch jung. Ich schätze, fünfzehn, sechzehn.«

»Eine Frau?«, stotterte der Meister.

»Ja, eine Frau, schön wie Ebenholz.«

»Wieso Ebenholz?«

»Sie ist schwarz.«

»Was soll das heißen, schwarz?«

»Eine schwarze junge Frau. Ich kann mich nicht täuschen. Es kann kein Irrtum vorliegen. Der schwule Mann vom Frankfurter Klo wies mir den Lendenweg. Er ist wohl ihr Vater. Vater der neuen, ersten Dalai Lamanin des tibetischen Buddhismus, wenngleich ich keine Ahnung habe, wieso er bleich, seine Tochter aber pechschwarz ist, vielleicht eine Adoption, vielleicht eine Tochter aus erster Ehe, und der Großvater, ja, es muss ihr Großvater sein, ist ebenfalls weiß, er schwitzt und ist dick, er lässt Bälle wirbeln, und ihr Freund, es muss ihr Freund sein, schießt Meteoriten ab auf Monitoren, ich sah es nebenstehend, und bewacht wird das Mädchen von einem weißen Wolf, alle sind weiß, nur sie, Ihre Erhabenheit, ist kohlrabenschwarz, und sie ist schön, sehr schön, ihr Blick ist unbeschreiblich, und sie lässt Taschentücher, wunderbar weiße Taschentücher aus Papyrus lässt sie mit der Kraft ihrer Gedanken durch den Raum segeln, Taschentücher gegen die Trauer. Meister?«

»Hast du den Gips dabei?«, fragte der Meister.

»Wohl«, sagte Tashi.

»Dann gieße nunmehr tausend Buddhafigürchen und begebe dich zur Meditation!« Ehe er auflegte, fügte der Meister noch hinzu: »Und lass die Griffel von der Minibar!«

Teil 5

Buzz Monster
alias Reichster Mann der Welt
und Sabrina Steward
alias Morlocks Tochter

I

In den dreißig Jahren bei den Barbaren habe ich oft von unseren Gedankenspielen geträumt: Ich malte mir aus, wie ich den kleinen Vorraum unserer Arena betrete; wie ich meine Arbeitsbiene in das Arbeitsbienenabstellregal setze; wie meine kleine Biene namens Humbo dieses Wegstellen mit einem verstimmten Brummen quittiert; wie ich mich ausziehe und den Duft der Arena einsauge; wie ich eure Stimmen höre, Freunde; wie ich hochblicke zur Decke der Arena, fensterlos wie eine Monade, um keinen noch so kleinen Gedanken entwischen zu lassen; wie wir uns nackt entgegentreten, nicht nur in der Nacktheit des Kopfes, sondern auch des Körpers; wie er fällt, der Startschuss zum neuen Gedankenspiel; wie sich aus unseren gemeinsamen Gedankengefühlen ein echter Mannschaftsgeist entwickelt; wie jede künstlerische Leistung als kollektives Ereignis gefeiert wird, einmalige Kurzkunstwerke, die nach dem Entstehen sofort erlöschen. Ich habe mir oft auch unsere dialektischen Denk- und Fühlgebilde vorgestellt: Wie jeder von uns gleichzeitig erlebt, erfühlt, erinnert und erdenkt, was der andere erlebt, erfühlt, erinnert und erdenkt: Hunger und Sattheit, Lust und Unlust, affirmative und diffirmative Gedanken, jedes Gefühl und jeder Gedanke hebelte oder, wie ich jetzt, nachdem ich ihn gelesen habe, sagen könnte, hegelte sich gleichzeitig aus und erreicht damit erst seine volle Blüte. (Bei den präbarbarischen Menschen hatte Ähnliches vielleicht am ehesten jener Georg Wilhelm Friedrich Hegel beschrieben oder war es der Flegel Schlegel, ich weiß nicht mehr genau, der sagte: »Jeder Satz, jedes Buch, so sich nicht selbst widerspricht, ist unvollständig.«) Ich träumte aus einem ganz bestimmten Grund oder Abgrund heraus, ich träumte, um mein Bewusstsein nicht zu verlieren, jenes Gefühl für mich selbst, ich träumte also, um mich abzulenken von der Einsamkeits- und der Enthaltsamkeitskrankheit. Aber jene Gedankenspielträume reichten bei Weitem nicht aus: bloße Tropfen auf den heißen Stein meiner aberwitzigen Unsichtbarkeit. Was mich rettete, rettete vor dem sicheren Absacken und Einsickern in den Ungrund, das war etwas ganz anderes. Ihr ahnt bereits, Freunde, was genau das war, ihr wisst es!

Etwa im Jahr 354 nach Omega – ich habe es nachgelesen – tauchten die allerersten Quadrupelhirne auf, sprich, Menschen nicht mehr nur mit simplen drei Gehirndritteln (wie unsere Vorgänger, die Tripelhirne), sondern mit üppigen vier Hirnvierteln. Schon die ersten Quadrupelhirne verfügten sofort über die Gabe des Gedankenhörens, jene Gabe, die dafür verantwortlich zeichnete, dass Gedanken nicht mehr träge durch Hirnwindungen und Zungenmuskel zum Ohr des anderen Menschen transportiert, sprich, stimmlich und lautlich ausgesprochen werden mussten (da man ohnehin hörte und wusste, was der andere dachte), jene Gabe, die wir auch teuer bezahlten mit einer dramatisch kürzeren Lebenserwartung, wie ich von Jimmy in Erfahrung brachte (fünfzig Jahre werden wir im Durchschnitt alt, die Tripelhirne wurden noch wesentlich älter). Diese neue Fähigkeit also führte – wenn ich mir einen geschichtlichen Exkurs erlauben darf – nicht nur zum Ende der zahlreichen Missverständnismöglichkeiten, die eine verbale Kommunikation barg, nein, in der Quadrupelhirnübergangsphase führte die neue Fähigkeit zunächst auch zu heftigen Auseinandersetzungen. Man war bis dahin durchaus gewohnt, etwas anderes zu sagen, als man dachte. (Unsere Vorgänger, die Tripelhirne, verfügten im Unterschied zu Omega, dem ersten Tripelhirn, nicht etwa über die Gabe der Telekinese, sondern über eine immense Einfühlungskraft in andere Menschen und Lebewesen, und gerade sie, die Tripelhirne, hatten aus Rücksicht auf die Gefühle ihrer Genossen noch des Öfteren ein Blatt vors Hirn genommen). Jetzt aber – mit dem Auftauchen der Quadrupelhirne – konnte nicht mehr verhindert werden, dass ein Gegenüber genau wusste, was Sache war. Keiner konnte dem anderen mehr etwas vormachen. Daraus resultierte das Verschwinden der Höflichkeitslüge. Das war mit weit mehr als nur Irritationen verbunden. Wenn man zum Beispiel sagte: »Mensch, siehst du gut aus!«, aber gleichzeitig dachte: »Mein Gott, ist der fett geworden!«, konnte diese Diskrepanz zwischen Gedanke und Wort vor den ersten Quadrupelhirnen nicht mehr verheimlicht werden. Die Versuche, spontane Gedanken umzubiegen und sich selbst – rein gedanklich – zu belügen, scheiterten kläglich. Eine Gedankenlüge wurde vom Gegenüber sofort als eine solche enttarnt, indem der andere anfangs noch sagte, später aber dachte: Du lügst dir doch selber ins Hirn. Gedanken waren fortan also alles andere als frei. Und nur daher hörte man irgendwann auf mit dem fatalen Sprechen. Stimmen und Redevermögen benötigten die ersten Quadrupelhirne schon sehr früh nur noch für die Kommunikation mit den Maschinen.

Man muss sich vorstellen: Dieser für die ersten Quadrupelhirne noch neue, höchst schwierig zu bewerkstelligende soziale Aspekt (ich meine die radikale, ungeschützte Offenbarung des Eigenen den anderen Quadrupelhirnen gegenüber) musste – da sind sich die Quadrupelhirnforscher und -experten einig – letztlich zu jenem durch und durch merkwürdigen Phänomen unserer Rindenschnitzbesessenheit geführt haben. Man sprach von Kompensation. Die restlos daliegende Offenbarkeit unserer eigensten Gedanken gegenüber der hehren Einsamkeit des wald-friedlichen Rindenschnitzens! Schaut uns an! Wir können im Grunde genommen an keinem Baum vorbeigehen, ohne etwas in dessen Rinde zu schnitzen, zu kerben, gravierend zu gravieren! Rindenschreiber nennen wir uns, Rindenkerber, Rindenschnitzer, Rindenschmierer, Schmierfichten, Eibenschreiber, Eichenschänder. Unser Rindenschnitztick, unser Rindenschnitzwahn! Dieser ungeheure Stromschlag, der uns durchzuckt, sobald wir einen Baum sehen. Dann hüpfen wir hin, zücken sofort unsere Rindenschnitzmesser und legen los! Konnte dieser Wahn von den allerersten Quadrupelhirngenerationen noch durch das Hineinschnitzen von Ornamenten gestillt werden, so reichte das irgendwann einfach nicht mehr, und man kam an den Punkt, da man die Bildhaftigkeit der Rindenschnitzereien verlassen und wirklich etwas sagen musste. Schreiben. Schreibend schnitzen. Schritzen. Das konnten Aphorismen sein (»Ein gedachtes Wort ist auch ein Docht«), Gedichte oder einfach sinnloser Unfug. Und dann! Diese Sorgfalt, diese entlarvende Sorgfalt, mit der schon die allerfrühesten Quadrupelhirne jene Maschinen entwarfen, die ausschließlich Rindenschnitzmesser herstellten! Maschinen, die im Lauf unserer Geschichte immer ergreifendere, immer ausgefeiltere Messerformen und immer höherwertige Messerschärfen entwickelten!

Warum erzähl ich euch das, Freunde? Weil ich eins jetzt zugeben muss: Wenn mir die Einsamkeit bei den Barbaren zu sehr zu schaffen machte, wenn ich kurz davor stand, mich selbst zu verlieren, wenn die Verzweiflung über meine Unsichtbarkeit einen neuen Höhepunkt erreichte, wenn das Erinnern an unsere Gedankenspiele als Ablenkung versagte, dann musste ich mich einfach an irgendwas festhalten. Woran aber kann sich ein Quadrupelhirn besser festhalten als an seinen geliebten Rindenschnitzmessern!? In Zeiten allergrößter Not und bitterster Einsamkeit betete ich die wohlfeilen Namen unserer Rindenschnitzmesser herunter! Innerlich, versteht sich. Ein schweigender Rindenkranz. O Ulmenschrubber, murmelte ich lautlos. O Pappelschäler, Lindensünde, Harzhöhler und Mangrovenmachete! O Eichelmäher, Buchenbluter, Datteldrechsler und Kirschbaumkitzler! O Heidenhaspler, Kiefernkapper, Lorbeerlöser und Mistelmurkser! O Nussbaumnagler, Weidenwühler, Zedernzwicker und Gingkogravierer! O Birkenbeilchen, Lärchenlanze, Erlenfurcher und Robiniengertel! O Tannennadel, Fichtenritzer, Weißdorndolch und Zwetschgenzänglein! Und mehr noch, ich malte mir des Öfteren aus – für den Fall, dass es uns gelingen sollte, den Meteoriteneinschlag abzuwehren und eine Zukunft der Menschheit zu eröffnen –, wie ich eine allererste Rindenschnitzweltmeisterschaft organisieren würde. Für mich. Für euch alle. Inspiriert von den Sportleidenschaften der Barbaren! Vornehmlich von Koljas Fußballfixierung! Die mich ansteckte, das muss ich sagen. (Und die ich erst spät als Gladiatorenspiele durchschaute, obwohl die Opfer der Gladiatoren nicht – wie einst die Christen noch im alten Rom – von den Gladiatoren höchstpersönlich getötet wurden, sondern im Vorfeld, so zum Beispiel während der Stadionbaumaßnahmen zur Fußballweltmeisterschaft 2022 in Katar, bei denen etliche Zwangsarbeiter schon zuvor – ehe die Stürmer der Mannschaften im WM-Jahr das Tor fanden – den Tod fanden.) O Juni! Im Juni stehen die Pflanzen voll im Saft. Im Juni sind die Bäume jung und frisch und bluten manchmal harzig, wenn man sie beschnitzt. Der Juni ist die Zeit des Jahres, in der alles in vollster Blüte erblüht ist. Im Juni würden wir uns treffen, pinselte ich mir aus – immer in einem neuen, völlig unberitzten Wald –, die zweiunddreißig besten Rindenschnitzer, die in den Rindenschnitzweltmeisterschaftsqualifikationen ermittelt worden sind. O Juni! O Duft des Harzes, o Vögelchen des Waldes, das Zirpen der frisch geschlüpften Insekten, das Jucken der Rindenschnitzfinger, o Juni, diese jungfräulichen Rinden der Bäume, die darauf warten, beschnitzt zu werden, die reine Weißheit des Rindenpapiers, das leise Klagen der Bäume im Wind, die wissen, was auf sie zukommt und sich wurzelhaft fügen müssen in unser Rindenschnitzfest. Wir bibbern, wir harren, wir warten auf den Startschuss des Rindenschnitzweltmeisterschaftsschiedsrichters! Wir stürmen los, in der Gruppenphase kämpfen wir Mann gegen Mann, hier geht es noch – als Einstimmung – um die Anzahl der von uns in fünf Stunden beschnitzten Bäume, wir alle haben denselben Text, den wir wieder und wieder und von vorn und von vorn in die Rinden schnitzen müssen, und hier sind die handgelenkkonditionellen Grundlagen entscheidend, die wir im Rindenschnitzweltmeisterschaftstrainingslager gelegt haben. Und ich malte mir aus, wie ich die Gruppenphase der allerersten Rindenschnitzweltmeisterschaften locker überstand und somit gleich ins Viertelfinale vorpreschte. Auch da gewann ich gegen den holländischen WM-Favoriten Robin van Schersie, aber eigentlich nur, weil dieser sich in einem Moment mangelnder Konzentration – sehend, dass ich keine Chance gegen ihn hatte, dachte ich ihm verzweifelt und verärgert zu, warum er nicht zu Hause geblieben sei, um die Rinden seiner Käse zu beschnitzen, *Schersie* doch!, dachte ich immer wieder, scher sie doch!, deine blöden Käserinden – in den Finger ritzte, da er sich über meine Gedanken maßlos aufregte und irgendwas von Fairplay faseldachte, empört zu mir und meinem Baum hinübersah, und dabei geschah das Missgeschick, sein Zedernzwicker rutschte an einer fiesen Rindenschuppe ab, und das zweiklingige Messer bohrte sich zutiefst in den Zwischenraum zwischen Daumen und Zeigefinger, sodass er unmöglich weiterritzen konnte und ich – wiewohl ein dickes Foul auf dem, hoho, Kerbholz – haushoch gewann. Ich schnitzte mich bis ins Endspiel durch, wo ich letztlich leider *scheit*erte und zwar am Großmeister der Rindenschnitzkunst, Lionel Messer (nur überboten vom legendären brasilianischen Altmeister Peller, der in seinem Leben 128 054 Bäume beschnitzt und eigentlich nichts anderes getan hat, zeit seines Lebens, als zu schnitzen, sowie vom unangefochtenen Rindenschnitzkaiser, um nicht zu sagen, der Rindenschnitzlichtgestalt Franz Zeckenhauer), aber ich war dennoch froh, so weit gekommen zu sein, hatte mein Bestes gezedert und lediglich enormes Pech im Kampf gegen Lionel Messer gehabt, konnte ich doch das Rindenschnitzduell lange Zeit ausgeglichen gestalten, ehe meine ultrascharfe und höchst filigrane Datteldochtklinge einfach so entzwei brach und ich die entscheidenden Sekunden verlor, ehe mir mein Rindenschnitzshabby das Ersatzmesser brachte, leider nicht den geliebten Fichtenritzer 524, sondern einen für meine Schnitzritzverhältnisse viel zu leichten Gingkogravierer, mit dem ich nicht wirklich geübt war, doch immerhin durfte ich mich in meiner Phantasie jetzt mit Fug und Ritz Rindenschnitzvizeweltmeister nennen, und ich könnte jetzt dieses total verkorkste (nein, verkorkte!) und auch überflüssig scheinende Kapitelchen – längst werdet ihr euren Halsmuskeln den Befehl erteilt haben, darüber den Kopf zu schütteln – mit den Worten *Ich fürchte, ich habe mich mitreißen lassen* beenden, aber in Wahrheit wollte ich ein Wahnmal errichten und euch mit diesem Wahnwal, Mahnmal, Wahnmal darstellend zeigen, wie sehr meine Enthaltsamkeitskrankheit von einer furchtbaren

Einsamkeitskrankheit flankiert wurde, die jene Rindenschnitz-weltmeisterschaftsblüten trieb, sodass ich im August 2015 schlicht und ergreifend einfach nicht mehr konnte und zwecks Tanken von wirklichen Körper- und Geist-Erlebnissen den ehrenhaften Kolja Zacharias besteigen und mir seinen Körper und Geist zueigen machen musste, und ich hoffe, dass meine Rechtfertigung für jene Kolja-Besetzung (die man mir kaum verzeihen wird), nach dem soeben Gelesenen vielleicht ein wenig nachvollziehbarer *klingen* möge, und Amen, ich sage euch, Hirne, abgesehen von jener Kolja-Besetzung leistete ich mir während meiner Zeit bei den Barbaren keinen weiteren Schnitzer.

2

Drei Tage nach dem Absturz wurde ein Koffer an die Insel geschwemmt. Der Koffer gehörte – wie Bitch und Kolja dem Namensschild entnahmen – Loropheia Winstonsson, sechzig Jahre alt damals, reich, erste Klasse geflogen, erste Klasse abgestürzt, also erstklassiger Platz auf dem Meeresgrund. Kurz vor Sonnenuntergang öffneten die beiden den Koffer. In einer fast feierlichen Zeremonie. Darinnen fand sich ein echter Nerzmantel, zwei Kleider des Designers Charles Edwin Mutton, Altfrauenwäsche, die aber nicht wie Altfrauenwäsche wirken wollte, allerhand Kosmetika sowie eine sehr gut eingewickelte Flasche Cognac, 44er Bobignac. Sonst nichts.

»Blöd«, sagte Kolja.

»Ekelhaft«, sagte Bitch. »Ich trage keinen echten Nerz!«

»Wir könnten ihn als Decke verwenden«, sagte Kolja.

Bitch schüttelte angewidert den Kopf. Gegen jedwede Vernunft (man hätte das Zeug auch als Desinfektionsmittel verwahren können) öffneten sie die Cognacflasche und missbrauchten sie zu Orgienzwecken (ein Akt der Verzweiflung womöglich, als den Gestrandeten klar wurde, dass sie hier sterben könnten). Am nächsten Morgen schrieb Bitch einen Brief:

»Wir leben! Birte und Kolja Zacharias, wohnhaft in 79100 Freiburg, Urachstraße 17, Tel.: 0189/7531274, bitte melden bei Gustav Winter, selbe Adresse, (gusto@yahoo.de), Flug A5486 am 8. August 2015, sind auf einem Eiland (wie in Cast Away) gestrandet und erhoffen Rettung.« Nachdem Bitch den exakten Zeitpunkt des Flugzeugabsturzes eingetragen hatte, steckte sie den Brief in die leere Cognacflasche, paddelte ein Stück aufs Meer hinaus und warf die Flasche hinein. In diesem Augenblick erinnerte sie sich an einen Artikel, den sie kürzlich gelesen hatte: *Bestellungen ans Universum*. Das Universum, hieß es, habe für jeden Menschen etwas in petto. Man müsse es einfach nur bestellen. Die Bestellung könne aufgeschrieben, anschließend ausgesprochen, mit einem Hauch verstärkt und in vollstem Vertrauen losgelassen werden. Man dürfe in der Bestellung nur positive Formulierungen benutzen. Man solle einen Zustand bestellen und das Wort *wollen* vermeiden. Man solle sich innerlich darauf vorbereiten zu empfangen (vgl. www.bestellung.jimdo.com/anleitung). Kolja seufzte. Um Bitch einen Gefallen zu tun, spielte er mit. Bitch bestellte Bücher, Schach, Spielesammlung, Kolja einen Werkzeugkoffer. Bitch wies ihn darauf hin, dass die Bestellungen über ein gewisses Maß an Realisierungsrealismus verfügen müssten und jeder Werkzeugkoffer aufgrund seiner Schwere den Weg zum Meeresgrund bereits zurückgelegt haben dürfte. Kolja ließ sich nicht beirren und bestellte also den gigantischen Werkzeugkoffer eines Bohrinselmechanikers, der – aus Angst davor, dass sein Werkzeugkoffer einmal ins Wasser fallen könnte –, diesen derart ausstaffiert und luftgepolstert hatte, dass er über Wassertragfähigkeit verfügte. Bitch murrte, ließ es aber durchgehen.

Drei Wochen später kam der Koffer. Ein riesiger Samsonite, fast wie neu. Während dieser drei Wochen warteten die beiden nicht, sondern richteten sich auf der Insel ein. Sie schnitzten (mit dem Messer aus der Rettungsinsel) Spitzen an die Enden von Stangen und stellten zwei Speere her. Dass Kolja ständig auch noch allerhand Firlefanz in alle möglichen Baumrinden schnitzte, quittierte Bitch mit Kopfschütteln. Sie übten das

Fischen. Fertigten aus den Rüschen der Designerkleider Netze und aus dem Mantel eine Schlafunterlage. Schossen hilflos auf Vögel mit Pfeil und Bogen. Grillten Krebse, Krabben, krude Krustentiere. Tauchten nach Meeresbodenbewohnern. Durchdrangen mühelos die Kokosnussschalen (mit dem Korkenzieher vom Allzweckmesser), legten Wasservorräte an (drei Geschmacksrichtungen: aufbereitetes Salzwasser, Regenwasser, Kokoswasser), verschönerten die Höhle durch Muscheln, Palmwedel, getrocknete Pflanzen, Steine, knüpften aus Pflanzenfasern an den Abenden Seile, stellten Teppiche, Decken, Wandbehänge her, richteten in der Höhle eine Feuerstelle ein und hielten erschöpft inne, als sie endlich den zweiten Koffer aus dem Wasser fischten.

Der Koffer leuchtete in knalligstem Rot. Und gehörte der Professionellen Karla Mendez. »Wenn das«, ließ ich Kolja raunen, »mal kein Zeichen ist.« Ich fand den Koffer einen schönen Kompromiss vom Universum. Meine eigenen Wünsche wurden in allen Punkten *über*erfüllt. Ebenso Bitchs Sehnsucht – nämlich das Unterhaltenwerden. Und auch Werkzeuge gab es im Koffer in Hülle und Fülle, wenn auch etwas andere Werkzeuge, als Kolja im Kopf gehabt hatte. Und dann ging es los.

Bitch zeigte sich – nachdem man auf der Insel gestrandet war – zunächst höchst überrascht von Koljas permanentem Drängen und Dringen und In-sie-eindringen-wollen, seiner nimmersatten Lust, fand dies aber auf anregende Weise aufregend. Hatten wir auf der Insel drei Wochen lang auf eher konventionelle Art die Erquicklichkeiten ehelichen Verkehrs erneuert, wurden wir durch den Inhalt des Samsonite regelrecht inspiriert. Bitch widmete sich zunächst dem Micro Buz G-Spot Vibrator, der Pussypumpe Vagina und dem Crystal Clear Multisucker, was zur Folge hatte, dass Kolja und ich mehr und mehr in die Rolle des Zuschauers abdrifteten, weshalb wir unser nimmermüdes Interesse gezwungenermaßen auf die Penispumpe Eichel-Trainer und die Lustmuschi Lady Incognito richteten, aber das Zusammenspiel mit Bitch vermissten. Das änderte sich, als wir erstens die Funktionsweise des Doppeldildos Play Candy Double Dong sowie des Strap-on-Duo-Umschnalldildos durchschauten und Bitch zweitens an gewissen fruchtbaren Tagen dem Vaginal-verkehr einen Riegel vorschob (mittels Keuschheitsgürtel No-access), drittens Kolja und ich nicht einsehen wollten, weshalb wir während des Eisprungs auf einen Beischlaf verzichten soll-ten – andere Körperöffnungen zu erkunden in Betracht zogen, wenngleich Bitch anfangs murrte und ironisch meckerte, sie wolle keinesfalls als Ersatz für den schwulen Buddha herhalten (obwohl sie das, was Kolja ihr diesbezüglich offenbart hatte, immer noch nicht glaubte, sondern eher für einen Traumatraum hielt). Doch was sollte man sonst hier machen? Als hilfreich er-wies sich für die Anfänger auf dem Gebiet der Analität der Edelstahlentenschnabel mit Stellschraube zur Öffnung des Spekulums und Spreizung der Blätter sowie das Aquaglide Gleitgel, das Eros Explorer Anal-Entkrampfungsspray, das schmierige Crisco-Bratfett (o mein Gott!!), Liebeskugeln mit rotierenden Stimulationsvibroballen sowie die Analdusche Rec-tal Syringe, wenn auch das Salzwasser ein bisschen brannte im Arsch. Als Bitch und Kolja nach wenigen Wochen schon mit geweiteten Augen und Schließmuskeln auf den Geschmack ge-kommen waren, explorierten sie auch den aufpumpbaren Analzapfen mit Vibration Fanny Hill's Butt Plug sowie (für ab-solute Profis) den TSX Fat Man in a Barrel. Auch die Latexhand-schuhe wurden öfter im Meer gewaschen, als Kolja es anfangs für möglich gehalten hätte. Das Fesselset Beginners Bondage Fantasy, Handschellen, Maske, größenverstellbare Mundkne-bel, Stricke, Kneifzangen, Latexganzkörperanzug mit vier Lö-chern (zwei Nasenlöcher und zwei andere) hoben sie sich für einen späteren Zeitpunkt auf, und als sie den Schmerz nicht mehr als Feind, sondern als Katalysator ihrer Lust entdeckten, nahmen sie die Gerte, den Jockeystock, die Bullen- und die Latexpeitsche (Letztere mit Penisgriff) und das Lederpaddel mit Kegelnieten in Gebrauch, ganz zuletzt auch das Keuschheits-rohr Heavy Pain gebogen, die Nippelklemmen mit Metallkette sowie den – waaaaah! – 5 mm Harnröhrendehner, obwohl die Nennung dieses Wortes den beiden anfangs schon Gänsehaut verursacht hatte. Von den Catsuits, Slips, Strings, Bodies, Lack-sachen und High Heels will ich gar nicht erst anfangen. Kurz: Es ging den beiden so richtig gut. Und mir erst.

3

Ganz anders sah es dagegen in der alten Wiehre-Wohnung aus: Gusto fluchte, weil ihm die Suche nach Überlebenden deutlich zu langsam ging. Ihn beschäftigte daneben noch etwas anderes: das fliegende Taschentuch. Omega musste wieder und wieder das Kunststück wiederholen, mit allen möglichen Gegenstän-den. Gusto konnte sich einfach nicht sattsehen an dem, was im Grunde genommen nicht möglich war, sich aber dennoch wirk-lich vor seinen Augen abspielte.

»Und den Stuhl auch? Den Tisch? Schwere Sachen? Den Schrank da? Wahnsinn! Mühelos! Da brauchen wir keine Firma mehr, wenn wir irgendwann mal umziehen sollten.«

Omega bestand darauf, Alpha nicht einzuweihen.

»Warum?«, fragte Gusto.

»Ich weiß nicht. Irgend so ein Gefühl. Je weniger Leute es wissen, umso besser.«

»Leute, Leute, Alpha, das ist doch nicht... Leute!«

»Trotzdem, Opa.«

»Nenn mich nicht so, Omega, du weißt, dass ich das hasse.«

Drei Tage nach dem Absturz stand übrigens – nebenbei er-zählt – ein buddhistischer Mönch vor der Tür.

»Ja, ist denn heute Weihnachten?«, rief Gusto.

»Neue Dalai Lamanin dortens drinno!«, sagte der Mönch mit schwerem Akzent, wie ein Vogel mit gebrochenen Flügeln, der sich in die Luft zu heben versucht, aber immer... Och nö, keine zu langen Vergleiche bitte.

»Wir geben nichts!«, sagte Gusto.

»Schwarze Perle junges Mädchen Gabe göttlich Schleier Maja«, las Tashi von einem Zettel ab.

»Listen, man! My daughter just crashed with a plane.« Gusto machte entsprechende, seine Worte begleitende, eindeutige Taub-stummengesten. »My daughter Bitch and her husband Kolja Zacharias! I have no time or money for bettelnde Buddhas.«

Als Gusto Tashi die Tür vor der Nase zuknallte, zuckte eine Flamme tiefer Trauer durch Tashis ichlose Universalseele. Seine Tochter Bitch und ihr Mann! Kolja! Kolja Zacharias! Der Mann vom Frankfurter Klo! Abgestürzt! Mit dem Flugzeug! Daher die Trauer! Diese Nachricht musste erst mal verdaut werden. Außerdem sah Tashi ein, dass so eine automatische Google-Übersetzung nicht dem zu entsprechen schien, was er eigentlich hatte sagen wollen. Es würde ihm wohl besser gelingen, die zu-künftige neue Dalai Lamanin von dieser ihr bislang noch unbe-kannten Statusmöglichkeit in Kenntnis zu setzen, wäre er des Deutschen mächtig. Außerdem müsste er Ihrer Nichtigkeit Zeit lassen für die Trauer um ihre verunglückten Eltern. Jetzt war kein guter Zeitpunkt. So fasste Tashi den Entschluss, nach Nepal zurückzukehren, um in aller Ruhe diese eckige, krähende Kehlkopfsprache zu lernen und die Kollegen der Suchkommis-sion mit seiner Begeisterung für die junge Schwarze anzuste-cken. Er trat in den Garten, tätschelte den Kopf des weißen Wolfs, sagte auf Tibetisch: »Pass gut auf sie auf!«, bestieg mit mulmigem Gefühl ein Flugzeug nach Hause und sollte erst Jahre später wieder in der Wiehre auftauchen.

Doch zurück zu Gusto, der diese Begebenheit in seinen Me-moiren festhielt. »Wir brauchen Geld!«, sagte er zu Omega. »Nicht einfach so Geld, sondern säckeweise Öre. Ich rede von unvorstellbaren Summen.«

»Warum?«, fragte Omega.

»Weil wir Kolja und Bitch nur mit ausreichend Knete retten können. Die da drüben haben überhaupt nicht die Mittel, eine vernünftige Suche auf die Beine zu stellen. Wir müssen das pri-vat organisieren.«

»Woher nehmen ...«

Und jetzt der Kasino-Gusto. Als er Omega die Lage dar-stellte, in der man sich durch ihre Gabe befand, leuchteten seine

Äuglein. Man könne, sagte er, ohne Risiko, in Nullkomma-nichts, ans Geld rankommen, einfach, indem man in ein Kasino spaziere, sagen wir Baden-Baden, warum nicht, sich an einen Roulettetisch setze, und sie, Omega, hocke ihm gegenüber und sorge dafür, dass die Dreckskugel immer auf Rot oder auf Schwarz zur Ruhe komme, entsprechend der von Gusto ge-wählten Farbe.

»Das mach ich nicht!«, sagte Omega.

»Wieso das?«

»Ist Betrug.«

»Bist du wahnsinnig? Die scheffeln so viel Kohle, diese Ka-sinobesitzer, das kannst du dir nicht vorstellen, Kindchen, das ist eine Mafiaorganisation, die waschen Geld da drinnen, die haben mit der FDP zusammengearbeitet, die sind sich für über-haupt nichts zu schade, Omega, diese Gangster, das sind skru-pellose Halunken, wenn wir die um ein paar Milliönchen er-leichtern, dann tun wir sogar was Gutes, Mädchen!«

»Was war noch mal die FDP? Und wie soll ich da reinkom-men?«, fragte Omega. »Ich denke, das geht erst mit achtzehn, oder?«

Gusto starrte sie entgeistert an. Daran hatte er noch gar nicht gedacht. Er setzte sich an seinen Computer, ergoogelte, dass man in Baden-Baden sogar erst mit einundzwanzig an die Tische dürfe. Fünfeinhalb Jahre warten, das war keine Option. Er grübelte. Ziemlich lange diesmal. Erst im November hatte er seine Vorkehrungen getroffen, er lud Omega in sein Auto, und sie fuhren los.

»Wohin?«, fragte Omega.

»Überraschung!«

Als Omega kapierte, dass sie ein Studio betraten, Kameras auf Stativen, eine weiße Leinwand mit Abblendschirmchen und Pipapo, als sie die fahrbaren Kleiderstangen sah, an denen jede Menge heiße Outfits baumelten, den Tisch, der vor Schmink-sachen und Perücken überquoll, als eine Frau und ein Mann sie begrüßten und ihr Komplimente machten bezüglich ihres Aus-sehens, erst da ahnte Omega, was ihr Großvater vorhatte.

»Gusto!?«, rief sie.

»Was denn?«

»Ein Shooting?«

»Ja, natürlich. Für das Casting. Für das Topmodel-Casting! Du willst doch Germany's Next Topmodel werden. Wenn du dich bewirbst nächstes Jahr, mit sechzehn, da brauchst du doch ein Video, und da hab ich mir gedacht…«

Omega fiel ihm um den Hals. »Du bist der Größte, Gusto!«, rief sie.

Und Gusto breitete einmal mehr die Arme aus.

Omega war sofort da. Präsent. Sie gab alles. Sie wechselte die Outfits, warf sich in Posen, stolzierte sexy, naughty, elegant, arrogant, walkte (oder besser gesagt floatete) prêt-à-porter und haute-couture, machte haufenweise Porträtfotos (bei denen Gusto auffällig oft Korrekturen anmahnte), sie ging nach draußen in die Winterkälte, ließ sich im Bikini im Schnee knipsen, musste auf der Stelle rennen, damit sie keine Gänsehaut bekam, aber all das mit strahlendem Lächeln, sie fühlte sich schon wie ein Topmodel und konnte es kaum erwarten, ihre ersten Schritte in die PRO7-Sendung zu setzen. Gustos Geschenk wäre wahrlich großmütig gewesen, hätte es nicht einen perfiden Hintergrund gehabt, den Gusto seiner Enkelin wohlweislich verschwieg.

Die Ernüchterung kam erst zwei Wochen später. Als Gusto mit einem roten Pass wedelte. »Schätzchen«, sagte er. »Wir können los!«

»Wohin?«, fragte Omega.

»Nach Baden-Baden. Wohin sonst?«

»Wie meinst du das?«

»Ins Kasino. Du bist jetzt einundzwanzig.«

Gusto öffnete den Pass und zeigte auf das Datum neben Omegas Foto, einem der wunderbaren Porträtfotos, die während des Shootings entstanden waren, und tatsächlich, die dunkle Schminke machte Omega um einiges älter und sorgte dafür, dass keiner zweifeln konnte, sie sei soeben einundzwanzig geworden.

»Woher hast du den?«, rief Omega.

»Beziehungen«, hustete Gusto.

»Was für Beziehungen?«

»Ins Milieu.«

»In welches Milieu?«

»Jetzt komm schon, das ist nicht wichtig.«

»Hör mal, Gusto, das kannst du dir abschminken.«

»Abschminken darfst du dich erst nach unserem Auftritt. Die Schminke ist wichtig. Die lässt dich alt aussehen. Das ist doch ganz einfach, Omega: Du kommst mit nach Baden-Baden. Die werden nen flüchtigen Blick auf den Pass werfen. Wir fliegen ja nicht nach Amiland damit. Der Pass hier wird locker reichen, das interessiert die nicht wirklich, da rechnen die gar nicht mit, dass jemand einen Pass fälscht, nur um ins Kasino zu kommen, das ist ein Kinderspiel, ein Spaziergang, da sind wir schneller raus, als wir Euro sagen können, das wird ganz leicht, Süße.«

Omega starrte ihren Großvater lange an. Ihr schwante was.

»Wenn du«, sagte Gusto mit unschuldigem Augenaufschlag, »wenn du schön brav mitmachst, dann unterschreib ich auch sofort die Erklärung.«

»Welche Erklärung?«

»Fürs Casting. Wirst sechzehn sein. Wenn du dich bewirbst. Nächstes Jahr. Willst du doch noch, oder? Du brauchst sicher eine Erklärung eines Erziehungsberechtigten oder so was in der Art, oder etwa nicht? Und der Erziehungsberechtigte, so schwer dir das zu glauben fällt, der bin dann jetzt ja wohl ich, meine Liebe.«

Die beiden hätten weitaus mehr Geld machen können als jene läppischen 150 000 Euro, wenn das Kasino nicht über jede Menge Sicherheitsvorrichtungen verfügt hätte, irgendwann schloss man einfach den Roulettetisch, weil der Sicherheitschef auf dem Kontrollmonitor ein abnormes Stolpern der Kugel ausgemacht zu haben glaubte, außerdem wollte Gusto auch nicht zu sehr auffallen, es gab schließlich noch jede Menge andere Kasinos in Deutschland, immerhin, 150 000 Euro waren kein Pappenstiel, und Gusto strahlte übers ganze Gesicht: »Nicht schlecht für'n Anfang.«

Dass Omega und Gusto – Alpha hatte man uneingeweiht in Freiburg zurückgelassen – noch am selben Abend ohne einen einzigen Cent im Offenburger Krankenhaus landeten, lag darin begründet, dass den beiden auf der Autobahn ein vw-Bus ins Heck fuhr, Tempo 130. Kein Unfall. Gusto verlor die Kontrolle über sein Fahrzeug und wurde vom vw-Bus in die nachtdunkle Böschung gestoßen. Wo sich Bitchs Auto – ein alter Citroën – überschlug und auf dem Dach schlitterte wie eine umgekippte Schildkröte übers Eis. Zum Glück stand kein Brückenpfeiler im Weg. Die maskierten Männer, die jetzt aus dem vw-Bus sprangen, hatten Gusto und Omega in der Tiefgarage aufgelauert. Sie waren von einem Komplizen, der im Kasino nach glücklichen Bargeldschefflern und somit potenziellen Opfern Ausschau gehalten hatte, über den hohen Gewinn informiert worden und den beiden gefolgt. Die Gauner zogen jetzt die Tasche mit den 150 000 Euro aus dem Auto und ließen Gusto und Omega in Ruhe. Gusto ohnehin ohnmächtig und mächtig besorgt die schöne Omega.

Als Gusto wieder zu sich kam, nach einer nicht unkomplizierten OP, war er immer noch der Alte, abgesehen vom Wadenbein- und Oberschenkelhalsbruch, der Gehirnerschütterung, den Prellungen, den Stauchungen, den Wunden und dem Milzriss, den man hatte flicken müssen.

»Gusto!«, rief die fast unversehrt gebliebene Omega, die neben Alpha am Bett ihres Großvaters saß. »Da bist du wieder!«

»Und das Geld?«, fragte Gusto sofort.

»Ist futsch«, sagte Alpha. »Warum seid ihr überhaupt ohne mich gefahren?«

»Schweine. Das waren bestimmt die Leute vom Kasino. Woher hätten die sonst wissen sollen, dass wir ... Gangster! Nächstes Mal werden wir vorsichtiger sein.«

»Es wird kein nächstes Mal geben!«

Und als Gusto sie nach dem Grund fragte, sagte Omega, sie hätten tot sein können oder gelähmt, sie hätte sich ihre Modelkarriere sonstwo hinschmieren können, und als sie weiter von einem Zeichen redete, als das sie diesen Überfall ansehe, ein Zeichen, mit solchem Schnickschnack aufzuhören, da rastete Gusto aus, sofort, unmittelbar, noch im Krankenhaus, noch ohne sich erkundigt zu haben, was ihm überhaupt fehlte und ob er vielleicht an inneren Verletzungen krepieren würde, nein, da riss etwas in ihm, in seinem Kopf, man kann es nicht auf das falsch dosierte Schmerzmittel schieben, nein, Gusto erlebte einen hysterischen Anfall sondergleichen, und er brüllte Omega an, sie solle damit aufhören, hier irgendwas von Scheißdreckszeichen zu faseln, sie solle sich endlich losmachen vom vermaledeiten Einfluss ihrer Mutter, wenn er das schon höre, Zeichen, diese Esoterikkiste gehe ihm schon sein ganzes Leben lang auf den Zeiger, er werde nicht dulden, dass Omega auf diesen abgefahrenen Zug aufspringe, er halte das nicht länger aus ... So ging's eine Weile weiter, ehe er hyperventilierte und an seinem Anfall zu ersticken drohte, weshalb Alpha schon den Knopf drücken wollte, der die Schwester herbeigerufen hätte, Omega aber winkte ab, denn auf die Schnelle gab es nur eine einzige Möglichkeit, ihrem Großvater zu helfen.

Sie tat, was sie tun musste.

Und Alpha sah, wie Gusto, der keine Luft mehr bekam, sich langsam, aber sicher in selbige Luft hob, vom Krankenbett, mit Bettdecke, ein waagerecht schwebender Körper, gefesselt an Kanülen und Schläuchen, die sich kobragleich mit ihm nach oben schlängelten. Gustos Worte blieben ihm im Hals stecken wie Gräten, und er hörte auf zu schreien und musste husten und keuchte Worte, Gräten und Empörung aus sich heraus, mit weit aufgerissenen Augen, und dann ließ Omega ihn ebenso sanft wieder landen. Auf dem Bett.

Jetzt also wusste auch Alpha Bescheid.

Über Omegas Gabe.

Alphas Gesichtsausdruck mit *entglitten* zu bezeichnen, träfe kaum das Bild, das sich Omega bot. Nachdem Alpha sich vom soeben Gesehenen ein klein wenig erholt hatte und in aller gebotenen Kürze von Omegas Fähigkeiten in Kenntnis gesetzt worden war, stöhnte Gusto Winter: »Das also kannst du auch?«

»Was?«

»Andere *Menschen* bewegen?«

»Ja«, sagte Omega. »Das kann ich auch.«

»Ich wusste ja nicht...« Doch da – man ahnt es – hellte sich Gustos Miene schlagartig auf. »Ich hab eine Idee!«, rief er. »Eine neue Idee!« Omega verdrehte die Augen, wollte nichts davon hören, hatte ein für alle Mal genug von Gustos Ideen, doch Gusto ließ sich nicht abbringen, seine »irre Idee« in überflutender Ausführlichkeit darzulegen. »Wir werden sofort eine Wahnsinnsvilla in Herdern mieten«, flüsterte Gusto am Schluss voll Begeisterung. »Schaut euch schon mal um. Wir machen Schulden. Egal. Erst mal machen wir Schulden. Brauchen Platz. Viel Platz. Werden umziehen. Nach Herdern. Sofort! Ich wollte schon immer in Herdern wohnen. Bei den reichen Säcken. Um denen mal zu zeigen, wie das Leben wirklich aussieht. Egal. Dann muss ich fit werden. Und wir werden üben. Trainieren. Ich freu mich schon. Ich freu mich schon. Mein Gott! Das wird einschlagen wie eine Bombe wird das!«, rief Gusto jetzt immer wieder, noch im Krankenhausdelirium. »Und mit etwas Glück«, sagte Gusto, »wird mich meine Idee zurück zu Sabrina bringen, nach Amerika, denn nach Amerika müssen wir unbedingt, ich seh es schon vor mir, Sabrina, Sabrina, Sabrina Steward, mein Gott, ich kann sie einfach nicht vergessen.« Nein, das konnte er nicht. Unser lieber, alter, verrückter Gustav Humphrey Winter.

4

Sabrina Stewards Leidenschaft galt immer noch der Physik. Mehr denn herrjeh. Sie war tagsüber und auch in allen allein verbrachten Nächten voll beschäftigt mit ihren Experimenten und Gedanken. Aber sie war sozusagen hin- und hergerissen.

Auf der einen Seite legte sie eine blitzsaubere Karriere als Teilchenphysikerin hin. Sie war besessen von diesen Teilchen, hatte sozusagen mit angehaltenem Atem studiert und war im Lauf ihres Studiums immer kleinlauter geworden im Angesicht des Schrumpfens der Teilchen, angefangen vom Atom, das eigentlich und dem Wortsinn nach als unteilbar galt, über die längst erwiesenen Protonen und Neutronen und all die schwarmhaft kreisenden Elektronen. Dann jedoch hatte man bald entdeckt, dass auch die Protonen und Neutronen keine fundamentalen, allerkleinsten Teilchen darstellen, sondern ein jedes Proton aus zwei Up-Quarks und einem Down-Quark besteht, ein Neutron dagegen aus zwei Down-Quarks und einem Up-Quark (wobei das Wort Quark aus *Finnegans Wake* von James Joyce stammt), später fand man die geisterhaften Neutrinos, die schon im Jahr 1930 von Pauli vorhergesagt wurden und für die es in den 1950ern erste experimentelle Hinweise gab, ach, all die Myons (»Wer hat denn das bestellt, das brauchen wir eigentlich überhaupt nicht!«, rief ein Physiker bei der Entdeckung des Myons, das zweihundertmal schwerer als ein Elektron und eigentlich zu nichts nütze war), all jene Tauons und Myon-Neutrinos, die Tauon-Neutrinos, die Charm-Quarks und das Postulat der Strange-Quarks – das man aufstellte, weil durch das Strange-Quark Ungereimtheiten, die sich auf die Ladung der Teilchen bezogen, höchst elegant aus der Welt geschafft werden konnten (und Eleganz galt schon immer als cornerstone of any nutritious physical theory) –, die Photonen, Gluonen, W-Bosonen, Z-Bosonen, all die Teilchen, die man noch nicht beobachtet hatte – eigentlich konnte man keins so richtig beobachten, sondern nur die Effekte, die sich aus dem Aufeinanderprallen von anderen Teilchen ergaben und die auf das Vorhandensein allerhand unbekannter Teilchen schließen ließen. Sabrina gab sich voll und ganz dem Symmetriezwang physikalischer Theorien hin, die aus der (immerhin möglichen) Tatsache, dass Elektronen mit festgesetzter Geschwindigkeit um sich selbst kreisen, eine Supersymmetrie entwickelten, weshalb es logisch war, neben der Existenz von bekannten, noch nicht beobachteten Teilchen die Existenz jeder Menge unbekannter, naturgemäß ebenfalls noch nicht beobachteter Teilchen zu behaupten, die supersymmetrischen Partner, die Supersymmetrie(S)-Teilchen, Super-Elektronen = Selektronen, Sneutrinos, Squarks, Photinos, Gluinos, Winos und Zinos. Diese Explosion der Teilchenanzahl, die Sabrina miterleben durfte, im Zeitalter der physikalischen Revolution, gefördert unter anderem durch das gigantische Projekt namens CERN: Gab es 1951 noch weniger als zwanzig Teilchen, waren es 1968 bereits an die achtzig! Aber all das Kuddelmuddel sehnte sich immer noch und strebte in den Köpfen der Physiker nach einer einzigen, einheitlichen, die ungeordneten Zustände ordnenden Weltformel: der Feldtheorie, der TOE, die berühmte Theory of Everything. Als aussichtsreichster Kandidat dafür galt die Superstringtheorie. Denn die Teilchen, die einerseits die Eigenschaften von punktartigen, andererseits die Eigenschaften von wellenartigen Gebilden aufwiesen, wurden in Strings gepackt (um die zu sehen, bräuchte man einen Beschleuniger groß wie die Milchstraße, hieß es), aber es musste sie einfach geben, die Strings, zu schön und sauber war sie, die Stringtheorie, die sich später zur M-Theorie wandelte, weil die Strings wohl in M-Form auftauchten, hügelige, M-hafte Erscheinungen. Und aus unter anderem ästhetischen Gründen war es für die Physiker unaushaltbar, dass unsere Natur nicht alle möglichen Symmetrien auch verwirklicht. Sabrina wollte die Physik revolutionieren und tanzte den geisterhaften Tanz der Teilchen mit, sie forschte, experimentierte, wertete aus, rechnete hoch und nach, stellte die dreizehn Dimensionen des Raums, die es geben musste, wenn die M-Theorie sich als fruchtbar erweisen sollte, in Frage, vermutete, postulierte, theoretisierte, rückte ins Licht der (physikalischen) Öffentlichkeit gegen Ende 2016, indem sie einen ganz neuen Blick auf die M-Theorie eröffnete und die M-Theorie fortentwickelte zur fünfzehndimensionalen W-Theorie, die unerhörte und überaus fruchtbar scheinende Einsichten in das Wesen der wabernden Strings eröffnete. So weit die eine Seite von Sabrina. Nennen wir sie die nüchterne, rationale, den Erkenntnissen und annähernd seriösen Theorien der Physik zugewandte Seite, auch wenn dies ein Laie sicher anders sähe.

Aber es gab auch eine zweite Seite. Die ausufernde. Die träumende. Die Science-Fiction-Seite. Auch die war längst nicht zum Schweigen gekommen. In Sabrinas Kopf und Herz. Sie führte Tagebuch. Sie führte zwei Tagebücher, um genau zu sein. Zwei geheime Tagebücher. (Ins erste, das jetzt weniger interessiert, hatte sie handschriftlich ihre sexuellen Abenteuer gekritzelt und besaß somit einen ganz genauen Zahlen- und Ereignishorizont bezüglich der schwarzen Löcher ihres eigenen Körpers, wusste demnach, dass sie Anfang des Jahres 2017 bei 999 Männern stand (klingt ungeheuer viel, sind aber – bei genauerer Betrachtung – dreißig Typen pro geschlechtsreifem Jahr, also 2 bis 3 pro Monat, man kann auch von einer gewissen Sexsucht sprechen, aber egal, ich verstehe Sabrina gut), 999 Männer also, die sie in ihrem Leben – wie sie es nannte – verspeist hatte, und jetzt wartete sie auf den Mann Nummer 1000, und das, hatte sich Sabrina vorgenommen, das sollte ein ganz besonderer Mann sein.) Ins zweite geheime Tagebuch aber, und um das geht es hier, hatte Sabrina alle Ideen, Gedanken und Überlegungen getippt und gesammelt (dieses Buch lungerte in ihrem Computer), die ihr bezüglich ihrer wirklichen Leidenschaft durch die Sinne gegangen und irgendwie begegnet waren im Lauf ihres Lebens. Und diese wirkliche Leidenschaft war immer noch eine kindliche. Sie hatte sich nicht gewandelt. Sie lautete: Zeitreisen! All die Möglichkeiten, fremde, andere Zeiten zu entdecken! Seit der Relativitätstheorie kein Problem mehr. Vollständig akzeptierte Standardmeinung in Physikerkreisen. Nur wie? Schwarze Löcher! Dieses noch ungelöste Rätsel der gigantischen Schwarzen Löcher im Weltall wäre der Schlüssel für jeden Versuch, durch die Zeit zu reisen. Zwar hatte noch nie jemand ein solches Schwarzes Loch überhaupt je beobachtet (wie auch, die Biester waren ja unsichtbar), lediglich die verpuffende Strahlung am Ereignishorizont der Schwarzen Löcher oder dessen, was man dafür hielt. Aber wenn jemand im Weltall vor einem Schwarzen Loch hinge, so die gängige Theorie, wenn jemand also, sagen wir, drei Zentimeter vor dem Ereignishorizont eines Schwarzen Lochs hinge, dann würden die Gravitationsfelder des Schwarzen Lochs eine Verzerrung der Zeit bewirken. Bei einem Schwarzen Loch von knapp zehntausend

Sonnenmassen würde Sabrinas drei Zentimeter vor diesem Schwarzen Loch tickende Uhr circa zehntausendmal langsamer ticken als zur gleichen Zeit auf der Erde. Wenn Sabrina also ein Jahr lang drei Zentimeter vor einem Schwarzen Loch hinge, wären auf der Erde, sollte ihr die Rückkehr gelingen, etwa zehntausend Jahre verstrichen. Sabrina hätte demnach eine Zeitreise von zehntausend Jahren in die Zukunft zurückgelegt. »The universe is full of magical things patiently waiting for our wits to grow sharper«, zitierte sie gern den Autor Eden Phillpotts.

Nun: Natürlich wäre niemand wirklich in der Lage, drei Zentimeter oder drei Kilometer vor einem Schwarzen Loch auszuharren. Man würde zwangsläufig, käme man dem Loch zu nah, das heißt, überschritte man den Ereignishorizont, von ihm verschluckt. Und dann? Tja. Darüber war man sich im Unklaren. Man würde entweder a) spaghettisiert oder b) in Stücke gerissen oder man gelangte c) in ein unendlich tiefes Gothic-Novel-Kellergeschoss mit allerhand Wurmlochpotenzialen oder aber d) der Tunnel eines Schwarzen Lochs liefe gleichsam spitz auf sein Ende hin zu, und im Zentrum des Schwarzen Lochs säße eine sogenannte nackte Singularität. Die nackte Singularität! Endlich! Ha! Na also! Die ausufernde, die hemmungslos wilde und ungezügelte, die der Standardphysik abgewandte Seite in Sabrina träumte von Letzterem. Und zwar heftig. Gegen jeden Verstand, jede Vernunft. Vor allem gegen die kosmische Zensur, die von Roger Penrose eingeführt worden war und welche die Vorstellung einer nackten Singularität schlichtweg verbot. Warum? Weil, wenn eine nackte Singularität existierte, die Gesetze der Physik nicht mehr gälten. (Hier muss ich anfügen, Freunde, dass es damals gang und gäbe war, die Wirklichkeit der Theorie anzupassen, statt die Theorie der Wirklichkeit.) Das Problem kreiste um die heikle Frage des Informationsparadoxons: Wo gehen sie hin, die Informationen, die von einem Schwarzen Loch geschluckt werden? Keine Information darf verloren gehen, laut Entropiegesetz. (Die Physiker, sagte der Physiker Don Page, haben ein emotionales Verhältnis zur Information. Weil der Mensch sterblich ist, wollen sie unbedingt, dass wenigstens die Information ewig bleibt.) Daher die komische kosmische Zensur, der die meisten Physiker beipflichteten. Das Gegenteil wäre grauenerregend. Gäbe es sie nämlich wirklich, diese nackte Singularität, die jede Information zermalmt im Innern eines Schwarzen Lochs, so wäre die Zeit dort drinnen umgekehrt oder verschwände völlig, unsere hehre Mathematik liefe Amok, das Energieerhaltungsgesetz träfe nicht mehr zu, unser würdevolles Kausalitätsprinzip verkümmerte zu einem absurden Treppenwitz, die Allgemeine Relativitätstheorie bräche in sich zusammen (und das, sagte schon Albert Einstein, kann einfach nicht sein!), keine Ordnung und Struktur in unserem Universum wäre mehr sichtbar, wahntanzendes Chaos schlechthin! Nein, gäbe es sie wirklich, die nackte Singularität im Zentrum eines Schwarzen Lochs, so könnte aus ihr schlicht und einfach alles Mögliche entspringen, graubrotwollene Einhörner, fette Feen und Wackerbremser, picobello geschrubbte Messerschweine, lila Pickblubbler, Hohle Hunde, zahnschlitzige Ententröten usw., es gäbe dann nur noch die groteske Tarantella völlig wild gewordener Möglich-, Denk- und Undenkbarkeiten und keine von physikalischen Theorien einkesselbare Wirklichkeit mehr, ja, man könnte, gelänge man in eine nackte Singularität, in andere Zeiten schlüpfen, auch in andere Universen, man könnte die Unendlichkeit am Schwanz packen und herumwirbeln, und insgeheim sehnte sich Sabrina genau danach, nämlich nach der Aufhebung aller Ordnung, ihre irrationale Seite zweifelte daran, dass ein Hybriswesen, als das der Mensch sich geschaffen hatte, in der Lage wäre, die Gesetzmäßigkeiten des Universums zu bestimmen mittels rein hypothetischer Konstanten, die er kosmische Zensur nannte!

Aber wie gesagt: Da nicht zu erwarten stand, dass in absehbarer Zukunft Geräte erdacht und erbaut werden würden, die den Menschen – zu allem Überfluss auch noch völlig unbeschadet – an den Ereignishorizont eines massereichen Schwarz-Loch-Giganten im Weltall katapultieren und auch dort oben halten und wieder zurückbringen könnten, musste Sabrina sich anderweitig umsehen, wollte sie das Projekt Zeitreise befeuern. Anstelle der riesigen Schwarzen Löcher im Weltall richtete sie daher den Fokus gern auf die kleinen Schwarze Löcher, die man selber züchten konnte. Seit 2008 war bekannt, dass im CERN in Genf durch die allergrößte je von Menschenhand geschaffene Maschine, durch den sogenannten Large Hadron Collider, nicht nur submikroskopische Schwarze Löcher entstehen könnten, nein, mehr noch, ein solches Micro Black Hole, so postulierten Hayward und andere schon 2002, wäre sehr eng verwandt mit einem Wurmloch. Vielleicht wäre es ja möglich, mit Hilfe der im CERN entstehenden Schwarzen Löcher ein solches Wurmloch zu erschaffen und somit in Paralleluniversen zu schlüpfen oder sogar andere Zeiten zu erkunden. Also Wurmlöcher erzeugen und aufblähen! Allerdings wären solche aufgeblähten Wurmlöcher extrem instabil. Sie würden gleich wieder zerfallen. Es sei denn, die Wurmlöcher wären nicht leer, sondern enthielten exotische Materie, die einen gewissen Druck nach außen auf die Wände ausüben, abstoßende Gravitation erzeugen und das Wurmloch offen halten würde. Unglücklicherweise wusste man nicht, ob so etwas wie exotische Materie in unserer Natur überhaupt vorkam. Falls nicht, bräuchte man für die Herstellung von exotischer Materie und somit für die Stabilisierung Zeitreise-adäquater Wurmlöcher entweder die Gesamtenergie der Sonne von rund zehn Milliarden Jahren oder aber Geisterstrahlung, die man auch negative Energie oder Phantomenergie nannte, eine besonders stark wirkende Form der Dunklen Energie. Mit dieser Geisterstrahlung könnten also eventuell selbst gezüchtete Schwarze Löcher in Wurmlöcher umgewandelt und befahrbar gemacht werden. González-Díaz sagte schon 2004 voraus, dass, wenn die richtige Dosis Phantomenergie ein Wurmloch durchziehe, dieses für Menschen durchaus passierbar sein könne. Und kein Geringerer als der Physiker Lobo hatte 2007 berichtet, dass im Paralleluniversenszenario der Brane-Kosmologie befahrbare Wurmlöcher durchaus nicht unwahrscheinlich seien. Martín-Moruno postulierte 2010 eine neue Klasse von Wurmlöchern mit »gefangenen Geistern« in ihrem Schlund. In Sabrinas Kopf rotierten auch die

»Striptease-Pirouetten« von Werner und Petters, mit denen zu stark rotierende Schwarze Löcher ihren Ereignishorizont einfach so abwerfen können. Ja, Sabrina konnte sich in all diesen Gedanken verlieren – das Abtragen der zwiebelförmigen Materialschalen, Zeitschleifen, Zweige aus der gekrümmten Raumzeit, eine Zeitmaschine, die am Anfang des Universums arbeitete und dann irgendwann aufhörte (eine Idee ihres ersten Professors in Princeton), für den unser Universum zwar einen Anfang hat, aber keinen allerersten Moment, was bedeutet: Das Universum ist seine eigene Mutter. Und nur ganz selten verzweifelte Sabrina angesichts der unendlich scheinenden Schwierigkeiten, die es zu überwinden galt, ehe Zeitreisen möglich wären. In solchen Augenblicken zitierte sie gern Woody Allen: »Mich erstaunen Menschen, die das Universum begreifen wollen, wo es schon schwierig genug ist, sich in Chinatown zurechtzufinden.«

5

Es wird niemanden verwundern, dass sich Sabrina somit auch für alles interessierte, was Wissenschaftler als paranormal einstuften, also Magie, Übersinnliches, jedwede Spekulationen in Richtung des Ganz Anderen. Und da kam nun dieser Magier nach Amerika. Der Große Gustoni. Dessen Trick bislang von niemandem durchschaut worden war. Der seit einigen Monaten durch Europa tourte. Als Sabrina im Internet eine Karte für die Vorstellung im Mirage buchen wollte, erbleichte sie. Und schluckte. Der Große Gustoni. Das war Gusto Winter? Schwiegervater ihres Cousins Kolja Zacharias? Den sie zuletzt getroffen hatte. Vor ... hm ... wie vielen Jahren? Bei der Beerdigung von Josef Zacharias? Sabrina sah die Bilder an. Das war er. Kein Zweifel. Gusto Winter. Der einzige Mann, der ihr jemals einen Liebesbrief geschrieben hatte. Sabrina stand auf, kramte in den Schubladen, suchte den Brief, fand ihn nicht, trat ihrer Erinnerungskraft auf die Füße, griff endlich zum Faraday-Buch, tatsächlich, da plumpste ihr der Brief entgegen. Sie las ihn noch einmal. Wie alt mochte Gusto jetzt sein? Sie rechnete nach. Über achtzig. Mit einem so alten Mann hatte Sabrina noch nie geschlafen! Nachdem sie im Internet eine überteuerte Karte ergattert hatte, spürte sie eine gewisse Erregung. Nichts wie hin, dachte Sabrina. War ja sozusagen um die Ecke.

Der Abend wurde ein Riesenerfolg. Mirage. Las Vegas. Ausverkauftes Haus. Des Großen Gustonis vierter Aufritt in den USA. Es knisterte. Alles in nebelumwölkten Dämmer getaucht. Spot. Schon wurde er angekündigt, der größte Magier aller Zeiten. »Meine Damen und Herren«, rief ein ölglatter Einpeitscher, »Sie werden nie vergessen, was Sie heute Abend erleben. Schnallen Sie sich an, halten Sie sich fest.« Sabrina stöhnte. »Alles, was Sie bislang für wahr und unumstößlich gehalten haben, werden Sie nach dem heutigen Abend in einem neuen Licht sehen. Die Gesetze der Physik werden ausgehebelt.« Sabrina (die Rationale) hustete und verdrehte die Augen. »Die Erde wird sich weiterdrehen, aber nicht mehr in gewohnter Geschwindigkeit.« Jetzt ist's aber bald gut, dachte Sabrina und sah auf die Uhr. »Die Physikbücher müssen hier und heute neu geschrieben werden.« Da hielt es Sabrina nicht mehr aus und rief: »Shut up, we wanna see the Great Gustoni!« In der ersten Reihe, schräg vor ihr, drehte sich ein schwarzes Mädchen zu Sabrina um, etwa siebzehn, achtzehn Jahre, und blickte sie erstaunt an. Sabrina hatte sofort ein komisches Gefühl: Irgendwie weckte die Kleine eine Erinnerung.

Der Große Gustoni betrat die Bühne. Er trug einen bodenlangen, außen schwarzen, innen roten Zaubererumhang, Zylinder, weiße Handschuhe. Sein Bart immer noch getrimmt. Er spielte zunächst den Clown. Folgte einem ausgearbeiteten Programm. Leute-Einlullen nannte er das. Das Staunenswerte dessen, was kommen sollte, würde, wie er sagte, erheblich betont werden, wenn man die Zuschauer zuvor in Sicherheit wog. Das tat er mit Inbrunst, verhedderte sich in Tüchern, arbeitete sich vergeblich an einem Zauberkasten ab, Münzen fielen ihm aus dem Ärmel, die eigentlich hinterm Ohr hätten stecken müssen usw. Je nach Laune zog sich diese Phase in die Länge. Wenn das Publikum amüsiert mitging, hatte Gusto Material für zwanzig Minuten Vorgeplänkel, wenn das Publikum das Ganze eher weniger lustig fand, konnte er schon nach zehn Minuten zum Eigentlichen kommen. Dieses Eigentliche – beachtliche Leistung für einen bühnenunerfahrenen Menschen wie Gusto – schlich sich fast unmerklich, gespenstisch in seine affenhafte Clownerie ein.

Es war eine simple Jongliernummer. Das Erste, was ihm gelang. Drei Bälle. Gusto jonglierte. Das konnte er. Okay. Sogar mit vier Bällen. Dann betrat Alpha die Bühne. Sein Assistent. Trommelwirbel. Alpha warf seinem Großvater weitere Bälle zu. Einen fünften Ball, einen sechsten. Die Zuschauer klatschten. Schon flog der siebte, der achte, der neunte Ball, alle verstummten jetzt und hielten den Atem an. (Bevor, muss man wissen, der Große Gustoni das Licht der Bühne erblickte, lautete der Jonglierweltrekord: a) fünfzehn Beanbags bei siebzehn gelungenen Catches sowie b) zehn Bälle über eine Minute und zehn Sekunden in der Luft gehalten. Auf seiner Europatour hatte Gusto letzteren Rekord bereits pulverisiert. Fürs Mirage aber hatte er sich Großes vorgenommen.) Zehn, elf, zwölf, dreizehn Jonglierbälle tanzten mühelos durch die Luft, und der Große Gustoni erweckte nicht den Anschein, als würde es ihm Mühe bereiten. Vierzehn, fünfzehn, sechzehn Bälle, und Gustoni hatte sich für das Mirage deshalb so Großes vorgenommen, weil er hoffte, dass Sabrina Steward im Publikum säße. Bei jeder Show hoffte er das. Hier aber, in Vegas, war die Hoffnung durchaus begründet. Gusto hatte ergoogelt, dass Sabrina mittlerweile wissenschaftliche Leiterin des CON (Center of Neutrons) in Nevada war, ganz um die Ecke, und vielleicht würde sie ja... Siebzehn Bälle kreisten in immer majestätischeren Zirkeln durch die Luft, die Leute jubelten, und als schließlich satte zwanzig Bälle vier, fünf Meter über Gustos Kopf in die Höhe flogen und wieder zurückfielen, immer genau in seine Hände, die alle blitzschnell fingen und warfen, griffen und schleuderten, hielt es niemanden mehr auf den Sitzen, zwanzig Bälle, damit hatte

Gusto seinen eigenen Rekord übertroffen, und in der ersten Reihe tropften Omega Schweißperlchen von der nackten Stirn. Wenn die Gerüchte der sagenhaften Auftritte des Großen Gustoni nicht schon an die Ohren des Publikums gedrungen wären, hätten die Leute geglaubt, der Höhepunkt der Show sei erreicht, doch jetzt ging es erst los.

Alpha hatte seine Schuldigkeit getan und verließ die Bühne. Gusto jonglierte noch eine Zeitlang, scheinbar mühelos. Im Hintergrund schnatterte eine digitale Uhr die Sekunden runter, die Gustos Performance dauerte.

Und dann trat Gusto
endlich
einen Schritt zurück.

Sodass er die Bälle gar nicht mehr berühren konnte.

Doch die Bälle kreisten weiter heiter durch die Luft.

Gusto legte seine Hände an die Stirn, als schöpfe er aus eben dieser Stirn die Kraft für den Akt der Telekinese, in den sich das Jonglieren jetzt verwandelt hatte, schon riss er die Hände hoch, spreizte die Finger, die Bälle blieben dort hängen, wo sie sich gerade befanden, in nacktester Luft, und es folgte das Konzert der tanzenden Bälle, Gusto Winter dirigierte sie in alle Richtungen, hinauf oder hinab, Wildgansformationen oder chaotische Choreografien, tröpfelnd, schlängelnd, über die Köpfe des Publikums hinweg und wieder zurück, zeitlupenhaft oder rasend schnell. Bei Gustonis Verbeugung am Schluss verbeugte sich auch die Aureole der dreißig Bälle hinter ihm, und als Gusto daraufhin die Bühne verließ, folgten die Bälle ihm in langer, watschelnder Reihe, wie kleine, runde, bunte Küken.

Der Saal glich einem Meer bei Windstärke 19.

Gusto ließ sich Zeit. Erst nach fünf Minuten betrat er noch einmal die Bühne. Komplett umgezogen. In einen schneeweißen Anzug gekleidet. Mitten in den immer noch dröhnenden Applaus trat er. Sorgte mit einer einzigen Geste für sofortige Stille. Was jetzt komme, flüsterte er ins Mikrofon, stelle eine so hohe geistige Anforderung dar, dass er absolute Lautlosigkeit benötige. Nur noch einer hustete kurz. Er werde, so Gusto, diese höchst riskante Sache hier und heute angehen – er könne es nicht immer, aber heute spüre er die Kraft der Levitation in sich. Danach aber – müsse er jetzt schon sagen – stehe er für weitere Zugaben nicht zur Verfügung, die Vorstellung sei mit diesem Akt beendet. Er müsse nach jener außerordentlichen Kraftanstrengung erst wieder zu sich selbst finden. Es handle sich um eine Außer-Körper-Erfahrung, bei der er seinen Körper verlasse und mit dem Geist auffange. Dazu müsse ihm gelingen, den Körper als das zu sehen, was er in Wahrheit sei, nämlich ein ans Odband geknüpfter Schein. (Gusto hatte sich vage an Bitchs spiritistische Sitzung erinnert.) Er trat jetzt zu einer Schaukel, stellte sich auf den Sitz, schloss die Augen und wurde hochgezogen, einen Meter, zwei Meter, drei, vier Meter. Die Zuschauer hielten den Atem an. Fünf Meter, sechs Meter. Gusto schwang jetzt hin und her. Das Licht grell auf den alten Mann gerichtet. Jeder sah: Es gab kein Seil, das aus Gustos Rücken wuchs. Es gab nichts, das ihn hätte halten können.

Omega konzentrierte sich.

Gusto ebenfalls.

Dieser Sprung war keinesfalls etwas Alltägliches für ihn. Ein Sprung ins restlose Vertrauen. Er warf sich ganz und gar in die Gedankenarme seiner Adoptivenkeltochter. Wenn ihre Gabe mal versagte?, dachte er oft. Zufällig in dem Augenblick, da ich springe? Dachte an seine Philosophie der Exkremenz und sagte sich: Was ich verliere, ist nur ein Haufen Scheiße. Und sprang. Sechs Meter. Und mit ihm sprangen die Zuschauer. Von ihren Sitzen. Schrien. Jeder sprang, jeder schrie, selbst der reservierteste Skeptiker, selbst Sabrina Steward schrie und sprang und sah, wie Gusto sechs Meter ungebremst in die Tiefe stürzte, dann aber, knapp zwanzig Zentimeter vor dem Aufprall, hängen blieb in den nicht vorhandenen Schnüren der Luft. Alpha trat sofort zu ihm und führte einen Hula-Hoop-Reifen um Gustos Körper herum, von den Fersen bis zum Scheitel und noch mal und noch mal, um auch die letzten Zweifler zu überzeugen. Gusto stand auf, verbeugte sich nicht, sondern blickte ruhig in die aufgesperrten Zuschauerschnäbel, rief dann irgendwas, einen Namen, den keiner so richtig verstand, woraufhin aus dem Hintergrund ein großer weißer Hund gelaufen kam und sich neben ihn stellte, und Gusto verbeugte sich endlich, einmal, ein einziges Mal nur, zog das Jackett aus, ließ es zu Boden fallen, schwang sich auf des Huskys Rücken wie auf ein Pony, und beide schwebten jetzt gemeinsam einmal im Kreis über die Köpfe der Zuschauer, sodass alle Anwesenden den blauroten Werbeslogan lesen konnten, der vorn und hinten auf Gustos Hemd prangte (und der ihm zusätzlich zu seiner Gage noch ordentlich Schotter einbrachte): *Red Bull verleiht Flügel.* Dann verschwanden Ross und Reiter hinterm Vorhang. Im Publikum herrschte jetzt Stille. Aber das war wie immer nur – wie Gusto gerne sagte – die Stille vor dem Wurm.

6

Sabrina Steward, jedenfalls ihre wissenschaftlich-rationale Seite, konzentrierte sich bei der Nummer mit den Bällen noch darauf, herauszufinden, worin der Trick bestand. Michael Faraday!, dachte sie. Vor Kurzem noch hatte sie sein Buch in der Hand gehabt! Dieser mittellose Sohn eines Arbeiters, der nicht mal gescheit rechnen konnte! Dieser einfache Buchbinderlehrling! Faradays Kraftlinien! Spinnennetzfeine Zeichnungen! Der leere Raum war nicht wirklich leer, sondern mit Kraftfeldern erfüllt. Jener Augenblick, da Faraday einen Spielzeugmagneten über eine Drahtspule zog und Strom erzeugte! Ein Augenblick, der die Menschheit veränderte! Vielleicht, dachte Sabrina, sind alle Wände der Bühne mit einem Supraleiter verkleidet. In den Bällen befinden sich Elektromagnete. Mit Hilfe des Meißner-Ochsenfeld-Effekts könnte man die Bälle tatsächlich zum Schweben bringen. Das Problem: Bei Zimmertemperatur unmöglich. Gäbe es einen Supraleiter bei Zimmertemperatur, wäre das eine ähnliche Revolution wie Faradays Entdeckungen. Nein, man müsste den Supraleiter kühlen. Zum Beispiel mit flüssigem

Stickstoff (–196° Celsius). Aber sie schüttelte den Kopf: Nein, das alles wäre zu aufwändig.

Je länger Sabrina auf die Bühne schaute, umso mehr wurde ihr Blick von den Bällen fortgelenkt, hin zu Gusto. Dieser Mann. Nicht unmuskulös. Kein Hutzelmännlein. Aufrechte Haltung. Dieser markante Bart. In Sabrina erwachte ein ihr wohlbekanntes Gefühl, eine hemmungslose Lust, sich auf diesen reifen Mann zu stürzen, aber da war plötzlich noch etwas anderes, etwas Neues, Unerhörtes: Während Gusto Ball um Ball in die Luft schleuderte, auffing und rotieren ließ, gab sich Sabrina ganz ihren Phantasien hin, in die sie erstmals die Schönheit des Alters, ja, des wirklichen, des echten Alters integrierte, nicht nur Gustos hohe Stirn oder sein graumeliertes Haar, seine markanten Falten, sondern auch die Altersflecken und vieles, was Sabrina sich sonst noch vorstellen konnte, wie Thrombosestrümpfe, Herzschrittmacher, und sie sah sich mit Gusto in einer Badewanne baden, in der sie eine Schachtel Gebissreinigungstabletten zum Sprudeln gebracht hatte, ich will dich, dachte Sabrina plötzlich, ich will dich so lange bearbeiten, bis du mit starren Augen über mir in den Tod kippst!

Und erschrak. Über sich. Über ihre Lust. Über diese Phantasien. Die auch ihr ein bisschen merkwürdig erschienen. Sie riss sich zurück in die Arena.

Da sprang Gusto.

Sechs Meter hinab.

Und der weiße Hund tauchte auf.

Schon schwebte Gusto auf dessen Rücken über ihrem Kopf. Du fliegender Gustoni, dachte Sabrina, du wirst sie sein. Meine Nummer 1000. »Gusto!«, rief sie in die Stille hinein. Und Gusto blickte hinab, kurz trafen sich ihre Blicke, Gusto wurde mondweiß, zu gern wäre er auf der Stelle zurückgeschwebt zu Sabrina, aber nicht er, sondern Omega lenkte seine Flugbahn. Und die brachte Escher und Gusto wie gewohnt hinter den Vorhang. Während der Saal tobte, betrat Gusto entgegen seiner Gewohnheit noch einmal die Bühne, bahnte sich einen Weg zu Sabrina, Sabrina stand auf, nahm Gustos ausgestreckte Hand und ließ sich von ihm auf die Bühne führen, hinter den Vorhang, in die Garderobe, wo sie nicht den Hauch der Absicht an den Tag legte, von ihrer altbewährten Masche abzurücken, und so wiederholte sie – als die beiden endlich allein waren – nur den bekannten Satz, den sie so oft zu irgendwelchen Männern gesagt hatte, sie sagte aber den Satz auf Deutsch, denn sie wollte Gusto Winter in seiner und in ihrer Muttersprache begrüßen, und es flutschte ihr nicht das Wort mit sechs Buchstaben, das auf -icken endet, von den Lippen, sondern stattdessen eine mildere Formulierung, sprich, kaum stand sie allein mit Gusto in dessen Garderobe, sagte sie: »Willst du mit mir schlafen?« – »Seit sechzehn Jahren schon«, entgegnete Gusto Winter und war froh, dass er seine Ungezwungenheit nicht wieder verloren hatte im Beisein Sabrinas, wie damals, vor der Beerdigung von Koljas Vater, sondern stattdessen sogar den ersten Schritt auf Sabrina zuging und ihr die Bluse von den Schultern streifte. Er wunderte sich auch nicht darüber – seit er mit Omega die Shows abhielt, wunderte er sich über gar nichts mehr –, dass Sabrina gleich in die Vollen ging, nein, er genoss das, was in den nächsten fünf Stunden geschah, denn so lange dauerte es, glaubt man Gustos Memoiren, die aber manchmal – wie man sieht – den Nachteil aufweisen, dass der Autor sich in ein günstiges Licht rücken will. Irgendwann lagen Sabrina und Gusto erschöpft in der Garderobe.

»Du lebst ja noch!«, sagte Sabrina.

»Bitte?«

»Nichts, nichts.« Dann aber rappelte sie sich auf und fragte: »Wie habt ihr das gemacht?« (Schon an dieser Frage sieht man Sabrinas Weitsicht und Intuition, da sie davon überzeugt war, dass Gusto sein Kunststück nicht allein hätte bewerkstelligen können.)

»Was meinst du?«

»Diese Nummer. Der Fliegende Gustoni. Erzähl mir nichts, du machst mir nichts vor. Was ist der Trick? Und welche Rolle spielt die kleine Schwarze?«

»Die kleine was? Nein, Sabrina. Der Trick ist, dass es keinen

Trick gibt«, flüsterte Gusto, weil er das allen Menschen sagte, die ihn fragten.

Sabrina rümpfte die Nase. »Das kannst du deinen Groupies erzählen«, sagte sie. »Nicht mir.«

Gusto schwieg.

»Ist das deine Enkelin?«, fragte Sabrina. »Ich hab sie nie gesehen. Vom Alter her könnte das passen. Siebzehn? Omega? Und der Assistent, das ist Alpha? Dein Enkel? Was für Namen! Alpha und Omega. Das hab ich nicht vergessen, Gusto. Diese Adoptionsgeschichte. Und der Hund? Der weiße Husky? Wie hieß der? Gödel?«

»Escher.«

»Escher.« Sabrina wurde einen Augenblick still. »Mein Cousin. Kolja. Damals. Und deine Tochter. Bitch. Der Flugzeugabsturz. Es tut mir leid, dass du sie verloren hast, Gusto. Wie lange ist das jetzt her?«

Da ließ Gusto ein paar nackte, fatale Worte in die Stille fallen: »Sehen wir uns wieder?«

Sabrina stand sofort auf. Das war ein pawlowscher Reflex. Bei dieser Frage zog sie sich immer schnellstmöglich an, um die Kurve zu kriegen und dem Fragesteller von der Schippe zu springen. Jetzt aber, als sie schon fertig angezogen vor dem immer noch auf der Couch sitzenden, nackten Gusto stand, merkte sie, dass sie eigentlich gar nicht schnellstmöglich verschwinden wollte. Dass da etwas in ihr aufgewühlt worden war, etwas, das sie antrieb. Dabei handelte es sich nicht um so etwas ganz und gar Unnaturwissenschaftliches wie Liebe, als vielmehr um den heftigen Wunsch, unbedingt herausfinden zu wollen, wie genau die Sache im Mirage abgelaufen war. Etwas, das auch für sie interessant sein könnte. Für ihre eigene Forschung. Sie musste wissen, was hier los war. Da hörte sie sich selber sagen: »Klar!« Und sah ihrer Hand dabei zu, wie sie aus der Tasche ein Visitenkärtchen zog und es Gusto reichte. An der Schwelle zur Garderobe drehte sie sich noch mal zum Großen Gustoni um und sagte: »Aber nur, wenn du mir euren Trick verrätst.«

»Den Trick?«

»Den Trick!«

»Wirklich?«

»Ich mein es ernst«, sagte Sabrina.

»Geh noch nicht!«, flehte Gusto sie an. »Bleib!«

»Nein«, sagte Sabrina. »Ich muss los. Es ist spät. Das heißt, es ist früh geworden. Hörst du das nicht?«

»Was denn?«, fragte Gusto.

»Draußen. Die Müllabfuhr!«

»Es war der Nachtbus und nicht die Müllabfuhr.«

Sabrina musste lachen. Schlagfertig war er schon, der Gusto. Damit verschwand sie. Also noch nicht endgültig. Das sollte erst später stattfinden. Zunächst verschwand sie ganz gewöhnlich. Aus Gustos Garderobe. Der ließ sich auf den Rücken plumpsen, faltete die Hände überm Bauch und dachte an Kolja.

7

Es war Sabrina vollkommen ernst. Das wusste Gusto Winter sofort: Er würde nur weitere Nummern mit Sabrina schieben können – das aber wollte, musste er –, wenn er ihr das Geheimnis seiner eigenen Nummer offenbarte.

Sabrina Steward war Physikerin.

Das bedeutete: Wissens- stach Sinneslust.

»Kein Mensch darf davon erfahren«, hatte Gusto immer Omega gepredigt, »keiner, hörst du?«, und so war Omega mehr als überrascht, als ihr Großvater sie am nächsten Tag, nachdem er in ihrer Mirage-Suite ein paar Stunden lang um sie herumscharwenzelt war, mitteilte, eine Ausnahme könne man schon mal machen.

»Interessant«, sagte Omega, nachdem Gusto den Namen rausgerückt hatte. »Ausgerechnet Sabrina?«

»Sie ist Physikerin.«

»Ich weiß.«

»Vielleicht kann sie uns erklären, wie genau das funktioniert. Also das, was du da … sagen wir … machst. Das dürfte auch für dich interessant sein, oder?«

»Eine Physikerin?«

»Physiker, Metaphysiker, Quantenphysiker, weißt schon.«

»Sie lässt dich nicht ran, was?«, fragte Omega.

»Wie?«

»Wenn du's ihr nicht sagst, oder?«

Gusto breitete die Arme aus.

»Ich weiß nicht!«, sagte Omega.

»Bitte!«

Omega konnte nie Nein sagen, wenn ihr Großvater sie um etwas bat. »Ich hab kein gutes Gefühl«, sagte sie noch.

»Tu's für mich!«

»Alles, was ich tue, tu ich für dich.«

»Was?«

»Hab ich manchmal den Eindruck.«

»Ich bin dein Großvater. Ich habe dir alles von mir gegeben. Ich habe dir stundenlang die Vorlesungen zur …«

»Schon gut, Opa!«

»Nenn mich nicht so.«

»Ich weiß, Gusto. Also dann. Ich mach's. Vielleicht hast du recht, und Sabrina hat eine Idee. Eine Erklärung.«

»Ich dank dir! Wir haben nichts zu verlieren.«

»Wenn du meinst! Auf deine Verantwortung.«

»Sie wird allein sein. Ohne Zeugen.«

Dem liebesgeilen Gusto gelang es, zwei Termine zu verlegen, er konnte seine Tour kurz unterbrechen, um Sabrina in ihrer Vegas-Villa zu besuchen. So kreuzten sie alle gemeinsam bei Sabrina auf: Gusto, Alpha, Omega und Escher.

»Ich dachte mir schon, dass du das nicht allein geschafft hast. Also, ich bin bereit für die Wahrheit. Schock mich, Gusto!«

»Es ist … Omega«, sagte Gusto.

»Wie, Omega?«

»Sie verfügt über gewisse … sagen wir … Fähigkeiten.«

»Also«, sagte Sabrina, »ich glaube nur, was ich sehe. Meistens. Well, dann wollen wir mal ein Experiment machen. Ich bin ganz Auge.«

Und Omega blickte Gusto ein letztes Mal fragend an. Und der nickte ihr zu.

»Also gut!«, sagte Omega. Und konzentrierte sich.

Sabrina warf eine auf dem Tisch stehende Vase in die Luft, eine Vase, die Mutter ihr im vorigen Jahr geschenkt hatte, hässlich ohnehin, und dann auch noch das erste Geburtstagsgeschenk nach dem Tod des Vaters, Sabrina musste ständig an ihren toten Vater denken, wenn sie diese hässliche Vase sah, ihr Vater, Patrick, Vorbild, Leuchtbild, Held, der einfach so, ohne geringste Vorwarnung, umgerasselt war, Lungenembolie, und statt des Vaters stand da nun diese blöde Vase im Raum, doch Sabrina zerknüllte ihre Gedanken, rief »Fang!« (Escher spitzte die Ohren), warf die Vase aber nicht zu Omega hin, sondern von ihr fort. Hinter sich. Lauschte auf das Klirren. Hörte nichts. Drehte sich um und sah: Die Vase schwebte. In der Luft. Alpha hackte währenddessen wie immer (von den ihn umgebenden Dingen gelangweilt) auf seinem Tablet herum. Der weiße Husky bellte kurz. Omega wartete auf eine Reaktion. Sabrina saß äußerlich ruhig da, innerlich aber in hektischer zerebraler Betriebsamkeit. Sprich: Sie dachte fieberhaft nach. Es gibt für alles eine Erklärung, eine Lösung. So das Credo ihrer rationalen Seite. Teleportation, nein, Beobachtung, Doppelspaltexperiment, nein, nein, Paralleluniversen, nein, nein, nein, Zeitraumdimensionen, nein, Entropie, hm: Wenn ich – das hatte Sabrina als Oxford-Studentin einem Kommilitonen namens Brian Greene einmal erzählt – die 1389 Seiten des Buchs *Krieg und Frieden* aus dem Einband löse und in die Luft werfe, ist die Wahrscheinlichkeit 10^{1389}, dass ich sie in exakt der Reihenfolge wieder vom Boden klaube, in der ich sie hochgeworfen habe. Im Grunde genommen also allerhöchst unwahrscheinlich. Aber immerhin nicht unmöglich. Wenn ich also eine Vase in die Luft werfe, so habe ich eine allerhöchst unwahrscheinliche Möglichkeit, dass sie *nicht* zu Boden fällt, sondern in der Luft hängen bleibt. Allerdings war Omega offensichtlich in der Lage, dies ständig zu bewirken. Spätestens das köpfte jedwede Wahrscheinlichkeitsmöglichkeit. Kurz: Sabrina verlor nicht die Ruhe, sondern verschob die Lösung des Problems auf einen späteren Zeitpunkt. Sie freute sich jedoch wie wahnsinnig über die neuen Möglichkeiten, die das soeben Erfahrene, Gesehene mit sich brachten. Sie dachte, es ist Zeit für eine Veränderung, ich spüre doch, dass hier etwas geschieht, ich spüre doch, dass ich Teil sein werde von etwas Großem, ich muss das Alte über Bord werfen, nur wer bereit ist, völlig Neues zu denken, wird einen Schritt vorankommen, wer hatte das noch mal gesagt? Egal. Sie stand auf, pflückte die Vase aus der Luft und schmetterte sie zu Boden, diesmal vor ihre Füße und ohne das begleitende Wörtchen »Fang!«, sodass die bescheuerte Nachvatertodvase endlich in tausendundeine Scherbe zerdepperte. Sabrina ging zu ihrem Lieblingskaktus, piekte ein winziges, eigentlich überhaupt nicht sichtbares Staubkörnchen auf ihren Finger, setzte sich wieder und hielt das Körnchen in Richtung Omega.

»Siehst du das?«, fragte sie.

»Klar«, sagte Omega.

»Wie?«, fragte Sabrina. »Aus *der* Entfernung?«

»Du meinst das Körnchen Staub?«

»Ja.«

»Warum sollte ich das nicht sehen?«

»Weil es zu klein ist, um es sehen zu können.«

»Wieso? Ist doch riesig!«

Sabrina schüttelte den Kopf und schnippte das Körnchen in die Luft, rief wieder »Fang!«, Omega ließ das Körnchen direkt vor Sabrinas Augen schweben.

»Und kannst du es auch rasen lassen?«, fragte Sabrina.

»Rasen?«

»Schnell. Und immer schneller.«

»Ja, aber das macht es doch schon!«

»Wie meinst du das?«

»Wenn ich die Augen zusammenkneife, seh ich es genau, dann rasen die Dinger, die das Körnchen zusammenhalten.«

»Was denn für Dinger?« Sabrina stand langsam und ungläubig auf.

»Diese komischen Fäden, aus denen alle Sachen bestehen. Alles, was existiert. Auch die Menschen meine ich.«

»Welche Fäden? Wovon sprichst du?«

»Ich war mal bei einem Arzt. Der hat das ... Komm, das liegt mir auf der Zunge ... Mensch, wie hat der das noch mal genannt, Alpha?«

»Mouches volantes«, antwortete Alpha, ohne von seinem Tablet aufzublicken.

»Genau. Trübungen auf den Linsen. Zuerst dachte ich also, die sieht jeder, der an Mouches volantes leidet. Aber seit einiger Zeit weiß ich, dass nur ich sie sehen kann.«

»Und« – Sabrina trat näher – »kannst du sie beschreiben?«

»Ja, wie ich sagte, winzige Fädchen.«

»Strings!«, rief Sabrina. »Das kann nicht sein. Kein Mensch kann Strings sehen. Strings sind kleiner als Photonen! Absolut und ohne jeden Widerspruch unmöglich, undenkbar, sie zu sehen! Aber«, murmelte sie nachdenklich, »es kann auch kein Mensch Vasen durch die Luft spazieren lassen. Und womöglich Menschen«, fügte sie atemlos hinzu, mit Seitenblick auf Gusto. »Und dann auch noch so schwere.«

»Also bitte«, rief Gusto und breitete die Arme aus.

»Strings«, sagte Omega, »ja, so kann man das nennen. Saiten, kleine, vibrierende Saiten. Und die bilden immer irgendwie ein großes W.«

»Ein W?«

»Ja, ein W.«

»Kein M?«

»Kommt drauf an, wie rum man das W stellt.«

»Meine W-Theorie!«, rief Sabrina begeistert. »Ich hatte recht!« Sabrina riss sich rasch aus ihren Berechnungen heraus. »Und ... und ... wenn du ... also ... wenn du die Sachen in der Luft bewegst, ändern sich dann die Strings, also die Fäden?«

»Ja, klar.«

»Und bitte WIE????«

»Sie werden schneller. Immer schneller. Sie kreisen um sich selbst. Ein wilder Tanz. Irgendwann sind sie so schnell, dass ich sie nicht mehr voneinander unterscheiden kann.«

»Und dann?«

»Bewegt sich alles mühelos, wohin ich will.«

Sabrinas Strings im Kopf glühten, sprich, erreichten gefühlte Lichtgeschwindigkeit: Allgemeine Relativitätstheorie, es gibt keinen Unterschied zwischen beschleunigtem Objekt mit Gravitationsfeld und nichtbeschleunigtem Objekt ohne Gravitationsfeld. Es gibt demnach einen großen Unterschied zwischen beschleunigtem Objekt mit Gravitationsfeld und nichtbeschleunigtem Objekt mit Gravitationsfeld. Sprich: Wenn Omega die Strings der Vase beschleunigen konnte (und Beschleunigung ist nicht nur = Änderung der Geschwindigkeit, sondern auch = Änderung der Bewegungsrichtung = Rotation), konnte sie auch das Gravitationsfeld überwinden. Dazu mussten die Strings aber sehr, sehr schnell um sich selbst kreisen. So schnell, dass es undenkbar wäre, aber was war schon undenkbar angesichts dessen, was sie, Sabrina, soeben gesehen hatte. »Gut«, sagte Sabrina, »das reicht.« Sie stand auf und bedeutete den anderen, sie zu begleiten. Alpha stöhnte genervt, weil er kurz davor war, seinen Meteoritenabschussrekord zu brechen.

8

Im SUV war für alle genügend Platz. Sabrina fuhr wie ein tollwütiger Hund. Immer hinein in die Mojave-Wüste, zwanzig Meilen donnerte sie über den Highway 50, den einsamsten Highway Amerikas, dann nahm sie den Abzweig. Zehn Meilen ging es über eine Schlaglochpiste. Hinter ihnen flimmerte noch Las Vegas, vor ihnen glänzten schon die Gebäude des CON. Man hatte in der Tat ganze Arbeit geleistet: Ein neues, wiewohl erheblich kleineres CERN war hier entstanden. Sabrina musste zwei Kontrollen passieren, ehe sie den Wagen abstellte und die Gäste ihr ins Hauptgebäude folgten.

Ins Herz des Lichts.

(Noch jedenfalls.)

Ins Kontrollzentrum.

Geblendet wurde man von den zahllosen Monitoren und blitzenden Vorrichtungen. An den Schirmen im Innern des LINLC-Kontrollzentrums gewährte Sabrina Omega Einblick in den linearen (LIN) Beschleuniger (Lepton Collider), diesmal ein Elektron-Positron-Beschleuniger, die Maschine, in denen die Teilchen beschleunigt wurden, immer noch nur auf annähernd Lichtgeschwindigkeit.

»Siehst du das, Omega?«, fragte Sabrina und deutete auf den Monitor.

»Was denn?«

»Die Teilchen?«

Omega kniff die Augen zusammen.

»Die flitzen ziemlich schnell«, sagte sie, »aber wenn ich mich konzentriere, sehe ich sie, bevor sie aufeinanderprallen. Und dann regnet's irgendwie.«

»Wahnsinn«, sagte Sabrina. »Wenn du die Teilchen nur ein klein wenig schneller machen könntest, uns fehlen die Mittel dazu, dann wäre die Wahrscheinlichkeit hoch, dass unsere Ziele von Erfolg gekrönt werden.«

»Welche Ziele?«, fragte Gusto.

»Sneutrinos, Squarks, Higgs-«

»Gesundheit!«, sagte Omega.

»Higgsinos«, sagte Sabrina. »Ihr kennt doch Einsteins berühmtes $E=mc^2$. Das bedeutet ja auch zugleich $m=E:c^2$.«

»Sorry?«

»E steht für Energie. c für Lichtgeschwindigkeit und m für Masse. Je schneller sich etwas bewegt, umso mehr Energie hat es. Je mehr Energie es hat, umso größer wird seine Masse. Je größer aber die Masse ist, umso schwieriger, das Teilchen zu beschleunigen. Wahrer Teufelskreis! Wir haben keine Lösung.«

»Was?«

»Verstehst du nicht? Nimm ein Myon. Ein Myon, das sich mit 99,9 % Lichtgeschwindigkeit bewegt, hat 22-mal so viel Masse wie ein ruhiges Myon. Erhöhst du die Geschwindigkeit auf 99,999 % von c, ist das bewegte Myon schon 224-mal so schwer wie das ruhige. Beträgt aber die Geschwindigkeit 99,99999999 % von c, ist die Masse 70000-mal so hoch. Je näher wir an die Lichtgeschwindigkeit c kommen, umso schwerer werden die Teilchen und umso schwieriger wird für uns die Beschleunigung. Wir können keine Teilchen auf Lichtgeschwindigkeit bringen. Das wäre aber nötig, um noch kleinere Teilchen entdecken zu können.«

»Mhm.«

»Wir sind auf der Suche nach den Partnerteilchen«, sagte Sabrina, »den Super-Teilchen der Elementarteilchen. Super-Neutrinos, Super-Quarks, Super-Higgs-Teilchen, wir wollen die Superstringtheorie beweisen, sind auf dem Weg zur Weltformel, einer einheitlichen Feldtheorie. Unsere Forschungen werden Ergebnisse zeitigen, die uns endlich sagen, wie genau die Welt entstanden ist. Schneller ginge es, wenn wir einen Beschleuniger von der Größe der Milchstraße hätten. Nursov sagt sogar: von der Größe des Universums. Haben wir aber nicht! Also: Wenn du jetzt *bitte* deine Fähigkeiten einsetzen könntest.«

»Und was soll ich tun?«, fragte Omega.

»Siehst du: Die Energie, die wir brauchen, um Materie von der Größenordnung einer Planck-Länge zu beobachten, beträgt nur ca. 1000 Kilowattstunden. Das ist nicht das Problem. Die Schwierigkeit liegt darin, die Energie auf ein einziges Teilchen, auf einen String zu konzentrieren. *Das* schaffen wir nicht. Und da kommst du ins Spiel!«

»Das heißt?«

»Du machst die Teilchen schneller! So schnell wie möglich.«

»Das heißt?«

Gusto rief: »Du trittst den Biestern in den Arsch!«

»So kann man's auch ausdrücken«, sagte Sabrina.

»Wenn das alles ist«, sagte Omega. »Dann mal los.«

Jetzt aber – also entweder kurz bevor Omega den Teilchen »in den Arsch trat« oder eben kurz nachdem sie Selbiges getan hatte oder aber während sie es tat (dieses überaus entscheidende Detail entzieht sich dummerweise meiner Kenntnis) – kam es zum ersten großen Auftritt ihres Bruders. Alpha Ferdinand Zacharias. Er stellte Sabrina zur Rede. Längst hatte er das Tablet im Rucksack verschwinden lassen. Und entpuppte sich jetzt als jemand, der ganz genau mitbekam, was um ihn her vorging.

»Warum?«, fragte Alpha.

»Bitte?«, fragte Sabrina.

»Warum wollt ihr das wissen?«

»Was meinst du?«

»Wie die Welt entstanden ist.«

»Warum nicht?«, fragte sie zurück. »Jeder will das wissen!«

»Ich nicht«, sagte Alpha. »Mir ist es egal.«

Mir auch!, hätte der alte Gusto gerufen, wenn er nicht Angst gehabt hätte, Sabrina zu verletzen. Daher hielt er sich zurück.

»Aber«, sagte Sabrina, da sie merkte, dass sie Alpha ein bisschen umschmeicheln musste, »es wird dich sicher interessieren, ob es Paralleluniversen gibt. Ob es möglich ist, in diese Paralleluniversen zu reisen. Ein erster Schritt wäre zum Beispiel, über einen längeren Zeitraum als im CERN oder im CON (ich spreche hier von Milliardstel Sekunden, Alpha, wenn ich *länger* sage), also über längere Zeiträume die sogenannten Micro Black Holes zu beobachten. Kleine Schwarze Löcher.«

»Schwarze Löcher? Ich denke, Schwarze Löcher fressen alles, was in ihre Nähe kommt. Ist das nicht gefährlich?«

»Iwo«, erinnerte sich Sabrina an ein uraltes deutsches Wort, von dem sie nicht wusste, dass es noch in ihrem Wortschatz lag.

»So ein Schwarzes Loch, kann das nicht größer werden?«, fragte Alpha. »Ich hab gehört, dass es wächst und wächst und alles verschlingt, was in seine Nähe kommt, unaufhaltsam, zum Schluss die ganze Welt.«

»Hawkings Theorie lautet, dass Schwarze Löcher an ihren

Rändern Energie abgeben. Insofern zerfällt ein Micro Black Hole rasch wieder nach dem Entstehen. Im CERN und im CON hat man schon etliche dieser Löcher erschaffen. Alle sind gleich zerfallen. Hawkings Theorie ist mehr als bestätigt worden. Es wäre jetzt wichtig, sie etwas länger zu beobachten, die Löcher, meine ich. Dazu müssten sie nur ein bisschen größer sein.«

»Hawkings *Theorie*?«

»Ja.«

»Und wenn sie nicht stimmt?«

»Die Theorie, sagte ich, ist bestätigt worden.«

»Bestätigt? Nicht bewiesen?«

»Wir gehen sicher davon aus, dass die Theorie stimmt. Von Beweis zu sprechen ist insofern schwierig, als ...«

»Das heißt also, aufgrund einer Theorie, die nicht bewiesen ist, wollen Sie ein Schwarzes Loch schaffen, das, wenn die nicht bewiesene Theorie sich als falsch erweist, Gefahr läuft, unsere komplette Erde mitsamt Menschen, Müll und Mangelware zu verschlingen?«

»Du hast«, sagte Sabrina, »eine ganz und gar falsche Auffassung vom Wesen einer wissenschaftlichen Theorie.«

»Also«, sagte Alpha und enthüllte erstmals sein Talent für plastische Beispiele, »das ist, als würde ich um zwölf Uhr meinen Kopf in ein Krokodilmaul stecken, weil ich an die unbewiesene, bisher lediglich bestätigte Theorie glaube, dass die Maulstarre der Krokodile täglich immer von zwölf bis eins dauert?«

»Äh«, sagte Sabrina, »was?«

»Und wenn einmal zufällig eins zubeißt, würde ich, wenn ich es noch könnte, sagen: Meine Theorie hat sich als falsch erwiesen?«

Sabrina schwieg.

Alpha klatschte in die Hände, als wolle er die Anwesenden aus einer Hypnose in die Wachheit holen. »Schluss damit!«, rief er. Und wandte sich an Omega: »Komm, wir gehen!«

Omega: »Meinst du wirklich, Alpha?«

»So was macht man nicht einfach so. Wir sollten erst drüber

nachdenken. Über die Konsequenzen und so weiter, verstehst du?«

»Aber ich hab gerade das Gefühl, als könnte ich…«

»Bitte! Omega! Das ist alles vage. Denk mal an Atomkraftwerke! Man hätte die Meiler im Grunde genommen erst bauen dürfen, wenn man das Problem mit dem verseuchten Müll geklärt hätte. Also im Grunde genommen: bis heute nicht. Von der Sicherheit ganz zu schweigen. Verstehst du? Man kann nicht immer so tun, als würden wir die Probleme, die wir uns aufhalsen, schon irgendwie lösen. Das ist unsere Gesellschaft: Erst handeln, dann denken. Ich glaube, es wäre ganz gut, wenn wir hier erst mal denken würden, statt zu handeln.« Und mehr sagte er nicht. Stiefelte resolut davon. In der Gewissheit, seine Schwester würde ihm folgen.

»Tut mir leid!«, sagte Omega. »Aber vielleicht hat er recht. Das hat irgendwie noch nie geschadet.«

»Was?«

»Nachzudenken, bevor man etwas tut.«

»Aber …«, rief Sabrina.

»Aufgeschoben ist nicht aufgehoben. Mal schauen, Sabrina. Vielleicht wird das ja noch was.«

Mit diesen Worten strebte Omega ihrem Bruder nach. Richtung Ausgang. Ebenso Escher. Gusto zuckte mit den Schultern, machte mit Daumen und kleinem Finger ein Telefonzeichen in Richtung Sabrina und eilte seinen Enkeln und dem hohlen Hund hinterher.

Sabrina guckte enttäuscht in die Röhre. Buchstäblich. Also in die Röhre des CON. Mittels Kontrollbildschirm. Und in diesem Augenblick fiel die Intensität des geliebten Protonenstrahls rigoros ab. Sabrina glaubte ein Geräusch zu hören, was im Grunde nicht sein konnte, aber doch, es klang wie das Plopp, wenn gerade ein Maiskorn zum Popcorn zerplatzt. Auf dem Monitor huschten unbekannte Effekte vorbei. (Dazu muss man wissen, man beobachtete ja nie die Teilchen selber, sondern immer nur die Effekte, die nach vollbrachter Kollision sich pfauenradhaft plusterten.) Und das war komisch hier. Und das war sagenhaft. Denn was sie sah, waren, ohne dass sie es wusste, wohl aber ahnte sie es, die fremdartigen Effekte eines von Menschenhand erschaffenen Micro Black Hole, das blieb.

Und nicht wieder zerfiel.

Higgs.

Ich habe gesprochen.

9

Das Erste, was komplett vom Schwarzen Loch geschluckt wurde, war Sabrinas Aufmerksamkeit: Sie verschwendete keinen Gedanken mehr an Gusto Winter. Blieb die nächsten Wochen rund um die Uhr im CON. Zunächst war sie irgendwie froh, dass dieses Micro Black Hole so lange blieb: Üblicherweise existierten Schwarze Mikro-Löcher nur 10^{-33} bis allerhöchstens 10^{-24} Sekunden, also nicht mal eine schlappe Pikosekunde (0,00000000001 Sekunden). Man konnte jetzt nicht mehr nur wie üblich die Effekte messen und ihnen beim Zerfallen zusehen, nicht mehr nur im Bereich von der, um genau zu sein, 0,0000000000000000000000000000000001ten bis zur 0,0000000000000000000000001ten Sekunde, sondern Null um Null der Zahl war verloren gegangen (weitaus mehr als nur blitzschnell), ehe Sabrina registrierte, dass jenes Loch eine satte Minute geblieben war und noch eine und noch eine, ja irgendwann waren die Effekte des Lochs fünf geschlagene Minuten lang zu erkennen gewesen, eine halbe Ewigkeit für die kurzatmigen Micro Black Holes, und die Kollegen eilten herbei, und andächtig beobachtete man die Effekte und das Phänomen, dass dieses Loch nicht weitaus schneller als auf der Stelle ins Nichts zurückgefallen war, und froh war man, dass sich das Loch Zeit ließ vorm obligatorischen Zerzischen, immer noch froh war man, als es nach fünfzehn Minuten eine Art Bäuerchen von sich zu geben und ein klitzekleines bisschen größer geworden zu sein schien und dann sogar seine erste Lebensstunde gesund

und munter hinter sich gebracht hatte. Und jemand flüsterte: »Hawkings Theorie war falsch, er hat sich geirrt, das Loch verschwindet nicht, es bleibt, es ist da, es wächst, es ...« O Gott, hätte Sabrina am liebsten gesagt, denn sie ahnte als Erste die Tragweite dieser bahnbrechenden Erkenntnis, und gern hätte sie das auf dem Tisch hockende Loch wie eine Fliege mit ihrem Notizbuch plattgemacht, wenn das Loch nur auf dem Tisch gehockt hätte, aber es befand sich leider – auf der Stelle hoovernd – in der linearen Vakuumröhre im Innern des Beschleunigers.

Jetzt Stimmengewirr:

Was sieht der Notfallplan vor?

Gibt's einen Notfallplan?

Die Dipolmagnete. Wir dürfen sie nicht runterfahren.

Aber wie konnte das ...

Wir haben einen Punkt erreicht, wir haben eine Intensität erreicht, das ist ja unglaublich ist das. Unglaublich intensiv! Es gibt nur eine einzige mögliche Erklärung: Wir haben zwei Higgs-Teilchen gleichzeitig erschaffen!

Wenn die sich zu nah kommen, dann erhöht das eine die Masse des anderen!

Und dann die Rückkopplungsschleife!

Eine Hoover-Sphäre entsteht.

So bleibt das Ding stabil!

Und schluckt einen Teil des Protonenstrahls.

Und nimmt weiter an Masse zu.

Immer weiter.

Immer weiter.

Leute, Leute, Leute, wir sollten die Spine-Birotulip-Tirer-Weißschwert-Metrik verwenden.

Muss das sein?

Ja!

Die Spine-Birotulip-Tirer-Weißschwert-Metrik kennt doch kein Schwein. Es gibt ... Moment, hier, ich hab's ... nur drei Treffer bei Google.

Wie ging die noch mal?

ds hoch drei ist gleich minus Klammer auf c plus 1 Klammer zu Wurzel aus minus r Klammer auf sinus zum Quadrat Theta plus cosinus zum Quadrat Theta Klammer zu plus Phi Zielfernrohr M st durch i, ihr wisst schon!!

Zielfernrohr?

So nenn ich immer das Symbol für die direkte Summe der Vektorräume.

Echt? Stimmt. Sieht n bisschen so aus.

M st durch i?

Genau!

Oder M i durch st?

Nein. Das wäre ja M … i … st.

Die Zeit verläuft gemäß der Spine-Birotulip-Tirer-Weißschwert-Metrik von unten ausgehend gekrümmt in die Mitte.

Dann wird das Schwarze Loch jetzt eine Masse von 10^{-16} kg haben.

Das geht ja noch.

Und nu?

Wenn das Ding da tatsächlich aus Higgs-Teilchen entstanden ist, dann werden sich in seiner Umgebung jetzt weitere Higgs-Teilchen bilden.

Higgs-Teilchen sind ihre eigenen Anti-Teilchen.

Die Abstrahlungsrate wird verringert.

Die Photonen werden ans Schwarze Loch gebunden.

Aber das kann doch alles gar nicht sein!

Wir müssen das Loch auf jeden Fall schön im Käfig halten.

Und die Dipolmagneten kontinuierlich nachjustieren.

Damit das Loch doch noch zerstrahlt, irgendwann.

Ja, ja, ja, aber wenn es weiterwächst, müssen wir die Dinger abschalten.

Wieso?

Damit es ins Weltall abhauen kann, das Loch.

Vielleicht haben wir ein Vorzeichen …

Vielleicht sind wir vom falschen …

Von falschen Vorzeichen ausgegangen.

Wie auch immer die Vorzeichen gewesen sein mochten, das

Nachzeichen hockte jetzt in der Röhre. Im Grunde geschah alles fast genau so, wie es der Physiker Martin Bäker anlässlich eines Aprilscherzes im Jahr 2012 errechnet hatte (vergleiche den Link www.scienceblogs.de/hier-wohnen-drachen/2012/04/01/stabiles-minischwarzes-loch-aus-higgsteilchen-erzeugt), ein Aprilscherz, der im Grunde aus Sicht eines klar denkenden Physikers jener Zeit als vollkommen sinnfrei bezeichnet werden musste. Damals lachte man über den Ulk. Jetzt aber konnte man nicht mehr lachen. Das Loch kam nämlich zwei Wochen zu früh. Nicht am 1. April, sondern am 15. März, also zu den Iden des März, um genau zu sein.

Dennoch. Zuversicht ist eine Tugend, die dem Wissenschaftler schwer abhandenkommt. Die Freude überwog noch. Zunächst. Wird schon alles gut gehen. Wie bisher auch. Meistens. Man hielt das Schwarze Löchlein wie eine Minikatze in der linearen Röhre. Die Röhre schien sicher. Ein Vakuum. Man wartete also auf den Augenblick, an dem das Loch zerfallen und sich in Nichts auflösen würde, das heißt, war das Schwarze Loch nicht schon irgendwie Nichts? Hm, schwierig.

Doch das Loch wuchs beständig, es schluckte ein Higgs-Teilchen nach dem anderen, Higgs, Higgs, Higgs, ein permanenter Schluckauf ohne Sinn und Verstand, es fraß Teilchen, die es aus sich selbst gebar, jene Higgs-Teilchen, die man im Volksmund gerne Gottesteilchen nannte, eine Bezeichnung, der ein Übersetzungsfehler zugrunde liegt: Ein Physiker hatte mal gesagt, dass es Zeit werde, das goddamn particle (jenes Higgs-Teilchen) zu finden, und aus dem goddamn particle wurde das Gottesteilchen, ein falsches Vorzeichen, kein Gottes- sondern ein gottverdammtes Teilchen sorgte also jetzt dafür, dass das Loch größer wurde, aber das Loch fraß nicht nur sich selbst, also die Ausgeburten seiner selbst (im Grunde war das Loch nicht nur Nichts, sondern auch aus Nichts entstanden und fraß permanent weiterhin jede Menge aus seinem Nichts geschöpftes Nichts, um sein eigenes Nichts zu vergrößern – was?), nein, das Loch fraß wohl auch Neutrinos und Tachyonen und zahllose für die damaligen Menschen noch unsicht- und unbenennbare Teilchen, und das Loch hätte sich dazu gern eine Serviette umgehängt, wenn es denn so kleine Servietten gegeben hätte, und außerdem – war es nicht schon wieder ein klitzekleines Stückchen gewachsen?

Man konnte, muss man dazu sagen, das Loch immer noch nicht sehen, auch nach einem Tag nicht, lediglich die Effekte, das Verglühen der vom aberwinzigen Mikro-Ereignishorizont verschlungenen Teilchen. Aber auch jetzt noch, nachdem Hawkings Theorie widerlegt war (man stritt darum, wer demnächst Hawking mailen und ihn von dieser Tatsache in Kenntnis setzen dürfe, doch der Chef des CON erteilte eine strikte Zensur, nichts, sagte er, was hier drinnen geschehe, dürfe nach außen gelangen), gingen den Physikern die Theorien nicht aus, denen sie vertrauten wie blinde Seher ihren blinden Blindenhunden (leider hatten sie keine Blindenhundephobie wie der Blinde Autonome Harry Schmelzer), und die zweite Theorie, die sich in bisheriger Geltungssonne räkelte, war Folgende: Selbst wenn ein Micro Black Hole stabil bliebe, würde es nicht auf der Erde verharren können, sondern ins Weltall entweichen. Also beschlossen die Physiker irgendwann – was sollte man tun?, die möglichen Gefahren konnten nicht mehr geleugnet werden –, die Dipolmagnete herunterzufahren, um dem Loch endlich die Möglichkeit zu bieten, abzudüsen. Jetzt, wo es noch so klein war. Das Loch. Und kaum Unheil anrichten konnte. Erdbeben oder so. Die Physiker warteten also nach dem Abschalten eine geraume Zeit darauf, dass sich das Loch endlich den Staub aus den Klamotten klopfen und losflipsen würde. Aber das Loch blieb. Dort, wo es war. Es weigerte sich zu verschwinden, sei es, weil es keine Lust hatte oder weil es ihm hier auf der Erde so gut gefiel, das heißt, unter der Erde, um genau zu sein. Man hatte aber berechnet: Entstünden zehn Millionen Mikro-Löcher pro Jahr, so würden nur zehn von ihnen auf der Erde gefangen bleiben. Was für ein Zufall also, ein – wie man immer noch dachte – glücklicher Zufall, der die Forschung auf Jahrzehnte befeuern würde, was für eine wunderbare Fügung also, dass man ausgerechnet an eines von einer Million Löcher geraten war, das nicht ins All flog. Und diejenigen Löcher, so die nächste beruhigende Theorie, diejenigen Löcher, die auf Erden bleiben, stellen normalerweise auch keine Gefahr dar, sie sind so winzig, dass sie hundert Stunden bräuchten, um ein einziges mickriges Proton zu verschlingen. Demnach würde es sehr, seeeeeehr lange dauern, bis das lächerliche Löchlein ein einziges Milligramm Mutter Erde zerstört hätte, länger, als die Zeit, in der das Universum existierte, also Milliarden von Jahren! Man konnte sich getrost zurücklehnen.

Als dann aber – die Beobachtungen ließen keinen Zweifel zu –, klar wurde, dass jenes Micro Black Hole, das man rasch auf den Namen Black Beauty getauft hatte, nicht etwa in hundert Stunden *ein* Proton, sondern vielmehr in einer Stunde *hundert* Protonen oder Protonen-ähnliche Teilchen verschlungen haben musste (man hatte keine Ahnung, wie das Loch an die Teilchen herankam), setzten sich die Physiker an die allseits bekannten Berechnungen und sahen den Voraussagefehler darin begründet, dass es sich bei den wissenschaftlichen Rechnungen um sog. Näherungsgleichungen handelte, die über eine Reihe von freien Parametern verfügten, die in Ungewissheit der wirklichen Wirklichkeit eingefügt worden waren, um überhaupt erst zu Ergebnissen zu kommen. Wenn man aber die Stellschrauben der freien Parameter anpasste an das, was hier wirklich geschah, sah die Sache auf einmal nicht mehr ganz so unbedrohlich aus.

Das Loch. Es wuchs weiter. Irgendwann war es gar mit bloßem Auge zu erkennen. Ein stecknadelgroßer Punkt, ein Mikro-Nichts, und das brannte ein wenig in den Pupillen, wenn man am Monitor zu lange in es hineinblickte, wie bei Sonnenlicht. Leicht wackelnd waberte es in der Röhre. So viele Teilchen, wie das Schwarze Loch verschluckt haben musste, um derart gewachsen zu sein, konnte es gar nicht geben. Ein weiterer Beweis für die Seltsamkeit der uns umgebenden Dunklen Materie und Dunklen Energie! Aus diesem Dunkel speiste sich, es musste so einfach sein, das Schwarze Loch, unaufhaltsam. Doch diese Berechnung stimmte auch hinten und vorne nicht. Dann aber, unvermittelt, nach etwa vier Wochen, geschah der nackte Wahnsinn: Mit waghalsigem Quantensprung – naja, das Bild hinkt – vervielfachte das Loch auf einen Schlag seine Masse, Dichte und seine Größe (!), es wurde ruckartig knopflochgroß, ein Aufploppen, wie man sagte. Und jetzt setzte sich das Unding endlich in Bewegung. Als schwarzes Knopfloch aus verdauten und unverdauten Teilchen schwebte das Biest hinauf zur Decke der CON-Röhre, segelte geistgleich durch die Röhre hindurch und verschwand von den Monitoren. Da hatte man noch mal Glück gehabt. Dachte man.

Die Röhre des CON bohrte sich in etwa hundert Metern Tiefe durch die Erde. Das Loch würde in der Erde feststecken oder sich langsam durch die Erde nach oben durchwursteln und an die Luft treten und endlich doch noch in Richtung Weltall ... Aber Pustekuchen. Das Loch hatte augenscheinlich die Orientierung verloren. Es war ein Stückchen gewandert. Denn als es wieder auftauchte – und, ja!, es tauchte wieder auf! –, landete es im Kontrollzentrum des CON. Alle erbleichten, als das Loch nach einigen Tagen in den Raum schwebte wie ein zähflüssiger, gespenstischer, dunkler Kugelblitz und nicht – wie man vehement gehofft hatte – weiter Richtung Decke und durch die Decke hindurchwallte, sondern seinen fetten, durch massenhaft massereiche Erdmoleküle auf Fußballgröße angefressenen Arsch mitten auf den Tisch von Sabrina Steward platzierte und dort – genüsslich fast, fand man – sitzen blieb.

Und zwar für zwei Wochen.

Ohne sich zu rühren.

Und ohne weiterzuwachsen.

Das war zugegebenermaßen etwas ungewöhnlich.

Es widersprach wirklich *allen* bislang aufgestellten Theorien.

Insofern war man sich spätestens jetzt sicher: Dieses Unding war alles andere – nur kein Schwarzes Loch. Jedenfalls so, wie es in den Vorstellungen der Physiker existierte. Man nannte es versuchsweise Higgs Hole (HH) oder Hyper Higgs Hole (HHH) oder Dunkles Energie Potenz Plasma (DEPP) oder Chaosmaterie (CHAMA), aber all diese Begriffe setzten sich noch nicht durch. Man sah ein, dass es erst mal keine Rolle spielte, wie man das Loch bezeichnete, sondern nur, wie man es loswerden könnte.

Als das Schwarze Loch lange genug ausgeharrt (oder Kraft gesammelt) hatte, räusperte es sich plötzlich, öffnete sich (was nur nach außen hin widersprüchlich scheint) und verschluckte mit hässlichem Gulp-Geräusch einen in kurzer Entfernung vor ihm liegenden Bleistift. Wupp! Jeder Zettel, jede Büroklammer, jede Kaffeetasse, jeder weitere Gegenstand, den das Loch jetzt mit irrem Appetit verspachtelte, führte zu einem zwar minimalen, aber dennoch messbaren, also bedrohlichen Wachstum. Zwar wurde der Kontrollraum umgehend von außen verriegelt, aber alle wussten: Das war ein lächerliches Unterfangen. Als Black Beauty die Größe eines Medizinballs erreicht hatte, fragten sich die Wissenschaftler: Wohin soll das führen? Das Loch wuchs langsam, aber sicher, leider nicht nur exponentiell, sondern manchmal sprunghaft, manchmal über Wochen hinweg gar nicht, sodass man kurz Hoffnung schöpfte, nur um wieder zu erschrecken, wenn das Unding sich erneut blähte, kurz, Black Beauty verhielt sich, nein, handelte völlig anders, als man gedacht hatte, besaß ein eigenes Wesen, eine eigene Ausrichtung –, in jedem Fall aber war das Loch nicht kleinzukriegen, und wenn es weiterwüchse, würde sein Wachsen letztlich zum Exitus der gesamten Welt in vielleicht eventuell ungefähr, ach, egal, strich Sabrina ihre Gedanken durch, denn wenn es ohnehin unaufhaltsam zum Ende kommen wird – man hatte inzwischen wirklich alles versucht, dem Loch das Maul zu stopfen, sprich, es zu vernichten – und wenn ich auch noch Schuld daran haben werde, dachte Sabrina, jedenfalls Mitschuld, dann ist es meine Pflicht, mir die Sache näher anzusehen, und vielleicht hockt im Loch nicht nichts, sondern etwas anderes, vielleicht existiert sie wirklich da drinnen, die nackte Singularität, sie, die nackte Singularität, der wir eine kosmische Zensur verpasst haben, sie, die nackte Singularität, die alles Unmögliche möglich machen kann, sie, die nackte Singularität, einzige Erklärung für das merkwürdige, uns ins Gesicht spuckende Verhalten des Undings dort, und vielleicht kann ich, falls ich je zurückkehre, Verne und Wells besser verstehen oder Lügen strafen, vielleicht gibt es eine Mitte dort drinnen, ein Tor, vielleicht kommt tatsächlich die Zeit zum Still-stand, und es beginnt das Ganz Andere (das hätte auch Bitch denken können!), vielleicht ist dieses Loch der Ort, nach dem ich mich mein Leben lang gesehnt habe, keine Gefahr, sondern Lohn meiner Forschung, nichts Schreckliches, sondern der erste Erkenntnisschritt zur Weltformel, meine kühnsten Träume könnten wahr werden, die Gefilde neuer, anderer Zeiten und Welten, hinein ins Loch!, ich habe nichts zu verlieren, außer dem Leben, und alle anderen werden mir irgendwann zwangsläufig ohnehin folgen müssen, wenn das Loch hier weiterwächst, ich bin die Erste, ich will die Erste sein, hinein in den Tunnel, die Einstein-Rosen-Brücke, das Tor in eine andere Weltzeit ist extrem instabil, vielleicht wird das Loch zerschellen, wenn ich hineinspringe, dann wäre ich die Heldin des Jahrtausends, es gibt keinen Anfang, es gibt kein Ende, alles geht weiter, alles hat immer schon irgendwann begonnen. Dacht's und folgte ihrem Vorbild, der Physikerin aus dem Lethem-Roman *Als sie über den Tisch kletterte*, betrat den Kontrollraum und sprang, Füße voran, in das mittlerweile trollkopfgroße Loch, das jetzt mitten im Raum (und in der Zeit) schwebte, und während Black Beauty genüsslich aufstöhnte und die arme Sabrina Steward in wenigen Sekunden in sich hinein- und hinabspaghettisierte, und während die Kollegen draußen entsetzt glotzten und an den Scheiben glatt das Schreien vergaßen, webte Sabrina Steward ihren letzten Gedanken, ehe sie die Augen schloss: Dieses verdammte Loch, dieses dunkle und schöne Nirgendwo. Da gehöre ich hin. Denn ich bin Morlocks Tochter.

10

Gusto fragte sich unterdessen, weshalb Sabrina den Kontakt zu ihm abgebrochen hatte. Drei Wochen tingelte er durch Ame-rika. Voll und ganz in Anspruch genommen von seiner Tour.

Immer wieder versuchte er, Sabrina zu erreichen, per SMS, Mail oder Telefon. Keine Reaktion. Keine Antwort. War dieser eine Akt nach dem Abend im Mirage für sie so furchtbar gewesen, dass sie nichts mehr von ihm wissen wollte? Das konnte nicht sein! Oder doch? Fünfzehnmal sprach Gusto Sabrina auf die Box, nur nach dem ersten Anruf hatte er eine jämmerliche What'sApp erhalten: »Kann jetzt nicht, Gusto! Sorry!« *Sorry.* Dieses Wort! Er hasste es! Nicht mal *Kuss* oder *Umarmung*. Sorry! Nach dem Ende seiner Tour kehrte Gusto zurück nach Las Vegas. Er suchte Sabrinas Villa auf: nichts. Er fuhr zum CON, aber man wimmelte ihn ab. Seine Fragen nach Sabrina wurden nicht beantwortet. Irgendwas stimmte hier nicht. Was, wenn Sabrina etwas zugestoßen war? Währenddessen leitete Alpha die Suche nach den vermissten Eltern in die Wege. Geld war mehr als genug vorhanden. Die Leute von Red Bull hatten sich sogar angeboten, das Ganze zu koordinieren.

Und Omega? Aufgrund ihrer (von Gusto initiierten) Casting-Fotos und ihres Videos zählte sie zu den Top 70 Mädels für die neue Staffel von Germany's Next Topmodel. Und jetzt also, im April 2017, musste sie zurück nach Deutschland, da in ein paar Tagen die Dreharbeiten zu eben jener neuen Staffel von GNTM begannen, etwas später als üblich, weil Heidi Klum im Februar ihr fünftes Kind zur Welt gebracht hatte.

»Müssen wir da etwa mitkommen?«, fragte Gusto muffelnd.

»Nein«, sagte Omega, nur mäßig enttäuscht. »In spätestens drei Wochen bin ich wieder zurück in Amerika. Bei euch.«

»Wie das?«

»Dann beziehen die Mädels eine Villa in L. A.«

»Ehrlich?«

»Und von L. A. nach Vegas ist's nicht weit.«

»Toll!«, sagte Gusto. »Dann können wir hierbleiben?«

»Ja!«

»Und Sabrina suchen?«

»Ja!«

»Und Mama und Papa?«, fragte Alpha.

»Ja, Alpha!«, antwortete Omega.

Und Kuss.

Umarmung.

Abschiedstürülü.

Und Schnitt.

Jetzt: Deutschland.

GNTM.

PRO7.

Harter Schnitt, zugegeben.

Füfü.

Film ab.

Von Anfang an war die komplette Jury hingerissen von Ome-gas Ausstrahlung. Das einzige Manko – ihre fehlenden Haare – wurde von Omega zunächst mittels Perücke übertüncht. Wie üblich fand aber in einer der ersten Folgen von GNTM das Um-styling statt, dem jede Kandidatin zitternd entgegensah, denn dabei wurden die Haare komplett neu gestaltet. Im Fall von Omega ließ sich ihr singuläres Merkmal, die totale Kahlköpfig-keit, nicht länger verheimlichen, denn im Friseurstuhl, begleitet von der Off-Stimme des Sprechers, »musste die wunderschöne Omega ihr Geheimnis lüften, nämlich ihre Haarlosigkeit«, sie nahm die Perücke ab – völlig geknickt –, aber Heidi Klum setzte sich zu ihr und sagte: »Schau mal, 2014 hat auch eine Dunkel-häutige gewonnen. Aminata. Und die haben wir beim Umsty-ling kahl rasiert.«

Omega musste nun also ihren Walk glatzköpfig hinlegen, und: »Eine Göttin!«, rief der tatsächlich wieder in die Jury zurück-gekehrte Designer Thomas Rath aus. »Eine Göttin! Ohne Haare kommt dein wunderschönes Gesicht erst so richtig zur Geltung, Schätzchen, schau doch nicht so, nein, das ist nicht schlimm, im Gegenteil, wir Designer können dir je nach Kollektion eine entsprechende Perücke aufsetzen, was meinst du, was an den Haaren alles getrickst wird, nein, Omega, ach Gott, Schatz, du bist so wunderschön, ich bin ja hingerissen, von Anfang an, so gravitätisch, so symmetrisch wie du läufst, schwebst, als werde die Gravitation aufgehoben, deine Ausstrahlung, dein Strahlen, diese Sphäre, diese Kraft, diese Energie, mein Gott, Omega, du wirst weit kommen, das versprech ich dir, und jetzt, verstehst du, mit dieser Glatze, da bist du einzigartig, Liebes, du bist ein einzigartiges Phänomen, dein Kopf ist eine nackte Singularität, ein Stern, ein Star, und deine Energie, deine explodierenden Augen, dein ganzes Wesen, als ob du Raum und Zeit hinter dir lässt wie ...« Man sieht, dass Rath der Physik nicht unaufgeschlossen gegenüberstand, er redete noch eine Weile so weiter und kam schließlich auf die Formel für Schönheit zu sprechen. »Schönheit (S) = Ausstrahlung (A) mal Körpergefühl (k) mal Charisma (c) hoch drei geteilt durch 4 Handvoll ($4\hbar$) Grazie (G)!« Und diese Formel entsprach – ohne dass er es wusste, denn so genau kannte der Juror sich dann doch nicht aus in der Physik – exakt der Formel für die Entropie eines Schwarzen Lochs, die Stephen Hawking aufgestellt hatte ($S=Akc^3/4\hbar G$), und von der er gesagt hatte: »It's so beautiful, it must be true!« Ein weiterer Hinweis auf die elegante Omega-DSL-Theorie.

Wie vorausgesehen ging es nach drei Wochen in die Los-Angeles-Villa, und Omega meisterte bravourös Tag für Tag all die Aufgaben, die man ihr antrug, sie bekam einige Jobs, galt früh als Favoritin auf den Sieg.

Währenddessen liefen die Suchversuche.

Allerdings erfolglos.

Kolja und Bitch im endlosen Meer verschollen. Und Sabrina? Wie vom Erdboden verschluckt. (Was nicht ganz so metaphorisch klingt jetzt = dramatische Ironie.) Das CON blieb uneinnehmbar. Gusto war siebenmal abgewimmelt worden. Es reichte. Er musste dort drinnen einfach nach dem Rechten sehen. Und nachdem Omega sich im Juni fürs Finale qualifiziert hatte und der Abflug nach Deutschland kurz bevorstand, lotste Gusto seine Enkelin nach Vegas, und dort bat er sie, ihm noch einmal einen Gefallen zu tun.

»Was denn jetzt schon wieder?«

»Ich will da rein!«, sagte er.

»Wo rein?«

»Ins CON.«

»Gusto! Wirklich?«

»Wirklich, Omega!«

In der Nacht ließ sich Gusto Humphrey Winter von der stolzen Finalistin des Model-Contests GNTM über die Mauern des CON schaukeln. Hoch aufs Dach. Oben zerdepperte Gusto ein ungesichertes Dachfenster, schlich hinab, war aber elementar sichtbarer als die unsichtbaren Elementarteilchen, sodass er von zwei Sicherheitsleuten aufgegriffen und kurzerhand zum Chef des CON gebracht wurde.

Und der hieß Buzz Monster.

Jetzt also.

Endlich!

Entrance: The Monster.

II

Jede Geschichte braucht ein Monster. Ein richtiges Monster. So auch die Geschichte der Welt in den Jahren 2000 bis 2030. Buzz Monster, um genau zu sein. Reichster Mann der Welt. Buzz Monster war nicht mal sein richtiger Name. Den hatte Buzz aufgrund seiner siebenhundertzwanzig Identitäten längst vergessen. Zugegeben: Buzz war nicht von Geburt an ein Monster. Er wurde erst zum Monster durch das, was er tat, wobei er selbst das, was er tat, niemals als Tat eines Monsters angesehen hätte – aber lieber der Reihe nach.

Buzz wurde reich geboren. 1972. In Los Angeles. Genauer gesagt in Santa Monica. Noch genauer gesagt, in einer Villa bei Santa Monica. Um es ganz genau zu sagen, in einer riesigen Villa bei Santa Monica mit unverstelltem Blick aufs Meer, einem Grundstück von mehreren tausend Hektar oder so, mit Privatstrand, vier Tennisplätzen, zwei drinnen, zwei draußen, riesigen Pools, einer Show-off-Bibliothek mit mehr als fünfzigtausend (meist ungelesenen) Büchern, Hausangestellten, Nannys, Rund-um-die-Uhr-Sicherheitsdienst, Butler, Gärtner und so weiter und so fort. Kurz: Sein Vater schwamm im Geld wie

Scheiße in der Kläranlage. War einer der weltweit größten Kohle-Elefanten des Universums. Sein Sohn Buzz (Einzelkind) wies (zunächst!) nicht den väterlichen Ehrgeiz auf, der diesen an die Kapitalistenspitze katapultiert hatte. Im Gegenteil. Buzz war eher gemütlicher Natur. Im Elite-Internat tat er nur das Nötigste. Verfügte über eine gute Auffassungsgabe, aber nicht über Fleiß, und ohne die von seinem Vater bezahlten sauteuren Nachhilfelehrer hätte er die hohen Anforderungen der *Private School* nicht erfüllen können. Buzz wusste, um ein Studium würde er nicht herumkommen. Er kannte den Vater. Der wollte ihn für das Imperium zurechtbacken, um ihn als Nachfolger zu etablieren, irgendwann. So gab er einmal in seinem Leben sein Bestes und packte die Uni ganz gut. Der Doktortitel aber war mit Sicherheit nur ein gekauftes Geschenk.

Buzz Monster. Eine Sache begeisterte ihn. So unglaublich das klingen mag für einen Sohn aus der Finanz- und Börsenwelt: Es war das Lesen. Buzz las alles, was ihm in die Finger fiel. Aber nicht etwa das *Forbes Magazin* oder die *Financial Times* oder andere branchenkompatiblen Blätter, nein, er las – Romane. Und wie ein moderner Don Quijote verstrickte er sich immer mehr in den Welten dieser Romane, die in der Bibliothek wie uniformierte Soldaten dem Betrachter ihre Rücken zudrehten und sich in Gesamtausgabe-Schubern zusammenrotteten. Buzz Monster holte sie nach und nach aus ihren Stellungen. Und las. Er liebte vor allen Dingen spannende Bücher, Bücher, in denen er sich verlieren konnte, Bücher, die ihn in eine andere Welt führten. Nüchternheit und Kargheit waren nicht sein Ding. Über englische, französische und deutsche Autoren gelangte Buzz irgendwann zu den Russen, und bei den Russen endlich zu Fjodor Michailowitsch Dostojewski.

Das war im Jahr 1992. Buzz: zwanzig Jahre alt. Was er bislang gelesen hatte, wurde in den Schatten gestellt. Er vergaß, während er las, alles um sich her. Weinte, lachte, fror, sah in Abgründe und Köpfe, fieberte auf das Zusammentreffen zweier oder mehrerer Figuren hin, konnte es kaum erwarten, bis der Autor seine Figuren – für Buzz waren das keine Figuren, son-

dern Menschen – in einer einzigen Szenenkulmination auf-
einanderprallen ließ. Und nach Lektüre des Dostojewski-Buchs
Der Jüngling hatte Buzz zum ersten Mal in seinem Leben das
Gefühl zu wissen, was er wollte: der Idee des Jünglings folgen!
Der reichste Mann der Welt werden und sich dann als Bettler
auf die Straße setzen! So absurd, so komisch, so *out of thinking*
war diese Vorstellung, dass er alles daran setzen wollte, diese
Idee zu verwirklichen. Doch zunächst musste Buzz der reichste
Mann der Welt werden. Dazu war es nötig, dass sein Vater starb.
Das tat dieser im Jahr 1993. Jetzt gab es für den Jüngling Buzz
kein Halten mehr. Es zeichnete Buzz nur noch eine einzige
Besessenheit aus: Geldvermehrung.
Immer mehr.
Mehr.
Mehr.
Es erwies sich als durchaus fruchtbar, dass Buzz Monster ein
exquisites Verhältnis zu seinem aus Deutschland stammenden
Großvater Wilhelm pflegte, der im hohen Alter von sechsund-
neunzig Jahren an Zynismus erkrankt war und so keinen mehr
hatte, der sich für sein Geschwätz interessierte – außer dem
Enkel Buzz, der seinen Großvater über alles liebte und ein offe-
nes Ohr offenbarte für dessen Welt- und Geld-Erklärungs-
ansätze. Die gab der Opa gern auf Deutsch preis, das er seinem
Enkel früh schon beigebracht hatte (daher sprach Buzz so gut
Deutsch, Leute, meckert doch nicht rum hier!): »Nun guck mal,
Buzz. Pass gut auf.« (Ich zitiere aus Gusto Winters Biografie:
*Life and Death of Buzz Monster, Richest Man on Earth, Ge-
stammelte Schriften Band IX*, Göttingen, 136 n. O., und ich bin
mir nicht sicher, inwieweit Gusto Winter die Aussagen von
Großvater Wilhelm seiner eigenen Diktion angepasst hat, jedenfalls klingt dieser Will ein bisschen nach Gusto, muss man
sagen.) »Es gibt also in der wunderbaren Welt des Kapitalismus
die legalen Betrüger und die illegalen Betrüger. Die illegalen Betrüger braucht man, damit man ab und an mal jemanden weg-
sperren kann. Die legalen Betrüger heißen Banken und Börsianer etc. Wenn du zweihundert Dollar hast, kannst du theore-

tisch eine Bank gründen. Sofern dir jemand vertraut. Vertrauen ist alles. Also: Angenommen, du hast zweihundert Dollar plus jemanden, der dir vertraut, dann leihst du diesem Jemand zehntausend Dollar. Doll und Dollar, Junge! Eine Bank braucht nur 2 % Eigenkapital. Dann streichst du als Gläubiger von deinem Schuldner die Zinsen ein, die du für den Kredit erhältst. Kredit kommt von Glauben. Im Grunde genommen ist das eine Religion. Kapitalismus. Bankenwesen. Zum einen: Kennst du das? Die wunderbare Brotvermehrung? Bergpredigt, aus fünf Broten und zwei Fischen ernährt der erste Banker namens Jesus, damals ein Banker, der mit Realien handelte, die komplette Meute. Als Gegenwert erhält er die ungeteilte Aufmerksamkeit der Zuhörer, sprich, Marketingexperte. Machte aus 2 % Fischen 100 % Aufmerksamkeit. Jetzt dagegen wir: Obwohl wir die zehntausend Dollar nicht haben, tun wir so, als – schwupp – hätten wir sie. Dieses So-tun-als-ob ist das Herz des Bankenwesens. Früher mussten wir selber uns das Geld irgendwo leihen, bald tippen wir nur noch eine Zahl ins Girokonto. Es beginnt die wundersame Geldvermehrung: Obwohl die zehntausend Dollar nur virtuell existieren, bekommen wir reale Zinsen dafür. Wir machen also aus Nichts Etwas. Wie ein Gott. Das ist der zweite Grund, weshalb das Bankenwesen mit der Religion verglichen werden kann: Gott schuf die Welt aus dem Nichts. Die Bank schuf das Geld aus dem Nichts. Deshalb steht auch *In God We Trust* auf dem Dollar-Schein. Im Grunde genommen ist das einfache Magie. Merk dir das. Du streichst die realen Zinsen ein und erhöhst damit dein Eigenkapital. Dadurch kannst du neue Kredite vergeben. Aber diese Kredite, das sind nur Peanuts gegenüber den Geschäften mit den Aktien. Auch hier herrscht Leere. Leerverkäufe, Junge. Am liebsten sind mir ungedeckte Leerverkäufe. Die sind noch leerer als leer, doppelt leer. Bei diesen Geschäften verkaufst du Aktien, die du gar nicht besitzt. Auch das geht nur durch Vertrauen. Heißt: Man muss dir glauben, dass du die Aktie, die du verkaufst, auch wirklich gekauft hast. Sonst würde man sie dir ja nicht abkaufen. Du tust so, als hättest du jede Menge Aktien (wovon auch immer) und du verkaufst die Aktien, und man kauft sie dir ab, weil man es dir abkauft, weil man dir abkauft, dass du sie wirklich hast, Junge, sprich: Man glaubt es dir! Diese fiese Doppeldeutigkeit des Wortes *abkaufen* haben bestimmt die Börsianer in die deutsche Sprache gebracht. Bin froh, dass du mich verstehst, Buzz. Wo waren wir? Ach so, ungedeckte Leerverkäufe. Ist noch nicht mal verboten! So: Du verkaufst jede Menge Aktien, die du gar nicht besitzt. Weil du jede Menge Aktien verkaufst, die du gar nicht hast, fällt natürlich der Kurs genau dieser Aktie. Das ist das Einmaleins der Börsenwelt. Bei Verkauf fallen die Kurse. Bei massivem Verkauf fallen die Kurse massiv. Jetzt ist alles eine Frage des Timings. Irgendwann musst du ja die Aktien dem Käufer auch liefern. Also wirklich! Wenn du nicht lieferst, bist du geliefert! Irgendwann denken deine Kunden: Ja, wo sind sie denn jetzt, meine Aktien, die du mir so schön verkauft hast? Geh bloß nicht ans Telefon! Eiskalt musst du sein. Du musst bis zum allerletzten Augenblick warten. Bis die Aktie so tief wie möglich steht. Und erst dann kaufst du die Aktien, die du schon verkauft hast, wirklich. Und zwar zu einem Spottpreis, den du selber durch das Scheinverkaufen erzeugt hast. In allerletzter Sekunde, ehe der böse Schwindel auffliegt, kaufst du die billigen Aktien und transferierst sie den Käufern, ungefähr eine Sekunde, ehe die Lieferverpflichtung der Aktie amtlich wird, ehe man dich juristisch belangen kann, eine Sekunde, das heißt, bald wird es noch kürzer gehen, bald wird es nur noch Pikosekunden dauern, es wird hocheffiziente Quantencomputer geben, die dir solche Verkäufe abnehmen, eine Pikosekunde also, ehe man dich wegen illegalen Betrugs drankriegen kann, gibst du die Scheine ab, die jetzt fast wertlos sind, und begehst den legalen Betrug. Der Clou: Der Käufer muss natürlich den Preis zahlen, der zu dem Zeitpunkt aktuell war, zu dem er dir die Aktien abgekauft hat! Verstehst du? Das war ja noch ein Vielfaches des Preises, zu dem du selbst die Aktien in allerletzter Pikosekunde gekauft hast. Waren die Aktien zu Beginn noch hundert Dollar wert, stehen sie jetzt bei fünfzig. Du machst pro Aktie fünfzig Dollar Gewinn. Bei hundert Millionen Aktien streichst du fünfzig Millionen Dollar ein. Kein schlechter Lohn für einen Tag des Wartens.«

Das gefiel Buzz Monster. Das So-tun-als-ob-Prinzip wurde Leitfaden seines Lebens. Schon die wunderbare Dostojewski-Idee war ja eine So-tun-als-ob-Idee gewesen. So tun, als sei man der Ärmste, aber eigentlich war man der Reichste. Natürlich lernte Buzz auch, dass jemand, der so ein legales, aber zugleich auch windiges Geschäft mit den ungedeckten Leerverkäufen abschloss, in der Vertrauensgunst seiner bedröppelten Kunden sank. Daher kam Buzz selbst auf eine weitere, naheliegende Idee. Wenn man Geld machen durfte mit Geld, das es nicht gab; wenn man Aktien verkaufen durfte, die man gar nicht besaß; könnten das nicht auch Menschen tun, die gar nicht existierten? Ihm schwante, das wäre die hohe Schule. Für neues Vertrauen der geprellten Kunden bräuchte man neue Menschen. Immer neue Menschen! Wenn man in der Lage wäre, seine Identität zu splitten? Scheinselbste, Scheinfirmen, Scheinmenschen! Ein Versuch war es wert. Man musste nur vorsichtig sein. Es durfte keine Spuren geben, die von den Phantommenschen zu ihm, Buzz, führten. Auf geht's!, dachte Buzz. Nur so kann ich es schaffen, der reichste Mann der Welt zu werden. Allein wird es nicht gehen. Allein könnte ich kurzfristig zwar mein Vermögen erhöhen, aber um der reichste Mann der Welt zu werden, brauch ich eine Armee von Geistern, die nichtvorhandenes Geld und nicht gekaufte Aktien in echtes Geld verwandeln, und das alles durch nicht sichtbare Quantendaten aus immer leistungsstärkeren Rechnern, weswegen Buzz seine Gewinne in eine boomende Quantencomputerfirma steckte, denn er wusste: Je schneller er Aktien kaufen und verkaufen konnte, umso höher die Gewinnmarge. So erschuf Buzz sein Geld. Aus Nichts und wieder Nichts, aus nicht Sichtbarem und nicht Vorhandenem erschuf er seine Geldwelt, er, Buzz, der Geldgott persönlich, das Mammonmammut.

12

Zu Beginn des neuen Jahrtausends verfügte Buzz Monster insgesamt (rechnete man die Vermögensberge seiner virtuellen Identitäten zusammen) über zwei Billionen Britische Pfund. Buzz setzte sich endlich als reichster Mann der Welt im Januar 2000 bettelnd vor die Bibliothek am Hope Place in L. A., wo sich zu seiner Enttäuschung aber nicht das geringste Euphoriegefühl einstellte und er sich sagen musste, dass die Dostojewski-Idee, die ihn ja überhaupt erst den Weg zum reichsten Mann der Welt, ja des Universums hatte einschlagen lassen, eine absolut hirnverbrannte Idee war, völlig wahnsinnig, und nichts als die Ausgeburt eines verrückten Dichters.

Was aber sollte er jetzt tun?

Da warf ihm ein Mann Geld in den Hut und setzte sich neben ihn.

»Thanks«, sagte Buzz. »What's up?«

Der andere sagte auf Deutsch: »Ich bin pleite, Mann, ich brauch tausend Dollar, um zurück nach Deutschland zu fliegen. Ich bin wegen einer Frau hergekommen.«

»Was für eine Frau?«, fragte Buzz.

»Sie heißt Sabrina. Sabrina Steward. Sie ist hinreißend.«

»Die Tochter von Patrick Steward, dem Physiker?«, fragte Buzz.

Der andere schaute rüber. »Woher kennen Sie den?«

»Small World Phenomenon«, sagte Buzz. »Jeder ist mit jedem durch sechs simple Schritte verbunden. Zufällig, Dass Sie jetzt hier sitzen, ist Zufall. Aber jeder Zufall hat einen Sinn. Einen Zufallssinn sozusagen. Wie heißen Sie?«

»Gusto Winter.«

»Angenehm«, sagte Buzz. »Ich heiße Monster, Buzz Monster.«

»Monster?« Gusto lachte.

»Und jetzt?«, fragte Buzz Monster.

»Jetzt muss ich irgendwie das Geld zusammenbetteln.«

»Wie soll das gehen?«

»Das«, sagte Gusto, »wollte ich eigentlich Sie fragen.«

»Och, ich«, sagte Buzz Monster, »ich hab keine Ahnung, wie das Betteln geht. Ich bin der reichste Mann der Welt.«

»Und warum sitzen Sie dann hier?«

»Kennen Sie Dostojewski?«

Etc. pp.

Man kennt den Traum.

Gusto hatte denselben Traum geträumt.

Zur selben Zeit.

Kurzer Erklärungsversuch meinerseits: Die Begegnung ist für Gusto und Buzz zwar tatsächlich ein Traum gewesen, aber ein überaus realistischer Traum. Ein sogenannter Co-Traum oder Bruder-Traum, etwas, das man damals noch nicht kannte, ein Traum, der absolut deckungsgleich von zwei verschiedenen Menschen geträumt wird. In der Regel werden diese Co-Träume nicht nur deckungsgleich, sondern auch zur gleichen Zeit geträumt. Gusto träumte in der Nacht, Buzz jedoch tagsüber (Mittagsschlaf), was dem Phänomen der Zeitverschiebung zwischen Freiburg und L. A. geschuldet war. Wer jemals einen solchen Co-Traum träumte, weiß jedenfalls um die Kraft und realistische Deutlichkeit, wodurch man Buzz' folgendes Handeln vielleicht besser verstehen kann.

Ein Traum?, dachte Buzz, als er zu sich kam. Das kann nicht sein. Ich hab doch wirklich da gesessen! Sogar an die Dialoge kann ich mich erinnern. Bis ins kleinste Detail. An die Namen. Buzz schrieb alles auf. Jede Einzelheit. Gusto Winter. Laut Google der Erfinder eines Spiels namens Charity. Buzz ließ das Spiel kommen, las die Regeln, spielte es mit ein paar Freunden und hatte endlich herausgefunden, was genau er mit sich, seinem Leben und vor allen Dingen seinem Geld machen wollte: Charity! So, wie er an seine Dostojewski-Idee geglaubt hatte, glaubte er jetzt mit Haut und Haar an Gustos Charity-Idee. In den nächsten sieben Jahren warf Buzz das Geld mit beiden Händen zum Fenster raus. Wenn auch seine *Jüngling*-Idee nicht vom erhofften Erfolg gekrönt worden war, so hatte sie ihn doch vor die Bibliothek und in diesen Traum mit Gusto Winter geführt. Und lag der Charity-Gedanke nicht schon als literarischer Subtext im Dostojewski-Buch verborgen? Was hatte Fjodor Michailowitsch gemeint? Was sonst könnte der Sinn dessen sein, sich als reichster Mann der Welt auf die Straße zu setzen, als der: ein Gespür zu bekommen für das Elend der Menschen, denen es wirklich dreckig ging? Und wenn man als reichster Mensch der Welt erlebte, wie sich der ärmste Mensch der Welt wirklich fühlt, was blieb einem da als reichster Mensch der Welt anderes übrig, als den ärmsten Menschen der Welt zu helfen? Und Buzz zögerte nicht. Handelte. Tat jede Menge Gutes, aber ziemlich wahllos. Half allen möglichen Organisationen, sagte sich, ich, Buzz Monster, werde inkognito in die Geschichte der Menschheit eingehen als gesichtsloser, geheimer Engel der Armen. Merkte aber nach sieben Jahren, dass sich durch all seine Spenden rein gar nichts substanziell geändert hatte. Tröpfchen in ein riesiges Fass ohne Boden. Buzz war enttäuscht. Irgendwas hatte er falsch gemacht. Ein Jahr lang ertränkte er seinen Kummer in Alkohol. Dann kam er zu sich. Erneut. Gewandelt, gereinigt.

Es war jetzt so, dass man Buzz Monster durchaus als einen in gewisser Weise sehr extremen Menschen bezeichnen kann. Für einen extremen Menschen wie Buzz Monster war es demnach nur ein einziger – sorry, Leute! – logischer Schritt von der Rettung der Welt zu ihrer Vernichtung. Buzz dachte: Wenn es *mir* schon nicht gelingt, mir, dem reichsten Mann der Welt, diese Welt und ihre Menschen zu retten, sie zumindest zu ändern, das Elend zu verringern, wem soll es sonst gelingen? Wenn die Menschen sich weiterhin bekriegen und ausrotten, ihre abstrusen Ideen und Vorstellungen verbreiten, wenn sie für ihren verdammten Glauben kämpfen und bei diesem Kampf das Elend nur vergrößern statt verringern, welche Berechtigung hat denn der Mensch, überhaupt zu existieren? Die Antwort war ihm rasch klar: keine. Eine gewissenlose, hasserfüllte, auf den eigenen Vorteil starrende, welt- und umweltvernichtende Maschinerie wie das ekelhafte Monster Mensch, das nicht oder wenn, dann eben völlig falsch funktioniert, eine Missgeburt der Evolution. Der Mensch löscht sich, wenn er so weitermacht, ohnehin selber aus. Irgendwann. Aus Profitgier (Buzz selber: keine Ausnahme) würde man eher die Welt zerstören, als dass man auf vier Dollar fünfzig verzichtete. Wenn sich die Menschheit ohnehin irgendwann selber zerstört, warum nicht dieses *irgendwann* ein wenig heranzoomen? Öl ins Feuer eines möglichen Weltuntergangs schütten! Nur wie?

Jahrelang suchte er nach irgendwelchen Weltvernichtungsmöglichkeiten, doch es war ein einziger Artikel, den Buzz Monster in der *New York Times* las, der letztlich den Anstoß gab für seinen Plan zur Vernichtung der Welt. Im CERN in Genf war 2008 der Large Hadron Collider in Betrieb genommen worden, mit dem man allerkleinste Teilchen aufeinanderkrachen ließ, um unter anderem eine Urknallsituation zu simulieren. Im besten Fall, hieß es in dem Artikel, könnte man sogar kleine Schwarze Löcher erschaffen. Schwarze Löcher, die umgehend nach ihrer Entstehung wieder zerfallen würden. Nun meldete sich aber ein Biochemiker namens Otto E. Rössler zu Wort, der selbigem Unterfangen kritisch gegenüberstand. Aus seiner Abraham-Theorie und Ergebnissen der Chaosforschung sagte Rössler voraus, dass irgendwann einmal eines dieser Schwarzen Löcher bleiben und immer weiterwachsen würde (er sollte leider recht behalten), und wenn dies geschähe, wäre das gleichbedeutend mit dem unausweichlichen Exitus der Erde inkl. Mond und pipapo. Innerhalb von – so Rössler – fünfzig Monaten. Buzz horchte auf. Hier war er richtig. Das war mal eine Endgültigkeit! Hinter die es kein Zurück gäbe! Das Monster erwachte. Noch einmal ging er in sich. Das war eine weitreichende Entscheidung, vor der er stand. Doch als er noch abwog und überlegte, sah er im Fernsehen eine Dokumentation über Katzen und Hunde und andere Tiere, die von irgendwelchen Drecksmenschen enthäutet wurden, und zwar, aus welchem Grund auch immer, bei lebendigem Leib. Blutende, haar- und hautlose Wesen mit brechenden Augen, aufgehängt wie Wäschestücke, und Buzz sah diesen einen Hund, mit Blut in den Augen, dieser eine, einzige Hund, der für Sekunden in die Kamera blickte und wimmerte. Buzz wischte die Tränen weg. Warf das Whiskey-Glas in den Fernseher, der implodierte, explodierte, und auch das Monster implodierte, explodierte, sprang aus dem bequemen, tatenlosen Sessel seiner selbst. »Es reicht!«, schrie Monster. »Fort mit dem Pack! Weg mit dem Abschaum des Universums! Zur Hölle mit der wahnsinnigsten Fehlleistung der Evolution. Evolution! Pah! Ich komme, Menschheit, ich komme, ich bin schon unterwegs! Ich pack euch bei den Eiern. Wenn ich mit euch fertig bin, wird nichts mehr von euch da sein. Ich heiße Monster – ihr aber seid welche!«

13

Als Buzz Monster sich im Jahr 2012 – mit der Aussicht auf eine millionenschwere Investition oder Spende – direkt ans CERN wandte, antwortete ihm eine Frau namens Sabrina Steward. Buzz wusste, er war auf der richtigen Fährte. Sabrina Steward, dieser Name! Ha! Gusto Winter hatte ihn erwähnt! In seinem Traum! Buzz las noch einmal, was er im Jahr 2000 aufgeschrieben hatte. Tatsächlich. Sabrina Steward. Die Physikerin. Die Frau, derentwegen Gusto Winter damals nach L. A. aufgebrochen war. Buzz grinste. Das Small World Phenomenon bestätigte sich täglich aufs Neue. Sabrina Steward. Sabrina. Das klang nach Humphrey Bogart. Also, sagte sich Buzz, auf nach Genf! Allerbestens vorbereitet war Mister Monster. Hatte einen Trupp von Detektiven auf Sabrina Steward angesetzt, und Sabrinas Leben lag jetzt komplett durchleuchtet vor ihm.

In Genf aber mimte er zunächst den Ahnungslosen.

»Bitte, ich bin Laie!«, sagte Buzz zu Sabrina, die sich zum potenziellen Geldgeber, einem Milliardär aus den USA, überaus zuvorkommend zu verhalten hatte, aber dann in ein Fach-Chinesisch verfallen war, dem niemand außer einem Teilchenphysiker zu folgen in der Lage gewesen wäre, wenn überhaupt. Denn schon der Nobelpreisträger Richard Feynman hatte gesagt: »Ich

glaube, ich kann davon ausgehen, dass niemand die Quantenmechanik versteht.« Egal. Die beiden saßen beim Abendessen
im Le Vertig'O. Buzz mochte Sabrina auf Anhieb. Irgendwann
kam er auf Rössler zu sprechen.

»Oje«, sagte Sabrina. »Dieser Rössler! Der ist eigentlich Biochemiker, oder? Hat leider keine Ahnung, der Ärmste. Von
Physik, meine ich. Das ist so, als würde ich sagen: Die Bioche-
mie erschafft feuerspeiende Drachen.«

»Wenn ich Rössler recht verstehe«, sagte Buzz, »gibt es zwei
Möglichkeiten: Entweder ihr hier drinnen gelangt zu grandiosen Entdeckungen für die Menschheit, oder aber – falls ein kleines Schwarzes Loch entsteht und nicht wieder zerfällt – ihr
sorgt für das Ende der Erde?«

»Letzteres ist extrem unwahrscheinlich.«

»Unwahrscheinlich oder unmöglich?«

»Also«, sagte Sabrina, »ich verrate Ihnen nur unser einfachs-
tes Gegenargument.«

»Schießen Sie los!«

»Die kosmische Strahlung ...«

»Die was?«

»Es gibt kosmische Strahlung, die ständig aus dem All auf die
Erde trifft. Und die besteht aus beinahe lichtschnellen Elektronen, Protonen, Atomkernen, wer weiß, eventuell auch aus überlichtschnellen Tachyonen, Tachyonen sind bis dato noch nicht
widerlegt ... Aber ich will Sie nicht langweilen. Jedenfalls ist
diese kosmische Strahlung sehr viel energiereicher als jede Kollision hier unten im LHC. Wenn bei uns also ein Micro Black
Hole durch Partikelkollision ... also dadurch, dass wir Teilchen
aufeinanderkrachen lassen ... entstehen könnte, dann wäre das
in unserer Erdatmosphäre ständig passiert und würde ständig
passieren, sekündlich. Und glauben Sie mir, Mr. Monster, seit
einigen Milliarden Jahren gibt es dafür keinerlei Hinweise.«

»Warum sollen die Teilchen hier im LHC genauso reagieren
wie in der Atmosphäre? Das eine ist eine natürliche, das andere
eine künstliche Umgebung.«

»Ich sehe, Sie haben Ihren Rössler gelesen, Mr. Monster ...«

»Sagen Sie doch Buzz bitte. Monster klingt nicht so toll.«

»Da haben Sie recht, das ist leider kein erquicklicher Nach-
name« – Sabrina taute langsam auf –, »aber ich kann Sie beruhigen, nach all unseren Erkenntnissen besteht da keine Gefahr.
Rösslers Theorie wurde durchgerechnet. Ein Widerspruch:
Wenn seine Theorie stimmt, die ein Bleiben und Wachsen der
Schwarzen Löcher voraussagt, dann würde dies zugleich bedeuten, dass erst gar keine Schwarzen Löcher entstehen können! Die Rechnung hebelt sich selber aus.«

»Schade«, sagte Buzz.

Sabrina stutzte.

»Ich würde gerne ein Schwarzes Loch herstellen, das bleibt.«

»Wieso?«, fragte Sabrina.

»Damit Sie mich nicht falsch verstehen«, log Buzz Monster,
»natürlich will ich nicht, dass die Welt untergeht, ich würde nur
gern in eine andere Zeit reisen, verstehen Sie? Dazu wären
Micro Black Holes hilfreich. Könnte man sie stabilisieren, ein
Wurmloch daraus kreieren, das Wurmloch durch Inflation aufblähen und dann…« Buzz zitierte eine Weile aus Sabrinas
geheimen Aufzeichnungen, die seine Leute ihm aus ihrem Computer gehackt hatten. Wie gesagt: bestens vorbereitet.

»Das ist genau das, wovon ich träume!«, flüsterte Sabrina.

(Sabrinas geheime Schriften hatten durchaus ein gewisses
Ansteckungspotenzial. Nachdem Buzz Monster sie alle gelesen, besser gesagt, verschlungen hatte – wie wir sahen, war er
durchaus anfällig für verrückte Ideen –, dachte auch er: Also,
wenn mein ursprüngliches Ziel scheitert (die Menschheit zu
eliminieren), vielleicht klappt dann die Flucht in ein anderes
Universum oder in eine bessere Zukunft. Eine klassische
Win-Win-Situation: Entweder werde ich die Erde mit diesen
Menschenungetümen hier komplett auslöschen oder aber nie
wiedersehen.) Und Buzz und Sabrina redeten in den nächsten
Stunden hemmungslos über Zeitreisen und Wurmlöcher, über
negative Energie und exotische Materie, über die Einstein-
Rosen-Brücke und über alle Möglich- und Unmöglichkeiten,
die ein solches Projekt barg, und Sabrina trank mehr, als sie

vertrug, war aber irgendwie glücklich, endlich einem Menschen gegenüberzusitzen, der sie verstand oder zu verstehen schien, denn der Physiker, also, der gemeine Physiker, war für diese Seite Sabrinas in der Regel dann doch zu vernunftgesteuert.

»Wollen Sie für mich arbeiten?«, fragte Buzz Monster um vier Uhr morgens, als die letzte Flasche Wein geleert war.

»Was für'n Ding?«, stammelte Sabrina und kippte ihr Glas.

»Ich biete Ihnen das Mannigfache Ihres jetzigen Lohns.«

»Das Mannig...?«

»Ich beabsichtige«, sagte Buzz, »ein ähnliches Zentrum einzurichten wie das CERN. Sagen wir, in Nevada. Nur mit dem Unterschied, dass wir ein bisschen weitergehen werden als die armen Schlucker hier in Genf.«

Sabrina lachte. »Das dauert Jahrzehnte, so etwas ...«

»Geben Sie mir drei Jahre.«

»Wie wollen Sie in drei Jahren ...«

»Das lassen Sie mal meine Sorge sein.«

»Das ist unmöglich. Sie haben ja keine Ahnung! Der LHC-Tunnel zum Beispiel ist 27 km lang. Der Fummeltau, der Tunnelbau ist das größte europaweite Tiefbauprojekt aller Zeiten gewesen.«

»Mhm.«

»11 245-mal pro Sekunde umkreisen die Teilchen in zwei gegensäu... gegenläufigen Strahlen den Beschleuniger. Man braucht superflüssiges Helium, auf minus 271,3 Grad runtergekühlt! Hier arbeiten gut zehntausend Gastwissenschaftler! Von hundertfünfzig Instituten aus fünfundachtzig Ländern bezahlt! Man hat völlig neue Materilallien entwickelt! Es gibt das weltweit größte Magnetsystem! Zwölfhundert Dipol-Magnete! Unvorstellbare Kühlvorrichtungen! Die hier verlegten Kabel reichen mehrmals bis zur Sonne! Allein die Kristalle für die CMS-Subdetektoren!«

»Für die was?«

»Man hat ungefähr zehn Jahre gebraucht, um alle knapp achtzigtausend Kristalle zu züchten! Die produzieren und leiten

Licht, wenn die Teilchen durch sie hindurchfliegen! Auf 1165° C erhitzt und auf 18° C runtergekühlt!«

»Mhm.«

»Wir haben irre Rechen-Daten-Infrastrukturen aus vierunddreißig Ländern! Es entstehen täglich fünfzehn Petabyte Daten! Das sind mehr als anderthalb Millionen DVDS! Wir haben ganz nebenbei das Internet erfunden!«

»Wissen Sie«, sagte Buzz Monster ruhig. »Das alles interessiert mich herzlich wenig. Ich bin der reichste Mann der Welt. Das heißt, dass ich nicht nur der reichste Mann der Welt bin, sondern auch Kontakt habe zu zahllosen anderen reichen Männern und Frauen der Welt. Ich werde die Leutchen überzeugen zu investieren. Und wenn wir alle brav zusammenlegen, geht das schnell. Geben Sie mir drei Jahre. Wie gesagt. Mit Geld kann man alles erreichen. Ich meine, mit genug Geld!«

»Es ist Ihnen ernst?«

»Es ist mir schweine-ernst!«, sagte Buzz. »Und wenn ich ein Einbruchskommando engagiere, das mir eure Scheißkristalle aus dem CERN hier klaut.«

»Sie sind wawawahnsinnig«, sagte Sabrina, die jetzt den Alkohol so richtig merkte.

»Ich will die Zeitreise erfinden. Sabrina! Sind Sie dabei?«
Sabrina schwieg.

»Hier ist ein Scheck. Und ein Vertrag auf Lebenszeit.«

»Da steht keine Zzzzahl auf dem Scheck.«

»Was für eine Zahl?«

»Ja, irgendeine Zzzzzzzzahl muss es doch geben. Auf jedem Sch... higgs ... Scheck steht immer eine Zahl.«

»Zahlen sind uninteressant für mich. Tragen Sie sie selber ein, verehrte Miss Steward. Seien Sie nicht zu bescheiden.«

Sabrina wusste nicht weiter. Zum ersten Mal in ihrem Leben.

Also spielte Buzz – seine Männer waren sogar bei Sabrina eingebrochen, hatten ihr handschriftliches Tagebuch auf Mikrofilm gezogen – seinen letzten Trumpf aus.

»Wissen Sie«, sagte er, »der Zufall hat es auf uns abgesehen.«

»Bitte!?«

»Sie haben bis dato mit exakt siebenhundertzwanzig Männern geschlafen.«

Sabrina war baff. »Woher … wissen … Sie …«

»Ich besitze exakt siebenhundertzwanzig Identitäten.«

»Ich glaub, ich sehe doppelt«, flüsterte Sabrina.

»Und wenn ich nicht wüsste, dass Sie eher auf ältere Männer stehen, und wenn ich nicht sicher wäre, dass wir beide lieber auf einer geschäftlichen als auf einer privaten Ebene zusammenkommen sollten, dann würde ich Ihnen jetzt eine Frage stellen.«

»Welche Frage?«

Buzz stand auf, legte seinen Montblanc-Füller auf Vertrag und Scheck und einen dicken Packen Hundert-Dollar-Noten neben Sabrinas leeres Rotweinglas, beugte sich zu ihr und raunte ihr seine Frage ins Ohr: »You wanna fuck me?«

Sabrina schaute dem jetzt langsam verschwindenden Buzz hinterher, er wankte ein wenig, von hinten sah das fast so aus wie der ungelenke Gang eines Morlocken, die Zeitreise, die Zeitmaschine, ihr Kindheitstraum, und dieses Bild war wie eine Explosion in ihrem Hirn, eine Entscheidungsexplosion, ein plötzlicher Riss, mitten durchs Leben, der endgültige Abschied von aller rararationalen Physik, willkommen spukhafte Fernwirkung, willkommen Tachyonen, Weiße Löcher, Spekulation und Zi-Za-Zirkus, ins Loch, ins Loch, ich folge dem Morlocken ins Loch, dachte Sabrina, Morlockenbraut, ins Schwarze Loch, warum nicht?, was hab ich zu verlieren?, zum ersten Mal folge *ich* einem Mann ins Loch, sie steckte die Hunderter ein, sie griff zum Füller, sie setzte eine siebenstellige Zahl auf den Scheck, grinste, reichte, als sie das Le Vertig'O verließ, dem Kellner ein paar Scheinchen, und schon kurze Zeit später bezog sie – wieder nüchtern, das heißt, der Alkohol war zwar verflogen, nicht aber ihr Zeitreisewahn, der durch Buzz neuen Anschub erhalten hatte, und von diesem Wahn sollte sie zeit ihres Lebens berauscht bleiben – ihr Büro als Wissenschaftliche Leiterin des soeben gegründeten CON (Center of Neutrons) in der Mojave-Wüste, nah bei Las Vegas, Nevada. Cheers.

14

Und jetzt? Die Sicherheitsleute wollten an der Tür warten, aber Buzz scheuchte sie mit einer Geste hinaus. Beide blickten sich an. Buzz und Gusto. Sie schrien auf.

»Ich kenn Sie doch!«, rief Buzz.

»Ich Sie auch!«, rief Gusto.

»Ich ... ich hab mal von Ihnen geträumt!«

»Ich auch!«

»Gusto ... Gusto Winter?«

»Buzz ... Buzz Monster?«

»Der Erfinder von Charity?«

»Sie sind der Chef vom CON?«

»Unter einem anderen Namen selbstredend.«

»Was für ein sonderbarer Zufall.«

»Seh ich genauso.«

»Wie sind Sie hier reingekommen?«, fragte Buzz.

»Einer flog«, sagte Gusto, »über die Mauer.«

Buzz schüttelte den Kopf. »Was wollen Sie von mir?«

»Ich suche Sabrina Steward.«

Buzz schwieg.

»Sie wissen, wo sie steckt?«, fragte Gusto.

Buzz sagte nichts.

»Ich will einfach nur wissen, ob es ihr gut geht. Das ist alles.«

»Und deshalb brechen Sie hier ein?«

»Jeder andere Weg, mit Ihnen Kontakt aufzunehmen, ist gescheitert. Also?«

»Ich hab keine Ahnung, wo sie ist«, sagte Buzz, und das war noch nicht mal gelogen.

»Ich glaube Ihnen nicht«, sagte Gusto.

»Das ist mir relativ egal«, sagte Buzz. »Wenn die Polizei kommt, werden Sie mitgenommen und eingesperrt.«

»Sie haben die Bullen gerufen?«

Buzz nickte.

»Dann lassen Sie mir keine Wahl.«

»Als was zu tun?«

»Als zu fliehen.«

Buzz lächelte. »Meine Typen stehen an jedem Ausgang. Wie wollen Sie fliehen?«

»Fliegend«, sagte Gusto, griff in die Tasche zum Handy und wählte mit kurzem Druck Omegas Nummer, verabredetes Zeichen dafür, dass sie, Omega, dem armen Gusto aus der Patsche helfen und die nötige Flieh-, Flieg- und Fluchtkraft herstellen sollte.

»Was machen Sie da?«, fragte Buzz besorgt, aber er wusste, man hatte den Alten gefilzt und keine Waffen gefunden.

In diesem Augenblick erhielt Omega den Anruf, Gusto erhob sich einen knappen Meter vom Boden und blieb vorerst in der Luft stehen. Während Buzz auf die Erscheinung vor ihm starrte, bemerkte Gusto, dass der von ihm ausgeklügelte Fluchtplan einen gravierenden Haken hatte. Omega wusste nicht, wo genau sich die Fenster im Raum befanden, sie wusste auch nicht, dass diese Fenster verschlossen waren, und als sie den armen Gusto aus dem Raum telekinieren wollte, sorgte sie für allerhand blaue Flecken auf dessen Körper, denn dieser flog nun im Raum überallhin, nur nicht Richtung Fenster. Für Buzz Monster muss das Ganze so ausgesehen haben, als versuche eine fette, brummende, schwitzende, menschliche Fliege, Biene oder Wespe vergeblich, der Raumfalle, in der sie hockte, zu entkommen, sodass sie immer wieder umsonst anflog gegen Wände und Decke.

»Stopp!«, rief Gusto ins Telefon hinein, Omega ließ ihn aus den Telekinesekrallen, woraufhin Gusto glücklicherweise auf ein Sofa plumpste und sich nicht allzu wehtat. Er öffnete rasch das Fenster, bereit zum Sprung nach draußen, hielt aber noch einmal inne, kehrte zurück zu Buzz Monster, kritzelte seine Handynummer auf die Rückseite der Visitenkarte und reichte sie ihm mit den Worten: »Wenn Ihnen noch einfallen sollte, wo Sabrina Steward steckt, oder wenn Sie mir sonst noch was zu sagen haben oder wenn Sie mal Hilfe brauchen, dann rufen Sie einfach den Großen Gustoni.« Mit diesen Worten ließ Gusto, da er schon die Sirenen der nahenden Polizeistreife hörte, den erbleichten Buzz Monster allein, stellte einen Stuhl vors Fenster, nahm das Telefon, rief in Omegas Ohr: »Jetzt! Nach oben!«, sprang hinaus, merkte erst in diesem Augenblick, dass er sich im dritten Stock befand, fiel einige Meter, wurde aber von Omegas Gedankennetz aufgefangen und flog in die Höhe, am Gesicht des verdutzten Buzz vorbei, der ihm vom Fenster aus hinterhersah (Gusto winkte cool), flog höher, hoch über das Gebäude des CON hinweg, nicht wissend, dass in naher Zukunft seine Enkeltochter an exakt derselben Stelle schweben würde wie er jetzt, wurde sanft und ohne sich noch ein weiteres Mal wehzutun, aus dem CON ausgeflogen, nicht nur aus dem CON, sondern auch aus dem gesamten Land Amerika, Letzteres aber auf eher konventionelle Art und Weise, per Flugzeug nämlich, welches Omega, Gusto, Alpha und Escher bestiegen, und dann kam es zum großen Showdown, das Finale von GNTM in Mannheim, SAP Arena, welches Omega tatsächlich gewann, hurra, ehe Alpha seine Schwester fragte, ob sie nicht mal wieder zur Schule gehen sollten, Omega die Frage mit dem Wort *Streber* abwürgte, Schule Schule sein ließ und ihre Karriere als Model forcieren wollte, was jedoch zunächst nicht richtig gelang, und darüber hinaus bereitete es Omega Sorgen, dass – trotz der Gustoni-Millionen – die Suchaktion nach ihren Eltern erfolglos über den Wasserweiten des Pazifiks verpuffte (genau wie Gustos zeitgleich von Privatdetektiven gestützte Suche nach Sabrina), und die Möglichkeit, ihre Eltern noch lebend zu bergen, schien von Jahr zu Jahr immer unwahrscheinlicher, aber Omega hatte keine Ahnung, dass der wackere Retter ihrer Eltern erst 2019 aufbrechen sollte, der Retter, der Ritter von der rührenden Gestalt, fast-verrücktester Held der Menschheitsgeschichte – Omega hatte ihn schon mal gesehen, in einem ihrer Escher-Ahnungs-Bilder –, und dieser Retter, sage ich, sollte niemand anderes sein als der Schamp persönlich, aber das ging jetzt alles ein bisschen schnell, denke ich, und obwohl ich zu dem einen oder anderen jetzt nur angerissenen Punkt ein paar Zeitlupen verspreche, hätte ich nichts dagegen, Freunde – ehe ich *Und action!* schreie –, wenn ihr euch das ganze letzte Kapitel noch einmal vornähmt, und zwar von hinten.

Teil 6

Matthias Schamp alias Der Schamp
und Henry Lamarque alias Triple Screener

I

Und action!

Noch ehe Omega rettete, rettete der Schamp. Superheld mit 007-Look (naja, nicht ganz, man müsste die Brille wegnehmen, vielleicht auch seine Haare scheiteln, auch der Anzug fehlt und die sportliche Figur, eigentlich alles, im Grunde also ein Anti-007), aber wohl ein Geheimagent der Kunst und Literatur in höchstem Maße. Denn für ihn stand seit stets, ständig und ehedem in festen Lettern gemeißelt: Künstler werden, Autor, Projektkünstler. Warum? Nicht nur, um ausschlafen zu können, sondern um den Traum als »Ampelperformer« zu verwirklichen. Als was? Matthias Schamp liebte das beständige (ampelartige) »Umschalten«, »Kontext-Hopping«, sprich, er wollte »High-Culture & Triviales« gleichermaßen durchstreifen. Dahinter steckte eine »kulturelle Guerilla-Strategie: Sich nicht festlegen lassen«, überraschend immer wieder dort auftauchen, wo keiner es von ihm erwartet, auftauchen, sagte er, »zuschlagen und wieder wegtauchen in die Waldsäume des Ungewissen«. This is a test of the Voice Alarm System. One two three four five. This is a test of the Voice Evacuation System. This is a test of the Public Evacuation System. Six seven eight nine ten. This is a test of the Public Address System. One two three… Den Schamp kann man aber auch deswegen getrost als Geheimagenten der Literatur und Kunst bezeichnen, weil er fast ganz im Geheimen arbeitete, also nicht allzu viele Menschen von seinen Aktionen und Schriften Wind bekamen, was leider wie so oft am Zeitgeist lag. Er vertrat u. a. die Ein-Leser-ein-Autor-Theorie, Tatsache also, dass es ihm durchaus genügt hätte, wenn nur je ein einziger Leser die Bücher je eines Autors läse. Aufgrund der für ihn irritierenden Tatsache, dass seine Prosa im österreichischen Verlag edition selene veröffentlicht wurde (der leider irgendwann Insolvenz anmelden musste) und der Schamp folglich weit mehr als einen Leser hatte (wohl mehr als dreihundert!), musste der Schamp die Ein-Leser-ein-Autor-Theorie gezwungenermaßen in eine Ein-begeisterter-Leser-ein-begeisterter-Autor-Theorie umwandeln, und er sehnte sich hin und wieder nach der absoluten Begeisterung dieses einen, einzig wahren Schamp-Lesers. Seine Schriften hießen *Zärtliche Massaker* (worin Geschichten enthalten waren wie *Sunshine Rose*, in der ein Pommesgabel-sammler namens Horn auftaucht, oder *Herne Angst*, in der psychotische Auswüchse paranoider Phantasien sich verwirklichten, oder *Die Würmer*), 26 *Verlierer von A bis Z* (Garstige Grotesken), *Hirntreiben. EEG, Western Roman* (dessen intuitive Erkenntnisse von der Hirnforschung spät, aber zum Glück nicht zu spät aufgegriffen wurden), *Kämm dir den Lorbeer aus dem fettigen Haar* (Gedichte) oder aber die Hörspiele *Aufstand in den Sinnscheiße-Bergwerken* sowie *Das Greinen der Gene* und *Die Invasion der Inversen*. Mehr Erfolg hatte der Schamp mit seinen Performance-Aktionen. Zum Beispiel ließ er sich eines Tages per Hubschrauber auf eine Wiese nah einer Schule fliegen. Die Schüler harrten allesamt versammelt dort und wussten, dass sportliche Ertüchtigung auf dem Programm stehen sollte. Der Schamp landete, stieg aus, in kurzer Sporthose und Trikot, ließ ein paarmal seine Arme kreisen, in der Hoffnung, dass man sein Vorbild imitierte, ging auch zweimal in die Hocke mit nach vorn gestreckten Händen, stieg wieder in den Hub-schrauber, flog davon und ließ die verdutzten Schüler zurück. Sein Beitrag zum Präsentations- und Eventwahn. Auch initi-ierte er die »Weltweit erste Horizontaldemonstration – Fließ-richtung (Rhein)«, bei der er sich mit seinen Kunstkumpanen der Länge nach ans Rheinbrückengeländer fesseln ließ, mit horizontal gehaltenen Schildern, und alle skandierten: »Nieder mit der Vertikalen. Hoch die Horizontale.« Mittels (sic!) Am-pel-Performances (roter Ball überm Kopf, gelbe Mütze (plus Schamp-Brille) und einem Salatkopf vor der Brust) oder Ein-fahrtsverbotsschildkostüm (der Schamp als weiß gekleideter behelmter Strich auf riesiger, roter runder Scheibe) wies er auf die Zeichenbesessenheit seiner Zeit hin. Beim Ersten Bochumer Brachenbrechen überstieg er (für die »Radikalisierung der Brombeersuche«) einen von der Stadt sinnloserweise aufgebauten Zaun, der den Bochumern ihre mitten in der Stadt gelegene wunderbare Brache raubte, indem er Hegel zitierte mit den Worten, das Andere einer Schranke sei eben das *Hinaus* über dieselbe. Aus Protest gegen diesen Brachenzaun eröffnete er das Situative Brachland-Museum Bochum, indem achtundvierzig Künstler ihre Kunstwerke über den Zaun auf die Brache warfen. Einem der Satire zugeneigten Publikum bekannt wurde der Schamp durch die Fotostrecke *Schlechte Verstecke*, die in der Zeitschrift *Titanic* veröffentlicht wurde und den Schamp selber zeigte, der sich hinter einer Säule versteckte (aber man sah seinen Schatten), hinter einem Stuhl (aber man sah seinen Haarschopf) oder sonstwo (aber man sah immer irgendwas), sowie durch seine Pommesgabelsammlung und den Mythos-Grill, in welchem aus Kartoffeln Kunstwerke geschnitzt und frittiert wurden. Im April des Jahres 2013 erregte er größere mediale Aufmerksamkeit durch seine Buhruftüten-Aktion: »Es gibt viele Anlässe, die eines Buhs! bedürfen. Wenn Sie nicht selber buhen wollen, lassen Sie buhen! Ich liefere Spitzen-Buhrufe in 1a-Qualität.« Der Schamp hatte Tüten mit seinen eigenen Buhrufen gefüllt (bebrüllt) inklusive Buhrufbeschriftung mit lichtbeständiger Tusche. Eine kleine Tüte mit einem Buh! kostete 20 Euro. Bei der Abnahme von fünf Buhs in einer großen Buhruftüte gab es ein Buh gratis (sprich: der Preis für die Buhruftüte mit fünf Buhrufen betrug 80 Euro.) Der Schamp versah die Tüten nach Hineinrufen mit Datum und Unterschrift. Hatte er nicht recht? Jedermann sollte Buhrufe zur Hand haben, um dem kollektiven Weltwahnsinn (des barbarischen Daseins) etwas entgegensetzen zu können. Kurz: Wenn der Schamp in der Kneipe einen Kaugummi auspackte, den Kaugummi im Aschenbecher zerdrückte, das Papier in den Mund schob und kaute, wusste man nie, ob er vielleicht a) gerade ein bisschen zerstreut war, b) zu viel Bier getrunken hatte (immer Pils, immer mindestens fünf, er wurde nicht müde, allen Menschen, die ihn über die möglichen Folgen übermäßigen Alkoholkonsums aufklären wollten, mit Wut hinter der Brille entgegenzuschleudern: »Ich hör erst auf mit dem Biersaufen, wenn der Papst aus der Kirche austritt!«), c) über neue Projekte sinnierte oder d) ob man nicht gerade Zeuge einer Kunstaktion war, durch die der Schamp auf die Widrigkeiten von Verpackungen hinweisen wollte. Der Kopf des Schamp glich dem Amazonas-Urwald. Man wusste nie, was hinter der nächsten Ecke lauerte. Er selber wusste es auch nicht.

Motor seiner Aktionen war aber immer auch der Versuch, die Menschen in ihrer Gesellschaft kritisch zu durchleuchten. Der Schamp legte den anprangernden Finger in die Wunden von Kapitalismus, Kommerzhetze und Konsumwahn. Für seine Aktion Mobilienhai beispielsweise lieh er sich von einem Freund einen gewissen Betrag und brach mit Crew und Kamerateam auf in die Hohe See. Der Schamp war gründlich vorbereitet, er hatte nicht nur das Tauchen erlernt, sondern bei zwei vorbereitenden Projekten auch erprobt: Zum einen hatte er eine in der Bochumer Innenstadt stehende alte Telefonzelle glastechnisch aufbereiten und komplett fluten lassen (eine Reise ins Zentrum der Kommunikationswege), während er selbst im Taucheranzug drinnen stand. Zum anderen hatte der Schamp am namensgleichen Brandenburger Schampsee ein dreiwöchiges Tauchercamp aufgeschlagen mit täglich zwei Tauchgängen in die Abgründe jenes Schampsees, hoffend, im Innern des Schampsees Aufschlüsse über innerpsychische Vorgänge im Schamp selbst zu erlangen, so war es halt, unser Schamperl. Also: Auf Hoher See angekommen, schlüpfte der Schamp in ein riesiges Haikostüm. Man hatte dieses wie folgt präpariert: bissfestes und schwimmfähiges Material aus der neueren Weltraumforschung, motorbetrieben, lenkbar durch Joysticks in den Flossen (Händen), kleines Gitter vor Augen, Nase, Mund und Schamp-Brille (die schwarze Hornbrille, sein Markenzeichen, durfte auch unter Wasser keinesfalls fehlen), Taucherbrille darüber, tauchfest das Ganze bis zu einer Tiefe von fünfzig Metern, das komplette Gerät vorne und hinten, oben und unten bekleis-

tert mit nur für Haie wahrnehmbaren Hai-Girlies-Sexuallock-
stoffen. Man ließ den Kameramann in einem Anti-Hai-Käfig zu
Wasser. Außerdem ein paar Brocken bluttriefende Köder. Sinn
der Performance und politischer Hintergrund: Dem Aufschrei
in der Bevölkerung (dem Wucher der Miet- und Immobilien-
preise endlich einen Riegel vorzuschieben und den Immobilien-
haigeldfressmaschinen den Hahn abzudrehen) sollte durch das
wilde Toben der ganz und gar nicht immobilen Haie um das
Frischfleisch herum, inmitten des angstvoll guckenden, bebrillten, verdatterten, vergitterten, eingesperrten Schamp-Gesichts
samt schwarzer Hornbrille sowie einer unterm Haifischkinn
festgeschnallten, auf dem Haifischschädel thronenden Hoch-
hausmütze (eine Mütze, die aussah wie ein Hochhaus) Aus-
druckskraft verliehen werden.

Jetzt kamen die Haie. Sie fetzten sich ums Fleisch. Vier, fünf,
sechs Haie, große Weiße, richtige Kaliber, einer etwa sieben
Meter lang, dem Schamp graute, der Kameramann zitterte.
Nachdem der erste Hunger der Haie gestillt war, wandten sie
sich dem Käfig zu. Der Kameramann hielt die Kamera drauf.
Die aus dem Maul klappenden Zahnreihen ließen ihn unter
Wasser schwitzen. Auch der Schamp fragte sich in diesem
Augenblick, ob seine Idee für die Performance wirklich so gut
gewesen war, wie er gedacht hatte. Aber sei's drum. Die fetten
Weißen kamen nicht durch das Gitter des Anti-Hai-Käfigs und
erschnüffelten jetzt den Weg zum neben und unter ihnen
schwimmenden komischen Hai mit der Beule am Kopf, jener
Hai, der erhebliche Schwierigkeiten bei der Richtungswahl zu
haben schien. Aber diese Hai-Tussi roch verdammt gut. Wenn
auch die politische Wirkung der Mobilienhai-Performance da-
hingestellt sei (man sendete die Performance um drei Uhr morgens auf einem regionalen Bochumer Sender), so nicht die ele-
mentare Wirkung der Bilder auf Biologen und Haifischexperten.
Selten hatte man zur damaligen Zeit in freier Wildbahn das
Sexualverhalten der Haie beobachten können, jetzt aber packte
der große, sieben Meter lange Weiße seinen Lümmel aus und
machte sich, Bauch an Bauch, an dem komischen Hai zu schaf-

fen. Sei es, dass er die Orientierung verlor ob des ganz und gar unnatürlichen Objekts seiner Begierde, sei es, dass Weiße Haie dem Menschen ähneln, indem sie als Vorspiel der Fellatio nicht abgeneigt sind (aufgrund der Zahnreihen der Sexualpartner immer auch ein gewisses Spiel mit dem Feuer) – Fakt war, dass der Große Weiße sein Organ nicht etwa am dafür vorgesehenen unteren Ende der Haimaschine namens Schamp platzierte, sondern im Gegenteil weit oben, nahe des Maulbereichs landete und durch das kleine, schützende Gitter hindurch in wildem Furor seinen – im Vergleich zu den Zähnen oder seinem sonstigen Körper zum Glück eher kleinen – Maha-So-Lati an des Schamps Wange rieb, dem nichts übrig blieb, als dem wüst Begattenden auch die andere Wange hinzuhalten, und der sich schnell fragte, was schlimmer war: gebissen zu werden oder – das hier? So ganz unangenehm kann dem Schamp die Haifischvergewaltigung jedoch nicht gewesen sein, sollte er doch fortan in seine eigenen Sexualspiele (er musste manchmal jungen Frauen stundenlang Erich-Fried-Gedichte vorlesen, ehe er endlich zum Ziel kam) gewisse Haifetische einzubauen pflegte.

So weit, so gut.

Den Sicherheitsleuten an Bord des Schiffs ging die Sache irgendwann entschieden zu weit, sodass sie sich leider gezwungen sahen, den in seiner Mord- oder Sexlust immer wilder werdenden großen Weißen zu harpunieren. Mit dem toten Hai zog man einen erschöpften Schamp und einen bleichen Kameramann an Bord. Der Schamp weinte kurz a) wegen des getöteten Tiers (das hatte er nicht gewollt!), aber auch b) vor Erleichterung, dass er die Performance überlebt hatte. Nun. Der Tierschutz säße ihm jetzt ohnehin im Nacken, also konnte er auch aufs Ganze gehen: Er ließ es sich – nach einer kurzen Phase der Erholung – nicht nehmen, den harpunierten Hai der Länge nach aufzuschlitzen und sich dabei filmen zu lassen, wie er mit den Eingeweiden des erlegten Riesen um sich schmiss, getreu dem Motto, man müsse, um etwas zu ändern in unserer Gesellschaft, endlich ans Eingemachte gehen. Und als der Schamp so in den Eingeweiden des Hais wühlte, rührte, zog und zerrte, bekam er plötzlich eine Flasche zu fassen. Eine Flasche aus Glas! Eine Cognacflasche. Leider leer. Nein, nicht ganz. Denn in der Flasche schaukelte ein Zettel. Das Etikett war abgewaschen oder aufgelöst oder von den Haimagensäften zerfressen: Sonst hätte der Schamp geflucht, weil er lieber den Cognac getrunken hätte, als das Briefchen aus der Flasche zu friemeln. (Bitch und Kolja mussten die Flasche wirklich gut verschlossen haben.) Der Schamp also – aufrichtig, wie er war – tat etwas, das vielleicht die wenigsten Menschen getan hätten: Obwohl auch er eher einen Kinderstreich als eine wahrhaftige Seenotromantik vermutete, wählte er, wieder in Bochum angekommen, die auf dem Flaschenpostbrief angegebene Nummer und zuckte zusammen, als sich tatsächlich – wie aufgeschrieben – ein Mann mit dem Namen Gusto Winter meldete.

»Der Schamp hier.«

»Welcher Schamp?«, fragte Gusto.

»*Der* Schamp!«

»Kenn ich nicht.«

Der Schamp schnaubte enttäuscht. »Schlechte Verstecke. *Titanic*!«, hauchte er.

»Wollen Sie ein Interview?«, fragte Gusto.

»Wieso?«

»Wissen Sie überhaupt, mit wem Sie sprechen?«, rief Gusto.

»Nein.«

»Gusto Winter. Erfinder von Charity. Der Große Gustoni.«

»Kenn ich nicht.«

»Und was wollen Sie dann?«, fragte Gusto mürrisch.

»Kennen Sie eine Birte und einen Kolja Zacharias?«

»Und?«, fragte Gusto.

»Hab einen Brief von ihnen bekommen«, sagte der Schamp.

»Ist nicht möglich. Sind seit vier Jahren verschollen.«

»Also ist es wahr?«

»Was?«

»Dass sie an einem Flugzeugabsturz teilgenommen haben?«

»Merkwürdige Art, das auszudrücken. Aber ja.«

»Mein Gott!«, rief der Schamp. »Sie leben!«

»Woher wollen Sie das wissen, Herr ...?«

»Schamp, *der* Schamp, Matthias Schamp. Bei meiner Mobilienhai-Performance im ...«

»Bei was?«

»Meine Mobilienhai-Performance im Pazifischen Ozean, ich habe mich mit sexwütigen Haien filmen lassen.«

»Was wollen Sie eigentlich?«

»Ich habe eine Flaschenpost gefunden. Im Innern eines Hais. In der Flasche lag ein Brief. Auf dem Brief stand Folgendes.«

Der Schamp las den Brief vor. Gusto Winter erbleichte. Das Datum stimmte. Die Namen. Alles. Aber das hätte der irre Typ am Telefon auch aus anderer Quelle in Erfahrung bringen können.

»Hören Sie, wollen Sie mich verarschen?«, rief Gusto.

»Wie kommen Sie darauf?«

»Sie haben den Brief vor sich liegen?«

»Ja!«

»Ehrlich?«

»Jawohl. Ich schicke Ihnen das Ding natürlich gerne zu. Ich wollte nur erst mal ...«

»Nein«, rief Gusto. »Sie kommen her.«

»Warum sollte ich das tun?«, fragte der Schamp.

Gusto Winter nannte einen Betrag. Dann fragte Gusto in die Muschel: »Also, was ist?« Der Schamp aber hatte bereits aufgelegt, war aus seiner Wohnung gestürzt, musste noch mal zurück, weil er in der Aufregung vergessen hatte, den Brief aus der Flaschenpost einzustecken.

Jetzt saß er im Zug. Um sich zu beruhigen angesichts der für seine Verhältnisse gewaltigen Summe, die er soeben gehört hatte, lenkte der Schamp sich ab durch eine Situative Handy-Zug-Performance. Nachdem er sich gesetzt hatte, wählte er heimlich mit dem Zweithandy sein Ersthandy an. Es klingelte. Den Klingelton hatte er einem Splatterfilm entnommen, sodass die Menschen um ihn herum nicht nur die wahnwitzigen Schreie einer Frau, sondern auch das Niedersausen der Axt, das *Swash* des auseinanderklaffenden Fleischs, das Knacken der Knochen, das Spritzen des Bluts und auch das Anspringen der Kettensäge hören konnten. Natürlich tat der Schamp so, als suche er vergeblich sein Handy, um den Mitreisenden Zeit zu geben, über den schrägen Klingelton zunächst zusammenzuzucken, dann aber milde oder genervt zu lächeln. Der Schamp nahm ab. Sprach laut. Zuerst nur Jas und Neins. Dann einen lauten Fluch. »Hör mal«, rief der Schamp, »wenn der nicht zahlt, dann sag ihm, der lernt mich kennen. Hast du schon? Und der? Was? Das hat er gesagt? Okay. Dann müssen wir was tun. Ein Zeichen setzen. Ein was? Ja, ein Exempel. Statu... was? Von mir aus. Wenn der denkt, der kann den Scheißstoff nehmen und nicht bezahlen, dann hat der sich geschnitten. Natürlich war der Stoff gestreckt. Ja doch. Der Stoff ist immer gestreckt. Das weiß der doch. Was gibt er das Zeug auch solchen Anfängern? Ich hab ihm doch gesagt, er soll von den Schulen wegbleiben. Jetzt haben wir nen beschissenen Drogentoten, und die Bullen legen wieder los. Das ist trotzdem kein Grund, mich zu ficken. Hör zu. Du schickst den Mario. Übliche Prozedur. Ich will, dass der Knilch im Krankenhaus aufwacht und eine Tafel braucht, um seine Knochenbrüche zu zählen. Wenn der immer noch nicht mit der Kohle rausrückt, dann weißt du, was du zu tun hast. Capiche? Jetzt lass mich in Ruhe. Ich will verdammt noch mal endlich pennen. Ich schwör dir, wenn du mich noch einmal störst, wenn mich *irgendwer* noch einmal stört, dann kann ich für nichts garantieren. Okay?« Der Schamp legte auf. Die Co-Zugfahrer nestelten umgehend in ihren Jacketts und Handtaschen und schalteten die Handys aus. Es herrschte eine leicht angespannte Stimmung.

In Freiburg nahm der Schamp – in Vorfreude auf den versprochenen Betrag – ein Taxi zum Haus von Gusto Winter in der Urachstraße. An der Haustür hing kein Klingelschild mit dem Namen Winter. Auch nicht Zacharias. Schamp wählte noch mal Gustos Nummer.

»Ich bin da«, sagte der Schamp.

»Wo?«

»Vor Ihrer Wohnung. In Freiburg. Urachstraße.«

»Da wohnen wir nicht mehr«, stöhnte Gusto.

Als der Schamp endlich an Gustos wirklicher Haustür stand (seine Villa in Herdern), begrüßte er Gusto mit den Worten: »Ich hab die ganze Fahrt von Bochum nach Freiburg gedacht, ich muss mich verhört haben. Können Sie die Zahl noch mal wiederholen? Den ... Betrag?«

Gusto tat es.

»Nein«, sagte der Schamp, »dann hab ich mich wohl nicht verhört.«

»Wollen Sie nicht erst mal reinkommen?«

Der Schamp betrat die Villa.

Escher bellte freudig erregt. Der Schamp, Herausgeber des *Dogmatic-Dog-Magazins*, begrüßte den Hund, dann das Herrchen. Und musste alles erzählen. Der Schamp zeigte Gusto den Podcast von der Mobilienhai-Performance. Mit offenem Mund schaute Gusto sich die Sache an. Gusto fand den Schamp umgehend sympathisch. Wer sich von Haien ficken ließ, der musste ein guter Kerl sein. Der Schamp mochte Gusto ebenfalls. Die beiden hatten Urin für verrückte Ideen. Der Schamp hatte Gusto unterwegs gegoogelt und war zunächst auf den Großen Gustoni gestoßen, dessen Zeiten schon ein Weilchen zurücklagen. Dann hatte er Gusto auch als Erfinder des Charity-Spiels durchleuchtet und sich die Spielregeln durchgelesen.

»Übrigens«, sagte er jetzt zu Gusto, um ihm Zeit zu geben, die Bilder des Hais zu verdauen, »war keine schlechte Idee damals.«

»Was denn?«

»Ihr Spiel, Charity.«

»*Keine schlechte* Idee!?«

»Naja«, sagte Schamp, »die Idee wäre noch besser gewesen, wenn man der sozialen Komponente noch eine realistische zur Seite gestellt hätte.«

»Was meinen Sie?«

»Nutten zum Beispiel«, sagte der Schamp.

»Bitte?«

»Frauen, Spielcasino, Champagner, Schlitten, sinnloses Verprassen.«

Gusto schaute den Schamp lange an, dann legte er ihm die Hand auf die Schulter und sagte gerührt: »Du bist mein Mann!«

Die neuerliche Suche nach Kolja und Bitch startete von einem anderen Punkt. Man hatte jetzt die exakte Absturzzeit und rechnete neu: Flugtempo, Kurs, Schwankungen durch den Sturm etc. Am 17. Mai des Jahres 2019 brach eine Rettungsmannschaft auf, um jede noch so mickrige Insel innerhalb eines völlig neuen Kreises abzusuchen. Gusto gab sein restliches Gustoni-Geld aus. Um seine Tochter zu finden. Und deren Mann. Deren Müllmannmann.

2

Stille? Gibt es das überhaupt? Ruhe? In einem Menschen mit zwei Hirnhälften? Das heißt: zwei Hirnbewohnern? Mit einmal zwei Hälften (Kolja) und einmal vier Vierteln (ich)? Insgesamt also satten sechs Sechsteln? Ich, Freunde, Elias Zimmermann, ich hatte mir alles so schön ausgemalt! Schlaf, Erholung! Im Kolja-Kopf! Stattdessen aber hörten Koljas Hirntätigkeiten nicht auf! Die ganze Zeit über vernahm ich Koljas Gedankensprudeln. Selbst bei der Arbeit auf der Insel wurde sein Hirn alles andere als leer, er summte Melodien vor sich hin, er dachte nicht nur monoton an das, was er gerade tat, sein Geist richtete sich, während er noch dabei war, etwas zu tun, schon auf das, was er im Anschluss an das, was er gerade tat, tun wollte, jene barbarische Wenn-Dann-Krankheit. Auch nachts! Träume, Bilder, Verarbeitungsströme. Während Koljas Sinne durch den Schlaf segelten, musste ich eine weitaus schlimmere Wachheit ertragen als die Wachheit außerhalb: Denn neben Koljas Stimmen hörten auch meine eigenen Stimmen nicht auf. Ich vernahm also doppeltes zerebrales Chaos und doppelten limbischen Lärm.

Was Kolja am meisten zu schaffen machte auf der Insel, war die Aussicht, auf unabsehbare Zeit alle möglichen Fußballspiele zu verpassen, nicht nur die Spiele seines Sportclubs Freiburg, sondern auch die Weltmeisterschaften 2018 in Russland und 2022 in Katar. Mein permanentes Zuflüstern, dass so ein – wenn auch unfreiwilliger – Boykott der Katar-WM durchaus die einzig angemessene Reaktion eines sensiblen Menschen auf die barbarischen Ereignisse rund um jenes monströse Gladiatorenspiel darstellte, half nicht viel. Kolja lernte rasch, meine Stimme zu überhören. Mir dagegen gelang das umgekehrt nicht so gut. Ich war dazu verdammt, permanent seinem inneren Quaken zu lauschen. Als besonders schlimm erwiesen sich Koljas Erinnerungen. Die Erziehung, der Hass auf die Religion und die zwangskatholische Tabuisierung der Körpersaftausschüttung, Alpha und Omega, die Zeit als Müllmann, Gusto, Escher, der SC Freiburg, Eltern, Tod des Vaters, Heimat, Wiehre-Wohnung, Freunde, magische, mörderische Momente etc. pp. Jetzt konnte ich zwar der Einsamkeits- und Enthaltsamkeitskrankheit ein Schnippchen schlagen, durchlitt aber einen schweren Erinnerungskrankheitsschub. Koljas Erinnerungen wirkten sich wie Viren auf meinen Geist aus, und ich … erinnerte mich. Erinnerungssedimente. Aus meinem Meganfluss nach oben gespült. Fürchterlich, Freunde.

Meine erste Erinnerung führte zurück zu unserem *Tag der Biene*.

Ich konnte es kaum erwarten, tagelang gedankenlöcherte ich meinen Vater, wie oft ich denn noch schlafen müsse bis zum *Tag der Biene*. Sein Gedankenseufzen, sein langsames Gedankenmurmeln: »Geduld, Elias, Geduld!« 15. Mai 490 n. O. Lichtklirren durchzuckte die Nacht. Duftmaschinen verströmten das eigens für diesen Tag erstellte Gemisch aus Honigtau, Sarrerharz, Rindentalg, Jozublüte, Gilpersaft. Das Summen. Ich hörte das Summen, lange bevor ich die Bienen sah. Da flogen sie. Langsam, trudelnd. Wir jubelten. Wir warfen die Hände zum Himmel. Die Arbeitsbienenmaschinchen winkten uns mit ihren Flügeln. Ein großer Tag. Auch für sie. Das Summen wurde lauter. Und endlich teilte sich der Schwarm, und jede einzelne Biene flog auf die Schulter je eines Kindes, und ich sah meine Biene, lange, ehe sie bei mir ankam, weil ich wusste, das ist sie, das muss sie sein, und sie war es auch. Dieses Gefühl, genau zu wissen, dass diese Biene meine Biene war, obwohl ja alle Bienen gleich aussahen! Was danach geschah, bekam ich nicht mit. Was noch gedacht wurde, war für mich nicht mehr von Belang. Denn ich achtete nur noch auf meine Biene. Sie saß mir auf der Schulter und schwirrte manchmal hoch, auch sie aufgeregt, sie sah mich an, sie nickte mir zu, sie zwinkerte mit ihrem rechten Auge, ich verdrehte mir beinah den Kopf und hielt den Atem an.

»Wie heißt du?«, fragte ich meine Maschinenbiene.

Die Biene summte, ich verstand »Humbo«.

»Also nenn ich dich Humbo?«, fragte ich.

Die Biene schnurrte.

Und wie wir nach dem Fest herumstolzierten und den anderen unsere Bienen präsentierten! Jeder gedankenlobte die Biene des anderen, aber jeder fand seine eigene Biene am schönsten. Und wie wir endlich losrennen durften, nachdem die Zeremonie beendet war, in den Wald! Und wie wir sofort »Arbeitsbiene!« riefen und die Bienen sich aktionsbereit von unseren Schultern hoben, und wie wir das Werkzeug nannten, in das sich die Maschinenbienen transformieren sollten, Hammer, Axt, Säge, Zange, und wie sich unsere Arbeitsbienen umgehend in die genannten Werkzeuge verwandelten. Und wie ich am selben Abend im Schlafgerät meinen Humbo beobachtete, der sich einen Platz an der Wand gesucht hatte und dort, ohne zu krabbeln, hockte und auf den neuen Tag wartete, und wie ich mit ihm redete, und wie er meine Fragen beantwortete und mir eine Gutenachtgeschichte erzählte, und wie ich einschlief, so schön und zufrieden und umsorgt und geborgen, wie ich noch nie eingeschlafen war.

Und dann, o grausame Kindheit, jener Tag, zwölf Jahre war ich alt, kurz nachdem wir in die Gedankenspiele eingeweiht worden waren und die Welt um uns her ihren Kindheitszauber zu verlieren begann: Wir alle durchschauten endlich, dass wir unsere Arbeitsbienen gar nicht mehr brauchten. Wir hatten erfahren, dass wir nicht arbeiten mussten und demnach auch keine Werkzeuge benötigten. Man hatte uns Kindern mitgeteilt, dass unsere Arbeitsbienen vollkommen überflüssig seien.

Zum ersten Mal.

Vernahm ich.

Das schreckliche Wort:

Relikt.

Dann trafen wir uns. Drei Freunde. Und ich. Hinter der Arena. Deren ausladende Dächer uns Schatten spendeten. Wir knobelten darum, wer von uns es machen musste, und das Los fiel auf mich, und ich schluckte, aber ich hatte keine Wahl, wollte ich nicht mein Gesicht verlieren, und so rief ich »Arbeitsbiene!«, und Humbo schwirrte erfreut von meiner Schulter in die Höhe, ich aber musste jenen Kinderreim singen, der das Ende der Kindheit einläutete, und alles in mir sträubte sich dagegen, aber ich tat es, ich sang den Reim: »Arbeitsbiene, Arbeitsbiene, blöde Null-und-Nichts-Maschine!« Das erste hoffende Surren Humbos, der, sich angesprochen wähnend, erwartungsfroh die Flügel breitete, mündete in ein trauriges Brummen, das mir das Herz in Stücke riss. Zwar gewann ich die Anerkennung der Freunde für meinen Mut, aber am Abend weinte ich bittere Tränen, denn die Biene sprach nicht mehr mit mir, und wenn einmal eine Maschine – ich wusste es, ich hatte es gewusst, ihr wisst es, ihr habt es gewusst, ihr alle! – so tief verletzt worden war wie Humbo, konnte man nicht mehr ihr Vertrauen gewinnen. Sosehr ich mich auch bemühte, sie verzieh mir nicht, sie beachtete mich nicht weiter, und die Erinnerungen, zu denen mich Koljas Erinnerungen angesteckt hatten, sorgten dafür, dass aus Koljas Augen Tränen rannen, auf der Insel, am Abend, als er aus dem Schlaf fuhr, nicht wissend, woher der Schmerz kam, der ihm im Hals steckte, er strich die Tränen fort und blickte hoch zu den Sternen.

Und das war nur *eine* Erinnerung, Freunde.

Damit nicht genug.

Ich hatte eine weitere Höllenreihe von Problemen.

Sagen wir so: Gewiss, das Ficken verlieh mir Flügel, reinigte meinen Geist und ließ mich für eine Zeitlang abtauchen in purste Freuden, ohne die meine Bewusstseinsprimel – vermute ich – schmählich eingegangen wäre. Aber in einem Körper zu stecken, brachte neben dem Wunder der geschlechtlichen Vereinigung auch allerhand – sagen wir – unschöne Seiten zum Vorschein, die ich in meiner Phantomexistenz vergessen oder mindestens verdrängt hatte: Frieren, Zittern, Hunger, Durst, Exkremente, der Geruch des eigenen (also Koljas) Fleisches, Altern, Müdigkeit (die keine Erlösung fand), Schweiß und das Stechen im linken Fuß, der Pickel an der Wange, Sodbrennen, Schorf, geritzte Sohlen, Schnitte an scharfkantigen Korallen, Salzwasser in den Augen, das nicht von Tränen rührte, Sonnenbrand, Sonnenbrand! Sechs Monate duldete ich diese Körperscherereien zugunsten der Körpergenüsse, nahm den Schmerzensdreck in Kauf, aber die fehlende Leichtigkeit zog mich von Tag zu Tag mehr hinab, dieses Schleppen des zentnerschweren Muskel-, Blut-, Fleisch- und Knochensacks, all die irdischen Elemente seines Daseins bedrückten mich, jene niederzwingende Kraft von achtzig Kilo, die mir oft wie ein Klotz am Bein schien, die Erdherbe, die mir aufs Gemüt schlug und mich traurig stimmte. Da wurde Kolja von einer heftigen Fieberkrankheit gebeutelt. Keiner, das heißt, weder Bitch noch ich noch Kolja hatten eine Ahnung, um was für eine Krankheit es sich handeln, sprich, wie gefährlich sie sein könnte. Bitch kümmerte sich rührend. Ich aber hielt es kaum noch aus in und mit Kolja, dieses Schwitzen, das Zittern, die Kopf- und Gliederschmerzen, und dann keine Tabletten, die man hätte schlucken können, nichts, man musste einfach warten, bis die Krankheit sich ausgetobt hatte.

Das wollte ich nicht.

Und beschloss also, Koljas Körper wieder zu verlassen.

Bislang hatte ich das nie versucht.

Jetzt aber war der Zeitpunkt gekommen. Ich sprach mir Mut zu. Wird schon nichts passieren, dachte ich. Schloss die Augen.

Konzentrierte mich. Sammelte meine Kräfte, ruckelte in Koljas Körper zur Seite, sprang in Kolja hoch und auf, wollte Koljas Körper abstreifen, von mir stoßen, mich durch seine Körperhaut in die freie Welt der Phantomexistenz entpuppen. Doch sei gleich gesagt: Es gelang mir nicht. Zwar machte sich meine Revolution, mein Ausbruchsversuch durch ein paar wüste Zuckungen der Kolja-Gliedmaßen bemerkbar, was von Bitch misstrauisch beäugt, vom fiebrigen Kolja nur durch ein leises *füfü* kommentiert wurde, jedenfalls, sosehr ich es versuchte, ich merkte, es gab keinen Ausweg aus Kolja, ich rüttelte an den Rippengittern, spähte durch die fettigen Fenster seiner Glaskörper, ich war gefangen, no way out! Gab alles, brüllte, Bitch erbleichte und umklammerte Koljas Körper, hielt ihn unten, ich tobte, weiß nicht, wie lange der Anfall dauerte, weiß nicht, was genau von meinen Schreien zu Bitch nach draußen drang, weiß nur, dass, als ich mich wieder beruhigt hatte, Bitch erschüttert vor mir saß, vor mir und Kolja, und dass sie uns den Schweiß von der Stirn tupfte. Ich hielt Koljas Augen offen. Und um nicht zu verzweifeln, lehnte ich das Gesuch meines Verstandes ab, sich über meine Ausweglosigkeit Gedanken zu machen. Verschob weitere Ausbruchsversuche und schickte meinen phänomenalen Saft in Koljas Herz und Mark, dachte, es wird gut sein, wenn mein Wirt erst mal wieder zu Kräften kommt, und wir kämpften gemeinsam gegen das Fieber, und, oh, wir gewannen den Kampf.

Doch dann.

Sooft ich während der Tage und Wochen nach Koljas Genesung – heimlich diesmal, wenn Bitch nicht dabei war – in Kolja den Ausbruch versuchte: Ich scheiterte. Regelmäßig. Es war sinnlos, sich etwas vorzumachen. Ich war gefangen. Ich wäre gefangen. Ich würde in ihm hocken bleiben. Bleiben müssen. Käme nicht raus. Nicht mehr. Nie mehr. Nie mehr? Wenn ich hier nicht rauskomme, nicht mehr, nie mehr, was geschieht dann mit mir? Was, was geschieht dann mit mir, wenn Kolja, in knapp fünf Jahren, wie ich wusste, ich hatte ja seine Biografie deutlich vor Augen!, wenn er also, wenn wenn wenn er, ich wagte kaum, das Wort auszuhauchen, wenn er *sterben* würde, in fünf Jahren, würde dann auch ich ... ich ... ichichich ... Ich wusste, dass er sterben würde, ich wusste, wann es geschehen würde, ich wusste, wie. Aber ich wusste nicht, was Koljas Tod mit mir in ihm drinnen machen würde, ob es schmerzhaft wäre, ob ich mit ihm sterben, ob ich bei seinem Tod wieder aus Koljas Körper austreten oder mit ihm im Todesrausch zerschellen würde, ob ich den Prozess des Sterbens hautnah miterleben oder sogar einen Blick tun würde in die Welt dessen, was uns nach dem Tod erwartet oder ob ich ...

Nein, ich wusste das alles nicht. Und das – Leute – machte mir, ich denke, das nennt man Angst.

Was tut man, wenn die Angst einen packt? Man sucht nach Schutz und Unterschlupf. Man sucht nach einem Rückzugsort. Irgendwo musste ich hin. Irgendwo, wo ich allein war. Wenn ich nicht aus Kolja raus konnte, dachte ich messerscharf, dann blieb mir nur eine Wahl, nur ein Weg, nur ein einziger Ausweg: Ich musste tiefer in ihn hinein, eine Reise in den Urwald seiner zahllosen Gyri, nicht ins Herz der Finsternis, sondern ins Hirn des Lichts.

3

Meine – wie ich sie im Folgenden nennen werde – neuromückto-plastisch-neuromykoplasmische Reise mitten hinein in Koljas Hirn begann – ironischerweise, muss man sagen – mit dem Gegenteil dessen, was sie eigentlich war, nämlich mit einer Außer-Körper-Erfahrung, einer – wie man im 21. Jahrhundert nach Christus noch gesagt hätte – Out-of-Body-Experience. Ich hatte kurz den Eindruck, mich aus Koljas Körper zu entfernen, meine Kolja-Hände wurden langsam taub, ebenso die Kolja-Gliedmaßen, ich verlor das Kolja-Körper-Wahrnehmen aus den Fühlern, aus dem Sinn, und um mich her wurde es merklich heller, ich sah von oben auf Kolja herab, schwebte über den dunklen Wassern des Kolja-Körpers, und ich jubelte, weil ich kurzzeitig hoffte, endlich doch irgendwie aus Kolja hinausgelangt zu sein, begriff aber sehr schnell, was da mit mir geschah, die Out-of-Body-Experience, die von Esoterikern als Seelenwanderungshinweis, von den Christen als Nahtoderfahrung, von Buddhisten als Wiedergeburtsgründeln, von Psychologen als Doppelgängerphänomen, von Neurologen als dissoziative Störung mit erhöhter Tiefensensibilität, von... Ach, Mensch, egal... Jedenfalls führte mich diese Erfahrung nur scheinbar aus Kolja hinaus, um den Übergang zu kaschieren zur neuromücktoplastischen Reise in Koljas Hirnwelt, denn dort drinnen befand ich mich jetzt, was bedeutete, dass ich irgendwie mächtig zusammengeschrumpft sein musste, zu einem aberwinzigen Nukleus, und ich schrumpfte weiter, schrumpfte auf Größe eines Neurons, weiter, immer weiter, und wenn ein Neuron der Größe eines Menschen entsprochen hätte, schrumpfte ich zur verschwindenden Winzigkeit einer Mücke (in Relation zum Menschen), daher also der erste Teil der Bezeichnung (neuro-*mück*toplastische Reise), und der zweite Teil rührt aus der Tatsache, dass alles, was ich auf dieser Reise erlebte, so *plastisch* wirkte. (Aber eigentlich schrumpfte ich gar nicht, sondern nahm im Grunde genommen nur die Gestalt dessen an, was mich augenblicklich trug, nämlich die Gestalt einer verdammt kleinen Kalladabs-Obore, ihr erinnert euch.)

Und dann ging's los, Leute. Als Neuromücke (oder Kalladabs-Obore) saß ich an Bord eines gigantischen Neurons, das durch Koljas Hirn zuckte. Ich wurde mitgerissen vom Sog und vom Blitzlichtgetwitter, meine Auffassungsgabe, die ich bislang als sehr hoch erachtet hatte, wurde mit einem Schlag vernichtend gesprengt, und ich erkannte auf der Stelle die absolute Unerforschbarkeit des menschlichen Gehirngeistes. Das Erschütternde meiner Erfahrung: Nichts ist gleich. Es gibt keine Wiederholung. Alles ist neu. Immer und ewig neu. Schon im Neuron selbst: Ich war nicht die einzige Neuromücke. Um mich her wimmelte es von anderen Neuromücken. Jede dieser Neuromücken änderte ohne Unterlass ihre Gestalt. Mal dick und bauchig, mal dünn und heringhaft, mal weiß, mal gelb, mal in einer Farbe, die ich nicht kannte, mal langsam segelnd, meist rasch schwirrend, mal sah die Neuromücke wie eine Mücke aus (eben!), mal aber wie ein Elefant, mal wie ein Ameisenbär, mal wie ein Tapir mit einem Tapirschatten, einem von einer – o Schamp, du hattest es visionär vorhergesehen – Tapirschatten-Näherin genähten Tapirschatten (vgl. *Der Aufstand in den Sinnscheiße-Bergwerken*, www.der-schamp.de/Part1/Medienkunst/Sinnsch/Sinnscheisse1.html), mal auch wie ein fettes Schwein, immer jedoch wie ein Rüsseltier. Die Neuromücken waren ständig unterwegs, nie am selben Punkt innerhalb des Neurons, in dem sie schwirrten. Ich hatte kaum Zeit, das Chaos zu durchblicken, schon flirrte eine dieser geilgiftigen Mücken, die gerade Fliegengestalt angenommen hatte, auf mich zu, bohrte ihren Rüssel in mich hinein und kitzelte mich. Ich konnte nichts dagegen tun. Sie kitzelte mich mit ausgerolltem Rüssel, und dieses Kitzeln war so wild, dass ich nicht nur lachen musste, sondern mein Lachen einer Lawine gleich anwuchs, vor lauter Lachen konnte ich nicht mal »Aufhören!« schreien, und dieses Lachen – wusste ich – würde sich zu einem Lachen türmen, das in ein Totlachen mündete, zöge die Mücke nicht rechtzeitig den Schlüssel, den Rüssel raus aus der Schüssel, ein Lachen auf Leben und Tod, Ha! ha! ha! hem! Clear my throat!, hörte ich die Neuromücke, die mich gerade kitzelte, plötzlich singen, I've been thinking over it ever since, sang sie, ohne mit dem feigen Kitzeln aufzuhören, and that ha, ha's the final consequence. Why so? Because a laugh's the wisest, easiest answer to all that's queer. You know not all that may be coming, but be it what it will, you'll go to it laughing, und mein Lachen steigerte sich und endete erst zruk-kurz vor meinem eigenen Ende, als die Mücke den Rüssel rausploppen ließ und erschöpft und schmatzend in der Luft schwebte. Doch schon sirrte die nächste Mücke heran, biestige Elefantenmücke. Anfangs war ich ein willkommenes Opfer der Neuromücken. Hatte noch nicht kapiert, dass es nur zwei Möglichkeiten gab, dem Gekitzeltwerden zu entrinnen, nämlich entweder permanent in Bewegung zu sein und sich zu verwandeln oder aber selber, von sich aus eine andere Neuro-mücke zu kitzeln. Es dauerte, ehe ich zum Gegenschlag aus-holte. Nachdem die etwa hundertste Mücke ihren Rüssel aus mir herausgezogen hatte, flitzte ich zu einer Bienenmücke, die nicht mit meinem Angriff gerechnet hatte, und stach zu. Ich saugte ihr Gelächter in mich auf. Die Zeit des Stechens ver-brachte ich wie in Trance. Kurz kam ich zur Ruhe und konnte meinen Blick schweifen lassen: Überall im Neuron rasten die Rüsseltiere umher, die alles daran setzten, nicht gekitzelt zu werden. Aber das war nichts gegen das Chaos, das außerhalb meines Neuronen-U-Boots herrschte. Es schwirrten unzählige andere U-Boote im Hirnsturm, U-Boote, in deren Innern der gleiche Irrsinn oder Sinn tobte wie hier, bei mir, also die gleiche Sinnscheiße, das gleiche Sinngold, die gleiche Sinnerde. Die Neuronen glichen Pyramiden, Höhepunkten menschlicher Kreationskunst, oder Sternen, Höhepunkten galaktischer Krea-tionskunst, alles von fingrigen Tentakeln umsponnen, Dendri-ten nannten die barbarischen Mikroskopmenschen dies, aber eher spinnrige, spindeldürre Krakenarme, und alles, was ich jetzt für wahr nahm, sprengte – sagte ich das schon? – meine Auffassungsgabe. Ich sah das eine oder andere Mal, wie eins dieser Neuronen-U-Boote neben uns explodierte und die Mü-cken hinabstürzten, um Hilfe schrien und rasch von anderen Neuromücken in ein anderes U-Boot gezogen und gerettet wurden, ein angeborener Reflex schien das zu sein, denn man rettete zwar die Neuromücken, holte sich aber zugleich neue fiese Kitzler ins Haus (die geretteten Mücken sagten nicht mal Danke, sondern legten gleich los mit dem Kitzeln), aber man musste die anderen Mücken einfach retten, man konnte nicht anders. Nach einiger Zeit begriff ich: Der Tanz der Neuro-mücken und der Tanz der Neuronen-U-Boote wies Ähnlich-keiten mit einem Schwarmverhalten auf. Die Neuronen hatten ein ebenso schwarmhaftes Verhalten entwickelt wie die Mole-küle, wie wir, Freunde aus dem Jahr 525, in unseren Gedanken-spielen, wie die Planeten, wie die Galaxien, wie die Schwarzen Löcher und die Universen, und wenn es solche gäbe, müssten auch die Götter als Schwarm existieren, und ich geriet, als ich zumindest diesen Zusammenhang durchschaute, angesichts einer solchen Anzahl von Schwärmen ins Schwärmen. Aus dem Zusammenspiel der sich wandelnden Einheiten entstand so etwas wie ein Geist.

Dann platzte die Membran. Ganz plötzlich. Die Membran *unseres* Neuronen-U-Boots. Wir alle – ich auch – verloren den Halt und fielen. Unter uns ein reißender Strom. Kein elektrischer, ein flüssiger diesmal. Hirnflüssigkeit, Blut, ich weiß nicht. Meine Mückenkollegen wurden gerade noch rechtzeitig an Bord der übrigen Neuronen gezogen, ich aber fiel unaufhaltsam nach unten, keiner reichte mir seine Dendritenarme, ich fiel, stürzte in den Fluss und ruderte mit den Flügeln, schaffte es, mich über Wasser, über Blut zu halten, die Farbe des Flusses rot wie ein untergehender Sonnenkörper. Ich weiß nicht, weshalb mir niemand half, ob die anderen Mücken mich tatsächlich als das durchschauten, was ich war, ein Eindringling, ein Keiner-von-ihnen, ich wusste und merkte nur sofort, ich würde es nicht lange schaffen, mich über Blut zu halten. Ich brauchte Stand, ich brauchte sicheren Untergrund inmitten des Sumpfs. Es gab aber nichts Festes, woran ich mich hätte klammern können. Kein Standpunkt, nur ewige Bewegung. Kein Fels, nur Wabern. Ich schluckte Blut. Hustete. Keuchte. Dachte: Der Anfang vom Ende. Da geschah etwas überaus Rätselhaftes. Ich würgte es aus, das Blut. Das ausgewürgte Blut wandelte sich. War das geschluckte Blut noch rot gewesen, schimmerte das gespuckte Blut knallschwarz. Und ich würgte nichts Flüssiges mehr, sondern brockige, schwarze Klöße aus meinem Mückenhals, Klöße, die nicht vom Blutfluss fortgespült wurden, sondern zusammenwuchsen. Ich hielt mich an den Brocken fest. Und nachdem ich den Prozess der Blutumwandlung durchschaut hatte, schluckte ich das Blut, das mich umtoste, freiwillig, nur um es anschließend wieder auszuspucken, denn auf diese Weise entstand mehr und mehr von dem schwarzen Gestein, das sich zu einem Inselberg türmte, inmitten des Blutflusses, ich schluckte und spuckte immer schneller, ich hoffte, dieser Berg würde mich vorm Ertrinken retten, und genauso war es auch: Irgendwann schleifte ich meinen durchnässten Mückenkörper ans von mir selbst geschaffene Land und atmete durch.

Ich sah mich um. Niemand war mehr da, alle Neuronen-U-Boote verschwunden, als wären sie vor dem schwarzen Inselberg geflohen, ich war allein. In diesem Augenblick schüttelte sich der Berg unter mir. Ich hielt die Luft an. Er wuchs weiter. Der Berg. Er wuchs jetzt, ohne dass ich Blut schlucken und Brocken spucken musste. Wie lange der Berg wuchs, ich vermag es nicht zu sagen. Wann ich zum ersten Mal bemerkte, dass der Berg zu wachsen aufhörte, keine Ahnung. Wie lange ich dann selbst tatenlos auf dem Berg vegetierte, ich weiß es nicht. Die Frage nach dem *Wann* hatte keine Bedeutung in Koljas Kopf. Noch nicht.

Irgendwann sah ich zum ersten Mal das Fitzelchen. Wie ein Fitzelchen Licht, ja, das war mein Gedanke. Ein Fitzelchen Licht, das aus dem Berg herauslugte. Es war aber kein Licht. Ich sah genauer hin. Das leuchtete golden. Ich wurde magisch angezogen von diesem Fitzelchen. Ich griff nach ihm, zerrte daran, da war irgendwas drin in dem Berg, etwas Großes, etwas Goldenes, irgendetwas, das sich danach sehnte, das Licht des Hirns zu erblicken. Ich: Feuer und Flamme, dem Wesen, das eingemauert im Schwarzen Berg nach Luft strebte, zu helfen, ich reichte ihm die Hand, ich zog mit aller Kraft an seinen goldenen – Flügeln, ja, waren das Flügel?, es waren Flügel, goldene Flügel, vielleicht von einem Engel? –, ich zog daran und verschaffte dem Wesen Stück für Stück Luft, befreite den rechten Flügel, dann den linken, und näherte mich der noch verborgenen Mitte des Wesens, und da sah ich, wie an der Stelle, an der das Gesicht des Wesens erscheinen musste, ein goldener Schein sich aus dem Berg schob, und ich zog daran, nach und nach begriff ich, dass es keine Nase war, mittig im Gesicht, sondern ein Rüssel, und überm Rüssel zwei Fühler, und ich verstand, dass ich gerade einem Schmetterling half, zu sich zu finden, einem wunderbaren, goldenen Schmetterling, so jedenfalls dachte ich zunächst, dann aber traten, nein, quollen plötzlich seine Augen hervor! Diese Augen! Diese fiesen, hässlichen, glupschigen Schmetterlingsaugen. Sie glotzten mich an, finster und fratzenhaft, verhöhnten mich, offen heraus, lachten darüber, dass ich mich als Geburtshelfer betätigt hatte, ich schrie auf, ich ließ den goldenen Rüssel los, stolperte rücklings, fiel hin, kullerte den Berg hinab und klatschte brutal in den Blutfluss, der immer noch die Berginsel umtoste. Alles, dachte ich, alles, alles, alles, nur nicht diesem Schmetterlingsmonster ausgesetzt sein, lieber im Fluss hier ertrinken, lieber die Augen schließen und hinabsinken auf den Blutgrund. Doch als meine Lider schon kippten, spürte ich sechs starke Arme, die mich aus dem Fluss und auf ein Floß zogen und mit mir wegpaddelten, ich aber hatte nur Augen für den Schmetterling, der nun, beinah befreit, am Berg klebte, die Flügel ausgebreitet wie Arme, Kreuzigung ohne Nägel, Berg, den ich Schädelstätte nennen könnte, und der Schmetterling brüllte verzweifelt, als er sah, dass ich mich von ihm entfernte, und ich hoffte, dass er es allein nicht schaffen würde, sich vollends zu befreien, und ich sah seine Wut darüber, dass ich ihn allein ließ, ich hatte nur Augen für dieses ekelhafte Schmetterlingswesen, das ich beinah entfesselt hätte, sodass ich gar nicht mitbekam, wer genau mich überhaupt aus dem Fluss gezogen hatte. Erst als ich Berg und Schmetterling nicht mehr sehen konnte, blickte ich zu meinen Rettern hoch. Aber was heißt Retter? Nein, ich erkannte sogleich, ich war in die Hände von fetten Bakterienbanditen gefallen. Sie fesselten mich, und die neuromücktoplastische Reise wandelte sich endlich in eine nicht minder furchtbare neuromykoplasmische Reise. Denn die neuromykoplasmischen Banditen schleppten mich direkt zu Koljas Großhirnrinde, und diese unberührte und für mich unberührbare Hirnrinde Koljas schrie mich förmlich an in ihrer Nacktheit, und ich wünschte mir nichts sehnlicher als ein Rindenschnitzmesser, das ich aber natürlich nicht dabei hatte, o Gipfel teuflischer Marter! (Ein anderer Interpret jener neuromücktoplastisch-neuromykoplasmischen Reise könnte das gerade Geschriebene natürlich auch als beginnenden Körper-Geist-Übernahmewahnsinn ansehen, aber, Freunde, so weit würd ich persönlich jetzt dann doch nicht gehen.)

4

Diese Reise ins Hirn des Lichts dauerte gut drei Jahre gemäß menschlich bekannter Zeiteinschneidung. Ich weiß eigentlich nicht, was sich in diesen drei Jahren auf der Insel ereignete. Also ich meine, auf der Cast-Away-Insel, auf der Kolja und Bitch immer noch hockten. Aber das soll jetzt nicht das Thema sein. Wichtiger ist, wie's weiterging. Als ich wieder zu mir, das heißt, zu Kolja kam, also als ich wieder als normaler Fremdbewohner in Kolja steckte – aber was heißt denn schon normal, man sollte dieses hässliche Wort endgültig aus dem Wortschatz streichen –, war Kolja – man schrieb das Jahr 2019 – bereits Opfer des goldenen Schmetterlings. Denn Kolja grub. Und ich grub mit Kolja. Und Kolja schwitzte. Und ich schwitzte mit ihm. Mit einem selbst gebastelten Spaten schichtete er den Dreck der Insel um. Er folgte einer fixen Idee, einer Besessenheit, und diese Besessenheit hatte die gleiche Farbe wie der am schwarzen Berg fixierte Schmetterling, nämlich gold, gold, gold, und mehr noch, die Besessenheit hatte einen Namen, und dieser Name lautete ebenfalls Gold, Gold, Gold, und Kolja grub heimlich, immer, wenn Bitch schlief oder etwas anderes tat, Stück für Stück schaufelte er die komplette Insel um, auf der Suche nach Gold, in fester Gewissheit, dass es sich bei der Insel um eine Schatzinsel handeln musste, dass irgendwer auf dieser Insel eine Schatztruhe vergraben hatte und dass seine, Koljas Aufgabe, genau darin bestand, den Schatz zu heben.

Außerdem: diese Schmerzen. Diese verdammten Kopfschmerzen. In Koljas Schädel. Während Tom Hanks in Cast Away üble Zahnschmerzen beklagte, wurde Kolja von viel schlimmeren

Kopfschmerzen zerfressen. Hämmernd, stechend, pochend, klopfend, großflächig? Alles, hätte Kolja einem Arzt zugeflüstert, wenn sich ein solcher auf der Insel befunden hätte. Während Hanks sich den faulen Zahn mit Hilfe eines Steins und einer als Stemmeisen missbrauchten Schlittschuhkufe aus dem Gebiss hämmerte, konnte sich Kolja schlecht den Hirntumor aus dem Schädel hämmern. Wusste ja nicht mal, dass die Quelle seines Schmerzes ein ebensolcher war. Wusste gar nichts mehr. Und Kolja wollte allein sein. Er wollte sie nicht teilen mit Bitch. Diese Schmerzen. Keine Teilnahme. Keine Anteilnahme. Er wollte die Schmerzen mit sich selber ausmachen. Mit sich selber auslöschen. Wie eine Kerze. Ahnte gleichwohl, worauf sie hinausliefen, die Schmerzen, wusste es im Grunde, ich hörte ihn jetzt überdeutlich, diesen klirrend klaren Kolja-Gedanken, glaskalte Kolja-Gewissheit, die das Wort *Tod* aussprach. Genauso aber hörte ich, wie dieser ehrliche Gedanke lauthals übertönt wurde, übertüncht und niedergehalten von zahllosen Gedankenratten, die an diesem einen großen Gedanken zerrten, um ihn unten zu halten, Lügenratten, Betrügerratten, Beruhigungsratten, die nicht aufhörten, Koljas Geist mit Beschwichtigungen zu benagen: Wird schon wieder, sind nur Migräneanfälle, mach dir keinen Kopf, alles ist gut, *s Läbbe geht weiter*, irgendwann wirst du gerettet, dann gibt es wieder Kopfschmerztabletten, alles in Ordnung, komm, Kolja, vertrau uns. Und er vertraute ihnen. Aber ich nicht. Ich wusste ja, dass es ein Hirntumor war. Ich wusste, dass Kolja im Jahr 2020 seinem Leiden erliegen würde.

»Ich muss graben! Ich muss ihn finden! Den Schatz! Ich weiß, dass er da ist! Ich weiß, dass es ihn gibt! Ich werde sie umpflügen, die Insel, sie ist begrenzt, sie ist unchaotisch, sie ist ein fest gefügter Platz, ich kann mein Leben verplempern oder kann es nutzen, indem ich ihn suche, den Schatz, jemand hat ihn vor langer Zeit in die Erde gelassen, ich hebe ihn aus, ich teile mit meinem Spaten den Sand und den Dreck, zu Dreck werden wir, zuerst müssen wir ihn fortwerfen, loswerden, hinter uns schaufeln, hinter uns lassen, ich muss …«

»Ruhig, Kolja«, sagte ich, »ruhig, ich bin bei dir, ich werde dir ...«

»Wenn ich ihn nicht finde, ist alles verloren, ist alles erloschen, wenn ich ihn ich ihn ich ich ihn ihn nicht finde, wird nichts mehr sein, wie es immer schon war, dieser Absturz hat nur einen Sinn, dieses Ausgesetztsein hat nur einen Sinn, dieses aufs endlose Meer Geworfensein hat nur einen Sinn, wenn der Schatz, der vergrabene Schatz, die Sehnsucht, das Streben und die Wut Erfüllung findet, ich muss ...«

»Kolja!«, schrie ich, aber es war sinnlos, er hörte mich nicht mehr, zu sehr umnebelt von der fixen Schmetterlingsidee, und ich – ich war zu geschwächt von meiner neuromücktoplastisch-neuromykoplasmischen Reise, um mich hörbar zu machen, und ich war zu entsetzt über das, was ich angerichtet hatte, mit und in Kolja, denn obwohl ich mir wieder und wieder sagte, nein, du täuschst dich, das darf nicht sein, das kann nicht sein, dachte ich doch oft genug über meinen Einfluss auf Koljas Geist nach, über die Tatsache, dass ich selbst dem goldenen Schmetterling erst Luft verschafft hatte, ich dachte oft nach über die nicht zu leugnende Tatsache, dass ich selbst es gewesen war, der den Berg, den schwarzen Berg in Koljas Hirn erschaffen hatte.

Den Todesberg.

Diesen Tumorberg.

Dann wieder dachte ich: Das ist ja unmöglich.

Eine Paradoxie.

Aber wer sagt, dass Paradoxien nicht möglich sind?

Im Sommer 2019, vier Wochen, nachdem der Schamp bei seiner Mobilienhai-Performance eine Cognacflaschenpost aus den Eingeweiden eines Weißen Hais gezogen hatte, im Sommer 2019, als Sabrina Steward immer noch verschluckt im Schwarzen Loch steckte, im Sommer 2019, als Alpha Zacharias einen Vertrag als Programmierer in einer Spielefirma unterschrieb, Omega einen Vertrag für die größte Fashion Show der Welt und Henry Lamarque einen als Neurochirurg in der Freiburger Uniklinik, im Sommer 2019, nachdem Gusto den Anruf vom

Schamp erhalten und Tashi – in Vorbereitung auf seinen neuerlichen Trip nach Deutschland – Meister Eckhart im Original
studiert hatte, im Sommer 2019, als Buzz Monster im CON erbleichte, weil das Schwarze Loch, nachdem es zwei Jahre lang
irgendwie ruhig geschlafen zu haben schien, plötzlich wild
schnaufend erwachte (!), im Sommer 2019 also fanden Kolja
und ich endlich den Schatz. Tatsächlich in der Erde. Mitten auf
der Insel. Im Wald.

Zwar handelte es sich bei dem Schatz nicht um eine – wie
Kolja immer visioniert hatte – aus etlichen Piratenfilmen bekannte romantische Schatztruhe, sondern um nacktes Gold in
Form von Barren, die einfach nur in weiße Tücher gewickelt
waren. Kolja fand jede Menge dieser Barren. Alle im selben
Loch. Er jubelte aber nicht, weil er glaubte, reich zu sein. Sondern weil er wusste: Wenn jemand hier eine solche Menge Gold
versteckt hat, wird er sie irgendwann auch wieder holen. Das
aber bedeutete: Rettung. Kolja lief sofort zu Bitch, die am
Strand saß. Um sie vom Fund in Kenntnis zu setzen. Aber die
Aufregung war wohl zu groß. Denn jetzt kam der Schmerz. Als
sei etwas geplatzt in seinem Kopf. Ich spürte es auch. Es warf
ihn zu Boden.

»Bitch!«, rief er noch und winkte wild.

Bitch, am Strand, drehte sich zu ihm.

»Bitch!«

Dann brach Kolja zusammen. Lag dort. Besinnungslos.

Als er wieder zu sich kam, zwei Tage später, klagte er endlich
über seine massiven Schmerzen, und dann sagte er zu Bitch,
dass er ihr etwas ganz Wichtiges mitteilen müsse, Bitch entgegnete, er solle doch erst einmal zu sich kommen, er solle doch ...
Nein, rief Kolja, nein, es sei etwas überaus Wichtiges, also gut,
sagte Bitch, sie sei ganz Ohr, doch als Kolja ihr von dem Gold-
fund berichten wollte, merkte ich, dass er es vergessen hatte,
dass er zwar noch wusste, irgendwas Wichtiges war geschehen,
aber nicht mehr, was genau, und sosehr er in den folgenden
Stunden sein Gehirn zermarterte, es fiel ihm nicht mehr ein.
Gold im Wert von ein paar hundert Millionen Dollar, rief ich

ihm zu, aber meine Stimme hatte – wie gesehen – so kurz nach der neuromücktoplastischen Reise ihren Einfluss auf ihn eingebüßt.

Und dann kam auch noch das Rettungsschiff. Ausgerechnet jetzt. Bitch schoss die letzte Patrone der Signalpistole in die Luft. Die Mannschaft der *Aqua Mundo* ließ ein kleines Motorboot ins Wasser und schickte es Richtung Strand. Noch ehe Kolja an Bord ging, fragte er einen der gelb bewesteten Retter: »Wer ist denn Weltmeister?« Als der Retter ihn ratlos ansah und Kolja seine Frage präzisierte – »Fußballweltmeister 2018« –, und als der Retter, ein amerikanischer Student, »Deutschland!« stöhnte – »Endspiel gegen wen?« – »6:0 gegen die USA.« – »Wer hat die Tore geschossen?« – »Özil, Götze, Müller, Kroos und zweimal Klose …« – »Klose? Mit vierzig!?« –, da hatte Kolja endgültig vergessen, was genau er Bitch denn so Wichtiges hatte sagen wollen, und Kolja sah noch einmal zur Insel zurück, traurig, weil er das Eiland verlassen musste, auf dem er so lange gelebt hatte und das ihm zu einer neuen Heimat geworden war, gleichzeitig froh über die Rettung und glücklich über den WM-Titel, enttäuscht, weil er dieses 6:0-Finale verpasst hatte, aber auch mit großer Angst, weil die hämmernden Schädelschmerzen nicht aufhören wollten und weil er wusste, was in Freiburg auf ihn zukäme, würde er endlich einen Arzt aufsuchen, ja, weil er ahnte, was ihm bevorstünde, träfe der Arzt den Nagel auf den Kopf: die Gewissheit über seinen Zustand, sein persönliches Endspiel, sein ureigenes Finale.

5

Omegas Finalkonkurrentinnen hießen Denise und Sandra. Sandra schied rasch aus, sie war die Außenseiterin, sodass der Kampf Denise gegen Omega lautete. Denise war nicht zu unterschätzen. Auch sie hatte die Herzen der Juroren erobert durch ihre so freundliche, aber auch lustige Art, durch ihre Größe, durch die ewig langen Beine, die wahnsinnig machende Figur, das blondumlockte Gesicht, die sexy Unbekümmertheit, und Omega wusste, es stand Spitz auf Knopf.

Jetzt: Der allerletzte Haute-Couture-Walk. Die beiden Mädels verschwanden hinter der Bühne und ließen sich von den Stylistinnen das neue Make-up auftragen und die großen, schweren, sperrigen Haute-Couture-Kleider anziehen. Dazu Schuhe, deren Hacken eher an Stelzen erinnerten.

»Ich mach dich so was von fertig!«, raunte Denise ihrer Kontrahentin zu. »Du hast keine Chance!«

»Abwarten!«, rief Omega. Und sie war als Erste dran. Und sie lief wunderbar. Also: schwebte. Und dann wartete sie auf Denise. Und Denise kam. Omega wäre erbleicht, wenn sie hätte erbleichen können. Der unbändige Wille dieser blonden Schlampe, unbedingt GNTM zu werden! Die Juroren sperrten Münder und Augen auf. Omega hatte das Gefühl, sie sei kurz davor zu verlieren, etwas, das partout nicht geschehen durfte, sie rang mit sich, ob sie vielleicht nicht ein klein wenig nachhelfen... Schon hatte sie die Augen zusammengekniffen, schon machte Denise den allerletzten Schritt ihres letzten Laufs in Richtung der Juroren, schon hob sich ihr rechter Fuß zum letzten Mal vom Laufsteg, und dann – hatte sie einen so heftigen Beinschwung gemacht?, war der Schuh zu groß? – löste sich der High Heel und flog mit sattem Tempo voll ins Gesicht des Jurors Thomas Rath, und die spitze Hacke erwischte sein Kinn, Blut spritzte, Denise verlor ohne Schuh den Halt und fiel hin, das Publikum schrie, ein Sanitäter kam, Raths Wunde wurde noch auf der Bühne getackert, und Denise wusste nicht, in welches Schwarze Loch sie kriechen sollte, verließ die Bühne und den Backstagebereich und rannte mit dem Haute-Couture-Kleid und ohne Schuhe über die Straße (wie die Braut in dem Film In and Out) und wäre beinahe von einem LKW erfasst worden (das hätte Omega sich nie verziehen), betrat schließlich eine Kneipe, bestellte eine Flasche Whiskey, landete in selber Nacht noch im Bett des jungen italienischen Kellners, den sie zehn Jahre später heiraten und von dem sie fünf Kinder bekommen sollte, vorher aber legte Denise Wanda Lager eine 1a-Model-karriere hin, denn der Filmausschnitt vom fliegenden Schuh stieg bei YouTube in die Top-Ten-Liste der angeklickten Videos, Denise konnte sich vor Buchungen nicht retten, und es wurde ihr Markenzeichen, dass am Ende einer jeden Schau ein Schuh ins Publikum flog, doch Germany's Next Topmodel war sie nicht geworden, nein, diese Ehre war Omega Zacharias vorbehalten gewesen, die mit einem leicht schlechten Gewissen allein vor der Final-Leinwand gestanden und zugesehen hatte, wie sich ihr Konterfei auf dem gigantischen Cover der deutschen *Cosmopolitan* materialisierte.

Nachdem die mediale Fernsehpräsenz verebbt war, ließ auch das Interesse der Werbepartner nach, Omega merkte, sie würde sich von nun an alles hart erkämpfen müssen. Von Casting zu Casting schleppte sie sich. Gab wie immer alles. Ergatterte tatsächlich den einen oder anderen (jedoch kleinen) Job. Leider erwies sich ihre Hautfarbe schon vor manchem Casting als K. o.-Kriterium. *Caucasian*, war das Wort, das sie am meisten hasste. Anfangs verstand sie gar nicht, was damit gemeint war, sie dachte an den Kaukasus, irgendein Land im Fernen Osten, ehe sie nachschlug und bitter enttäuscht realisierte, dass es sich bei diesem Wort um einen widerlichen, ekelhaften Rassentermi-nus handelte: *Caucasian*, schlicht und einfach *weiß* hieß das, also nicht schwarz, Negerinnen demnach für viele Jobs unerwünscht. So musste Omega mit ansehen, wie ihre Konkurrentin Denise die weitaus steilere Karriere hinlegte als sie selbst, der fliegende Schuh als grandiose Starthilfe.

Als Omega nach einem halben Jahr ihrem Manager am Telefon sagte, dass sie alles andere als zufrieden sei mit ihrer Entwicklung, entgegnete dieser: »Ich auch.«

»Was soll das heißen?«, fragte Omega.

»Ich bring es jetzt mal auf den Punkt«, sagte der Manager, ein Mann namens Karlo Keller, blass, hässlich, schwammig, ein bisschen schleimig, eine Art Schneckenmensch, den Omega nicht einmal mochte, aber was blieb ihr übrig. »Dir fehlt was.«

»Und was?«

»Ein Alleinstellungsmerkmal.«

»Was meinst du damit?«

»Ich meine damit irgendwas, das dich von den Millionen anderen Models unterscheidet. Zum Beispiel die Sache mit dem fliegenden Schuh. Diese Denise. Das bleibt den Menschen haften. Hast du gesehen, ihr YouTube-Video ist immer noch ...«

»Ich weiß!«, sagte Omega.

»Also. Da muss was kommen. Du musst dir was einfallen lassen.«

»Und was?«

»Keine Ahnung. Denk dir was aus!«

Omega legte auf.

Ihr Blick fiel auf Escher.

Der gähnte sie an.

Sein Maul stand weit offen.

Omega beugte sich zu ihrem Hund.

Schaute zwischen die Zähne.

Schimmerte da nicht etwas, in Eschers Innerem?

Etwas Gelbes?

Etwas ... GELBES!?

Als die Qualifikationen für Wimbledon 2019 anstanden, konnte Omega als leidliche Tennisspielerin durchgehen. Aber natürlich keine, die den Hauch einer Chance gehabt hätte, in so einer Qualifikationsrunde ein anderes Ergebnis als 0:6, 0:6 zu erzielen. Noch hatte Omega jedoch beim täglichen Trainieren mit ihrem Bruder Alpha von ihren telekinetischen Kräften keinen Gebrauch gemacht. Jetzt, wo sie zum Ball laufen und den Tennisschläger ausstrecken konnte und die Ausholbewegungen draufhatte, jetzt, wo alles nach Tennis aussah, jetzt musste sie nur noch den Ball irgendwie treffen, und wenn sie ihn traf, würde der Ball haargenau das machen, was sie wollte, und genau das machte er auch, und so qualifizierte sie sich. Was für ein unkonventioneller Stil, riefen die Reporter in der ersten Wimbledon-Runde. Eine neue Form von Tennis. Tatsächlich, Omega spielte beidhändig. Damit meinte man aber keine beidhändige Rückhand, sondern die Tatsache, dass Omega den Schläger von der rechten in die linke Hand wechseln konnte und somit statt Vor- und Rückhand zwei Vorhände hatte, um die Gegnerin in die Bredouille zu zwingen. So was hatte man noch nie erlebt. Endlich macht mal wieder jemand etwas Überraschendes. Wie bei Chang gegen Lendl. Endlich erfindet jemand diesen uralten Sport noch mal neu. Beim Snooker konnte Ronny O'Sullivan das Queue problemlos von der Rechten in die Linke wechseln, beim Fußball war Beidfüßigkeit mehr denn je gefragt, warum nicht beim Tennis Beidhändigkeit? Und diese haarscharfe Länge in den Bällen! Diese Variabilität! Vor allem der kurze Cross und sanfteste Stops, die direkt hinters Netz plumpsten und kaum noch aufsprangen, waren Omegas Spezialität, aber auch sagenhafte Mondbälle, die sich zehn Meter hoch hoben und doch oft noch kurz vor der Auslinie landeten. Die Presse war restlos begeistert. Omega Zacharias! Der neue Star! Der Publikumsliebling. O. Z., ihre Initialen. The Wizard of Oz.

Das Finale ging in die Annalen der Wimbledon-Historie ein: o:6, 6:o, 19:17 für Omega Zacharias. Ein Tenniskrimi, wie es ihn nie gegeben hatte. Man hätte die Dramaturgie nicht besser planen können, schrieb die Presse. Völlig entkräftet sanken die Spielerinnen auf den Heiligen Rasen, nachdem Omega Zacharias den Matchball verwandelt hatte. Den entscheidenden Winner hatte sie wie durch ein Wunder noch erreicht, in einem allerletzten Kraftakt: Sie lag schon geschlagen im Halbfeld auf dem Boden, sah den grandiosen Stop Sabine Lisickis, und Omega warf ihren Schläger, und der Schläger traf nicht nur diesen eigentlich unerreichbaren Ball, sondern traf ihn auch noch so, dass der Ball sich in irrem Bogen per Lob über Sabine Lisicki zirkelte, die dem Ball erstarrt hinterherblickte und, als der verdammte gelbe Filz im Feld landete und Richtung Ballmädchen trippelte, einer Ohnmacht nahe darniedersank. Omega rappelte sich als Erste wieder auf, stieg übers Netz, reichte Lisicki die Rechte und zog sie hoch, umarmte ihre Gegnerin, und die Standing Ovations der hingerissenen Zuschauer wollten einfach nicht aufhören.

Dies war der Augenblick, an dem Omega erstmals – kann

man sagen – die Kontrolle verlor über ihren, nennen wir es, emotionalen Haushalt. Ich bin ein Gott, dachte Omega. Ich bin eine Göttin. Sie fühlte sich unbezwingbar, unbesiegbar, sie war die Größte, die Einzige. Die Welt lag ihr zu Füßen. Sie war GNTM, sie war heimliche Triebkraft des Großen Gustoni. Sie war Wimbledon-Siegerin. Sie hatte ein Kasino geknackt. Sie könnte den Lauf der Lottokugeln lenken. Sie könnte sich bei der Frauen-Fußball-WM in letzter Minute einwechseln lassen und mit einem fulminanten Fallrückzieher aus vierzig Metern das entscheidende Tor erzielen. Sie könnte jedes Billardturnier der Welt gewinnen. Sie könnte den Weit- und Hochsprung-weltrekord pulverisieren und gleichzeitig locker Siebenkampf-siegerin werden. Der erste Mensch auf Erden, der in zehn verschiedenen Sportarten Olympiagold erringt. Sie wäre, sie könnte ... Die Besessenheit für eine Modelkarriere hatte ihr den Blick verstellt. Diese Möglichkeiten, die vor ihr lagen! Sie könnte die reichste, die mächtigste Frau der Welt werden. Sie könnte die Geschicke der Erde an sich reißen. Sie könnte, sie wäre, sie würde, sie müsste ... In diesem Augenblick hob sie sich – ohne dass sie es wollte – ein Stückchen vom Boden, niemand be-merkte es, alle jubelten immer noch, aber Omega erschrak zu Tode, als sie zum ersten Mal die Macht über ihre Gabe verlor, wenn auch kurz, und sie setzte alles daran, so schnell wie mög-lich festen Boden unter die Füße zu bekommen, einerseits unter ihre zierlichen, ein wenig verschwitzten Füße in den weißen Socken und Tennisschuhen, andererseits unter die metaphori-schen, gerade ein wenig ins Schwimmen geratenen Füße ihres Geistes, die sich selbstständig gemacht hatten. Ich muss aufpas-sen, dachte Omega, muss mich zusammenreißen, dann wieder dachte sie, was soll's, wäre es nicht einmalig, sich jetzt – einem Superman gleich – einer Superwoman, einer Comicfigur gleich, einem Helden, einer Heldin gleich – vor aller Welt, vor den Zu-schauern des Centre Court, hier, jetzt, vor den Millionen, die auf den Sesseln saßen, in die Heiligen Lüfte zu erheben? Und diese Vorstellung übte einen ungeahnten Sog-Reiz aus, doch zum Glück meldete sich in dieser Sekunde die andere Stimme in

Omega, die Stimme der Vernunft und Ruhe, die jenes perfide Gefühl, dass Omega hier auf dem Heiligen Rasen von Wimbledon übermannte, als das bezeichnete, was es in Wirklichkeit war: Größenwahn, narzisstischer Größenwahn. Nein, sagte Omegas Stimme der Vernunft, das ist alles Quatsch, ich will keine Göttin sein, ich bin keine Göttin, ich muss auf dem Boden der Tatsachen bleiben, auf der Erde, was will ich im Himmel? Und sie beruhigte sich. Ganz langsam.

Alpha unterstützte später genau diesen Gedanken der Vernunft und diese Anti-Gott-Bewegung in Omega, und kennzeichnete (in Erinnerung an die Gespräche mit seinem verstorbenen Vater Kolja und mit seinem zynischen Großvater Gusto) ein jedes Gottes-Ungetüm am Beispiel des katholischen Gottes als absolut größenwahnsinnig (Ich allein habe die ganze Welt hier erschaffen, in nur läppischen sieben Tagen), narzisstisch (Ich habe euch Menschen nach meinem Bild gestaltet), unsterblichkeitslechzend (Tut dies zu meinem Gedächtnis), eifersüchtig (Ich dulde keine anderen Götter neben mir, ich bin der Ohnegleichen-Gott – wie diese leckeren Schokokekse, hatte Gusto diesbezüglich gern gelästert, ich bin kein Baal, ich bin ein Bahlsen-Gott, ein Ohnegleichen-Bahlsen-Schokokeks-Gott, hehe, euer Krümelmonster), kriegerisch, zerstörerisch, respektlos anderen Völkern gegenüber (Geht hin und tauft in meinem Namen), schwer anthropozentrisch orientiert (Macht euch die Erde untertan) etc.

Aber egal. Weiter jetzt!

Ein Mann namens Kai Pflaume war neuer Moderator im Aktuellen Sportstudio. Er interviewte Omega zu ihrem Spiel, ihrer Motivation, ihrer unkonventionellen Art des Schlägerwechsels und ob sie denn jetzt den nächsten Sieg bei einem Grand-Slam-Turnier avisiere?

»Nein«, sagte Omega. »Ich höre auf.«

»Wie? Sie hören auf? Womit?«

»Mit dem Tennis.«

»Wieso das denn? Sie haben doch gerade erst angefangen.«

»Man muss sich entscheiden.«

»Wie? Wofür?«

»Entweder spiele ich Tennis oder werde ein Model.«

»Ja, ich weiß, Sie sind vor zwei Jahren Germany's Next Top-model geworden, aber ist es nicht wesentlich befriedigender, auf sportlichem Gebiet Erfolge zu feiern? Und nichts kann Sie umstimmen?«

»Nein. Mein Ziel ist nicht der Grand Slam.«

»Sondern?«

»Mein Ziel ist es, bei der Victoria's Secret-Show zu laufen.«

»Aber«, sagte Kai Pflaume, der es immer noch nicht glauben konnte, »Sie werden schon jetzt mit den Großen Ihres Sports verglichen. Sie hätten eine unglaubliche Karriere vor sich...«

»Mit wem denn?«, fragte Omega lauernd.

»Ein Kollege von mir sagte, ihre Spielweise erinnere ihn sehr an die Spielweise von Gabriela Sabatini.«

»Was?«, rief Omega. Sie witterte ihre Chance. Eine Provoka-tion! Das hatte ihr neuer Agent ihr eingetrichtert. Auf jeden Fall irgendwie auffallen! Reibung erzeugt Feuer! Nur nichts Stromlinienförmiges! Nichts Langweiliges! Unbedingt polari-sieren! Nur so bleibt man in den Medien!

»Sabatini?«, rief Omega also, auf Krawall gebürstet. »So ein Lahmarsch!?«

»Bitte!?«

»Ich sagte: Lahmarsch Sabatini!«

Empörtes Tuscheln im Publikum. (Lahmarsch Sabatini lau-tete auch die Schlagzeile am nächsten Tag in der Zeitung. Man ärgerte sich oder lachte über diese Frechheit. Viele riefen: »Un-verschämtheit!« Andere: »Endlich mal wieder jemand, der sagt, was er denkt!« Und Omega hatte erreicht, was sie wollte. Sie war in aller Munde.)

Kai Pflaume wechselte das Thema und murmelte etwas da-von, dass er früher eine Sendung moderiert habe, in der Men-schen, die sich aus den Augen verloren hätten, zueinanderge-führt worden seien, und schon setzte Pflaume die Zuschauer davon in Kenntnis, dass Omega vor vier Jahren ihre Eltern bei einem Flugzeugabsturz verloren habe. »Sie müssen stark sein!«, sagte er zu Omega, man habe alles geheim gehalten, arrangiert, für diesen Augenblick, und es werde gleich hier die Tür aufgehen, und ... Da traten schon Omegas ausgemergelte Eltern ein, Kolja und Bitch, gerettet, und Omega stürmte auf sie zu, umarmte die Eltern und ließ sie nicht wieder los, und die Zuschauer und Kai Pflaume schluchzten mit ihr, und auch diese rührende Szene war – neben der sich selbst erklärenden Tatsache, dass Omega als erster Sportstudio-Gast aller Zeiten sechsmal in die schwarzen Löcher der Torwand traf (und Kolja, dessen Traum in Erfüllung ging (also ich meine hier nicht die Rettung von der Inselqual, sondern einmal in seinem Leben auf die Torwand zu schießen), traf satte dreimal, ehe er Pflaume bat, ihm sämtliche Fußballergebnisse der letzten vier Jahre auszudrucken) –, diese rührende Szene, sage ich, war ebenfalls ein Grund dafür, dass Omegas Popularität – trotz (oder auch wegen) der Lahmarsch-Sabatini-Lästerung – so sehr wuchs, dass sie endlich eine Megakarriere als Model hinlegte und den Herbst hindurch kaum Zeit hatte, das Wiedersehen mit ihren Eltern zu feiern, weil sie für alle möglichen Modeschauen gebucht wurde, Mailand, Madrid, Paris, London, und in diesen Monaten entwickelte Omega ihre faszinierende Persönlichkeit, die natürliche Ausstrahlung, this strange charm (vergleiche Charm-Quarks und Strange-Quarks), ihr gewinnendes Lächeln, ihre Anmut, Grazie und Schönheit reiften durch die Erfahrungen, die sie machte, und durch die Menschen, die sie traf. So viele Angebote, wie Omega nach dem Wimbledon-Sieg bekam, konnte sie gar nicht annehmen. Sie wählte aus, gezielt, mit untrüglichem Gespür für ihr Image, das sich langsam um sie legte wie ein Schleier. Omega, die kühl-heiße, die sinnlich-klare, arrogant-elegante Meisterin für alle Fälle. Ihr Gesicht war für jede Kampagne einfach Gold wert. Die Absatzzahlen ihrer Werbepartner schnellten in exorbitante Höhen. Designer standen Schlange, um Omegas unnachahmlichen Walkstil für ihre Kleiderpräsentationen zu gewinnen. Doch dass sie diese Wochen – statt bei Kolja – auf Laufstegen und in Studios verbrachte, würde sie sich zeit ihres Lebens nicht verzeihen, obwohl es eigentlich nichts zu verzeihen gab, denn weder Omega noch die anderen wussten etwas von Koljas Tumor und nahendem Tod.

6

Tod. Was für ein hässliches Wort. Dass ich das Wort vernahm, dass dieses Wort unter uns, zwischen uns tropfte wie beißende Säure! Dieser Ohrenblick, in dem ich das Wort hörte und sah und mir Hören und Sehen verging, ausgesprochen von diesem Arzt, diesem Neurochirurgen namens Prof. Henry Lamarque, das Wort *Tod* in Verbund mit den düsteren Worten *inoperabler* und *Hirntumor*. Freiburg. Uniklinik. Als Kolja sich den Schmerzen stellte, die seinen Schädel drangsalierten! Kurz nach der Rettung. Und Kolja die Wahrheit hören wollte. Ich nicht. Ich wehrte mich dagegen, ich wollte mich nicht unterkriegen lassen, nicht von diesen hässlichen Buchstaben, die unfassbar fassbar durch den Kopf meines Wirtes schwebten. Die Untergangsbuchstaben: T, O, D! Ich stauchte mit aller Kraft das fette O zum Rumpf eines Surfbretts, und ich rammte das T mitten hinein in diesen Rumpf, ich zog den hohen Querbalken des großen Ts hinab, sodass aus dem T ein Kreuz wurde, ich warf das widerliche D als Surfsegel vor den Kreuzmast, und ich sprang auf mein Surfbrett namens TOD und surfte fort von dessen Bedeutung. Noch schallte der Klang des Worts durchs Hirn, und auf den Schallwellen des Gesagten surfte ich, auf den Sinnwellen des Verstandenen, auf den elektromagnetischen Wellen, die durchs Hirn zuckten, surfte ich, hin zu den Wellen des Lichts, die durch die makellose Makula der Netzhaut zu mir strömten. Immer fort, fort, fort, fort, auf dem TOD fort vom Tod, Richtung Leben, Leben, Leben. Allein, es half nichts.

Als sei er plötzlich erblindet, verlor Kolja mit einem Schlag die Orientierung, tappte mit ausgestreckten Händen umher und wusste nicht weiter. Schon während er aus der Praxis an die frische Luft taumelte, spürte er einen Brechreiz, riss sich zusammen, dennoch rempelte er auf dem Weg zwei Leute an, von denen einer ihm etwas hinterherrief, das Kolja nicht verstand, weil er gerade mit innerer Verkrampfung einem Spatzen zusah, der so schnell wie möglich so viel wie möglich vom Asphalt pickte, Krumen waren das, Reste eines Eishörnchens. Das Entsetzen wich in den nächsten Tagen einer Wut. Warum ich?, fragte sich Kolja mehr als einmal. Warum hatte Lamarque ihm überhaupt etwas offenbart? Wäre es nicht besser gewesen, irgendwann einfach umzukippen, vorher nichts wissen, nur nichts wissen? Jetzt aber war jeder Tag überzogen von einer dicken Schicht Staub: dem eigenen, dem künftigen. Das Leben war im Keim zerfressen, als säße der Wurm drinnen.

Kolja sagte Bitch kein Wort. Die Kopfschmerzen hätten ihren Ursprung in einer ätzenden Migräne, beantwortete er ihre Fragen, und sie schien ihm zu glauben. Er beschloss, fortan alles mit sich selbst auszumachen, und entdeckte einen seltsamen Altruismus. Dachte nur noch an andere. An die anderen, die er zurücklassen würde. Omega und Alpha, dachte Kolja, sie werden es schaffen, ihr Leben liegt noch vor ihnen, sie werden gemeinsam über den Verlust ihres Vaters hinwegkommen. Und Gusto? Uralt. Wie er, Kolja, hockte er bereits auf dem Kältekarussell. Aber Bitch? Was würde aus Bitch werden? Sie wäre allein. Ohne Hilfe! Kurze Zeit später schaltete Kolja eine Anzeige auf www.elitepartner.de: Hübsche Frau Mitte vierzig sucht intelligenten, robusten, Analpraktiken nicht abgeneigten, gut aussehenden Mittvierziger, gern Akademiker, Filmfreak, zwecks Begleitung auf dem restlichen Lebensweg. Er bekam so viele Reaktionen, dass er noch einmal einen neuen Text verfasste (alles mit anonymer E-Mail-Adresse), und als er das mit den Analpraktiken wegließ und stattdessen etwas von *Sakralchakren* schrieb, verringerte sich auch die Anzahl der Antworten. Sieben Männer kamen in Frage. Die ersten vier hinterließen keinen bleibenden Eindruck. Sie schieden aus. Anfang Oktober wartete Kolja im Café Capri auf den fünften Mann. Eine Rose neben sich, schaute er auf den Augustinerplatz. Bächle, Kopfsteinpflaster, das Treiben der Studenten, noch warm, Spätsommer, letzte Sonnenhungrige, die sich auf den Stufen tummelten, Freiburg war für Kolja immer vor allen Dingen ein Synonym für Licht gewesen. Er bekam gar nicht mit, wie sich von der Seite jemand näherte, und dieser Jemand sprach ihn an mit den Worten »Herr, Herr Zacharias?«, und Kolja blickte hoch zu Henry Lamarque, seinem Neurochirurgen, und auf die rote Rose, die dieser in der Hand hielt.

»Herr Doktor?«, stammelte Kolja, stand auf und reichte ihm die Hand.

Erst jetzt sah auch Henry die rote Rose, die auf Koljas Tisch lag. »Herr Zacharias«, sagte er. »Sie ... Sie warten auf jemanden?«

Kolja nickte. »Ich fürchte, auf Sie.«

»Auf mich?«

»elitepartner.de«, sagte Kolja.

»Aber ich bin mit einer Frau verabredet«, sagte Henry.

»Keine Angst«, lächelte Kolja, »ich will nichts von Ihnen.«

»Das hoffe ich«, sagte Henry. »Ich bin nicht schwul.«

»Ich auch nicht«, sagte Kolja, und da er in einer ungeahnt beschwingten Stimmung war – er fühlte sofort, Henry Lamarque musste einfach der Richtige sein –, fügte er schnell hinzu: »Obwohl: Einmal hat mich der schwule Buddha gefickt.«

»Mich auch«, platzte es aus Henry heraus.

Beide lachten sofort über den scheinbaren Buddha-Witz, damit keine peinliche Verwirrung aufkäme, und Henry erinnerte sich kurz ans Jahr 1989, als er im Kloster zum ersten und letzten Mal homosexuell aktiv gewesen war. Das war nur geschehen, weil er kurzzeitig gedacht hatte, sein rein schwanzliches Unvermögen im Beisein seiner ersten großen Liebe, Bitch Winter, könne daran gelegen haben, dass diese vielleicht Vertreterin des falschen Geschlechts sei, eine These, die sich allerdings nicht bewahrheitet hatte, denn – wie war noch mal der Name? Ta... Tashi Tengrit! –, denn Tashi Tengrits Maha-So-Lati hatte nicht gerade nach Vanilleeis geschmeckt, was daran gelegen haben mochte, dass Wasser im Kloster als kostbarer Gegenstand galt und der Mönch die nötige Intimpflege vernachlässigt hatte. Birte, Bitch Winter, an die Henry immer noch oft zurückdachte. Auch nach ... dreißig Jahren ... Mein Gott! Im Grunde hatte er nur wegen des Wortes *Sakralchakren* auf die Internetannonce geantwortet. 1989. Damals, diese merkwürdigen Monate, Bitch, Tashi, und dann saß im Flugzeug von Nepal nach Frankfurt ein Mann namens Clive Elton neben ihm. Hirnforscher! Mit ihm war Henry ins Gespräch gekommen. Gespräch? Nein, ein wilder Streit, Spiritualität versus Wissenschaft. Henry hatte sich gewehrt. Hatte seine Wurzeln bitter verteidigt, den Glauben an das Ganz Andere, ans Unsichtbare. »Es gibt keine exakte Erkenntnis!«, lachte er Clive Elton aus, »Ihr lügt euch doch selber in die Tasche!«, und: »Ihr seid nur Krämer!« Clive Elton konterte: »Besser Krämer als Geheimniskrämer!« Und Henry: »Ihr seht doch den Wald vor lauter Bäumen nicht!« Elton: »Und ihr die Bäume nicht vor lauter Wald!« Doch bald gingen Henry die Argumente aus, spätestens, als Elton das Wort *scheitern* in den Ring warf, in den Gedankenring: »Eine wissenschaftliche Hypothese kann scheitern«, sagte Elton, »das ist das Wesen einer Hypothese, die Esoterik dagegen kann nicht scheitern und auch nicht überprüft werden und demnach auch nichts Sinnvolles über die Welt aussagen!« Henry wurde stiller und stiller im Flugzeug, überließ Elton das Reden, während der letzten drei Stunden sprach nur noch Elton und hämmerte seine Argumente wie Pfähle in Henrys Hirn, er sprach endlos über Neurologie, etwas, das nur zwei Effekte auf Henry haben konnte: entweder völlige Ablehnung oder völlige Infizierung. Nach letzten krampfhaften Ablehnungsversuchen schlug das Pendel drastisch um. Vielleicht, dachte Henry, ging es gar nicht darum, das Unerklärliche als Unerklärliches stehen zu lassen, vielleicht hat die Wissenschaft ja durchaus recht im Versuch, das Unerklärliche aus dem Schatten des Unerklärlichen zu reißen, vielleicht war er bislang auf dem Holzweg gewesen, warum sich nicht mal auf den Gedankengang der Wissenschaft einlassen? Als Henry müde und geschlagen nickte, war Elton überrascht über die unerwartete Einsicht, die sein Gegenüber an den Tag legte, überrascht und höchst milde gestimmt, und er lud Henry ein, ihn mal in Heidelberg zu besuchen, und so ging es los mit Henrys Karriere zum Prof. Dr. neur., aber a) war diese Erinnerung jetzt doch mehr als nur kurz, wie ich oben fälschlich sagte, b) mag man zu Recht einwenden, dass dies jetzt hier ein bisschen eingeschoben wirkt, c) weiß ich aber nicht, wo ich das sonst unterbringen soll, d) fegte Henry jetzt seine Gedanken fort, fragte sich e), was zum Teufel hier eigentlich vor sich ging, und außerdem redete f) sein Patient jetzt weiter.

»Was ich sagen will«, murmelte Kolja Zacharias, »es geht um meine Frau.« Kolja ging aufs Ganze. Keine Zeit verplempern. »Ich kann, ich muss Ihnen nichts vormachen, Herr Lamarque. Sie wissen am besten, wie es um mich steht. Ich kann nicht anders. Nennen Sie es Relikte meiner katholischen Erziehung. Meine Frau weiß nichts von meiner Krankheit. Ich will sie schonen. Ich suche einen Mann für meine Frau, weil ich sterben werde.«

Henry schwieg. Das war das Verrückteste, was er je gehört hatte. Henry wollte im ersten Impuls aufstehen und das Café verlassen, doch irgendetwas, er hätte nicht sagen können, was genau – vielleicht Koljas rührende Verzweiflung, vielleicht ein in die Zukunft gerichtetes Noch-zu-sehen-Gefühl (im Gegensatz zu einem déjà-vu-Gefühl), vielleicht auch nur die Neugier auf das, was Kolja sich ausgedacht hatte und weil solche verrückten Momente in seinem Leben seit langen Jahren fehlten –, irgendetwas also, vielleicht auch alles, bewog ihn dazu, bei der Bedienung einen Cappuccino zu bestellen. Kolja schloss sich dieser Bestellung an, um ja nichts falsch zu machen.

»Wissen Sie«, sagte Henry, »das ist nichts Ungewöhnliches. Menschen, die erfahren, dass sie, es tut mir leid, nicht mehr lange zu leben haben, flüchten sich nach der ersten Wut und Verzweiflung oft in eine Art... Altruismus. Denken lieber an andere als an sich selbst. Herr Zacharias. Es gibt Leute, die Ihnen helfen könnten...«

»Was wissen die schon? Was weiß der Mensch vom Sterben, wenn er nie gestorben ist? Ich will keine Schonung.«

»Und wie haben Sie sich das vorgestellt?«, fragte Henry. »Ich meine, so ganz konkret?«

»Keine Ahnung«, sagte Kolja. »Nur eine Frage der Planung. Das ist nicht das Problem. Das Problem und die entscheidende Frage ist doch: Können Sie sich so etwas überhaupt vorstellen?«

»Eigentlich nicht«, sagte Henry. »Aber ich hab auch noch nie darüber nachgedacht, aus verständlichen Gründen.«

»Nur Mut!«, sagte Kolja. »Ich versprech Ihnen, die Bi..., also meine Frau, die Birte, das ist eine klasse Frau.«

»Sie heißt Birte?«

»Ja, wieso?«

»Ich kannte mal eine Birte.«

Henry schaute zum Fenster hinaus. Birte. Birte Winter.

»Wenn das mal kein Zeichen ist«, sagte Kolja.

»Was?«, fragte Henry.

»Der Name. Birte.«

Henry nickte.

»Und?«, fragte Kolja. »Sind Sie dabei?«

Umflattert von den bei diesem unglaublichen Gespräch wie große, weißlakige Gespenster aus der Versenkung erschienenen Erinnerungen – Tashi, Birte, Maha-So-Lati, Sakralchakren –, zurückgeworfen in die Zeit seiner ersten Liebe und Jugend, als er noch, Esoteriker, wie er im Buche stand, an die Macht der Zeichen glaubte, befahl Henry in dieser Sekunde seinem inzwischen so rationalen, wirklichkeitsevidenten, aber ihm plötzlich langweilig, steril, ja tot scheinenden Denken eine weitere astreine Kehrtwendung um hundertachtzig Grad, nickte, hob die Tasse mit dem Cappuccino, prostete seinem Patienten zu, der, dem Untergang geweiht, noch über ein so großes Herz für seine Frau verfügte, und sagte: »Ja. Ich bin dabei.«

Kolja strahlte.

»Aber nicht, um Ihre Frau kennenzulernen«, fügte Henry nüchtern hinzu.

»Nicht?«

»Ich bin der Auffassung, es ist wichtig, dass Sie jemanden

haben, der Sie begleitet, verstehen Sie? Auf Ihrem Weg. Auf dem Weg, der vor Ihnen liegt.«

Kolja schnaufte.

»Ich glaube, dass es wichtig für Sie ist, Ihre Frau von Ihrer Krankheit in Kenntnis zu setzen.«

Kolja trank den Rest seines Cappuccinos.

»Ich verstehe, dass es Ihnen schwerfällt, es Ihrer Frau zu sagen. Vielleicht ist es für Sie leichter, wenn ich dabei bin. Nicht, um Ihre Frau kennenzulernen, Herr Zacharias, sondern um Ihnen zu helfen, es ihr mitzuteilen. Aber nur, wenn Sie wollen. Also wenn Sie es wirklich wollen, Herr Zacharias.«

Kolja schwieg. Lavendel, dachte er, Henry riecht nach Lavendel. Bitch liebt Lavendel. »Also gut«, sagte Kolja. »Wie wär's nächsten Freitag? Abendessen? Bei uns? Am Abend? Gegen acht?«

»Ich dachte eher an meine Sprechstunde hier.«

»Bitte!«, rief Kolja.

Henry zückte sein Smartphone und nickte nach einer Weile. »Müsste hinhauen«, sagte er.

»Aber ich kann nicht versprechen«, sagte Kolja. »Dass ich's schaffe. Es ihr zu sagen.«

»Sie können es versuchen.«

»Ich werd sagen, Sie sind ein alter Schulfreund. Ist das okay? Ich werd sagen, wir haben uns zufällig wiedergetroffen. Dann schauen wir mal, ob ich an dem Abend ... die Kraft finde ... mit Ihrer Hilfe. Ist das okay für Sie?«

Henry nickte. »Ein Neurochirurg«, sagte er, »ist kein Metzger. Ich begleite Sie, Herr Zacharias.«

»Wir müssten uns duzen«, sagte Kolja noch.

»Henry«, sagte Henry.

»Kolja«, sagte Kolja.

Als sie aufstanden und das Café Capri verließen und in die Oktobersonne traten, dachten beide noch einmal gleichzeitig – leicht grinsend – an den schwulen Buddha.

7

Tashi Tengrit hatte unterdessen alles versucht und jahrelang die buddhistischen Kollegen beschworen, ihm zu glauben, dass er die Seelenverwandte des Dalai Lama gefunden habe, die man mittels Emanation als neue Dalai Lamanin etablieren könne. Bald wurde er vom Dalai-Lama-Suchkommissionsvorsitzenden beiseitegenommen mit den Worten, er müsse aufpassen, denn auch wenn er, Tashi, sicher noch nie etwas davon gehört habe, wolle er, der DLSKV, ihn hiermit davon in Kenntnis setzen, dass es Einrichtungen für durchgedrehte buddhistische Mönche gebe, ob er wisse, was er meine? Durchge... was?, fragte Tashi, hielt sich fortan zurück und bereitete sich weiter auf seine Rückkehr nach Deutschland vor. Studierte die deutsche Sprache, er liebte diese Sprache, die Artikel- und Vorsilben- und Partizipienflut, diese Sätze, die irgendwo anfingen, um im Nirwana zu enden, wenn man den Anfang des Satzes schon längst vergessen hatte, was für ein Bild für die existenzielle Suche eines Menschen, der, wenn er etwas finden wollte, das, was er finden wollte, zuerst vergessen musste, beziehungsweise das Wollen des Findens vergessen und das Vergessen des Findens vergessen, weil man, wie schon der große Denker Meister Eckhart gesagt hatte, den Tashi bei seinen Studien mit Rührung entdeckte, das lautere Nichts als ein Geschenk der – an dieser Stelle hatte sich Tashi mal wieder gnadenlos in all das verstrickt, was er eigentlich hatte sagen und denken wollen.

Während die DLSK im Herbst 2019 immer noch nach dem neuen Dalai Lama suchte (so eine Suche konnte lange dauern, schon mal mehr als vier Jahre), glaubte Tashi Tengrit sich endlich genügend gerüstet, zu Omega zurückzukehren und sie höchstpersönlich aufzufordern, endlich aus dem Schrank ihrer selbst zu treten und dafür zu sorgen, dass man sie – aufgrund ihrer Fähigkeiten, die sie nur der Welt zu zeigen hätte – endlich als das akzeptierte, was sie in seinen Augen war, und Tashi hatte auch berechtigte Hoffnungen, dass man seinen Ansichten folgen würde, sähe man erst einmal, wozu Omega in der Lage war –

Tashi erinnerte sich oft und gern an das der Trauer des Großvaters zufliegende Taschentuch in der Luft der Wiehre-Wohnung.

Also auf nach Deutschland. Auf nach Freiburg. In die Wiehre!
Nur wohnte Omega inzwischen nicht mehr in der Wiehre. Sondern in Herdern. Tashi aber stand in der Urachstraße. (Wie
Jahre zuvor der Schamp.) Kein Zacharias-Schild zu sehen. Tashi
klingelte dennoch. Eine unbekannte Frau öffnete ihm.

»Ich benötige keinerlei Spendenerhalt«, sagte Tashi in seinem
verschachtelten Deutsch, »sondern eher das, wenn geneigt
seien, Erhalt einer für meine, welche ich aus Gründen der, von
allerhand Zufällen nicht unerwähnten Information.«

Man sieht, so richtig konnte er die Sätze noch nicht zu einem
Sinnganzen fügen, aber er dachte, so sei es nun mal, das Wesen
der deutschen Sprache. Die ihm verwirrt lauschende Nachmieterin Ihrer Nichtigkeit äußerte einen Laut des Unverständnis-
ses, der Tashi dazu ermutigte, eine kurze und klare Frage zu
stellen: »Wo wohnen denn Omega Zacharias und Gusto Winter
in der Zwitscherzeit?«

Die Nachmieterin zögerte, unsicher, ob sie eine solche Information einfach so weitergeben sollte. Andererseits war sie
a) gleich in eine Mischung aus Sympathie und Mitleid für den
Mönch verfallen, b) selber der Philosophie des Buddhismus
nicht fernstehend und c) unangenehm berührt davon, dass der
Buddha es sich jetzt im Lotussitz auf dem Boden gemütlich
machte, mit krummem Rücken vor ihr saß und sich auf eine
Meditation einstimmte (und das konnte lange dauern, und wer
hat schon gern einen Buddha vor der Treppe sitzen), sodass sie
die Augen verdrehte und dem Buddha die Adresse zuflüsterte
mit den Worten: »Von mir haben Sie das aber nicht.« Tashi
sprang schneller auf, als es die Nachmieterin für möglich gehalten hätte, und er sagte, er wolle sie nicht weiter behelligen, wenn
sie ihm ein Taximobil rufen würde.

Nur durch diese Zeit kostende Szene am Urachhaus kam es
dazu, dass Tashis Taxi taktgleich zur selben Sekunde unmittelbar hinter dem vw Passat des Neurologen Henry Lamarque vor
der Villa der Familie Winter hielt.

Henry Lamarque eilte den Weg zur Tür und klingelte.

Tashi Tengrit folgte ihm.

Henry dachte: Was zum Teufel mach ich hier eigentlich?

Tashi dachte: Gleich sehe ich sie wieder, Ihre Nichtigkeit.

Es war der 18.10.2019.

Ein schöner Oktobertag.

Die Sonne schien.

Paar Vögel zwitscherten.

Füfü.

Das reicht als Beschreibung.

Bitch und Kolja Zacharias öffneten die Tür. Zeitgleich. Kolja war beim Klingeln in Erwartung Henry Lamarques aufgesprungen und hatte gerufen: »Ich geh schon!«, Bitch war aber gerade an der Garderobe im Flur zugange gewesen und folglich ein Stückchen näher. Vor der Tür stand Henry Lamarque. Im Rücken Henry Lamarques näherte sich Tashi Tengrit.

Henry sah Bitch.

Und erbleichte.

Bitch sah Henry.

Und erbleichte.

Kolja sah den schwulen Buddha.

Und erbleichte.

Tashi sah Kolja.

Und erbleichte.

Henry bemerkte jetzt auch Tashi.

Und erbleichte noch mehr.

Und Tashi sah Henry.

Und erbleichte noch mal mehr.

Der Erbleichungspegel erreichte die obere Grenze.

Alle sahen aus wie Gespenster.

Weißer als die weiß getünchte Wand des Flurs.

Folgende Äußerungen fielen mehr oder weniger gleichzeitig.

Jedenfalls aber in regem Durcheinander.

Kolja zu Henry: »Hallo Henry!«

Henry zu Bitch: »Bitch!?«

Bitch zu Henry: »Henry!?«

Tashi zu Kolja: »Mann vom Frankfurter Klo!?«

Kolja zu Tashi: »Schwuler Buddha!?«

Henry zu Tashi: »Tashi Tengrit!?«

Tashi zu Henry: »Henry Lamarque!?«

Bitch zu Kolja: »Wie: Schwuler Buddha!!??«

Henry zu Kolja: »Hallo Kolja!«

Bitch zu Henry: »Henry Lamarque!!??«

Henry zu Bitch: »Bitch Winter!!??«

Bitch zu Kolja: »Kennst du Henry?«

Kolja zu Bitch: »Kennst *du* Henry?«

Henry zu Tashi: »Tashi Tengrit?«

Tashi zu Henry: »Henry Lamarque?«

Bitch zu Henry: »Henry, ich fass es nicht!«

Kolja zu Henry und Henry zu Kolja, gleichzeitig: »Also hat dich *wirklich* der schwule Buddha gefickt?«

Tashi zu allen: »Höret endlich auf, mich schwuler Buddha zu heißen!«

Bitch zu den beiden: »Kommt doch erst mal rein.«

Kolja zu Bitch: »Bist du sicher?«

Ich, Elias Zimmermann: »My god, what did I marry into?«

Und auch wenn man nun vorschnell jenes Zusammentreffen der vier Menschen am 18.10.2019 kritisieren mag in Hinsicht auf die ausufernde Unwahrscheinlichkeit, die an unvorstellbarer Hanebüchenheit nicht zu überbietende, scheinbare Konstruktion und in allen Scharnieren krächzende Überkonstruktion der Konstruktion, die jedes noch so unglaubwürdige Small World Phenomenon lockerleicht in den Schatten stellt, so mag man gerade darin einen Grund dafür sehen, dass jene Szene nicht im Mindesten im schnöden Verdacht steht, irgendwie erfunden worden zu sein, weder vom heillos überspannten Gusto noch von aberwitzigen Romanautoren – ein Autor des Barbarismus hätte sich niemals zu solch rattenschwanzmäßigen Unwahrscheinlichkeitsketten hinreißen lassen –, sondern eben der absoluten und durch nichts zu widerlegenden historischen Wahrheit entspricht – und hier möchte ich als Exkurs anfügen, dass ein sogenanntes unwahrscheinlichkeitsfeindliches Lese-

klima, wie ich in der Freiburger Uni-Bibliothek erfuhr, zu-
rückgeht auf diese französische Klassik, die früh schon den
Sieg der *vraisemblance* (Wahrscheinlichkeit) feierte (von der
albernen *bienséance* (Wohlanständigkeit) fang ich gar nicht
erst an), welch öder, schnöder Sieg der Wahrscheinlichkeit
über die Wahrheit also, der auch spätere Romanautoren oft
dazu verleitete, den Leser mit Unwahrscheinlichkeiten zu
verschonen, sprich, dem Zufall und der Konstruktion (der
Wahrheit inhärente Kleider) die Tür vor der Nase zuzuschla-
gen, leider. Und das war's schon, Freunde. Hat gar nicht wehgetan, oder?

8

Der schwule Buddha – aber er wollte nicht mehr so genannt
werden –, Tashi Tengrit also, fand sich am 18.10.2019 in einem
Zustand kurzzeitiger Verwirrung, welche sehr fließend in
einen Zustand langzeitiger Verwirrung überging. Die Tatsache,
dass hier, in der Villa der neuen Dalai Lamanin, gleich beide
Männer (und auch noch die einzigen beiden Männer seines
Lebens), in die er seine Körperflüssigkeit gepumpt hatte, ihm
in selber Sekunde zufallsschwanger gegenüberstanden, obwohl einer von ihnen, wie er wusste, bei einem Flugzeugabsturz ums Leben gekommen war, zeigte ihm, dass a) etwas
Besonderes vor sich ging, das nicht mehr ohne das Wort *Bestimmung* begriffen werden, er sich b) dieser Bestimmung
nicht entziehen, c) die Tatsache nicht mehr geleugnet werden
konnte, dass er sich wirklich in der Villa der neuen Dalai
Lamanin befinden musste und d) das Thema Sexualität noch
einmal völlig neu in seiner Auswirkung auf den Buddhismus
im Speziellen und auf das Leben im Allgemeinen durchdacht
zu werden hatte. Die nach kurzen Begrüßungsschwankungen
zwingend sich entfaltende Frage Koljas, was er, der schwule
Buddha – Tashi!, rief Tashi –, denn jetzt hier mache und wolle,

bewirkte, dass Tashi Tengrit die im Wohnzimmer Anwesenden musterte (Alpha, Omega, Gusto, Kolja, Bitch, Henry und
Escher) und sich räusperte.

Nach kurzer Sammlung richtete er das Wort an Omega.

Sie, so Tashi Tengrit, sei, wie auch immer ihr Name sich erleuchten möge ...

Omega, sagte Omega.

Omega, strahlte Tashi, auch das noch, sie also, Omega, darin
wehe kein Zweifel, sie, Omega, sei niemand anderes als die neue
Dalai Lamanin.

Ob er das noch mal wiederholen könne, sagte Omega.

Er, Tashi Tengrit, habe die Zeichen der Zeit gemeutert und sei
sicher. Nur müsse sie, Ihre Nichtigkeit, jetzt das Ihrige tun,
damit die Kunde in die Welt gepoltert werden könne.

»Ihre was?«, fragte Omega.

»Ihre Nichtigkeit«, sagte der Buddha. »Unsere neue Dalai
Lamanin.«

»Gibt's denn so was überhaupt?«

Bisher nicht, so Tashi, aber sei nicht auch schon mal eine
Päpstin durch die Welten gesteppt, er habe ein entsprechendes
Buch in einer Lughafenfluchbrandung gesehen.

»Schon, das war zwar eine Frau, aber eine als Mann verklei-
dete Frau«, sagte Omega.

Ob das heiße, dass sie bereit sei, sich zu verkleiden?, fragte
Tashi.

»Das heißt gar nichts«, sagte Omega. »Was sagen denn deine
Kollegen dazu?«

»Welche Kollegen?«

»Die anderen Buddhis!«

Die anderen Buddhis – wie Ihre Nichtigkeit zu sagen sich bemüht habe – seien von der negerhaft-haarlosen Weiblichkeit der
neuen Dalai Lamanin nicht gerade begeistert.

»Aha«, sagte Omega, »vielleicht solltest du dann den weisen
Einsichten deiner Freunde Glauben schenken.«

Niemals, ereiferte sich Tashi, er sei nicht nur überzeugt von
seiner Auffassung, seinem Glauben, er sei auch bereit, alles, was

in seiner Macht stehe, für die Etablierung Ihrer Nichtigkeit ins Gehege zu leiten.

»Wie kommst du denn überhaupt darauf, dass ich so eine Dalai ... so eine Nichtigkeit ... sein könnte?«

»Ich sah«, so der Buddha, »das der Trauer entgegeneilende Taschentuch der Firma Tempo, das aber ihrem Namen nicht die Ehre erwiesen zu pflegen erdacht hatte, sondern in der absoluten Langsamkeit eines trudelhaften ...«

»Stopp!«, rief Omega, jetzt etwas ernster, einerseits, um Tashi aus seinem Satzgehedder herauszuhelfen, andererseits, weil sie überrascht war, dass Tashi von der Sache mit dem Taschentuch wusste, außerdem wollte Omega nicht, dass Kolja, Henry und Bitch von ihrer Gabe Kenntnis erlangten.

»Ich glaube, wir machen einen Spaziergang!«, sagte Omega, drehte sich zu ihren Eltern um, machte ein vielsagendes Zeichen, warf sich eine Jacke über und schob Tashi nachdrücklich nach draußen.

»Woher weißt du das?«, fragte sie ihn, nachdem sie Escher angeleint hatte und man ein paar Schritte Richtung Schlossberg gegangen war.

»Was?«

»Das mit dem Taschentuch?«

»Ich sah es mit eigenen Hühneraugen.«

»Mit was?«

»Mit eigenen Hühneraugen. Ich bin stechenden Blickes.«

»Du meinst Adleraugen?«

»Verzeiht die Unfähigkeit meines Ausdrucksens.«

»Wie hast du das gesehen?«

»Ich befand mich rückseitig der Terrassentür im Dschungel Eurer erhabenen Urachstraßen-Wohnung.«

»Du hast da im Busch gehockt?«

»Also geschah es.«

Omega war baff.

Damit hatte sie nicht gerechnet.

»Und jetzt?«, fragte sie.

»Mein Plan ist Vögelnder.«

Und Tashi Tengrit breitete vor den Augen Ihrer Nichtigkeit jenen Plan aus, über dessen Erarbeitung er lange gebrütet hatte. Beim anstehenden Besuch des aktuellen Dalai Lama in Berlin solle Omega, im festlich geschmückten, von Tashi bereits genähten Dalai-Lamaninnen-Gewand (dem allerersten Dalai-Lama-ninnen-Gewand der Geschichte des Buddhismus überhaupt)...

»Welche Farbe?«

»Rot, orange ...«

»Das steht mir nicht«, sagte Omega. »Außerdem trag ich ja eigentlich nur noch Designerklamotten, Tashi.«

... vor der versammelte Mannschaft also – Tashi ließ sich nicht beirren – solle Omega erscheinen und die Anwesenden durch die Größe und endlosen Fähigkeiten ihrer Gedankenkraft davon ins Licht setzen, dass nur sie, Omega, zum neuen Oberhaupt der tibetischen Buddhisten ernannt werden könne.

»Das heißt konkret?«

»Ihr verbiegt Löffel oder bringt Dinge zum Schweben, die, von denen Ihr überzeugt zu tun zu sein des ...«

»Und wenn ich das nicht will?«

Diese Möglichkeit hatte bislang den Ermessenshorizont der Gedankenwelt Tashi Tengrits noch nicht gekreuzt. Er dachte lange nach. Er legte sich die Worte zurecht. Was er jetzt sagte, musste Omega überzeugen. Von daher äußerte er den nächsten Satz klar, laut, ohne jeglichen Fehler und ohne Verhedderungen: »Etwas nicht zu wollen, zeigt Eure Erleuchtetheit, aber ich gebe zu bedenken, dass es für alles einen rechten Zeitpunkt gibt, für das Wollen wie für das Nichtwollen.«

Omega sah, dass es ihm ernst war. Auch sie überlegte lange. Ehe sie von sich gab: »Du sprichst ein weises Wort gelassen aus. Ich aber sage dir: Der rechte Zeitpunkt für mein Handeln ist noch nicht gekommen. Habe Geduld, Tashi, und warte eine Weile ab. Am besten wartest du zu Hause in... Nepal?, in deinem, deinem... Kloster, und bereitest dich meditierend auf das Kommende vor.«

»Niemals!«, rief Tashi Tengrit.

»Du widersprichst Ihrer Nichtigkeit?«, fragte Omega.

»Noch bist du es nicht!«, rief Tashi.

»Oho. So wild?«

»Verzeih. Ich wollte dich nicht… wollte Euch nicht… Ich sage hiermit: Egal, was geschieht und was Ihr zu tun gedenket, mein Platz wird sein an Eurer Seite.«

Omega seufzte. Sie blieb stehen und blickte Tashi lange an. »Es tut mir leid!«, sagte sie. »Aber ich kann dir nicht helfen. Du irrst dich, Tashi. Ich bin nicht die, die du suchst.«

Und Omega ließ – merkwürdig schweren Herzens – den so liebevollen Mönch einfach stehen, kehrte nach Hause zurück, das heißt, wollte nach Hause zurückkehren, aber Escher riss sich schon nach wenigen Schritten los, lief zu Tashi zurück, sprang an ihm hoch und besabberte sein Gesicht. Omega rief ihren Hund. Escher folgte nicht. Escher stupste Tashi so lange an, bis der hinfiel und sich im Laub kugelte. Omega besah sich die Szene und grinste. Der Buddhist und der Hund spielten eine Weile miteinander, bis Omega schließlich die Leine nahm und Escher wegzog. Das heißt, sie wollte ihn wegziehen, aber es gelang ihr nicht. Escher knurrte sie sogar an, biss in die Leine und bellte. Seine Augen funkelten wütend.

»Escher!«, rief Omega. »Was ist denn los?«

»Hund ein kluges Getier. Willo mich nicht weichen lassen«, sagte Tashi.

»Hättest du wohl gern!«, rief Omega, und ihre Befehle Escher gegenüber wurden nachdrücklicher, Eschers Bellen ebenfalls. »Gut«, sagte Omega in gespieltem Trotz, wählte eine andere Taktik und rief: »Dann bleib halt hier!«, in der Gewissheit, Escher würde ihr umgehend folgen. Omega ließ Hund samt Leine und Tashi zurück, bog um die nächste Ecke und wartete. Darauf, dass ihr geliebter Escher nach ein paar Sekunden hechelnd und schwanzwedelnd um genau diese Ecke biegen würde. Ihr in die Arme spränge. Aber die Zeit verstrich. Escher erschien nicht. Drei Minuten, vier, fünf. Schließlich musste Omega einsehen, dass hier etwas durchaus Merkwürdiges geschah. Dass Escher erstmals in ihrem Leben nicht tat, was sie wollte. Sie seufzte und ging zurück, bog um die Ecke, erschrak, denn Escher und Tashi waren verschwunden. Keine Spur mehr. Wie verschluckt. Sosehr Omega nun Eschers und dann auch Tashis Namen rief, niemand tauchte auf. Als sie nach einer halben Stunde erfolgloser Suche Richtung Herdern-Villa rannte, war sie den Tränen nahe. Doch schon am Zaun sah sie Eschers weißes Fell durch die Büsche schimmern.

»Escher!«, rief Omega und lief zu ihrem Hund.

Der bellte wild und raste in Omegas Arme.

»Mensch! Mach so was nie wieder!«

Escher hechelte. Dann lief er zurück zu seiner Hundehütte, legte sich neben sie und sah Omega irgendwie belustigt an.

»Was hat das jetzt wieder zu bedeuten?«, fragte Omega, erblickte aber im selben Augenblick das orange Blitzen, das aus dem Innern der Hundehütte zu ihr drang.

»Tashi?«, rief Omega.

»Weißer Hund mir seine Hütte angeboten!«, erscholl Tashis Stimme aus der Hundehütte.

In diesem Augenblick setzte der Regen ein. Nicht langsam, sondern sofort stark prasselnd, als seien die Wolken über ihren Köpfen alle auf einmal zerplatzt.

»Du kannst rauskommen!«, sagte Omega.

»Warum?«, rief Tashi. »Hütte Schutz vor platzigem Regen.«

»Zu uns ins Haus!«, rief Omega.

»Echtens?«

»Du hast einen mächtigen Verbündeten, Tashi!«

Tashi kroch auf allen vieren in den Regen.

»Du kannst bei uns wohnen!«, rief Omega. »Von mir aus! Oder besser: von Escher aus!«

Ein Satz, den Tashi mit Freudenfiepen quittierte, und Omega zog Tashi hoch, kurz standen sie sich gegenüber, Tashi senkte den Blick, während Omega Escher milde tadelnd in die Hütte schickte.

»Vorübergehend!«, fügte Omega hinzu, »Platz haben wir genug, aber das mit der Nichtigkeit, Tashi, das kannst du dir abschminken!«

Tashi nickte huldvoll und sagte lächelnd: »Ich habe gelernt, der Zeit ein Schnipsel zu schlagen.«

»Was!?«

»Ich kann warten.«

»Und hör bloß auf, den anderen was von der Sache mit dem Taschentuch zu erzählen, Tashi!«

»Der Hoffnungstripper Eures Tuns fegt ein deutliches Schweigen auf meine Lippen.«

»Naja«, sagte Omega, »dann habe ich dich wohl an der Backe jetzt?«

»Meine Backen werden fortan versiegelt bleiben. Da ich erfuhr, dass mein erhabener Lendenfreund Kolja Zacharias niemand anderes als Euer Vater ist, wird kein Maha-So-Lati die Öffnung meines Enddarms mehr erleuchten. Nicht ehe Ihre Nichtigkeit als Dalai Lamanin inthronisiert sein werden können wird. Das verspreche ich hiermit.«

Omega sah Tashi lange an. Sie verstand nicht alles, was der gerade gesagt hatte. Im Hintergrund leuchtete Eschers grinsendes Gesicht. Da konnte Omega irgendwie nicht anders: Sie umarmte den Buddha, kurz nur, aber immerhin. Und Tashi Tengrit strahlte wie nie zuvor in seinem Leben.

9

Verwirrung allüberall: Während Tashi Tengrit vergeblich versuchte, Omega von deren wahrer Berufung zu überzeugen, war Bitch geblendet vom Auftauchen ihres ersten Freundes Henry Lamarque, es war alles wieder da: die Jugend, die Freude, das Gefühl, das Reden, das Unvergessliche der allerersten Liebe, und auch Henry war zwar einerseits sofort erneut entflammt für Bitch, andererseits stand für ihn unerschütterlich felsenfest, dass er diesbezüglich – obwohl ja gerade Bitchs Mann Kolja genau *das* gewollt hatte – nichts in die Wege leiten würde, leiten könnte, nein, sein Ethos als Arzt und auch als Mensch hielt ihn zurück und drehte aufkommenden Gefühlen umgehend den Hahn ab: »Nun sag es ihr doch endlich!«, bearbeitete er Kolja, sooft es ging.

Der aber schwieg. Brachte es nicht übers Herz. Machte sich, um Bitch von sich zu stoßen, an Tashi heran, der einerseits nichts lieber getan hätte, als seine Backen zu öffnen, andererseits gerade vor ein paar Tagen erst Ihrer Nichtigkeit das genaue Gegenteil versprochen hatte. Omega turnte unterdessen – statt sich auf die Emanation als neue Dalai Lamanin vorzubereiten – auf Catwalks herum und forcierte ihre Modelkarriere, begleitet von niemand anderem als Gusto, der sich zwar (erfolglos) bemühte, die übrigen jungen Models zu bezirzen, der aber genau wusste, dass all dies nackteste Kompensation war, denn immer noch und unermüdlich dachte Gusto an Sabrina, seine Sabrina, an die verschwundene Sabrina Steward, die Nachforschungen aber hatte er enttäuscht eingestellt. Seine Enkel halfen ihm über den Verlust hinweg. Über Omegas Karriere brauchen wir nicht reden, aber gern stand Gusto Winter auch in Alphas Zimmer, das einem Computerarsenal glich und farbenfroh blinkte, brummte, leuchtete und surrte, Gusto sah dem Enkel beim Tippen über die Schulter, heimlich, ohne dass Alpha Wind davon bekam, und wenn der Großvater diese kryptischen Programmierzeichen in wilder Hatz über die Monitore flackern sah, kraulte er seinen immer noch perfekt getrimmten Bart, nickte wohlwollend, obwohl er die Bedeutung keines dieser Zeichen durchdringen konnte.

Mitte November 2019 traf auch der Schamp in Freiburg ein, Lesung in der Buchhandlung Schwarz. Aus seinem neuen Buch mit dem Titel *Cervantes' Hand*. Alle lauschten andächtig. Für den Schamp allerdings eine Spur *zu* andächtig. Um die Leute aufzumischen, hatte er wie immer seine später berühmt gewordenen Brüllgedichte dabei, Gedichte, die vom Flüstern zum Brüllen anschwollen. Vorwärts marsch, ihr Mutagene! (Vgl. www.youtube.com/watch?v=uKueoq8lzqe.) Man applaudierte höflich, wenn auch ein bisschen verstört. Anschließend kam es in der Freiburger Herdern-Villa zu einem denkwürdigen Treffen.

Und Kolja? Schwieg. Immer noch.

Und niemand wusste etwas.

Kolja? Kolja? KOLJA!? Hörst du mich? Ich weiß, dass du mich hörst. Ich verstehe, dass du nicht mit mir reden willst. Wenn du mit mir redest, ist eine Grenze überschritten. Du fragst dich, wer das ist, der das Wort an dich richtet. Wer das war, der dich auf die Toilette trieb, in die Arme von Tashi Tengrit. Diese Stimme, die nach dem Fieber auf der Insel verschwand. Jetzt bin ich wieder da, Kolja, ich hab mich erholt. Von der neuromück... egal. Ich bin wieder da! Ich bin zurück! Kolja! KOLJA! Jetzt kann ich die Initiative ergreifen. Ich will dich so nicht sehen. Das tut dir nicht gut. Ich kann das nicht länger mit anfühlen. Wie du versuchst, Bitch von dir zu stoßen. Ich hör deine Gedanken, Kolja, ich weiß, was du denkst. Du willst wissen, wer ich bin? Du fragst dich: Ist das Gott? Der Tod? Das Nichts? Armer Kolja! Das alles ist ein- und dasselbe. Scheinheiliger Heiligenschein der wahren Dreieinigkeit: Gott. Tod. Nichts. Mein Name ist Elias Zimmermann. Ich bin ... ein Teil von jener Kraft, die stets das Gute will und es auch immer schafft? Entschuldige. Nein. Ich komme aus einer anderen Zeit. Ich hab dich sozusagen infiltriert. Deinen Körper. Deinen Geist. Ich weiß, das war kein feiner Zug von mir, aber meine Aktion hatte Gründe. Ein geplanter Affekt. Würde zu weit führen, das jetzt im Einzelnen ... Du musst es ihr sagen. Deiner Bitch. Dass du sterben wirst. Warum. Warum. Warum. Alle dummen Fragen beginnen mit Warum. Ich weiß, du willst, dass sie über deinen Tod hinwegkommen wird. Besser in Henrys Bett als an deinem Grab? Ich glaub nicht dran. Ich habe keinen Trost für dich. Ich kann dir nicht verraten, was der Tod ist. Wenn dir die Kraft fehlt, Kolja, wenn du glaubst, du kannst es ihr nicht sagen, dann lass mich machen. Lehn dich zurück. Ruh dich aus. Es ist gut. Du hast genug getan. Ich übernehme jetzt. Du bist müde. Weißt du, ich hatte mal eine Arbeitsbiene. Eine Maschine mit Fähigkeiten. So klein wie eine gewöhnliche Biene. Wenn man ihr etwas zurief, konnte sie sich sofort verwandeln. In alle möglichen Werkzeuge. Sie hieß ... sie heißt Humbo. Ich hab sie von mir gestoßen. Als Kind. Ich hab sie eine Null-und-Nichts-Maschine genannt, Kolja. Das war das Schrecklichste, was ich je getan hab in meinem Leben. Seitdem spricht sie nicht mehr mit mir. Hört nicht mehr auf mich. Ich will nicht, dass du denselben Fehler machst. Bitch von dir zu stoßen, Kolja. Ich weiß, alles klingt jetzt so, als wärst du verrückt, aber glaub mir, das Ganze hat einen tieferen Sinn. Alles, was du tust, hat Folgen: Das ist der Sinn. Und jetzt: Lass dich einfach fallen. Ich weiß, was gut für dich ist. Mir kannst du glauben. Ich bin kein Gott. Ich tu nur so. Ich bin ein Mensch. Wie du. Lehn dich zurück. Begib dich in meine Hände. In meine Geisteshände. Du kannst schon mal üben. Wie es sein wird, niemand mehr zu sein. Das klingt nur zynisch, ist es aber nicht. Jeder muss üben für den großen Vorhang. Ich spüre, wie deine Gedanken schwerer werden. Stell dir einfach ein weißes Quadrat vor, in welches du trittst. Trink die Weiße mit dem Schnee deiner Augen. Nein. Ich bin kein Dichter. Das ist mystische Erfahrung, Kolja. Dafür hat noch keiner je Worte gefunden. Wirst jetzt kleiner. Man gibt zunächst den Geist auf, und dann den Körper. Du wirst jetzt schweigen, Kolja! Schweigen wie ein Grab. Du wirst mich sprechen lassen. Zumindest die nächsten Minuten, Kolja. Glaub mir. Ich tu das für dich. Danach, wenn ich es gesagt habe, wenn die Worte im Raum stehen, kannst du wieder an Bord kommen, danach gehe ich zurück an meinen angestammten Platz. Dann bist du wieder Pilot, Kolja, und ich dein Co-Pilot. Im Cockpit deines Kopfes, Körpers, Kolja.

Ich sagte: »Leute?«

Ach so: Anwesenheitsliste des Treffens in der Herdern-Villa:

Gusto	=	✓
Bitch	=	✓
Henry	=	✓
Tashi	=	✓
Omega	=	✓
Schamp	=	✓
Alpha	=	✓
Buzz	=	---

Sabrina   =   ---
Escher   =   ✓
Kolja   =   ✓
Ich   =   ✓

Ich-in-Kolja sagte: »Leute?«

»Was ist?«, fragte Gusto.

»Ich werde sterben.«

»Wir werden alle sterben«, antwortete Bitch.

»Aber ich in ein paar Monaten.«

Henry Lamarque seufzte erleichtert. Endlich war es raus. Alle schauten Kolja an.

»Fragt Henry!«, sagte ich.

Und Henry nickte.

Als Omega verstand, was Henry im Folgenden von sich gab, zuckte sie kurz, ehe sie aufsprang, die drängenden Tränen von den Wangen wischte wie Dreckspritzer und zu Kolja flüsterte: »Du kommst jetzt mal mit!« Und sie führte ihren Vater in den großen Meditationsraum, den man eigens für Tashi eingerichtet hatte, drückte Kolja (mich) auf ein Sitzkissen, kniete sich Kolja gegenüber hin und sagte: »Das werden wir ja sehen! Wer hier den längeren Atem hat! Tod, wo ist dein Stachel? Hölle, wo ist dein Sieg?« War sich sicher, dass sie Kolja Kraft ihrer Kraft sofort aus den Klauen der Krankheit katapultieren würde in die Klarheit des kerngesunden Körpers, und sie schaute Kolja an und rief: »Komm raus!«, kniff die Augen zusammen, warf ihre Kräfte durch Koljas kreidebleiche Nase in den Kolja-Kopf, krallte sich den kruden Krebs, aber es gelang ihr nicht, ihn aus Kolja herauszureißen. Als Omega mit ihren Gedanken den Tumor berührte, schrie Kolja auf, wie nie zuvor in seinem Leben, der Schmerz (und auch ich fühlte ihn) war ohne Namen, und Omega ließ sofort von ihm ab und weinte. »Es tut mir leid!«, flüsterte sie, nahm ihren Vater in den Arm, und zum ersten Mal gab es etwas, das stärker war als sie, und sie wusste, sie konnte nichts tun, sie kam nicht ran an sein Kreuz.

Kolja starb Ende Januar 2020. Und er fehlte, und die Zeit verstrich, und das Leben ging weiter, und die Zeiger der Uhr turnten im Kreis, und mit jeder gerundeten Übung legten sich ein Tag und eine Nacht über Omegas Trauer. Sie hatte nach dem Treffen in der Herdern-Villa all ihre Engagements sofort absagen lassen und Koljas letzte Monate an seiner Seite verbracht, mit Alpha, Bitch, Gusto, Tashi, Escher, Henry. Es verstrich das Frühjahr 2020, es verstrich der Sommer 2020, und Tashi Tengrit blieb in der Villa, er machte keine Anstalten, Freiburg zu verlassen, gern gesehen, ein höflicher, zurückhaltender, zuvorkommender Mensch, den man einfach liebhaben musste, obwohl er weiter permanent versuchte, Omega von seiner Dalai-Lamanin-Wahrheit zu überzeugen. Im September 2020 mieteten Alpha und Omega eine eigene Wohnung, im Stühlinger, die Zeit war reif, den Schritt nach draußen zu tun. Omega wartete auf den Startschuss ihres neuen Lebens, ihres Nach-Kolja-Lebens, und dieser Startschuss sollte die Victoria's Secret-Show im Januar 2021 sein. Denn die Modewelt fieberte auf ihr Comeback hin. Aufgrund »familiärer Verpflichtungen«, wie es in der Presseerklärung hieß, war Omega eine Auszeit gewährt worden, aber alle wollten endlich die schwarze Wimbledon-Siegerin, das geborene Topmodel, als Victoria's Secret-Engel sehen. Je näher der Januar 2021 rückte, umso mehr rappelte Omega sich auf, es hilft nichts, sagte sie sich, Kolja hätte nicht gewollt, dass ich den Kopf in den Sand ... Und sie begann erneut zu üben, und je mehr sie übte, umso mehr fand sie wieder Gefallen an dem, was sie tat, und Alpha sah ihr zu und freute sich, dass sie wieder lächeln konnte. Es wurde Oktober, und auch Bitch, die am meisten unter Koljas Fehlen litt, wollte nicht länger dort bleiben, wo ihr Mann gestorben war, und sie begab sich, acht Monate nach Koljas Tod, in die Wohnung und ins Leben und Herz von Henry Lamarque, auch wenn die alten Gefühle für ihren Ex-Freund irgendwie ein wenig Schimmel angesetzt hatten im Lauf der Zeit.

Gusto dagegen hatte nichts zu tun. Lustlos lümmelte er auf der Couch und kniffelte am Kissen herum, versuchte, die Zeit zu überbrücken bis zu dem Augenblick, an dem wieder etwas geschehen würde (und das sollte etwas wirklich Großes sein, im

Grunde das Größte, was überhaupt geschehen konnte, nämlich der Untergang der Welt oder zumindest der mögliche Untergang der Welt). Nach Bitchs, Alphas, Omegas und Eschers Auszug wurde es einsam in der Herdern-Villa, deren Miete von Omega und von Alpha beglichen wurde, denn Letzterer konnte sich als freier Programmierer vor Aufträgen kaum retten, sah die Arbeit aber nicht als Arbeit an, sondern als etwas, das ihn ausfüllte, jetzt, nach Koljas Tod, noch mehr als sonst, es half ihm bei seiner Trauer, Kolja, Kolja, Kolja, und wie Alpha sich einmal als sechsjähriges Kind, als sie den Fußball über die Mauer des Hofs geschossen hatten und Kolja beim Nachbarn klingelte, in der großen, leeren rotbedeckelten Mülltonne versteckte und den Deckel von innen zuklappte, Koljas Rufe nach Alpha, und das war nur ein Spiel gewesen, anfangs, und Alpha lachte sich leise kringelig in der Tonne, als er Kolja immer wieder nach ihm rufen hörte: »Alpha, wo bist du?«, und dann der Augenblick, an dem die Sache kippte, an dem Alpha die nackte Angst in der Stimme seines Vaters hörte, noch mal der Ruf: »Ferdinand!«, und Ferdinand nannte ihn sein Vater nur dann, wenn es ernst war, und jetzt stand Kolja wieder dicht vor der Mülltonne, Alpha wusste, er hatte es übertrieben, aber es blieb ihm nichts übrig, er hatte das Spiel begonnen, jetzt musste er so tun, als würde er es beenden, und so stieß er mit einem lauten Buuuh den Deckel hoch und schnellte wie ein Springteufel nach oben, und Kolja fuhr herum, und dieses Gesicht würde Alpha nie vergessen, erschrocken, wütend, zornig, dann froh, erleichtert, dankbar, und Kolja nahm seinen Sohn fest und lange in den Arm, und Alpha spürte tief in seinem Bauch etwas, das er so nicht kannte, und dann sagte er leise: »Warum hast du mich gesucht? Wusstest du nicht, dass ich in dem sein muss, das meinem Vater gehört?«, und Kolja fragte ihn lächelnd, woher er denn die Bibelstelle kenne, und Alpha entgegnete: »Du hast mir davon erzählt, Papa.«

Und weil es gar so einsam war in der Villa, leistete sich Gusto den Luxus, seinem Bruder im Geiste Matthias Schamp ein Aufenthaltsstipendium zu gewähren, freie Kost und Logis in der

Villa, und ein Taschengeld war auch drin, und zu dritt – Tashi, der Schamp und Gusto – lebten sie die letzten Wochen des Jahres 2020 in der Villa und tüftelten allerhand Dinge aus. Auch Escher war wieder anwesend, weil Alpha und Omega beschäftigt waren, Alpha mit seinen Algorithmen, Omega damit, den Rhythmus des Laufens wiederzufinden für die große Show, die kurz bevorstand. Escher hatte nicht nur Tashi, sondern auch den Schamp ins Herz geschlossen. Vor allem aufgrund des *Dogmatic-Dog-Magazins*, das der Schamp dem Husky mitgebracht hatte: Die erste Ausgabe der längst überfälligen Zeitschrift für (nicht über, nein, für) Hunde verfügte über eine Palette von Hundeduftstoffen, die Escher echt kirre machten, Ente, Katze, Fasan, Reh, Dachs. (Die zweite Nummer des *Dogmatic-Dog-Magazins* war im Sommer 2014 eine Freiluftausgabe im Bochumer Museum gewesen, bei der nicht nur zweibeinige Besucher kunstbetrachtend zwischen den Skulpturen promenieren konnten, sondern auch die vierbeinigen Besucher einer für Menschen unsicht- und unriechbaren Duftspur folgen durften (»Geruchsäquivalentes zu Skulpturen im öffentlichen Raum«), wodurch jedwede Hundeleinenlangeweile konventioneller Museumsbesuche ausgehebelt wurde.) Daneben setzte der Schamp in seiner Freiburger Zeit auch erstmals seine berühmt gewordene Schamperl-Performance um. Dazu hatte der Schamp eine Schamperl-Puppe gebastelt, eine Handpuppe also, die haargenau so aussah wie er selbst, mit schwarzer Hornbrille und dichtem schwarzgrauem Haar, eine Puppe, die ein Miniaturbierglas in der Hand hielt, und mit diesem Schamperl in der Rechten saß der Schamp in einer Kneipe, als wäre es das Normalste von der Welt. Und als dann auch Gusto und Tashi in derselben Kneipe saßen, an anderen Tischen zwar, aber ebenfalls mit einer Puppe ihrer selbst, erst da zuckte jeder neu eingetretene Gast zusammen, wenn die merkwürdigen, ihren menschlichen Trägern gleichenden Puppen ihn aus drei verschiedenen Richtungen in den Blick nahmen. Da der eine oder andere verstörte Gast die Kneipe wieder verließ, musste man einige Tage suchen, ehe man einen Gastronomen fand, der die Kunst höher schätzte als die Bilanzen.

Bitch gewöhnte sich nur langsam an ihr Alleinsein zu zweit, mit Henry. Sie sagte: »Nur durch dich, Henry, bin ich die, die ich bin, du hast den Keim des Glaubens an die Welt hinter der Welt in mich gepflanzt.«

»Ja«, sagte Henry, »aber ich, ich glaube jetzt eigentlich nicht mehr an diesen Firlefanz, ich meine, an die Esoterik.«

»Das ist nicht schlimm«, sagte Bitch. »Kolja…« hat es auch nicht getan, wollte sie sagen, aber immer noch, wenn der Name Kolja über ihre Lippen kam, lief ihr ein Schauder über den Rücken, auch jetzt, im Spätherbst 2020. Henry nahm sie in den Arm und sagte: »Das ist gut so, das muss raus, ich versteh das, ich kann warten, wir können warten, das mit uns, das wird erst anfangen, wenn du bereit bist.«

Bitch nickte, und die beiden schliefen nebeneinander und nicht miteinander, und sie wussten nicht, dass sie es auch niemals tun würden, denn der Zeitpunkt war einfach verpasst, und die Zeit und die Gefühle ließen sich nicht mehr zurückdrehen, und so lebten die beiden zwar zusammen in Henrys Wohnung, aber eher, als wären sie Bruder und Schwester, also genau in dem Zustand, der eigentlich für Alpha und Omega bestimmt gewesen wäre, den diese aber längst hinter sich gelassen hatten.

Und Sprung.

Endlich.

Los geht's, Freunde!

Am 9. Januar 2021, einen Tag vor Omegas großem Victoria's Secret-Auftritt, trafen alle in New York ein. Das wollte sich keiner entgehen lassen: Gusto + Bitch + Henry + Alpha + Tashi + Schamp + Escher = Die Glorreichen Sieben. Auf dem Weg Richtung World's End 2021. Auf dem Weg zur Rettung der Welt. Was sie zu diesem Zeitpunkt noch nicht wissen konnten. Yippiyayeah, ihr Schweinebacken!

10

Omega, die schon – wegen der Proben – eine Woche vorher an-
gereist war, umarmte alle in ihrer riesigen, exquisiten, eigens für
sie drapierten Suite im Waldorf Astoria. Ich selbst hatte Omega
auf ihrem Flug begleitet, denn während Koljas Körper seinen
Geist aufgegeben hatte, war es meinem Geist gelungen, Koljas
Körper aufzugeben. Sprich: dem Tod zu entfliehen. Dem Grab.
Dem Ende. Ich lebte noch. Ich war wieder da. Zurück. In der
Welt. Als Phantom! Auf dem Rücken meiner Kalladabs-Obore.
Und wie genau war das geschehen? Dazu später mehr.

»Wow!«, rief Gusto, als er durch die Räume strich.

Escher bellte wild.

»Du verstehst zu leben!«, sagte Bitch.

»Bist du dafür mit dem Veranstalter ins Bett gegangen?«,
sagte Alpha und küsste Omega.

»Ruhig, Escher!«, sagte Bitch.

»Was machen die Kopfschmerzen?«, fragte Henry.

»Geht schon, geht!«, sagte Omega.

»Nimmst du die Tabletten?«, insistierte Henry.

»Klar«, sagte Omega.

»Und kein Alkohol. Du weißt ja.«

»Nun lass doch die Kleine in Ruhe«, sagte Bitch.

»Wo schlaf *ich* denn?«, fragte der Schamp.

»Ihr habt eigene Zimmer.«

»Was? Noch mehr? Ich dachte, wir bleiben alle hier?«, rief
Gusto.

»Nur Alpha«, sagte Omega.

Escher bellte.

»Und Escher«, fügte sie hinzu.

»Ichtens?«, fragte Tashi.

»Zimmer 978«, sagte Omega.

»Weichei ungern von Seiten Ihrer Nichtigkeit.«

»*Weiche*, Tashi, *weiche* heißt das.«

»Wohl, wohl.«

Alle waren aufgeregt und fieberten dem Event entgegen.

Vor allem Escher sprang höchst zappelig hin und her, er schien sich nicht beruhigen zu können. Das aber lag nicht an der Fashion Show, sondern hatte einen anderen Grund. Von dem die hier Versammelten noch nicht das Geringste ahnten.

Das sollte sich.

Jetzt.

Und nicht etwa später.

Ändern.

Escher stupste mit der Schnauze die Fernbedienung des Fernsehers auf den Boden und sprang mit einem Satz darauf. Der Fernseher schaltete sich ein.

»Escher!«, rief Bitch. »Was soll das? Leg dich hin!«

Escher aber bellte wütend den Fernseher an. Es lief eine belanglose Daily Soap. Schon bückte sich Bitch, hob die Fernbedienung auf, zielte wie mit einer Laserkanone Richtung Fernseher, wartete aber aus irgendeinem ihr unklaren Impuls heraus ein paar Sekunden, schaute zum wüst bellenden Escher, wollte gerade kopfschüttelnd den Ausknopf betätigen, als das Programm unterbrochen wurde.

Sondersendung.

Breaking News.

Endlich gab Escher Ruhe. Legte sich hin. Fast ein bisschen seufzend. Ein paar Minuten später blickten Omega und die Glorreichen Sieben stumm in die Röhre. Aufgeregt gackernde Moderatorenhühner, heilloses Chaos, missglückte Schaltungen, hektisches Hibbeln, es dauerte, ehe die Freunde kapierten: Wissenschaftlern in Amerika war es gelungen, hieß es, ein Schwarzes Loch zu ... erschaffen. Bereits vor vier Jahren. Man hatte es bislang geheim gehalten. Weil man nicht wusste, wie damit umzugehen sei. Man hatte zunächst gedacht: großer Erfolg, Durchbruch, weitreichender Schritt für die gesamte Entwicklung der Menschheit etc. Dann aber obsiegten doch Furcht und Vernunft: Furcht, das Ding könne wachsen, und Vernunft bezüglich der Entscheidung, das Schwarze Loch zu vernichten. Da – im anderen Fall, wenn das Ding wachse und wachse – die durchaus nicht von der Hand zu weisende Gefahr bestehe, dieses Loch könnte sich – Materie schluckend – zu einer bahnbrechenden Bedrohung der ganzen Welt plus Universum plustern. Das Dumme daran: Bis jetzt war eine Vernichtung des Schwarzen Lochs noch nicht gelungen. Man zeigte – »in a few minutes we'll expect the first pictures« – unterdessen lächerliche Animationen, die man auf die Schnelle zusammengekleistert hatte und die tricktechnisch das imposante Anwachsen eines Schwarzen Lochs darstellten, wie es die Welt fräße.

Alle hielten den Atem an.

»Wollte Sabrina«, fragte Alpha, »nicht so ein Schwarzes Loch erschaffen, damals?«

»Sabrina«, krächzte Gusto.

Und dann ging es weiter.

Jetzt, so hieß es, konnte man die wissenschaftliche Leistung der Schwarz-Loch-Erschaffung nicht länger geheim halten, da das Kontrollzentrum, in dem man das Schwarze Loch bislang beobachtet hatte, komplett vom Gegenstand der Forschung, dem Loch also, verschluckt worden war. Das Schwarze Loch, sagte man, hatte sich entgegen aller theoretisch-wissenschaftlichen Erwartungen und Berechnungen sehr unkonventionell verhalten, es war in den vier Jahren weder linear noch exponentiell gewachsen, sondern einfach irgendwie, es hatte immer mal wieder längere Pausen gemacht, anfangs war es sogar zwei Jahre in einen Dornröschenschlaf verfallen, aber trotz aller diesbezüglichen Versuche – man hatte das Ding auf Teufel komm raus nicht kleingekriegt. In einem SOS an Physiker und Spezialisten aller Welt, vor allem aber an die Physiker im CERN in Genf, bat man vonseiten des CON in Nevada um Hilfe bei der Lösung des Problems.

»Nevada!«, schrie Gusto.

»CON!«, flüsterte Alpha.

Dann zeigte man endlich ein Bild vom Schwarzen Loch, das aber irgendwie nicht richtig von den Kameras eingefangen wurde, man hätte auch denken können, es handle sich um eine Bildstörung. Nach ein paar Minuten wurde eine Stellungnahme des Leiters des CON gesendet, Buzz Monster.

Gusto verschluckte sich.

»Ich will«, sagte Monster, »niemanden unnötig erschrecken. Aber wenn das so weitergeht wie in den letzten drei Wochen, dann stehen wir vor einem veritablen Weltuntergang. Wir haben bereits früh eine Wissenschaftlerin verloren, vor vier Jahren, die Physikerin Sabrina Steward« – Gusto federte vom Sofa –, »die sich dem Schwarzen Loch entgegenstellte, das heißt, es ist eigentlich kein Schwarzes Loch, es verhält sich jedenfalls nicht so, wie wir es uns vorgestellt haben, vielleicht könnte man es CHAMA nennen, Chaosmaterie, aber egal, wir müssen jetzt als Menschen dieser Erde unsere Kräfte bündeln, um das Schlimmste zu verhindern. Ich versichere Ihnen, wir tun alles, was in unserer Macht steht. Vertrauen Sie uns. Wir schaffen das.«

Sabrina!

Dann schaltete man zu einem Live-Interview mit dem uralten Stephen Hawking. Der saß bleich in seinem Rollstuhl und schaute auf die Bilder vom CON. Eine junge Moderatorin, die mehr Zeit fürs Geschminktwerden als für die Vorbereitung auf dieses Interview aufgebracht hatte, fragte ihn: »Können Sie uns nicht sagen, was da passiert?«

Hawking schwieg.

»Mr. Hawking! Bitte!«

»Ich habe immer gern Dinge auseinandergenommen«, sagte Hawkings elektronische Stimme. »Um zu sehen, wie sie funktionieren. Aber ich war nicht wirklich gut darin, sie wieder zusammenzubauen.«

»Nach Ihrer Theorie«, fragte die Moderatorin, »gibt ein... Schwarzes Loch... an seinem Rand... Energie ab, dieses hier aber... saugt auch an seinem Rand scheinbar... äh... Energie... Materie... materielle Energie... keine Ahnung... auf. Was sagen Sie dazu?«

Hawking schwieg.

»Mr. Hawking«, sagte die Moderatorin und beugte sich vor.

»Ich muss mich geirrt haben«, sagte Hawking.

»Und jetzt?«

Hawkings Stimme klang seltsam rostig: »In meinem Testament steht, dass man die größte wissenschaftliche Leistung, zu der mein Geist fähig war, auf meinen Grabstein schreiben soll.«

»Was meinen Sie? «

»Die Gleichung: $S=Akc^3/4\hbar G$. Die Entropie eines Schwarzen Lochs.«

»Ach so.«

»Nun fürchte ich, die Gleichung ist falsch.«

»Wie, falsch?«, fragte die Moderatorin.

»Aber das ist nicht weiter schlimm. Weil jetzt« – hier hörten die Zuschauer ein Geräusch, das klang wie gequältes Lachen oder Weinen – »wird es keinen Grabstein mehr geben. Weder für mich noch für sonst jemanden!« Die elektronische Stimme schien Amok zu laufen und gab allerhand Worte von sich, die sich anhörten wie: Buum, Bumtata, finis, Buum, Bumtata, Buum, Buum.

11

Gustos Inneres (hätte es ein solches gegeben) glich einer Schneekugel aus Glas, die geschüttelt worden war. Auf der einen Seite entsetzt über die eben aus einem Fernseher gehörte Nachricht, seine Sabrina weile seit vier Jahren im Schwarzen Loch; auf der anderen Seite in seinem Selbstbewusstsein getröstet, dass ihr Verschwinden nichts mit ihm, Gusto, und mit der unmittelbar vor ihrem Verschwinden stattgefundenen sexuellen Vereinigung zu tun hatte.

Buzz Monster.

Sabrina Steward!

Das Schwarze Loch.

Gusto lief zur Tür.

Dort drehte er sich um.

»Mensch! Worauf wartet ihr!?«, rief er.

»Was meinst du?«, fragte Omega.

»Was ich meine?«, rief Gusto. »Wir müssen da hin. Sofort!«

»Aber ich hab morgen meine Show!«, sagte Omega.

»Du hast morgen deine ... was!!?? Bist du wahnsinnig!? Hast du dich in deinen High Heels komplett um den Verstand gelaufen ... geschwebt!? Du hast doch gehört! Sabrina! Sabrina Steward! Wir müssen da hin!!«

»Ja, aber sie ist tot«, sagte Omega. »Seit vier Jahren.«

»Sie ist tot!?«, schrie Gusto. »Wer sagt das? Sie ist nicht tot. Ich weiß es. Ich spüre das! Sie steckt nur in diesem Loch fest.«

»Und wie stellst du dir das vor!?«

»Wie ich mir das vorstelle!? Keine Ahnung, Omega. Aber siehst du hier sonst noch jemanden im Raum, der Menschen durch die Luft bewegen kann? Außer dir? Also komm jetzt. Du musst sie da rausholen!«

Omega schwieg.

»Wie meinst du das?«, fragte der Schamp. »Menschen durch die Luft bewegen?« Er war der Einzige, der noch nicht über Omegas Gabe auf dem Laufenden war (dazu später mehr), erhielt aber keine Antwort.

Ich selbst, Elias Zimmermann, stand in der Zwischenzeit auf, weil ich wusste, was jetzt geschehen würde. Diese Szene in der Suite des Waldorf Astoria lag wohlbekannt in meinem Kopf. Hatte mehrmals drüber gelesen. Unterschiedliche Quellen. Omega würde nicken, mit den Freunden nach Nevada düsen, dem Loch in den Arsch treten und die Welt retten, und genau deshalb war ich ja hier, um zuzuschauen, wie sie das anstellte. Nur deshalb hatte ich die Mühen einer Zeitreise ... Doch dann geschah etwas Unglaubliches. Etwas, das mich vollkommen aus der Bahn warf. Omega schwieg länger und immer länger. Und dann sagte sie: »Nein.«

Einfach so.

Nein.

»Wie, nein?«, keuchte Gusto.

»The show must go on«, sagte Omega kühl, stand auf und verschränkte die Arme. »Morgen werde ich als Victoria's Secret-Engel laufen. Morgen werde ich Engelsflügel tragen. Und am Schluss den Fantasy Bra. Ob übermorgen die Welt untergeht, ist mir egal. Morgen schwebe ich über den Laufsteg. Brasta. Sorry. Ich meinte: Basta.«

Gusto starrte mit offenem Mund auf seine Enkelin. »Tu mir das nicht an, Omega«, flüsterte Gusto. »Lass mich nicht im Stich.«

»Mein ganzes Leben lang hab ich zu dir aufgeschaut, Gusto. Du bist anders als alle anderen Menschen, die ich kenne. Ich hab dich geliebt, das heißt, ich liebe dich immer noch, Gusto. Lass mich diese Show hier machen. Bitte.«

Gusto stand eine Weile im Türrahmen. Presste Daumen und Zeigefinger auf die Nasenwurzel, senkte den Kopf. Es fiel ihm sichtlich schwer, einen Ausbruch zurückzuhalten. Dann aber zitterte er kurz, als hätte er sich *resettet*, dachte Alpha, der wie alle anderen das Geschehen gebannt verfolgte. Gusto schaute Omega lange an, nickte und sagte leise: »Also gut, Omega. Also gut. Ich bin ruhig. Ich bin ganz ruhig. Ich reg mich nicht auf. Und morgen?«

»Wie? Morgen?«

»Morgen! Nach der Show. Kommst du dann mit mir mit? Hilfst du mir dann? Wenn es dann noch nicht zu spät ist!?«

Omega schwieg wieder. Sie senkte den Blick.

Ich, Elias Zimmermann, merkte, dass ich plötzlich etwas erlebte, was ich sehr selten erlebt hatte in meiner Zeit als geheimer Belauscher: Ich war gespannt. Neugierig. Wollte wissen, wie es weiterging. Ich hatte nichts von Omegas Weigerung gewusst. Ich harrte phantom-atemlos der Dinge, die sich vor meinem Wahrnehmungsstaubsauger ausbreiten würden.

Und Omega? Sie rang mit sich. Sie kämpfte einen inneren Kampf. Keine Blöße geben. Keine Schwäche zeigen. Nicht einknicken. Das tun, was sie tun wollte. Noch einmal sagte sie: »Nein!«

»Wieso nicht?«, fragte Gusto verblüfft.

»Es gibt jede Menge Nachfolgetermine. Interviews, Presse, Shootings, kleinere Shows. Ich kann das nicht alles absagen. Einfach so. Wegen einem verdammten Loch!«

»Das glaub ich jetzt nicht«, hauchte Gusto.

»Du hast keine Ahnung«, rief Omega. »Ich kann da nicht hin! Ich will da nicht hin!«, schrie Omega seltsam schrill. »Ich werd da nicht hingehen!«

»Du hast dich verändert«, sagte Gusto. »Das ist dir alles zu Kopf gestiegen. Der ganze Erfolg. Weißt du, Omega, ich bin immer der Alte geblieben. Die ganze Zeit. Charity hin, Großer Gustoni her. Und du? Wenn ich dich einmal um etwas …«

»Einmal um etwas bitte? Sag das bloß nicht, Gusto! Dein ganzes Leben lang hab ich nichts anderes getan, als deine Bitten zu erfüllen. Kasino, der Große Gustoni, ins CON reingeflogen, die Villa angemietet, der ganze Mist.«

»Omega, ich frag dich noch ein letztes Mal, und überleg dir gut, was du antwortest. Deine, deine Antwort wird, wird Konsequenzen haben, für uns, für uns beide.« Gusto sammelte die Spucke im Mund. »Kommst du mit mir mit?«

Omega sah ihren Großvater trotzig an. Sie stemmte die Hände in die Hüften. »Nein!«, rief sie.

Und dieses Nein, würde Gusto später sagen, dieses Nein zischte wie ein Säbelhieb quer durch seinen Körper. Dieses Nein hatte eine solche Wucht, dass Gusto beinah den Halt verloren hätte und einfach so umgekippt wäre. Dieses Nein, die Endgültigkeit, die in diesem Nein lag, die Kälte, die Eiseskälte. Er sammelte sich, wenn auch mit Tränen in den Augen. »Dann geh ich allein«, sagte Gusto. »Und wenn ich mich selber ins Loch stürze, um Sabrina da rauszuholen!«

»Mach jetzt keine Dummheiten, Gusto«, sagte Bitch.

»Bitch?«, fragte Gusto. »Und du? Was ist mit dir? Kommst du mit?«

»Es tut mir leid«, sagte Bitch. »Ich hab Omega versprochen, da zu sein, morgen, bei ihrem Auftritt. Außerdem würde man uns gar nicht zum Loch lassen«, sagte Bitch. »Selbst wenn wir es wollten. Sie haben dort alles abgesperrt, großräumig. Hast du doch gesehen.«

Gusto wischte durch die Luft, als wären Bitchs Worte nichts weiter als kleine, schwirrende Mücken um ihn rum.

»Henry?«, fragte er.

Alle Augen wanderten zu Henry. Und der sah blass aus. Und schüttelte den Kopf.

»Alpha? Was ist mit dir?«

»Tut mir leid, Gusto«, sagte Alpha irgendwie müde.

»Schamp!? Und du?«

Matthias Schamp trat vor, stellte sich neben Gusto, blickte zu den Übrigen, sagte gelassen: »Klar, Gusto. Was denkst du denn? Wann hat man schon mal die Chance, bei einem Weltuntergang dabei zu sein? Ist doch einmalig! Das will ich mir nicht entgehen lassen.«

»Tashi!?«, rief Gusto.

Tashi wäre nur zu gern mit Gusto und dem Schamp gegangen, man merkte, es fiel ihm nicht leicht zu sagen, was er nun sagte: »Mein Platz ist und wird seinbleiben an Seite Ihrer Nichtigkeit. Aber mannen was ganz anderes, Freunde. Habt ihr nicht auch das Gewühl, heißt das Gewühl?, dass ihr allein nicht seid hier in dem Raum, dass irgendwas irgendwer irgendwie uns mittels Beobachtung verfolgt. Ob hier denn vielleicht Flöhe …«

»Du meinst Wanzen?«, fragte Alpha.

»… ja, Wanzen, die ihre Anwesenheit ausbreiten im ganzen Gefüge der Lokalität, da ist doch jemand noch jemand doch jemand hier in seiner unaussprechbaren …«

»Also, Schamp!«, rief Gusto. »Du bist der Einzige, auf den ich mich verlassen kann?«

»Sieht ganz so aus«, sagte der Schamp.

Ein letztes Mal blickte Gusto in die Runde. Mich sah er nicht. Elias Zimmermann. Mich konnte er nicht sehen. Ich war im wahrsten Sinne des Wortes hin- und hergerissen. Einerseits wusste ich, dass morgen, am 10. Januar 2021, die Welt gerettet werden würde, sprich, ich musste unbedingt zum Schwarzen Loch, denn das Schwarze Loch war haargenau jene wahrhaftige Weltbedrohung, um die es hier ging; andererseits wusste ich, dass nur Omega aufgrund ihrer Fähigkeiten zu dieser Weltrettung in der Lage wäre. Ich dachte kurz nach und beschloss, hierzubleiben. Bei Omega. Vielleicht würde sie im Lauf der Nacht ihre Meinung ändern, dachte ich, hoffte ich, denn alles andere wäre undenkbar. Vollkommen undenkbar.

Aber was, dachte ich plötzlich, heißt schon undenkbar?

Ehe Gusto und der Schamp den Raum verließen, bellte Escher laut auf. Gusto drehte sich um. »Ach du«, sagte er, »bleib ruhig hier, bei Frauchen.«

Doch der Hohle Hund dachte nicht im Traum daran.

Er sprang winselnd zu Gusto und hechelte.

»Siehst du«, sagte Gusto zu Omega – er hätte gern gegrinst, war aber immer noch viel zu geknickt über Omegas Verhalten –, »so ein Hund, der weiß, wohin er gehört. So ein Hund, das ist eine treue Seele. Von so einem Hund, da kannst du dir eine Scheibe abschneiden. Du, du, du ... Laufstegqueen.«

»Wie meinst du das? Menschen durch die Luft bewegen?«, fragte erneut der Schamp.

»Komm!«, sagte Gusto. »Ich erzähl's dir im Flugzeug.«

Mit diesen Worten verließ Gusto die Suite, gefolgt vom Schamp, der sich nickend von den anderen verabschiedete und kurz – fast wie entschuldigend – mit den Achseln zuckte, sowie dem weißen Husky Escher, der hinter den beiden hertrottete und sich nicht einmal mehr umdrehte, als Omega in ihrer Verzweiflung seinen Namen rief, nein, Escher schien Omega mit Verachtung zu strafen, und als die Tür sich hinter den drei zu allem bereiten Helden schloss, stürzte Omega in eins der Badezimmer ihrer Suite. Alpha hinterher. Kurz bevor die Badezimmertür ins Schloss fiel, schlüpfte auch ich hinein, um nichts von dem zu verpassen, was sich dort abspielen sollte.

Omega saß bleich auf dem Badewannenrand. Alpha hockte sich neben sie und nahm ihre Hand. Ich, Elias Zimmermann, stand an der geschlossenen Tür.

»Ich hab Angst«, sagte Omega.

»Angst? Wovor?«

»Vor diesem Ding da.«

»Was meinst du?«

»Das Schwarze Loch.«

»Was ist damit?«

»Die Sache mit Escher. Der Tennisball. Weißt du noch?«

»Ja, klar.«

»Ich hab Kolja und Bitch gesehen. Eine Insel. Die Rettung der Eltern. Einen Taucher im Haifischkostüm. Ich hab – ohne es damals zu wissen – unseren Schamp gesehen, wie er in seiner Mobilienhai-Performance die Eingeweide ...«

»Weiß ich alles«, sagte Alpha. »Worauf willst du hinaus?«

»Ich hab gesehen, was sich wirklich ereignet hat.«

»Jaja«, sagte Alpha.

»Und beim zweiten Mal ... Ich hab dir nie gesagt, was genau ich damals gesehen hab. Weil ich nie wirklich gewusst hab, was genau es überhaupt war. Jetzt weiß ich es.«

Alpha schwieg.

»Ich hab das Ding da gesehen.«

»Welches Ding?«

»Das Ding aus dem Fernsehen. Das Schwarze Loch. Diese Kraft. Dieser Sog. Diese dunkle Masse. Dieser Tod. Es ist der Tod. Es kann nur der Tod sein. Dieser Alles-Verschlucker. Diese Null-und-Nichts-Maschine.«

Ich zuckte zusammen bei diesem Wort.

Meine Arbeitsbiene.

Humbo.

Dumme Null-und-Nichts-Maschine.

»Der Welten-Vernichter«, fuhr Omega fort. »Der große Fresser. Schnitter.«

»Das hat du gesehen?«

»Ja.«

»Das Schwarze Loch?«

»Ja, nur war es viel größer, mächtiger. Und ...«

»Und was?«

»Ich hab noch was anderes gesehen, Alpha. Eine schöne schwarze Frau hab ich gesehen. So alt wie ... ich jetzt. Nackt. Diese Frau. Vor dem Schwarzen Loch. Das war *ich*, Alpha. Und diese Frau ist vom Loch verschluckt worden, Alpha. Das heißt, sie war plötzlich nicht mehr da. Vernichtet. Aus. Ende. Vorbei. Verloren. Im Innern des Zermalmers.«

Alpha schwieg.

»Ich hab Angst, Alpha. Ich will da nicht hin. Ich will mein Leben nicht riskieren! Ich will diese Show laufen!«

»Komm mal her!«, sagte Alpha und nahm Omega in den Arm.

12

Am nächsten Abend fand die große Show statt. Also noch nicht die am Schwarzen Loch, die sollte später folgen, sondern die Victoria's Secret-Show. Um es gleich vorwegzunehmen: Die Show wurde ein sagenhafter Erfolg. Ich war dabei, ich habe es gesehen. Auch Bitch war dabei, samt Henry, Alpha und – immer noch im Mönchsoutfit und daher ein ungewöhnlicher Besucher einer Fashion Show – Tashi Tengrit. Sie alle hatten von Omega beste Plätze erhalten. Die allererste Victoria's Secret-Show im August 1995 hatte ein Mini-Budget von 120 000 Dollar aufgewiesen und stattgefunden im New Yorker Plaza Hotel. Sechsundzwanzig Jahre später betrug das Budget 35 Millionen Dollar, man war längst umgesiedelt in den Madison Square Garden, auf riesigen Leinwänden konnten die weiter entfernt sitzenden Zuschauer hautnah die halb nackten Wundermodels beobachten und gleichzeitig live dabei sein. Für die begehrten Plätze unmittelbar am Laufsteg musste man Unsummen zahlen, wenn man überhaupt noch welche bekam. Omega – als Star der Show – hatte sich jedoch sechs Freikarten zusichern lassen.

Anfangs war Omega davon ausgegangen, dass sie – bei ihrem Comeback als alte und neue Nummer Eins am Modelhimmel – die Krönung der Show präsentieren durfte, den Fantasy Bra, einen mit Diamanten, Rubinen und Saphiren besetzten BH im Wert von 25 Millionen Dollar. Doch bei den Proben hatte Omega erfahren, dass »noch nicht ausgemacht« sei, ob wirklich sie, die Dark Queen, dieses kostbare Teil tragen dürfe, der Plan sei ein ganz anderer: Es sollte eine regelrechte *competition* um den teuersten Titten-Teaser der Welt stattfinden, kahl gegen blond, Dunkler Engel versus Blonder Engel, schwarz gegen weiß, etwas, das es nie gegeben hatte, der Kampf zweier atemberaubender Frauen. Omega konnte nichts machen: Sie war rein vertraglich an die »Dramaturgie der Veranstaltung« gebunden.

»Und wer«, fragte Omega, »ist meine Gegnerin?«

»Wer wohl? Denise.«

»Denise!?«

»Ja. Denise Wanda Lager. Kennst du doch!«

Denise! Diese blonde Denise!? Ihre Gegnerin aus dem GNTM-Finale!? Die jetzt neben und mit ihr laufen sollte!? Diese *Shoe-Show-Denise*, wie sie genannt wurde!? Omega zitterte. Auf der Pressekonferenz gaben sich beide eher zahm, und als man Omega fragte, was sie sich wünschen würde, wenn sie einen Wunsch frei hätte, flötete sie das Wort ins Mikro, das jedes Model auf jene Frage ins Mikro zu flöten verpflichtet war: »Weltfrieden«, und alle applaudierten höflich.

Bei den Proben ging Denise auf Omega zu. »Hi, Omega«, girrte sie. »Die Sache mit dem Schuh damals war das Beste, was mir je passiert ist im Leben. Hast du gesehen? Ich bin immer noch, nach vier Jahren, auf Platz sieben der YouTube-Liste. Mein ganzer Erfolg blasiert auf dieser Sache mit dem Schuh.«

»Basiert!«, verbesserte Omega.

»Du denkst, du wirst den BH gewinnen?«

»Das denk ich nicht nur, das weiß ich auch.«

»Abwarten«, sagte Denise.

Und dann ging es los.

Denise Wanda Lager vs. Omega Sybille Zacharias.

Der Höhepunkt der Show.

Omega machte den Anfang. Sie vollführte ihren berühmten Laufsteg-Leap, der auch nach einjähriger Bühnenabsenz nicht in Vergessenheit geraten war, ein Sprung, der aussah, als könne sie – ganz kurz nur – über Luft gehen, ehe sie landete, Omegas weltbekannter Air-Leap, der schon verglichen wurde mit Jacksons Moonwalk und Presleys Hüftschwung. Den Leuten blieb die Spucke weg, und dann stellte sich Omega cool an den Rand des Laufstegs und wartete auf ihre Gegnerin.

Denise wusste aufgrund der Applausstürme, dass es schwierig werden würde, Omegas Lauf zu toppen. Aber Denise Wanda Lager legte den Lauf ihres Lebens hin, sie machte Dinge, die eigentlich gar nicht hierher gehörten, also Sidekicks, Pirouetten (Denise war eine begnadete Balletttänzerin), ging in die Waage, in den Spagat, alles so unnachahmlich *naughty* und verführerisch, ohne jeden Hauch von Billigkeit. Niemanden hielt es noch auf den Plätzen (außer Tashi). Omega musste etwas tun. Der Walk ihrer Konkurrentin näherte sich dem Ende. Per Applausometer würde jetzt die Gewinnerin ermittelt werden, diejenige also, die den Fantasy Bra tragen dürfte, der in einem gläsernen Käfig über ihren Köpfen glitzerte. Denise schnallte am Schluss wie immer ihren rechten Schuh auf und kickte ihn ins frenetisch jubelnde Publikum. Als sie sich in die Schlusspose warf, platzten wie von Zauberhand die Verschlüsse ihres halterlosen Bustiers, das sofort zu Boden segelte. Das Publikum zog in kollektivem Schreck die gesamte Luft des Madison Square Garden in zigtausend Lungen. Omega strahlte. Denn der für das Applausometer gültige Schlussapplaus – blieb aus.

Doch dann geschah etwas, mit dem Omega nicht gerechnet hatte. Denise machte einfach weiter. Alle blickten entsetzt auf ihre blanke Brust, aber Denise, die ihren Körper liebte, schämte sich nicht, im Gegenteil, sie tat so, als sei dieses Unglück Teil der Performance. Sie walkte mit lässig in die nackten Hüften gestemmten Armen den Laufsteg entlang, ließ sich nicht durch das peinlich berührte Schweigen des Publikums verunsichern, und weil Denise so selbstverständlich mit ihrer Halbnacktheit umging, kapierten auch die Zuschauer, dass all dies Plan der Show sein musste, und begeistert, bei dieser Revolution in der Modewelt Zeuge zu sein, brandete endlich ein wilder Applaus auf, und das an der Decke angebrachte, für alle sichtbare Applausometer drohte zu zerbersten. Dieses überwältigende Tosen ließ auch den Regisseur der Show zu sich kommen, der das unvorhergesehene Ereignis, das Denise Wanda Lager mit viel Improvisationskraft gerade so elegant meisterte, offenmundig mit angesehen hatte. Er dachte nun, die Sache sei entschieden, und wollte Denise helfen, ihre geniale Einlage zu krönen. Unter den entsetzten Blicken Omegas, der schwante, das sie erneut ein Eigentor geschossen hatte, ließ der Regisseur den gläsernen Kasten mit dem Fantasy Bra vor Denises Nase schweben, der Kasten sprang ferngesteuert auf, Denise nutzte den Augenblick, den strahlendsten Augenblick ihrer Karriere, indem sie den Fantasy Bra herausnahm, über ihre nackte Brust streifte, zur verdutzten Omega ging, sich vor sie stellte, in Erwartung, dass diese tun würde, was Denise aufgrund der Kürze ihrer Arme nicht tun konnte: nämlich das schweineteure Diamantenteil in ihrem Rücken zuzuknipsen. Omega kam nur langsam zu sich. Noch hab ich nicht verloren, dachte sie. Noch ist der Kampf nicht vorbei. So schnell geb ich nicht auf. Und Omega ließ ihre Gegnerin abrupt in die Höhe schnellen, zwei Meter. Das war auch für das Improvisationstalent Denise zu viel. Sie schrie auf, machte dann in der Luft einen Kopfstand, der dafür sorgte, dass der noch lose an ihr hängende Fantasy Bra dem Vorbild des Bustiers folgte und von ihrem Oberkörper rutschte, in die fangbereiten Klauen Omegas. Die aber ließ Denise kaltblütig eine Weile in der Luft zappeln, zog ihren eigenen BH aus und den Fantasy Bra an, indem sie den Verschluss am Nabelloch zusammenknipste und den BH durch elegante Dreh- und Hochziehbewegungen in die Position über ihre Brüste brachte. Anschließend ließ sie Denise ohne Kratzer oder Beule aus dem Bühnenbereich schweben und backstage wieder auf dem Boden landen, sodass die Bühne endlich ganz allein ihr gehörte, ihr, Omega, strahlenden Auges schwebte sie ein letztes Mal über den Laufsteg, die Flügel im Rücken, sie hatte es geschafft, sie trug den Fantasy Bra, und der Jubel der Massen, welche alles, was sie soeben gesehen hatten, für eine unglaublich geschickt inszenierte Inszenierung hielten, der Jubel der Massen, sage ich, drang zu Omega hinein, in ihre Ohren, in ihr Herz, in ihren Körper, in ihr Hirn, füllte das Domestizierte Schwarze Loch oder die Dunkle Energie oder die Chaosmaterie im Mittelteil ihres Kopfes, und ja, ich weiß nicht, ob es dieses gigantische Jauchzen war, das Omega in einen Nebelzustand versetzte oder der Wodka, den sie zur Beruhigung vor der Sendung gekippt hatte oder auch die Kombination von Wodka und jenen Kopfschmerzmedikamenten, die Henry ihr vor knapp drei Wochen verschrieben hatte, oder beides, oder alles, jedenfalls – man kann es nicht anders sagen – liefen die Gedanken in Omegas Köpfchen Amok.

Sie drehte durch.

Spürte: Das hier, das war ihr Moment. Sie musste ihn nutzen. Etwas tun, das nur sie tun konnte. Etwas absolut Einzigartiges. Etwas, das die Menschen atemlos zurückließe. Der Größenwahn. Was waren diese läppischen Standing Ovations? Diese Begeisterung, die sich nicht unterschied von der Begeisterung für irgendeinen Sänger, eine Sängerin? Nein, ich will keine Standing Ovations, ich will Flying Ovations. Ich will sie allesamt fliegen sehen. Aus den Schuhen, von den Socken. Ich will … Und sie stellte sich vor, wie sie Kraft ihrer Kraft sämtliche Zuschauer in einem Spektakel sondergleichen in die Luft beamte, wie alle Zuschauer des Madison Square Garden torkelig zur Decke schwebten, doch schon während sie sich dies vorstellte, hatte sie die Kontrolle über sich und über das, was sie konnte, verloren, sie merkte nicht, dass – statt der Zuschauer – sie selbst bereits Richtung Decke flog, sie, die schöne schwarze Omega, mit ihren weißen ausladenden Engelsflügeln, am Rand des Laufstegs hob sie sich in die Höhe, floatete, getragen von der Begeisterung der Masse – ja, sie hatte es wirklich geschafft, sie war die Nummer Eins, sie hatte gewonnen, sie trug ihn, den Fantasy Bra im Wert von 25 Millionen Dollar –, und immer noch merkte sie nicht, dass sie flog, und das war überaus ungünstig für sie, denn sie flog leider immer höher und nicht nur immer höher, sondern auch immer schneller immer höher, und das Publikum brüllte vor Schreck, als Omegas Schädel ein paar Sekunden nach ihrem Sprung schon mit aller Kraft gegen die Decke des Madison Square Garden rumste, sodass Omega – noch ehe sie aus ihrer Größenwahntrunkenheit hätte zu Sinnen kommen können – selbige Sinne, ihr Bewusstsein nämlich, verlor und wie eine betrunkene Wespe herabtrudelte, aus schwindelnder Höhe und zum Glück nicht auf dem eisharten Laufsteg landete, sondern wesentlich sanfter in der Menge der Menschen, die Omegas Sturz auffingen, indem sie die Arme reckten wie sabbernde Pilger nach dem Gewand von Papst Innozenz XIV.

Und dann wurde Omega auf die Bühne verfrachtet. Die Zuschauer ahnten, dass hier keine Show mehr stattfand. Dass es wohl einen Unfall gegeben hatte. Vielleicht war eines der unsichtbaren Seile gerissen. An denen Omega gehangen hatte. Gehangen haben musste. Es stürmte auch Henry Lamarque auf die Bühne. »Ich bin Arzt«, schrie er und kniete sich neben Omega, und ich stellte mich hinter ihn und schaute auf das reglose Antlitz der Retterin der Welt, wusste plötzlich, irgendwas läuft hier gründlich aus dem Ruder, Henry fühlte ihren Puls, und ich musste mich ein wenig hinabbeugen, um seine Worte zu verstehen, die er immer wieder hauchte, als könne er nicht glauben, was er da sagte, und auch ich konnte nicht glauben, was er da sagte, denn seine Worte lauteten: »Sie ist tot. Sie ist tot. Sie ist tot.« Und diese Nachricht, Freunde, war alles andere als erfreulich. Weder für Omega. Noch für mich. Und schon gar nicht für diese verrückte Welt. Die eigentlich an diesem Abend durch Omega persönlich hätte gerettet werden sollen. Tja. Und nu?

Teil 7

Sybille Zacharias alias Omega

I

Scheißtod.

Immer dieser Tod.

Dieser alberne Tod.

Der ständig dazwischenfunkt.

Aber das war ja alles unmöglich. Im Fall von Omega war das
absolut unmöglich. Tod! Der die Heldin dahinraffte, ehe sie
Heldin werden konnte? Was bedeutete das? Noch als ich im
Tumult des Madison Square Garden stand, ahnte ich: Das würde
nicht gut enden. Das konnte nicht gut enden. Nichts von dem,
was ich über Omega und ihre Rettung der Welt gelesen hatte,
war hier wirklich geschehen. Dies wiederum ließ nur zwei logische Schlüsse zu. Entweder war a) die Geschichte, die ich lesend
in Erfahrung gebracht hatte, einfach nur eine hanebüchene
Lüge gewesen, der ich als naiver Leser aufgesessen war, oder
aber b) Sabrina Stewards Weltvorstellung entsprach schlicht der
Wahrheit: Paralleluniversen, Welten, die nebeneinander existieren. Und irgendwie musste mich der gute Jimmy McGovern in
eine andere Welt geschickt haben. In eine Welt, in der Omegas
Narzissmus und Größenwahn (die ich oben als Geschwister
einer manifesten Angst entlarven durfte) gesiegt hatten über ihr,
nennen wir es: Erlöser-Gen. In eine Welt, in der es überraschenderweise einen weißen Husky namens Escher gab. In eine Welt,
die jetzt, nach Omegas Tod, dem zügigen Untergang geweiht
wäre. Für immer verloren ohne jenes Domestizierte Schwarze
Loch in Omegas Kopf, das sich dem Gezüchteten Schwarzen
Loch des CON entgegenstellen würde. Ohne sie, ohne Omega,
würde die Welt zwangsläufig verschluckt werden. Und mit der
Welt auch alles, was sich in ihr befand, noch die allerkleinste
Kalladabs-Obore mitsamt aufgeschultertem Bewusstsein, noch
der unsichtbarste Phantomkörper, also auch ich!

Was erwartete mich?

Tod.

Ende.

Aus.

Einerseits hier und jetzt, als Phantomkörper, gefressen vom Loch! Andererseits im Jahr 525, als Fleischkloß, der immer noch gefesselt dort lag, während mein Bewusstsein spazieren ging, zerschlagen vom Meteoriten. Es gab keinen Ausweg mehr. Nichts. Keine Rettung in Sicht. Wohin ich auch blickte.

Jetzt muss ich zugeben, dass ich absolut keine Lust hatte auf das, was sich *sterben* nennt. Dass ich mich mit Haut und Haaren dagegen sträubte. Das versteht ihr nicht, Freunde. Ihr habt keine Vorstellung vom Tod. Euer mangelndes Zukunftsbewusstsein hat euch auch die Angst vor dem Tod genommen, denkt an die Kanakanalnadeln! Ha! Die Menschen aus dem Jahr 2014 würden mich diesbezüglich besser verstehen. Und: In meinem persönlichen Fall verhielt sich die Sache noch weitaus schrecklicher als bei einem gewöhnlichen Sterblichen. *Denn ich war ja schon einmal gestorben.* Etwa vor einem Jahr. Und zwar mit und in Kolja. Durch ihn und mit ihm und in ihm. Ich wusste also haargenau, was da auf mich zukam. Und das, Leute, wollte ich auf keinen Fall noch mal erleben. Sofern *erleben* das richtige Wort ist fürs Sterben.

Kolja hatte lange gekämpft.

Je näher er aufs Rendezvous mit dem Tod zukroch, umso mehr bäumte er sich auf. Dachte an Gott. An den christlichen Gott der Kindheit. Der war unerreichbar. Kolja hatte ihn aus dem Herzen entfernt wie einen Fremdkörper. Aus seinem Leben, seinem Denken, Hoffen. So ganz und gar hatte er den Glauben entfernt und sich selbst vom Glauben, dass es unmöglich war, ihn wieder durch eine Hintertür in sich und sich selbst auf ihn einzulassen. Tumor inoperabel. Gott inoperabel. Tumor nicht herausoperierbar, Gott nicht wieder hineinoperierbar. Tumor und Gott hatten die Plätze getauscht. Kolja zitterte. Weil er nicht wusste, was geschähe, würde zum letzten Mal der Atem über die Zunge streichen, der Atem, der Landstreicher, der

Luftstreicher Atem, gestrichener Odem. Wer weiß das schon? Nur Nobody.

Aber Kolja wollte wissen. Alles wissen über den Tod. Las Bücher. Friedhofsführer, Einbalsamierung, Verwesung, Bakterien, Gräber. Nannte die Bücher in Anlehnung an die Geburtsvorbereitungsbücher, die er – als Bitch schwanger gewesen war – gelesen hatte, seine Todesvorbereitungsbücher. Dachte: Je mehr ich weiß, umso größer wird sie, meine Angst. Vielleicht ist die Angst ein Ballon in mir, ein Ballon, den ich immer weiter aufpumpe, Luftwissen, Luftkissen, bis er platzt, der Ballon, und mit dem Ballon auch die Angst in mir drin, und vielleicht ist sie dann weg, die Scheißangst. Aber seine Hoffnung trog. Bis ganz zum Schluss blieb sie, die Angst. Wie eine Eisenklemme in der Brust. Kolja bäumte sich ein letztes Mal auf. Er bündelte die Kräfte, die ihm blieben, sein Körper bog sich, wie ein Fisch lag Kolja im wasserlosen Bett, im ausgetrockneten Flussbett Leben, Fisch, dessen Maul sich öffnet und schließt, Fisch, dessen Körper zappelt, sie alle standen um ihn herum, seine ganze Familie, und alle hofften, dass es aufhört, endlich aufhört, das Gezappel, aber es hörte nicht auf.

Zeit stand still.

Die letzte Sekunde stand still.

So schien es jedenfalls.

Zersplittert wurde die allerletzte Sekunde in Milliarden von Pikosekunden. Null um Null um Null reihte sich vor die letzte Sekunde, Nichts um Nichts, Null um Nichts, null und nichtig, ein endloses Krepieren. Brüllen. Blut aus der Nase. Schaum vor den Lippen. Schmerz, Schmerz, Schmerz. Vom Morphium geschluckt und gespuckt und ... Es hörte nicht auf. Auch wenn man weiterblättert, es hörte nicht auf. Auch wenn man das hier nicht lesen will, es hörte nicht auf. Auch wenn man sagt, hör auf und schreib endlich, dass es vorbei war, es hörte nicht auf. Diese letzte Sekunde hörte nicht auf. Koljas Körper bog sich wie unter elektrischen Schüben. Das Bett war nass vom Urin, vom Schweiß, es war schwarz von Exkremenz. Es hörte nicht auf, nicht für mich, nicht für die Umstehenden, nicht für euch, die das, was ich hier schreibe, gerade lesen, und auch nicht für Kolja. Bis es aufhört, hört es nicht auf, es fängt immer an und hört nicht auf, der Mensch ist ein zitterndes Tier, er kann nicht entfliehen dem Aufhören, kann nur hören aufs Aufhören, das sein Leben von Anfang an bewohnt und erst aufhört im Auf-hören, aber das Aufhören hört nicht auf, man kann nichts machen, es hört nicht auf, auch wenn man denkt, es muss doch irgendwann aufhören, hört es nicht auf, hört auf mich, ich weiß, was ich sage, ich war dabei, ich war in ihm drin, ich war das den-kende Jetzt, ich war die sprechende Stimme, ich war da in der ewigen Sekunde des Endes in Kolja, und auch nachdem es für die Anwesenden zumindest den Anschein hatte, vorbei zu sein, war ich in ihm und lauschte seinen Gedanken.

Und auch die hörten nicht auf.

Sie gingen weiter.

Auch postmortal.

2

Am Tag nach Koljas Beerdigung, im Februar 2020, setzten Omegas Kopfschmerzen ein. Sie kamen etwa einmal im Monat und blieben für ein paar Stunden. Jedes Mal, wenn sie kamen, waren sie ein klein wenig gewachsen. Omega dachte zunächst, die Kopfschmerzen seien ein körperliches Zeichen für die unmessbare, unermessliche Trauer in ihrer Brust. Später hatte sie das Bild vor Augen, die Schmerzen seien aus Koljas offenem Grab in sie hineingesprungen. Schließlich glaubte Omega, sie hätte sich beim fatalen Versuch, den Vater zu retten, am Tumor angesteckt. Auch dieses Bild wischte sie irgendwann weg. Und blickte auf die Schmerzen als das, was sie wirklich waren: ihre eigenen. Die nichts mit dem Vater zu tun hatten.

Und gut zwei Wochen, ehe Omega im Madison Square Garden starb, wurden ihre Freunde und Verwandten Zeuge einer fetten Kopfschmerzattacke des Topmodels. Das war am

25.12.2020: also O du Fröhliche. Für die Anwesenden war Weihnachten jedoch kein Feierfest. Ein Buddhist, ein Wissenschaftler und Neurochirurg, ein Philosoph der Exkremenz, ein Projektkünstler, ein Datenadept, ein Model, eine Esoterikerin, dazu auch noch der spürbare Geist eines vor zehn Monaten begrabenen Müllmanns, der aus der Kirche ausgetreten war: Hier herrschte nicht viel Glauben an Jesus Christus vor. Doch weil an diesem Tag alle frei hatten und es sich so passend fügte und weil Bitch von einem Nachbarn eine Gans geschenkt bekommen hatte, traf man sich und futterte die Gans gemeinsam auf. Das war schon alles. Beim Nachtisch – es gab Vanilleeis mit heißen Himbeeren – sprang Omega plötzlich wie von der Chakrenspinne gestochen vom Stuhl und fasste sich an den Kopf, schrie und fiel mit der Stirn voraus auf den Tisch, wobei sie eine Kerze umstieß. Henry kümmerte sich um sie. Es gab den üblichen Wortwechsel Arzt – Möchtenichtpatient. Seit wann das schon so gehe, wie lange die Attacken dauerten und in welchen Abständen sie auftauchten, ob der Schmerz klopfend, stechend, bohrend sei. Als Henry erfuhr, dass die Kopfschmerzen schon seit einiger Zeit ihr Unwesen trieben, bestand er darauf, dass sich das Topmodel untersuchen ließ.

»Also gut«, sagte Omega. »Kann ich jetzt meine Möhre zu Ende essen?«

»Willst du wirklich kein Eis?«, fragte Bitch.

»Seh ich so aus?«

»Aber ich komm mit!«, sagte Bitch.

»Wohin?«

»Zur Untersuchung.«

Als Omega mit Bitch am 28.12. die Uniklinik aufsuchte, ahnte sie nicht, was jetzt kommen würde. Auch Henry ahnte nicht, was jetzt kommen würde. Niemand ahnte, was kommen würde, selbst das CT-Gerät nicht, wenn es denn damals schon etwas hätte ahnen können. Und so leuchteten die Ergebnisse an der Leuchtwand von Henrys Zimmer, und Henry stand – eine Kaffeetasse in der Hand – vor dem Bild und ließ, als er auf das Bild blickte und sah, was er da sah, sowohl seine Gedanken als auch die Kaffeetasse fallen, Ersteres sorgte für einen offenen Henry-Mund, Letzteres für Scherben und eine braune Pfütze, die von einer herbeieilenden Schwester aufgewischt wurde. Obwohl Henry Lamarque nicht dazu neigte, an Fehler seiner Maschinen zu glauben, blieb ihm angesichts dessen, was er hier sah, nichts anderes übrig, als Omega, die im Nebenzimmer wartete, zu bitten, die Prozedur zu wiederholen, da die Bilder nicht brauchbar seien, wie er fälschlicherweise behauptete – eine Notlüge. Als das zweite Bild mit dem ersten aber absolut identisch war, plumpste Henry auf den Schreibtischstuhl – wohlweislich hatte er diesmal auf den ärztlichen Betrachterblick-Milchkaffee verzichtet – und rieb sich das Gesicht. Sah noch einmal hin. Blickte weg. Blickte hin. Nichts hatte sich geändert. Das Bild war in seiner nackten Singularität und Unmöglichkeit weitaus mehr als bloß verblüffend. Als Henry in seinem eigenen Kopf den Schritt zurückgelegt hatte, an das, was er da sah, zu glauben, schaltete sich in die Verwunderung seine längst antrainierte wissenschaftliche Nüchternheit. Er umkreiste das Bild wie ein Dompteur den Löwen. Er legte die Hände hinein wie in eine offene Wunde. Er fuhr mit den Fingerspitzen am Hirn entlang. Die nächste halbe Stunde: eine Hetzjagd durch medizinische Netzwerke. Henry fand nicht, was er suchte. Gleichzeitig aber wusste er: Wenn er nicht fand, was er suchte (nämlich das, was er hier sah), wäre er der erste Mensch, der erste Neurologe, der das, was er hier sah, gesehen hatte, dann wäre er ein Entdecker, wäre angekommen in einer Riege mit den Größen der medizinischen Welt. Beruhigte sich langsam. Erinnerte sich daran, dass Omega ja noch draußen saß, mit Bitch und mit Kopfschmerzen. Es wäre unschön, sie noch länger warten zu lassen. Aber was sollte er ihr sagen? Er wusste es nicht. Henry schlich zur Tür, öffnete sie, sah Omega, die ganz ruhig in einem Fashionmagazin blätterte, neben ihr Bitch, die Henry ängstlich ansah. Jetzt bemerkte auch Omega ihn. »Na«, sagte sie, »so schlimm kann's ja wohl nicht sein, oder?«

»Nein«, sagte Henry tonlos. »Kommt rein.«

»Bitch auch?«, fragte Omega.

Henry nickte.

Er schloss die Tür, setzte sich Omega und Bitch gegenüber, hustete, fuhr sich noch einmal durchs Gesicht und sagte dann: »Macht euch erst mal keine Sorgen. Es ist nichts Schlimmes. Nichts Pathologisches.«

»Sondern?«, fragte Omega.

»Tja«, sagte Henry, »Ich hab keine Ahnung, wie ich dir das erklären soll. Ich versteh's ja selber nicht.«

»Spuck's aus«, sagte Bitch.

»Also gut«, sagte Henry, pflückte das Bild von der Wand und legte es auf das beleuchtete Rechteck seines Schreibtischs. »Die Sache ist die. Schaut euch das hier doch mal an.«

Omega warf einen Blick auf ihr Gehirn, sah aber nichts, was sie irgendwie beunruhigt hätte, was nur daran lag, dass sie noch nie das Bild eines Gehirns gesehen hatte (allenfalls Titten, Taillen, Trippelbeine) und somit den frappierenden Unterschied zu anderen Hirnen nicht sofort erkannte.

»Und?«, fragte sie.

Henry seufzte.

Auch Bitch schaute irgendwie ratlos drein.

»Na, los!«, sagte Omega.

»Also, für gewöhnlich verfügt der Mensch, also, der normale Mensch, er verfügt, um es einfach auszudrücken, über zwei Gehirnhälften, da hast du sicher schon mal was von gehört?«

Omega nickte.

»Man spricht in diesem Zusammenhang von der linken und der rechten Hirnhemisphäre.«

»Und?«

»In deinem Fall verhält sich die Sache anders. Du – ich weiß nicht, wie ich das ausdrücken soll, ich hab's bislang noch nie einem Menschen sagen müssen –, du hast im Unterschied zu den anderen Menschen keine zwei Gehirnhälften.«

»Sondern?«

»Drei.«

»Wie, drei?«

»Du hast drei Gehirnhälften.«

»Du meinst, drei Gehirndrittel?«

Henry dachte kurz nach. Über seine Entdeckung war er so entgeistert und das alte Konzept der Hirnhälftigkeit war so in seinen eigenen Hälften verankert, dass er sich dieses eindeutigen mathematischen Kurzschlusses schuldig gemacht hatte. »Kluges Kind!«, sagte Henry. »Stimmt. Es gibt keine drei Hälften.«

»Ja, ist das jetzt schlimm?«, fragte Bitch.

»Das wird sich rausstellen. Wir müssen noch eine Reihe von Tests machen.«

»Und haben meine Kopfschmerzen damit zu tun?«, fragte Omega.

»Möglich.«

»Und jetzt?«

»Weiß auch nicht. Die mittlere Hälfte, ich meine, das mittlere Drittel, ist vollkommen schwarz, ich kann es mit dem CT nicht durchdringen, es ist wie ein Loch, eine ganz und gar ...«

»Kann man nichts dagegen machen?«

Henry zögerte. Dann sagte er: »Gibt es irgendwas, das du besonders gut kannst? Was weiß ich! Etwas, das für einen normalen Menschen außerhalb jeder Reichweite liegt?«

»Ich bin die Laufstegqueen«, sagte Omega.

»Nein, nein«, sagte Henry. »Ich meine ...«

»Ich bin wandelbar. Ich kann gut posen. Ich bin fotogen. In zwei Wochen werde ich als Victoria's Secret-Engel laufen ...«

»Du bist hier nicht beim Casting, Omega. Was ich meine, sind Gehirnfähigkeiten, keine Körperfähigkeiten.«

»Gehirnfähigkeiten?«

»Ja, kannst du zum Beispiel besonders gut rechnen, dir etwas merken, hast du ein fotografisches Gedächtnis, kannst du dich an Wochentage erinnern, Musik auswendig aufschreiben, irgendwas?«

»Ach so«, sagte Omega und dachte nach. Um die Schmerzen loszuwerden, blieb ihr wohl nichts übrig, als ihrem Arzt die Wahrheit zu sagen. Sie gab sich einen Ruck und blickte zum Schränkchen in der Ecke, und Henry und Bitch wurden Zeuge, wie sich vom Schränkchen in drei Metern Entfernung eine Wasserflasche zu ihnen auf den Weg machte, sich in den Luftraum zwischen sie platzierte, und während die Flasche sich langsam selbst aufschraubte, schwebten drei Wassergläser heran, die im Dreieck um die Flasche flirren blieben, und die Flasche goss Wasser in die Gläser, richtete sich auf, drehte sich zu und schwebte zurück zum Schrank. Omega nahm das eine Glas aus der Luft, trank einen Schluck, bedeutete den beiden, ihrem Beispiel zu folgen, und fragte Henry: »Meinst du so was in der Art?«

3

Also wussten sowohl Bitch als auch Henry Bescheid über Omegas Gabe. Letzterer kniete jetzt im Madison Square Garden neben Omega und unternahm vergebliche Reanimationsversuche. Er war froh, als die Sanitäter mit Bahre und Beatmungsgerät eintrafen. Ehe man Omega fortkarren konnte, trat ein schwarz gekleideter Mann zwischen Henry und Omega und sagte: »One moment please!«

»What!?«

Der Mann sagte »Security!«, legte seine Arme um Omegas Rücken, öffnete den Fantasy Bra und zog ihn der Toten aus, nicht ohne einen mehr als flüchtigen Blick auf das zu werfen, was vom Fantasy Bra verborgen worden war. »You cannot have that!«, sagte der Mann. »It's worth twenty-five million bucks.« Noch ehe die Sanitäter eine Decke über Omega hätten breiten können, hatte Tashi sein für Omega genähtes orangerotes Dalai-Lamaninnen-Gewand, das er immer und überall bei sich trug, aus seinem Rucksack entnommen und rasch über Ihre Nichtigkeit geworfen, um deren Blöße zu bedecken.

»Sie ist tot!?«, stammelte Bitch.

Kurz verließen sie die Kräfte, sie musste sich hinsetzen, landete auf etwas Weichem und dachte aus irgendeinem verborgenen Grund in diesem Augenblick an ihren Satz »In die nassen

Sättel!«, den sie einst als junges Mädchen ausgerufen hatte. Bei der weichen Stelle, auf der sie jetzt saß, handelte es sich um zwei Engelsflügel. Bitch zog sie hervor und presste ihr Gesicht an die Flügel. Als Alpha ihr aufhalf mit den Worten »Komm! Wir müssen los!«, schaute sie ihn zunächst hilflos an, stand auf, ließ die Engelsflügel aber nicht los. Es war, als klammere sie sich an diese Engelsflügel, die Omega vor ein paar Minuten noch getragen hatte, stolz, siegesgewiss, jene Flügel, mit denen sich Omega in höchste Höhen des Madison Square Garden geschraubt hatte, jene Flügel, die man ihr, um sie auf die Bahre zu legen, abgeschnallt hatte, und Bitch konnte im Grunde nur deshalb weitergehen, mit Alphas Hilfe, weil sie die Engelsflügel fest an ihre Brust presste, weil sie all ihre Kraft aus der Kraft der zwei Flügel zog, die Flügel gehörten zu Omega, sie waren Ausdruck für all das, wonach ihr Kind sich so sehr gesehnt hatte die letzten Jahre, und wenn sie, Bitch, die Flügel hier würde liegen lassen, fühlte sie, würde sie auch ihre Tochter hier liegen lassen und aufgeben, und das durfte nicht sein.

Im Krankenwagen war kein Platz mehr für Bitch. Weder für sie noch für Alpha oder Tashi. Die drei mussten per Taxi dem Krankenwagen folgen, in dem nur Henry sitzen durfte, der alles genau überwachte. Man hatte Omega an ein Atemgerät angeschlossen, künstliche Luft füllte ihre Lungen. Henry hatte dem Notarzt seinen Ausweis vor die Nase gehalten und in deutlichen, aber knappen Worten dargelegt, dass er Omegas behandelnder Arzt sei und etwas von ihr wisse, was kein anderer wisse.

»Was denn?«, fragte der Notarzt.

»Etwas ziemlich Unglaubliches.«

Erst jetzt fiel Henry eine Merkwürdigkeit auf: Das Blut fehlte. Bei diesem Aufprall gegen die Decke des Madison Square Garden hätte jeder Schädel platzen müssen. Als Henry Omegas Kopf genauer untersuchte, fand er nichts dergleichen, nicht mal eine Beule. Im Krankenhaus selber wurde Omega Sybille Zacharias ans EEG angeschlossen. Henry und die Ärzte schauten finster drein: Weder Alpha-Wellen zeigten sich auf den Monitoren (Ausdruck der Hirnaktivität beim wachen Menschen) noch

Beta-Wellen (Ausdruck von Hirnaktivität unter Medikamenten-einwirkung) noch Delta- oder Theta-Wellen (bei Kindern, oder bei Erwachsenen, die schlafen). Nein, Omega schlief nicht. Ihr Hirn arbeitete nicht mehr. Gab kein noch so kleines Erregungs-zeichen von sich. Kein Zweifel, sie war tot. Das, was man ge-meinhin hirntot nennt. Auch wenn ihr Körper durch das Be-atmungsgerät maschinell versorgt und aufrechterhalten und ihr Hirn mit Sauerstoff gefüttert wurde, musste man sich nach ein paar Stunden eingestehen, dass ihr Hirn den Sauerstoff nicht mehr verarbeiten konnte. Hirntod, also der »Zustand der irre-versibel erloschenen Gesamtfunktion des Großhirns, Klein-hirns und des Hirnstamms«, sprich, Ende Gelände. Noch zweiundsiebzig Stunden. Dann würde man die Atemgeräte abschalten. Drei Tage.

»MRT«, sagte Henry.

Seine Kollegen nickten. Man war für das überaus umstrittene weite Feld des Hirntods sensibilisiert, spätestens nachdem im Jahr 2008 ein 17-jähriger Student für hirntot erklärt worden war und vier Jahre später munter studierte, nur weil sein Vater sich dem Ansinnen der Ärzte widersetzt hatte, die Apparate abzu-stellen, um dem Toten die Organe entnehmen zu können, denn die Warteliste der Organempfänger sei lang. Auch gab es Kriti-ker, die anführten, dass man den Herzschlag eines Hirntoten noch bis zu vierzehn Jahre nach dem Hirntod nachverfolgt hätte. Wann ist man tot?, ist eine sehr gute Frage. Auf die man immer noch keine Antwort gefunden hatte.

Als Henry mit dem Chefarzt und einem der Oberärzte der Klinik auf die Ergebnisse wartete, überlegte er kurz, ob er die Kollegen auf das, was sie gleich hier sehen würden, vorbereiten sollte, verwarf aber diesen Gedanken, weil sie ihm eh nicht glauben, sondern wie Thomas der Zweifler den Finger in die Wunde würden legen müssen, und außerdem – wie sagt man das, was Omega in ihrem Kopf *besaß*, auf Englisch?

»Wollen Sie einen Kaffee?«, fragte man ihn.

»Nein danke«, sagte Henry. »Als ich das letzte Mal ihr Hirn sah, ging eine Tasse zu Bruch.«

»Sorry?«

»Warten Sie, bis Sie es sehen.«

»Was denn?«

Ein paar Minuten später starrten die New Yorker Ärzte auf die Bilder von Omegas Tripelhirn wie ein Ornithologe auf eine Meise mit sechs Flügeln.

»What the fuck is this?«, schrie der Chefarzt.

Aber Henry starrte ebenfalls auf die Bilder. Denn es bestand kein Zweifel: Omegas mittleres Gehirndrittel, Omegas schwarzer Fleck zwischen den Hemisphären, er war größer geworden, ein ganzes Stück. Schien sich ausgebreitet und den beiden anderen Dritteln einiges von dem wenigen Platz abgeknabbert zu haben, in dem sie bis vor Kurzem noch gezuckt hatten.

»Ihr mittleres Gehirndrittel«, sagte Henry.

»Mein Gott«, sagte der Oberarzt. »Sieht aus wie das Schwarze Loch.«

Henry wandte den Blick. Weg vom Omega-Bild. Hin zum Oberarzt. »Was sagen Sie?«, fragte er.

»Das Schwarze Loch. Unten in Nevada. Sie müssen doch davon gehört haben! Läuft überall im Fernsehen! Und das hier: sieht genauso aus wie das Schwarze Loch!«

Hirntod Omega. Hirnlebendig Henry. Quickhirnlebendig. Da funkte und sprotzte es, da wurden ganz neue Bahnen gelegt, Synapsen auf neue Weise miteinander verknüpft, da feuerte es unter seiner Schädeldecke wie bei einer Wildwest-Film-Schießerei, und er verließ den Raum. Er musste jetzt nachdenken. In aller Ruhe.

4

Weder Gusto Winter noch der Schamp noch Escher wussten zu diesem Zeitpunkt etwas von Omegas Unfalltod. Sie hatten – was sie noch nicht ahnten – eines der letzten Sonderflugzeuge nach Las Vegas bestiegen, denn kurze Zeit später sollten sämtliche Flüge an den Ort der Katastrophe gestrichen werden. Unterwegs setzte Gusto seinen Freund von Omegas Gabe in Kenntnis. Der Schamp war baff. Eigentlich glaubte er nicht an so einen Schnickschnack, aber warum sollte Gusto ihn jetzt, in diesem Augenblick, anlügen? Der Schamp bemerkte eine für Gusto ungewohnte Traurigkeit. Ohne jede Frage eine Folge der Omega-Abfuhr.

»Und jetzt?«, fragte Gusto, nachdem er alles erzählt hatte. »Was sollen wir tun? Ohne Omega? Wie sollen wir dem Schwarzen Loch auf den Leib rücken?«

»Ich weiß nicht«, sagte der Schamp, »aber mir ist bislang immer noch was eingefallen.«

Und der Schamp machte ein Peace-Zeichen in Richtung Stewardess, das sich aber viel profaner auf die Anzahl dessen bezog, was er zugleich zum Peace-Zeichen fahnenhaft hauchte, nämlich das Wort *Bier*.

»Sie hatten doch schon mindestens vier!«, sagte die Stewardess.

Und Gusto: »Etliche Prozent dessen, was sich ereignet in der Welt, kann man mit ein paar Promille leichter ertragen.«

»Ich«, sagte der Schamp wie üblich, »hör erst auf mit dem Biersaufen, wenn der Papst aus der Kirche austritt!«

Das aber war alles andere als wahrscheinlich. Um mathematisch exakt zu sein: Die Wahrscheinlichkeit dafür ging gegen $1:1000000^{19867352}$. Also fast so gut wie gegen null. Und während Gusto und Schamp noch im Flugzeug saßen, fand gerade im Vatikan eine erste, umgehend nach den furchtbaren Nevada-Bildern einberufene Sitzung des Pontifikatsträgers mit seinen engsten Vertrauten statt, die um die Frage kreiste, was man angesichts der neuen, unbekannten Katastrophensituation tun, sprich, was man den Menschen, den Katholiken, den Jüngern Christi sagen, was man ihnen in nomine patris bezüglich dieses Szenarios des möglichen Weltuntergangs an die Hand geben sollte. (Diese Sitzung wurde später von Günter Wallraff, der die Kirche von innen entlarven wollte und es als Geheimagent des Atheismus bis in die Riege der Papstbediensteten gebracht hatte, sowohl in seinem Buch *Ganz oben* ausführlich beschrieben als auch in einem Videomitschnitt bei YouTube veröffentlicht, denn Günter hatte vor der Sitzung eine Spycam an der Decke des Sitzungsraums angebracht, ein günstiger Umstand, der die spätere Abkehr der Gläubigen vom Katholizismus befeuerte.)

»Hm«, sagte Papst Innozenz XIV.

Sein Sekretär Theo zuckte mit den Schultern.

»Puh«, sagte Kardinal Woyzeck.

»Keine Ahnung«, sagte Kardinal Hamam.

»Mein Gott«, sagte der theologische Berater des Papstes, ein Sachse namens Fritz Wupper.

»Ach, ach!«, sagte Johannes Josef – es tut mir leid, aber er hieß wirklich so – Nonnenbohrer, Kardinal aus Bayern und Leiter der Glaubenskongregation.

»Lasset uns beten!«, sagte Innozenz.

Nach dem Beten wussten sie aber immer noch nicht, was zu tun war.

»Lasset uns noch mal beten!«, sagte Innozenz, und die anderen bewunderten ihn für seine Weitsicht, die Kardinäle schlugen sich imaginär auf die Schulter angesichts der Tatsache, diesen Papst gewählt zu haben. Nach dem vierten Gebet sagte der Papst, dass man jetzt einen Imbiss zu sich nehmen könne. Günter Wallraff und seine Mannschaft brachten Häppchen und Kaffee. Alle schlürften, drucksten herum, schwiegen und schienen auf eine Eingebung zu warten.

»Lasset uns nachdenken!«, sagte der Papst und schlug einen neuen Ton an. Man dachte nach, traute sich aber nicht, die Ergebnisse des Nachdenkens untereinander auszutauschen. Es herrschte Schweigen. Angesichts der Neuheit des Problems und der Ungewohntheit der fatalen Situation kann man das Schweigen verstehen.

»Die Menschen«, so der Sekretär Theo plötzlich, »erwarten eine Stellungnahme der Kurie.«

»Das weiß ich auch«, knurrte der Papst.

»Wir müssen ihnen einen Leitfaden an die Hand geben, wie sie auf die neue Situation …«

»Deswegen sind wir hier, Theo.«

»Verzeihen Sie, Heiliger Vater.«

Nachdem Innozenz XIV. – als Hardliner gewählt, um jene Reformbestrebungen an Basis und Spitze, die der teuflische Papst Franziskus I. in die Wege geleitet hatte (Krieg jedweder Weichspülung der katholischen Prinzipien!), wieder rückgängig zu machen –, nachdem er also den Kaffee in einem Ruck hinuntergestürzt und die Kaffeetasse etwas lauter als nötig auf dem Unterteller abgesetzt hatte, beugte er sich vor und sagte ganz leise: »Es ist der Antichrist!« Die anderen nickten bedeutsam, wussten jetzt aber immer noch nicht, was das hieß. »Ich werde«, so Innozenz XIV., »mich zurückziehen und die Autoritäten studieren, noch einmal die Offenbarung des Johannes lesen und auf eine Eingebung unseres guten Gottes harren.« Die anderen nickten eifriger, weil sie jetzt voraussahen, dass diese komische Sitzung bald enden würde.

»Die Menschen«, wagte der Sekretär zaghaft einzuwenden, »erwarten *jetzt* eine Botschaft.«

Innozenz lehnte sich zurück. Er spürte die göttliche Ruhe in sich, die anderen spürten sie auch. »Die Dinge«, sagte Innozenz, »kommen und gehen. Die Kirche bleibt. Wir haben schon viele Probleme und Zweifel erfolgreich mit Nichtstun bekämpft. Die Kirche wird das machen, was sie am besten kann: die Sache aussitzen. Wir treffen uns in zwei Tagen wieder. Mit Gottes Hilfe hat sich die Sache dann bereits erledigt.«

Die anderen nickten.

Nur der Sekretär schluckte. »Wäre es nicht besser ...«

»In nomine patris ...«, sagte der Papst.

»... et filii et spiritus sancti«, sagten die anderen und erhoben sich rasch von den Sitzen, küssten dem sitzenden Papst den Ring des Fischers und wuselten aus dem Raum wie die Aale.

Die Menschheit befand sich nach Ansicht der aus Nevada in die Welt geschickten Bilder im Schockzustand – nein, noch kein Schockzustand (man wusste nicht, was das alles zu bedeuten hatte), eher ein Schachzustand. Jemand hatte die Menschheit schach gesetzt, aber alle hofften auf einen letzten genialen Zug eines letzten genialen Menschen, der das Schachmatt noch verhindern würde. Alle waren fasziniert, aber keiner glaubte so richtig wirklich an das Ende der Welt, weil nicht sein kann, was nicht sein darf. Wieder so ein Medienhype!, dachte man im Kollektiv. Diese Scheißwelt war schon zigmal untergegangen, Katastrophen wie Sand am Meer. Ende der Menschheit, Zweiter Weltkrieg, Angst vor einem Dritten Weltkrieg, vor einem Vierten Weltkrieg, auch wenn der Dritte noch gar nicht stattgefunden hat, *clash of cultures*, Ressourcenknappheit, Krieg ums Öl, Krieg um den Dollar, Aufstand der Armen gegen die Reichen, Revolution, Kampf ums Wasser, Überbevölkerung, Umpolung der Erdmagnetfelder, Sonnenstürme, die den Erdkern erwärmen, Klimawandel, das Schmelzen der Pole, das Versinken der Erde im Wasser, das Ozonloch, und hatten die Maya nicht das Ende der Welt für 2012 vorausgesagt? Nein! Hatten sie nicht. Das war nur das Datum, an dem der Kalender endete. Die Maya mussten eben auch mal irgendwann ihren Kalender zu einem Abschluss bringen! Paranoide Medienmenschenmonster! Schweine-, Vogel-, Eselgrippe! Rinderwahn! SARS! Weiß der Kuckuck! Bei jedem Mückenstich wurden globale Katastrophen ausgerufen! Meteoriten, die auf die Erde stürzen – naja, muss ich einwenden, zumindest das ist eine durchaus reelle Bedrohung! –, Atomkriege, Superdupergau, Alienangriffe, religiöse und esoterische Vorhersagen, Nostradamus, Erdbeben, Tsunamis! Und das hier, glaubten die Menschen, wäre der neueste Schrei auf der Hitliste der jämmerlichsten Rohrkrepierer namens Weltuntergangsszenarien: ein Schwarzes Loch.

Dennoch: Die Bilder vom Schwarzen Loch wirkten mittlerweile mehr als nur bedrohlich. Dass man dieses Loch jetzt so gut auf den Bildschirmen erkennen konnte, verdankte man niemand anderem als James Cameron, der an den Ort des Geschehens eingeflogen worden war. James Cameron, Hollywood-Actionregisseur, berüchtigt dafür, neueste technische Entwicklungen für seine Filme zu nutzen, schleppte also Crew und Ausrüstung zum CON in Nevada, schüttelte den Kopf über das antiquierte

Equipment der Fernsehteams und sagte: »Jetzt übernehme ich, Freunde. Trust me!« Ich erspar euch die technischen Details. Die 3-D-Technik feierte ihr drittes Comeback. Cameron war gut, war sehr gut, sein Blick für die Situation einzigartig, und irgendwann gingen die Sender dazu über, bei Aufnahmen des Schwarzen Lochs nur noch Camerons Bilder zu zeigen und die eigenen Kamerateams lediglich auf die Suche nach Interviewpartnern zu schicken oder das Geschehen einfangen zu lassen, welches sich um das Schwarze Loch herum abspielte. Und das war grauenhaft, sage ich.

In einem ungeahnten Ausmaß dessen, was die Barbaren als Katastrophentourismus bezeichneten, eilten aus ganz Amerika, aus aller Welt etliche Millionen Neugierige oder Schaulustige herbei, um dem Spektakel beizuwohnen. Irgendwann, aber viel zu spät, wurde der gesamte Staat Nevada großräumig abgeriegelt. Die Maschine, in der Gusto, Schamp und (im Frachtraum) Escher gesessen (und gelegen) hatten, war, wie gesagt, eine der letzten gewesen, die in Nevada hatten landen dürfen. Nevada sei *voll*, hieß es in einer Stellungnahme der Präsidentin Hillary Clinton, man könne ab sofort nicht mehr einfliegen. Jetzt befanden sich aber schon so viele Leute dort, dass man Probleme hatte, die Massen unter Kontrolle zu halten. Alle strömten Richtung CON. Das Militär errichtete weiträumige Sperren. Dennoch drängten von außen immer mehr Menschen heran, das Militär hatte alle Hände voll zu tun, die Leute zurückzuhalten. Es gab auf den Sendern kein anderes Thema. Hatte man genug von den neuen Bildern, spielte man Kommentare von allen möglichen selbsternannten Experten ein. Talkshows kreisten nur um diese Frage: Weltuntergang ja oder nein. Was kann man tun? Wie konnte es dazu kommen? Talkgott Markus Lanz fragte einem renommierten Physiker Schwarze Löcher in den Bauch: »Nehmen wir einmal an, das Schlimmste trifft ein und die Welt geht unter: Wie geht es dann weiter?« Der Physiker zögerte mit seiner Antwort.

Die Anreise der drei Helden Gusto, Escher und Schamp erwies sich als äußerst kompliziert. Da der Flughafen in Las Vegas vollkommen überfüllt war, wurden sie umgeleitet und landeten an einem Ausweichort, wo heilloses Chaos herrschte, sodass Gusto und der Schamp ewig auf ihren Escher warteten, stundenlang in der Schlange zu den wenigen Shuttle-Bussen standen und erst in den frühen Morgenstunden des 12. Januar völlig ausgelaugt in Las Vegas eintrafen. Ein Zimmer im restlos ausgebuchten Mirage bekamen sie nur durch die guten Beziehungen des Großen Gustoni zum Geschäftsführer des Glitzerschuppens. Jetzt erst mal Kräfte tanken. Ein paar Stunden wenigstens schlafen. Am Nachmittag (immer noch wussten sie nichts von Omegas Unfalltod) bestiegen die drei die Privatlimousine des Geschäftsführers, und der Gesichtsausdruck des Schamp erhellte sich schlagartig, als er seinen Gusto in einer plötzlichen Erinnerungsflut davon in Kenntnis setzte, dass er schon einmal von einer Stretchlimo abgeholt worden sei, sogar eine goldene Stretchlimo, keine poplige schwarze, und zwar in Ljubljana, vom dortigen Goethe-Institut. Gusto nickte. So trafen die drei irgendwann beim Schwarzen Loch ein. Der Chauffeur lud sie am Ort des Verschlingens ab. Dort drängelten sich die Massen. Sie alle wollten, konnten aber nichts sehen. (Damit meine ich nicht das Nichts, als welches das Black Hole weste, sondern buchstäblich nichts, also im Grunde nichts vom Nichts.) Die Menschen in den hinteren Reihen (und ich spreche hier von endlosen Reihen) sahen nur die Rücken der vor ihnen Stehenden.

»Man sieht ja gar nichts!«, rief der Schamp, nachdem sie aus der Limo gesprungen waren.

»Was hast du erwartet?«

»Und jetzt!?«

»Wir müssen da durch!«, schrie Gusto gegen den Lärmpegel seinem Schamp zu.

»Und wie?«

»Gute Frage!«

Noch ehe er hätte nachdenken und auf eine Idee kommen können, wurde Gusto bereits fortgezerrt von einer Urgewalt sondergleichen, und diese Urgewalt hieß Escher. Mit wildem, wütendem Gekläff sorgte er dafür, dass die Menschen vor ihm auseinandersprangen und ein Spalier bildeten. Keiner wollte von einem weißen Wolf gebissen werden. Gusto hatte Mühe, mit Escher Schritt und die Leine festzuhalten, und erst, als der Schamp zu ihnen aufschloss und Gustos freie Hand schnappte, gelang es den beiden mit vereinten Kräften, Eschers Tempo zu drosseln.

Endlich gelangten die drei an die Absperrung. Doch auch hier, in der ersten Reihe, konnte man nichts sehen, denn der zwei Meter hohe Drahtzaun, den man in aller Eile improvisatorisch errichtet hatte, war in einem Umkreis von etwa drei Meilen um das CON angelegt worden, sicher ist sicher, sosehr man auch spähte und die Hand vor die Stirn hielt oder einen Nebenstehenden um ein Fernglas bat, man sah nichts, vielleicht allerhöchstens ein leichtes Flackern der Luft in der Ferne, und hinterm Zaun stand alle zehn Meter eine grimmig blickende Uniform, die Waffe geschultert.

Gusto holte Luft. Der Lauf hierher, in Eschers Gefolge, war schon ein bisschen hart gewesen für einen alten Mann. Escher versuchte, den Zaun zu überspringen, aber der war zu hoch, er rutschte immer wieder ab. Als ein Uniformierter zu Gusto trat und sagte, er solle dafür sorgen, dass der Hund ruhig bleibe, war der Schamp schon – drei Meter weiter – auf die Spitze des Zauns geklettert, aber ein anderer Uniformierter nahm die Maschinenpistole in Anschlag und ließ sich auch auf keine Diskussion mit dem Schamp ein, als dieser – im Gedenken ans Erste Bochumer Brachenbrechen – erneut Hegel zitierte, mit einer grob ins Englische übersetzten Version des Satzes: »Das Andere einer Schranke ist eben das *Hinaus* über dieselbe.« Enttäuscht dreinschauend, blieb dem Schamp nichts anderes übrig, als wieder runterzuklettern.

»Und jetzt?«, fragte er Gusto.

Der zuckte mit den Schultern. Schaute sich um. Escher bellte weiter wütend, immer wieder Richtung Gusto, als erwarte er etwas, einen Befehl, eine Anweisung, als wolle er endlich etwas tun, was er schon lange hatte tun wollen.

»Sir!«, schrie ihn der Uniformierte an und deutete auf den Hund.

Gusto beugte sich hinab. »Du musst still sein!«, flüsterte er Escher ins Ohr. »Wenn du nicht still bist, schicken die uns wieder weg.«

Escher nickte, wurde ruhig und legte sich dicht an den Zaun. Gusto war verwundert über so viel Gehorsam. Dann richtete er sich auf und sah sich um. Erst jetzt drang der Wahnsinn dessen, was hier geschah, in sein Bewusstsein. »Take me! Take me! Take me!«, skandierten einige Weltuntergangsfans, die als Erste vom Loch geschluckt werden wollten. Andere beschwerten sich laufend bei den Uniformierten, dass man das Loch *von hier aus* gar nicht sehen könne, und selbst mit der Kamera sei das Ding nicht heranzuzoomen. Geschäftstüchtige verkauften Getränke und Essen zu überteuerten Preisen und hatten in aller Eile T-Shirts drucken lassen mit der Aufschrift *World's End 2021*. Man sieht daran, dass die Menschen in dieser ersten Phase noch nicht so richtig an das Ende glauben mochten und darauf vertrauten, dass der Regierung oder den Wissenschaftlern schon noch was einfallen würde (wie in allen Katastrophenfilmen, die im Kino liefen), und sie sahen sich selbst schon in ihrem Holzhäuschen sitzen, vorm Kamin, den Lebensabend genießen und ihren Enkeln erzählen, dass sie – ja, wirklich! – hautnah dabei gewesen waren, als die Welt *beinah* untergegangen wäre, im Januar 2021. Die Menschen starrten, da sie hier, vor Ort, nichts sehen konnten, in ihre Tablets oder Smartphones, also ins Internetfernsehen, denn dort immerhin konnte man am Geschehen teilhaben. Und Gusto blickte einem der Nebenstehenden über die Schulter. Und da sah er es, auf dem Tablet seines Nachbarn, er sah es, der Schamp sah es, die Menschen auf der ganzen Welt sahen es, so sie über Internetzugang verfügten, also abgesehen von denjenigen Menschen, die aufgrund ihrer Lebenssituation nicht über Elektrizität und somit auch nicht über technische Errungenschaften wie das Internet verfügten (denen ging es so richtig gut damals, sie sangen, tanzten, jagten und fraßen und lebten sorglos auf den Steppen ihrer Unwissenheit, wenn sie nicht – Kehrseite der Medaille – gerade verhungerten, denn wir befinden uns immer noch im Zeitalter des Barbarismus, das erst mit dem Jahr 2045 und dem Tod des letzten Papstes enden würde), die restlichen Menschen aber sahen *das Loch*, und sie sahen es mit wachsender Faszination.

5

Wenn die Hubschrauberkamera ins Loch blickte, von weit oben, aus der Luft, aus sicherer Entfernung, gab es außer leerer Schwärze nichts, was hätte erfasst werden können, demnach nichts Fassbares, nichts Greifbares, nur Unfassbares, Ungreif- und Unbegreifbares, kein Grund mehr, nur Un-Grund. Das Loch schien aber im Augenblick eine – sagen wir – Saugpause zu machen, es blubberte nicht mehr, waberte nicht mehr, schien nicht mehr an inneren Fesseln zu zerren, nein, es lag da, schein-bar ganz ruhig, ganz friedlich. Doch da spürten die Menschen am Zaun um das CON plötzlich eine fiebrige Glut. Natürlich herrschte Sommer in Nevada, etwa fünf Uhr nachmittags, und bislang hatte eine kühle Brise aus Nordost dafür gesorgt, die Hitze ein wenig zu lindern. Jetzt aber senkte sich glühendes Blei auf die Häupter der Anwesenden. Man schaute zum Him-mel. Kein Wind mehr. Als wäre auch er plötzlich vom Loch ver-schluckt worden.

Es war der Schamp, der als Erster ein merkwürdiges Flüstern wahrnahm, ein langsames, zeitlupenhaftes Kitzeln, und als er nach unten blickte, erbleichte er: Der Sand, ja, Sandkorn um Sandkorn, wurde behutsam, sacht und leise unter seinen Sohlen herausgesaugt. Angesichts der Windstille wusste der Schamp sofort, dass es nur das Loch sein konnte, das ihnen in diesen Sekunden – noch kaum merklich – den Boden unter den Füßen wegzuziehen begann. Jetzt sahen es auch die übrigen Menschen. Und schrien. Und deuteten auf den Sand. Eine Idee!, dachte der Schamp. Ein rettender Gedanke! Irgendwas dem Loch entgegensetzen! Wir müssen es stoppen! Wir müssen etwas ... In diesem Augenblick hellte sich seine Miene auf. Er zog eine Tüte aus seiner Jackentasche. Eine gewöhnliche weiße Brötchentüte. Auf der Tüte stand in fetten Lettern: »Buh!« Man erinnere sich an des Schamps Buhrufservice: www.der-schamp.de/01Start-seiten/Buh-Service.html. Der Schamp hatte ja damals begonnen, Buhrufe in Tüten zu verkaufen und bis zum Jahr 2021 satte 4000 Euro umgesetzt. Er hatte den Käufern versichert, dass in den Tüten auch wirklich und wahrhaftig jene Buhrufe steckten (»Auf den Verpackungen steht genau drauf, was in den Tüten drin ist – geschummelt wird nicht!«), sprich, dass er, der Schamp persönlich, in die Tüte hineingebuht habe, das gebiete sein künstlerisches Ethos, und, was soll ich sagen, er hatte sich auch daran gehalten. »Kann's ja mal versuchen!«, dachte der Schamp jetzt, öffnete die von ihm selbst unlängst gefüllte Buhruftüte und hielt sie in Richtung Schwarzes Loch. Der Schamp glaubte im Grunde genommen nicht wirklich daran, dass Kunst – in welcher Form auch immer – in die Welt einzugreifen in der Lage wäre, und so war er durchaus überrascht, als das Öffnen der Tüte und das Hinausflutschen der unsichtbaren und lautlosen Buhrufe eine staunenswerte Wirkung nach sich zog: Der Sand unter seinen Füßen und unter den Füßen der Menschen, die neben ihm standen, hörte sofort auf zu rieseln und regte sich nicht mehr. Satte sechzig Sekunden standen Schamp und seine in Hörweite platzierten Nachbarn wieder auf festem Boden. Aus der Lochferne her glaubte der Schamp sogar ein wütendes Grollen zu hören, aber da war er sich nicht sicher. Als der gebremste Sand unter seinen Füßen nach etwa einer Minute wieder langsam in Richtung Zaun zu kriechen begann und der Effekt des Buhrufs verpufft zu sein schien, rief der Schamp ein weiteres, laut vernehmbares »Buh!« Diesmal ohne Wirkung. Er setzte alles auf eine Karte, brüllte ein Buh in die Tüte, schloss die Tüte, öffnete sie wieder, tatsächlich: Abermals versandete der zähe, zeitlupenhafte Fluss unter seinen Füßen. Also nicht der live gerufene Buhruf, sondern die Aktion der geöffneten Buhruftüte hemmte das Loch in seinem Wachstum! Der Schamp strahlte. »Tüten!«, rief er den Leuten zu. »Ich brauch Tüten! Jede Menge Tüten. Egal, wie groß.«

»Was ist denn los?«, rief Gusto.

»Hast du ne Tüte dabei?«

»Die Kotztüte aus dem Flugzeug.«

»Wieso das denn?«

»Kann nie wissen, wozu man sie ...«

»Hol sie raus!«

»Und jetzt?«

»Buhst du da rein.«

»Bitte?«

Der Schamp machte es ihm mit seiner eigenen Tüte vor. Gusto nickte und folgte dem Beispiel des Schamp.

»Jetzt machst du die Tüte zu.«

»Mhm.«

»Und jetzt öffnest du sie, so wie ich, und ...«

Doch bei Gusto stellte sich der erhoffte Erfolg nicht ein.

»Hm«, sagte der Schamp. »Vielleicht liegt es an mir.«

»Was?«

So füllte der Schamp noch einmal höchstpersönlich seine Brötchentüte mit einem Buhruf, reichte sie Gusto, hieß ihn, sie zu öffnen, und in der Tat versandete in diesem Augenblick das gruselige Kriechen unter Gustos Sohlen.

»It's a miracle!«, sagte ein Nebenstehender, der alles mit angesehen hatte. »We got a hero!«, brüllte er, nestelte in den Taschen und reichte dem Schamp eine zerknüllte Plastiktüte, und auf diese Weise nahm die zweite Rettungsaktion des Schamp seinen Lauf, denn wie ein Lauffeuer verbreitete sich die Nachricht vom Hornbrillenmann, der dem Loch seine Stimme entgegensetzte und dafür zu sorgen schien, dass es nicht größer wurde, denn in der Tat hörte man jetzt über die Monitore, das Loch habe aufgehört zu wachsen, und nachdem der Schamp stundenlang unermüdlich in alle möglichen herbeigebrachten Tüten gebuht und die Tüten weitergereicht hatte und die Tüten von allen möglichen Leuten geöffnet worden waren und dem Schwarzen Loch die geballte Wucht der Schamp-Buhrufe entgegengesegelt war, sickerte die Nachricht durch, das Loch sei sogar ein wenig geschrumpft.

»Nicht auf die Schultern klopfen!«, rief der Schamp seinen neuen Fans zu. »Das stört mich erheblich in meiner Buhruf-konzentration.«

Der Tag neigte sich dem Ende zu, Matthias Schamp buhte aus Stimmeskräften in die Tüten, die Menschen brachten ihm einen Sessel und einen Sonnenschirm, kalte Getränke, etwas zu essen und jede Menge Tüten, Tüten, Tüten, und sie alle standen Schlange und rissen ihm die Tüten aus der Hand und ließen sie von Mann zu Mann und von Frau zu Frau die Absperrung des CON umkreisen, umzingelten das Loch mit den von Herzen kommenden Schamp-Buhrufen, das eingeschüchterte Loch schrumpfte tatsächlich, wenn auch kaum sichtbar, und die Kunde vom tapfer gegen das Schwarze Loch buhenden Wind-mühlenkünstler machte mit den Buhrufen die Runde, und leider klappte das mit den Rufen – aus welchen Gründen auch immer – tatsächlich nur dann, wenn der Schamp persönlich in die Tüten buhte. Das alles lief wie geschmiert. Gusto war stolz auf sein Schamperl sowie auf all diese Menschen, die sich ver-bündet, verbrüdert hatten, um dem Entsetzen des Sandsogs etwas entgegenzusetzen, schönes Wortspiel, dachte er, Entset-zen und Entgegensetzen, Entsetzen und Entgegen-Entsetzen, Gusto rief: »Wir schaffen das, wir alle zusammen, wir schaffen das!« Doch als er in die Miene des Schamp blickte, der wahrlich alles gab, stellte sich ihm bald schon die Frage, wie lange der Gute hier in all die Tüten buhen konnte, ehe ihm buchstäblich die Luft wegblieb. Wir brauchen Verstärkung, dachte Gusto, wir schaffen das nicht allein, es bleibt mir nichts übrig, als über meinen Schatten zu springen, ich muss Omega anrufen, sie muss endlich herkommen, uns beistehen.

Gusto zückte sein Handy. Ein sogenanntes One-Way-Handy. Niemand hatte Gusto Winters Nummer. Also fast niemand. Mit Ausnahme seiner nächsten Verwandten. Für Notfälle. Das betonte Gusto. Denn nichts war ihm mehr zuwider, als zu unpassenden Zeitpunkten angerufen zu werden. Von daher war

sein Handy meist ausgeschaltet. »Stell dir vor«, hatte er mal seiner Omega erzählt, »du liegst im Sterben. Und irgendein Arsch
ruft dich an. Einer, der dich nicht die Bohne interessiert. Und?
Alles klar?, sagt der Knilch. Nein, sagst du, ich liege im Sterben.
Hör auf, sagt der andere. Ja, sagst du, im Ernst, ich hör gleich
auf, also wirklich, meine ich. Echt?, sagt der andere. Echt, sagst
du, das hier sind meine letzten Atemzüge, ich bin gleich weg,
sagst du, mein Akku geht zur Neige, nicht der Akku vom
Handy, sagst du, nein, der Akku vom Herzen.« Ja, der Tag hätte
so schön und hoffnungsfroh zu Ende gehen können, wenn
Gusto nicht jetzt sein Handy gezückt hätte in der festen Absicht, Omega anzurufen. Und wenn Gusto nicht vollkommen
überrascht festgestellt hätte, dass 32 Anrufe in Abwesenheit
eingetrudelt waren. 17 Anrufe von seiner Tochter Bitch und
15 Anrufe von einer ihm unbekannten Nummer aus Amerika.
Gusto stutzte und wählte Bitchs Nummer. In der Mitternacht
zum 13. Januar. Zu einem Zeitpunkt, an dem die Welt gemäß
Geschichtsschreibung schon längst hätte gerettet sein müssen.
Eigentlich.

6

Am Morgen nach Omegas Sturz saßen Bitch, Henry, Tashi
und Alpha stumm in Omegas Krankenzimmer, das längst kein
Krankenzimmer mehr war, sondern ein Totenzimmer. Ein
Hirntotenzimmer. Immer noch konnte keiner von ihnen es
glauben. Ich auch nicht übrigens. Natürlich war ich mit von
der Partie, hockte auf der Fensterbank, schaute hinaus in die
blinkende, blitzende New Yorker Nacht. Jeder von uns hing
seinen Gedanken nach.

Bitch? Traurig, leer. Statt zu atmen, schluckte sie die Luft, sie
hatte das Gefühl, als hinge auch sie an einer Maschine.

Tashi? Eher meditativ.

Alpha? Heillos verwirrt. Omega hatte sich gegen die Reise

zum Loch entschieden. Die – gemäß dieser komischen Escher-Ahnungsvision – ihren Tod bedeutet hätte. Wie sie ihm gesagt hatte. Gegen das Loch und für die Show! Gegen den Tod und für das Leben! Gegen das Ende und für den Neuanfang ihrer Karriere. Dennoch lag Omega jetzt tot vor ihm, mucksmäuschentot, hirntot, durch Maschinen atmend, und Alpha verstand nichts mehr von dem, was geschah.

Und Henry? Seine Synapsen hielten sich gegenseitig auf Trab. Er hatte einen Gedanken. Einen vollkommen verrückten Gedanken. Aber was, dachte Henry, heißt schon verrückt? Angesichts dessen, was in den letzten Wochen geschehen war. »Leute«, sagte er irgendwann. »Wir müssen was tun.«

»Seh ich auch so«, sagte Alpha, der langsam zu sich kam.

»Es gäbe da eine gewisse Eventualität«, sagte Henry.

»Wir sind alle Ohren!«, rief Tashi.

»Dieser Eventualität zugrunde liegt eine wissenschaftliche Hypothese, aber das ist nicht ganz korrekt, eigentlich keine Hypothese, eher eine Intuition, nein, noch nicht mal das, es ist vielleicht nur eine vage, vollkommen wirre Assoziation, die mir kam, als ich gestern ...«

»Würdest du bitte so freundlich sein?«, fragte Alpha.

»Tut mir leid!«

Henry räusperte sich. Dann zückte er das Bild von Omegas Hirn, erläuterte seinen Zuhörern die Besonderheiten des dritten Hirndrittels, und er, Henry, sei überzeugt, dieses mittlere Drittel zeichne für Omegas seltsame Gabe der Telekinese verantwortlich. Als ein Oberarzt ihn gestern Abend auf die Ähnlichkeit von Omegas mittlerem Hirndrittel und dem Schwarzen Loch in Nevada aufmerksam gemacht habe, sei eine Assoziation in seinem Kopf entstanden, der er in den folgenden Stunden rein gedanklich auf den Grund ...

»Henry, bitte!«, sagte Bitch.

»Entschuldigung. Ich meine Folgendes, meine Lieben: So etwas wie das, was in Omegas Hirn liegt, ist rein wissenschaftlich gesehen noch nie da gewesen. Und so etwas, wie das, was in Nevada entstanden ist, ebenfalls nicht. Beide Phänomene ähneln sich in Struktur und Aussehen, ich habe die Standbilder inzwischen analysiert und miteinander verglichen, das ist frappierend! Aber diese äußere Ähnlichkeit ist nicht alles, was das Nevada-Loch und Omegas Hirndrittel gemeinsam haben. Beide können (vorausgesetzt, meine Omega-Schwarz-Loch-These stimmt), beide also können die Gravitation außer Kraft setzen, sprich, Dinge in Gang, in Bewegung setzen. Von einem Ort zum andern.«

»Ja«, sagte Alpha, »aber dieses Schwarze Loch in Nevada wächst, während ...«

»Auch Omegas Schwarzes Loch ist gewachsen«, rief Henry. »Das ist es ja. Eine weitere Gemeinsamkeit.«

»Das Schwarze Loch«, sagte Alpha, »in Nevada schluckt die Dinge, das Schwarze Loch in Omegas Hirn, wie du es nennst, bewegt die Dinge nur.«

»Darüber hab ich lange nachgedacht. Es könnte damit zu tun haben, dass Omegas Schwarzes Loch zu klein ist, viel größer zwar als ein sogenanntes Micro Black Hole, aber eins, das in ihrem Kopf durch die Pole der linken und rechten Hemisphäre in ein, naja, sagen wir, domestiziertes Gleichgewicht gebracht worden sein könnte.«

»Also ein Domestiziertes Schwarzes Loch?«, fragte Alpha. (Na, dachte ich, endlich, das wurde auch Zeit.)

»So könnte man es nennen.«

»Und was heißt das jetzt?«

»Das heißt, dass Omegas linke und rechte Hemisphäre zwar definitiv keine für uns messbaren Wellen mehr absondern, sie also rein medizinisch hirntot ist, dass aber Omegas mittleres Drittel sich der uns bekannten Messbarkeit entzieht. Weil wir ein solches Phänomen nie beobachtet haben, sind wir naturgemäß nicht im Besitz einer Messapparatur, die uns anzeigen könnte, ob dieses mittlere Drittel vielleicht doch noch aktiv ist.«

»Und?«

»Also, ich meine: Omega hat keine Alpha-Wellen mehr, keine Beta-Wellen, keine Theta- und keine Delta-Wellen, aber sie heißt weder Alpha noch Beta noch Theta noch Delta, sie heißt Omega. Und vielleicht«, flüsterte Henry und ließ sich in den klebrigen Honigtopf der verzweifelten Hoffnung fallen, »vielleicht«, flüsterte er, »hat sie noch Omega-Wellen. Omega-Wellen, die wir alle nicht sehen können. Weder Mensch noch Maschine.«

»Was?«, fragten die anderen.

»Und wenn das mittlere Hirndrittel noch aktiv ist, könnte es irgendwann die beiden anderen Drittel vielleicht doch wieder, sagen wir, reanimieren. Es ist durchaus mit den beiden anderen Dritteln verbunden.«

»Und darauf willst du warten?«, fragte Bitch.

»Nein.«

»Sondern?«

»Meine Idee ist Folgende: Die beiden Phänomene, die wir nicht kennen, das Schwarze Loch in Nevada und das Schwarze Loch in Omegas Kopf, werden von uns zusammengeführt. Das ist alles sehr vage, ich weiß. Aber ich habe so eine Vorstellung davon, dass dieses große Schwarze Loch in Nevada das kleine Schwarze Loch in Omega in eine elektromagnetische Schwingung versetzen könnte. Sagen wir mal so: in etwa wie ein Akku, an den wir Omega anschließen, indem wir sie ...«

»... ins Schwarze Loch in Nevada werfen!?«, rief Bitch.

»Nein. Aber indem wir sie in seine Nähe bringen. Versteht ihr? Vielleicht wirkt das Ganze wie eine kabellose Starthilfe bei einem Auto, die Batterie muss neu angedockt werden.«

»Aha.«

»Und weil wir das Schwarze Loch nicht von Nevada nach New York bringen können, müssen wir Omega wohl oder übel nach Nevada bringen.«

Die Freunde schwiegen.

»Wohl Odband übel«, sinnierte Bitch leise.

»Und du zu denken dich schwingst, dies könnte Hilfe bringen?«, fragte Tashi.

»Ich weiß es wirklich nicht«, sagte Henry. »Aber hat einer von euch einen besseren Vorschlag, ihr Lieben?«

»Nein«, sagte Bitch und presste die Engelsflügel fest an ihre Brust und sah zu Omega, auf die monoton-motorischen Monitore neben, über ihr.

»Ich«, sagte Tashi, »bin das Ei.«

»Bitte?«

»Oder da*bei*? Sagt man so?«

»Und du, Alpha?«, fragte Henry und dachte, dass Alpha sich nicht auf solch ein hoch spekulatives Spielchen einlassen würde, er, der nüchterne Informatiker.

»Ich hatte dieselbe Idee«, flüsterte Alpha zu Henrys völliger Überraschung. »Nicht das mit dem Schwarzen Loch, nein, ich wusste gar nicht, dass Omega so was in ihrem Kopf hat. Aber als ich im Waldorf Astoria mit ihr gesprochen habe, hat sie mir von einem Bild erzählt: sie selber vor dem Schwarzen Loch in Nevada, und das Bild ist eine Ahnung, eine Vision gewesen, von ungeheurer Kraft.«

Bitch sprang auf. »Eine Vision? Und das sagst du erst jetzt!? Idiot! Worauf warten wir noch?«

»Aber«, fragte Alpha, »geht das denn überhaupt, Henry? So ein Transport. Im Flugzeug? Ist das nicht gefährlich?«

»Es ist nicht ohne Risiko. Aber wir müssen es versuchen.«

Drei Stunden später waren die fünf unterwegs nach Nevada. Allerdings nicht in der Luft, die Flüge waren inzwischen ja samt und sonders gestrichen, sondern mit einem Krankentransport, in dem Omega lag, Henry und Alpha (und ich) saßen hinten, Bitch und Tashi vorne. Der Fahrer sollte alle 500 Kilometer unterwegs ausgetauscht werden, denn man wollte die 4000 Kilometer so gut wie nonstop reisen, in ca. 48 Stunden.

Bitch hatte unterdessen elend oft versucht, Gusto zu erreichen, um ihn von Omegas Unfall in Kenntnis zu setzen, aber dessen Handy war wie üblich ausgeschaltet.

»Sprich ihm doch auf die Box«, sagte Henry.

»Der weiß gar nicht, was das ist, geschweige denn, wie man so was benutzt.«

Umso überraschter war Bitch, als sie nach 36 Stunden wilder Fahrt, etwa um Mitternacht, also in den ersten Minuten

des 13. Januar, aus ihrem sanften Highway-Schlummer gerissen wurde, weil ihr Handy läutete. Gustos Nummer leuchte
auf.

»Gusto?«, fragte sie verschlafen.

»Mensch, Bitch, was ist los? Du hast mich angerufen?«

»Zigmal«, sagte Bitch.

»Und? Worum geht's?«

Das fiel Bitch jetzt doch schwerer, als sie gedacht hätte.
»Omega«, stöhnte sie.

»Ja? Was ist mit ihr?«

»Sie hat einen Unfall gehabt, bei der Show.«

»Ist sie umgeknickt? Ach was, das geht ja gar nicht. Sie läuft
ja nicht, sie ...«

»Sie ist ... Ihr Kopf ... Ein schweres Schädel-Hirn...«

»Bitch!? Was ist mit ihr?«

»Sie ist to...«

»Was!?«

»Sie ist total ... Das heißt, sie liegt im Koma.«

Gusto schwieg. Er wusste nicht, was er sagen sollte. »Aber ...
sie wird doch wieder ... aufwachen!?«

»Wir sind unterwegs zu euch.«

»Wer wir?«

»Wir alle: Tashi, Alpha, Henry, ich und Omega.«

»Und Omega? Wieso?«

»Ihr drittes Gehirndrittel ... das Schwarze Loch ...«

»Ihr was?«

»Ich glaube, Henry kann dir das besser erzählen.«

Sie reichte das Handy nach hinten, und Henry konfrontierte
Gusto mit seiner Theorie. Davon also, dass Omega im Grunde
genommen tot war, hirntot, erfuhr Gusto nichts bei diesem
Gespräch. Man wollte ihn schonen.

»Drei Drittel!«, rief Gusto. »Scheiße, das kommt mir bekannt vor. Das hat mir mal jemand erzählt. Oder hab ich das
selber ... egal! Wir treffen uns im Mirage«, sagte Gusto. »Wann
werdet ihr da sein?«

»In zwölf Stunden«, sagte Henry.

»Das ist gut«, erwiderte Gusto. »Länger wird der Schamp das Loch nicht mehr in Schach halten können.«

»Der Schamp?«

»Ja, er hat eine Schwachstelle gefunden. Eine Schwachstelle im Loch. Er attackiert es, das Loch. Seit etwa sieben Stunden jetzt. Mit Hilfe von Buhrufen.«

»Mit Hilfe von was?«

»Buhrufe aus der Tüte.«

»Wieso Tüte? Habt ihr was geraucht?«

»Nein. Aber irgendwann geht ihm die Puste aus.«

7

Als Gusto auflegte, hatte er die siebzehn anderen Anrufe in Abwesenheit vergessen, alle von derselben amerikanischen Handynummer. Das, was er gehört hatte, nagte so stark an ihm, dass er kaum noch klar denken konnte. Er eilte zurück zum Schamp. Während dieser weiter Tüten bebuhte, brachte Gusto ihn auf den neuesten Stand.

Der Schamp erschrak. »Das heißt, ich muss noch zwölf Stunden buhen, ehe ...«

»Du schaffst das, Schamperl! Wir zählen auf dich!«

»Ich bin aber jetzt schon ...«

»Weiterbuhen!«, riefen die Nebenstehenden, als sie merkten, dass der Sand sich unter ihren Sohlen wieder zu rühren begann.

»Schon gut, schon gut«, sagte der Schamp und steckte seinen Mund in die nächste ihm gereichte Tüte. Was für eine Kraft in der negativen Energie liegt, dachte er, während er buhte, und er musste sich ablenken von seinem Erschöpfungszustand, der ihn zu beschleichen begann, die künstlerische Kraft der Ablehnung, die Revolte gegen das Wabern der Welt, er hatte es gewusst, einmal würde er im Mäuserennen der Künstler vorne liegen, und das hier, das war *sein* Augenblick, denn für den Schamp war die Kunst ein Rennen von Mäusen, die im Kreis liefen, da gab es die

Bestseller- und Modemäuschen, die immer weit vornweg liefen, und alle Welt blickte auf diese Mäuse und huldigte ihnen, daneben aber gab es die langsamen Künstlermäuse, die sich dem Zeitgeist entgegenstellten, die aber nie hinterherkamen, und zu denen zählte sich auch der Schamp, doch weil das Mäuserennen ein Kreisrennen war, tauchten irgendwann die schnellen Modemäuse im Rücken der langsamen Künstlermäuse auf, und genau dann lagen die langsamen Mäuse vorn, kurz nur, aber immerhin, für diese Zeit standen die langsamen Mäuse im Mittelpunkt des Interesses, und diese Zeit war jetzt gekommen, und alle Welt schaute auf ihn, den Künstler, den Schamp, der mit seinen wilden Buhrufen nicht nur ein kollektives Gesamtkunstwerk schaffte, das die Welt in Atem hielt, sondern auch ... Aber apropos Atem, ich muss ein bisschen leiser schreien, dachte der Schamp, nicht mit so viel Inbrunst wie bislang, wenn ich noch zwölf Stunden aushalten will, mein Gott, das wird lang, aber was tut man nicht alles für die Kunst, was tut die Kunst nicht alles für die Welt!

Nach dem Gespräch mit Bitch hatte Gusto aber nicht nur die siebzehn anderen Anrufe, sondern auch glatt vergessen, das Handy wie üblich wieder abzustellen, sodass er jetzt, als er dem Schamp gerührt zusah und ihm ab und an mit einem Tuch den Schweiß aus der Stirn strich und ihm einen Schluck zu trinken reichte, überrascht das Läuten seines mobilen Geräts vernahm. Er zog das nervige Ding hervor, erkannte sofort dieselbe fremde Nummer wieder, erinnerte sich an die siebzehn eingegangenen Anrufe, wer zum Teufel sollte das sein, kurz nach Mitternacht? Er brüllte gegen den Lärm der Leute und gegen des Schamps Buhrufe ins Handy: »Bei der Arbeit!«

Wollte schon auflegen, als er eine Stimme vernahm, die ihm irgendwie bekannt vorkam: »Nicht auflegen! Gusto! Bitte!«

»Wer spricht da?«, brüllte Gusto und hielt sich das offene linke Ohr zu, um besser hören zu können.

»Monster hier! Buzz Monster!«

Gusto schwieg perplex.

»Gusto? Bist du noch dran?«

»Sind wir per du?«, fragte Gusto, eine Übersprungsfrage.

»Das ist jetzt so ziemlich das Letzte, worüber ich mir an deiner Stelle Gedanken machen würde«, rief Monster.

»Monster!!«, brüllte Gusto. »Hör zu! Du bist jetzt mal ganz still! Ist die Sache wahr!? Das mit Sabrina?«

»Ja, Gusto. Es ist so ...«

»Dann bist du ein verdammtes ...«

»Wir haben keine Zeit. Wir müssen was tun. Du hast mal gesagt, wenn ich deine Hilfe brauche, soll ich dich anrufen. Nur durch dich hab ich Sabrina Steward erst kennengelernt! Du hast mich auf ihre Fährte gesetzt. Nur durch dich ist sie meine Mitarbeiterin geworden. Nur durch dich ist sie letztlich verschwunden, verschluckt worden. Du, du hast sie gesucht, Gusto. Suchst du sie immer noch? Du bist sogar bei mir eingebrochen! Du hast mir dein Kärtchen gegeben. Und deine Handynummer. Jetzt brauch ich deine Hilfe, Gusto. Was hier passiert, das ist nicht normal. Genauso wenig normal wie zwei Menschen, die zeitgleich voneinander träumen! Genauso wenig normal wie dein Auftritt damals, bei mir, im CON! Noch heute stehe ich unter Schock, wenn ich daran denke: ein Mensch, der durchs Zimmer fliegt wie eine Wespe im Saftglas. Wenn du, Gusto, also über irgendwelche *Fähigkeiten* verfügst, die uns helfen könnten, in dieser Situation, dann bitte ich dich, sieh mal, dann komm her.«

»Ich bin schon da«, sagte Gusto.

»Wo?«

»Hier! An der Absperrung deines verdammten CON! Weißt du, was CON auf Französisch heißt? Genau das bist du, ein CON, ein CONNARD!«

»Lass das jetzt, Gusto. Das ist gut, dass du da bist. Komm doch am besten sofort in die Zentrale.«

»Zentrale?«

»Wir haben unsere Zentrale im Caesars Palace aufgeschlagen.«

»Bonzenschweine!«

»Wir brauchen deine Hilfe.«

»Ich kann jetzt hier nicht weg«, sagte Gusto.

»Wieso das denn?«

»Ich muss dem Schamp beistehen.«

»Dem … was?«

»Dem Schamp!«, brüllte Gusto

»Was ist los?«, fragte der Schamp, indem er sich zu Gusto wandte.

»Kümmer du dich um deine Buhrufe!«, rief Gusto.

»Buh!«, brüllte der Schamp, diesmal in Gustos Richtung.

»Wer oder was ist ein Schamm?«, fragte Buzz Monster.

»Schamp! Mit p!«, rief Gusto. »Der Schamp sorgt gerade dafür, dass dein Schwarzes Loch nicht weiterwächst. Durch Buhrufe in Brötchentüten.«

»Schamp? Doch nicht etwa *der* Schamp, ich meine, Matthias Schamp, der Autor und Projektkünstler?«

Gusto wusste nicht, was er sagen sollte.

»Matthias Schamp?«, rief Buzz schrill. »*Schlechte Verstecke, Hirntreiben.eeg, Der Aufstand in den Sinnscheiße-Bergwerken, Zärtliche Massaker*, ich liebe *Zärtliche Massaker*, ich habe alles von ihm gelesen, er ist zwar kein e-Author …«

»Kein was?«

»Aus Protest gegen e-Books hab ich irgendwann e-Authors zu lesen begonnen, die deutschen e-Authors, meine Lieblinge, im Original!«

»Was faselst du da!?«

»Keller, Kreller, Schenk und Sessner, Zelter, Zeh und Gerstenberg.«

»Schamp schreibt sich mit a.«

»Ich weiß. Aber sein Verlag ist ein e-Verlag, die edition *selene*, ich bin ja nur zufällig auf seine Bücher gestoßen, aber ich hab sie allesamt verschlungen, ich bin vollkommen verrückt nach … Kann ich nicht mal … vielleicht … kurz mit ihm …«

»Matthias!«, rief Gusto.

»Ja?« Der Schamp unterbrach seine Buhruf-Aktion.

»Dein Leser!«

»Welcher?«

»Ich glaube, es ist der begeisterte.«

Der Schamp sprang sofort auf, sagte den Umstehenden, er bräuchte mal kurz eine Pause, und schnappte wie ausgehungert nach Gustos Telefon. »Schamp hier!«

»Mein Gott!«, rief Buzz. »Sind Sie es wirklich? Der Mann, der *Zärtliche Massaker* geschrieben hat?«

»So ist es, Herr ...«

»Monster! Buzz Monster. Ich habe mir all Ihre Bücher nach Amerika schicken lassen. Ich bin Ihr größter Fan, Herr Schamp.«

»Ach, das ist aber ...«

»Kommen Sie doch ins Caesars Palace. Das wäre mir eine Ehre. Bringen Sie Gusto mit. Ich weiß zwar nicht, was Sie mit ihm zu tun haben, aber dass ausgerechnet Sie, Herr Schamp – darf ich Matthias sagen?«

»Klar«, strahlte der Schamp, dem so viel Glück auf einmal recht unbekannt war, denn nicht nur zeitigte seine Buhruf-Performance einen unerhörten nicht nur ideellen, sondern auch physisch sichtbaren Erfolg, auch hatte er zur selben Stunde endlich seinen begeisterten Leser gefunden, sodass die Ein-begeisterter-Leser-ein-begeisterter-Autor-Theorie bestätigt wurde, denn hatte nicht Henry Miller schon sinngemäß gesagt: Wenn nur ein Leser mit demselben Feuer zu mir kommt, mit dem ich das Buch geschrieben habe, so bin ich zufrieden, und dieses Feuer also, das spürte der Schamp sofort durch die Worte jenes Lesers glühen. Gusto riss Matthias das Handy aus der Hand. »Du musst weitermachen!«, rief er. »Das Loch fängt wieder an zu schlürfen! Beeil dich!« Und der Held nahm seinen Platz ein und bebuhte strahlend und mit höchster Inbrunst die Tüten, während Gusto noch einmal ins Handy brüllte: »Buzz? Bist du noch dran?«

»Gusto«, antwortete Buzz. »Ich fürchte, die Buhrufe des Schamp, sosehr ich ihn auch mag, sind nicht die Ursache für den Wachstumsstopp!«

»Was?«

»Weißt du: das Loch! Es wächst nicht weiter, weil es immer mal wieder Pausen einlegt. Das haben wir beobachtet. Konnten keine Regel feststellen, außer der, dass es keine Regel gibt, wann genau die Pausen auftreten. Jetzt haben wir ein bisschen Zeit, um Luft zu holen, vielleicht ein paar Monate, vielleicht ein paar Wochen, vielleicht auch nur ein paar Tage oder ...«

»Willst du jetzt alle Zeiteinheiten hier runterbeten!? Wir haben nicht so viel von dem, was wir Zeit nennen.«

»Dann komm sofort her!«

»Warum?«

»Wir könnten jemanden brauchen, der mit der Schwerkraft in den Ring steigt! Jemanden wie dich! Der sich selber bewegen und fliegen kann! Ich war doch Zeuge damals! Ich hab es nicht glauben können. Ohne Tricks. Wir brauchen dich, Gusto!«

»Nein«, sagte Gusto.

»Nein?«

»Ich kann nichts tun. Es ist Omega. Meine Enkelin. Sie hat mich teleportiert oder telekiniert. Sie verfügt über Fähigkeiten, von denen du keine Ahnung hast, Buzz.«

»Omega?«

»Ja, sie wird morgen Nachmittag hier eintreffen. Vielleicht war sie es, die damals deinen Scheißteilchen in den Arsch getreten und sie beschleunigt hat. Ich weiß es nicht so genau. Vielleicht hat sie dieses Schwarze Loch hier erschaffen. Falls jemand das Loch hier besiegen kann, dann nur sie. Davon bin ich überzeugt. Selbst wenn sie gerade noch im Koma liegt.«

»Im Koma?«, rief Buzz. »Mein Gott.«

»Aber was heißt das schon. Sie kann jederzeit aufwachen!«

»Also gut. Kommt einfach morgen hierher! Wir brauchen euch! Und bring mir den Schamp mit! Bitte!«

»Wir werden kommen. Und wenn wir kommen, dann wirst du dein blaues ... Hallo? Buzz? Hallo?«

Aber das Monster hatte schon aufgelegt.

Buzz hatte keine große Hoffnung, dass Gusto oder Omega oder der Schamp würden helfen können, aber er tat gerade alles Menschenmögliche, den verdammten Untergang der Welt zu verhindern. Wieso das denn?, wird man fragen. Hatte er nicht ursprünglich das con bauen lassen, um die Menschheit zu vernichten? Und stand er jetzt nicht sogar kurz vorm Erreichen seines Ziels? Hätte er sich also nicht – bitterbös grinsend und Harharhar-Laute von sich gebend – eigentlich freuen müssen?

Schon.

Doch seine Ansicht (bezüglich der Vernichtung von Welt, Erde, Menschen, Menschheit) hatte sich, je näher der Zeitpunkt der endgültigen Vernichtung nun rückte, gründlich gewandelt zugunsten einer unterschwellig anschwellenden und immer mehr überschwellenden Angst, einem Entsetzen, er, Monster, wäre dann nicht nur für den Tod, für das Ende der fürchterlichen Menschen, die er hasste, sondern auch für den Tod von Milliarden friedlicher Menschen verantwortlich und für das Ende all des anderen Lebens, nicht nur unschuldige Kinder und Nichtmonstermenschen, sondern auch Tiere, Pflanzen, Meere etc., ein Trauma, das – gäbe es einen solchen nach dem Trauma noch – kein Verhaltenstherapeut der Welt würde vertreiben können. Irgendwie hatte er die Sache mit der Vernichtung doch nicht so richtig durchdacht. Und so war Monsters Welteingreifpendel ein weiteres Mal in sein absolutes Gegenteil ausgeschlagen (wie dieser Titel *Zärtliche Massaker*, ja, genauso fühlte sich das an, er hatte die Menschheit massakrieren wollen, aber eigentlich aus einem Gefühl der Zärtlichkeit heraus, weil er sie eigentlich liebte, die Menschen, weil er ihnen eigentlich und ursprünglich einmal hatte helfen wollen, weil er nicht glauben konnte, dass die Menschen wirklich so waren, wie sie waren, und das taten, was sie taten), jetzt also stand ihm wieder (wie zu seiner Charity-Phase) nichts weiter im Sinn, als die Menschheit zu retten. Und dazu war ihm jedes Mittel recht. Gusto. Der Große Gustoni. Der fliegende Magier. Oder Omega. Wer auch immer das war. Oder der Schamp. Und seine – wie hieß das? – Buhruftüten? Egal. Wir müssen alles versuchen, was in unserer Macht steht, dachte Buzz Monster.

Der Weltvernichter.

Der Weltretter.

Der Weltvernichterretter.

Amen.

Hallelujah.

8

Die Fahrt von New York nach Nevada war ein Höllentrip, ein wilder Ritt sondergleichen. Man wechselte die Fahrer. Man wechselte die Plätze. Tashi Tengrit versuchte zu meditieren, was ihm aber deshalb nicht gelang, da er neben sich plötzlich das Bein von Henry Lamarque spürte und sich erinnerte an den Beischlaf mit ihm, einst, im Kloster La Huma Terra. Gewiss, er hatte mit Henry inzwischen einmal darüber gesprochen und klipp und klar verstanden, dass Henry nicht interessiert war, aber die Unerreichbarkeit ist eine süße Droge, dachte Tashi Tengrit und bastelte innerlich sein siebzigstes Buddhafigürchen. Henry lenkte sich vom Kommenden ab, indem er die Denksportart der Hirnforscher ausübte und sich darum bemühte, wie er früher einmal gesagt hatte, den Wald (hier: das Ende der Welt) vor lauter Bäumen (hier: das Rätsel Gehirn) nicht zu sehen, und innerlich an dem Problem knabberte, wie er denn irgendwann mal würde erklären können, dass Omega Zacharias über drei Gehirndrittel verfügte. Er vergegenwärtigte sich noch einmal den kürzlich gelesenen Aufsatz seines Mentors Clive Elton, der zu neuen revolutionären, also im Grunde evolutionären, also revolutionär-evolutionären Erkenntnissen bezüglich der Evolution des Menschen gekommen war, und dachte, dass man nicht umhinkommen werde – wenn wir das hier überleben –, die Menschen zu screenen, ihre Gehirne zu untersuchen, und zwar alle, um einen Überklick (wie man, computerhörig, wie man zu der Zeit war, statt Überblick sagte) darüber zu gewinnen, wer über drei Drittel, wer über zwei Hälften verfügte, und er dachte darüber nach, wie man die unterschiedlichen Menschen – gäbe es sie wirklich, aber davon ging er nach Clive Elton aus – denn nennen könnte, wenn sie sich derart unterschieden: Tripelhirne, Doppelhirne, Hälftenschädel, Drittelschädel, da würde ihm schon noch was einfallen. Alpha saß die meiste Zeit bei Omega und hielt ihre Hand. Schwieg bärbeißig wie sein verstorbener Vater Kolja Josef Zacharias. Bitch klammerte sich an die Engelsflügel auf ihrem Schoß, Tashi an sein Dalai-Lamaninnen-Gewand.

Und dann ein Schrei.

Etwa hundert Kilometer vor Vegas.

Schon längstens taghell.

Ein Schrei.

Und Alpha hatte ihn ausgestoßen.

»Anhalten!«, rief er.

Vorsichtig glitt des Fahrers Fuß auf die Bremse.

»Was ist los?«, fragte Henry.

»Komm her!«, sagte Alpha.

Und als Henry in den hinteren Teil des Wagens stieg und ein Bild auf die Monitore warf, traute er seinen Augen nicht, das heißt, er hätte seinen Augen nicht getraut, wenn er in letzter Zeit nicht gelernt hätte, seinen Augen durchaus trauen zu können, auch wenn sich reichlich unwahrscheinliches Zeug vor ihnen materialisierte, jetzt also ein Flackern. »Alpha-Wellen!«, hauchte Henry und erklärte Alpha, dass erste zaghafte Hirnströme den Monitor belebten, wie Sprosse, die ihre Pflanzenköpfchen schüchtern aus der Erde strecken, um zu schauen, ob die Sonne nicht bereit war, sie wach zu küssen, naja, wobei letzterer Vergleich ehrlich gesagt von mir stammt, aber etwas Pseudopoesie muss auch mal sein.

»Wie weit sind wir weg vom Loch?«, fragte Henry.

»Rund hundert Kilometer«, überschlug Alpha.

»Weiter!«, rief Henry. »Wir fahren weiter!«

Und je näher man dem Schwarzen Loch auf die Pelle rückte, umso höher die Ausschläge der Wellen, die über den Monitor surften, ein Anblick, der alle mit irrsinniger Freude erfüllte. Bitch musste sich beherrschen, um nicht zu weinen, Tashi grinste, und Alpha fragte: »Wie lange dauert es denn noch, wie lange dauert es denn noch, wie lange dauert es denn noch, bis sie zu sich kommt?« Auf Henrys Antwort, dass man das nicht so genau wissen könne, erwiderte Alpha: »Was wisst ihr schon? Was wissen wir schon? Wir wissen gar nichts.«

»Wenn wir nach Vegas wollen, kommen wir direkt am CON vorbei«, sagte Bitch, die von der Karte aufsah. »Es gibt nur einen Weg, the loneliest highway in America.«

Nur dass dies momentan nicht ganz der Wahrheit entsprach. Im Gegenteil: The loneliest highway war gerade der am meisten befahrene Highway Amerikas, denn immer noch pilgerten zahllose Katastrophentouristen Richtung Weltuntergang. So verlangsamte sich die Fahrt von Kilometer zu Kilometer, von Zufahrtsstraße zu Zufahrtsstraße, die immer neue Wagen und Motorräder auf den Highway spuckten, doch wofür saß man in einem Krankentransport? Einfach Blaulicht an, Augen zu und ab durch die Mitte. Dennoch. So schnell ging es wahrlich nicht. Man verspätete sich gründlich. Es wurde Mittag. Immer noch fünfzig Kilometer. Und es kam eine Finsternis über das ganze Land. Es wurde Nachmittag. Und dann geschah es: etwa um drei Uhr. Genau wie am 14. Nisan im Jahr 1967 vor Omegas Geburt, also am 1. April 33 nach Christus. Nur ging es damals nicht um einen Aprilscherz, sondern um den Tod am Kreuz, und jetzt ging es ums – Gegenteil. Zunächst hatte man gedacht, es nähere sich ein Gewitter, und tatsächlich hatten sich Wolken zusammengebraut. Dann aber, der Regen blieb aus, krachte es plötzlich und rumpelte, wie von einem fernen Erdbeben, und alle Wagen stoppten.

In diesem Augenblick kam Omega zu sich.

Henry, Bitch, Alpha und Tashi saßen neben ihr, als Omega die Augen öffnete und versonnen an die Decke des Krankentransporters schaute, ein paar Sekunden nur, ehe sie sich – als wäre nichts gewesen, kein Unfall, kein Sturz, kein Koma – den Beatmungsschlauch aus dem Mund zog, hustete und erstmals selber wieder Luft schöpfte, etwas Gelbliches ausspuckte, indem sie sich auf den Ellbogen stützte, die anderen Schläuche und Kabel ablegte, und ehe Henry etwas hätte tun können, sog Omega die neue Luft noch einmal frisch in ihre befreiten Lungenflügel und sagte mit essiger Stimme: »Eli ... Eli ... Lahmarsch Sabatini.«

»Sie ist noch nicht bei Sinnen«, flüsterte Henry.

»Aramäisch!«, rief Tashi Tengrit, der sich auch gründlich mit dem Christentum auseinandergesetzt hatte. »Eli, Eli, lama sabahtani. Bedeutend: Mein Gott, mein Gott, warum hast du mich verlassen.«

»Quatsch!«, rief Bitch. »Lahmarsch Sabatini: Das scheint sie ja immer noch mächtig zu beschäftigen.«

»Eli ... Eli ...«, wiederholte Omega. »Eli...! Elias!«

Und sah mich an!

Sah mir direkt in die Augen!

»Ja?«, fragte ich, zitternd, atemlos.

Sie sah mich an!

Sie sah *mich* an!!

»Warum hast du ... Warum hast du ...?«, stotterte sie.

»Warum hab ich dich verlassen?«, fragte ich. »Nein, Omega, ich bin hier. Ich war immer hier. Ich war immer bei dir. Ich ...«

»Warum hast du«, wiederholte Omega, »warum hast du ... keinen ... keinen Tennisschläger dabei?«

»Keinen was?«, fragte ich.

»Ach, Elias«, sagte sie. »Du bist da. Dann ist gut. Gott sei Dank. Das heißt: Nein. Eben nicht *Gott sei Dank.*«

»Sie redet in Zungen!«, flüsterte Bitch. »Henry, tu doch was!«

Da schaute Omega auf ihre Mutter und sagte: »Mutter!?«

»Omega?«

»Das ist dein Sohn!«, rief Omega und zeigte auf Alpha.

»Ich weiß«, sagte Bitch. »Alles in Ordnung?«

»Ja«, sagte Omega. »Alles in Ordnung. Es geht mir gut. Hab nur ein bisschen Muskelkater. Hirnmuskelkater. Komm her!«

Bitch nahm ihre Tochter als Erste in den Arm.

Und hielt sie lange fest.

Sie wusste nicht, was sie sagen sollte.

Endlich ließ sie ihre Tochter los, und im Krankentransport herrschte Jubel. Bitch zeigte ihrer Tochter die Engelsflügel. »Hier!«, sagte Bitch. »Die gehören dir.«

»Mutter«, sagte Omega, »ich wusste, dass ich mich auf dich verlassen kann.«

Dann küsste auch Alpha Omega und strich ihr über den kahlen Schädel. Und Omega sagte: »Bin froh, dass du da bist, Alpha. Ich brauch dich jetzt. Die ... die Welt braucht dich.«

»Was meinst du?«, fragte Alpha.

»Dazu später mehr«, sagte Omega, nahm ihren Liebesbruder fest in den Arm und zwinkerte mir über Alphas Schultern hinweg zu.

Ich selber war völlig baff. Sie hatte mich gesehen, sie sah mich, sie blickte mir direkt in die Augen. Sie zwinkerte mir zu. Sie kannte meinen Namen! Das war nicht möglich. Irgendwas musste mit Omega passiert sein in den zwei hirntoten Tagen. Ich hatte keinen Schimmer. Und keine Muße, darüber nachzudenken. Denn ein Gefühl zitterte in mir. Das Gefühl, da ist ein Mensch, der mich sieht, wahrnimmt, der mit mir spricht, der mir zuzwinkert, da ist jemand, endlich, nach Jahren der Fremdwahrnehmungslosigkeit, nach vier Jahren in Kolja, jetzt endlich der Blick, das Wort eines Gegenübers, und ich konnte meine Phantomtränen nicht zurückhalten, aber es waren halt leider immer noch Phantomtränen.

»Henry?«, fragte Omega. »Was ist passiert?«

Henry berichtete vom Unfall und Hirntod und ...

»Mist!«, sagte Omega. »Das darf niemand erfahren.«

»Was?«

»Dass ich tot war. So was hatten wir schon mal. Tot. Und auferstanden von den Toten. Nach drei Tagen. Bei mir schon nach zwei. Am Ende werden sie mich Turbomessias nennen.«

»Wovon redest du?«

»Wer weiß von meinem Tod?«

»Ich vermute mal, alle.«

»Wie, alle?«

»Ging durch die Medien. Nur als Randnotiz. Wegen dem Schwarzen Loch. Aber jeder weiß, dass der schönste Victoria's Secret-Engel aller Zeiten bei seinem Flug an die Decke den Geist aufgegeben hat.«

Omega dachte nach. »Dann«, sagte sie, »eben auf die harte Tour.«

»Ich versteh kein Wort«, sagte Henry.

»Ich auch nicht«, fügte Alpha hinzu.

Omega, ruhig: »Wichtigste Frage: Wo sind wir?«

Henry winkte ab. »Nein! Wichtigste Frage: Wie geht es dir? Hast du Schmerzen?«

»Nö.«

»Kopfschmerzen? Sind die Kopfschmerzen noch da?«

»Wie weggeblasen.«

»Das kann nicht sein.«

»Was kann schon sein? Also: Wo genau sind wir?«

»Zwanzig Kilometer vor dem CON in Nevada«, sagte Alpha.

»Gut, das ist gut. Aber warum? Was wolltet ihr hier?«

Henry enthüllte in aller Kürze seine Assoziationen, und Omega lächelte ihn an. »Solche Leute wie dich«, sagte sie, »werden wir brauchen.«

»Wozu?«

»Na, damit diese durchgeknallte Welt mit ihren verrückten Menschen endlich aufwacht.«

»Aufwacht?«

»Aufwacht! So wie ich, Leute!«

Omega stieg jetzt herab (von der Liege), noch wacklig auf den Beinen, aber es ging, und sie betastete sich und ihren Krankenkittel.

»Tashi?«, fragte sie.

»Ich es immer gewusst, Ihre Nichtigkeit jetzt ohne Zweifel nicht nur Wimbledon-Topmodel, sondern auch Dalai Lamanin, worannen kein Deut mehr gerüttelt zu sein die Absicht …«

»Was hast du da, Tashi?«

»Dein Dalai-Lamaninnen-Gewand. Extra für Ihre …«

»Her damit!«

Tashi traute seinen Ohren nicht.

»Dann du also endlich bereit, die Emanation als neue Dalai Lamanin zu … trinitiieren?«, stotterte er.

»Klar!«, sagte Omega. »Oder denkst du, ich trete mit diesem weißen Krankenkittel unter die Menschen, offen-arschig?«

»Offen… was?«

»Hinten offen, hier, siehst du das nicht?«

Omega drehte sich um und zeigte ihren entblößten Rücken,

ehe sie den Krankenkittel auszog – sie trug immer noch den heißen String-Tanga von der Fashion Show.

»Wo ist mein Fantasy Bra?«, fragte sie.

»Den hat man dir abgenommen.«

Omega seufzte, warf sich BH-los das Dalai-Lamaninnen-Gewand über und drehte sich vor ihren Freunden und ihrer Familie.

»Und?«, fragte sie. »Wie steht mir das?«

Man wusste nicht, was man sagen sollte. Nur Tashi Tengrit strahlte mit den Farben seines Gewands um die Wette.

9

Im selben Augenblick, als Omega im Krankentransport die Augen aufschlug, explodierte das Schwarze Loch zum ersten Mal. Ob das nun daran lag, dass der Schamp mit den Buhrufen aufgehört hatte (er war echt *fertig*, Leute) oder daran, dass dieses verdammte Loch seiner eigenen Logik folgte, man weiß es nicht. Nachdem der Schamp jedenfalls völlig buhruferschöpft – er hatte zweiundzwanzig Stunden durchgebuht – einfach nicht mehr konnte und dringend eine Pause brauchte, jubelten die Menschen ihm zu. » Schamp! Schamp! Schamperl!«, skandierten sie. Er winkte ihnen papstgleich – wenn auch schwach – zu und verteilte seine hundert Visitenkarten, die er für alle Fälle immer am Mann trug. »Denkt daran«, sagte er seinen Jüngern, »das war alles ehrliche Projektkunst!«

Ein Sauerstoffzelt verrichtete jetzt seinen Dienst. Der Schamp atmete durch. Doch als hätte das Loch nur auf diesen Augenblick gewartet und in der Zwischenzeit seine Kräfte gesammelt, gebar es sich nach dem Versickern der Buhrufe noch einmal aus sich selbst heraus, verdoppelte seine immense Größe auf einen Schlag, ja, sage ich, explodierte zum ersten Mal, und da war jetzt kein sanfter Sandsog mehr, kein harmloses Annähern, nein, da war die Kraft des Lochs plötzlich greifbar, sichtbar, fühlbar unter den Menschen. Da flogen den Uniformierten die lose auf-

gesetzten Helme vom Kopf, da wurden die Handys und Tablets, die Getränkeflaschen, Tüten, Fressalien, Taschen und alles,
was nicht niet- und nagelfest war, in einem Rutsch gegen die
Zäune geklatscht, über die Zäune hinweggeschlürft, die Waffen
glitten den Soldaten aus den Händen, entwaffnend schnell
saugte das Loch sie in sich ein, auch einige vorn stehende Kinder knallten gegen den Zaun, eifrige Hände hielten sie zurück,
zum Glück verlor niemand sein Leben. Doch als die Soldaten in
einem Anflug von Panik und weil sie merkten, dass sie dem
Loch bald nichts mehr würden entgegensetzen können, über
den Zaun zu den Menschen kletterten, begriffen endlich alle: Es
ist ernst. Das Loch ist kein Tummelplatz der Neugier, das Loch
ist kein Event, kein Naturereignis, dem man zuschauen kann,
das Loch ist eine Gefahr, eine Gefahr, wie man sie bislang noch
nie gekannt hatte. Das Loch würde wachsen, weiterwachsen,
und wenn sie, die Menschen, die Gaffer, die Zuschauer ihres
eigenen Untergangs, noch länger hier am Zaun trödelten, wäre
dies gleichbedeutend mit ihrem Exitus.

Es begann die große Flucht. Das große Rennen. Weg vom
Loch. Die Geburtsstunde der kollektiven Panik. Endlich. Denn
es reichte. Auch den Regierenden reichte es jetzt. Man war bislang dem Phänomen nicht mit dem gebotenen Ernst gegenüber-
getreten, die Sorgen auf anderen Ebenen waren zu groß, eher
missmutig hatte man gegrummelt, das hat uns gerade noch ge-
fehlt, sollen sich die Wissenschaftler drum kümmern, die haben
das Ding hergestellt, die werden es auch wieder vernichten.
Jetzt aber merkte man, dass man den Geist, den man durch die
maßlose Forschung gerufen hatte, nicht so schnell wieder loswurde, ja, dass dieser Geist plötzlich seine wahre Fratze zeigte,
dass es ihm ernst war, dass er mit der Welt kurzen Prozess
machen wollte. Da erst setzten die Politiker das Loch auf Platz
eins ihrer To-do-Liste und handelten endlich. Las Vegas wurde
evakuiert. Und zwar umgehend. Innerhalb von vierundzwanzig
Stunden, so Hillary Clinton, wolle sie keine Ratte mehr durch
die Straßen der Spielstadt huschen sehen (doch dieses Bild war
falsch gewählt, denn die weitaus intelligenteren Ratten waren

längst ihrer Witterung gefolgt und hatten die sinkende Stadt verlassen).

Es begann der große Exodus.

Exodus statt Exitus.

Für die Freunde samt Omega, die im Krankentransport saßen, hatte das erhebliche Folgen. Sie waren die Einzigen, die sich der Evakuierung widersetzten. Alle anderen Fahrzeuge drehten aufgrund der neuen Nachrichtenlage sofort um. Der Highway war jetzt nicht nur vollkommen überfüllt, nein, er glich einer Einbahnstraße, denn die Zurückfahrenden beschlagnahmten sämtliche Spuren, die zur Verfügung standen. Für den Krankentransport gab es keinen Durchschlupf mehr. Die Freunde fuhren ein Stück in die Wüste hinein und warteten dort. Ihnen blieb nichts anderes übrig, als die endlose Karawane aus Metall, diese viel- und großspurig kriechende Garten-Eden-Schlange an sich vorüberflimmern zu lassen, bis die Straße wieder frei wäre. Und das dauerte. Das dauerte lange. Das dauerte sogar sehr lange. Das dauerte bis zum nächsten Morgen.

»Ich muss mit Alpha sprechen!«, sagte Omega in der Zwischenzeit. »Lasst uns allein, bitte.«

Alpha und Omega im Heck des Krankentransports.

Zunächst schwiegen sie.

»Und jetzt?«, fragte Alpha.

»Ich sehe vieles klarer«, sagte Omega. »Einiges. Nicht alles leider. Ich war weg. Zwei Tage, Alpha. Irgendwo anders. Frag nicht, wo. Vielleicht auch irgendwann anders. Aber ich ahne jetzt, was ich zu tun habe. Was ich nicht weiß, ist, ob ich bei dem, was ich zu tun habe, ins Gras beißen werde oder nicht, Alpha.«

»Ich will dich nicht verlieren!«

»Wenn du mich verlierst, wirst du etwas anderes gewinnen«, sagte Omega.

»Was?«

»Dich selbst.«

»Hör auf mit diesen pseudoweisen Sprüchen«, sagte Alpha.

»Sorry«, sagte Omega, »hast recht, ich muss aufpassen, dass

mir die Erlöserpferde nicht durchgehen. Tut mir leid. Ist gar nicht so einfach, sich diesem Sog zu entziehen.«

»Welchem Sog? Vom Schwarzen Loch?«

»Nein. Vom Zustand des Erlösers, der Erlöserin. Als die ich – wenn alles klappt – wohl eingehen werde, in doppeltem Sinn, eingehen = verrecken und gleichzeitig eingehen = in die Geschichtsbücher. Du hast recht. Ich bin kein Gott, ich will keiner sein, genau das ist das Wichtigste, und du, Alpha, wirst verhindern, dass ich zu einem werde, zu einem Gott, zu einer Göttin, verstehst du? Obwohl, ich hätte nichts dagegen, wenn man mich als Laufsteggöttin in Erinnerung behält, aber nicht als Göttin, die das Ende der Welt abgewendet hat. Das will ich nicht. Das bringt nur Scherereien. Ich war an einem Ort, den es nicht gibt, jedenfalls noch nicht, das hat nichts mit Hellseherei zu tun, das hat nichts mit Esoterik zu tun, das hat wohl mit meinem – wie Henry sagt – dritten Gehirndrittel zu tun, und auch damit, dass wir ein falsches Bild von dem haben, was wir Zeit nennen.«

»Ich versteh kein Wort«, sagte Alpha.

»Dann komm mal her.«

»Warum?«

»Es ist so weit!«

»Was ist so weit, verdammt!?«

»Lass mich dein Hirn als Hantel gebrauchen.«

»Wie? Was?«

»Oder sagen wir besser: als Cocktailbecher.«

In dieser Sekunde im Krankentransport, als die anderen brav draußen warteten, blickte Omega Alpha tief in die Augen, und Alpha hatte das Gefühl, in seinem Kopf *bewege* sich etwas, und genau das war der Fall. Als Omega mit der Kraft der Telekinese die Neuronen und Synapsen im Kopf ihres Adoptivbruders lupfte, wirbelte und zurechtrückte, hatte Alpha nicht nur a) das Gefühl, im Hirn erfolge eine Sprengung, die alle bisherigen Grenzen seines Intellekts mit einem Schlag in Luft auflöste, sodass er b) umgehend eine geniale Idee für den Bildfindungs-algorithmus hatte, etwas, dem damals die halbe Welt nachjagte, weil man sich enorme Einnahmen versprach, denn bis dato fand man, wenn man das Wort *Berg* im Netz eingab, nur alle Bilder, die mit diesem Wort auf einer Internetseite vermählt waren, also auch das Gesicht eines Politikers, der etwas über den *Schulden-berg* gefaselt hatte, jetzt aber stand – sage ich – Alpha die Lösung der Problematik greifbar vor Augen, was dazu führte, dass er ähnlich gigantische Geldberge wie Buzz Monster anhäufen und seine Webpage die am häufigsten frequentierte Webpage aller Zeiten werden sollte, aber mehr noch: Alpha sah c) einen konkreten Plan vor sich, nach dem er handeln würde, handeln musste, sobald er allein wäre, und dies wurde begleitet von dem furchtbaren Gefühl, der Gewissheit, dass er d) bald allein wäre, das heißt, ohne Omega, seinen Zwilling, sein Zwillingsphoton, dachte er plötzlich ohne Grund, und als er das verstand, nahm er Omega fest in den Arm, aus tiefer Traurigkeit und als eine Art Abschied, und währenddessen erinnerte er sich – als hätte Omega den Staub der Zeit von seinem Gedächtnis geblasen – e) an Gustos zahllose Tiraden über die Menschen, die Mensch-heit, die Menschenmonster, und so flossen sie denn genau in die-sem Augenblick im Krankentransport in Alphas Venen, in seinen Atem und seine Gedanken, in seine Adern und in seinen Magen: Ich meine f) diese Wut, diese abgrundtiefe Wut auf all die Men-schen und diesen Hass auf ihre Faulheit, auf ihre Unfähigkeit, zu handeln, auf ihre permanente Überforderung, auf ihre Sattheit (ein urdeutsches Wort, das in keiner anderen Sprache existiert), überfüttert vom Slogan Man-kann-doch-eh-nichts-machen, Menschen, die lieber die Augen verschließen, als etwas zu tun, wie jener Mann, den Alpha vor ein paar Wochen in einer Kneipe beobachtet hatte, und der Mann saß am Tresen und fraß ein Steak mit Pommes und Pfeffersauce, und das passte zu ihm, weil er selbst schon fett und feist auf dem Barhocker saß und schwitzte, während er fraß, Alpha sah ihn sich an, wie er schau-felte und – obwohl offensichtlich bereits pappsatt – noch ein weiteres Hefeweizen bestellte und als Nachtisch Vanilleeis mit heißen Himbeeren, während unmittelbar über seinem Kopf Fernsehnachrichten tickerten, mit dezent abgedrehtem Ton, und

Informationen der neuesten, topaktuellen Hungerkatastrophe in Ostafrika am unteren Rand durchliefen, und das Bild von einem Kind kurz vorm Verrecken, dem Fliegen aus den Nüstern krochen, weil das Kind nicht mehr die Kraft hatte, den skelettartigen Arm mit dem Schatten einer Hand daran zu heben und jene Fliegen, es waren zehn, zwanzig, jene Fliegen also zu verscheuchen, aber der Mann in der Kneipe, der sich ein wenig zurücklehnte und laut rülpste, fand immerhin die Kraft, die Fliegen zu verscheuchen, das heißt, er machte eine entsprechende Handbewegung in Richtung des Barkeepers, und der Barkeeper würgte die Fliegen ab, indem er mittels Fernbedienung das Bild wechselte, und der Kopf des Kindes morphte zu einem Puck in Großaufnahme, ein Puck, der in Zeitlupe die Maschen des Eishockeytors zerbeulte, was einen Riesenjubel der zuschauenden Massen nach sich zog und ein Ruckeln des fetten Manns auf dem Barhocker, man hätte meinen können, er freue sich über das Tor, das Ruckeln war aber der Tatsache geschuldet, dass die Fettschicht um sein Herz sich eine Winzigkeit zu weit zusammengeschnurrt hatte, sodass der schwitzende Kerl herzinfarktgebeutelt vom Hocker kippte, aber – aufgrund der Schnelligkeit des Barkeepers und der örtlichen Sanitäter – gerettet werden konnte und – stellte sich Alpha jetzt vor – wohl nach kurzer Zeit seinen Körper bypassgesättigt zum nächsten Rumpsteakfressen schleifen würde, während das namenlose Kind aus dem Fernseher mit seinen Tausenden von namenlosen Geschwistern längst nichts weiter war als ein vergessener und verscharrter Körper, der unter mühsam aufgekratzter Erde vergammelte – im Verwesungsballungsraum.

Alpha war bereit.

Alpha wäre bereit.

»Also!«, sagte Omega. »Du hackst dich jetzt in den Rechner des Vatikans. Das ist doch kein Problem für dich, oder?«

»Nö«, sagte Alpha.

Zwei Stunden später meldete er Vollzug. »Schau mal!«, sagte er und lächelte.

»Na, das passt ja!«, sagte Omega. »Wird Zeit, dass wir dem Zinnober hier endlich den Zahn ziehen. Und zwar gründlich. Ein für alle Mal!«

Und danach fielen sie übereinander her.

10

Die draußen Wartenden hörten wohl ganz genau, was sich dort im Krankentransport abspielte, und Henry hatte aus rein medizinischer Sicht Sorge, dass dies viel zu früh geschähe für die gerade noch dem Koma entronnene Omega, wagte aber nicht einzuschreiten, immerhin war man froh, dass die nächtliche Dunkelheit der Sonne den Hitzehahn abgedreht hatte, und als ein anderer, rein unmetaphorischer Hahn krähte am nächsten Morgen, winkte Alpha die anderen wieder herein.

»Ich hab noch eine Frage«, sagte Omega. »Eine wichtige Frage. Eine entscheidende Frage.«

»Und?«, fragte Bitch.

»Wo befindet sich Puppy?«

»Wer?«

»Ich meine: Wo ist Escher?«

»Bei Gusto und dem Schamp.«

»Und wo stecken Gusto und der Schamp?«

»Beim Schwarzen Loch.«

»Gut.«

»Aber auch sie sind wohl evakuiert worden inzwischen.«

»Dann ruf ihn an!«

»Wen? Gusto? Hab ich schon versucht. Der hat sein Handy wieder ausgeschaltet. Oder der Akku ist leer!«

»Gusto«, murmelte Omega. »Und der Schamp nimmt so ein Ding nur mit, wenn er Leute ärgern will. Situative Handy-Zug-Performance. Wie konnten wir so verrückt sein, Gusto und den Schamp allein zu lassen?«

»Escher ist doch dabei!«

»Ja, schon, Puppy kann viel. Aber sprechen kann er nicht. Geschweige denn ohne Handy telefonieren.«

»Puppy?«

»Eschers Kosename.«

»Ist doch kein Welpe mehr! Ist ein ausgewachsener, alter...«

»Fahren wir weiter!«, rief Omega. »Außerdem, ob ihr's glaubt oder nicht, ich bin müde. Auch wenn ich zwei Tage im Koma gelegen habe. So ein Koma ist anstrengend, sag ich euch. Bei dem, was man dabei so alles erlebt.«

»Sag mal«, sagte Alpha. »Du redest so anders jetzt, nachdem du wieder aufgewacht...«

»Ja? Wie denn?«

»Fast ein bisschen wie Gusto, finde ich.«

Jetzt waren das letzte Gefährt und die letzten versprengten Fußgänger aus dem Blickfeld der Freunde verschwunden, und die Sonne ging auf über dem alles entscheidenden Tag. Als man endlich wieder losfuhr und Omega sich gerade hinlegen wollte, erblickte Tashi, der vorne saß, in der Ferne zwei allerletzte Fluchtgestalten, wenngleich diese sich für eine Flucht sehr langsam fortzubewegen schienen.

»Sehe einen Mann mit komischem Pferd, das vom Mann geführt wird!«, rief Tashi denjenigen zu, die im Heck saßen.

Alle spähten durch die Windschutzscheibe.

»Komisches Pferd trägt – holla, die Waldfee! – komischen Kopfschmuck!«, rief Tashi.

Man kam näher.

»Komisches Pferd mit komischem Kopfschmuck handelt es sich um eine Art Hirsch, ich nehme an, kein Pferdchen.«

»Was sagst du?«, fragte Alpha.

»Mann, der Hirsch führt«, sagte Tashi, »führt nicht Hirsch, sondern Mann wird von Hirsch geführt. Strick am Hals vom Hirsch, an Hirsch gebunden, eine Leine, Mann trägt Stock für Blinde in der Linken, drei Punkte auf dem oberen Arm.«

»Aha.«

»Hirsch ist kein Hirsch, wie ich ihn kenne, trägt komisches

Geweih, so richtig dicht, ich habe solcherlei Getier in meinem Leben nie …«

»Anhalten!«, schrie Bitch, als die beiden Gestalten jetzt dicht vor ihnen gingen. Der Fahrer bremste, und Bitch sprang heraus. Langsam, vorsichtig, als handle es sich um eine Klapperschlange, neugierig, ungläubig, mehr und mehr fassungslos strebte Bitch auf den blinden Mann und dessen … Tier … zu. Sie betrachtete ihn. Lange.

»Harry!?«, flüsterte Bitch. »Mein Gott.«

»Wer ist da?«, rief der Mann.

»Wir … ich … Bitch Winter. Harry, Harald Schmelzer? Der blinde Autonome?«

»So wurde ich genannt. Ist lange her.«

»Wahnsinn«, sagte Bitch. »Was machst du denn hier?«

»Ich lebe hier, in der Pampa. Seit zehn Jahren. Am Anfang bei meiner Tante. Jetzt allein. Nur ich und mein Elch.«

»Dein Elch?«

»Ist ein Blindenelch. Ich hab ihn aus dem Tierheim. Da war er noch ganz jung. Ich hab ihn dressiert. So ein Blindenelch ist weitaus besser als jeder Blindenhund.«

»Und sonst geht's dir gut?«, atmete Bitch.

»Abgesehen davon, dass ich immer noch nichts sehen kann, ja. Jetzt sag mir endlich, wer du bist? Ich kenn deine Stimme doch von irgendwoher.«

»Hör zu!«, sagte Bitch und dachte an Kolja, an den City-Blitz-Flitzer, an den ersten Sex, an Harald, den Grufti, an die Steine, die diesem in die Augen geflogen waren, dachte an Koljas Beichtreflex und daran, wie unglücklich Kolja gewesen war, nachdem er an Bitchs Geburtstag die Gelegenheit verpasst hatte, dem blinden Autonomen die Tat zu gestehen, und wie glücklich er jetzt wäre, Kolja, ob er lebte oder nicht, wenn Bitch endlich das preisgab, was ihrem Mann auf dem Herzen gelegen hatte. »Hör zu! Das mit den Steinen, damals, vorm Cräsh, das waren wir. Ich und Kolja, mein Mann, also, mein damaliger Freund. Es tut uns leid. Es war keine Absicht.«

Harald Schmelzer schwieg.

»Wovon sprichst du?«, fragte Omega.

»Das war noch vor deiner Zeit«, sagte Bitch und erzählte ihrer Tochter alles, was sie wissen musste.

Harald Schmelzer hockte sich, nachdem Bitch geendet hatte, auf den Boden und weinte. Das war alles, was er tat. Nichts mehr von seiner Wut, seinem Hass auf die Verursacher des lebenslangen Leidens war übrig geblieben.

»Der Mann ist gefahren damals«, sagte Harry, als er sich wieder beruhigt hatte. »Ich weiß es noch genau. Kolja, sagst du. Wo ist er?«

»Er ist tot«, sagte Bitch.

Harry schwieg.

»Kannst du uns verzeihen?«, fragte Bitch.

Und Harry nickte.

Langsam.

Ehrlich.

Aufrichtig.

Und Bitch war gerührt.

»Steh auf, Harry!«, rief Omega seufzend und trat zu ihm. »Also eigentlich wollte ich so was ja nicht machen, das geht in die völlig falsche Richtung, Leute, und ich mach das auch nur, wenn mir jeder Einzelne von euch hier in die Hand verspricht, dichtzuhalten, der Fahrer, Henry, sag ihm, er soll mal ne Pinkel- pause machen, ich hab echt keinen Bock, ein zweiter Jesus zu werden, aber weil wir nun mal gerade hier so schön beisammen sind und weil der Scheißzufall mal wieder jeder Wahrschein- lichkeit die Augen ausgekratzt hat, nö, das war jetzt kein guter Vergleich, tut mir leid, Harry, bisschen pietätlos, komm her, Harry, lass mich in deine Augen schauen, ja, hm, ist eigentlich kein Problem, man müsste nur hier am Sehnerv ein bisschen was lupfen, was drehen, da hat sich was verklemmt und, so, schau mal, wenn du schauen kannst.«

Harry hob die Hand vor die Augen, weil das Sonnenlicht sich in seine Pupillen bohrte wie ein Bündel greller Speere, und Harry schloss seine Augen sehenden Auges, er glaubte nicht, was geschah, er würde es erst viel später glauben können, weil er tagelang von Furcht zerfressen war, seine neu gewonnene Sicht auf die Dinge und die Welt könnte nur eine vorüberge-hende Erhellung oder ein Traum oder sonst was Realitätsloses sein, war es aber nicht, und jetzt, hier, mit der schönen Omega im Buddha-Gewand vor sich, die er durch seine Wimpernfächer strahlen sehen konnte, vergaß er sogar, sich zu bedanken, denn Omega drängte auf sein zügiges Verschwinden, indem sie ihm zuflüsterte: »Sag niemandem, was heute passiert ist. Nu mach schon, Harry. Schieb ab.«

»Bitte?«, fragte Harry.

»Mensch, Harry! Mach hinne! Kratz die Kurve!«

»Was sagst du?«

»Ich sagte: Lass diesen Elch an mir vorübergehen.«

11

Sie fuhren weiter, weiter, immer weiter, in Richtung CON, und sie wussten, dass sie das nicht durften und dass es womöglich Straßensperren gab, die sie daran hindern würden, ins Zentrum des Grauens vorzustoßen. Unterwegs meldete sich endlich Gusto. Tatsächlich, sein Akku war alle gewesen. Er hatte fünf Meilen latschen müssen – die Fluchtautos allesamt Panik-über-füllt –, um eine verlassene Tankstelle zu erreichen samt Steck-dose. Der erschöpfte Schamp schlief unterdessen irgendwo am Straßenrand. Neben Escher. Als Gusto erfuhr, dass Omega aus dem Koma zu sich gekommen war, jubelte er in der verlassenen Tankstelle so laut, dass ein wenig Putz von der Decke rieselte.

»Wo genau steckst du?«, fragte Bitch.

Gusto sagte es ihr.

»Wir kommen bald da vorbei!«, rief Bitch. »Du bleibst, wo du bist. Rühr dich nicht von der Stelle.«

Gusto entnahm den Regalen Fertigbrötchen, verpackte Würste und eingelegte Gurken, Chips und Erdnüsse, eine Fla-sche Rotwein, Wasser, Wasser in rauen Mengen, einen Schnaps sowie eine Packung Gitanes ohne Filter. Er wollte den Laden schon wieder verlassen, als er doch noch zur Theke ging und ein paar Scheine hinlegte. Wenn man einmal damit anfängt, dachte er, verliert man das Gefühl für die Grenzen. Als er in den neuen Sonnentag hinaustrat, sah er schon den Krankentransport in der Ferne auftauchen, stellte sich rudernd auf die Straße, der Wagen hielt, und Omega sprang direkt in seine Arme.

»Gusto!«, rief sie.

»Omega.«

»Es tut mir leid«, sagte Omega.

»Hättest mal auf mich gehört.«

»Da wusste ich noch nicht, was ich jetzt weiß.«

»Und was weißt du?«

»Long Story. Gemeinsam werden wir das schaffen.«

»Was?«, fragte Gusto.

»Alles«, sagte Omega und gab ihm einen Kuss auf den Mund. Das hatte sie noch nie getan. Gusto schaute überrascht, als sich ihre Lippen voneinander lösten. Weil er nicht wusste, was er tun sollte, zog er die Gitanes aus der Jacke.

»Auch eine?«, fragte Gusto.

»Why not?«, sagte seine Enkelin.

»Bin froh, dass es dir wieder gut geht«, sagte Gusto.

Und beide stiegen rauchend in den Krankentransport.

Gusto wollte jetzt genau wissen, was passiert war, und man erzählte ihm alles, und als Henry seine Verwunderung darüber zum Ausdruck brachte, dass Omega ohne jede Beule und ohne jeden Blutstropfen jenes Rammen der Madison-Square-Garden-Decke überstanden hatte, flüsterte Gusto nachdenklich: »Mein Gott, genau wie damals, bei der blöden Sache mit der Chakrenspinne.« Und biss sich sofort auf die Zunge, denn er erinnerte sich hochofenheiß, dass er noch nie jemandem davon erzählt hatte, selbst Omega nicht.

»Welche Chakrenspinne?«, fragte Henry.

»Och, öh, nichts, nichts, öff öff«, sagte Gusto.

»Komm schon, Vater«, rief Bitch. »Ich will das wissen. Die Chakrenspinne? Die ich gestrickt habe? Das Mobile?«

»Ja, äh, genau.«

Also gut: Gusto kam aus der Sache nicht mehr raus und beichtete den Unfall, versuchte aber wie üblich, sich selbst in ein möglichst günstiges Licht zu rücken. Bitch seufzte. Aber irgendwie war sie froh, dass Gusto ihr damals nichts davon erzählt hatte.

»Ich glaube«, sagte sie, »ich hätte dich geviertelt.«

»Das«, murmelte Gusto, »glaube ich auch.«

»Vielleicht«, sagte Henry, »ist Omegas drittes Hirndrittel ja bei diesem ersten Sturz entstanden? Wer weiß? Fakt ist, dass es jetzt, nach dem zweiten Unfall, erheblich gewachsen ist.«

Alle grübelten eine Weile angestrengt. Und man fuhr weiter. Der Schamp lungerte fünf Meilen entfernt am Straßenrand. Er hatte eine derbe Post-Lochstopfmigräne. Vom Schreien innerlich ausgehöhlt, fühlte er sich so, wie der Hohle Hund neben ihm sich sein ganzes Leben lang gefühlt haben musste: leer, leerer, am leersten. Die beiden wurden aufgelesen, Omega umarmte Escher, sagte immer wieder das merkwürdige Wort, das klang wie Puppy und dessen Sinn sich keiner erschließen konnte, es fragte aber niemand weiter nach.

»Mensch, Schamp!«, sagte Bitch plötzlich und rückte ein Stückchen in seine Nähe. »Du bist ja ein wahrer Held.«

»Man tut, was man kann«, sagte der Schamp bescheiden.

»Soso.«

»Ja, ähm, Kunst kommt nicht von können, aber auch nicht von müssen, Kunst kommt von *können müssen*. Wer nur kann und nichts muss, ist ein Handwerker, wer nur muss und nichts kann, sollte aufs Klo gehen.«

»Du bist ja nicht nur hübsch, sondern auch klug«, flirtete Bitch.

Der Schamp hüstelte. »Kennst du Erich Fried?«, fragte er.

»Hab von ihm gehört.«

»Dann pass mal gut auf.«

Schon ging es weiter. Richtung Vegas. Die beiden Sperren wurden mühelos passiert, weil Gusto die Uniformierten mit Buzz Monster persönlich telefonieren ließ und Buzz das Telefon weiterreichte an den General, der in der Zentrale die Geschicke zu leiten versuchte, und der General befahl, die Leute durchzulassen, auch wenn er keinen blassen Schimmer hatte, wie die helfen sollten. Es war bereits zehn Uhr am Morgen, als die Glorreichen Sieben samt Omega durch ein vollkommen ausgestorbenes, ja, erloschenes, ein von allem Leuchten und Blitzen entladenes Las Vegas Richtung Caesars Palace fuhren. Diesen wundersamen Anblick der Lichtlosigkeit im Zentrum der Stadt des Lichts sollte niemand von ihnen je wieder vergessen, aber keiner hatte Zeit und Muße, Fotos zu machen.

Gusto saß vorn, direkt neben dem Fahrer. Er tätschelte mit der Linken Eschers Kopf, hatte die Rechte zur Faust geballt und knirschte mit den Zähnen, und vorne saß er, weil er nicht schnell genug zu Buzz Monster kommen konnte. Neben ihm sein Enkel Alpha, der die jetzt neu gewonnene Durchsicht in seinem Kopf genoss und allerhand Gleichungen aufstellte und wie von Zauberhand zu einem Ende führte, das er nicht für möglich gehalten hätte, und er fluchte nicht einmal angesichts der Tatsache, dass er weder Stift noch Papier dabei hatte, weil er wusste, er würde nie wieder irgendwas notieren müssen, denn das einmal Gedachte läge fortan unknackbar im Safe seines Gedächtnisses. Hinten saßen der Schamp, der immer noch Erich Fried rezitierte, und Bitch, die an seinen Lippen hing und sich an Omegas Engelsflügeln festhielt. Omegas Stirn wurde immer wieder von Escher abgeschleckt, als wolle er ihr durch seinen Speichel Kühlung verschaffen, Omega tätschelte Escher eine Weile, setzte sich zu Tashi und sagte ihm, wie sehr sie sich freue, einen Mann wie ihn zu kennen.

»Du hast vorhin geredet an Elias«, sagte Tashi. »Wer Elias?« Omega blickte in meine Richtung.

»Sitzt er dort?«, fragte Tashi.

»Wo? Was?«

»Dort, wo Ihre Nichtigkeit hinzuschauen geruht haben?«

»Was meinst du?«

»Die ganze Zeit mein Gefühl, anwesend eine andere Ente ...«

»Ente?«

»Entität?«

»Ach so.«

»Jemand, den nicht sehen kann Auge, das verborgen von Schleier der Maja.«

»Guter Mann, Tashi.«

»Wer auch immer du seiest, Elias«, und Tashis Blick tastete suchend in meine Richtung, »bereite dich vor, teilzuhaben an dem, was kommen werde, wir brauchen dich, o Elias, denn ...«

Omega starrte abwechselnd zu Tashi und zu mir.

»Mensch, Tashi«, flüsterte sie. »Darauf wäre ich ... Das ist ja ... Lass dich mal drücken!«

Und sie umarmte den schwulen Buddha. Und der war gerührt. Über so viel Zuneigung. Ich dagegen hatte keine Ahnung, was Omega jetzt schon wieder im Schilde zu führen geruhte, wie Tashi gesagt hätte, aber die Tatsache, dass Escher jetzt laut und wild in meine Richtung bellte, ja, fast brüllte und dass Omega nur mit Mühe ihren Hund beruhigen konnte, zeigte mir, dass die Luft um mich her dünner und dünner wurde, ich fühlte mich plötzlich sichtbarer als während der ganzen Zeit meiner Reise als Unsichtbarer und hätte gerne ein Taschentuch gehabt gegen den Phantomschweiß auf meiner Stirn, und ich blickte zu Boden und glaubte, einen Schweißtropfen fallen zu sehen, aber zum Glück hatte ich mich getäuscht, meine Angst blieb den anderen verborgen. Außer Omega.

»Nur Mut!«, sagte sie an alle gewandt. »Nur Mut!« Aber ich wusste, sie meinte mich damit.

Und jetzt bremste der Krankentransport. Und die Türen ratterten auf. Und heraus sprangen Omega und die Glorreichen Sieben. Und ich. Gemeinsam näherten wir uns dem Caesars Palace in Las Vegas. Das einzige Gebäude, in dem noch Licht brannte. In kurzer Entfernung vorm Eingang röhrten Rotorblätter eines zum Flug bereiten Helikopters, hinter dessen Fenstern ich den Piloten und einen Mann mit Kamera ausmachen konnte. Wir duckten uns gegen den brausenden Wirbel und liefen die letzten Schritte zum Caesars Palace. Passierten die Kontrolle an der Tür, die von unserem Kommen unterrichtet worden war. In der Lobby kam uns ein Mann entgegen, und Bitch konnte es nicht fassen.

»James! James Cameron!«, rief sie, eilte auf den Regisseur zu und bat ihn um ein Autogramm.

Später, sagte Cameron, er müsse jetzt weiter.

»Aber«, rief Bitch und hielt ihn am Arm fest. »Wir sind, mein Mann und ich, also ich ... Wir haben uns kennengelernt, mein Mann und ich, bei *Harry und Sally*, tut mir leid, aber gesprochen haben wir die halbe Nacht nur über *Terminator I* und *II*. Und jetzt, Mister Cameron, muss ich endlich wissen, wie es sein kann, dass in *Terminator I* Kyle Reese in die Vergangenheit geschickt wird, um die künftige Mutter seines Anführers John Connor zu beschützen, und dieser Kyle Reese mit eben dieser künftigen Mutter schläft und John Connor dadurch überhaupt erst gezeugt wird!? In der Vergangenheit! Ist das nicht unlogisch?«

(Bitch hatte nicht unrecht. Jener ewig unlogische Kreislauf einer Zeitreise, den ich auch einem möglichen Leser des Jahres 2014 zumuten werde, wenn es mir nämlich gelingt, dieses Buch – vielleicht mittels der Oort'schen Wolke – aus dem Jahr 2525 ins Jahr 2014 zu schicken (in den Outlook-Ordner irgendeines barbarischen Autors) und man also dann im Jahr 2014 ein Buch lesen wird, liest oder gelesen hat, das ich zu dem Zeitpunkt, da man es liest, noch gar nicht geschrieben haben werde.)

»Ja, hm«, sagte Cameron. »Paradoxie.«

»Geht's auch etwas ausführlicher?«

»Die Paradoxie einer jeden Zeitreise.« Mit diesen Worten riss er sich von Bitch los, rief noch, er müsse jetzt zum Helikopter, und da ließ Bitch ihren geliebten James Cameron gehen, weil er sie an ihre Zeit mit Kolja erinnert hatte, und gepaart mit dem, was vor Kurzem Harald Schmelzer in ihr wachgerufen hatte, versetzte ihr die Erinnerung an Kolja einen schmerzhaften Stich, der sich mit einem komischen Gefühl verband, etwas Schreckliches würde bald passieren (was sich für sie letztlich bewahrheiten würde), und außerdem winkten wir alle ihr heftig vom Aufzug her. Denn jetzt ging's ins oberste Geschoss. Penthouse. Dicht unters Dach. Zur Zentrale.

12

In der Zentrale erwartete uns das Chaos. Wenngleich kein pro-
duktives Chaos. Man hatte einen Stab von Experten versammelt, die allesamt wie die Hühner umherliefen und nicht wussten, was zu tun war. Buzz Monster versuchte, den Überpick,
den Überklick, den Überblick zu behalten. Er stand in der Mitte
des Raums. Gerade redete ein Mann in Uniform auf ihn ein,
Buzz schüttelte den Kopf. Als Erster betrat Gusto den Raum.
Hinter ihm sein Gefolge. Gusto ging strammen Schrittes auf
Buzz zu, und als Buzz den alten Zauberer erkannte, flog er diesem förmlich entgegen, wobei der Ausdruck nicht glücklich
gewählt ist, denn das Fliegen in der Beziehung dieser beiden
Männer war eigentlich Gusto vorbehalten. »Gusto, ich bin froh,
dass du da bist!«, rief Buzz und freute sich wirklich und ehrlich,
weil er hoffte, dass, wenn jemand dem außernatürlichen Phänomen, das er hier geschaffen hatte, würde begegnen können, es
dann doch wohl ein Mensch sein müsste, der selber außernatür-
liche Phänomene zu bewirken in der Lage war. Das Phänomen,
das Gusto zunächst bewirkte, war aber gar nicht außernatür-
lich, sondern so natürlich, dass Buzz die Reaktion umgehend
spürte, denn nach Gustos heftigem Schlag, in dem seine ganze
Wut steckte, taumelte Buzz zurück und hielt sich die blutende
Nase.

»Was hast du ihr angetan?«, rief Gusto. »Sabrina! Sabrina!«

»Well.«

»Well was?«

»As she climbed across the table…« Und Buzz musste,
wollte er Gusto beruhigen, alles erzählen. Was er auch tat.

»Du meinst«, sagte Gusto, »du hast die Waaahhh-heit gesagt?
Sie ist in diesem … diesem Ding da draußen … diesem Loch …
diesem verdammten Schwarzen …?«

»Sie ist tot, Gusto«, sagte Buzz Monster und erntete noch
einen Schlag.

Unterdessen hatte der Uniformierte, ein gewisser General
John Custer (konnte nichts für seinen unglücklichen Namen),

den Schamp abgeschüttelt (der ihn sofort gefragt hatte, ob er, der General, sich vorstellen könne, wenn das hier vorbei sei, ihm sieben seiner Soldaten in Uniform zur Verfügung zu stellen für eine Nuklear-Performance), Custer also trat zu Buzz und bestürmte ihn, er solle ihm jetzt endlich sagen, was das hier für durchgeknallte Vögel seien und warum er so darauf bestanden hätte, sie herkommen zu lassen. Der Große Gustoni stellte sich selbst und seine Gefährten vor, und als eine Dolmetscherin die entsprechenden Namen und Bezeichnungen in das Ohr des Generals transferierte, stand dieser einen Augenblick mit geweiteten Augen vor den Kameraden, fragte aber sicherheitshalber – er hatte gelernt, dass man sich von seinem Feind ein genaues Bild machen sollte – noch einmal nach, merkwürdig tonlos.

»An Anti-black-hole-booh-cry- and Unreal-estate-shark-performance-artist?«

Die Dolmetscherin nickte.

»An esoteric bitch?«

»Mhm.«

»A flying wizard, inventor of a Charity-game?«

»Mhm.«

»A Dalai-Lama-Victoria's-Secret-Model-Wimbledon-Winner with three brain thirds and telekinetic abilities?«

»Yes, Sir.«

»A gay buddha?«

»Yes, Sir.«

»A dog called Escher?«

»Yes.«

»A hollow dog!«, fügte Bitch hinzu.

»Woher weißt du das?«, fragte Omega ihre Mutter.

Bitch starrte Omega an: »Und du?«

Der Schamp hatte inzwischen Gustos Handy genommen und filmte die Szene. »Hey!«, rief er. »Das ist ja wie bei *Herr der Ringe*! Tashi, du bist Gandalf! Bitch, du bist die schöne Elbenkönigin! Ich bin Frodo! Nein, lieber doch Sam! Omega, du bist natürlich Frodo! Alpha, du bist Aragorn! Gusto, du der giftige

Gimli! Henry? Äh, ja, Legolas?! Naja. Was für eine Performance. Könnt ihr bitte weiter so machen?«

»Und warum sind die hier?«, fragte der General Buzz.

Gute Frage, dachte Buzz.

»Um sie«, hakte der General nach, »ins Schwarze Loch zu werfen und zu sehen, was passiert?«

Buzz schüttelte den Kopf. Noch ehe er sich endlich an den Schamp wenden konnte, den er die ganze Zeit aus den Augenwinkeln heraus belauert hatte, fiel der Vorhang über diesen eher lustigen Teil der Veranstaltung. Denn jetzt läutete General Custers rotes Telefon mit sicherer Leitung, er führte strammstehend ein kurzes Gespräch, seine Miene erhellte sich, er legte auf und sagte, jetzt sei es so weit. Phase eins des Plans A.

»Und was ist Plan B?«, fragte der Schamp, bekam aber keine Antwort.

»Tu endlich was!«, raunte Gusto seiner Enkeltochter zu.

»Ich hab Angst«, sagte Omega.

»Wer? Wie? Angst?«

»Ich weiß nicht, ob ich es schaffe.«

»Du«, sagte Gusto, »bist zu Außergewöhnlichem in der Lage. Ich kenne dich, seit du … unter uns kamst. Ich habe irgendwie das Gefühl, das, was jetzt passiert …«

»Außerdem denke ich, ist das Loch noch zu klein.«

»Zu klein?«

»Vielleicht müssen die Menschen erst richtig spüren, dass die Welt kurz vorm Untergang steht.«

»Wovon sprichst du?«

»Wenn ich schon die Welt rette und dabei draufgehe«, sagte Omega, »dann auch richtig. Dann auch so, dass die Menschen was kapieren. Nämlich, dass sie …«

»Was meinst du mit *draufgehen*?«, fragte Gusto.

»Mein lieber alter Opa«, sagte Omega. »Ich wollte dir das eigentlich ersparen. Jetzt ist es mir rausgerutscht. Das ist heute wohl der letzte Tag, den wir beide gemeinsam verbringen. Gräme dich nicht, denn du wirst uralt werden und genug Zeit haben, deine Trauer um mich zu bewältigen.«

»Was faselst du da?«, fragte Gusto.

»Komm mal her!«, sagte Omega und nahm Gusto in den Arm und rüttelte heimlich seine alten Zellen. »Ich will sagen, dass du, Gusto, in dieser Sekunde die Mitte deines Lebens noch lange nicht überschritten hast, mein junger Philosoph der Ex-kremenz. Dass demnach noch ein weitaus größerer Haufen Scheiße vor dir liegt als hinter dir.«

Ehe Gusto nachfragen konnte, erscholl schon die Stimme aus einem Computer. This is not a test. This is the voice of the Public Evacuation System. Please leave the building at once. This is not a test. »Jetzt geht's los!«, schrie General Custer, der zu viele schlechte Militärfilme mit Zigarren rauchenden Generä-len gesehen hatte, »jetzt werden wir dem verdammten Monster da unten gehörig einheizen, jetzt werden wir dem Schwarzen Loch mal so richtig die Muschi wienern!« Die Gefährten wur-den von Soldaten, die aus dem Nichts auftauchten, vom Ort des Geschehens entfernt. Mit ihnen auch alle weiteren Anwesen-den. Es ging in den bombensicheren Keller des Caesars Palace.

»Aber warum?«, rief Alpha.

Die Präsidentin, sagte Buzz, habe soeben den Befehl erteilt, das CON und somit das gesamte Schwarze Loch aus der Luft per Bombardement anzugreifen und endgültig zu vernichten. Alle übrigen Maßnahmen seien bislang nicht von Erfolg gekrönt gewesen. Gleich werde das erste Flugzeug starten.

»Das halte ich für keine gute Idee«, sagte Omega, hoffte aber insgeheim, dass die Aktion vielleicht doch von Erfolg gekrönt, gedornenkrönt... Man muss immerhin eingestehen, dass sich Hillary Clinton schwergetan hatte mit ihrem Entschluss, die Bombe zu werfen. Einst angetreten mit dem Versprechen, den Feinden Amerikas ins Gesicht zu sehen und auf sie zuzugehen, blieb ihr jetzt keine andere Wahl, als etwas zu tun, da die Exper-ten nicht mehr weiterwussten. Nachdem Hillarys Vorschlag, ob es nicht möglich wäre, mit dem Schwarzen Loch zu reden, so-wohl von ihren Beratern als auch von ihrem Mann mit Kopf-schütteln quittiert worden war (»Manchmal muss man handeln und nicht reden!«, sagte Bill Clinton, woraufhin Hillary ein

»Das musst *du* gerade sagen!« zischte), gab sie das Kommando zur Attacke. Auch wenn Experten ihr abgeraten hatten mit den Worten, ein Bombenabwurf sei die schlimmstmögliche Entscheidung, da die Gefahr bestehe, die Bombe könne vom Loch geschluckt werden und ebenjenes dadurch weiterwachsen. »Was sollen wir sonst tun?«, hatte sie gefragt, und als die Experten statt einer Antwort nur an den Nägel kauten, hinzugefügt: »Wir müssen zumindest versuchen, was wir versuchen können.«

Als alle im Keller versammelten waren, starrte man gebannt auf die Bilder, die der Kamerahubschrauber mit Cameron an Bord in die Monitore zauberte. Die Bilder waren unverzichtbar. Die Bilder sowie die eingespielten Werbemillionen, mit denen man u. a. die Militäraktion finanzierte. Dennoch war James Cameron angewiesen worden, einen Sicherheitsabstand zu wahren und auf das Pyra-Tech-Zoom-Faible seiner Kamera zu vertrauen. Der Helikopter trommelte bereits durch die Luft, als der neuartige Phantom Star Fantasy Bomber sich rasant in seinem Rücken näherte. Für die Entwicklung des Bombers hatte die Regierung vierzig Milliarden Dollar nicht nur bewilligt, sondern auch ausgegeben, mit dem festen Versprechen, das Flugzeug niemals einzusetzen. Jetzt brachen sie dieses Versprechen zwar, aber in guter Absicht, also um die Welt zu retten. Wie immer eigentlich.

Als die Bombe fiel, hielt alle Welt den Atem an. Camerons Pilot hatte ebenso genaue Anweisungen erhalten hinsichtlich des Abstands zum Geschehen wie Cameron selbst, doch a) sagte Cameron ihm, so kriege er keine vernünftigen Bilder, b) war der Pilot ein Fan des Cameron-Films *Avatar* und fühlte sich gerade wie ein Na'vi auf seinem Drachen, sodass er c) den Anweisungen des Regisseurs Folge leistete, als dieser ihm d) sagte, man müsse tiefer fliegen. Die Bilder funkelten über die Monitore. Alle sahen zu. Die Einschaltquote lag bei 120 %.

Die Bombe fiel.

Mit der fallenden Bombe brach vor allen Monitoren dieser Welt ein kollektiver Jubel aus, man sang die Hymne, rief *Ame-*

rica, America, man feuerte die Bombe an, als das exakt gezir-
kelte Getöt in das Loch fiel wie ein Basketball bei einem Drei-
Punkte-Wurf. Jetzt wartete man auf die Detonation, auf die
Erlöschung, die Erlösung, auf das Ende des Endes, auf den Untergang des Schwarzen Lochs, auf den Knall, auf die Befreiung,
aber das alles blieb aus: nichts dergleichen. Stattdessen hörte
man noch nicht mal ein Blubb, sondern eher ein leises Zischen –
alle hielten die Luft an –, ein Zischen, das dem Öffnen des
Kronkorkens einer eiskalten Cola-Flasche glich, und es war
Zufall, dass gerade die Firma Coca Cola den Zuschlag erhalten
hatte, zur Primetime, zum Höhepunkt, dem Abwurf der
Bombe, ihre am unteren Bildschirm durchlaufende Werbeban-
derole auf die Monitore der Zuschauer zu zaubern, und nie
wieder wurden mehr Zuschauer auf einen Schlag erreicht in der
Geschichte des Internetfernsehens. In der Coca-Cola-Zentrale
in Atlanta jubelte man über die günstige Fügung des Geräuschs
des Kronkorkenzischens mit der gleichzeitigen Einblendung
der Coca-Cola-Schriftzüge und dem Werbeslogan *The Taste of
Tomorrow*. Dieser *Taste of Tomorrow* blieb aber nur Sekunden
später den Zuschauern im Hals stecken. Oder besser gesagt in
den Augen. Denn denen erlaubten sie kaum zu trauen, was sie
jetzt sahen. Das Schwarze Loch plusterte sich wie eine Henne.
Stülpte sich in drei Sekunden einmal aus sich selbst heraus und
vervielfachte seine Größe auf einen Schlag, sodass Folgendes
geschah: Der viel zu tief und nah fliegende Hubschrauber mit
James Cameron und seinem Kameramann wurde mitsamt Pilot
auf der Stelle von der rasant gewachsenen Schwarzkraft des
Lochs angezogen und raste auf jenes Loch zu. James Cameron,
der beim Aufprall der Bombe seinem Kameramann (obwohl ein
Zitat aus dem Nicht-Cameron-Film *Die Hard*) zugeschrien
hatte: »Hast du das!? Hast du das!? Sag mir, dass du das im Kasten hast!?«, verstummte jetzt, als er spürte, wie der Hubschrauber zwar immer noch flog, aber die Kontrolle über Richtung
und Höhe des Flugs verloren hatte, kurz, dass er also abstürzte,
und zwar genau ins Schwarze Loch, sagte dann aber »I'm not
gonna leave you« zum Kameramann (Cameron zitierte gern

Sätze aus seinen Filmen, hier passenderweise aus dem Untergangs-Schmachtschinken *Titanic*), ehe sie alle, Hubschrauber, Pilot, Kamera, Kameramann und Cameron ins Loch fielen. Die Menschen an den Monitoren hatten somit nicht nur den wahnsinnig überdimensionalen Entwicklungssprung des Schwarzen Lochs mitbekommen, das jetzt weiterwachsen würde, sie wussten es, sie wussten es, weiter und immer weiter, bis es uns vernichtet hat, die ganze Welt!, nein, sie waren auch alle gemeinsam durch die Dreidimensionalität mit James Cameron ins Schwarze Loch gestürzt und befanden sich somit kurzzeitig im *Abyss* und sahen Bilder, die noch nie ein Mensch vor ihnen gesehen hatte. Allerdings nur für wenige Sekunden.

Aufgrund der immensen emotionalen Beteiligung der Zuschauer unterschied sich das, was die Menschen sahen, in hohem Maß voneinander. Sie sahen im Grunde genommen genau das, was sie aufgrund ihrer Sozialisation und ihres je persönlichen Werdegangs sehen wollten oder sehen konnten. Christlich gesinnte Gemüter sahen fies flackernde Höllenfeuer, Wissenschaftler erblickten lugubres Schwarzlicht, Esoteriker erdferne Energielinien, Buddhisten und Mystiker das lautere Nichts, Bitch sah zunächst etwas, das aussah wie ein TSX Fat Man in a Barrel, aber schon in nächster Sekunde blickte sie in den toten Topf der Trauer, Henry sah ein waberndes Gehirn mit vier Hälften, sprich, Vierteln, Tashi sah das Loch eines Enddarms, der Schamp den Schlund eines Hais samt Zähnen, Alpha einen rasenden Datenstrom, und Gusto Winter sah Sabrina Steward.

Sie alle hatten recht und unrecht. Alle blickten von einer anderen Seite auf den Zauberwürfel Wahrheitswahn mit seinen unendlich vielen unterschiedlichen Flächen.

Und dann gab die Kamera ihren Geist auf.

Verspachtelt vom Schwarzen Loch.

Endgültig vernichtet.

Aus.

Und.

Vorbei.

Teil ∞

Ferdinand Zacharias alias Alpha

Nachdem Kolja seinen letzten Atemzug getan und folglich –
aus rein medizinischer Sicht – endgültig und unwiderruflich gestorben war (kein Puls, kein Herzklopfen, keine Bewegung,
keine Lippenluft, keine Hirnströme, nichts mehr), hätte es, ich
war ja dicht dran, dicht drin, eigentlich auch endgültig und
unwiderruflich mit ihm vorbei sein, ja hätte sich der Vorhang
schließen, hätte Leben und Leiden und Denken und Darben
aufhören müssen, die totale Finsternis eines wie auch immer gearteten Schwarzen Lochs des Todes, keine weitergehende Möglichkeit der Wahrnehmung mehr, keine Möglichkeit des Denkens, nichts mehr, nur noch Untätigkeit des toten Körpers. Die
Wahrheit aber sah anders aus. Ganz anders, Leute. Wie so oft.
Gewiss, Kolja konnte sich nicht bewegen (das lag daran, dass
der Tod als Gliederlähmung bezeichnet werden kann), gewiss,
das Herz fuchtelte nicht mehr in seiner Brust (das lag daran,
dass man den Tod als Körperende bezeichnen kann), gewiss, die
Mediziner konnten keine Hirnströme mehr feststellen (das lag
aber nicht daran, dass es keine mehr gegeben hätte, sondern
lediglich daran, dass die Geräte der barbarischen Medizin für
Beleuchtung postmortaler Hirnprozesse nichts taugten), aber –
und das muss man mir glauben, da ich die einzige Autorität bin,
die nach einem Sterbeprozess anwesend gewesen ist – Kolja
dachte weiter, nahm weiter alles wahr, was sich ereignete. Wahrnehmungsstaubsauger. Keine Seele, eher leb-, regloser Fisch im
ausgedorrten Bett seines Körpers. Kolja dachte in Worten und
Bildern. Und wunderte sich sehr darüber. Dass er noch denken
konnte. Auch als er tot war. Ich kann meinen Arm nicht bewegen, dachte Kolja. Ich kann auch meine Beine nicht bewegen.
Eigentlich kann ich überhaupt nichts mehr bewegen. Ich habe
meine Sprache verschluckt. Aber ich bin doch tot!? Bin ich

das!? Was soll die Hand auf meinem Gesicht? Wer schließt meine Augen? Ich will doch sehen, was mit mir geschieht, auch wenn ich tot bin. Und jetzt? Jetzt muss doch das Ende kommen. Das Nichts. Aber nichts da. Ich muss alles vergessen, was mir über den Tod erzählt worden ist. Hört auf, mich zu waschen. Lasst meine Füße in Ruhe. Das kitzelt. Aber ich muss mir das Lachen nicht verkneifen, weil ich gar nicht mehr lachen kann. Das Tuch. Es ist dünn und lindert die Kälte im Kühlraum kaum. Bin ich allein jetzt? Endlich allein? Im Kühlfach? Ich öffne die Augen. Ein letzter Reflex? Über mir nur die weiße Dunkelheit des Lakens. Das Denken muss doch endlich aufhören, unser Leben lang denken wir, was das Zeug hält, sind unfähig, nicht zu denken, regelrechte Denkmonster, Denkschweine, alles würde man dafür geben, wenn man ein einziges Mal sein Denken abschalten und Ruhe finden könnte, aber man denkt zeit seines Lebens, immer und überall, denkt sozusagen ohne Pause, selbst nachts denkt man, in den Träumen, Bildern und Geschichten, auf allen möglichen Problemen knabbert der Kopf herum wie ein Hund auf einem Plastikknochen, ohne dass er je seinen Hunger stillen kann. Und jetzt, wo ich tot bin, hört das nicht auf? Geht das immer weiter? Die Totenstarre, jetzt weiß ich auch, weshalb die Totenstarre Totenstarre heißt, das kommt von Starren, davon, dass man nicht mehr aufhören kann zu starren, mit offenen Augen und offenem Kopf, starren und denken. Sieht so meine Zukunft aus? Aber wie lange? Ein Tag? Zehn Tage? Ein Jahr? Zehn Jahre? Ich möchte Kontakte knüpfen. Es müssten doch unzählige Leute hier herumliegen, mit mir, im Reich der Toten. Warum meldet sich denn niemand? Wo kann ich eine Kontaktanzeige aufgeben? Nicht für Bitch diesmal. Sondern für mich. Atemberaubend frischer Tuchbedeckter, männlich, zwei Stunden jung, sucht seriöse Todesgefährtin oder Todesabschnittspartnerin im Alter von etwa drei bis acht Stunden zwecks Erfahrungsaustausch und weiterer Begleitung auf gemeinsamem Todesweg, Diskretion garantiert. Aber was soll man schon gemeinsam tun, wenn man sich nicht bewegen kann? Wenn man den Ort, an dem man liegt, nicht verlassen kann?

Worin besteht der Sinn eines solchen Todes? Und wie lange soll das noch so weitergehen? Was zum Teufel ist die durchschnittliche Todeserwartung eines Menschen? Bitch, du fehlst mir.

Wenn wir zurückbleiben, sind wir allein.

Wenn wir sterben, sind wir alleiner.

Wenn wir gestorben sind, am alleinsten.

Weil die zahllosen Monitore der zuschauenden Menschen nicht wussten, was sie tun sollten, wurden sie schwarz. Nach Camerons Absturz. Für fünf Sekunden. In diesen fünf Sekunden hielt die Menschheit den Atem an. Anschließend brach sie in einen kollektiven Schrei aus, der so laut war, dass er den Papst Innozenz XIV. in seinem Bett hochschrecken ließ. Der war am Abend, ermüdet von der Weltuntergangsverfolgung, ins Bett getaumelt und hatte völlig vergessen, den päpstlichen Wecker zu stellen. Innozenz schlurfte zum Fernseher. Er war guter Dinge. Noch gestern hatte er seine, des Papstes, Worte an alle Katholiken in seinen Laptop getippt und ausgedruckt. Jetzt überflog er den Text noch einmal auf dem Weg zum Fernseher. Gut, gut, dachte er, danke, Gott. Nachher würde er diese Worte an seinen Sekretär, und sein Sekretär an den theologischen und den juristischen Berater sowie an Nonnenbohrer, den Leiter der Glaubenskongregation, schicken, zur achtsamen Prüfung, auf dass ihm kein Bullenverstoß unterlaufen sei, und anschließend, wenn alle den Text abgesegnet hätten, würde der Text zur Pressestelle geschickt und von dort aus an die Internetgazetten und -sender. Innozenz war zufrieden. Er schaltete den Fernseher ein. Das Schwarze Loch war erheblich gewachsen. Es lag dort in der Sonne. Schien sich auszuruhen: Weltvernichtungsfrühstückspause. Innozenz lauschte dem aufgeregten Kommentar eines Sprechers, der »Oh my god, oh my god, this is terrible« schrie, »our last chance, gone, gone with the wind, we will die, the earth will be swallowed, they're right, the scientists are right, this is the end of the world, the end of mankind, oh my god!« Man drehte dem Plärrer den Ton ab. Ein unbezahlter Praktikant erhielt im Sender den Auftrag, beruhigende Musik einzuspielen. In der Hektik verdrückte er sich, und so erklang statt

Vivaldis Flötenkonzert in c-Moll, zweiter Satz, ein anderes Stück, das man nur aus den Archiven hervorgekramt hatte, um es in *dem* Augenblick unter großem Jubel abspielen zu können, in dem das Schwarze Loch endgültig besiegt oder gestopft oder in Ketten zu Füßen der Menschheit läge, nämlich den Klassiker *It's the End of the World As We Know It*. Papst Innozenz, entschlossen, dem Chaos dort draußen mit der glasklaren Kraft der Religion entgegenzutreten, betete ein Gesätz vom Rosenkranz. Als er sich daraufhin seines päpstlichen Pyjamas entledigte und eine frische Unterhose über die Unterschenkel streifen wollte, sah er – aus den Augenwinkeln – auf dem Monitor etwas, das ihn in seiner Bewegung innehalten ließ. Er ging zum Fernseher, die Unterhose in der Hand, fiel mit dem nackten Hintern in den päpstlichen Fernsehsessel und folgte mit offenem Mund dem Spektakel. »Herr«, murmelte er, »nimm diese Frau zu dir in dein Reich.« Dann aber konnte er die Augen nicht mehr vom Monitor nehmen angesichts dessen, was jetzt geschah.

2

Die Soldaten, Experten, Omega und die Glorreichen Sieben fuhren nach dem Bombenabwurf aufs Dach des Caesars Palace. Überblick gewinnen. Sie konnten das Schwarze Loch jetzt durch das Fernrohr erkennen, ein Ungetüm von gigantischer Größe. Obwohl das Loch nicht weiterwuchs, schnaufte es bedrohlich, gab Geräusche von sich, die kein Umstehender in seinem Leben gehört hatte und selbst Camerons Tontechniker nicht hätten erfinden können. James Cameron! Verloren, abgestürzt, aufgesaugt! Bitch dachte traurig: »Wie viele Filme hat er uns hinterlassen. Und wie viele mit ins Grab genommen!«

»Wir müssen raus aus Vegas!«, schrie der General. »Sofort!«

Doch da begann Escher zu bellen. In Richtung Loch. Escher, so hatten die Umstehenden das Gefühl, bellte das Loch an wie ein Wolf den Mond anheult, und – man weiß nicht, ob dieses

Bellen Ursache war für die plötzliche Ruhe – jedenfalls verstummte das Loch angesichts dieses Bellens, die Lochgeräusche verebbten, als wolle das Schwarze Loch dem Bellen lauschen, und ein stiller silberner Wind schlich sanft um die Menschen, die auf dem Dach des Caesars Palace standen und nicht mehr weiterwussten.

Alle – bis auf Omega.

»Also«, sagte Omega. »Da führt dann jetzt wohl kein Weg mehr dran vorbei. Gib mir die Flügel!«

»Hier«, sagte Bitch.

»Gut! Dann schnall sie mir um.«

»Aber warum?«

»Warum?«, flüsterte Omega ihr ins Ohr. »Ich weiß nicht genau, was passiert, ich weiß nur: Wenn ich verschwinde, wenn ich verschwunden bleibe, dann bin ich wahrscheinlich nicht tot, Mutter, nur irgendwo anders. Irgendwann anders vielleicht.«

»Ich versteh dich«, sagte Bitch. »Zeit ist eine Illusion. Raum ist eine Illusion. Die Inflation des Universums ist nichts als ein Einatmen. Die Deflation ein Ausatmen. Wo auch immer du ...«

»Ich hab dich lieb, Mama!«

»Ich dich auch, Liebes!«

Sie umarmten sich.

»Alpha?«

Alpha küsste sie.

»Läuft die Rede schon übern Ticker?«, fragte Omega.

Alpha nickte.

Dann umarmte Omega auch den Schamp, Henry, Gusto und Tashi, sie zwinkerte ihren Freunden aufmunternd zu, aber wohl nur, um sich selbst aufzumuntern und ihre Angst nicht zu zeigen, und dann rief sie: »Komm, Escher!«, und sprang gemeinsam mit ihrem hohlen Hund vom Dach.

Die Soldaten und Experten und der General schrien auf, als sie sahen, wie Omega in der Luft kleben blieb wie in einem unsichtbaren Spinnennetz, schön, schwarz, kahl, im orangerot leuchtenden Dalai-Lamaninnen-Gewand, mit ihren Victoria's Secret-Flügeln darüber, und neben ihr schwebte der weiße

Husky. Omega drehte sich noch mal zum Dach und rief: »Worauf wartest du?« Sofort stürmte Gusto in ihre Richtung und wollte zum Sprung ansetzen, doch Omega sagte: »Halt! Gusto! Du nicht!«

Gusto blieb stehen. »Aber warum?«, rief er. »Ich will mit! Ich will dir helfen. Was soll ich hier noch? Ich bin alt, Omega. Nimm mich mit! Ich bin der Große Gustoni!«

»Nein, Gusto. Du musst den Menschen noch was Wichtiges beibringen.«

»Und was?«

»Die Idee deines Lebens!«, sagte Omega.

»Die Idee ...«

»Mach's gut, Gusto!«, rief sie.

»Aber«, sagte Gusto, »wem hast du denn gerade zugerufen: *Worauf wartest du noch?* Wer von uns, verdammt noch mal, soll dich begleiten?«

»Niemand von euch, ihr Glorreichen Sechs.«

»Wer denn dann?«

Omega schaute mich an. Mich, Elias Zimmermann. Mir wurde schlecht. Ich hätte mich am liebsten verdrückt. Verkrochen. In eine Ecke. Irgendwo, wo man – also sie – mich nicht sehen konnte.

»Elias!«, flüsterte Omega. »Spring!«

»Ich«, sagte ich in allerletzter Verzweiflung, »ich bin zwar unsichtbar, aber fliegen kann ich nicht.«

»Mit mir schon, Elias Zimmermann.«

Ich zögerte noch.

Ich zögerte noch.

Ich zögerte noch.

Ich zögerte noch, als Omega sich nach letztem Winken mit Escher ein paar Meter vom Dach entfernt hatte.

Ich zögerte noch.

Ich zögerte noch.

Ich zögerte noch.

Ich zögerte noch, als Tashi Tengrit plötzlich rief: »Worauf wartet unsichtbare Ente! Brauchen Tritt in Loch-Arsch?«

Und diese gemäßen Worte waren der endgültige Anstoß, den Sprung hinein zu tun, hinein in die Geschichte, ich wurde Teil des Spiels, ich sprang, ich sprang hinein ins größte Abenteuer meines Lebens, sprang hinab vom Dach des Caesars Palace und fiel nicht, sondern schwebte zu Omega hin, die sich lächelnd zu mir umdrehte, sie wartete auf mich, bis ich rechts neben ihr schwebte, und links neben ihr der Hohle Hund.

»Na«, grinste Omega, »ihr seid mir ja zwei prächtige Schächer!« Dann drehte sie sich ein letztes Mal um und rief: »Arrivederci!«, und los flogen wir.

In der Ferne sahen wir Aufklärungsdrohnen, die in die Luft stiegen und sich dem Loch näherten und filmten.

»Gut«, sagte Omega, »das ist gut. So kann alle Welt sehen, was jetzt geschieht. Alle Welt. Auch Papst Innozenz XIV.«

Während wir uns langsam, als wolle Omega ihre Kraft gut einteilen, dem Loch näherten, wandte sie sich endlich an mich.

»Elias!«, sagte sie. »Ich brauch deine Hilfe.«

»Du kannst mich sehen?«, fragte ich.

»Erst seit Neustem. Seit, wie Henry sagt, mein Schwarzes Loch im Kopf gewachsen ist.«

»Dein DSL.«

»Was?«

»Dein Domestiziertes Schwarzes Loch«, sagte ich.

»Langsam ergibt alles einen Sinn«, sagte Omega.

»Sinn!?«, rief ich.

»Die Geburt des Sinns aus dem Unsinn.«

»Was kann ich für dich tun, Omega?«, fragte ich.

»Ich schaff das hier allein nicht. Ich brauch deine Energie.«

»Meine Energie?«

»Deine Phantomenergie.«

Wie man weiß – muss ich es wiederholen? –, war die Phantomenergie bereits im Jahr 2004 vom Physiker González-Díaz thematisiert worden. Phantomenergie ist also eine besonders stark antigravitativ wirkende Form der Dunklen Energie, die zur Ausbildung eines Wurmlochs führen kann (so große Wurmlöcher – hier irrte González-Díaz –, dass sie unser Universum verschlingen könnten), aber – hier lag González-Díaz zufällig richtig – Phantomenergie vermag durchaus, befahrbare Wurmlöcher zu stabilisieren.

»Du musst mit mir hinein«, sagte Omega.

»Ins Loch?«

»Ins Loch.«

»Aber ich bin nur ein Bewusstseinsstrom, Omega. Es gibt mich nicht wirklich.«

»Das ist nur die halbe Wahrheit.«

»Gibt es eine *ganze* Wahrheit? Und woher kennst du meinen Namen?«

»Ich habe Dinge gesehen. Ich habe dich gesehen, Elias. Da war so eine Maschine. Namens Jimmy McGovern. Der hockte wie eine Spinne im Netz seiner Bibliothek. Der hat mir jede Menge erzählt, Elias. Als ich im Koma lag. Das heißt, nein, das war kein Koma. Das war eine Reise durch meinen eigenen Kopf. Oder durchs Universum. Beides furchtbar kleine Welten. Kopf und Universum. Im Kopf gilt das Kleine-Welten-Phänomen. Jede Neuromücke kann durch wenige Schritte zu einer anderen Neuromücke gelangen.«

»Ja. Ich weiß. Die neuromücktoplastische Reise.«

»Die was?«

»Als ich damals in Kolja …«

»Wir haben keine Zeit zu verlieren! Wir müssen zum Loch! Los jetzt. Alles Weitere klären wir später.«

»Wenn es ein Später gibt, Omega!«

Je näher wir dem Loch kamen, umso dunkler wurde es um uns her. Die Dunkelheit, die ich spürte, war mehr als eine Verdunklung der Sicht, es war eine Verdunklung dessen, was ich dachte, was ich fühlte, hörte. Es war eine Verdumpfung, die wie ein Melancholieschleier vom Loch zu uns hinüberwehte. Ich wurde trauriger. »Kolja«, murmelte Omega, und als ich zu ihr hinübersah, bemerkte ich eine Träne, die über ihr Gesicht rann. In etwa hundert Metern Entfernung vom Loch ließ uns Omega sanft landen. Sobald wir festen Boden unter den Füßen hatten, jagte Escher Richtung Loch, und es sah aus, als wolle er umgehend in es hineinspringen, doch wenige Meter vor dem Loch blieb er stehen, witterte kurz und legte sich hin.

»Müssten wir nicht längst aufgesaugt worden sein?«, fragte ich.

»Das Loch«, sagte Omega, »scheint zu schlafen.«

»Zu schlafen?«

»Jede Explosion und sprunghafte Vergrößerung zieht wohl ein Nickerchen nach sich.«

»Aha. Gibt's dafür physikalische Berechnungen?«

»Nö.«

»Mir ist kalt irgendwie.«

»Mir auch. Phantomkälte?«

»Phantomgänsehaut.«

»Hast du Angst, Elias?«

»Du etwa nicht?«

»Gehen wir hin!«, sagte Omega.

»Bist du sicher?«

»Ja.«

Mit jedem einzelnen Schritt wurde die Stimmung um uns her trister. Und wir konnten immer mehr erkennen von der Struktur dieses Lochs. Das Loch hatte die Gestalt einer Kugel, und die obere Hälfte der Kugel hielt den Luftraum, der sich über der Erde hob, umschlossen, die untere Hälfte demnach wohl den uns verborgenen Erdraum. Das war merkwürdig. Hatten wir gedacht, wir sähen in ein veritables Loch, in ein Nichts, in das Fehlen von allem, so wurden wir eines besseren belehrt. Das Loch ähnelte eher einer stabilen, festen, harten, schwarzen Masse, sah aus wie eine vollkommen glatte Murmel, eine Riesenmurmel, gewiss, aber jedenfalls nicht wie ein Loch. Und außerdem, Mr. Hawking? Strahlen soll das Ding? Nein. Es strahlte nicht, das Loch. Es wirkte eher grimmig.

»Wahrscheinlich macht es den Ereignishorizont dicht, wenn es schläft«, sagte Omega.

»Was?«

»Rollläden runter. Und wenn es aufwacht, öffnet sich der Ereignishorizont, und es beginnt erneut das große Schlürfen.«

»Aha. Irgendwie hab ich mir das anders vorgestellt, so ein Schwarzes Loch.«

Als wir bei Escher angekommen waren, stand der weiße Husky auf, hechelte uns kurz zu, als wolle er Glück wünschen für das, was bevorstand (wir hatten nicht die geringste Ahnung, was geschehen würde, es gab keinen Präzedenzfall, wir *waren* der Präzedenzfall), jedenfalls bellte Escher anschließend laut-stark das Loch an, und im selben Augenblick, da Eschers Bellen erklang, kam das Loch – ich kann es nicht anders ausdrücken – zu sich.

Die kugelförmige Schale des Lochs schob sich langsam nach innen, nach unten, zur Seite, nach oben oder in eine uns unbe-kannte fünfte, sechste, achte Dimension, also irgendwohin, wir schrien auf, als sich jetzt das wahre Wesen des Ungetüms zeigte, das tatsächliche Loch in seiner Lochhaftigkeit, das Loch, das als Erstes unsere Blicke schluckte, die sich verloren in den Stricken des Nichts, es war, als lutsche das Loch unsere Augen aus, Phan-tom hin oder her, und ohne dass Omega ein Kommando hätte geben müssen, rannten wir fort vom Loch, ein Reflex, als renne man vor einem Löwen oder einem Waldbrand davon, der Ereig-nishorizont, der Horizont dessen, was sich nun ereignen würde, traf auf unseren Bewusstseinsereignishorizont, eine Ereignis-horizontverschmelzung, und erst, als wir eine Weile gerannt waren, weg vom Loch, drehten wir uns um und erkannten, dass Escher uns nicht gefolgt war.

»Escher!!«, brüllte ich, aber der bellte immer noch.

»Lass ihn«, sagte Omega.

Wir spürten den beginnenden Sog, der vom Loch ausging, und ich dachte, er wird gleich hineingezogen, unser Escher, er wird gleich verschwinden, aber Escher schien das alles nicht zu kümmern, zwar plusterte sich sein Fell und strebte in Richtung Loch, er selbst aber stand fest und wie verwurzelt auf der Erde und bellte.

Doch dann geschah das Nichts wirklich. Will heißen: Das Loch war offen jetzt. Ein richtiges Loch. Nach allen Seiten hin. Mehr noch als ein kugeliges Loch schien es ein Auge zu sein, das in alle Richtungen zugleich spähen konnte, es lebt, dachte ich, das Loch lebt, ein lebendes Wesen, ein Auge, ein Allsicht-auge, und wir sind Mücken, die in es hineinfliegen und vom Tränensaft zersetzt werden.

Schon wurden wir in die Höhe gerissen.

Das war aber diesmal nicht Omegas Gabe zu verdanken.

Da stand sie in der Luft, und da stand ich neben ihr in der Luft, und da sah ich, wie ihr die Victoria's Secret-Flügel von den Schultern fluppten und ins Loch witschten, dicht gefolgt vom Dalai-Lamaninnen-Gewand und ihrem String-Tanga, und nach dieser Striptease-Pirouette stand sie nackt dort in der Luft, sie schien sich zitternd dem Loch entgegenzustemmen, mit schmerzverzerrtem Gesicht, da ihre Piercings aus der linken Brustwarze und den aufgemalten Augenbrauen gerissen worden waren, Blut an ihrer Seite, Blutfluss auf ihrer Stirn. Omega wehrte sich mit aller Macht, verschluckt zu werden, wollte die Kontrolle nicht verlieren, schien unbedingt selber den Zeitpunkt bestimmen zu wollen, an dem wir den Weg allen Fleisches gehen würden, dennoch ruckten wir Stück um Stück näher ans Loch heran, viel langsamer als Omegas Flügel und Tashis Gewand, fast schwerfällig, und Omega, ich sah es, schwitzte neben mir, sie kämpfte, sie gab alles, sie setzte ihre ganze Kraft dem Loch ent-gegen, kämpfte nicht nur für sich, sondern auch für mich, ein doppelter Kampf. Ich spürte deutlich die Wut des Schwarzen Lochs, dem so was noch nie passiert zu sein schien. Also dass sich jemand seinem Willen entgegenstemmte. Dass seinem Sog ein Gegensog folgte. Dass Mensch und Hund und Phantom sich derart dem offenen Ereignishorizont widersetzten.

Omega rief: »Noch kurz, Elias! Gleich! Ich kann uns nicht mehr lange ...«

Wir waren jetzt kaum noch zehn Meter vom Loch entfernt, ich nahm nichts mehr wahr, alle Sinne betäubt, ich war kurz davor, in eine Ohnmacht zu fallen, doch da sagte Omega ganz ruhig: »Es ist so weit, es ist ...«

»Jetzt sag bloß nicht *vollbracht*!«, rief ich.

Eine Sekunde später muss Omega uns aus ihrem Gedankenschoß gelassen haben, denn wir wurden aufgeschlürft vom Loch, das feist zufrieden rülpste, und das Letzte, was ich sah, war Escher, der sich dem Sog erfolgreich widersetzte und immer noch bellend am Rand stand, und dann waren wir drinnen, Omega und ich, drinnen, im Schwarzen Loch.

Ganz allein.

Wir beide.

Ohne Escher.

Und dort drinnen.

Im Schwarzen Loch.

Tja.

Da war es schweinedunkel.

Also schwarz irgendwie.

Klingt logisch, oder?

3

Die Glorreichen Sechs, Buzz Monster, General Custer und seine Soldaten und Helfer hatten, statt die Zentrale zu verlassen, all ihre Hoffnung auf Omega gesetzt und mit den weltweiten Zuschauern vor den Monitoren gebannt verfolgt, wie Omega vor dem Loch schwebte. Ihre Nacktheit. Ein Bein gestreckt. Das andere angewinkelt. Die linke Sohle am rechten Knie. Die Arme in die Seiten gestemmt. Wie Halle Berry, ihr Vorbild, als Storm im Film *X-Men*. Und wie Omega schließlich in einer einzigen rasenden Sekunde im Loch verschwand, und wie das Schwarze Loch ein süffiges Geräusch von sich gab, als hätte es gerade einen besonderen Leckerbissen verspeist. Und die Welt hielt die Luft an, als das Loch ein weiteres Mal explodierte und seine Größe vervielfachte. Es ist alles verloren, dachte man. Es wächst und wächst und hört nicht auf zu wachsen. Was haben wir getan? Nur klitzekleine Teilchen, die aufeinanderprallen. Und jetzt das? Durch den neuerlichen Wachstumsschub reichten die unsichtbaren Saugtentakel des mächtigen Lochs jetzt, da es Omega verschluckt hatte, endlich bis rauf nach Las Vegas, und dort, in Vegas, rissen die Vorhänge der Spieltempel, da sprangen die Straßen auf, Glas splitterte, Hochhäuser wurden aus dem Boden gerupft wie Unkraut, Sodom und Gomorra ein Kindergeburtstag dagegen, waagerecht in der Luft liegend sauste ein Hochhaus nach dem anderen dem Loch entgegen, gigantomanischen rechteckigen Geschossen gleich. Die Freunde und Soldaten und Experten in der Zentrale hielten die Luft an, noch zehn Blocks, dann hätte die Kraft des Lochs auch den Caesars Palace erreicht, der Kampf war verloren, die Glorreichen Sechs und Buzz blickten vernichtet, und aus ihren Köpfen krochen denkblasengleich sämtliche unbeantworteten Fragen ihrer Existenz. In einer letzten Übersprungshandlung zog der Schamp seine Brötchentüte aus der Tasche, öffnete sie aber nicht mehr, es war zwecklos, sondern zerknüllte sie, während Buzz zu ihm schlich und ihn – zumindest das wollte er noch wissen, ehe er ins selbstgesäte Gras biss – nach der Bedeutung der Erzählung Herne, Angst fragte, ob also die Paranoia der Figur sich tatsächlich realisiere oder ihren rein paranoid-halluzinatorischen Charakter offenbare, der Schamp aber hatte im Augenblick nicht wirklich die Nerven, über seine Texte zu reden, zumal Bitch sich auf seinen Schoß setzte, während Tashi Henrys Schoß erwählte, Gusto Ausschau hielt nach einer Toilette und Alpha zum Monitor kroch, auf allen Vieren, Escher, dachte Alpha, Escher, Omega, Elias, wer zum Teufel ist Elias?

Da sah Alpha, und da sahen die übrigen Menschen, wie die fliegenden Hochhäuser plötzlich innehielten in der Luft, einen Augenblick nur, zwei, drei Sekunden höchstens, ehe sie kollektiv krachend und scherbenspritzend zu Boden fielen, und dann legte sich Stille über Las Vegas. Über die Mojave-Wüste. Über das Schwarze Loch. Wimmernde Stille. Wenn Stille denn wimmern kann. Der Wind stellte das Wehen ein. Wolken platzten und lösten sich auf. Die Sonne richtete ihren gigantischen Spot auf Nevada. Auch der Sand um das Loch kam zur Ruhe. Und das Loch kam zur Ruhe. Und die Menschen kamen zur Ruhe. Und keiner dachte jetzt noch irgendwas. Atemloses Schweigen.

Für einige Sekunden. Und dann ... Was jetzt geschah, sollte niemand, der es gesehen oder gehört hatte, je wieder vergessen.

Das Loch schrie.

Nicht aus Wut, sondern – vor Schmerz. Ganz plötzlich. Das Biest schrie bestialisch. Als hätte es jemand von innen mit einer riesigen Lanze aufgespießt, gab es einen barbarischen, kreischenden Ton von sich. Die Monitormenschen hielten sich die Ohren zu. Das Loch ruckte wie ein Fisch an der Angel. Und die Zuschauer an den Monitoren verstanden endlich: Es kämpft, das Loch, es kämpft um sein Leben oder, besser gesagt, um sein Nicht-Leben, um das Nichts, als das es existiert. Es kämpft. Gegen wen? Gegen wen schon!? Gegen Omega, die soeben vom Loch verspeist worden war. Schon bald hofften die Zuschauer wieder, sie hofften, dass dieses hässliche Loch den Kampf verlieren würde. Nach fünf Minuten Brodeln, Blubbern und Zischen rief ein Experte: »Es wird kleiner!« Auch die Zuschauer sahen das. Ja, es wurde kleiner, das Loch, es schrumpfte. Ohne aber das, was es bislang verschluckt hatte, auszuspucken.

(Hawking hatte also – muss man hier zugeben – in einem Punkt recht gehabt: Ein Schwarzes Loch schluckt Informationen. Auch wenn Hawking diese Einsicht auf Druck der Physiker zurückgezogen hatte. In seinem großen – in einer Wette gipfelnden – Streit mit dem Physiker John Preskill – eine Wette, die Hawking irgendwann verloren gab – hatte er behauptet, beweisen zu können, dass »bits of the universe« verschwinden können. Die Community hatte aufgebracht reagiert. Man hasste Hawkings Theorie, denn würde man einmal zugeben, dass Informationen verloren gingen, wäre es unmöglich, diese Tatsache auf ein Schwarzes Loch zu beschränken. Träfe also Hawkings Theorie zu, sagte man damals, dann würden Teile des Universums fehlen, woraus gefolgert werden müsse, dass jede Vorhersagekraft der Wissenschaft endet, dass nichts und niemandem, nicht mal unserem Gedächtnis, getraut werden könne. »If information is lost, one wouldn't be able to predict future with certainty, one wouldn't be sure what happened in the past!« Und genauso war es auch.)

Weiter geht's.

Das Loch verkleinerte sich. Die Menschen vor den Monitoren sprangen auf. Milliarden feuerten Omega an, die junge, hübsche schwarze Frau, feuerten sie an, sie, die jetzt, im Innern des Schwarzen Lochs, gegen Selbiges kämpfte, und der Kampf stand auf Messers Schneide, und ihr Ex-Juror Thomas Rath rief am Fernseher: »Komm, Schatz, du schaffst das, ich weiß, dass du das drauf hast!«, und die Tennisfans riefen – angesichts der Tatsache, dass die Geräusche des Schwarzen Lochs immer qualvoller klangen: »Das Schwarze Loch, es stöhnt wie Lahmarsch Sabatini!« Omega Zacharias, diese tapfere Frau, sie war es, die jetzt, dort, im Abgrund, mit dem Schwarzen Loch einen Kampf auf Leben und Tod führte, einen Kampf, der, verlöre sie ihn, das Ende der Erde, das Ende der Menschheit, das Ende ihres Daseinsquarks bedeuten würde. Und Omega gab alles. Es schrumpfte, das Loch, immer schneller, immer weiter, weiter, nur noch zweihundert Meter Durchmesser, ja, gib's ihm, nur noch hundert Meter, jaja, nur noch so groß wie das Gebäude des ehemaligen CON, es schrumpfte, es schrumpfte wie die Hexe im *Wizard of Oz*, ich gehe ein, ich gehe ein, rief die böse Hexe des Westens, schließlich war das Loch nur noch so groß wie das Kontrollzentrum, was hast du getan, mein Kind, was hast du getan?, und erst als die oberirdische Hälfte des Lochs einem schwarzen Iglu glich, trottete auch Escher hin, schnupperte kurz und sprang in das letzte Bluten des Ereignishorizonts.

Er sprang hinein.

Ins Loch.

Einfach so.

»Der Hund!«, riefen die Menschen. »Er wird ihr helfen!«

Es war das wohl einseitigste Tennismatch des Universums. Alle Menschen drückten Omega die Daumen, naja, sieht man mal ab von den paar chronisch Depressiven, für die das Ende der Welt eine Erlösung gewesen wäre und die jetzt vor der Flimmerkiste saßen und schnauften: »Jetzt hätten wir es bald geschafft, und da taucht schon wieder so ein komischer Held auf, auch noch eine Held*in*, Scheiße.«

Und dann war das Loch endlich weg.

Mit einem letzten Schlurpsen löschte es sich selbst aus.

Wenn man davon sprechen kann, dass ein Loch verschwindet. Sagen wir also: Die Welt war wieder da, die Möglichkeit der Welt, das Nichts lag in Fesseln, das Etwas befreit, der kollektive Tod besiegt, Erlösung nichts dagegen.

Und Escher? Blieb verschwunden.

Und Omega? Ja, Omega! Sie tauchte wieder auf! Aus dem Staub des Lochs! Also jedenfalls stand da ein Mensch. An der Stelle, an der soeben noch das Schwarze Loch sein Unwesen getrieben hatte, stand nun ein Mensch. Und wer sollte das bitteschön sein, dachten die Zuschauer, als die neue Göttin, die Erlöserin der Welt, wer sollte das schon sein als Omega persönlich, die dem Loch auf welche Weise auch immer mit ihren Gedanken oder Muskeln die Luft abgedreht hatte. Nur: Dieser Mensch, der dort stand, sah so ganz anders aus als Omega. Mein Gott, dachten die Zuschauer, als die Drohnen sich jetzt – nach dem letzten Verdampfen des Lochs – näher herantrauten an den Menschen, der dort stand, wo sich einst das CON befunden hatte, mein Gott, der Kampf hat Spuren hinterlassen bei Omega!

Gewiss, ein Mensch. Ja!

Gewiss, eine Frau. Ja!

Aber statt schwarz – weiß.

Und statt jung – alt.

Und statt nackt – angezogen.

Ihre Kleidung wirkte zerrissen, ihre Haare matt, sie trug eine Mappe in der Hand, auf deren Klappe ein durchgekreuztes goldenes Kalb prangte und mit der sie heftig dem Transporthubschrauber zuwinkte, der sich angesichts des Schrumpfens des Lochs schon vor fünf Minuten in Bewegung gesetzt hatte und jetzt dicht bei ihr landete. Aus dem Transporthubschrauber sprangen Buzz, Gusto, Bitch, Tashi, Henry, der Schamp und Alpha. Sowie General Custer mit fünfzehn Soldaten, zehn Experten und zwei Kameramännern. Alle erkannten aus nächster Nähe, dass die Frau dort nichts, aber auch gar nichts mit Omega gemein hatte, und niemand wusste, wer das war, nie-

mand – außer Alpha, Buzz und Gusto. Letzterer hatte schmerz-
erfüllt und schreiend das Verschwinden seiner Adoptivenkeltochter mit angesehen, jetzt aber kniff er die Augen zusammen
und stöhnte nur das eine Wort: »Sabrina?«

4

Man mag sicher sehr gespannt sein, was genau Omega und ich
als gefangene Geister im Schlund des allerersten von Menschenhand erschaffenen Schwarzen Lochs erlebten. Leider war das so
viel und so unglaublich heftig und so spannend und in einem
so wahnsinnigen Sinne ausufernd, dass ich euch vertrösten muss
auf die nahe Zukunft, in der ich ein zweites Buch schreiben
werde mit dem Titel *Gamma und Psi. Apokalypse für Fortge-
schrittene* (nein, das wäre ein irreführender Titel, da es in jenem
Werk nicht um die Apokalypse gehen wird, sondern um das,
was darauf folgt, ich werde das Buch wohl lieber *Die Teuflische
Komödie* nennen) – ein Buch also, in dem ich auf deutlich mehr
als tausend Seiten die ungeheuerlichen, abenteuerlichen, abstrusen Schwarz-Loch-Erfahrungen in geballter Form darstellen
werde, hier aber, Freunde, würde die explizite Eins-zu-Eins-
Darstellung dieser Geschehnisse den Rahmen meiner Erzählung sprengen.

Denn es geht eigentlich um was anderes.

Das Ende vom Lied (und mehr muss man augenblicklich
nicht wissen) war nämlich, dass wir beide (Omega und ich)
schließlich auf dem Grund und Boden des Schwarzen Lochs
ankamen. Wir waren schon ein wenig erschöpft. Von der abenteuerlichen Reise. Die einige Jahre in Anspruch genommen
hatte, in der Nevada-Ortszeit jedoch nur wenige Minuten. Ich
sah mich um auf dem Boden des Schwarzen Lochs, und ich war
inzwischen auch nicht mehr verwundert darüber, dass Löcher
Böden haben können und dass ich auf einem Lochboden zu sitzen in der Lage war, neben mir Omega, ich blicknackt, sie klei-

dernackt inmitten der nackten Singularität. Es gab sie also tatsächlich. Diese nackte Singularität. Die von den Physikern mittels kosmischer Zensur geleugnete nackte Singularität. Ein wunderbares, wundersames Phänomen. Die nackte Singularität des Lochs äußerte sich darin, dass – wann immer ich etwas dachte oder aussprach – dieses Gedachte sich umgehend materialisierte. Dachte ich zum Beispiel an geflügelte Zungen, so schwebten sofort geflügelte Zungen vor meiner Stirn. Alles Mögliche stellte ich mir vor, und eine Weile lang amüsierte mich dieses Spielchen, ehe ich in dem Augenblick die Lust verlor, als ich das Wort *Feuer* aussprach und mir sofort die Lippen verbrannte, weil das Wort Feuer und die Wirklichkeit Feuer sich auf unangenehmste Weise miteinander verbanden, es gab keinen Unterschied mehr zwischen gesprochenem Wort und dem mit dem Wort bezeichneten Gegenstand, oder zwischen gedachtem Konzept und dem von der Vorstellung gemeinten Wesen, also rief ich gleich *Wasser*, und das war auch gut so. Auch Omega hatte Feuer gefangen an dem Spiel mit der nackten Singularität, also metaphorisches Feuer, denn sie sagte *Monroe's Dress* und trug sofort das weiße Marilyn-Monroe-Kleid auf dem Leib, gleich darauf auch eine blonde Marilyn-Monroe-Perücke. Dann schloss sie die Augen und öffnete die Hände und bewegte minutenlang leise ihre Lippen, sie wünschte sich offensichtlich etwas hoch Komplexes, und es materialisierte sich alsbald eine satt-schwarze Murmel in ihren Händen sowie drei Püppchen, etwa so winzig wie die Püppchen in Gustos Charity-Spiel. Omega betrachtete sie kurz und zufrieden, ehe sie Kugel und Püppchen in ihren Ausschnitt schob.

»Und jetzt?«, fragte ich endlich.

»Warten«, sagte sie.

»Auf wen?«

»Auf Escher natürlich.«

»Auf Escher?«

Omega antwortete nicht, sondern rief: »Es werde Licht!«

Eine Funzel knipste sich von irgendwoher an.

Ich stöhnte auf. »Muss das sein?«, fragte ich.

»Stift!«

In der selben Sekunde hielt sie einen in der Hand.

Sie rief: »Papier und Mappe!«

Beides lag sofort vor ihr.

Omega kritzelte ein paar Sätze aufs Papier, rief: »Durch-kreuztes goldenes Kalb«, und auf der Mappe prangte sofort ein durchkreuztes goldenes Kalb, sie legte die Mappe mit dem be-schriebenen Blatt in oder auf oder über oder unter den Boden des Schwarzen Lochs (das war alles dasselbe), und da erschien endlich – knapp über uns – die weiße Schnauze Eschers, sein Kopf, seine Ohren, sein Körper, er sprang zu uns hinein, bellte nicht, auch sonst war es merkwürdig still.

»Escher!«, rief Omega. Und umarmte ihren Hund. Lange. Strubbelte durch das wie Weißfeuer leuchtende Fell.

»Escher«, sagte auch ich, und der Hund drehte seinen Kopf in meine Richtung. »Was ist das für ein Hund?«, fragte ich.

»Ich bin aus ihm gefallen«, sagte Omega.

»Du bist was?«

»Als ich im Koma lag, konnte ich mich erinnern. An den ers-ten Augenblick meines Lebens. An den Moment, an dem ich das Licht der Welt erblickte. Zumindest das Licht *dieser* Welt. Ein Fellmoment. Ein weißer Fellmoment. Ich steckte in ihm, in Escher. In meinem hohlen Hund. Fiel raus. Aus ihm. Im Kran-kenhaus. Direkt ins Bettchen. Ein Fallmoment. Ein weißer Fell-fallaugenblick.«

»Was?«

»Deshalb nenn ich ihn Papi. Mein Vater wird immer Kolja bleiben. Aber Escher, Escher heißt Papi für mich.«

Omega beugte sich zu ihrem Hund, nickte ihm zu, und der Hund hechelte, machte sich bereit, seine Augen leuchteten, endlich, dachte er – so mein Gefühl – endlich, dachte Escher, würde also jetzt gleich genau das geschehen, worauf er sein gan-zes hohles Leben lang gewartet hatte.

Omega stand auf. Sie rief: »Escher!«

Escher winselte erwartungsfroh.

Und dann sagte Omega ganz ruhig: »Platz!«

Ich zuckte zusammen.

Und Escher gehorchte.

Er machte sofort Platz.

Das heißt, er platzte.

Im wahrsten Sinne des Wortes.

Mit derbem Knall barst sein hohler Körper auseinander, vergrößerte sich, blähte sich auf. Ich schnellte in die Höhe.

»Was hast du getan!?«, rief ich zu Omega.

»Das, was ich nur in einem Schwarzen Loch tun kann«, sagte Omega. »Nur hier. In nachtnackter Singulari…«

»Aber Escher!«, rief ich. »Sieh ihn dir an!«

Eschers Beine waren verschwunden, wie eingezogen in den Körper, der Schwanz eingerollt, lediglich sein Kopf noch zu sehen, der Rest des Hundes ein runder, immer größer werdender Ballon, kein geschlossener Ballon, eher ein Ballontunnel, ein Durchgang, eine Öffnung, ein…

»Das ist eine normale Inflation«, hörte ich Omega sagen, »er bläht sich auf. Es entsteht eine stabile Einstein-Rosen-Brücke, wenn man so will.«

»Was?«

»Mein Husky«, sagte Omega, »ist ein… Also, Elias, wenn ich ein Domestiziertes Schwarzes Loch habe oder bin, dann ist mein Escher ein Domestiziertes Weißes Loch, ein Wurmloch in Gestalt eines Hundes…«

»Das also ist des Huskys Kern!«, flüsterte ich.

»Ein Wurmloch ist so undenkbar, dass, wenn es tatsächlich Wirklichkeit wird, es alle Gestalten annehmen kann, die es will. Hätte also auch eine Schildkröte oder eine Neuromücke sein können. Sieh mal, er wächst weiter, Elias, er hat jetzt zwei Enden, er hat einen Eingang, einen Ausgang, der Eingang sein Schlund, der Ausgang, naja, das kannst du dir denken, und aus diesem Ausgang bin ich damals gestürzt, Elias, sozusagen aus dem Arsch der Wurmlochwelt.«

»Mein Gott!«, rief ich. »Escher ist damals, im Krankenhaus, er ist durch mich hindurchgesprungen, ich hab noch gedacht, was macht ein weißer Hund im Krankenhaus und…«

»... und jetzt wird es Zeit, Elias.«

»Zeit wofür?«

»Abschied zu nehmen. Ich gehe.«

Noch ehe ich bis zwei hätte denken können, war Omega bereits – mir zuwinkend – ins Maul ihres geliebten Escher gekrochen, und zwar rückwärts, ins Wurmloch, das inzwischen zu Hundehüttengröße aufgebläht war, Füße voran, und ich verstand jetzt endlich, weshalb der Hund von Anbeginn an bei ihr gewesen und nie von ihrer Seite gewichen war, ein Wurmloch zum Überstieg in eine andere Zeit, und ich rief: »Omega!«

Noch schaute ihr Oberkörper heraus. Sie sah mich an. »Ja?«, fragte sie.

»Kann ich nicht mitkommen?«

»Nein. Dein Ort ist hier. Deine Zeit noch nicht abgelaufen. Mach's gut, Elias!«

»Warte!«

»Was denn noch?«

»Ich ... ich bin ja hergekommen, ich bin ja überhaupt erst in diese Zeit gereist, weil ich wissen wollte, wie es dir gelungen ist, die, die, die Welt zu retten. Und ...«

»Ich hab die Welt vor einer Katastrophe bewahrt. Das stimmt. Aber die wirkliche Rettung der Welt beginnt erst jetzt. Ich meine die Rettung der Menschen vor sich selbst. Vor ihrem eigenen Barbarismus. Diese Rettung, Elias, wird schwieriger sein als das, was wir getan haben. Ich danke dir für deine Energie, Elias. Für deine Phantomenergie. Nur durch dich bleibt Escher stabil. Ich kann dich nicht mitnehmen.«

»Omega!«, brüllte ich. »Ich ... ich muss das wissen. Also ... ein ... ein Meteorit wird auf unsere Erde donnern. Im Jahr 525. Wie ... was ... können wir tun? Was ... wie können wir das abwenden ... das Unheil? Omega! Was würdest *du* machen?«

Omega schaute mich schräg an. Irgendwie schien sie sich in diesem Augenblick zu verwandeln. Als hocke sie schon zu weit im Weißen Loch. Etwas in ihr kippte um, sie lachte verzerrt, wiederholte klirrend die Jahreszahl 525, und schon steckte ihr Hals und das Kinn in Eschers Eingangsloch, sie blickte mich ein letztes Mal an und kicherte, als sie mir die Worte hinwarf: »Sport! Elias! Sport ist immer gut. Bewegung. Verstehst du. Bewegung ist gesund! Ich an deiner Stelle würd es mit Tennis versuchen.«

»Tennis!?« rief ich.

»Warum hast du ...«, lachte sie, »warum hast du ... keinen ... keinen Tennisschläger dabei?«

Ich dachte, jetzt ist sie vollkommen übergeschnappt, jetzt dreht sie durch, jetzt spricht sie irre, und ich hörte ein letztes Kichern und wie sie – noch einmal lachend und kopfschüttelnd – die Jahreszahl aussprach, 525, und dann war ihr kahler Schädel von Eschers Eingangsmaul umschlungen, schon war sie fort, gemeinsam mit Escher, und an der Stelle, an der die beiden eben noch geweilt hatten, stand jetzt niemand anderes als Sabrina Steward, die Morlockentochter.

Sie sah mich nicht.

Sie konnte mich nicht sehen.

Sabrinas Blick suchte stattdessen den Boden des Schwarzen Lochs ab, bis sie – zufrieden lächelnd – die Mappe entdeckte, die Omega dorthin gelegt hatte, und sie riss sie an sich, und ehe ich noch etwas hätte tun oder sagen können, war der Spuk vorbei, schon standen Sabrina und ich im Rampenlicht der Kameras, doch immer noch konnte kein Mensch mich sehen, und Gusto, Alpha, Bitch, Henry, der Schamp, Tashi und Buzz Monster liefen auf uns zu, und ... sorry ... jetzt, Freunde, fängt die Geschichte endlich an. Oder um es anders auszudrücken: Omegas Ende war Alphas Anfang.

Nur fünf Minuten stand er still an der Stelle, an der Omega gerade verschwunden war. Dann trocknete er seine Tränen und drehte sich um. Entschlossen, wild, glasklar. »Wir haben nicht viel Zeit!«, sagte er zu seinen Gefährten. »Wir müssen handeln. Wenn ihr immer noch glaubt, ihr seid zufällig hier versammelt, dann liegt ihr richtig.«

»Was sollen wir tun?«, fragte der Schamp.

»Jeder das, was er kann.«

»Und wäre was?«, fragte Tashi.

»Dich, mein lieber Tashi«, sagte Alpha, »brauchen wir für die Religionen.«

»Alle?«, fragte Tashi.

»Die Buddhisten hast du jetzt, nach dem, was die erste Frau im Dalai-Lamaninnen-Gewand soeben getan hat, hoffentlich schnell in der Tasche. Bleiben die übrigen.«

»Hmhm.«

»Henry?«, sagte Alpha. »Du wirst die Hirne der Menschen screenen. Wir müssen einfach wissen, wer ein Drittelhirn ist und wer noch immer ein Doppelhirn.«

»Bin dabei«, sagte Henry.

»Bitch«, sagte Alpha, »du kümmerst dich um die Esoteriker.«

Doch Bitch antwortete nicht.

»Hast du gehört, Mutter?«, fragte Alpha.

Bitch sah ihn teilnahmslos an. »Was ist mit Omega?«, flüsterte sie.

»Sie lebt«, sagte Alpha. »Sie lebt, Mutter. Irgendwo, irgendwann anders zwar, aber sie lebt.«

»Eine neue Dimension«, murmelte Bitch. »Eine neue Ebene.«

»Also, Mutter«, sagte Alpha erneut. »Was ist mit dir?«

»Es gibt keine Probleme«, sagte Bitch. »Es gibt nur Situationen, denen man sich stellen muss.«

»Sabrina! Du wendest dich an die Wissenschaftler.«

»Ich«, murmelte Sabrina, »hab denen was mitzuteilen, den Physikern, das wird einschlagen wie eine Bombe, sag ich euch!«

»Gusto, damit endlich mal wirklich Charity gespielt wird.«

»Okay!«, stöhnte Gusto, der Omega zwar schmerzlich vermisste, aber seine Augen nicht von Sabrina wenden konnte.

»Und mich?«, fragte ein enttäuschter Schamp, enttäuscht darüber, dass er so spät an der Reihe war.

»Äh«, sagte Alpha, »hm, dich brauchen wir wohl für alle Künstler dieser Welt.«

»War ja klar«, grummelte der Schamp, »dass ich mal wieder der Mann fürs Grobe bin.« Dann nickte er aber und fragte: »Und du, Alpha? Was ist mit dir?«

Alpha deutete langsam auf Sabrinas Mappe mit dem durchkreuzten goldenen Kalb. »Um die Leute zu erreichen, müssen wir ihnen das hier nahebringen.«

»Und das wirst *du* tun?«, fragte der Schamp.

»Das«, sagte Alpha, »werde ich tun.«

»Und ich?«, fragte Buzz Monster und vollzog in diesem Augenblick – indem er dem Schamp unauffällig und rasch einen Block mit Stift reichte und um ein Autogramm bat – die Wandlung der Helden von den Glorreichen Sieben zu den Acht Alphatieren, ohne Escher also, aber stattdessen mit Sabrina Steward und Buzz Monster in ihren Reihen.

»Du«, sagte Alpha, »du bezahlst das Ganze.«

»Echt?«

»Wie viel«, fragte Alpha, »hast du noch auf dem Konto?«

»Konto?«, grinste Buzz. »Wenn du in *den* Kategorien denkst, dann will ich es mal plastisch ausdrücken, mein Sohn: Letztens hab ich mein zwölftes Konto eröffnen müssen.«

»Wieso?«, fragte Alpha verblüfft.

Und Buzz, trocken: »Na, die anderen elf waren voll.«

5

Im Vatikan klopfte der Sekretär Theo an der Tür zu den Heiligen Gemächern. Niemand antwortete. Er klopfte lauter. Keine Reaktion. Leise öffnete der Sekretär die Tür und rief im Näherkommen »Heiliger Vater!«, in Sorge, ihm sei etwas zugestoßen. Papst Innozenz ruhte nicht in seinem Bett. Der Sekretär erwischte ihn nackt auf dem Sessel vor dem Fernseher. »Heiliger Vater«, stammelte der Sekretär und bekreuzigte sich innerlich, indem er flüsterte: »Wer von euch ohne Sünde ist, der werfe den ersten Stein. Auch du, Theo, warst bereits siebenmal auf YouPorn.«

»Was?«, rief Innozenz, der immer noch in den Fernseher starrte.

»Ich weiß«, sagte Theo, der zwar nähertrat, aber die Augen

abwandte, »die Welt ist gerettet. Eure Heiligkeit haben mit dem Beten wieder einmal alles richtig gemacht.«

Doch Innozenz schüttelte verzweifelt den Kopf, deutete auf den Monitor und auf das am unteren Rand durchlaufende Band mit seinen, des Papstes *Worten an die gläubigen Christen*, das lief und lief und lief und immer wieder lief, in Endlosschleife, die Wiederholung der wichtigsten Sätze, und das, obwohl er, Papst Innozenz, die Rede ja gar nicht hatte autorisieren, geschweige denn, an die Pressestelle schicken lassen. Da bemerkte der Papst endlich seine päpstliche Nacktheit und zog hochrot die Unterhose und den Rest seines Firlefanzes an. Der Sekretär las unterdessen die Worte auf dem Monitor und erbleichte, da auch er im Nu verstand, was Innozenz hier angerichtet hatte.

»Warum habt Ihr das rausgeschickt, Heiliger Vater? Ohne die Prüfung durch die üblichen Instanzen?«

»Hab ich ja gar nicht!«

»Aber habt Ihr die Rede geschrieben oder nicht?«

»Hab ich!«

»Und wie kommt sie dann auf den Ticker dort?«

»Das weiß ich nicht!«

»Dann haben wir einen Maulwurf im Vatikan.«

»Einen was?«

»Oder jemand hat sich in den Rechner gehackt.«

»Bitte!?«

»Gott möge uns beistehen!«, hauchte Theo.

Der Papst, hieß es im Laufband, fordere alle Menschen, egal, welcher Religion, zum Gebet auf, nur das Gebet könne noch helfen, und er sei sicher, dass Gott in seiner unendlichen Güte den Menschen ein klares Zeichen schicken werde, eine himmlische Botschaft, ja, ein Engel des Herrn wird uns retten, hatte der Papst geschrieben. Dass dieser Engel sich als Victoria's Secret-Engel, als junges, schönes, haarloses schwarzes Topmodel im ersten Dalai-Lamaninnen-Gewand des Universums erwies, welche nackt, mit Dornenkronen- und Seitenstechblut, ins Loch stürzte und als bekleidete, behaarte, Engel-ungleiche und

weiße Frau zurückkehrte, damit hatte Papst Innozenz irgendwie nicht gerechnet.

»Was machen wir jetzt?«, fragte Theo.

»Keine Ahnung«, erwiderte Innozenz unschuldig.

Weil sie nicht wussten, was sie machen sollten, schauten sie
weiter in die Röhre. Dort sahen sie einen jungen Mann in
Omegas Alter, der sagte, er sei der Bruder Omegas, sein Name:
Alpha.

Mein Gott, dachte Innozenz. Auch das noch.

Blitzlichtgewitter.

»Alpha«, sagte Sabrina, »ist Omegas Zwillingsphoton.«

»Was?«, fragte Innozenz.

»Irgendwas Physikalisches«, murmelte Theo.

Er, so sagte Alpha, werde das Werk Omegas fortführen.

Hier, sagte er, komme ihr Vermächtnis.

Papst Innozenz stöhnte gequält auf.

Sabrina trat zu Alpha, reichte ihm die Mappe mit dem durchkreuzten goldenen Kalb und sagte, dass Omega ihr diese Mappe
im Schwarzen Loch hinterlegt hätte.

»Die neuen Zehn Gebote!«, rief Alpha, klappte die Mappe
auf, holte das Papier heraus und verlas Omegas Vermächtnis:
»Ich bin kein Gott. Ihr sollt mich nicht neben euch selbst haben. Ihr seid die Menschen der Erde. Ihr allein tragt die Verantwortung. Ihr habt diese lange genug abgegeben. Ich bin nur ein
kleines schwarzes Model mit drei Gehirndritteln und Fähigkeiten, ein Loch zu zähmen. Das ist alles. Tut also nichts zu meinem Gedächtnis. Errichtet keine Kirchen. Begeht keine Rituale. Lenkt euch nicht ab vom Wesentlichen. Das Wesentliche
ist, was ich euch vorgemacht habe: die Rettung der Welt. Gibt
viel zu tun. Macht euch die Erde nicht untertan. Sorgt dafür,
dass alle Menschen leben können. Geht nicht hin und missio-
niert in meinem Namen. Glaubt nicht an mich, sondern an
euch und an das, was ihr tun könnt. Wacht auf aus dem Dornen-
kronenschlaf der Existenz. Seht euch um. Es gibt viele Dinge,
die darauf warten, dass sie gelöst werden. Wenn nur einer von
euch zu faul ist oder eine zu große Ohnmacht verspürt, wird

die Rettung, die Bewahrung der Welt misslingen. Ihr braucht euch allesamt. Gegenseitig. Ich habe diese Zeilen übrigens nicht mit meinem Finger geschrieben, sondern mit einem Filzstift. Das hier ist mein Vermächtnis. Also, wie das ganz konkret aussieht, sprich, was genau ihr jetzt tun könnt usw., werdet ihr in den nächsten Wochen erfahren auf der webpage www. world2021.com, hoffentlich unterstützt von unserem Werbepartner Red Bull.«

»Das«, sagte Innozenz, »waren aber mehr als zehn Gebote.«

Und Theo nickte müde.

Papst Innozenz XIV. brauchte drei Tage zum Nachdenken. Er konnte nicht länger schweigen. Die Katholiken erwarteten eine Stellungnahme. Am vierten Tag nach der Rettung der Welt durch Omega Zacharias, trat Innozenz auf die Benediktionsloggia (die eigentlich für den Segen Urbi et Orbi gedacht war), und brachte die Menschenmasse mit einer zackigen Handbewegung (als wolle er eine Fliege aus der Luft schnappen) zum Schweigen. Seine Rede wurde live übertragen.

»Unser Gott«, hub Papst Innozenz XIV. an, ein bisschen zitternd vor Aufregung, »in seiner unermesslichen Güte, sandte uns eine Retterin, einen… äh… Engel, eine schwarze nackte, haarlose Frau namens Omega.«

Jubel.

»Wenn wir unseren Glauben ernst nehmen, haben wir nur eine Möglichkeit zu handeln.«

Atemlosigkeit.

»Wir müssen Omegas Vermächtnis erfüllen. Wir müssen uns lösen, uns auf den Weg machen, wir müssen alte Gebräuche, Strukturen und Verfestigungen auflösen.«

Die im Nebenraum am Fernseher versammelten Kardinäle stöhnten auf. Da hatte man nach dem Sozialromantiker Franziskus extra einen Papst gewählt, der sämtliche Reformknösplein im Keim ersticken sollte, und jetzt will dieser Kerl hier allen Ernstes schon wieder gegen alte Gebräuche ins Feld ziehen! Was denn als Nächstes kommen soll!? Vielleicht, dass Laien Messen halten können? Niemals! Oder dass Frauen… Das wagte man nicht zu Ende zu denken. Die Kurie schwitzte Blut und Wasser.

»Ihr kennt mich als Papst Innozenz XIV. Ich aber stehe hier vor euch nicht als Papst, sondern als Mensch. Die Botschaft ist klar. Mit dem Erscheinen Omegas sind die Grundfesten der Kirche dem Erdboden gleichgemacht. Omega – und in meinen Augen ist sie die Stimme Gottes, denn ich hatte ihn um ein Zeichen gebeten, und er hat mir und uns dieses Zeichen gesandt –, Omega (also unser Gott) sagt (durch sie), wir sollen keine Rituale mehr begehen, also werden wir genau das tun und künftig auf jedwede Rituale verzichten.«

Was soll das denn heißen?, dachte Nonnenbohrer.

»Vom heutigen Tag an werden wir keine Messfeiern mehr feiern!«, rief der Papst.

Kardinal Nonnenbohrer sprang entsetzt auf: »Dreht dem Geisteskranken das Mikro ab! Ich hab immer gewusst, dass wir den Falschen gewählt haben. Mich hättet ihr wählen sollen. Mich! Und warum habt ihr mich nicht gewählt? Was kann ich für meinen Namen! Wenn ihr mich gewählt hättet, dann ... Jetzt haben wir den Salat. Los, wir müssen ihn daran hindern, noch mehr Unheil anzurichten.«

Innozenz aber hatte sich in weiser Voraussicht verbarrikadiert. »Freunde«, fuhr er fort, »lasset uns die Kirche des Herrn erneuern. Lasset uns die Kirche des Herrn renovieren. Lasset sie uns umbauen. Lasset uns die Kirche des Herrn, lasset uns alle Kirchen des Herrn umbauen in gigantische, mehrgeschossige Obdachlosenheime! Ist es nicht das, was auch Jesus gewollt hätte?«

Nonnenbohrer trommelte an die Tür.

»Lasset uns die Armen nähren und verzichten auf Rituale am Altar. Lasset uns das tun, was Omega gesagt hat: Die Welt ein bisschen besser machen. Ich werde noch viel weiter gehen als mein seliger Vorgänger Papst Franziskus I. Amen, ich sage euch allen: Wir werden unsere gesamten Reichtümer abgeben und verteilen. Das heißt: *Ich* werde unsere gesamten Reichtümer der katholischen Kirche abgeben und verteilen. Ich kann das, ich

bin der Papst. Wir werden den aufgeblasenen Verwaltungsappa-
rat vernichten! Wie können wir Millionen jährlich allein für
Porto ausgeben, wenn wir mit diesen Millionen auch nur einen
einzigen Menschen vorm Hungertod retten könnten? Lasset
uns Ernst machen, Jesu und Omegas Botschaft in die Tat umzu-
setzen.«

Nonnenbohrer zitterte. Aus den Lautsprechern dröhnte
weiter des Papstes Stimme. Schlimmer, dachte Nonnenbohrer,
kann es nicht kommen. Da sollte er sich gründlich täuschen.

»Ich habe immer den rechten Glauben gepredigt. Heute aber
sage ich euch: Es gibt keinen rechten Glauben. Kommet raus,
Menschen! Befreit euch von den Fesseln des scheinbar rechten
Glaubens, die wir euch jahrhundertelang auferlegt haben. Kommet zu euch und tuet das, was ihr alle tuen müsset. Lebet frei
und ungebunden! Verbrüdert euch! Ein rechter Glaube ist ein
Paradoxon. Lasset den Menschen ihre vielen Gläuben, Glaubens, Glauben. Wir sind alle gleich. Ihr Buddhisten, Katholiken, Muslime, Juden, Hinduisten, sonstige Gläubige und Atheisten: Duldet den anderen neben euch. Auch wenn er anders
denkt. Duldet aber keinesfalls all diese fundamentalistischen
Auswüchse jedweden Glaubens und Nichtglaubens!«

Kardinal Nonnenbohrer kehrte in den Kreis seiner fahlen, seiner bleichen, nein, schneeweißgesichtigen Kollegen zurück und
ließ sich in den Sessel plumpsen. Er wälzte in seinem Schädel die
kirchenrechtlichen Möglichkeiten päpstlicher Abdankung aus
Krankheitsgründen. Und krank, das war der! Definitiv!

Aber Innozenz hörte nicht auf. »Ich will euch euren Glauben
nicht nehmen. Glaubet weiter an den Gott des Christentums
oder an einen anderen Gott. Ich selber habe mich für meinen
eigenen Weg entschieden. Ich selber bin bereit, das Zeichen
meines Gottes ernst zu nehmen. Obwohl ich meine Rede gar
nicht freigab, schickte sein Heiliger Geist sie über den Ticker.
Und dann sandte er mir und uns Omega. Und Omegas erster
Satz lautete da: *Ich bin kein Gott!* Also, wenn mir mein Gott
sagt, er sei kein Gott, so kann ich nicht anders, als diese Wahrheit in mein Leben zu integrieren. Mitbürger, Freunde, Chris-

ten und Atheisten, also sage ich euch: Ich, Innozenz XIV., ich tue es! Ich trete aus der Kirche aus! Ich trete aus mir selber aus!«

Aus des Schamps Lippen spritzte der Rest seines fünften Biers, den er soeben hatte schlucken wollen. »Das ist ja mal wieder typisch«, fluchte er, sich den Mund wischend, während Kneipenwirt Lobo (der Schamp erholte sich von den Weltrettungsstrapazen in seiner Bochumer Stammkneipe Intershop) sich fies grinsend mit einem Mineralwasser näherte (plus Eis und Zitrone), das er vorm Schamp abstellte mit den Worten: »Wie war das? Ich hör erst auf mit dem Biersaufen, wenn der Papst aus der Kirche austritt?« Der Schamp nahm seine Brille ab, strich sich traurig durchs Gesicht, nippte angewidert und brillenlos triefäugig am Wasserglas, ehe er Lobo zuzischte: »Das nächste Mal bitte ohne Eis und Gemüse!«

»Befreiet euch von allen Vorgegebenheiten!«, rief der Papst. »Nieder mit jedweder Bevormundung. Nieder mit den Hierarchien! Nieder mit der Vertikalen! Hoch die Horizontale!«

»Das hat der von mir geklaut!«, schnaufte der Schamp.

Nonnenbohrer dachte: Entweder ist das hier ein mega-übler Albtraum oder ich lasse mich einliefern oder beides. Jedenfalls, dachte er, ist *das hier* der Höhepunkt oder besser gesagt der Tiefpunkt. Es war jetzt sicher bald vorbei. Denn das bisher Gesagte konnte nicht mehr getoppt werden.

»Ich lege meine alte Kleidung ab«, rief Innozenz und ließ die Hüllen fallen. Jetzt trug er nur noch eine Unterhose.

Nonnenbohrer dachte nichts mehr, irgendwie war es schweineleer und bitter einsam in seinem Schädel. Milliarden Neuromücken ließen die Flügel hängen.

Bitch aber malte sich am Fernseher sitzend aus, wie sehr Kolja sich über diese Szene gefreut hätte, und erinnerte sich daran, wie einst Kolja – wie lange war das jetzt schon her? – als junger Mann seinen Bademantel ausgezogen und sich vor sie gesetzt hatte, um Atem zu holen für seine Lebensbeichte.

»Nackt stehe ich vor euch!«, rief der Papst. »Als nackter Mensch unter Menschen. Nackt wie Omega.«

Naja, nicht ganz nackt. Die Unterhose ließ er an. Es war im

Übrigen eine Unterhose von Calvin Klein, wie ein schamlos heranzoomender, offensichtlich ungläubiger, da respektloser Kameramann einfing, ein Umstand, der in der Calvin-Klein-Zentrale für aufbrandenden Applaus sorgte, aber man sollte sich gründlich getäuscht haben, denn statt eines durch unerwartete kostenlose Werbung erhofften rasanten Anschnellens der Calvin-Klein-Männer-Unterwäsche-Absatzzahlen bis in den höchsten Zahlenhimmel, machten die Absatzzahlen auf dem Absatz kehrt und polterten kopfüber nach unten, was – wie Calvin-Klein-Marktforscher schnell herausfanden – daran lag, dass die Frauen jetzt, nachdem sie die Calvin-Klein-Hose am Faltenarsch des Papstes hatten kleben sehen, diese für ihre eigenen Bettgenossen als nicht mehr erotisch genug einstuften.

»Ich rufe euch zu: Lasset die Hosen herunter! Zeiget euch so, wie ihr seid! Vertrauet auf euch und auf das, was in euch stecket.«

Damit winkte er den Gläubigen zu, drehte sich um und verschwand in den heiligen Gemächern. Seine Rede, kann man sagen, schlug ein wie eine Bombe.

6

Eigentlich bin ich Gott.

Jedenfalls in den Augen der Barbaren.

Es folgt jetzt endlich die Erklärung.

Die Christen damals glaubten Folgendes: Ihr Gott schwebte als unsichtbares Nichts über der Leere der Hügel der Welt der Menschen (ungefähr wie ich). Irgendwann wurde ihm langweilig (ungefähr wie mir). Auch hatte er schon ewig nichts mehr getan (13,7 Milliarden Jahre lang, seit Erschaffung der Welt, er musste angesichts der Einsamkeits- und Langeweilekrankheit über ausgeklügelte Meditationstechniken verfügen). Da dachte Gott, es wäre doch gut, sich mal unters Volk zu mischen. Dazu, dachte er (wie ich irgendwann), könnte er sich eines Menschen bedienen (wie ich mit Kolja Zacharias). Er wollte aber nicht einfach so in irgendwen reinschlüpfen, sondern dachte: Um die Menschen, seine Kreaturen, so richtig von innen heraus kennenzulernen, wäre es gut, das ganze Leben eines Menschen nachzuvollziehen, angefangen von der Geburt bis zum Tod (so wie ich, wenn auch nur als Begleiter Omegas). Also wählte er eine Leihmutter und schickte seinen Heiligen Geist zur Begattung nach Nazareth (Phantomschwanz). Die Leihmutter war eine »alma«, was auch »junge Frau« und nicht »Jungfrau« heißen kann, weshalb das komplette christliche Frauenbild inklusive verkorkster Sexualmoral im Grunde nur das Resultat einer dogmatisch verblendeten Übersetzung ist. Neun Monate später wurde in Bethlehem ein Kind namens Jesus geboren. Jesu öffentliches Wirken ging erst los, da war er schon dreißig. Von Beruf Zimmermann (ha!), scharte er ein paar Glorreiche Jünger um sich und legte eine 1a-Karriere als Magier hin, Omega und Gustoni nichts dagegen: weckte einen Toten auf, heilte Lahme, Blinde, Taube, Stumme, wandelte über den See Genezareth, machte mal eben aus Wasser Wein, kurierte allerhand geistig und psychisch Behinderte, die er als von Dämonen besessen bezeichnete, tötete in diesem Zusammenhang eine harmlos um die Ecke schnüffelnde Schweineherde, war demnach krankhaft anthropozentrisch orientiert. Währenddessen predigte er wie der Teufel (okay, der Vergleich, hehe, hinkt), wurde der Gotteslästerung bezichtigt, gefangen genommen, ausgepeitscht, zu Tode genagelt, hauchte seinen Geist aus (den Geist der Gott-Heiliger-Geist-Jesusmensch-Trinität, des allerersten Tripelhirns der Welt), wurde begraben, stand nach drei Tagen von den Toten auf und löste eine Fahrkarte mit der Himmelbimmelbahn.

So ungefähr in Kurzform.

Wenn man dann noch bedenkt, dass es zur Zeit Jesu keine Fernseher, kein Internet oder sonstige Medien gab, die für eine Verbreitung des Glaubens hätten sorgen können, so ist es schon eine beachtliche Leistung, welche Wellen dieses Christentum schlug, das es zur größten Weltreligion aller Zeiten brachte. Man stelle sich einmal vor, James Cameron hätte damals gelebt und die Auferstehung gefilmt! Oder die Heilungen, das Übers-Wasser-Gehen, die Himmelfahrt! Dann – denke ich – hätte es das Christentum nicht nur zur größten, sondern wohl auch zur einzigen Religion gebracht. Egal. Was ich sagen will, ist: Dass die Menschen, die damals an so etwas wirklich glaubten, auch empfänglich waren für Omegas Tun und darin sofort etwas Göttliches erkennen wollten, versteht sich hiermit von selbst.

Nach dem Ende der Welt, also dem beinahen Ende der Welt, also unmittelbar nach der ersten Rettung der Welt im Januar 2021 läutete Tashi Tengrits Handy.

»Hier der Dalai Lama am Apparat«, meldete sich sein Dalai Lama.

»Mein Gott«, sagte Tashi.

»Eben nicht«, entgegnete der weise Dalai Lama gelassen.

Kurze Zeit später saß Tashi im Flugzeug. In Tibet wurde ihm ein großer Empfang bereitet. Man hatte sich gründlich in ihm, dem tapferen Tashi, getäuscht.

»Du«, sagte der Dalai Lama zu ihm, »du bist es!«

»Wer?«, fragte Tashi, der auf der Leitung stand.

»Der neue Dalai Lama.«

»Ehrlich?«

»Durch Emanation.«

Nach nur einem Tag wurde Tashi Tengrit vom alten Dalai Lama allerdings wieder abgesetzt, da Tashi – das mediale Interesse war riesengroß aufgrund der Rolle, die Tashi bei der Rettung der Welt gespielt hatte – während seiner Antrittsrede nicht nur vom Geistleeren sprach, sondern auch von seinem Maha-So-Lati, der sich nach jahrzehntelanger falscher Knebelung aufgerüttelt und ihn geführt hätte zur Retterin der Welt, zu Omega. Kein Zuhörer wusste, was genau Maha-So-Lati bedeutete. Insofern konnte der alte Dalai Lama noch lange während der Rede wippend nicken, da Maha-So-Lati eine geeignete Leerstelle bildete, in die jeder genau das eintragen konnte, was er verstehen wollte, Kraft, Energie, Lebensatem und Vitalität. Als Tashi sich aber von seinen allgemein gehaltenen Aussagen entfernte und die Brüder aufforderte, nicht nur immer gegen die Leidenschaften zu kämpfen, sondern sie ruhig auch mal zuzulassen, als Tashi anschließend detailliert auf die Möglichkeiten des Leidenschaftenauslebens zu sprechen kam und zu Anschauungszwecken den TSX Fat Man in a Barrel (ein Vermächtnis von Kolja) aus dem Gewand zog, den er verzückt betrachtete und dessen Funktionsweise er den Mönchen kurz darlegte, da brauchte der Geist des alten Dalai Lama leider viel zu lange, um das Gehörte zu verstehen, sodass er auch viel zu spät aufsprang (nämlich jetzt!) und den beiden Kameraleuten bedeutete: cut-cutcut!

Tashi wurde ebenso rasch seines Amtes enthoben wie Papst Innozenz XIV., der nach seiner Rede für »also wirklich absolut unzurechnungsfähig« erklärt wurde. Während man den langjährigen Papst einfach in eine – wenn auch marmorumkränzte – Anstalt einwies, ließ man den Ein-Tages-Dalai-Lama laufen, und Tashi gründete alsbald seine Group Alternative Yoga, kurz GAY genannt. Hinter den Mauern herrschte ein munteres Treiben. Eckpfeiler von Tashi Tengrits Philosophie: Huldigung der Abwechslung. Mal Meditation und Leidenschaftslosigkeit, mal Ekstase und Hingabe. Der dahinterstehende, naheliegende Gedanke: Wenn man es auf dem einen Weg nicht ins Nirwana schaffte, dann vielleicht auf dem anderen? Wenn es auf beiden Wegen nicht gelang, hatte man wenigstens Spaß gehabt. Tashi Tengrit starb im Alter von achtundneunzig Jahren in seinem Kloster, umgeben von den Mönchen, die mit Tränen in den Augen Blumen über seinen Körper streuten. Die Totenfeier war ergreifend. Gemäß Tashis Instruktion wurde diese Ergreifung erst zur richtigen Ergreifung, als die Mönche nach der Trauer ihre Organe ergriffen und sich gegenseitig ent-trauerten. In den Herzen seiner Brüder und Schüler aber, tief drinnen, lebte Tashi ewig weiter. Zu seinen Ehren benannten die Mönche das Kloster um. Über dem Eingangstor prangte schon vier Tage nach Tashi Tengrits Tod eine große Holztafel mit den Lettern: Maha-So-Lati.

7

Unterdessen war es um Henry Lamarque geschehen. Er würde als Triple Screener in die Hirnforschung eingehen. Überzeugt davon, dass Omega nicht das einzige Tripelhirn gewesen sein konnte, suchte er unermüdlich. Zunächst noch ohne Erfolg. Im Jahr 2024 las Henry von einer rasant ansteigenden Selbstmordrate in der Weltbevölkerung. Das gab ihm zu denken. Konnte dieser Drang zur Selbstauslöschung etwa in Verbindung mit den Drittelhirnen stehen? Keine Theorie, sondern eine vage Vermutung, eine Intuition war es, die Henry auf den rechten Weg brachte. Am 28. September des Jahres 2024 entdeckte Henry Lamarque beim Screening eines durch Freitod aus dem Leben geschiedenen Menschen das erste Tripelhirn nach Omega. Als er in einem nächsten Schritt andere Menschen screenen ließ, die sich das Leben genommen hatten, und feststellte, dass in 78 % der Fälle diese Leichen drei Gehirndrittel aufwiesen, ging Henry an die Öffentlichkeit. Dieses evolutionär aufgekommene dritte Gehirndrittel schien etwas im Träger zu bewirken, das ihn in den Selbstmord treiben konnte. Und Henry rief dazu auf, sich screenen zu lassen: alle Menschen, die am Leid der Welt oder am Leid an sich selbst zu zerbrechen drohten, alle Menschen, die es nicht aushielten auf dieser Erde, alle Menschen, die jemals an so etwas wie Selbstmord gedacht hätten. Der Erfolg war phänomenal. Egal, ob in Afrika, Australien, Japan, Dänemark oder Thailand, immer mehr Drittelhirne wurden entdeckt. Sie verfügten aber nicht etwa über die Gabe der Telekinese (insofern bildete Omega eine Ausnahme), sondern über ein solch gerüttelt Maß an Fremdeinfühlung, dass sie es unmöglich aushalten konnten, wenn einem anderen Menschen oder einem anderen Tier Schmerzen zugefügt wurden. Sie, so gaben sie einhellig zu Protokoll, verspürten den Schmerz des anderen eindringlicher als den Schmerz, den man ihnen selber zufügte. Und genau das führte dazu, dass sich die Tripelhirne entweder depressiv gestimmt von der Welt abwandten und sich im Kämmerlein ihrer selbst einschlossen oder aber idealistisch motiviert nach draußen gingen, sich aufrieben, bis sie nicht mehr konnten, und dann – angesichts der Unausrottbarkeit des Elends – den Suizid wählten. Henry Lamarque screente, scannte und experimentierte für die nächsten und letzten dreißig Jahre seines Lebens. Er gründete das Institute for Neuronal Triplebrain-Union-Influence-Theory of Intrinsic Orbal Network, kurz INTUITION genannt (er hatte lange an diesem Namen gebastelt), und arbeitete rund um die Uhr, um besser zu verstehen, wie die Drittelhirne entstanden waren (Evolution), was sie fühlten (totale Einfühlung), und was die Doppelhirne von ihnen lernen konnten (Mitleid). Und Henry Lamarque, der Triple Screener, starb am 13. Oktober 56 nach Omega, indem er den Sterbeprozess von einem Hirnscanner aufzeichnen ließ und seinen letzten Atemzug ausstieß, als er buchstäblich in die Röhre sah.

Henrys Experimente waren teuer, aber Buzz Monster zahlte willig. Er besaß immer noch etliche Milliarden in sogenannten Steueroasen oder Steuerinseln, wie er sie nannte, Inseln im wahrsten Sinne des Wortes: »Mein Eiland, mein Heiland«, sagte er gern. Auf diesen Inseln hatte Buzz in weiße Tücher gewickelte Goldbarren vergraben. Das lag an seinem Faible für Stevensons *Schatzinsel* und Poes *Goldkäfer*-Geschichte. Schon im Jahr 2019 hatte Buzz Monster neue Mittel lockermachen und einige Eilande um ihr Goldgewicht erleichtern müssen, unter anderem auch die Insel, auf der Bitch und Kolja (und ich) vier Jahre unseres Lebens verbracht hatten. Ironie des Zufalls: Die durch des Schamps Performance initiierte Rettungsaktion wäre eigentlich gar nicht nötig gewesen, denn schlappe acht Tage, nachdem Bitch und Kolja von der *Aqua Mundo* gefunden worden waren, hätten sie – wären sie noch auf der Insel gewesen – sehen können, wie am Horizont eine fette Yacht auftauchte, jemand ein Beiboot bestieg und zum Strand schipperte, mit nichts als einem Spaten und einer Schubkarre bewaffnet.

Zurück zu den Tripelhirnen.

Alphas unermüdlichem Engagement ist es zu verdanken, dass im August 2025 das erste Treffen der Drittelhirne in Lexington, Kentucky stattfand. Ein sagenhafter Erfolg. Naja, anfangs gab

es ein paar Einstimmungsschwierigkeiten. Weil keiner als Erster das Wort ergreifen wollte, aus der verständlichen Angst,
den anderen dadurch den Schmerz des Übergangenwerdens
zuzufügen, murmelten die Tripelhirne, nachdem Alpha die
Konferenz eröffnet und die Hirne gebeten hatte, von ihren
Einfühlungserfahrungen zu berichten, allesamt zu ihren Nachbarn ein »Nein, du!«, »Nein, du!«, »Nein, du!«, »Nein, du zuerst!«, und dieses ekstatisch-meditative Nein-du-Gemurmel
ließ Alpha die Augen verdrehen, denn er spürte, *so* würde man
hier nie vorankommen. Die positiven Energien der Tripelhirne
wurden von Alpha aber dergestalt kanalisiert, dass er das
Gemurmel unterbrach und vorschlug, *Neindu* zur offiziellen
Begrüßungsformel aller Drittelhirne zu machen, was sofort
akklamiert wurde, sodass von diesem Tag an die Drittelhirne
sich nicht mehr mit *Hallo* oder *Guten Tag*, sondern nur noch
mit *Neindu* oder, salopper, *Needu* begrüßten. Alpha rief eine
Sitzreihe und Sitznummer auf. Das dort platzierte Tripelhirn
sollte nach vorn treten, um über sich und seine Erfahrungen
als Tripelhirn zu sprechen.

»Was, ich?«, rief das erste Drittelhirn in Reihe 26, Platz 478.

»Ja, du!«, riefen die anderen und applaudierten.

Kurz: Das erste Treffen der Drittelhirne im Commonwealth
Stadium von Lexington dauerte ziemlich lange, zeitigte aber
einige erste Ergebnisse, die für die Menschheit von entscheiden-
der Bedeutung waren. Wichtigster Schritt: Man wollte endlich
wegkommen von den suizidalen Bemühungen. Man wollte
fortan nicht mehr selbst am Leid der Welt zugrunde gehen, sondern dieses Leid der Welt mit aller Macht bekämpfen. Nur wie?
Man wisse doch genau – sagte das Drittelhirn Reihe 2, Platz 36 –,
wo die Missstände lägen, jetzt komme es nur noch darauf an, sie
zu beseitigen. Das gehe aber nicht ohne Hilfe der Hälftenschädel, rief Drittelhirn Reihe 76, Platz 899, wurde aber zurecht-
gewiesen, der Begriff Hälftenschädel sei pejorativ, man solle lieber bei dem Wort Doppelhirn bleiben, worauf das Drittelhirn
76/899 rot wurde und nichts mehr sagte. Recht hatte es aber:
Ohne die Doppelhirne ginge es nicht. Auch wenn sich schon

drei Wochen später das einmilliardenste Drittelhirn registrieren ließ, war man immer noch in der Unterzahl. Wie dem auch sei: Das Treffen gipfelte im historischen *Plädoyer für die Menschheit*, das von den Doppelhirnen allerdings nur seufzend zur Kenntnis genommen wurde. Schon wieder, murrten viele Hälftenschädel, solch naive Weltverbesserer, die keine Ahnung haben vom Markt, von der Realwirtschaft, dem globalen System und allem anderen. In Deutschland stöhnte man am lautesten auf, weil man dort Naivität am meisten hasste. Nach den Grünen, den Linken, den Piraten, der sinnfreien Cowboy-und-Indianer-Partei jetzt die Tripelhirne. Tripelspinner, wie man abschätzig sagte. Aber schließlich hatte das System die Grünen geschluckt und alle anderen, und die Linken brauchte man immer noch als Hanswurst der Demokratie, den man am Nasenring durch die Talkshows schleifen konnte, also würde man auch mit den Tripelhirnen fertig werden. Da aber sollte man sich gründlich getäuscht haben.

8

Auch der Schamp war unterdessen nicht untätig gewesen. Sein Wort hatte Gewicht mittlerweile. Er tingelte durchs Fernsehen. Er, sagte der Schamp, operiere ja oft »an der Schwelle zum Sich-lächerlich-Machen«. In dieser Haltung sehe er aber »eine der letzten Bastionen gegen die Zurichtungsmaschinerie der Gesellschaft«. Diese habe einen »der Wirtschaft entlehnten Leistungsgedanken zum allein selig machenden Leitbild erkoren, verkörpert in der Gestalt des dynamischen Erfolgsmenschen«. Ein Erfolgsmensch, der aber nur dann belohnt werde, wenn er sich den perfiden, allgegenwärtigen Regeln des permanenten Wettbewerbs unterwerfe. Der Schamp hielt es von daher für *eine* Aufgabe der Kunst, sich einem »derartigen Verhaltenskodex zu entziehen« und damit auch den Versprechungen des Erfolgs. Und das gelänge unter anderem durch »Tölpelhaftigkeit und fröhliches Verstolpern«. Von daher blieb der Schamp a) so, wie er war, wurde b) zum Liebling der Tripelhirne, die genau verstanden, was er meinte, und c) zum Vor- und Leitbild einer ganzen Tripelhirn-Künstlergeneration. Immerhin brachte ihm die Produktion seiner Buhruftüten auch so viel Geld ein, dass er endlich Zeit hatte, die seit zwanzig Jahren in seinem Kopf kaspernde Kurznovelle *Nasenfett* zu verfassen und sich anschließend an die Niederschrift seiner tausendseitigen Gesellschaftssatire *Der Wurm* zu machen, die ihm schließlich doch noch den verhassten Weltruhm einbrachte. Auch seiner Projektkunst blieb er treu. Bei einem Revival der Hamster-Performance im Krefelder Museum ließ er sich in einen Käfig einsperren und legte sich im Käfig in eine Hütte, absolut unsichtbar für die Betrachter, sichtbar nur das Stroh am Eingang der Hütte, das vom Schamp ab und an (wie von einem Hamster eben!) leicht rüttelnd in Bewegung gesetzt wurde, und auf diese Weise das Thema der Ausstellung (Den Ereignishorizont unterschreiten) perfekt umsetzte, denn es geschah ja im Grunde rein gar nichts. Und im Jahr 2023 wurde der Schamp sogar verhaftet, und zwar nach seiner Mäh-Arbeiten-Performance, bei der er des Nachts den Überholstreifen einer sehr stark befahrenen Autobahn signaltechnisch korrekt absperrte und mit dem Schild *Mäh-Arbeiten* verzierte, selber auf dem grünen Mittelstreifen hockte, in einem Schafskostüm, friedlich graste und ab und zu Mäh-Laute von sich gab, die man nicht hören konnte und sollte, denn von vorbeischnellenden Autos wurde das zarte Blöken im Keim erstickt, so sah er aus, des Schamps Protest gegen die menschliche Motorisierungsmanie. Motto: Grasen statt Rasen. Der Schamp starb überraschenderweise völlig unspektakulär. Im hohen Alter. Zufrieden und glücklich über die Revolution der Tripelhirne. Ein schöner Tod, hätte der Schamp gesagt. Wenn er noch hätte sprechen können. Er starb an der Seite seiner Freundin, die ihm kurze Zeit später in die ewigen Performancegründe folgte. Und diese Freundin war niemand anderes als Bitch Winter. Wie das?

Henry Lamarques Screening-Besessenheit hatte dazu geführt, dass Henry a) Bitch immer mehr vernachlässigte, Bitch

sich b) immer mehr von ihm entfernte und die beiden c) ohnehin irgendwann kapierten, dass es für sie keine gemeinsame Zukunft als Paar mehr gab, sodass Bitch d) im Jahr 2022 den
Schamp besuchte, der ein Stipendium in der Villa Aurora ergattert hatte. Der Schamp las ihr stundenlang Liebesgedichte von
Erich Fried vor. Aber noch war Bitch nicht so weit. Dann eben
die ganze Nacht. Der Schamp las so viele Fried-Gedichte, dass
er Fried zu hassen begann und die Verleihung des Erich-Fried-
Preises für die Novelle *Nasenfett* als »durchaus angemessen«
ansah, es sei »absolut das Mindeste«, sagte er bei der Preisver-
leihung, bei dem, was er für die Verbreitung der verdammten
Erich-Fried-Gedichte getan hätte. Er las in einer Woche die
komplette Werkausgabe der Fried-Gedichte, ehe er erschöpft
die Arme sinken ließ und zu Bitch sagte: »Ich kann nicht mehr,
Bitch! Entweder du pennst jetzt mit mir oder …« Bitch drückte
ihm ihre Lippen auf den Mund. Da hast du noch mal Glück gehabt, Erich, dachte der Schamp und wälzte sich auf Bitch, die
ihm zuraunte: »Nimm doch wenigstens jetzt mal deine Brille
ab!« – »Niemals!«, rief der Schamp. »Ich werd erst Kontakt-
linsen benutzen, wenn Sahra Wagenknecht zur Bundeskanzlerin
gewählt … Ach, lassen wir das lieber!«

Henry war so beschäftigt mit seinen Forschungen, dass er
kaum mitbekam, wie Bitch ihre Koffer packte und ihm sagte, sie
ziehe zum Schamp nach Bochum.

»Was willst du denn in Bochum?«, fragte Henry.

»Fried lesen!«, sagte Bitch.

Aber noch mal zurück. Alpha gründete die *Partei der Träumer*. Er hatte nach wie vor ein großes Problem: Wie sollten die
einfühlsamen Tripelhirne etwas bewirken, wenn sie jedem anderen Menschen, also auch den Doppelhirnen, den Vortritt ließen?
Wie sollten sie für ihre Ziele kämpfen, wenn sie doch eigentlich
gar nicht kämpfen konnten, weil jeder Kampf gegen die anderen
ihnen unsägliche Schmerzen bereitete? Schon früh gab es daher – initiiert durch Alphas unermüdliches Hintergrundwir-
ken – innerhalb der Tripelhirne eine Spaltung in die sogenannten
Realträumer und Fundamentalträumer. Während die Funda-

mentalträumer sagten, wir können nichts tun als hoffen, dass unser Vorbild Früchte trägt, knurrten die Realträumer, es sei besser, für die Ziele zu kämpfen, als die Doppelhirne weiterhin Unheil über die Welt bringen zu lassen. Die Realträumer setzten sich gegen die Fundamentalträumer durch (was nicht schwer war, denn Letztere sagten lediglich: »Also gut, wenn ihr meint!«) und stritten fortan mit dem Herzblut der Überzeugten für ihre Ziele. Günstig für den Kampf der Tripelhirne war der Umstand, dass irgendwann nur noch Tripelhirne geboren wurden und somit die Evolution die Revolution unterstützte und die Doppelhirne friedlich ausstarben. Und so wandelte sich die Menschheit. Idylle nichts dagegen. Die reich geborenen Tripelhirne spielten – von Dr. h. c. Gusto Winter inspiriert – wirklich Charity. Da man immer zuerst an den anderen dachte und nicht an sich, konnte kein Neid aufkommen. Man musste auch keine Kraft mehr damit verschwenden, sich von den anderen zu unterscheiden, also besser zu sein oder mehr zu haben als die anderen. Man tat alles dafür, die Arbeitslosenquote auf die 100 %-Marke zu hieven. Für die Arbeit gab es ja Maschinen. Stattdessen taten die Menschen das, was sie schon immer tun wollten. Faulenzer-, Bastler-, Tüftler-, Künstler-, Koch-, Sport- und Denkkolonien schossen aus dem Boden wie die Pilze. Fonds wurden errichtet, um ein bedingungsloses Grundeinkommen für jeden einzelnen Menschen zu gewährleisten. Man redete nicht mehr nur über die überfällige Energiewende, sondern man vollzog sie tatsächlich. Der Klimawandel wurde in letzter Sekunde pariert. Die zweiundneunzigjährige Bundeskanzlerin Angela Merkel (die sich nur deshalb an der Macht halten konnte, weil die Tripelhirne es nicht übers Herz brachten, sie abzuwählen) hatte irgendwann endlich ihr Vorbild Konrad Adenauer rein altersmäßig überholt und beugte sich dem Ansinnen ihrer Tripelhirnwähler, raunte also nicht mehr nur »Wir müssen unsere Hausaufgaben machen« und »Wir müssen eine gemeinsame Lösung finden«, sondern sie tat es endlich auch. Die Tripelhirnwissenschaftler befreiten sich von finanzieller Abhängigkeit und wirtschaftlichen Interessen und stellten all ihre Forschungsvorhaben zurück zugunsten eines einzigen Ziels: die Lösung der bereits bestehenden Probleme. Im Jahr 2056 stellte man die Zeitrechnung um. Das Jahr 2000 nach Christus wurde zum Jahr Null, das Jahr 2001 nach Christus zum Jahr 1 nach Omega. Statt die Auffassung des anderen zu bekämpfen, wurde wesentlich mehr Energie investiert, die Auffassung des anderen zu verstehen. Und man betonte nicht mehr die Unterschiede, sondern die Gemeinsamkeiten der Weltauffassungen. Religiös gestimmte Tripelhirne priesen die anderen Religionen als gleichberechtigte Zweige eines einzigen Glaubensbaums. Der alleinige, der scheinbar wahre, der narzisstische, fundamentalistische und größenwahnsinnige Gott – in welcher Form auch immer – lag im Staub wie eine Hummel, kurz davor, den Geist aufzugeben.

9

Und ich? Der Kalladabs-Oboren-Gott? Der Gott des – nennen wir es ruhig so – Virtuellen? Mir ging es gut. Ich lebte weitere neun Jahre im körperlosen Untergrund (2021 bis 2030). Inzwischen hatte ich mich und meine Unsicht- und Unberührbarkeit ganz gut im Griff. Ich hatte mich daran gewöhnt. Es fing sogar an, mir richtig Spaß zu machen. Dieses Alleinsein. Diese Ungestörtheit. Dieses hemmungslose Selberdenken. Ja, Freunde, ich durchschaute die Nachteile unserer Quadrupelhirnwelt: Wenn einmal bei einem Gedankenspieler Ängste aufgekommen waren, wurden die Ängste immer von allen anderen aufgefangen, im erquicklichen Kollektivtrostpool. Jetzt aber dachte ich: Liegt darin nicht vielleicht ein Übel? Haben wir uns im Trostpool zu Tode getröstet? Unsere Vorväter hatten wohl alles versucht, jene kosmische Fliegenklatsche namens Meteorit zu bekämpfen, aber was sprach dagegen, es weiter zu versuchen? Warum haben sie uns Kanakanalnadeln eingepflanzt? Uns jeglichen Zukunftssinn genommen? Warum haben sie uns aufgegeben, abgeschrieben? Wir Todestrotter!, dachte ich. Wir Todestrottel! Wir sehen unser Ende nicht! Aber selbst wenn wir es sähen, würden wir unsere Angst ertränken! Im Trostpool! Nein, dachte ich, wir müssen etwas tun! Ich muss euch wecken, Freunde! Eure Kanakanalnadeln müssen verglühen! Wir müssen handeln! Wir müssen... Und da kam mir die Idee. Urplötzlich. Eine irre Idee. Fand ich jedenfalls. Wenn sich *alle* im Jahr 525 lebenden Menschen in einem bislang nie da gewesenen kollektiven Gedankenspiel zusammentun, wenn wir also unsere Arbeitsbienen in alle Kolonien entsenden und die Kolonien auffordern, unserem Beispiel zu folgen, wenn wir uns Hand in Hand aufstellen, im Kreis, nach oben blicken, zum Himmel, zum Meteoriten, wenn wir unsere gesamten Gedanken bündeln und in der vereinigten Kraft eines einzigen gigantischen Gedankenspiels... Vielleicht sollten wir es versuchen! Vielleicht ist das unsere letzte Chance! So dachte ich, als ich die letzten Zentimeter meines Daseins unter den Doppelhirnen zurücklegte, dem Silvesterfest des Jahres 2029 entgegenstrebte und dieses Fest dort verbrachte, wo alles begonnen hatte, am Freiburger Krankenhaus. Ich hörte keinen einzigen Silvesterböller. Es war rührend. Die Tripelhirne standen dicht beisammen. Nicht ein Feuerfunke zerteilte den Himmel. Auf einer Leinwand zeigte man: Weltweit wurden wahre Berge von Lebensmitteln verteilt, Lebensmittel, die man Jahre zuvor noch vernichtet hätte. Die Tripelhirne brachen in Jubel aus über das, was man zu tun begonnen hatte, und ich war froh darüber, dass die Menschen nicht mehr wegsahen, sondern die Augen öffneten, ...

... die Augen öffneten,

... die Augen öffneten,

... die Augen öffneten,

... und im allerselben Augenblick öffnete auch ich, Elias Zimmermann, die Augen, und wenn ich die Augen öffnen konnte, musste ich sie vorher geschlossen haben, das aber war nur möglich, wenn ich denn überhaupt Augen besaß, und genauso, Brüder im Geiste, war es auch.

Ich befand mich in der Bibliothek Kalladabs Transition Space-time Wonderland La Capra di Mentati, nah meinem Zuhause, merkte, wie Jimmy McGovern Helm und Haken entfernte und die Fesseln abnahm.

»Und?«, fragte er. »Hat es geklappt? Wie lange warst du weg, gefühlt, meine ich?«

»Dreißig Jahre«, sagte ich.

»Dreißig Jahre!«, murmelte Jimmy. »Auf dem Flügel einer einzigen Sekunde.«

Ich nickte, schloss die Augen und schlief endlich ein, erschöpft und wirklich.

10

Als ich wieder zu mir kam, hatte ich keine Ahnung, wie viel Zeit im Schlaf vergangen war, eigentlich wusste ich auch nicht mehr, ob Zeit tatsächlich vergehen kann und ob es so etwas wie Zeit überhaupt gibt. Ich hatte brennende Kopfschmerzen. »Arbeitsbiene?«, rief ich und sah mich nach meiner Arbeitsbiene um. Humbo saß dicht neben mir an der Wand und beachtete mich nicht. Gelbschwarz sein Kleidchen, die Fühler sorgsam geputzt, eine aufgemalte Pollenhose, programmiert und auf ewig dazu verdammt, bei mir zu bleiben. Doch die kalte Schulter, die Humbo mir zeigte, führte mir vor Augen, dass er immer noch im stillen Protest verharrte und nicht gewillt war, einen Befehl von mir entgegenzunehmen. »Arbeitsbiene!«, sagte ich. »Es tut mir leid!« Humbo drehte sich erstaunt zu mir um. Noch nie hatte ein Mensch solche Worte zu einer Maschine gesagt. Er schien nachzudenken. Aber seine Flügel regten sich nicht. Immerhin: Ich vernahm ein unschlüssiges Brummen.

Da trat Jimmy zu mir. »Na endlich!«, rief er. »Gerade noch rechtzeitig.«

»Wo ... wann ... wer ... wie ... warum bin ich?«

»Immer noch im Jahr 525«, sagte Jimmy. »Du bist eingeschlafen. Ich hab dich an die Versorgungsschläuche angeschlossen. Immenses Schlafnachholbedürfnis.«

»Kein Wunder!«, sagte ich. »Sag mal, Jimmy, es gibt noch ein paar offene Fragen: Wieso konnte Omega mich plötzlich sehen? Und woher kannte sie meinen Namen? Wieso hat sie die Welt erst ein paar Tage später gerettet, als es in den Büchern steht?«

»Das mit den Paralleluniversen hat man bei den Oboren-Zeitreisen nicht richtig in den Griff bekommen. Ist aber auch egal jetzt«, sagte Jimmy.

»Warum?«

»Naja«, sagte der Bibliothekar. »Wenn du eine Lösung hättest bezüglich unseres Problems, du erinnerst dich, dann wäre es vielleicht besser, du würdest bald mal ...«

»Welches Problem?«, fragte ich.

»Der Meteorit!«

»Ach so, der. Ja. Gut.« Ich erklärte ihm meine Idee: »Wenn wir Arbeitsbienen aussenden an alle Kolonien, wenn wir ein kollektives Gedankenspiel spielen, wenn alle Menschen sich zu einer einzigen Gewalt verbrüdern ...«

»Hm«, sagte der Bibliothekar. »Dafür haben wir keine Zeit mehr.«

»Wieso? Wie viel Zeit bleibt uns denn noch?«

»Sieben Minuten.«

Ich sprang auf. »Ich war doch nur eine Sekunde fort, hast du gesagt!«

»Ja. Aber du hast tagelang geschlafen!«

»Und warum hast du mich nicht früher geweckt?«

»Ich hab's versucht. Keine Chance.«

Ich dachte nach. »Wenn Omega nur hier wäre«, sagte ich zu Jimmy. »Wenn Omega nur ...«

»Ich denke«, sagte Jimmy McGovern, »du bist jetzt bereit für den letzten Raum.«

»Für den letzten Raum?«

»Oder den ersten. Wie du willst.«

»Bitte?«

»Bedenke, Mensch, du befindest dich in einem rekursiven Spiralisk.«

Der letzte Raum war tatsächlich identisch mit dem ersten, in dem Jimmy mich vor mehr als drei Wochen begrüßt hatte. Nur brannten jetzt ein paar Kerzen. Und das Klagen der peripalen Zahlen war deutlich lauter geworden: Ein paar wenige noch turnten im oberen Kegel und versuchten, dem malmenden Sog zu entgehen.

In einer Krümmung des Raums erkannte ich etwas Weißliches. Erst nach zwei Minuten hatten sich meine Augen a) an das Sehen und b) an die Dunkelheit gewöhnt, sodass ich endlich bemerkte, dass Jimmy und ich nicht allein waren. Es befand sich noch jemand im Raum. Ein anderes Wesen. Um genau zu sein, zwei. Oder drei? Eine weitere Minute verstrich, ehe ich verarbeitet hatte: Das Wesen, das dort drüben aufrecht in der dunklen Ecke stand, war niemand anderes als Omega. Persönlich. Sie sah genauso aus wie zu dem Zeitpunkt, an dem ich sie das letzte Mal gesehen hatte. Schwarz und jung und schön, im schneeweißen Monroe-Kleid, Fingernägel rot lackiert, mit blonder Monroe-Perücke. An ihrer Stirn klebte eine Blutkruste. Als sei sie eben erst ... Neben ihr stand – das also war das Weißliche – ihr Hohler Hund Escher, das Weiße Wurmloch, wieder in seiner alten Gestalt, ein wenig mitgenommen, zerstrubbelt, aber ansonsten ganz der Hund, den ich kannte. Er bellte sogar kurz. Hinter Escher lag eine hundehüttengroße, runde, dunkle schwarze Kugel.

»Omega«, sagte ich tonlos.

»Überrascht?«

»Escher?«

Der Hund wedelte mit dem Schwanz. Er lief zu mir hin, und ich streichelte ihn. Mein Blick fiel auf die schwarze Kugel in der Ecke. »Und das ...?«

»Ist Black Beauty«, sagte Omega.

»Das Schwarze Loch!?«

»Keine Angst. Nur eine Art Ableger. Ich hab es gezähmt. Im Griff. Domestiziert. Da kann nichts passieren. Ich kenn mich inzwischen gut aus mit Schwarzen Löchern. Es wird die Welt nicht noch mal bedrohen.«

»Verdammt!«, schrie ich. »Die Bedrohung. Die Welt. Das Ende! Der Meteorit! Jetzt, wo du da bist! Wir haben nicht mehr viel Zeit.«

»Noch hundertachtundachtzig Sekunden«, sagte sie ruhig und zündete sich eine Zigarette an.

»Dann sollten wir langsam was tun!«

»Mensch, Elias Zimmermann! Jetzt warst du dreißig Jahre bei den Barbaren und hast viele Filme gesehen. Gab es jemals einen *James Bond*, in dem die Bombe nicht exakt *eine* Sekunde vor der Detonation entschärft wurde?«

»Nein.«

»Na also«, sagte sie.

Sie nahm in aller Ruhe noch zwei Züge, drückte dann die Zigarette aus, machte mir ein Zeichen, und ich folgte ihr und Escher durch den Ein- und Ausgangspunkt zu jenem Gang, durch den ich hierhergelangt war, dann die Treppe, es wurde kälter, je höher wir stiegen, und schließlich hechteten wir die Stufen hinauf. Als wir hinaus an die Luft und in den Schnee traten, gewahrte ich ein mitreißendes Spektakel. Wir befanden uns auf dem Gipfel des Hügels, unter dem die Bibliothek verborgen lag. Am Fuß des Hügels standet ihr, meine geliebten Quadrupel-hirnfreunde. Gemeinsam mit euch sah ich die Sonne, die nur noch ein paar blitzende Strahlenkränze aus dem Rücken des Meteoriten zu uns schickte, und der Meteorit raste auf die Erde zu, ein paar tausend Kilometer noch, vielleicht, höchstens, aber in dem Tempo, das er anschlug, nur noch knapp zwanzig Sekunden. Schätzte ich. Bis zum Einschlag. M mal i durch st.

Doch war das alles jetzt ein bisschen unheimlich. Denn das Ding, was da auf uns zuraste – ich wusste es, ich hatte darüber gelesen –, konnte unmöglich ein Meteorit sein. Es gab weder den Regen kleinster Glastropfen noch den Regen von Gesteinsbrocken, der jedem Einschlag eines Muttermeteoriten hätte vorauseilen müssen. Wir standen auch nicht in einem Glutofen, in dem wir kurz vor einem Meteoriteneinschlag hätten stehen müssen, im Gegenteil, es war eher ungemütlich kalt. Außerdem sah der Meteorit gar nicht so aus wie ein Meteorit, mit Kratern, Löchern, Erhebungen und Versenkungen, zerfetzt und zerschreddert, nein, der Meteorit sah aus wie eine glatte, riesige Kugel, rund und grau. Die Tatsache also, dass der angebliche Meteorit endlich, statt auf die Erde zu krachen, in der Luft stehen blieb – und zwar höchstens zehn Meter über unseren Köpfen –, lag demnach genau darin begründet, dass der Meteorit gar kein Meteorit war, sondern ein Raumschiff, das schlicht und ergreifend gebremst hatte. Langsam schlitzte sich die äußere Schicht des Ungetüms, und Stück für Stück wurde eine unter der grauen Hülle liegende durchsichtige Kuppel sichtbar. Dies geschah aber so zögerlich, dass wir alle, die wir dort standen, Zeit genug hatten, uns a) erst mal gründlich zu erholen von der soeben abgewendeten Gefahr des Meteoriteneinschlags und uns b) insgeheim zu fragen, wer oder was mit welchen guten oder fiesen Absichten denn in jenem Raumschiff säße, das vor Jahrzehnten den Kurs in Richtung Erde eingeschlagen haben musste und von unseren Vorvätern mit einem Meteoriten verwechselt worden war: Freunde? Feinde? Aliens? Götter? Ein zweites Schwarzes Loch, bloß diesmal grau? Dunkle Materie? Ein überdimensionales Higgs-Teilchen? Das Ganz Ganz Andere? Eine Abfalltonne? Das Nichts? Der Tod und der Ackermann? Der andere Ackermann, Josef? Leser? Gold? Morlocken? Daten? Eine Buhruftüte? Das von Tristram Shandy versprochene (und nie von Laurence Sterne geschriebene) Kapitel zu den Pfuirufen? Applausometer? Vagina? Aktienpakete? Lob? Tadel? Kolja? Charity-Spieler? Greenpeace-Aktivisten? Sinn? Bedeutung? Sinnscheiße? Das Greinen der Gene? Die Invasion der Inversen? Wir wussten es nicht.

Und ich war – genau wie ihr, Freunde! – zutiefst überrascht, als ich durchs Glas ins greifbar nah über unseren Köpfen schwebende Cockpit blickte. Zum einen war ich überrascht von der Tatsache, dass nur ein allereinziges Wesen im runden Raumschiff hockte. Weit mehr noch aber war ich entsetzt darüber, wie dieses Wesen aussah: von menschlicher Gestalt, etwa eins achtzig groß, sattbraunes Haar mit ein paar grauen Strähnchen, ein paar Kilo zu viel auf den Hüften, unrasiert, graublaue Augen, halbhohe Quadrupelhirnboots und grauer Quadrupelhirnwintermantel, ein Fichtenritzer im Gürtel, kurz, meine Überraschung und mein Entsetzen rührten daher, dass dieses Wesen ganz und gar und haargenau so aussah wie – ich selbst. Niemand anderes als ich selbst steuerte also dieses Raumschiff, und niemand anderes als ich selbst hatte es jetzt abgebremst, und niemand anderes als ich selbst schielte neugierig hinab zu – mir selbst und zu euch, Freunde. Als ich folglich meine Überraschung dadurch zum Ausdruck und Ausbruch brachte, dass ich »Das bin ja ich! Ich selbst!« *rief*, statt es nur leise zu denken, wurde meine Überraschung noch um ein Maßloses dadurch übertroffen, dass ich hörte, wie ihr alle, meine gesamten anwesenden Quadrupelhirnfreunde, denselben Satz in derselben Sekunde *rieft*: »Das bin ja ich! Ich selbst!« Dies aber ließ nur den einzigen Schluss zu, dass jeder von uns *sich selbst* sah in jenem auf uns alle so menschlich wirkenden, alien- und gottunähnlichen Wesen. »Das bin ja ich!«, riefen wir noch einmal im Chorus, ehe wir alle atemlos mit ansehen mussten, wie das Wesen im Raumschiff, das wir selbst waren, zu lachen begann, es deutete auf uns hernieder, und es lachte, das Wesen, als würden wir es kitzeln. Und ich erinnerte mich an die Sätze der Neuromücke Ha! ha! ha! hem! clear my throat! – I've been thinking over it ever since, and that ha, ha's the final consequence. Why so? Because a laugh's the wisest, easiest answer to all that's queer. Und ich dachte, dass wir vielleicht gerade allesamt in irgendeinem Kopf irgendeiner irgendwo im Grunde ganz zufrieden vor sich hin schnäbelnden fetten Ente saßen, doch strich ich diesen Gedanken wieder aus, lauschte dem Lachen des Wesens über uns und fragte mich, was wir diesem Gelächter entgegen-entsetzen könnten, als plötzlich Omega wieder die Kontrolle über das Geschehen an sich riss. »Ein Schläger!«, rief sie mir zu. »Ein Tennisschläger! Ich brauch einen Tennisschläger! Schnell! Hast du keinen Tennisschläger dabei?«

Mir blieb keine Wahl.

Und nur eine einzige Möglichkeit.

Unsere letzte Möglichkeit. Die letzte Möglichkeit der Menschen, die sich selbst auslachten.

»Arbeitsbiene?«, rief ich. Alles hing jetzt von Humbo ab. Mein Maschinchen. Ich wartete. Keine Reaktion. Da flüsterte ich: »Humbo! Bitte!« Nach ein paar Sekunden hob Humbo sich in die Luft. Ich hörte neben mir das aus Kindheitstagen bekannte Schwirren und Summen. Ich spürte sie, seine leisen Flügelschläge. »Tennisschläger!«, hauchte ich. Und Humbo transformierte sich in einen Tennisschläger der Firma Wilson.

Omega raffte ihn aus der Luft und stellte sich in Position. »Na los«, rief sie mir zu, »worauf wartest du noch?«

Ich verstand nicht, was sie meinte.

»Ein Tennisball wäre jetzt nicht schlecht!«, sagte Omega.

»Ja, und? Ich hab keinen.«

Da sah ich, wie Escher mir zuzwinkerte und sein Maul aufsperrte, und da begriff ich endlich, was Omega und Escher meinten, und ich langte tief hinein in den Hohlen Hund, tastete in seinem Innern und fischte den immer noch in ihm lungernden Tennisball heraus, den er einst verschluckt hatte, als Omega im Alter von sechs Jahren fatalerweise das Wort »Platz!« gerufen und Escher versucht hatte, in ihren Kopf zu gelangen, zum Domestizierten Schwarzen Loch, und als ich jetzt den Tennisball in Richtung Omega warf, holte sie aus, legte all ihre körperliche, mentale und singulare Kraft in diesen Schlag, oh, Wizard of Oz, der Tennisball donnerte mit aller Wucht Richtung Raumschiff und traf es genau an der Stelle des Cockpits, wo jenes Wesen saß, das uns allen zu gleichen schien, und als der kleine gelbe Ball wieder zur Erde plumpste, zeigten sich erste spinnennetzförmige Risse in jenem glas-ähnlichen Material, doch noch ehe das Glas zerplatzen und das Wesen auf uns alle, ja *in* uns alle hätte hinabstürzen können, zog sich der graue Schutzschild des Raumschiffs wieder um das Glas zusammen, und wir sahen, wie das Wesen im Cockpit uns zuwinkte, froh, dass wir es zum Lachen gebracht hatten, und die wieder geschlossene graue

Raumschiffkugel drehte ab, langsam, sie kehrte zurück in die unendlichen Weiten des Universums, und die Welt war gerettet, ein weiteres Mal, Omega, Dea ex machina hoch zwei, sie warf dem Raumschiff in einer nonchalanten Marilyn-Geste eine Kusshand zu, und während zur selben Zeit ein Zugwind ihr weißes Kleid in die Höhe blies und sie es mit den Händen nach unten zu halten versuchte, hörte ich in meinem Rücken ein Jubeln, das nicht nach Jimmy McGovern klang, und als ich mich umdrehte, erblickte ich einen Piloten in Uniform, einen Kameramann, der alles filmte, und James Cameron, der seine Hände zu einem Trichter an den Mund legte und dem Raumschiff lauthals die vier terminierenden Worte hinterherschickte: »Hasta la vista, baby!«

11

Einige Tage später – allerletzter Erklärungszwischenruf (und man erinnere sich bitte an den Satz: Noch die unwahrscheinlichste Möglichkeit ist immerhin eine Möglichkeit) – brachte ich in Erfahrung: Omega hatte, als wir im Kern des Schwarzen Lochs saßen und durch die nackte Singularität eine *carte blanche* für unsere Wünsche erhielten, Folgendes – in einer dem Anlass angemessenen, ein bisschen barocken Sprache – gedacht: »Ich wünsche mir ein kleines, hübsches, zahmes, ungefährliches Schwarzes Loch und zwar außerhalb meiner selbst, sagen wir ruhig, einen Ableger von Black Beauty, ein Schwarzes Löchlein, das aber nicht größer werden kann als eine bequeme, runde Hundehütte für Escher, sodass ich – egal, wo ich denn gleich landen werde – gemeinsam mit Escher und auch ohne jede wurmlochstabilisierende Phantomenergie über ein Instrumentarium verfüge, auch fürderhin Zeitreisen zu gestalten, sobald ich fortan in Black Beautys und Eschers Anwesenheit *Platz!* rufen werde, und außerdem will ich, dass Sabrina wieder in Nevada auftaucht statt meiner selbst, denn ich muss, will ich wirklich als Erlöserin und Retterin der Welt in die Geschichte eingehen, wie ich spätestens jetzt blendend scharf einsehe, vom Erdboden verschwinden, sonst wirkt das nicht bei den Menschen (dein Film *Titanic*, James, lässt die Zuschauer ja auch nur deshalb die Taschentücher zücken, weil der arme Jack wirklich auf den Meeresgrund sinkt), ferner wünsche ich mir, dass Sabrina sich in Gusto verliebt und Gusto mit ihr glücklich wird, und ich wünsche mir auch James Cameron und seinen schnittigen Kameramann sowie den Piloten als kleine Püppchen auf meine Hand, die – sobald ich dort gelandet sein werde, wo ich landen werde – wieder ihre alte Gestalt anneh-men, damit ich da nicht so allein bin, denn der Kameramann war schon wirklich ein schicker Typ.«

Das war natürlich ziemlich viel auf einmal, was Omega aus ihren Gehirndritteln herausgezogen hatte. Aber kein Problem für so eine nackte Singularität. Die konnte sich alles gut merken. Doch weiter: Als Omega sich wünschen wollte, wohin sie denn durch das Wurmloch zu reisen beabsichtige, plapperte ich ihr etwas vom Jahr 525 auf den Schirm, was auch an die inflationä-ren Ballonohren des Domestizierten Wurmlochs Escher drang, welches die Zahl 525 dergestalt interpretierte, dass die Zeitrei-senden in eben jenes Jahr 525 nach Omega katapultiert werden wollten. Das bedeutete: Die vier Zeitreisenden samt wiederher-gestelltem Escher waren somit erst vor knapp zwei – in barbari-schen Maßeinheiten gedachten – Stunden hier gelandet. Alles klar? Okay? Dann fehlt jetzt nur noch der Schlag des Schmet-terlings, der für all das, was geschehen war, verantwortlich zeichnete. Und dieser Schmetterling hing immer noch oder schon wieder in Koljas Hirn. In Koljas. Totem. Hirn. In Koljas. Hirn. Wind. Dung. Gen.

12

Ich erholte mich nur langsam von meinem Schreck. Blickte end-
lich zu euch hinab, Freunde! Ihr saht dem Raumschiff nach.
Und Omega hielt vom Hügel aus eine Rede. Eine flammende
Rede.

»Menschheit!«, rief sie. »Ihr seid gerettet!«

Der Jubel blieb noch aus.

»Das Raumschiff ist von dannen!«

Schweigen.

»Wir haben uns selbst verscheucht! Wir stellen keine Gefahr
mehr dar für uns selbst.«

Schweigen.

»Ich weiß, es wurde euch verboten, Kinder zu zeugen! Ich
weiß, das war ein gutes, ein genau durchdachtes Verbot eurer
Vorväter. Denn wer will schon Kinder sterben sehen im Feuer
eines Meteoriten. So jedenfalls dachten die Vorväter.«

Immer noch nichts.

Jetzt wurde Omega langsam unruhig.

»Menschheit! Die Bedrohung ist jetzt... vorbei. Ihr dürft es
tun. Vereinigt euch!«

Weil die Menschheit sich immer noch nicht regte, wählte sie
eine schärfere Vokabel.

»Ficken!«, rief sie. »Heute ist ein guter Tag!«

(Schlusssatz aus Schamps Novelle *Nasenfett*.)

Keine Reaktion.

Ich zupfte sie am Ärmel ihres weißen Kleids. »Äh«, sagte ich,
»sie können nicht. Hat dir Jimmy nichts erzählt?«

»Was denn?«

»Zwangssterilisation! Alle Frauen sind unfähig, Kinder zur
Welt zu bringen.«

Ich sah: Damit hatte Omega nicht gerechnet.

»Scheiß Cameron!«, sagte Omega. »Warum haben die damals
nicht Kathryn Bigelow genommen?«

Ich zuckte mit den Schultern.

»Jetzt haben wir den Salat«, sagte sie.

»Den Salat eben nicht«, sagte ich. »Nur viel zu viel Soße.«

Sie sah mich an. Da funkelte ein nackter Gedanke durch ihren Blick. Und ihre Augen explodierten vor Freude. »Phantomschwanz?«, fragte sie.

Ich nickte und schwitzte.

»Leute!«, rief sie. »Leute! Es gibt eine Lösung. Eine Lösung, wie wir das Aussterben der Menschheit verhindern können. Ich weiß, man sagte mir, dass alle Frauen unter euch keine Kinder mehr empfangen können!«

Stöhnen der Frauen.

»Aber ich«, rief Omega und löste mit einem Ruck ihr Kleid, das herabfiel, und sie stand vollkommen nackt vor mir. »Ich kann das!« Und dann zog sie ihre Perücke ab und warf sie in die Masse. Mehr hörte ich nicht, denn ich fiel über Omega her, diese wunderschöne junge Frau, und sie erwiderte sofort meine rohe Wildheit, riss mir die Kleider vom Körper, nahm das Heft des Handelns in die Hand, warf mich auf den Rücken und sprang mit einem einzigen Satz auf meinen Maha-So-Lati, und wir störten uns nicht am Applaus der Menschenmassen um uns her, und nichts in meinem Leben war vergleichbar mit dem, was ich hier erlebte, was war schon die Vereinigung mit den Quadrupelhirnen gegenüber der Vereinigung mit Omega, die durch Telekinese meine Körperteile in Stellungen hievte, die ich nicht für möglich gehalten hätte, die durch Telekinese die Gedanken in meinem Kopf auf Vordermännchen brachte, als sei mein Schädel ein zerebraler Teilchenbeschleuniger, Omega, die alles mir selbst Fremde und Verschüttete öffnete wie die Büchse der Pandora, was waren schon alle die einzeln oder in Gruppen ausgeführten manualen, oralen, vaginalen, analen oder zerebralen Praktiken gegenüber der singularen Vereinigung mit Omega, ich dachte, sah und fühlte alles und nichts zugleich, ich war der einzige, winzigste auf-und-ab-wippende Punkt im unendlichen Universum und zugleich das Universum selbst. Als es vorbei war, wälzte ich mich zur Seite. Wir nahmen von irgendwem Zigaretten entgegen und rauchten schweigend. Ich blickte in den Himmel und sah am Horizont das Raumschiff entschwinden. Ich drehte mich zu Omega. Die nackte Omega. Victoria's True Secret. Black Marilyn. War drauf und dran, ihr zu sagen, dass ich sie – liebte wie noch nie einen Menschen zuvor in meinem verdammten Leben, dass ich liebte wie überhaupt noch nie zuvor, dass ich erst jetzt dieses Wort verstand, ver*fühlte*, doch in diesem Augenblick sah Omega wohl meinen leicht debilen Gesichtsausdruck, den sie regelkonform deutete und meinen Gefühlswasserhahn zum Glück für mich noch rechtzeitig abdrehte, ehe es hätte peinlich werden können, jedenfalls winkte sie jemandem zu, der offensichtlich hinter mir stand, und ich drehte mich um und sah die Schlange der Schlange tragenden Männer, die nur darauf gewartet hatten, dass ich fertig wurde, um an die Reihe zu kommen, und ich verstand Ihre Nichtigkeit sofort und zog mich in Würde zurück, denn sie – Omega – wollte a) ihre Befruchtung nicht nur meinen paar müden Samenkriegern und damit dem jetzt reichlich erschöpften Kollegen Zufall überlassen, sondern b) eine regelrechte Samenarmee in ihre Gebärkanalitäten schicken, c) auf Nummer sicher gehen, dass es wirklich klappte, sowie d) auf keinen Fall den Menschenerschaffungskinderschuhfehler des sogenannten alttestamentarischen Gottes begehen, der in Adam und Eva lediglich ein einziges Zeugungspaar erschaffen haben soll, wodurch die allererste Menschheit (jedenfalls aus rein christlich-jüdischer Sicht) das Resultat eines einzigen, gigantischen Inzests gewesen war, und daraus ersieht man schon die Perversität dieses christlich-jüdischen Gottes und seine mangelnde Voraussicht. Omega Zacharias aber würde in ihren gebärfähigen Jahren rund dreißig Kinder von rund dreißig Vätern zur Welt bringen können (paar Zwillingspaare darunter, die allerersten waren tatsächlich meine, jedenfalls nahm ich sie zu mir nach Hause und nannte sie – augenzwinkernd – Adam und Eva), sodass ich mich irgendwann beruhigt und zufrieden aufs Sterbebett legte, in Gesellschaft Omegas, Adams und Evas, die Menschheit war gerettet, noch mal gerettet und neu befruchtet, aber irgendwann muss man auch mal sterben dürfen, und ich schloss die Augen, und ich sah, dass es gut war.

Ewiger Epilog

Elias Zimmermann (also ich) alias Phantomenergie

I

Nun ist das so, Freunde: Mit meinem Tod ist noch lange nicht
Schluss. Wie ihr euch denken könnt. Außerdem: Ich kannte das
ja. War schon mal gestorben. Mit und in Kolja. Durch ihn und
mit ihm und in ihm.

2

Sie nähen mir den Mund von innen zu. Sie verstopfen meine
Körperöffnungen mit eingeweichten Wattebällchen. Sie schließen meine Lider mit einer Augenklappe. Ich kann jetzt nichts
mehr sehen. Auch das Hören ist dumpfer geworden. Sie wickeln
mich in etwas ein, das sich anfühlt wie Plastik. Ich strenge mich
an, ein Todeszeichen von mir zu geben, aber meine Blase ist leer.
Sie nehmen mir die Augenklappe ab. Sie bemalen mich. Meine
Hände, meinen Hals, mein Gesicht. Sie hauchen meinen Wan-
gen keuschrosa Leben ein. Sie stopfen meinen Körper in ein
Totenhemd. Sie überführen mich in den Raum, in dem sich alle
von mir verabschieden können: Bitch, Omega, Gusto, Tashi,
Henry und Escher. Als Letzter kommt Alpha, mein kleiner
Ferdinand, allein kommt er, setzt sich aufs Totenbett, legt mir
die Hand auf die Stirn.
»Du siehst schrecklich aus«, sagt er.
»Ich weiß.«
»Wer hat dich so zugerichtet?«
»Die Thanatologen.«
»Siehst aus wie eine Puppe.«
»Ich kann nichts dafür.«
Mein Sohn schminkt mich langsam ab. Er zückt ein Taschen-

messer. Er schneidet die Naht auf, mit der man meine Lippen versiegelt hat. Dann lässt er mich allein. Ich will nicht! Ich will nicht dort unten liegen und auf die Maden warten! So ein Grab, das kann doch nicht wahr sein, es gibt nichts Abscheulicheres als so ein Grab, selbst für einen Toten. Diese Luftlosigkeit und diese Massen von Erde und diese langsam herankriechenden ... Krematorium! Ich hätte ihnen sagen müssen, dass ich verbrannt werden will. Warum habe ich ihnen nicht gesagt, dass ich verbrannt werden will? Weil ich nicht wusste, dass ich weiterdenke, weiterlebe, auch im Tod noch! Jetzt ahne ich: Erst wenn mein Körper Feuer und Flamme ist, kann auch mein Geist seinen Geist aufgeben und ich mich endlich in den Staub machen. Erst wenn ich verbrannt bin, werde ich nichts mehr sein, nur noch ein kühles, lockeres Lüftchen aus Leere und Lautlosigkeit. Stattdessen ab in die Tiefe, in profundis, ich werde hochgehoben, weggebracht, schon bin ich dort, am Grab, ich kann es mir vorstellen, das Grab, wie es auf dem kalten Friedhof zittert. Schon werde ich abgelassen. Schon bin ich unten. Schon höre ich schlurfende Trauerschritte. Schon fallen letzte Worte und erster Dreck. Kaum ist das Grab verschüttet, beginne ich zu verwesen. Ich kann nichts mehr sehen, stockdunkel ist es, dreckdunkel. Aber ich kann es fühlen, ich spüre, ich höre, ich fühle, wie die Bakterien sich langsam auf und in mir fortbewegen, Myriaden pausbackige Monster, die mich zersetzen, die durch meinen Körper geißeln, ihre Geißeln Mikromillimeter für Mikromillimeter nach vorn werfen, wie Enterhaken, Stückchen für Stückchen, nimmermüde, nimmersatt, nur mit dem einen Ziel der restlosen Vernichtung meiner selbst und meines Körpers. Sie werden sich vermehren wie die Karnickel, die Bakterien, nicht nur durch einfache Zellteilung, sondern auch durch Nebeneinanderliegen und Ineinanderschlüpfen, manche haben sogar regelrecht Sex, eine nach der anderen kriecht aus einer nach der anderen, und kaum geschlüpft, beteiligen sie sich am Zersetzungsprozess, sie tun absolut nichts anderes als Vermehren und Zersetzen, Vermehren und Zersetzen, Erschaffen und Vernichten, Leben und Tod, das ist alles, woran sie denken, Zeit ihres Bakterienlebens, wenn sie denn denken könnten. Ich habe keine Wahl. Ich muss mich ihrem Spiel überlassen. Aber ich will, dass es endet. So schnell wie möglich! Habt ihr an Sauerstoff gedacht!? Nicht mehr für mich. Nein, nein. Für die Bakterien. Ein sogenanntes Turbograb: eine Grabkammer, drei Betonringe, ein Kiesbett mit Drainage, ein paar Betonplatten. Das herausgesogene Wasser fließt an der Grabkammer vorbei, ein Kohlefilter verhindert Geruch und sorgt für genügend Sauerstoff, und der Sauerstoff ist überlebenswichtig für die Zersetzungsbakterien. Damit sie zügig ihre Arbeit verrichten können. Wenn er aber fehlt, der Sauerstoff, dann werde ich ewig lange hier liegen, dann werde ich elend langsam zu einer Wachsleiche schrumpeln im zerfressenen Sargrest. Und immer weiterdenken. Immer weiter. Gusto sagte mir einmal, der Mensch wird geboren, hampelt sein Leben lang rum und stirbt irgendwann. Wenn er denn sterben würde. Wenn er denn sterben würde, wenn er denn endlich sterben würde. Ich muss mir die Wahrheit eingestehen. Die Wahrheit ist simpel: Es gibt keinen Tod. Es geht alles genauso weiter wie zuvor. Es gibt keinen Unterschied. Das ist wie im richtigen Leben. Im richtigen Leben, da schreit man die ganze Zeit, stumm und innerlich, ich will leben, ich will leben, ich will leben, und doch stirbt man am Ende, das ist nun mal so, die Unausweichlichkeit frappierend. Und jetzt, hier, im richtigen Tod, da schreit man die ganze Zeit, stumm und innerlich, ich will sterben, ich will sterben, ich will sterben, und doch hört man nicht auf zu leben und zu denken, und so wird mir nichts bleiben als zu warten, bis alles vorbei ist, denn was kann ich sonst tun als zu warten in der Kälte auf das Ende nach dem Ende ... Eins noch, ich, Elias Zimmermann, ich kann nur – für alle Gestorbenen und künftig Sterbenden – hoffen, dass Koljas Nachtodesdenken, wie ich es soeben beschrieben habe, lediglich der Nachhall meines eigenen Denkens in Koljas Kopf war, eine Art Kopplung meines Bewusstseins an Koljas frisch verstorbene Hirnzellen, dass also nicht der tote Kolja dachte, was er dachte, sondern ich in ihm – ehe mein Bewusstsein Kolja langsam allein ließ und aus dem Schwarzen Loch kroch wie eine weiße Made, ehe ich also Schritt für Schritt den geliehenen Körper und Geist abstreifte und wieder zu mir kam und mich an Koljas frisch bedecktem Grab wiederfand und gern mit nackten Händen den aufgewühlten Dreck beiseitegeworfen und Kolja befreit hätte, aber feststellen musste, dass ich es nicht konnte, dass meine Hände wieder Phantomhände waren, die den Dreck nur berühren, ihn aber nicht heben konnten von Koljas Sarg –, denn nicht auszudenken wäre die Vorstellung, das Denken ginge weiter nach dem Ende ...

3

Man merkt: Schwer fällt es mir, zu einem Ende zu kommen. Ein Ende, das kein *später mehr* in seiner Klammer trägt. Ein Ende, das einen letzten Punkt setzen muss. Ehe es so weit ist, möchte ich mich noch ein allerletztes Mal an den Anfang erinnern, an den Augenblick, an welchem ein neues Zeitalter eingeläutet wurde, an den Augenblick, da Sabrina Steward aus dem Staub des Schwarzen Lochs kroch und die Acht Alphatiere ihre Geburtsstunde erlebten.

1. Alpha, der die *Partei der Träumer* gründete.
2. Buzz Monster, der das Geld dazu gab.
3. Matthias Schamp, der die Künstler auf seine Seite zog.
4. Henry Lamarque, der die Tripelhirne entdeckte.
5. Tashi Tengrit, der den Buddhismus und alle anderen Religionen nachhaltig prägte.
6. Bitch Winter, die bei den Esoterikern leichtes Spiel hatte. Aber was ist mit…
7. Gusto Winter?
8. Sabrina Steward?

4

Ehe ich Gusto Winter ein letztes Denkmal setze, noch ein Wort zu Sabrina Steward. Als sie im Labor des CON ins Loch gekrochen war (2017), wurde sie umgehend in circa sieben bis acht Milliarden kleine Stücke gerissen. Und zwar nach etwa – so genau lässt sich das natürlich nicht angeben – einer Milliardstel Pikosekunde. Also nach 0,00000000000000000001 Sekunden. Das allerdings nur – wie Leonard Susskind sagte –, wenn man sie beobachtet hätte. Für Sabrina selbst stellte sich die Sache anders dar. Denn in dieser Milliardstel Pikosekunde geschah Folgendes: Zunächst wurde Sabrina von einem ekelhaften Morlocken gepackt, der am Rand des Schwarzen Lochs auf sie gewartet zu haben schien, Sabrina schrie auf, sie wehrte sich mit allem, was sie hatte, aber es half nichts, der Morlocke war stark, er zog sie hinab ins Loch, unsere Sabrina, und als sie die Augen schloss und schon dachte, alles sei verloren, hörte sie einen Ruf: »Cutcutcut!« Sabrina schlug die Augen auf. Um sie her standen allerhand Leute. Eine Kamera, ein Regiestuhl, von dem jemand aufgesprungen war. Es dauerte noch eine Weile, ehe Sabrina verstand, dass sie sich am Set des Films *Die Zeitmaschine* im

Jahr 1959 befand. Der Regisseur fluchte. Sabrina drehte sich zum Morlocken, mit Tränen in den Augen. Sie nahm dem ekelhaften Monster die Kopfverkleidung ab, und darunter – sie erkannte ihn sofort von seinen alten Fotos – kam ihr Vater zum Vorschein, Patrick Steward, und Sabrina sagte: »Vater?« Jung, zweiundzwanzig Jahre alt, ein bisschen verschwitzt, mit verstrubbelten Haaren. Sie gab ihm einen Kuss auf die Wange, aber im selben Augenblick trat ihr Vater einen Schritt zurück und rief: »Was will die von mir? Wer ist das?« Die Milliardstel Pikosekunde war aber noch lange nicht vorbei.

Das Gesicht des Vaters löste sich jetzt auf, und stattdessen schwamm Sabrina in einem Pool, und der Pool wurde von Zug zu Zug, den sie zurücklegte, größer, kein Pool mehr, ein Meer, ein Ozean, endlos, ohne Grenzen, doch war er nicht gefüllt mit wirrem Wasser, sondern mit klarsten Formeln, mit unzähligen mathematischen, physikalischen Formeln, Formeln aus einer weit in der Ferne liegenden Zukunft, und Sabrina kraulte durch diese ihr unbekannten, geheimnisvollen Formeln, las sie schwimmend, studierte sie, doch gelang es ihr nicht, das, was sie da las, verstehend zu durchdringen, das Schwimmen strengte sie an, irgendwann merkte sie, wie ihre Kräfte nachließen und dass sie sich nicht mehr *über Formel* halten konnte, letzte Zuckungen, ehe sie nach unten sackte, tiefer, ins weite Meer der Zahlen und Wasser-Zeichen, die Formeln bedeckten sie, Sabrina bekam keine Luft mehr, sie dachte, sie würde ertrinken im endlosen Ozean, doch als sie den nach Luft schnappenden Mund aufriss, merkte sie, dass die Formeln ihre Lungen mit Luft erfüllten, sie atmete Formel um Formel in sich ein, und je mehr Zahlen und Zeichen sie atmete, umso besser verstand sie das, was in und über und unter den Formeln verborgen lag, und es dauerte einige Zeit, ehe sie den Ozean leer geatmet, leer gerechnet hatte, und irgendwann stand sie auf dem Grund des Formelmeers, und als sie auf dem Grund stand und alles eingeatmet hatte, verstand Sabrina das wahre Wesen der Wurmlöcher, die Zeitlosigkeit einer jeden Zeitreise, die endlose Pluralität der Paralleluniversen und die Schönheit der Schwarzen Löcher bis ins letzte Krümelchen. Erst danach endete besagte Milliardstel Pikosekunde, und Sabrina wurde endlich zerfetzt, und sie hätte nicht sagen können, wie lange sie im Zustand der Zerfetzung verharrte, ehe sie, zauberhaft wiederhergestellt, Omega Zacharias sah, in einem Monroe-Kleid und mit einer Monroe-Perücke, und Omega sagte ihr: »Sabrina. Hör mir zu.« Bald stand Sabrina wieder in Nevada. Mit Omegas Vermächtnismappe in Händen und dem kompletten physikalischen Wissen der fernsten Zukunft in ihrem Formelkopf. Im Vergleich zu Sabrinas Hirn war das von Albert Einstein nichts weiter als der atonale Astralwind aus der aberwinzigen Analität einer abgewrackten Amöbe.

5

Die Wissenschaftler konnten ihn kaum erwarten, den Tag, an dem die erste Schwarz-Loch-Reisende des Universums einen wissenschaftlichen Vortrag hielt. Alle Geister der Menschheit waren versammelt. »In einem Schwarzen Loch«, begann Sabrina, »findet der Schwarz-Loch-Reisende die Ängste, die Wünsche, die Hoffnungen seiner Existenz gespiegelt. Mehr noch: Im Schwarzen Loch erfüllen sich seine Ängste, seine Wünsche, seine Hoffnungen. Von meinen Ängsten will ich hier schweigen. Aber meine Wünsche haben sich erfüllt: Ich, Freunde, kenne den Gang der Physik der nächsten paar hundert Jahre!« Atemlosigkeit. »Und ich habe ihn auch genau verstanden!« Prasselnder Applaus. »Die Wissenschaftler, auch die Physiker, werden sich in naher Zukunft jedoch erst mal abwenden vom Versuch, das Entstehen des Universums zu begreifen.« Husten im Publikum. »Er gibt wichtigere Fragen. Sie alle werden sich den Problemen widmen, die durch Anbetung des Technikgotts erst geschaffen worden sind. Die Geister, die wir riefen, können nur gebannt werden, durch die Geister, die die Geister riefen!« Stille. Eine Stunde lang hielt Sabrina nun eine flammende Häuptling-Seattle-Rede, die sich gewaschen hatte. Sie warf die dringlichsten Fragen in den Raum, denen man sich für eine Bewahrung der Erde zu stellen hätte. So richtig begeistert waren die Zuhörer nicht. Viel zu viel Pathos in ihren Ohren. »Erst wenn das letzte Teilchen entdeckt ist, werdet ihr merken, dass man *diese* Teilchen nicht essen kann!« Das klang recht altbacken und wissenschaftsfeindlich. Auch der bekannte Topos von der zwingend nötigen Trennung von Wissenschaft und Wirtschaft wies eine überaus naive Weltfremdheit und sozial- und politikromantische Vorstellung bezüglich der globalen Mechanismen der Märkte auf.

Als Sabrina sich aber endlich, endlich den Theorien widmete, die in hundert Jahren erneut aufblühen würden, »nachdem die Erde sich wieder ein wenig erholt haben wird vom Draufrumtrampeln der Menschheitsbeine«, als sie sich der Physik zuwandte, der theoretischen Physik, der spekulativen Physik, als sie preisgab, dass die Stringtheorie sensationelle Erfolge feiern werde, brandete Jubel bei den Zuhörern auf. Sabrina sprach von den verschiedenen Ausformungen der Stringtheorie, von der bekannten M-Theorie und W-Theorie, dann auch von der zukünftigen WM-Theorie sowie der OZ-Theorie, sie ließ Formel nach Formel auf der Projektionsfläche tanzen, Zeichenfolgen, die von den Zuhörern aufgesaugt und abgeschrieben, aber mit Kopfschütteln quittiert wurden, nicht etwa, weil die Formeln zu kompliziert gewesen wären, sondern so irrsinnig, dass man sie sogleich als verfehlt entlarven konnte. Die Physiker murrten. Schließlich sprach Sabrina beinah ehrfürchtig vom hypergenialen Physiker Prof. Ansgar Söderhausen, der in rund hundertvierzig Jahren das Fundament der von allen gesuchten Weltformel errechnen würde. Die Physiker schwiegen in Erwartung jener Formel, in der Hoffnung, dass gleich vielleicht doch noch all ihre Träume und Wünsche und Sehnsüchte erfüllt würden. Als Sabrina den Physikern jetzt zu verstehen gab, dass jener Ansgar Söderhausen sämtliche Modifikationen der Stringtheorie bündeln und einmünden lassen würde in seine berühmte String-Tanga-Theorie ($t = a^n G/a$), erbleichten die Physiker in kollektivem Entsetzen, denn jene Gleichung – wiewohl sie zu schön klang, um *nicht wahr* zu sein – ergab nun überhaupt keinen Sinn, zumindest aus damaliger Sicht. Alle verließen enttäuscht den Saal. Als Letzter erhob sich Sabrinas ehemaliger Oxford-Kommilitone Brian Greene von seinem Platz und schüttelte traurig den Kopf. Wieder nichts mit der Weltformel. Er ließ Sabrina allein im Saal zurück. Immerhin wusste Brian jetzt, dass zwar der Körper des Menschen eine Reise in ein Schwarzes Loch überstehen konnte, offensichtlich aber weder Geist noch Verstand.

Doch war Sabrina tatsächlich allein? War Brian Greene wirklich der letzte Zuhörer gewesen? Oder saß da nicht noch jemand? Dort hinten? Im Dunkeln? So war es! Da schälte sich einer aus dem Schatten.

Sabrina blinzelte und hauchte: »Oh! *Sie!?* Mr. Gott?«

Und Gott nickte.

Sabrinas letzter Zuhörer war der Physiker J. Richard Gott III., vierundsiebzig Jahre, er trug ein Sakko undefinierbarer Farbe irgendwo im Graubereich von fliederminthelltürkisgrün. Richard Gott III.: Sabrinas allererster Lehrer, damals, in Princeton. Rich Gott zog ein Glasmodell aus der Aktentasche und zeigte es Sabrina. Es sah aus wie ein futuristisches Blasinstrument. Vier kelchförmige Ausläufer, ein bagelartiger Kreis. Sabrina kannte das Ding. »Und ... und meine Theorie?«, fragte Richard Gott III. »Was ist mit der? Was ist mit meinen Baby-Universen?« Er deutete auf das Glasmodell.

»Wahrscheinlich haben Sie recht, Mr. Gott«, sagte Sabrina irgendwie gerührt, sie wollte ihrem alten Lehrer nicht wehtun. »Weder gibt es Anfang und Ende. Noch gibt es Unendlichkeit. Das Universum hat sich aus sich selbst geboren. Eine Zeitmaschine. Ein rekursives Spiralisk. Ihre Berechnungen, es tut mir leid, weisen den einen oder anderen Fehler auf, aber, Mr. Gott, immerhin haben Sie die richtige Frage gestellt.«

Rich Gott nickte zufrieden. »Ich glaube«, sagte er, »Sie haben den zweiten Teil Ihrer Rede etwas zu früh gehalten.«

»Ich weiß«, sagte Sabrina.

»Aber«, murmelte Richard Gott III., »was Sie da am Anfang

sagten, bezüglich der Bewahrung der Welt und so weiter, das klang doch recht vernünftig.«

»Ja?«

»Meine Unterstützung haben Sie! Ich bin dabei!«, flüsterte Richard, blickte Sabrina lange an und nickte ihr mild zu, ehe er seinen Kollegen folgte.

»Packen wir's an!«, rief Sabrina ihm hinterher und dachte: Wenigstens ein Gott, auf den man sich verlassen kann.

Für ihr Wissenschaftsrevolutionsunterfangen fand Sabrina Kraft und Trost und Halt bei Gusto. Durch Omegas Black-Beauty-Wunsch war sie heftig für den alten Zauberer entflammt. Die beiden heirateten am 3.3.22 in Morlockenkostümen, und Sabrina starb – nach unermüdlichem Kampf für die »Seattlesche Wende im Denken« – dreißig Jahre später in einer Umkehr ihrer größten Phantasie, an einem Herzinfarkt nämlich, während Gusto, unglaublich fit für sein Alter, unter ihr turnte und Sabrinas letzte Ekstase sich als das erfüllte, was sie als Ek-stasis wörtlich gesehen auch war, ein Aus-sich-heraus-Treten, gekoppelt an den letzten Atemzug, Sabrina klappte über Gusto zusammen, und der Alte brauchte eine Weile, ehe er verstand, was da gerade geschehen war.

6

Gusto Winter reihte weiterhin Phase um Phase seines Lebens wie Perlenketten aneinander. Er selber ließ gerne das vordere P des Wortes Phase weg und sprach von den »Hasen meines Lebens« oder von »meinen Lebenshasen«. Nach Sabrinas Tod fand eine lange Phase der Trauer statt. Sein Trauerhase. Es folgten seine Hasen als Philosoph, Autor, Lebemann, Wissenschaftler, als – in Erinnerung an seinen Schwiegersohn Kolja – Müllabfuhrmuseumsleiter, als gern gesehener Gast in Talkshows, als weiser Kopf der Omega-Bewegung und so weiter, doch irgendwann, ungefähr ab dem Jahr 125 nach Omega (Gusto war inzwischen 190 Jahre alt) zog er sich ermüdet aus dem öffentlichen Leben zurück, nicht mehr zu Interviews bereit, schwieg die nächsten Jahre hartnäckig, wartete auf das Ende seines Lebens. Das wollte sich aber partout nicht einstellen. Sein Körper – die Ärzte waren sprachlos – in tadellosem Zustand, gleichsam wie neu, sagten sie. *Mehr kann ich nicht mehr rauchen!*, dachte Gusto. Und die letzte Phase seines Lebens war eine vierjährige tiefe Langeweile, sein Langeweilehase. Er tat nichts mehr, saß nur da und wartete und blickte an die Decke. Und dann verschwand Gusto Winter von der Bildfläche. Als hätte es ihn nie gegeben. Man suchte ihn und durchstöberte seinen kompletten Nachlass nach irgendwelchen Hinweisen, aber ohne Erfolg. Nach drei Monaten vergeblicher Gusto-Winter-Suche hielt man eine Trauerfeier ab. Die ganze Stadt Freiburg nahm teil, jeder, der laufen konnte, ob alt oder jung, fand sich auf dem Friedhof ein und erwies dem Sarg, den man in die Erde ließ und in den man Gustos sämtliche bis zu diesem Zeitpunkt erschienenen Schriften, die Originalausgabe seines Charity-Spiels und einen Gustoni-Zylinder legte, die letzte Ehre. Möge Red Bull ihm nun wirklich Flügel verleihen, sagte der Trauerredner. Das war das Ende von Gustav Humphrey Winter. Unbefriedigend, aber wahr. Wie er wirklich starb – und hier möchte ich zum vorläufig letzten Mal meine Lieblingsworte wählen –, dazu später mehr.

7

Ich hätte, Freunde, zu euch in die Arena gehen und mich aussaugen lassen können, ich hätte euch meine Erinnerungen hinhalten können wie einen Teller, von dem ihr mit euren Gedankenzungen alles schleckt, mühelos, in Nullkommanichts, aber nein, dachte ich, nicht dieses Mal, nicht jetzt, nicht heute, nicht hier! Dreißig Jahre lang war ich allein gewesen. Hatte mich mehr als nur danach gesehnt, euch alle wiederzusehen. Doch die dreißig Jahre, sage ich euch jetzt, haben meinen Geist umgestülpt. Zurück im Jahr 525, als die letzte Katastrophe abgewendet war und die Erde in der Sonne lag und ruhig und friedlich äste, hatte ich den Bezug zum Gedankenhören verloren. Ich wollte lieber weiter ungestört bleiben, bei mir selbst, ich wollte achten auf das Sirren des Eigenen, wollte nicht von Fremdgedanken eingefangen, abgefangen, aufgehoben werden. Ich wollte meine Gedanken zu Ende denken, ausdenken. Und nur deshalb habe ich dem Computerwesen, das Jimmy McGovern mir borgte, diesen Roman hier diktiert. In feinster Tradition barbarischen Autorentums. Habe nicht nur gedacht, habe gesprochen. Ich habe sie befreit, meine Gedanken. Befreit von euren Gegengedanken. Befreit und losgeschickt. Ganz allein. Über die endlosen Ebenen des schneebedeckten Monitors. Deshalb, Freunde, müsst ihr jetzt lesen. Keine Rinden mehr, sondern das elektronische Buch mit dem Namen Kindchen.

Nachdem ich diesen Roman und auch das achttausendseitige Lexikon des Barbarismus beendet hatte, spürte ich eine tiefe Leere. Ich wollte es zunächst nicht wahrhaben, aber unten in mir, da erwachte es: ein Gefühl. Ein Gewühl. Eine Merkwürdigkeit. Es dauerte, ehe ich es mir eingestand: Ich sehnte mich nach der Zeit, in der ich so lange gelebt hatte. Ich sehnte mich nach den Barbaren. Ich sehnte mich nach der unerhörten Unsichtbarkeit, ja, sogar nach der Enthaltsamkeit! Ich sehnte mich zurück nach der Kalladabs-Oboren-Realität! Der suchtsüchtige Gusto Winter hätte mich gut verstanden. Ich Zeitreisejunkie! Entzugserscheinungen, unerhörte. So süchtig, dass ich den Verstand zu verlieren drohte (was man mir sicher leicht glauben mag). Was also tun? Lag in der Bibliothek nicht die Möglichkeit greifbar vor mir, meine neuerlichen Zeitreisewünsche wahr werden zu lassen? Konnte ich Jimmy McGovern nicht einfach überreden, mich noch einmal in eine andere Zeit zu versenden?

Nur für zwei mickrige Jährchen, bat ich ihn. Flehte ihn an.

Und Jimmy? – Er tat es.

Noch einmal, rief ich nach meiner Rückkehr.

Und Jimmy? – Er tat es.

Noch ein einziges Mal, stotterte ich.

Jimmy seufzte. – Aber er tat es.

Noch ein aller...

»Halt!«, rief Jimmy. »Es geht nicht mehr.«

»Warum nicht?«, fragte ich.

»Weil ich die Maschinen zerstört habe!«

»Du hast was?«

»Siehst du nicht, was mit dir los ist? Du bist voll drauf. Du bist süchtig nach dem Zeug!«

»Du hast *was*!?«

»Wir tragen die Verantwortung für euch.«

»Wer wir?«

»Wir Maschinen! Ich will dich vor dir selber schützen.«

Ich konnte es nicht fassen. Alles in mir schrie: Zeitreise! Also blieb mir, o Freunde, nur noch ein einziger Ausweg.

»Wo willst du hin?«, rief Jimmy.

Ich antwortete nicht. Ich preschte durch die rekursiv-spiraleske Bibliothek. Hörte Jimmys Schritte hinter mir. Die Oboren-Maschinen lagen tatsächlich in Schutt und Asche. Ich hatte keine Zeit für Tränen. Ich rannte weiter.

»Warte doch!«, rief Jimmy.

Endlich, der Escher-Raum. Der letzte, der erste Raum: Dort, in der Ecke, da lag er, schneeweiß und schlafend, ein bisschen wabernd: Escher, der Hohle Hund. Und hinter ihm: Black Beauty, das Schwarze Loch. Last Exit Escher.

»Platz!«, schrie ich.

Escher kam sofort zu sich, sprang in die schwarze Hunde-hütte und platzte. Plusterte sich. Jimmy war schon hinter mir. »Tu's nicht!«, rief er. Ich hatte keine Ahnung, was geschehen würde, wenn ich es täte, hatte keine Ahnung, ob ich je wieder hierher zurückkäme, aber das würde ich schon rausfinden und kroch rückwärts hinein – das immerhin wusste ich! –, indem ich laut die Jahreszahl rief (129 nach Omega) sowie den Ort, an dem ich landen wollte. Escher rülpste (jedenfalls hörte es sich so an), und ich warf einen letzten Blick auf den vollkommen bleichen Jimmy McGovern.

Als ich zu mir kam, lag ich auf einem schneebedeckten Feld unter gnadenlos blauem Himmel. Bei mir ruhte der erschöpfte Husky in Hundegestalt. »Ist gut«, sagte ich, »ist gut.« Escher nickte mir zu und wedelte mit dem Schwanz. Neben dem Husky wieherte die Hundehütte namens Black Beauty. »Ruhig, Brauner«, sagte ich und tätschelte das Schwarze Loch. Vor uns stand eine uralte Eiche. Ein einziger Baum inmitten einer endlosen Schneelandschaft. Blattlos, astgewirrig, riesig, einsam. Ich war gerührt. Es zuckte mir in den Fingern. Doch ich beherrschte mich mühsam und ließ meinen Fichtenritzer in der Tasche. Da hörte ich ein Geräusch und drehte mich um. Ein Ballon. Ein Heißluftballon. Bereits zu voller Erektion erblasen. Neben dem Ballon stand Gusto Winter mit dem Rücken zu mir. Ich ging hin. Escher bewegte sich nicht. Er blieb beim Baum. Ich näherte mich der letzten Stunde Gusto Winters. »129 nach Omega!«, hatte ich im Innern von Escher gerufen und »Gusto Winters Todesort!«

Gusto kletterte in den Korb, löste eins der Sicherheitsseile, der Ballon ruckte etwas in die Höhe, blieb dann aber in der Luft hängen: durch das zweite Seil an einem Pflock befestigt. Da hörte ich Gustos Stimme: »Entschuldigung!«

»Meinen Sie mich?«, fragte ich.

»Sehen Sie sonst noch jemanden? Da haben Sie aber nen schönen Hund da drüben. Was ist denn das für einer? Wissen Sie, meine Augen sind nicht mehr so gut. Erinnert mich an … Ach, egal. Und was ist denn das runde Ding daneben? Einer von den neuen Flying Cycles? Die sollen ja abgehen wie Raketen.«

Ich nickte, drehte meine Hände vor Augen, lächelte, es war das erste Mal, wurde mir klar, dass ich mich selber sehen konnte während einer Zeitreise, meinen Körper, meine Arme, meine Füße, den Bauch, die Hände. Der Ballon schwebte etwa einen Meter über meinem Kopf.

»Sagen Sie«, rief Gusto, »täten Sie mir einen Gefallen?«

»Gern«, sagte ich.

»Dann lösen Sie doch bitte das Seil dort.«

»Wirklich?«, fragte ich. »Wo soll's denn hingehen?«

»Up in the air«, sagte Gusto.

Ich schwieg.

»Wissen Sie«, rief Gusto, »ich bin jetzt 194 Jahre alt. Alt? Ha, alt kann man das nicht mehr nennen. Das hab ich meiner Enkeltochter zu verdanken. Omega, Ihre Nichtigkeit, Sybille Zacharias, Tochter meiner Tochter Bitch.«

»Dann sind Sie Gusto Winter?«, fragte ich, obwohl ich es wusste.

»Der ipsige«, nickte er. »Ich hab alles erlebt, was ein Mensch erleben kann. Hab jeden einzelnen Hasen meines Lebens genossen. Jetzt reicht es. Jetzt ist gut.«

Ich nickte.

»Helfen Sie mir?«, fragte er noch einmal.

Ich schwieg.

»Elias?«, sagte er. »Helfen Sie mir?«

Ich schaute ihn an.

»Elias«, fragte er ein drittes Mal. »Hilfst du mir?«

»Nein«, sagte ich.

»Nein?«

»Ich will nicht, dass du wegfliegst.«

»Warum nicht?«

»Wir könnten reden.«

»Worüber?«

»Über alles!«

»Alles ist Nichts.«

Ich sah ihn lange an.

Als er endlich merkte, dass ich es ernst meinte, zuckte er mit den Schultern, bückte sich, verschwand einen Augenblick im Innern des Korbs und kam mit einer Machete in der Hand wieder zum Vorschein.

»Siehst du«, rief Gusto mir zu. »Ist es nicht fröhlicher, nach oben zu steigen, als von der Brücke zu springen? So hoch, bis die Luft zu dünn wird? So hoch, bis man nichts mehr sieht, nur noch den Schwindel? Geh nach Hause!«, rief Gusto. »Geh nach Hause, Elias. Du hast genug getan!«

»Gusto, warte!«, rief ich.

»Eins noch«, flüsterte Gusto. »Dein Roman...«

»Woher weißt du...?«

»Den Roman, den du auch ins Jahr 2014 schicken wirst.«

»Werd ich das?«

»In eines der unendlich vielen möglichen Jahre 2014 in eine dieser unendlich vielen möglichen, wahrscheinlichen und unwahrscheinlichen Welten! Vergiss nicht, Elias, den Menschen zu erzählen, wer den Namen prägte, den man ihnen gab.«

»Welchen Namen?«

»Den Namen: Barbaren!«

»Und?«, fragte ich. »Wer war das?«

»Du weißt es nicht?«

»Nein.«

Gusto murrte verächtlich. »Ich!«, rief er aus.

»Du?«

Ich konnte nicht verhindern, dass Gusto, indem er den Kopf schüttelte, mit einem einzigen Hieb das Seil durchtrennte und der Ballon ein Stückchen in die Höhe stach.

»Barbaren nennen wir sie«, lachte Gusto, »weil es ihnen nur um eins geht: um Bares, um Bares! Die Baren, die Barbaren, die Barbarbaren!!«

Gusto warf zwei Sandsäcke ab.

Er winkte mir zu.

Ich winkte zurück.

Der Ballon stieg immer höher.

Senkrecht über der Eiche und dem Wurmloch und über mir, der ich zur Eiche zurückgekehrt war und zwischen ihren Ästen zum Himmel blickte, dem Ballon nach, bis er kleiner und kleiner wurde und nur noch ein winziger Punkt war, und der Punkt verwandelte sich in etwas, das hinunterfiel, zu mir, durch die Äste der Eiche. Auf Höhe meiner Augen landete der Punkt und bekleckerte den Stamm der alten Eiche, und ich sah, es war das weißliche Exkrement eines einsamen Wintervogels.

Ich entnahm meiner Tasche den Fichtenritzer 524 und schnitzte unter das leise und langsam trocknende Exkrement folgende Worte in die unberührte Rinde: »Genau hier fand Gustav Humphrey Winter, genannt Gusto, geboren am 17. Juli 1935 nach Christus, gestorben am 13. Januar 129 nach Omega, sein Ende, bekannt als Erfinder von Charity, als Großer Gustoni, als Philosoph der Exkremenz und Adoptivgroßvater Ihrer Nichtigkeit. Kein Gott möge seiner Seele gnädig sein. (P. S.: Beim nächsten Mal komm ich einfach ein paar Stunden früher hierhin. Dann wird Gustos Ende ein neuer Anfang sein. Doch dazu später nicht mehr mehr. Denn jedes Später ist Jetzt.)« Ich steckte den Fichtenritzer in die Tasche und kehrte dorthin zurück, woher ich gekommen war: ins Loch, Freunde, ins Loch.

Zitatnachweis

Das Zitat auf Seite 175 stammt aus:
Alexander Unzicker: *Auf dem Holzweg durchs Universum. Warum sich die Physik verlaufen hat.*
Copyright © Carl Hanser Verlag, München 2012.

Das Zitat auf Seite 176 stammt aus:
Robert Sanders: *The Dark Matter Problem. A Historical Perspective.*
Copyright © Cambrigde University Press, 2010.

Das Zitat auf Seite 176 stammt aus:
Falko Blask und Ariane Windhorst, *Zeitreisen. Die Erfüllung eines Menschheitstraums.*
Copyright © 2009 Rowohlt Verlag GmbH, Reinbek bei Hamburg (zuerst erschienen 2005 unter dem Titel »Zeitmaschinen« im Atmosphären-Verlag, München).

Der Abdruck erfolgt mit freundlicher Genehmigung.